Re

LILLYS WEG

Roman

LESSINGSTRASSE 6

Renate E. Daimler
Lillys Weg

FSC
www.fsc.org
MIX
Papier aus verantwortungsvollen Quellen
FSC® C012536

Das für dieses Buch verwendete FSC-zertifizierte Papier
EOS lieferte Salzer, St. Pölten.

1. Auflage

Umschlag und Ideen: **kratkys.net** X
Gesamtherstellung: www.theiss.at
Gesetzt aus der Stempel Garamond
Printed in Austria
978-3-85300-004-5

1 2 3 4 5 6 7 8 / 15 14 13

www.lessingstrasse6.at

Für Anna und Antonio

Dieses Buch ist eine Fiktion. Die Charakterisierungen der Personen sowie Worte, Verhalten, Gefühle, die ihnen zugeschrieben werden, entspringen der Fantasie der Autorin und spiegeln nicht jene lebender Personen wider. Sie werden rein fiktiv eingesetzt und dürfen nicht als wahrhaftig angesehen werden. Insofern sind weder die Verhaltensweisen der Figuren noch die Vorfälle, die hier geschildert werden, direkt auf konkrete Personen oder auf wahre Ereignisse in der Vergangenheit und in der Gegenwart zurückzuführen. Sie stehen weder für das wirkliche Geschehen noch sollen sie ein Urteil über die Fakten, Menschen und Orte in diesem Buch darstellen.

1. Kapitel

Lilly mochte den Mann nicht, der neben ihr saß. Sein Parfum war so stark, dass sie den penetranten Geruch als Übergriff empfand. Er war ihr schon im Warteraum in Orly unangenehm aufgefallen. Die meisten der Geschäftsleute, die auf den Lumpensammler, wie die letzte Abendmaschine nach Wien genannt wurde, warteten, schienen ihn zu kennen. Er bewegte sich in dieser nüchternen Umgebung mit raubtierhafter Geschmeidigkeit, so als ob er der Gastgeber einer Party wäre, die der Vernetzung dient. Er schüttelte Hände, führte Gespräche und stellte mit ausholenden Gesten die einen den anderen vor. Jedes Mal, wenn er von einer Gruppe zur nächsten ging, hob sie den Blick von ihrer Zeitung und folgte irritiert dem Klack-Klack seiner eisenbeschlagenen Schuhsohlen.

Das Flugzeug war eine alte Vickers Viscount. Es roch nach Putzmittel und Metall, und Lilly sah zu, wie die Propeller immer schneller rotierten und sich dem anstrengenden Akt unterwarfen, einige Tonnen Metall in die Luft zu bringen. Sie schloss die Augen und klappte zufrieden ihr Notizbuch zu. Morgen würde sie das Material, das sie aus Paris mitgebracht hatte, in der Redaktion sichten und eine gute Story daraus machen. „Die Kinder des Mai '68". Sie war selbst eines dieser Kinder gewesen und konnte eigene Erfahrungen beisteuern, politische und erotische. Sie dachte an Michel. In den letzten Tagen in Paris war er plötzlich wieder ganz nah gewesen.

Damals war sie erst achtzehn und er einer der Revolutionäre auf den Barrikaden. Er war kein wirklich schöner Mann und mindestens zwanzig Jahre älter als sie. Lilly hatte in ihrer *Chambre de Bonne*, einer Dachkammer im letzten Stock eines Pariser Bürgerhauses, in dem sie als Au-pair-Mädchen arbeitete, jede Nacht auf ihn gewartet. Wenn er kam, waren seine Kleider oft zerfetzt und schmutzig, und sie hatte ständig Angst um ihn. Der erfahrene Franzose hatte sie, das kleine Mädchen aus der österreichischen Provinz, in die hohe Kunst der Liebe eingeführt. Sie wusste nichts von diesen Dingen, außer, das hatte ihr der Pfarrer schon im Religionsunterricht beigebracht, dass der Zungenkuss eine Todsünde war. Von Michel erfuhr sie zum ersten Mal, dass ihre Genitalien nichts Schmutziges waren, mit ihm verlernte sie die Scham, wenn seine Zunge ihren Körper zärtlich an Stellen liebkoste, die ihr selbst fremd waren. Sie war eine gelehrige Schülerin, und als Lillys Studienjahr der Romanistik an der Sorbonne zu Ende ging, sprach ihr Mund französisch in vielen Varianten.

Das Flugzeug hatte sich beruhigt. Es zitterte nur noch ganz leicht von seiner Anstrengung, sich über die Schwerkraft zu erheben, und hatte seine Reiseflughöhe schon fast erreicht. Lilly spürte seinen Blick auf ihrem Gesicht und öffnete die Augen. Er war klein, und auf seinem trainierten, gedrungenen Körper saß ein runder Kopf auf einem kurzen Hals. Seine Augen waren schmal und schiefergrau, die große Knollennase passte nicht zu seinem kleinen Mund. Seine kurzen, breiten Hände lagen entspannt auf seinen Oberschenkeln, und als er sie jetzt anlächelte, erinnerte er sie an Jack Nicholson in einer seiner Rollen als Insasse einer Irrenanstalt. Der Mantel, den er trug, obwohl es im Flugzeug warm war, war aus feinstem Tuch und hatte ausgebeulte Taschen.

Er taxierte sie ungeniert und Lilly senkte unter seinen kundigen Augen den Blick. Sie wusste, dass sie nicht schön, aber sehr apart war. Lilly war ein Meter achtzig groß, sehr schlank und konnte ihr Herausragen aus dem Durchschnitt inzwischen genießen. Als Jugendliche hatte sie ihre Locken gehasst und ausgeföhnt, jetzt trug sie ihr schulterlanges, dunkelbraunes Haar als wilde Mähne und betonte ihr schmales Gesicht mit den großen, grauen Augen, der schmalen, geraden Nase und dem etwas zu großen Mund nur mit einem roten Lippenstift.

Seine Augen glitten von ihrem Gesicht auf den Hintern der Flugbegleiterin. Sie schob einen Trolley mit Getränken an ihnen vorbei und zeigte mehr Bein, als ihrer Optik guttat. Sein Blick kehrte zurück, und als er nach seiner Zeitung griff, war klar, dass das Intermezzo noch nicht vorüber war. Sie hatte sich inzwischen an sein starkes, männliches Parfum gewöhnt und vertiefte sich wieder in ihre Notizen.

Während sie las, spürte sie seine Nähe so stark, dass sie schon eine Sekunde später ihren eigenen Text vergessen hatte. Sie fand diesen Mann abstoßend und anziehend zugleich und wusste, dass er sie ansprechen würde. Es war nur eine Frage der Zeit ...

Nach einer Weile gab sie ihre Bemühungen, die Notizen zu sichten, mit einem Seufzer auf, schloss ihre Augen wieder und versuchte, die animalische Wärme ihres Nachbarn zu ignorieren.

Das Flugzeug setzte ächzend auf der Runway auf, und für einen Augenblick hatte Lilly das Gefühl, dass die alte Maschine auseinanderbrechen könnte. Das Spiel war zu Ende.

Zwei Tiere vom selben erotischen Stamm hatten in dieser unfreiwilligen Enge nonverbale Signale ausgetauscht. Kein Wort, kein Überreichen von Visitenkarten, keine Anbahnung. Sie hatten beide abgewinkt, als das Essen kam, und ihre Getränke schweigend entgegengenommen. Der Fremde hatte die Brücke zum Small Talk, die eine gemeinsam eingenommene Mahlzeit ermöglicht hätte, nicht beschritten, und Lilly war ihm gefolgt, weil ihr der Appetit vergangen war. Sie wusste nicht, ob sie erleichtert oder enttäuscht sein sollte, und entschied sich für die vernünftigere Variante.

Sie kannte diese Art von Mann. Sie war dem naiven Mädchen aus der Provinz entwachsen und klebte ihm eine ihrer imaginären Etiketten auf die Stirn: „Finger weg, einsamer Wolf, beziehungsunfähig." Lilly war achtundzwanzig, im Augenblick Junggesellin und betrachtete die Sache damit als erledigt. Sie konnte die Anzahl ihrer Liebesbeziehungen gerade noch an beiden Händen abzählen. Das entsprach dem Zeitgeist, aber nicht ihrer katholisch geprägten Jugend im Bregenzerwald.

Die Flugbegleiterin bemühte sich, ihren Abschiedstext so zu sprechen, dass die Passagiere ihr glauben sollten, es sei ihr wirklich eine Freude gewesen, sie als Gäste an Bord zu verwöhnen. Es glückte ihr nur bedingt, und Lilly hörte den Unterton von

Routine, Langeweile und Erschöpfung in ihrer Stimme. Doch plötzlich kam ihre echte Stimme durch: „Herr Vicente, kommen Sie bitte zum Ausgang, Sie werden abgeholt." Wie immer, wenn jemand aus der anonymen Masse hervorgehoben wird, beobachteten die meisten Passagiere neugierig, wer der VIP an Bord war, und machten sich unbewusst für eine Bewertung bereit.

Der Mann neben ihr stand auf. Er nahm mit einer langsamen Bewegung Lillys Fingerspitzen, und als er sich zu ihr hinunterbeugte und ohne Vorwarnung ihre Hand küsste, roch sie noch einmal sein starkes Parfum, das sie inzwischen erotisch fand. Sie sah auf ihn hinunter und registrierte automatisch, dass sich seine wenigen Haare wie ein Kranz rund um seinen Kopf verteilten. Er schenkte ihr ein letztes Raubtierlächeln und ließ ihre Hand dabei nicht los: „Ruf mich an, ich bin Paolo." Während er sprach, griff er mit der anderen Hand in seine Manteltasche. Sie sah nicht, was er herausholte, der Rest ging blitzschnell. Er streifte ihr einen Ring über den Finger, wandte sich abrupt ab und bahnte sich seinen Weg durch die anderen Flugpassagiere, die inzwischen ebenfalls aufgestanden waren.

Lilly merkte erst, dass sie mit ausgestreckter Hand und offenem Mund dastand, als die Flugbegleiterin auf sie zukam und sie fragte, ob sie noch etwas an Bord vergessen hatte. „Nein, aber kennen Sie den Mann, der vom VIP-Service abgeholt wurde?" – „Ja, natürlich, das war Paolo Vicente, ein bekannter Anwalt und Geschäftsmann. Er fliegt ständig mit uns."

Im Flughafenbus betrachtete sie verstohlen den Ring. Ein einzelner, glitzernder, weißer Stein, der wie ein Brillant aussah, wurde von roten Steinen, die wie Rubine glänzten, umrahmt. Die Fassung war einfach, aber edel und wahrscheinlich aus Weißgold.

„Ich werde ihm den Ring mit der Post eingeschrieben schicken. Ich werde ihn nicht wiedersehen. Sicher nicht", murmelte sie vor sich hin. Sie hatte vor einigen Monaten eine komplizierte Beziehung beendet und war froh, dass sie ihr Junggesellinnenleben wieder aufnehmen konnte. Sie wollte sich auf keinen neuen Mann einlassen, nicht einmal für eine kurze Affäre. Und schon gar nicht auf diesen Typen mit der animalischen Ausstrahlung.

In der Redaktion war am nächsten Tag wieder einmal die Hölle los. Eine Serie, die im nächsten Heft starten sollte, war geplatzt, und Lilly musste mit „Die Kinder des Mai '68" einspringen.

Ralf saß gelassen mitten im Inferno und trank Tee. Sie liebte ihn wie einen Bruder. Er war homosexuell, ein genialer Zeitungsmacher und Journalist, ihr bester Freund und mit ihr gemeinsam Herausgeber des Monatsmagazins *Psychologie Morgen*. Seine Hemden waren immer perfekt gebügelt, er war mehr breit als hoch und seine großen, rehbraunen Augen wurden von seinen stark gekräuselten, semmelblonden Haaren noch betont. Sein voller, fast weiblicher Mund stand in starkem Kontrast zu einer kühnen Adlernase, und wenn er in seiner unnachahmlichen Art ein Bein über das andere schlug und seine rechte Hand aufs Knie legte, dann wusste die ganze Redaktion, dass Schweigen angesagt war, weil er etwas Wichtiges mitzuteilen hatte. Fast alles, was sie an intellektuellem Schliff und politischer Bildung besaß, verdankte sie ihm, auch, dass er sie ermutigt und gedrängt hatte, mit ihm gemeinsam ein Monatsmagazin zu gründen. Damals, als die Weltgesundheitsorganisation die europäische Geburtshilfe heftig kritisierte und Lilly als freie Journalistin keine Zeitung finden konnte, die ihre provokante Geschichte „Hebammen an die Macht" drucken wollte, wurde die Idee geboren. „Lass uns einfach eine Zeitung machen, dann können wir schreiben, was wir wollen", hatte Ralf gesagt und nächtelang Überzeugungsarbeit geleistet, bis sie ihren Teil des Startkapitals aus dem Erbe ihrer Großmutter väterlicherseits eingesetzt hatte. Von ihr hatte sie auch die große Altbauwohnung im dritten Stock eines Gründerzeithauses am Schwedenplatz geerbt, die jetzt als Redaktion diente.

Ralf und Lilly hatten sich in Innsbruck, an ihrem ersten Tag an der Uni, kennengelernt. Er saß neben ihr im Hörsaal, und während ihres Publizistikstudiums hatten sie gemeinsam eine WG in Hötting, einem der Vororte, gegründet.

Der Ring brannte an Lillys Finger und sie wusste, dass sie ihn noch heute zur Post bringen musste. Während sie schrieb, schaute sie immer wieder auf ihre rechte Hand und ärgerte sich über die kleinen pulsierenden Wellen, die ganz direkt, wie über eine elektrische Leitung, ihre Vagina erreichten. Sie mochte erotische Fantasien, aber bitte nicht während der Arbeit und im Zusammenhang mit diesem Mann! Ralf, dem sie fast alles anvertraute, konnte sie die absurde Geschichte nicht erzählen. Es klang wie aus einem schlechten Kitschroman. Sie liebte Ralfs Humor, gleichzeitig kannte sie seine spitze Zunge. Sie wusste, auch ohne seinen Kommentar, dass es absurd war, dass sie den Ring nicht einfach abnahm, in ein gepolstertes Kuvert verpackte und zur Post brachte.

Marion, die Redaktionsassistentin, steckte den Kopf zur Türe herein: „Brauchst du etwas von mir?"

Lilly hörte sich selber zu und wunderte sich, weil die Worte ohne ihr Zutun aus ihrem Mund kamen: „Ja, bitte such mir die Telefonnummer von einem Paolo Vicente heraus."

Er war sofort am Telefon, als hätte er ihren Anruf schon erwartet. „Ich schicke Ihnen heute den Ring zurück und brauche Ihre Adresse ..."

„Nein, ich will dich sehen, bring ihn mir. Jetzt. Ich werde auf dich warten." Seine Stimme klang heiser und gleichzeitig bestimmt. Er nannte eine Adresse und legte auf.

Lilly spürte, wie die Hitze aus ihrer pulsierenden Vagina sich über ihren ganzen Körper ausbreitete und sich ihre Beine unter dem Schreibtisch leicht spreizten.

Scheiße!

Sie verließ die Redaktion wortlos, ging auf den Schwedenplatz hinaus und merkte, als sie die Straße überquerte, dass ihre Knie zitterten. Die Adresse, die Paolo genannt hatte, gehörte zum angrenzenden zweiten Bezirk und war nur fünfzehn Minuten von der Redaktion entfernt. Sie passierte die Brücke über den Donaukanal, ohne ein einziges Mal aufs Wasser zu schauen, und rempelte auf der anderen Uferseite einen Mann an, der vor einem Geschäft mit Fahrrädern stand. Ihr Kopf war vollkommen leer.

Sie stand eine Weile unschlüssig vor dem Gebäude. Es war ein renoviertes Biedermeierhaus in der Nähe der Nepomuk-Kirche, mit einem großen, braunen Tor, in dem die unauffällige Eingangstüre fast verschwand. Sie zögerte einen Augenblick, dann machte sie kehrt, überquerte die Fahrbahn und ging zu Fuß die Praterstraße auf der anderen Seite wieder zurück. „Nein, sicher nicht, ich erlaube dir nicht, dass du dir das antust", warnte sie sich selbst und war froh, dass sie gegen den Wind, der vom Donaukanal durch die Straße fegte, ankämpfen musste. Lilly war als Einzelkind aufgewachsen und sprach immer zu sich selbst. Als kleines Mädchen hatte sie damit die Stille ausgefüllt, wenn ihre Eltern wieder einmal so sehr mit sich selbst beschäftigt waren, dass sie ihre Tochter vergessen hatten.

Sie war erst einige Minuten unterwegs, als sie vor einem Schaufenster stehen blieb. Das Geschäft mit erotischer Unterwäsche war wie eine rote Ampel auf ihrem Weg zurück ins normale Leben. Ferngesteuert trat sie ein und wurde von der Chefin, die von ihrer Angestellten mit „Frau Anita" angesprochen wurde, persönlich bedient. „Ich möchte gerne schöne Unterwäsche kaufen." – „Für einen bestimmten Anlass?" Lilly wurde rot. Konnte ihr jeder ansehen, dass sie erregt war? Die Frau half ihr weiter: „Ich meine, zur Hochzeit oder so?" – „Ja, genau", sagte Lilly erleichtert und hoffte, dass der Text, den sie dachte, nicht in ihrem Gesicht zu lesen war: „Ich bin gerade zu einem wildfremden Mann unterwegs, der mir gestern im Flugzeug einen Ring angesteckt hat, und werde mit ihm schlafen."

Das Haus, in dem Paolo Vicente sie erwartete, hatte keine Gegensprechanlage, und auf dem Türschild standen nur das Stockwerk und die Wohnungsnummer, die er ihr genannt hatte. Sie ging die alten, schmalen Steinstufen hinauf und hielt sich am Geländer fest.

Paolo trug einen schwarzen Bademantel aus Seide, unter dem sich sein Penis wölbte. Er war barfuß, und sie registrierte, dass er gepflegte Zehennägel hatte. Durch eine offene Tür im Hintergrund sah Lilly, dass die Marmorfliesen des Vorzimmers sich in einem Badezimmer fortsetzten, wo aus einer Wanne aus Marmor Dampf aufstieg. Es roch nach Badesalz und dem Parfum, das sie schon aus dem Flugzeug kannte.

In einem letzten Versuch, sich aus dieser Situation zu retten, nahm Lilly hastig den Ring vom Finger und streckte ihn Paolo entgegen. Er nahm ihn kommentarlos, legte ihn auf eine Glaskonsole im Vorzimmer und führte sie schweigend ins Bad. Er öffnete mit langsamen Bewegungen ihre cremefarbene Seidenbluse, und seine Augen weiteten sich, als er ihren roten Spitzenbüstenhalter sah. Mit einer schnellen Bewegung riss er den Reißverschluss ihres schmalen Rockes auf, und Lilly stieg, noch immer in ihren schwarzen Stöckelschuhen, aus dem Rock, während er zu Boden glitt. Sie dachte an die Pressekonferenz, die sie gerade verpasste und für die sie sich verkleidet hatte, denn eigentlich liebte sie flache Schuhe, in denen sie ungeniert große Schritte machen konnte. Der neue, ungewohnte Stringslip, der fast zwischen ihren Pobacken verschwand, stimulierte ihre Vagina und holte sie in den Augenblick zurück. Paolo setzte sich auf den Badewannenrand und sah sie eine Weile schweigend an. Dann deutete er mit einer Geste, ähnlich einem Zirkusdirektor, der sein Publikum in seine Show bittet, auf das dampfende Wasser: „Ich habe schon gebadet."

Er stand auf, streifte ihr die Unterwäsche ab, berührte wie zufällig ihre Lustlippen und sah zu, wie sie in die Wanne stieg. Das Wasser hatte eine samtweiche Konsistenz, und sie merkte, wie die Anspannung in ihrem Körper langsam nachließ. Paolo hatte den Raum verlassen und kam nach einer Weile mit zwei gefüllten Champagnergläsern zurück. Sie trank und spürte, wie der Alkohol in ihr Gehirn eindrang und einen angenehmen Nebel erzeugte. Sie hatte seit dem Frühstück nichts mehr gegessen. So, als hätte Paolo ihre Gedanken gehört, stand er auf und kam mit einer Schüssel Kaviar und frischem, weißem Brot zurück. Er setzte sich wieder an den Badewannenrand und fütterte sie mit kleinen Häppchen, die er vorher mit Zitrone beträufelte. Dann beugte er sich über sie und saugte an ihren Brustwarzen. Lilly stöhnte und hob automatisch ihr Becken.

„Ich will dich rasieren", sagte Paolo und nahm von einem Bord einen Wegwerfnassrasierer, wie ihn Lilly für ihre Beine verwendete. Er rasierte sie mit der einen Hand und öffnete ihre

Lustlippen mit der anderen Hand. Seine Stimme war rau, als er sagte: „Komm in mein Bett, ich will dich lecken."

Als Lilly Paolos Appartement, in dem er offensichtlich nicht wohnte und das nur aus einem Marmorbad, einem Schlafzimmer und einer Küche bestand, nach drei Stunden verließ, war sie beschwipst, glattrasiert und in einem angenehmen Zustand von Sattheit, den sie nicht mehr kennengelernt hatte, seit Michel sie in Paris in die Kunst der Liebe eingeführt hatte.

Ralf runzelte die Stirn, als Lilly am nächsten Tag in die Redaktion kam. „Wo warst du gestern, du bist einfach wortlos verschwunden, wir brauchen dringend deine letzte Fassung von ‚Die Kinder des Mai '68'".

Lilly sagte schuldbewusst: „Ich habe einen Retroausflug in die Gefühle des Mai '68 gemacht, der Text ist in einer Stunde fertig."

Ralf kannte seine Elfe, wie er sie nannte, gut. Er wusste, wenn sie dieses spezielle Nussknackergesicht aufsetzte, dass sie nichts mehr sagen würde. Jedenfalls nicht jetzt.

Um siebzehn Uhr läutete das Telefon: „Komm zu mir. Ich erwarte dich."

Lilly spürte, wie sie sofort feucht wurde, und stand rasch von ihrem Schreibtisch auf. Sie trug keinen Slip. Sie liebte es, sobald der Winter vorbei war, unter ihren Kleidern nackt zu sein, und wollte nicht, dass ein verräterischer Fleck ihre Erregung verriet.

Es war ein sonniger, warmer Spätfrühlingstag, und Lilly schlenderte mit pulsierendem Unterleib über den Schwedenplatz, kaufte sich ein Eis und spürte, dass sich seit gestern ihr Gang verändert hatte.

Sie ging wieder zu Fuß und genoss jede Sekunde. Auf der Schwedenbrücke blieb sie für einen Augenblick stehen und schaute auf die Kais des Donaukanals hinunter. Mensch und Tier waren aus ihren Winterhöhlen aufgetaucht und saugten die kostbaren Sonnenstrahlen auf.

Lilly wusste, dass ihre Obsession nichts mit Liebe zu tun hatte und dass es so etwas wie eine Beziehung mit Paolo nicht geben würde. Es war pure, leidenschaftliche Geilheit. Michel hatte sie wirklich geliebt, auch wenn die erotische Besessenheit ähnliche Züge hatte. Und bei allen anderen Männern in ihrem Leben hatte es wohldosierten Sex mit Bezug gegeben, es schwang immer ein „vielleicht wird das ein Partner, bei dem ich bleiben will“ mit.

Sie wusste noch immer nichts von Paolo. Weder ob er eine Frau hatte, die er mit ihr betrog, noch ob er zu den „Guten“ oder zu den „Bösen“ gehörte. Es war ihr egal.

Lilly lebte erst seit zwei Jahren wieder in Wien, wo sie ihre frühe Kindheit verbracht hatte. Nach dem Tod ihrer französischen Großmutter Mémé hatte sie deren Wohnung am Schwedenplatz, die jahrelang leer gestanden hatte, geerbt und damit war der Standort für *Psychologie Morgen* bestimmt. Das Magazin steckte noch in der Pionierphase und verlangte rund um die Uhr ihre Aufmerksamkeit. Sie hatte noch keine Zeit gehabt, sich um die Wiener Gesellschaft zu kümmern.

Paolo trug wieder einen schwarzen Bademantel aus Seide. Das Wasser war schon eingelassen, und nach dem Baderitual und den Kaviarhäppchen führte er sie wieder in sein Schlafzimmer. Das Bett hatte ein Kopf- und ein Fußende aus Metallstäben. „Ich werde dich fesseln“, sagte er und holte vier Seidentücher aus einer Schublade neben dem Bett. „Leg dich auf den Rücken.“ Er spreizte ihre Beine, band die seidenen Fesseln um ihre Fußknöchel und verknotete die doppelten Enden gekonnt an den Eisenstäben. Er arbeitete ruhig und konzentriert, und seine Mimik verriet nicht, was er sich dachte oder was er fühlte. Lilly schloss die Augen. Sie spürte, dass er jetzt über ihr kniete und hörte seinen raschen Atem, als er ihre Arme nach oben bog und rechts und links die Fesseln befestigte.

Seine Lippen und seine Hände waren überall, zuerst schmetterlingsgleich, dann immer fordernder, und als Lilly ihn anflehte, seinen Schwanz in sie hineinzustecken, verlängerte er ihre lustvolle Qual und verweigerte sich. Ihr Körper hatte sich längst selbstständig gemacht und wand sich im Rhythmus von Paolos Berührungen. Lilly zerrte an ihren Fesseln und versuchte sich loszureißen, um sich selbst befriedigen zu können. Sie war es gewohnt, nachzuhelfen und hatte noch nie, seit ihrer Begegnung mit Michel, einen Orgasmus ohne ihr eigenes Zutun gehabt. Dieser Rest von Kontrolle, dass es ihr nur dann kam, wenn ihre eigenen Finger sie berührten, war Teil ihrer sexuellen Biografie. Sein kehliges Lachen und seine breiten Hände, die ihre Arme niederdrückten, verstärkten die Wellen der Erregung, die sie überfluteten. Für eine Sekunde, bevor sie ihren Orgasmus herausschrie, dachte sie daran, wie gut es war, dass die Schlafzimmertür einen Schallschutz hatte.

Als Lilly ihre Kleider im Bad aufsammelte und sich anzog, lehnte Paolo an der Tür und sah ihr zu. „Das nächste Mal", sagte er und zeigte ihr sein Raubtierlächeln, „machen wir, was du willst." Lilly zog den Reißverschluss ihres Kleides zu und überraschte sich selbst: „Ich brauche einen Videoplayer."

Es war neunzehn Uhr. Lilly saß an ihrem Schreibtisch und wartete darauf, dass das Telefon doch noch läutete. Paolo hatte gestern nicht angerufen und heute auch nicht. Sie war vorbereitet. In der untersten Schublade lag, in einem neutralen Umschlag, das Video.

Ob er jetzt wohl mit seiner Frau – falls er eine hatte – zu Abend aß? Oder ob er mit einer anderen Frau das machte, was er mit ihr tat? Lilly spürte keine Eifersucht, aber ihr Körper war auf Entzug. Sie wollte diesen puren, unverpackten, unverschämten Sex mit ihm. Sprachlos, konventionslos, zwei wilde Tiere, die sich zur Paarung trafen. Es war ähnlich wie mit Michel und gleichzeitig völlig anders. Michel war ihre erste große Liebe gewesen, sie hatte bei ihm bleiben und seine kleine Frau sein wollen. Er hatte sie nach ihrem Sprachenjahr weggeschickt. „Petite Autrichienne", hatte er gesagt, „viele Männer warten auf dich. Du bist zu jung, um bei mir zu bleiben, und ich bin zu alt und zu klug, um es zu wollen."

Paolo dagegen war nicht liebenswert, er war einfach nur geil.

Um acht Uhr sperrte Lilly die Redaktionstür hinter sich zu und ging zu Fuß am Donaukanal entlang in den neunten Bezirk. Sie liebte das Servitenviertel, in dem sie wohnte, und mochte die Dorfatmosphäre, wo jeder jeden kannte. Gleichzeitig war sie, wenn sie nur ein paar Gassen weiterspazierte, eine von vielen anonymen Bürgerinnen dieser Weltstadt.

Jedes Mal, wenn sie ihre Wohnungstür aufsperrte und durch ihr helles Vorzimmer in den großen, fast fünfzig Quadratmeter großen Wohnraum mit den Bogenfenstern trat, spürte sie ihre Dankbarkeit für diese Oase mit Blick auf die Servitenkirche. Auf der Rückseite des Hauses hatte die gemütliche Wohnküche einen kleinen Balkon, von dem sie auf eine alte Linde im großen Innenhof sah. Dort saß sie an lauen Abenden, meistens mit Ralf, an ihrem runden, hellblau lackierten Tisch auf bunten Klappsesseln.

Sie zog sich im Schlafzimmer, das ebenfalls auf den Innenhof ging, ihren flauschigen Bademantel an. Dann nahm sie sich ein Glas Weißwein, setzte sich im Wohnzimmer auf ihr weißes Sofa, schaltete den Fernseher ein und versuchte der Irritation zu entkommen, die Paolos Schweigen in ihr auslöste. Nach einer Weile nahm sie eine Dusche, aber auch das half nichts. Die Entzugserscheinungen verstärkten sich nur durch das heiße Wasser. Sie wusste, dass sie es sich selber machen konnte. Aber bei dieser Vorstellung drängte sich ihr das Bild von der Tiefkühlpizza im Vergleich zu einem Gourmetmenü auf, und sie verlor die Lust.

Sie besichtigte den Inhalt ihres Kühlschranks und das deprimierte sie noch mehr. Keine Zutaten für ein befriedigendes Abendessen. Nur ein Glas Oliven, ein Glas Kapern und ein Liter Milch. Ihre Bregenzerwälder Oma hatte ihr immer Milch mit Honig ans Bett gebracht. Und plötzlich war das kleine Mädchen da, das Trost brauchte.

Lilly machte sich eine Wärmflasche, nahm den Becher mit der Honigmilch mit ins Bett und schlief ein.

Gott sei Dank war das neue Heft schon abgeschlossen. Lilly konnte sich nicht konzentrieren, und Ralf warf ihr auf der Redaktionskonferenz, die der Themenfestlegung für das nächste Heft diente, einen besorgten Blick zu. „Ich möchte eine Geschichte über Orgasmusschwierigkeiten machen“, hörte sie sich sagen, „unter Berücksichtigung von hilfreichem Sexspielzeug.“

Ihr Freund und Geschäftspartner warf ihr einen überraschten Blick zu. Bisher hatte sich Lilly in ihrer Themenwahl an einen klaren roten Faden gehalten. Das Thema Sex hatte nicht dazugehört.

Um siebzehn Uhr läutete das Telefon: „Ich warte auf dich, der Videoplayer steht schon im Schlafzimmer."

Lilly spürte eine Welle der Erleichterung und Erregung zur gleichen Zeit. Das Vakuum, in das sie Paolos Schweigen gestürzt hatte, war ein unbequemer Platz gewesen. Keine Verabredungen, weil *er* anrufen könnte, keine Gespräche über *ihn* mit Ralf oder ihrer besten Freundin, weil ihr ihre eigene Geilheit peinlich war. Isolation pur.

Paolo trug diesmal einen roten Seidenbademantel. Das Stück, in dem sie beide spielten, hatte noch immer keinen Text. Es gab nur Regieanweisungen, und die waren bisher von ihm gekommen.

Heute war sie dran.

Sie führte ihn nach dem Badezimmerritual ins Schlafzimmer und sah, dass der Videoplayer an einen Fernseher mit großem Bildschirm angeschlossen war.

Sie nahm zwei Kissen, bereitete für sie beide eine Rückenlehne vor und zeigte auf seine Seite: „Setz dich, ich zeige dir einen Filmausschnitt."

Lilly legte das Video ein. Sie hatte sich den Film vorgestern aus der Videothek geholt und ihn schon zu Hause bis zur passenden Stelle vorgespult. Man sah eine Frau, die auf einem Kamel ritt, das von einem Scheich geführt wurde. Sie war offensichtlich erschöpft und am Ende ihrer Kräfte. Sie hatte sich nach dem Tod ihres Mannes in der Wüste verirrt und wurde nun in sein Dorf gebracht. Lilly wartete auf ihre Szene und beobachtete aus den Augenwinkeln Paolo, der sein Pokerface für einen Augenblick verloren hatte. Er war auf einen Porno vorbereitet, und sie genoss seine Verwirrung. Die Frau stand mit gespreizten Beinen da und ihre Arme waren an der niedrigen Decke mit einem Seil zusammengebunden. Der Scheich kniete am Boden unter ihr und leckte sie.

Als die Szene zu Ende war, schaltete Lilly das Video aus. Sie wusste, wie *Der Himmel über der Wüste* ausging, sie hatte ihn vor einiger Zeit im Kino gesehen. Das Ende war tragisch und völlig unerotisch. Aber darum ging es jetzt nicht. Sie hatte immer wieder an diese Szene in der Lehmhütte des Scheichs gedacht und bisher nie gewagt, sie nachzuspielen.

Paolo stand auf und führte sie in die Küche. Sie war ziemlich groß und sah völlig unbenutzt aus. In ihrer Mitte stand ein großer Tisch, mindestens zwei Meter lang. An der hohen Decke über dem Tisch hingen an Haken dekorative alte Pfannen zwischen modernen, kleinen Hängeleuchten. Er packte sie und setzte sie auf den Tisch. Dann zog er sie ein Stück nach hinten und nahm sie an den Schultern. „Leg dich hin." Er stellte ihre Beine auf und setzte sich auf einem der rustikalen Küchenstühle vor sie hin. Lilly spürte seine Blicke in ihrer offenen Vagina und wartete darauf, dass er seine kurzen, dicken Finger in sie versenkte. Er ließ sie so lange warten, bis ihr Körper die Spannung nicht mehr ertrug und sich ohne sein Zutun einen Orgasmus erkämpfte. Als er endlich seinen Finger in sie hineinsteckte und ihre Lustlippen rieb, erschütterten Kaskaden von vielen kleinen Erregungswellen jede einzelne ihrer Zellen. „Steh auf und stell dich auf den Tisch." Das Kommando kam mit rauer Stimme, und als Lilly nackt auf dem Küchentisch stand, hob sie automatisch die Arme nach oben. Paolo holte eine kleine Leiter und zauberte aus seiner Bademanteltasche ein dünnes Seil. Er stieg auf die Leiter, nahm eine der Pfannen herunter, band Lillys Hände zusammen, fertigte eine kunstvolle Schlinge an und befestigte sie an dem freien Haken.

Paolo machte sich nicht die Mühe, seinen Bademantel auszuziehen, als er mit erigiertem Penis wieder auf dem rot gefliesten Küchenboden stand. Er beugte sich über den Tisch, und Lilly spreizte automatisch ihre Beine, als sie sein Gesicht, in dem sich seine Zunge schnell hin und her bewegte, auf ihren Unterleib zukommen sah.

Als Lilly an diesem Abend im Bett lag, war sie so erschöpft, dass sie sich fragte, wie sie ihre Arbeit neben diesem obsessiven Sexleben bewältigen konnte.

Das Leben rund um Lilly nahm in den nächsten Wochen seinen Lauf fast ohne sie. Sie funktionierte in ihrem Alltag, aber mehr nicht. Es war, als ob ein Ausschnitt, der bisher in ihrem Leben unauffällig und eher klein war, sich so ausgebreitet hatte, dass er alles andere verdrängte. Sie dachte den ganzen Tag an Sex, sie sehnte sich nach Sex und fieberte jedem neuen Treffen mit Paolo entgegen. Sie hatte sich inzwischen informiert und wusste, dass er mit der Kunsthändlerin Kristina Walf zusammenlebte. Sie besaß eine große Galerie, die sie gleichzeitig als literarischen und politischen Salon führte. Tout Vienne kam bei ihr zusammen.

Als die Einladung mit der Post kam, war Lilly in einer Phase ihrer noch immer nonverbalen Beziehung mit Paolo, in der sie sich fragte, wie das weitergehen sollte. Konnten ein Mann und eine Frau, ohne miteinander zu reden, über einen längeren Zeitraum einfach nur Sex haben?

Lilly wartete bis zum Abend, dann holte sie den cremefarbenen Umschlag aus der untersten Schreibtischlade, legte ihre Füße auf den Tisch und öffnete das Billett.

Dr. Paolo Vicente und Dr. Kristina Walf
bitten zu einem Wochenende mit Freunden.
Dresscode: bequem.

Der Text war handgeschrieben, die Adresse in einer zurückhaltenden Schrift gedruckt.

Lilly spürte, wie ihr das Blut in den Kopf schoss. Sie stand auf und ging zu Ralf hinüber, der seine Füße vom Schreibtisch nahm und sie interessiert ansah: „Ich habe ein Problem, ich muss mit dir reden." Sie hatte Ralf bisher nichts von Paolo erzählt, aber jetzt war es Zeit für eine Beichte.

Sie verließen gemeinsam die Redaktion und spazierten zum *Gläsernen Elefanten*, ihrer Lieblingsbar an der Grenze zwischen erstem und neuntem Bezirk. Ralf war ein guter Zuhörer, und auch wenn Lilly nicht in die Details ihrer Obsession ging, seufzte er enttäuscht, dass die Erzählung nach einer halben Stunde zu

Ende war. „Großartige Geschichte, fahr hin, das ist doch spannend, was soll dir passieren?“

Seine Reaktion überraschte sie nicht. Ralf hatte ein Faible für skurrile Geschichten, und seine eigene Liebesgeschichte entbehrte nicht der Pikanterie. Sein Lebensgefährte Chris war ein erfolgreicher Radiomoderator, der in München lebte. Dort hatte er in einer kurzen Phase der Orientierungslosigkeit mit einer bekannten Malerin eine Tochter gezeugt. Die vier verstanden sich so gut, dass sie traditionell Ostern und Weihnachten gemeinsam feierten und einmal im Jahr als Familie für zwei Wochen in den Urlaub fuhren. Dass Ralf und Chris eine Beziehung auf Distanz führten, empfanden beide als Segen. Der Beruf war ihre Leidenschaft und sollte nicht durch einen banalen Alltag gestört werden.

Am nächsten Tag versuchte Lilly, Paolo zu erreichen. Sie sprach mit seiner Sekretärin und glaubte ihr kein Wort, als sie sagte, er wäre den ganzen Tag außer Haus, weil er von einem Meeting ins nächste ging. Es war Freitag und das Wochenende am Semmering, einem alten Luftkurort eine Stunde von Wien entfernt, stand vor der Türe.

Lilly fuhr mit einem mulmigen Gefühl im Magen und völlig unkonzentriert durch die vielen Kurven. Sie trat ihren alten, hellblauen 2CV ungeduldig bis zum Anschlag durch, sobald sie in eine Gerade kam. Er hieß Godot und war ein Relikt aus ihrer Studentenzeit in Innsbruck. Sie hatte ihn dem Sohn des Leichenbestatters von Bregenz abgekauft, als sie in ihr neues Leben aufgebrochen war. Hinaus aus der Enge des Bregenzerwaldes. Innsbruck war auch eng, aber in der Landeshauptstadt von Tirol war sie wenigstens fremd und kannte niemanden. Hier wurden keine Vorhänge beiseitegeschoben, wenn sie vorüberging.

Das Haus lag am Ortsende und war über einen schmalen Schotterweg zu erreichen. Ein typisches Ferienhaus aus der Gegend, das sich nur durch besonders üppigen Blumenschmuck von den Nachbarhäusern unterschied.

Lilly war so erstaunt, dass sie irrtümlich auf die Bremse trat. Sie hatte Paolo ein extravagantes Domizil mit viel Glas zugeordnet.

Sie fuhr wieder an und lenkte ihr Auto auf den kleinen Parkplatz neben der angrenzenden Scheune. Sie wunderte sich, dass es nur noch ein weiteres Auto gab, einen dunkelgrünen Jaguar mit cremefarbenen Ledersitzen, der wohl einem der beiden gehörte.

Die Frau, die ihr lächelnd aus der offenen Haustüre entgegenkam, erkannte sie von einem Foto aus dem Zeitungsarchiv, das sie sich inzwischen besorgt hatte, und war dennoch überrascht. Ihr weißblondes Haar war zu einem losen Knoten hochgesteckt, ihr feines, blasses, fast altersloses Gesicht mit den hellblauen Augen strahlte eine Güte aus, die Lilly die Schamröte ins Gesicht trieb. „Wie kann er diese Frau mit mir betrügen, unfassbar!“ Als hätte sie ihre Worte gehört und wollte sie beruhigen, breitete Kristina die Arme aus und sagte mit einer tiefen, warmen Stimme: „Willkommen, wie schön, Sie kennenzulernen. Paolo hat mir schon viel über Sie erzählt.“

Lilly war verwirrt. Wusste seine Frau nichts? Oder wusste sie alles? Gab es einen Deal zwischen den beiden, den sie nach dreißig Jahren Ehe geschlossen hatten, damit die Beziehung spannend blieb?

Kristina sah Lilly fast zärtlich an und sagte mit wissendem Blick: „Ich kenne meinen Mann, er mag kluge, junge Frauen.“ Die Betonung war auf klug. Nicht auf jung.

„Wir werden diesmal nur zu viert sein, der Freund, den wir noch eingeladen haben, ist noch nicht da. Er steckt im Stau.“ Ein Mann für mich oder für sie?

Paolo tauchte in der Haustüre auf und beobachtete mit regungslosem Gesicht die Szene. Er trug eine weiche, braune Wildlederjacke, Jeans und Mokassins und sah in dieser Umgebung völlig anders aus. Wie ein Baron auf seinem Landgut, der gleich zur Jagd aufbrechen würde. Es gab nichts mehr, nur neutrale Freundlichkeit in seinem Blick, den sie so gut zu kennen geglaubt hatte. Das geile Raubtier war verschwunden. Hier stand ein älterer, zufriedener, seiner selbst sicherer Mann, der seinen Besitz genoss.

Als er näher kam und dabei seiner Frau zärtlich über den Arm strich, hätte Lilly am liebsten auf dem Absatz umgedreht und wäre geflüchtet. Kristina nahm ihr die kleine Reisetasche ab und sagte: „Kommen Sie, ich zeige Ihnen Ihr Zimmer." Lilly hatte gehofft, dass Paolo sie begleiten würde. Sie wollte ihn berühren, ihn wenigstens für eine Sekunde spüren und ihn fragen, was von ihr erwartet wurde.

Lilly zog sich nicht um. Sie war in einer Jeans und einem lockeren weißen Pulli angereist. Ihr ursprünglicher Plan, eine hautenge, cremefarbene Hose und einen tief ausgeschnittenen, roten Pulli anzuziehen, der ihre Brüste betonte, erschien ihr plötzlich peinlich und frivol. Sie wusch sich die Hände im kleinen Waschbecken in ihrem Zimmer und sagte zu ihrem Spiegelbild: „Mein Gott, was machst du hier!?"

Als sie nach unten kam, hatte sie sich noch immer nicht gefasst. Wo war dieser verdammte zweite Mann? Sie fühlte sich mit dem Paar, das sich in der Küche als eingespieltes Team bewegte, unwohl.

Paolo war der Koch. Er stand mit einer weißen Schürze am Herd und rührte hingebungsvoll in einem Topf, aus dem es köstlich nach Lammragout duftete. Seine Frau hackte Petersilie, und neben ihr lagen frisches Gemüse und Kartoffeln, die geschält werden mussten. Als Lilly ihre Hilfe anbot, lehnte Kristina lächelnd ab: „Wir machen das schon. Ich bin seine Hilfskraft, und er kocht."

Lilly hatte sich nie gewünscht, dass Paolo und sie mehr miteinander teilen sollten als ihre gemeinsame Obsession. Aber jetzt, als sie die beiden miteinander sah, der Inbegriff des glücklichen Paares, spürte sie einen Stich im Herzen. Es war nicht Eifersucht, es war das schmerzhafte Gefühl, ausgeschlossen zu sein, nicht dazuzugehören. Lilly fühlte sich plötzlich in ihre Kindheit zurückversetzt. In Wien nicht zu Hause und im Bregenzerwald nicht zu Hause. Fremd. Überall fremd.

Sie spürte, dass ihr Selbstbewusstsein immer mehr bröckelte und die kleine, einsame Lilly gleich auftauchen und zu weinen beginnen würde. „Ich mache noch einen Spaziergang, wenn ich hier nicht gebraucht werde." Im Wald, der nur hundert Meter hinter dem Haus begann, ruinierte sich Lilly ihre feinen Ballerinas und heulte sich in den Armen einer großen Tanne so richtig aus. Die Natur war immer ihre Rettung gewesen. Das hatte sie von ihrer Mutter gelernt: „Wenn du traurig bist, leg dich auf eine Wiese oder umarme einen Baum. Die Naturwesen sind immer da, um dich zu trösten."

Lillys Mutter hatte sich aus Liebe von einer Waldfee in eine Stadtfrau verwandelt und war daran fast zugrunde gegangen. Als sie mit ihrer kleinen Tochter aus Wien zurück nach Mellau geflüchtet war, hatte sie an so schweren Depressionen gelitten, dass ihr Arzt sie in eine Klinik einweisen wollte.

Sie saßen schon bei einem köstlichen, viergängigen Abendessen, als der vierte Gast schließlich kam. Lilly atmete auf. Endlich Entlastung!

Er war jung und sehr attraktiv. Sekretär eines Ministers und offenbar auch von geschäftlichem Interesse für Paolo, der sich als liebenswürdiger, gesprächiger Gastgeber entpuppte. Er schenkte Lilly und Walter immer wieder von einem schweren, alten Burgunder nach und langsam löste sich ihre Nervosität. Sie wusste noch immer nicht, was das Ziel dieser Einladung war und ob es heimliche Erwartungen an sie gab. Ein Vierer? Sie beobachtete Walter von der Seite. Ihr war klar, dass dieser Mann für sie auf keinen Fall infrage kam. Er hatte ein kantiges, hartes Gesicht, und sie sah, wie sich seine Kiefermuskeln in unterdrückter Spannung bewegten. Lilly hatte noch nie an Gruppensex teilgenommen, obwohl es gerade modern war. Sie sah keinen Bedarf, diesen Umstand genau mit diesem Typen zu ändern.

Kristina legte manchmal die Hand auf Paolos Arm. Es war keine besitzergreifende Geste, und dennoch, wenn er ihre Berührung mit einem zärtlichen Blick beantwortete, war der Text klar: „*Wir* sind das Paar."

Lilly war froh, dass dieser Sekretär endlich da war, aber je länger der Abend dauerte, desto weniger mochte sie ihn. Sie fand ihn aalglatt, und er war etwas zu oft der gleichen Meinung wie Paolo. „Ja, da haben Sie ganz recht, so sehe ich das auch", war einer seiner Lieblingssätze.

Sie stellte sich vor, wie er auf seiner inneren Rechenmaschine eine Kalkulation anstellte, ob sich dieser Abend für seine Karriere lohnen würde. Als der schwere Rotwein seine Zunge gelöst und sein Jasager endlich Pause hatte, kam ein aufrichtiger Macho zum Vorschein, der aus seiner Abneigung gegen emanzipierte Frauen kein Hehl machte. „Wer soll denn unsere Pensionen bezahlen, wenn die Weiber keine Kinder mehr bekommen wollen und stattdessen Karriere machen?“ Bevor Lilly ihrer Empörung Luft machen konnte, lächelte er sie charmant an und sagte: „Sorry, war nur ein Scherz. Natürlich ist die Frauenbewegung enorm wichtig für die Gesellschaft. Wir tun alles, damit sich noch mehr Frauen aktiv am Arbeitsmarkt engagieren.“

Kristina überhörte seine Bemerkung und schien über den Dingen zu stehen. Sie verteilte ihr Wohlwollen und ihre Wärme gleichmäßig am ganzen Tisch, und Lilly fragte sich, ob das vielleicht eines der Geschenke des Älterwerdens war. Sie konnte sich nicht vorstellen, dass sie je bereit sein würde, einen Mann mit einer anderen Frau zu teilen, und schon gar nicht im Bett.

Oder war diese Einladung dazu gedacht, Kristinas Alleinanspruch zurückzugewinnen?

Lilly staunte über diesen Mann, mit dem sie in den letzten drei Monaten fast täglich geschlafen hatte. In immer wieder neuen Varianten. Michel hatte ihr, als sie achtzehn war, die wichtigsten Grundlagen beigebracht, Paolo, in seiner erotischen Rastlosigkeit, hatte sie fast ohne Worte von einem erotischen Leckerbissen zum nächsten, von einer Ekstase in die nächste getrieben. Und irgendwann, als Lilly alle Hemmungen abgelegt hatte, war sie in den Inszenierungen immer kühner, und von ihm ermutigt, meist federführend geworden.

Für einen Augenblick lächelte sie, als sie an ihre einzige Inszenierung dachte, die Paolo aus der Fassung gebracht hatte. Sie war, als er sie anrief, um sich mit ihr am Nachmittag in seinem Liebesnest in der Praterstraße zu treffen, auf die Höhenstraße im Wienerwald gefahren. An einem der Aussichtspunkte mit Parkmöglichkeit hatte sie ihr Auto stehen gelassen und war durch die Wälder gestreift, bis sie eine Lichtung gefunden hatte, die ihr geeignet schien. Den Picknickkorb mit Leckerbissen und eine weiche Decke hatte sie gleich dort gelassen.

Er wollte zuerst nicht. Doch diesmal war Lilly unerbittlich gewesen. Sie hatte ihm die Augen mit einem seiner Seidentücher verbunden und ihn zum Auto geführt. Auf seine Fragen hatte sie nicht geantwortet und war zügig zuerst durch die Stadt und dann die vielen Kurven bergauf gefahren. Wie einen Blinden hatte sie ihn durch den Wald geführt, seine Hände sinnlich Rinden, Blätter und Pilze berühren lassen und ihn dann zart an einen Baum gefesselt, nachdem sie ihm seine Hose ausgezogen hatte. Als sie zuerst mit den Fingern und dann mit ihren Lippen seinen Penis liebkost hatte, war sein Brüllen, als sein Orgasmus kam, wie das Brüllen der Hirsche im Bregenzerwald, wenn sie ihre Brunftzeit hatten.

Jetzt saß Paolo da, ein gesetzter Patriarch am Familientisch, ruhig, gelassen, freundlich, gesprächig, kunst- und politikbeflissen, klug und beständig.

Das Haus war still. Lilly lag in einem schmalen Bauernbett mit karierter Bettwäsche und dachte an die edlen, französischen Seidenarrangements in Paolos Bett in Wien. Zwei Welten, zwei Männer. Sie fühlte sich einsam und sehnte sich nach ihrem eigenen Bett und nach einem Absacker im *Gläsernen Elefanten* mit Ralf oder Sybille, ihrer besten Freundin in Wien.

Das Geräusch war am Anfang so leise, dass sie es im Rauschen der Bäume, das durch ihr offenes Fenster klang, fast nicht wahrgenommen hatte. Dann hörte sie Paolos kehliges Stöhnen und Katharinas leises, lustvolles Seufzen, das nach einer Weile in unterdrücktes Schreien überging. Und plötzlich fühlte sie sich missbraucht. Darum ging es also. Sie wollten ein Publikum, um es miteinander zu treiben. Oder war ein Vierer vorgesehen gewesen, der nicht geklappt hatte, weil Lilly und der Sekretär einander nicht mochten?

Lilly spürte, wie ihr Körper steif wurde und sie fast ganz aufhörte zu atmen. Sie kannte diesen Zustand „ich stelle mich tot“ und wusste nicht, wie lange sie so dagelegen hatte. Es war ein kurzes Liebesspiel gewesen, und dann kam diese Stille zurück, die es nur noch auf dem Land gibt. Nach einer Ewigkeit, als sie Paolos lautes Schnarchen hörte, löste sich die Starre auf. Sie konnte Schnarchen nicht ausstehen.

Sie zog sich leise an, packte ihre kleine Reisetasche, schlich die Holztreppen hinunter und hielt den Atem an, als eine der Stufen laut knarrte. Sie atmete erleichtert auf, dass der Haustürschlüssel steckte und war froh, dass Godot, ihr alter Freund, sofort ansprang. Als sie von der Schotterstraße in die Hauptstraße einbog, zitterte sie am ganzen Körper und hielt sich zur Beruhigung am Lenkrad fest. Sie musste stehen bleiben und lenkte ihr Auto bei der nächsten Gelegenheit auf einen kleinen Feldweg, der zu einem Stadel führte.

Sie streifte ihre Ballerinas ab, stieg aus und spürte unter ihren Füßen erleichtert eine Mischung aus Gras und festgetretener Erde. Sie atmete tief durch, sog die klare Nachtluft ein und legte den Kopf in den Nacken. Sie spürte, wie sich ihr Körper langsam beruhigte. „Du bist ein Sternenkind“, hatte ihre Großmutter immer zu ihr gesagt und an der Kanisfluh vorbei, diesem Berg, den Lilly so liebte, auf den Sternenhimmel gezeigt. Lilly schaute in den Nachthimmel hinauf und spürte, wie die Sterne sie trösteten.

Und plötzlich war der Bregenzerwald da. Sie hatte bis jetzt nicht gewusst, dass sie ihn einfach rufen konnte, wenn sie ihn brauchte. Er hüllte sie ein, und Lilly spürte, dass alle Naturwesen, die sie in ihrer Kindheit kennengelernt und fast schon vergessen hatte, bei ihr waren. Sie nahm ihre Schuhe in die Hand, ging den Weg entlang bis zu dem Stadel, der so gut nach Holz roch, und setzte sich auf einen Baumstamm, den jemand auf zwei Holzpflöcke gelegt hatte. Sie lehnte sich mit dem Rücken an die Bretterwand und war für einen Augenblick wieder das Kind von damals.

Sie war mit fünf Jahren in den „Wald“ gekommen. Mit Kleidchen, die in eine Großstadt passten, aber nicht in ein Dorf in den Bergen, mit ihrem schönen Hochdeutsch, das sie im Kindergarten von den anderen getrennt hatte. Gleichzeitig verstand sie die Wälder überhaupt nicht mit ihrem Jau und Dau, was ja und da heißen sollte. Ihren Vater vermisste sie nur selten. Die Leitung seiner Schirmfabrik nahm ihn so in Anspruch, dass er nicht gemerkt hatte, dass „die Blume aus den Bergen“, wie er seine Frau nannte, neben ihm verdorrte, und dass er zu seiner einzigen Tochter eine Sonntagsbeziehung hatte.

Lilly vermisste vor allem ihre Großmutter. Sie sah sie von nun an nur noch, wenn Mutter bereit war, sie zu einem ihrer seltenen Ausflüge nach Wien mitzunehmen. Mémé wohnte in dem Gründerzeithaus am Schwedenplatz, in dem im Erdgeschoss ein kleines Einzelhandelsgeschäft und in den anderen Stockwerken ihre Wohnung und die Schirmproduktion untergebracht waren. Sie nahm ihre Enkelin mit, wenn sie durch die Räume ging, und legte ihre kleine Hand auf die unterschiedlichen Stoffqualitäten: „Wir sind in ganz Europa berühmt für unsere Qualität“, sagte sie dann stolz und sah den Frauen in der Näherei zu, wie sie im Akkordtempo die Bahnen für die Schirme zuschnitten und zusammennähten. Ihr besonderer Stolz waren jedoch die Stahlgestelle. Sie nahm einem der Handwerker ein Werkstück aus der Hand: „Wir verwenden nur feinste Uhrmacherdrähte, die sind leicht und halten lang.“

Ihre Mutter und ihr Vater hatten sich auf dem Vorsäß der Familie kennengelernt, einer Hütte, vor der die Kühe grasten. Katharina war eine braun gebrannte Nomadin, deren Leben sich nach den Bedürfnissen des Viehs richtete. Im Mai, sobald es genügend Gras gab, zogen sie aufs Vorsäß und im Juli, wenn die Wiesen dort kahl gefressen waren, ging's auf die Alm. Lillys Vater, der damals vierzehn war und auf Sommerfrische, hatte sich in der ersten Sekunde in den kleinen Wildfang verliebt. Sie war so anders als die Mädchen in Wien, so hell, so klar, so natürlich, so unbeschwert. Von diesem Tag an hatten sie jedes Jahr aufeinander gewartet, auf diesen Moment, wenn endlich Ferienzeit war. Seine Eltern hatten für ein Butterbrot ein Vorsäß in der Nähe gekauft und aus Sicht der Einheimischen verschandelt. „Abgschleackt“ nannten sie die umfangreichen Renovierungen, die in der Anlage eines Alpingartens ihren Höhepunkt gefunden hatten.

Als die Kinderspiele mit der Zeit in Erwachsenenspiele übergingen, hatte Lillys Bregenzerwälder Großmutter ihre Tochter Katharina gewarnt: „Des isch koan üsriger, des tuat nit guat. Mir san Hungerlider und si san rich.“*

Katharina und Harald hatten sich längst anders entschieden und schworen sich an ihrem geheimen Platz im Wald ewige Treue.

Der Schwur überlebte den Krieg. Als Harald, der mit siebzehn eingezogen worden war, drei Jahre später in den Bregenzerwald kam, war er zum Skelett abgemagert. Er wurde von Lillys Familie zuerst einmal aufgepäppelt. Und anschließend gab es eine Hochzeit, die von „den Wienern“ ausgerichtet wurde, an die sich die Bergler noch lange erinnern sollten. Lauter feine Gäste aus ganz Europa waren gekommen, der ganze Ort wurde in eine einzige Fremdenpension verwandelt. Als die Wäldarschmelg** mit ihrem Harald nach Wien zog, gab es viele im Tal, die sie um ihre gute Partie beneideten.

Aber weil Katharinas Mutter recht gehabt hatte, war ihre Tochter nach zehn Jahren Ehe wieder da. Sie liebte ihren Mann noch immer und er sie. Aber sie konnte die Großstadt nicht ertragen, und er war mit seiner Fabrik verheiratet. Das Tal seiner Kindheit, wie er den Bregenzerwald nannte, war ein schöner Ferienplatz, aber kein geeigneter Lebensmittelpunkt für einen Fabrikanten.

Es gab ein großes Fest für die verlorene Tochter, zu dem Lilly eine kleine weiße Tracht geschenkt bekam, die ihre Großmutter zu Entzückensschreien veranlasste: „Du beoscht a echte Wäldare, ma merkt's Wianar Bluot nüd.“*** Der „Wasserkopf Wien“ war verschrien im Land hinter dem Arlberg, und es war für das „Völkle fromm und wacker, das in Tal und Bergen wohnt“, wie es in der Landeshymne heißt, ganz klar: „Was Gott getrennt hat, soll der Mensch nicht verbinden.“

---

* Er ist keiner von uns, das tut nicht gut. Wir sind arm und sie sind reich.

** Mädchen aus dem Bregenzerwald

*** Du bist eine echte Wälderin, man merkt das Wiener Blut nicht.

Lilly, die das Nomadenblut ihrer Vorarlberger Vorfahren geerbt hatte, fühlte sich nach wenigen Tagen zu Hause in diesen Bergen, in denen die Luft klar und die Sicht weit war. Und gleichzeitig blieb sie auch fremd. Sie war eine Städterin. Da half es auch nichts, dass die schönen Kleidchen aus den edlen Stoffen in eine Kiste gepackt und nur zu den Besuchen beim Vater wieder herausgeholt wurden.

In Wien war Lilly auch nicht mehr zu Hause. Willi, ihr Freund aus Kindertagen, war der einzige, der sie dort verstand. Ihr Vater war stolz auf sie, aber seine Liebe wärmte sie nicht. Er kaufte ihr, als sie erst vier war, einen Tennisschläger und stellte sie stolz seinen Freunden vor, mit denen er jeden zweiten Morgen in der Porzellangasse auf einem Tennisplatz, den es schon zu Kaiser Franz Josephs Zeiten gab, spielte.

Ihre Eltern hatten sich nie scheiden lassen. Sie konnten nicht miteinander, aber auch nicht ohne einander leben. Als der Versuch, ihre Welten zu verbinden, gescheitert war, fanden sie ein Arrangement, das ihnen ein Minimum an Verbindung ermöglichte. Sie trafen sich jeden zweiten Monat in der Mitte des Landes, im *Österreichischen Hof* in Salzburg. Wenn ihnen die Zeit dazwischen zu lang wurde, fuhr der eine zum anderen. Lilly war immer dabei. Es war ein Familienleben im Postkartenformat, aber sie kannte nichts anderes.

Meistens war es Winter, wenn sie nach Wien fuhren, um den Vater zu besuchen. Lillys Mutter wollte, solange die Luft lind war und die Kräuter dufteten, nicht in die Großstadt fahren. Erst wenn die Tage kürzer wurden und mit dem Almabtrieb die sesshafte Zeit eingeläutet wurde, machte sich die Nomadin ihrer Tochter zuliebe auf die Reise in den Osten.

Sie hatte als Kind nicht verstanden, warum ihre Eltern nicht zusammen wohnten. Aber sie hatte unbewusst gespürt, dass die Last der Verbindung zwischen den beiden auf ihr lag.

Lilly seufzte und kehrte in die Gegenwart zurück. Sie spürte, dass die Feuchtigkeit der Nacht in ihre Kleider kroch, stand von ihrem Baumstamm auf und wusste plötzlich, warum sie nirgends ganz zu Hause war. Sie hätte sich für eine der beiden Welten entscheiden müssen, und das konnte und wollte sie nicht. Sie ging nachdenklich zum Auto zurück und war erleichtert, dass ihr Schmerz nicht Paolo galt.

Die Obsession war vorbei. Der Bann war gebrochen.

Sie würde nie mehr mit Paolo schlafen und das war gut so. Sie wollte einen Mann, den sie nicht teilen musste. Einen, der alles in ihr zum Klingen brachte, mit dem sie alles verbinden konnte. Die Liebe, den Alltag und die Sexualität.

Es war zwei Uhr morgens, als sie laut singend auf der kurvenreichen Straße des Semmerings Richtung Tal fuhr. Die Naturwesen hatten ihr geholfen. Sie spürte ihre ruhige Präsenz in jeder einzelnen ihrer Zellen und wusste nach langen Wochen plötzlich wieder, wie es sich anfühlt, in ihrer Mitte zu sein.

Im neunten Bezirk gab es ausnahmsweise viele Parkplätze, und Lilly spürte eine Welle von Glück, als sie ihr Auto abschloss und durch die nächtlich stille Servitengasse ging. Sie blieb einen Augenblick vor der Servitenkirche stehen, obwohl sie nicht im klassischen Sinne gläubig war und auf Kriegsfuß mit der katholischen Kirche stand: „Danke ihr da oben. Ich bin wieder ich."

Ralf war froh. Das Heft hatte seine Herausgeberin und seine beste Journalistin wieder zurück. Lilly war auch froh und stürzte sich in die Arbeit. Sie hatte die wilde, ungehemmte, erotische, dunkle Frau in sich kennengelernt und war Paolo dankbar. Sie war jetzt ein willkommener Teil – in einem großen Ganzen, das ihre Persönlichkeit ausmachte. „Wenn man etwas lange unterdrückt hat, muss es für eine Weile Vorrang bekommen", grinste Ralf, der gerade von einer systemischen Fortbildung, über die er schreiben wollte, zurückgekommen war.

Lilly nickte und dachte an ihren Vater. Er war schon seit ein paar Jahren tot. Das Bild von damals tauchte wieder auf.

Lilly im dunklen Stiegenhaus in Vaters Haus in der Porzellangasse in Wien. Ihre kleine Handtasche lag am Boden, sie hatte sie fallen gelassen und ihre Hände zitternd vor Erregung um Willis Hintern gelegt. Er war genauso nervös und erregt wie sie und versuchte mit schweißnassen Händen ihre kleine Brust aus dem

Büstenhalter zu holen. Seine ungeschickte Zunge war in ihrem Mund, und sie wussten beide nicht, was genau zu tun war, aber sie wussten, dass sie es wollten.

Lilly spürte, dass sie unten, dort wo das Unaussprechliche, Schmutzige war, das einmal im Monat auch noch blutete, ganz nass war. In diesem Augenblick ging das Licht an und ihr Vater kam die breite Treppe aus Marmor herunter. Sein Gesicht war wutverzerrt und seine große, schmale Hand schon zum Schlag erhoben, noch ehe er bei ihr war. Lilly stand da, eine Brust schon ausgepackt, das Haar zerwühlt, der Rock verrutscht.

Ihr Vater schlug ihr wortlos ins Gesicht, packte sie an ihren langen, mühsam ausgeföhnten Haaren und schleifte sie die Treppe hoch, zurück in die Wohnung, ins Schlafzimmer. Lillys Mutter saß mit angstgeweiteten Augen im Bett und hielt sich vor Entsetzen die Hand vor den Mund. „Schau sie dir an, diese Hure, deine Tochter!"

Lilly war fünfzehn und wollte nur noch sterben. Ihr Vater hatte sie noch nie geschlagen. Sie war sein Augenstern, und wenn sie ihn mit Mama in Wien besuchte, nannte er sie „meine kleine, verwöhnte Prinzessin".

Ralf rüttelte sie an der Schulter: „Wo bist du denn? Komm zurück!" Lilly nickte und sagte: „Bitte, kannst du mich einfach für einen Augenblick in den Arm nehmen, ich brauch' das jetzt."

Eines von Lillys Themen, auf das sie sich spezialisiert hatte und zu dem sie immer wieder schrieb, war Kindesmissbrauch. Sie wusste, dass auf eine spezielle Art und Weise auch sie zu diesen Kindern gehört hatte. Ihr Vater hatte ihr sicher nichts getan, nicht im körperlichen Sinn. Aber auf subtile Weise war sie seine „kleine Frau" gewesen, nachdem Mutter sich in ihrem Unglück von ihm als Frau abgewandt hatte. Er hatte Lilly mit seiner Eifersucht verfolgt und bis zu seinem Tod kein gutes Haar an ihren Männern gelassen: „Er ist nicht gut genug für dich", hatte er bei jedem, der ihm unter die Augen kam, gesagt.

Paolo hatte seit dem Wochenende am Semmering nicht mehr angerufen. Lilly spürte, dass sein Schweigen an ihr nagte. Nicht, weil sie wieder mit ihm schlafen wollte. Das war vorbei. Die wilde, erotische Frau in ihr war erweckt und hatte einen guten Platz. Irgendwann würde wieder ein Mann in ihrem Leben sein. Aber das hatte Zeit. Sie hatte Sex auf Vorrat getankt, es würde kein Notstand ausbrechen. Das war es nicht. Dieser Mann hatte eine intensive Zeit mit ihr geteilt, sie hatten nicht nur Körpersäfte ausgetauscht, sondern auch gemeinsam Grenzen überschritten und sich aufeinander eingelassen, wenn auch nur sexuell. Und jetzt verschwand er einfach so? Ohne ein Wort? Außerdem gab es noch viele Fragezeichen. Was sollte dieses Wochenende? War das Paolos Art, seine Affären zu beenden? Oder war dieses Treffen ein Wunsch seiner Frau gewesen? Eine Seite in ihrem Leben war aufgeschlagen worden und nun fehlte der Abschluss. Lilly sprach, dachte, sah und schrieb in Bildern. Sie war gewöhnt, dass Geschichten auch ein Ende hatten, dass sie irgendwo einen Punkt machen und sie dann ins Archiv legen konnte. Und ohne dass sie ihrem Alltagsbewusstsein erlaubte zu bemerken, dass sein sang- und klangloses Verschwinden schmerzhaft war, wartete sie auf ein Zeichen, eine Antwort von Paolo.

Nach einer Weile, als sie bereit war, mit Ralf darüber zu sprechen, sah sie die Wortkombination „sang- und klanglos" bildlich vor sich und erzählte ihm, dass die Begegnung mit Paolo wie ein Lied war, das mitten in einer Strophe abgebrochen wurde.

Kurz bevor Wien seinen jährlichen Schichtwechsel vornahm, die Wiener aus der sommerlichen Stadt flüchteten und sie fast vollständig den Touristen aus aller Welt überließen, rief Paolo an.

„Ich muss dich sehen, bitte kannst du ins *Demel* kommen?" Die alte Hofkonditorei *Demel* war einer der Orte in der Innenstadt, an denen „man" sich traf. Es war kein Platz, an dem sie Gefahr laufen musste, die alte Obsession würde wieder auftauchen. Paolos Stimme hatte auch ganz anders geklungen. Hier sprach nicht der Sexmaniak, sondern ein Mann, der in Sorge war.

Lilly hatte ihn die meiste Zeit ihres Lebens nur nackt gesehen. Der Spruch „Kleider machen Leute" traf auf Paolo zu. Er trug einen schwarzen, maßgeschneiderten Anzug und sah elegant und auf seine eigene Weise gut aus. Sie schwiegen, bis der Kaffee und die Mohnpotize, eine Spezialität des Hauses, kamen, und Lilly versuchte in seinem Gesicht zu lesen. Er hatte sein übliches Pokerface aufgesetzt, aber seine Augen waren traurig.

Für einen Augenblick tauchten aneinandergereiht wie auf einer Perlenkette die besten gemeinsamen Sexszenen vor ihr auf, aber sie schienen schon in weiter Ferne und ließen ihren Unterleib unberührt. Sie spürte nur Dankbarkeit. Noch waren Liebe und Sex nicht miteinander verbunden. Sie wusste, dass in ihrem Inneren das eine das andere fast ausschloss. Man liebte, oder man war geil. Ihre Beziehungen im Erwachsenenalter waren fast alle zahm und ziemlich vernünftig gewesen. Sie nahm Paolos Hand und sagte nur: „Danke für alles." Sie spürte Zärtlichkeit für den Menschen, nicht mehr für den Mann.

Paolo hatte plötzlich Tränen in den Augen. „Bitte hilf mir, die Tochter einer Frau, die mir seit vielen Jahren sehr nahesteht, ist magersüchtig." Lillys Augen weiteten sich vor Überraschung. Sie hatte nicht gewusst, dass es neben Kristina noch eine andere Frau gab, die ihm auch wichtig war.

„Es ist nicht so, wie du denkst", beantwortete Paolo ihre nicht laut gestellte Frage. „In einer Zeit, als es mir schlecht ging, weil Kristina mich für ein ganzes, langes Jahr verlassen hatte, war Ria einfach für mich da. Sie hat mich im Arm gehalten, wenn ich geweint habe, sie hat mir eine Hühnersuppe gekocht, wenn ich besoffen war, damit ich meinen Schmerz nicht spüren musste, und als ich immer extremer und destruktiver wurde, ging sie zu Kristina und hat ihr von mir erzählt. Und jetzt hat sie mich zum ersten Mal um etwas gebeten. Larissa, die ich seit ihrer Kindheit kenne, ist achtzehn, und ich mache mir große Sorgen um sie."

Lilly war selber mit fünfzehn magersüchtig gewesen. Sie konnte es auf den Fotos sehen. Damals gab es im Bregenzerwald diesen Namen nicht. Aber die Gefühle, die dazugehörten, waren ihr vertraut. Mager- und Esssucht war eines der Themen, mit denen sie sich journalistisch immer wieder beschäftigte.

Als Paolo mit der Telefonnummer einer der besten Spezialistinnen des Landes wieder ging, wusste Lilly, dass eine Freundschaft begonnen hatte.

Ihre Zeitschrift *Psychologie Morgen* war noch lange nicht in der Gewinnzone. Aber die Leserzahlen stiegen ständig und die Anzeigenkunden, die sich zunächst abwartend gezeigt hatten, gaben langsam ihre Vorbehalte auf. Nachdem Lilly Paolo kennengelernt hatte, gab es einen signifikanten Anstieg bei den Werbeeinschaltungen und Lilly hatte den Verdacht, dass er ihr Magazin unauffällig förderte. Sie waren inzwischen gute Freunde geworden. Lilly lernte seinen Einfluss kennen, erlebte, wie Mitglieder der Regierung seine Nähe suchten, sah ihn politische und gesellschaftliche Fäden ziehen und öffentliche Projekte kippen oder fördern. Er machte Wahlwerbung für die Sozialistische Partei, obwohl sein Beruf als Anwalt eher eine Zugehörigkeit zum bürgerlichen Lager vermuten ließ, und ließ sie an seinen Gedanken zu innovativen Projekten teilhaben. Manchmal fragten sie einander auch um Rat, und Ralf, der die Freundschaft mit Amüsement verfolgte, nannte ihn den „Napoleon von Wien".

Einmal im Monat trafen sie sich zum Mittagessen, und als eines Tages zufällig Sybille vorbeiging und sich zu ihnen setzte, war klar, dass Paolo eine neue Gespielin suchte. Er hatte plötzlich wieder diesen ungebremsten, nackten, geilen Blick, den sie so gut kannte ... „Ich muss Sybille vor ihm warnen", aber während sie es dachte, wusste Lilly, dass es schon zu spät war. Tief in ihrem Inneren war ihre Freundin sehr einsam und versuchte diese Leere mit immer neuen erotischen Abenteuern zu verdrängen. Das Spiel war eröffnet. Sie spürte einen kleinen Stich und dachte mit einer leichten Wehmut, wie vergänglich diese pure Geilheit war. Wie leicht sie schal wurde und wie sicher das Ende vorprogrammiert war. „Ich hätte diese Zeit noch mehr genießen sollen ..."

In den nächsten Wochen sah sie zu, wie Sybille – ohne sich ihr anzuvertrauen, weil es ihr offenbar so peinlich war wie Lilly damals – sich von einer normalen Frau in einen Vamp verwandelte. Sie schien nicht nur ihre Obsession mit Paolo zu leben, sie zeigte sie auch in ihrer Kleidung. Sie, die immer gerne flache Treter getragen hatte, kam plötzlich mit Stöckelschuhen daher, die man als Mordwaffe hätte verwenden können. Ihre wallenden

Hippieklamotten verschwanden von einem Tag auf den anderen und machten hautengen, tief ausgeschnittenen Kleidern Platz.

An dem Tag, als Sybille in einem mehr als kurzen Tigerkleid, einem passenden, kleinen, frivolen Hütchen, schwarzen Netzstrümpfen und Schuhen mit Tigermuster auftauchte, war Lilly versucht, ihr zu sagen, dass sie in ihrer Kleidung besser etwas mehr Abstand zu den Prostituierten am Gürtel wahren sollte. Sie entschied sich dann doch, ihr keinen Ratschlag zu geben, und merkte, dass sie sie insgeheim bewunderte für ihre Hemmungslosigkeit.

Sybille lag mehr als sie saß auf der Bank des Stammtisches in *Oswald & Kalb* in der Bäckerstraße, einem Szenetreff mit guter Küche, der auch von Journalisten gern besucht wurde. Es war ein guter Platz für Liebespaare, die öffentlich nicht zueinander stehen wollten oder konnten. Man stand an der Bar oder saß am Stammtisch, und keiner fragte nach guten Sitten oder Moral oder was die Paare, die einander „zufällig" hier trafen, anschließend noch vorhatten. Einige von ihnen, das hatte Ralf ihr erzählt, besuchten dann meist das *Hotel Orient*, das beste Stundenhotel der Stadt, das nicht mehr als fünfzehn Minuten von der Bäckerstraße entfernt lag. Es war also keinesfalls ungewöhnlich, dass Sybilles Hand unauffällig auf Paolos Schritt ruhte und er wie nebenbei ihre Brust streichelte, während er politische Gespräche führte.

Lilly hatte damals nur ihre Unterwäsche und ihren Gang verändert und war sich schon unglaublich frivol vorgekommen. Und außerdem wäre sie nie auf die Idee gekommen, ihre Obsession öffentlich zu leben. Als sie am Nachhauseweg mit Ralf darüber sprach, sagte er nur trocken: „Gott sei Dank, es gibt Grenzen, was der Ruf von *Psychologie Morgen* verkraften kann."

Einen Mann gab es seit Paolo noch immer nicht in Lillys Leben. Die Zeitschrift war ihr Baby, und nachdem Ralfs Partner in München lebte, verbrachten sie und Ralf viele Abende miteinander, teilweise in der Redaktion und häufig in ihren Stammlokalen. Neben *Oswald & Kalb* gab es noch ihren Lieblingsgriechen im dritten Bezirk. Ihr Stammtisch war immer für sie reserviert und Lefti, der Besitzer, der eigentlich Lefteris hieß, gab ihn erst nach neunzehn Uhr her, wenn klar war, dass die beiden jetzt wahrscheinlich nicht mehr kommen würden.

Lilly war glücklich und dankbar für Ralfs sexuelle Orientierung. Gleichzeitig litt sie mit ihm, weil es immer noch Menschen gab, die Homosexualität für eine perverse Neigung hielten, die man abschaffen sollte. Das Gesetz hatte ihnen bis vor Kurzem recht gegeben und sexuelle Handlungen zwischen Männern als Unzucht bezeichnet und bestraft. Die Tatsache, dass das Mann-Frau-Thema in ihrer Beziehung keine Rolle spielte, erleichterte sie. Ralf konnte sie ohne Nebengedanken innig umarmen, sich in seine Arme werfen, wenn sie unglücklich war, und mit ihm über die Männer reden, in die sie gerade verliebt war. Einmal im Monat gingen sie ins Theater. Sie war eine Kulturbanausin, wie Ralf schon am Anfang ihrer Freundschaft festgestellt hatte, und er suchte die Stücke aus.

Außerdem reiste Lilly viel. Eine der Besonderheiten des Magazins war der erlebnisorientierte Zugang in der Berichterstattung. Sie hatte darauf bestanden, weil sie am lebendigsten schrieb, wenn sie die Geschichten mindestens teilweise selbst erlebt hatte. Ralf hasste es, zu reisen. Er reiste lieber im Kopf und bewegte sich über die Stadtgrenzen freiwillig nur dann hinaus, wenn es unumgänglich war. München war eine Ausnahme. Dort, in der Wohnung von Chris, seinem Lebensgefährten, fühlte er sich zu Hause, das fiel nicht unter Reisen.

Ansonsten hielt er es mit Winston Churchill: No sports. Lilly dagegen liebte Sport. Sie schwamm, sie wanderte und fuhr Ski. Sie war so aufgewachsen. Ihre Mutter hatte immer Trost bei der Bewegung in der Natur gefunden.

Ralf und sie hatten manchmal Diskussionen darüber, weil ihre Reisen das Budget unnötig belasteten. „Warum kannst du nicht einfach jemanden in Wien interviewen oder nach München fahren? Du setzt dich in den Zug und bist am nächsten Tag wieder da.“ Er kannte die Antwort schon und wusste ohnehin, dass er keine Chance hatte. Lilly musste der Nomadin in ihr immer wieder Auslauf geben. Es gab kein Vorsäß und keine Almen in

Wien, wo sie mit dem Vieh von einem Platz zum nächsten ziehen konnte, aber dafür gab es andere Städte und Länder. Und wenn sie nicht mindestens alle sechs Wochen eine Abenteuerreise machen konnte, wurde sie unruhig. Meistens fuhr sie dann nach Frankreich. So wie jetzt auch, um eine Geschichte zum Thema Trauma zu recherchieren. Sie sprach fließend Französisch, weil ihre Mémé aus Lyon kam und so wie ihre Mutter aus Liebe nach Wien in „die Fremde" gezogen war. Lilly liebte die Sprache und träumte und dachte, wenn sie von Reisen aus Frankreich zurückkam, noch wochenlang in ihrer Vatersprache, wie sie es nannte.

Vorarlberg gehörte zwar offiziell nicht zum Ausland, obwohl es sich schon einmal darum bemühte hatte. Die Schweizer wollten damals nicht und nannten das kleine Land: Kanton übrig.

Lillys Vater konnte bis zu seinem Tod den Bregenzerwälder Dialekt nie wirklich sprechen, und ihre Mutter hatte Deutsch wie eine Fremdsprache gelernt, als sie zu ihm nach Wien gezogen war. Dann hatte sie die beiden Sprachen, die nicht miteinander verknüpfbar waren, vollkommen getrennt nebeneinander gestellt und sie aus ihren Fächern, in denen sie verstaut waren, nach Bedarf herausgenommen. Das war kein Problem gewesen, solange Lillys Eltern sich nicht stritten oder sich im Bregenzerwald aufhielten. Lilly konnte sich noch genau an die gemeinsamen Abendessen am „Burôtisch"* in der Stube in Mellau erinnern. An der Wand hing der Spruch: „Meor ehrod das Ault und grüßed das Nü und blibot üs sealb und dr Hoamat trü." Was soviel heißt wie: „Wir ehren das Alte, wir grüßen das Neue und bleiben uns selbst und der Heimat treu."

Lilly wusste, dass ihre Mutter sich wie eine Verräterin fühlte, wenn sie mit ihrem Vater vor ihren Eltern Hochdeutsch sprach und es kaum schaffte, in ihren Heimatkanal zu wechseln, wenn sie das Wort an die beiden richtete. Ihre Großeltern wiederum bemühten sich krampfhaft, sich in der „Fremdsprache" verständlich zu machen, was manchmal zu hilflosen sprachlichen Verrenkungen führte, unter denen ihre Mutter litt. Lilly fand die

---

* Bauerntisch

kreativen Wortschöpfungen wunderbar und amüsierte sich darüber.

Wenn ihre Eltern dann später auf ihrem Zimmer stritten, verfiel ihre Mutter in den allerbreitesten Dialekt und nannte ihren Vater im Zorn „an fula Sukog“, was soviel wie „fauler Sauhund“ hieß, weil er es in den vielen Jahren ihrer Beziehung nicht geschafft hatte, ihre Sprache auch nur annähernd zu erlernen.

Lilly hatte diese Probleme nicht. Sie war ganz natürlich mehrsprachig aufgewachsen. Der Umstieg in den jeweils anderen Sprachkanal fiel ihr leicht. Ralf liebte es am meisten, wenn sie, die Füße auf ihren Schreibtisch gelegt, mit ihrer Mutter oder ihrer besten Freundin Ella, die eigentlich Aurelia hieß, in Mellau telefonierte. Die vielen „Jaus“ und „Daus“ faszinierten ihn, auch wenn er das meiste nicht verstand.

Rotraut und Erwin vom *Leporello*, ihrer Lieblingsbuchhandlung in der Liechtensteinstraße, hatten wieder einmal ganze Arbeit geleistet. Lilly saß an dem kleinen Tischchen, an dem die Kunden schmökern konnten, und las sich quer durch Bücher über Traumatherapie.

Die internationale Traumaexpertin, die sie sich für ihre Geschichte als Expertin ausgesucht hatte, war einem stark lösungsorientierten Zugang verpflichtet und lebte und arbeitete in Lyon. Lilly würde übermorgen dorthin fliegen, um an einem Seminar für Therapeuten teilzunehmen.

Die Stadt empfing sie mit heiterem Sonnenschein. Sie stellte ihr Gepäck in dem kleinen Hotel ab, in dem sie immer wohnte, und zog sich nur kurz in ihrem Lieblingszimmer mit Blick auf die Saône bequemere Schuhe an. Sie kannte Lyon wie ihre Westentasche. Mémé war gründlich vorgegangen. Zuerst hatte sie das Kind von Sehenswürdigkeit zu Sehenswürdigkeit geschleppt, dann waren die Museen an der Reihe gewesen. Lilly hatte sich mehr für die Details des alltäglichen Lebens interessiert. Sie wollte die Schwäne füttern, die bei den vielen Brücken, die die beiden Stadthälften miteinander verbanden, auf die Touristen warteten. Sie wollte die Bewohner der Hausboote, die am Ufer vertäut lagen, beobachten und inspizierte jeden Blumentopf und jedes Möbelstück auf den Schiffdecks genau. Sie versuchte durch halb zugezogene Vorhänge in die Schiffszimmer hineinzusehen und war einmal so lange vor einem der Fenster stehen geblieben, bis die Besitzer sie und Mémé zu einer Besichtigung eingeladen hatten. Sie wollte dem Mann zuhören, der auf dem steilen Fußweg zur Basilika französische Chansons sang und sich selber auf der Ziehharmonika begleitete. Sie wollte dem kleinen Pfad folgen, der dort, wo er saß, vom Hauptweg abzweigte. Sie zeigte ihrer Großmutter begeistert jede einzelne Pflanze in dem kleinen Gärtchen, das wider Erwarten am Ende des Pfades hinter hohen Büschen verborgen lag, und berührte mit ihren kleinen Händen die warmen Steine, die jemand liebevoll zu einem schützenden Mäuerchen aufgeschichtet hatte.

Sie verbrachte Stunden damit, die Dächer der Stadt von oben zu betrachten. Sie sah jede noch so kleine Terrasse, jedes Tier aus Stein, jede Figur, die einen Giebel schmückte. Grand-Mère liebte ihre einzige Enkeltochter abgöttisch und ließ sich, obwohl sie eine strenge, disziplinierte Frau war, geduldig von hier nach dort zerren.

Lilly ließ dafür das Kulturprogramm geduldig über sich ergehen. Wenn sie dann im eleganten, kleinen Salon ihrer Großmutter saß, heiße Schokolade trank und mit Orangenmarmelade gefüllte Croissants aß, war sie rundum glücklich. Am Anfang hatte ihr Vater sie auf ihren Reisen nach Lyon begleitet. Das war auch schön, aber anstrengend. Die beiden Erwachsenen trugen ihre Spannungen untereinander subtil über das Kind aus, und Lilly musste mehr als einmal in ihre Fantasiewelt flüchten, weil es draußen so laut zuging.

Als sie alt genug war, flog sie als „unbegleitetes Kind“ mit einer Plastiktasche mit ihren Daten um den Hals nach Lyon und lebte für vierzehn Tage im Schlaraffenland. Sie war der Mittelpunkt in Mémés Leben, ihr „petit Bijoux“, und alles drehte sich um sie.

Lilly lächelte und schickte Mémé einen Gruß in den Himmel. Sie war nicht gläubig, wusste aber sicher, dass die Menschen, die sie liebte, über den Tod hinaus mit ihr verbunden blieben. Ob sie sich dort oben mit ihren Bregenzerwälder Großeltern gut verstand? Zu Lebzeiten hatte es nach der Hochzeit ihrer Eltern keinen Kontakt mehr gegeben. Einmal hatte sie als Kind gehört, wie Mémé zu ihrem Vater gesagt hatte: „Sie stinken nach Stall, was soll ich mit ihnen?“ Lilly hatte das nicht verstanden, sie liebte den Stallgeruch.

Ihr Großvater war ein schweigsamer Mann gewesen, der am liebsten mit seiner Pfeife auf der Hausbank gesessen war, und wenn Lilly ihn etwas gefragt hatte, erst nach einem längeren Schweigen bedächtig geantwortet hatte. Von ihm hatte sie gelernt, wie man ein mutterloses Kitz mit einer Milchflasche füttert und wie man einem verletzten Vogel das Beinchen schient.

Am Abend setzte sich Lilly, müde von ihrem langen Spaziergang an alle Lieblingsplätze ihrer Kindheit mitten unter die Touristen auf den Place Bellecour, aß einen Salade niçoise und trank ein Glas französischen Landwein. Sie fühlte sich nicht einsam, auch wenn sie allein unterwegs war und konnte überall den lebendigen Atem dieser Stadt spüren.

Lilly schwelgte die beiden Tage während ihres Traumaseminars in einem Sprachbad und genoss es, dass sie den ganzen Tag Französisch hörte und Französisch sprach. Sie lernte, dass viele Traumata von selbst heilten und dass aber acht bis fünfzehn Prozent sich einfach nur abkapselten und ungelöst im Verborgenen darauf warteten, geheilt zu werden. Sie erfuhr, dass auch noch Jahrzehnte später traumatische Ereignisse plötzlich mit großer Vehemenz an die Oberfläche kommen konnten, häufig ausgelöst durch ein Ereignis in der Gegenwart.

Lilly wurde plötzlich bewusst, dass eine ganze Generation von Männern und auch Frauen schwerst traumatisiert war durch die Erlebnisse im Krieg. Sie hatte ihren Vater mehrfach gefragt, wie das damals war, als er als junger Mann in seiner zerlumpten Uniform mit Frostbeulen an den Füßen aus Russland geflüchtet und zu Fuß von Norddeutschland bis in den Bregenzerwald gegangen war. Er hatte ihr die Zigarettendose aus Blech mit dem Einschussloch gezeigt, die ihm das Leben gerettet hatte, weil sie in seiner Brusttasche gesteckt war. Er war noch immer über seine entfernten Verwandten empört, von denen er, als er im Allgäu halb verhungert an ihre Türe geklopft hatte, mit dem Satz empfangen wurde: „Bist du dreckig, zieh dir sofort die Schuhe aus!"

Viele Jahre später, als Lilly einen grausam realistischen Kriegsfilm im Fernsehen gesehen hatte, wurde ihr erst klar, dass all die Toten, die Verletzten, das viele Blut, die Todesangst und die zerbombten Städte zum Alltag ihres Vaters gehört hatten. Lilly kannte zerbombte Städte. Sie war ein Nachkriegskind und hatte es geliebt, in den Ruinen zu spielen. Das war zwar streng verboten, aber Willi war schließlich ihr bester Freund. Mit ihm schlich sie sich davon, und er zeigte ihr die größten Froschteiche in den Trümmern und die schönsten „Wohnzimmer" in den Ruinen, in denen sie dann mit anderen Kindern aus der Nachbarschaft spielten, wenn sie in Wien zu Besuch war.

Am zweiten Tag des Seminars gab es neben dem theoretischen Input auch praktische Aufgaben zu lösen. Sie suchte sich für die Übungen zu zweit eine Frau in ihrem Alter aus, die sich als Pauline vorstellte und aus Straßburg kam. Es ging darum, einander anzuleiten, ein mögliches Trauma gut in einem sicheren Koffer zu verstauen, um es erst dann hervorzuholen, wenn es einen passenden Rahmen zur Bearbeitung gab.

Lilly bat Pauline anzufangen, weil ihr absolut nichts einfiel, womit sie arbeiten konnte.

Als der Schmerz und der Schock kamen, war Lilly völlig unvorbereitet. Pauline, die nicht locker ließ, hatte sie gebeten, einen Augenblick in die Stille zu gehen und ihre Augen zu schließen. Vielleicht würde dann doch noch etwas auftauchen, was sich lohnte, in einen sicheren Koffer gepackt zu werden. Es war nicht ein Ereignis, es waren sogar zwei.

Das erste Bild war Lilly vertraut, auch wenn sie es schon wieder erfolgreich verdrängt hatte. Ihr Vater, der sie vor Mutters Bett gezerrt und eine Hure genannt hatte. Das zweite Bild war nicht weniger wuchtig, aber es war so, als ob sie es zum ersten Mal sah und spürte:

Lilly in ihrer ersten Klasse in der Volksschule in Mellau. Ihre Oma hatte ihr eine wunderbare, bemalte Holzschachtel mit Bleistiften und Buntstiften geschenkt. Sie setzte sich erwartungsvoll vor das linierte Heft, das der alte Lehrer ausgeteilt hatte. Sie konnte schon ein bisschen schreiben, Mémé hatte ihr das Alphabet beigebracht, obwohl Vater dagegen gewesen war. „Sie wird sich in der Schule langweilen, wenn du ihr jetzt schon alles zeigst." – „Es ist ja auf Französisch, was spielt das für eine Rolle", hatte seine Mutter, die sich schon immer wenig darum gekümmert hatte, was ihr Sohn wollte, geantwortet.

Der Lehrer malte ein großes A und ein großes B auf die Tafel und bat die Kinder, diese Buchstaben so genau wie möglich nachzumalen. Er war mager und verhärmt, und man sah ihm an, dass er schon viel zu viel Kreide eingeatmet hatte.

Lilly war sofort fertig, und als der Lehrer sah, dass sie ihren Bleistift schon wieder hingelegt hatte, kam er zu ihrem Platz. „Sehr schön, dann mal es noch einmal." Lilly freute sich über das Lob und beugte sich eifrig wieder über ihr kleines Holzpult.

Als er ihr das Heft wegriss, grob den Bleistift aus der linken Hand nahm und sie anschrie: „Nimm sofort die gute Hand!", wusste Lilly nicht einmal, was er damit meinte. Sie hatte noch nie von einer „guten" und einer „bösen" Hand gehört und fing bitterlich an zu weinen. „Du bist ein Stadtfratz, und glaub ja nicht, dass du hier bei uns eine Extrawurst braten kannst", sagte der Lehrer gehässig und sah verächtlich auf Lillys schönes Kleidchen hinunter. Ihre Mutter hatte es für diesen einen Tag aus der Wienkiste geholt.

Pauline berührte Lilly, der die Tränen durch ihre geschlossenen Lider flossen, vorsichtig am Knie und sagte sanft: „Leg es in den Koffer, was immer es ist."

Lilly hatte schon vergessen, dass sie eigentlich Linkshänderin war und dass sie in der Schule mit einer Weidenrute, die der Lehrer sich täglich an der Bregenzer Ache schnitt, geschlagen wurde, weil sie es nicht schaffte, mit der „guten Hand" zu schreiben. Ihrer Mutter hatte sie von ihrem Martyrium nichts erzählt. Sie war so traurig, man durfte sie nicht belasten.

Als Lilly Lyon verließ, nahm sie sich vor, ihrer vernachlässigten Hand wieder einen Platz zu geben. Im Flugzeug bestellte sie ein Glas Champagner und hielt das Glas ganz bewusst mit der linken Hand. Gleichzeitig hatte die Journalistin einen neuen Plan. Sie wollte sich mit den Folgen auseinandersetzen, unter denen umgelernte Linkshänder litten.

Lilly war gerade erst den dritten Tag wieder in der Redaktion und schrieb an ihrer Geschichte über Traumata, als Paolo anrief: „Ich habe etwas Interessantes für dich, eine Veranstaltung, auf der ein berühmter Hirnforscher einen Vortrag halten wird. Die Gäste sind handverlesen, wenn du Lust hast, kannst du mich gerne begleiten, Kristina interessiert sich dafür nicht."

In ihrer Freundschaft war Paolos Frau längst kein Thema mehr. Lilly war froh darüber. Kristina war jemand, mit dem sie sich auch befreunden könnte, und wie immer die beiden ihre Sexualität geregelt hatten, sie war nicht mehr involviert.

Auch Sybille hatte schon wieder der nächsten Obsession Platz gemacht. Als alles vorbei und ihre Freundin wieder ansprechbar war, hatten sie an einem feuchtfröhlichen Abend ihre Geheimnisse ausgetauscht und festgestellt, dass Paolos erotische Auftritte sich von Frau zu Frau kaum unterschieden. Er hatte sein Repertoire und seine Vorlieben und offenbar wenig Bedarf, sie zu verändern. Das Neue erlebte er ohnehin in der Phase, in der er seine erotischen Abenteurer ermutigte, eigene Inszenierungen zu gestalten.

Das Schloss Belvedere, ein Barockkleinod mitten in Wien, in dem der Vortrag stattfinden würde, hatte seine Türen in den großen Park geöffnet. Gut gekleidete Menschen standen an runden, weiß gedeckten Stehtischchen, unterhielten sich angeregt und musterten die Neuankömmlinge unauffällig, aber kritisch. Paolo wusste um seine Wirkung und inszenierte seinen Auftritt dementsprechend. „Zieh was Anständiges an, und bitte keine hohen Schuhe", war seine Regieanweisung am Telefon gewesen. Paolo, der nur ein Meter sechzig groß war, liebte Frauen, die ihn überragten, man könnte fast sagen, dass das sein Markenzeichen war. Aber Lilly, mit ihrem Gardemaß von ein Meter achtzig, sollte den Größenunterschied nicht noch mehr betonen. Sie nahm Paolos Marotten und seine Einmischungen amüsiert zur Kenntnis. Kein Mann hatte sich je das Recht herausnehmen dürfen, sie so herumzukommandieren. Aber Paolo war kein Mann mehr für sie. Er war ein Freund, ein Spinner, ein Original, ein Genie, sie konnte ihn nicht mit normalen Maßstäben messen.

Er hinterließ an jedem Tisch eine Wortspende und sein starkes Parfum, und es gab kaum jemanden, den er nicht begrüßte. Sie waren schon fast am Ende des kiesbestreuten Weges angelangt, als Paolo plötzlich ausrief: „Da bist du ja endlich, ich habe dich den ganzen Vormittag versucht zu erreichen!" Der Mann, dem er jetzt auf die Schulter klopfte und dann vertraulich seinen Arm um ihn legte, war genauso klein wie er und vermutlich in einem ähnlichen Alter. Er trug so wie Paolo einen schwarzen Anzug und sein braun gelocktes, ziemlich langes Haar mit ein paar grauen Strähnen gab ihm eine verwegene Note. „Das ist Lilly, sie schreibt ganz anständige Sachen, wenn sie will."

Der Mann nahm ihre Hand und sah sie mit einem sehr aufmerksamen Blick aus seinen braunen, golden gesprenkelten Augen an. Seine Nase war etwas zu groß und sein Mund zu breit, und gleichzeitig wirkte sein Gesicht seltsam harmonisch und attraktiv. Sein Körper war durchtrainiert, und als sie etwas später gemeinsam zum Vortragssaal schlenderten, bemerkte Lilly, dass der Mann, der ihr als Oskar vorgestellt worden war, einen ähnlichen Gang wie Paolo hatte und ebenfalls genagelte Schuhe trug.

Lilly saß zwischen den beiden Männern und versuchte aufmerksam dem Vortrag zu folgen. Es war nicht einfach, weil Oskar sie von der Seite beobachtete und dieser Tätigkeit ungeniert Vorrang gab. Sie machte sich ein großes Rufzeichen auf ihre Notizen. Wenn das stimmte, was dieser Mann vortrug, dann kam eine Revolution auf sie zu. Dann lief alles falsch in unserer Gesellschaft. Kinder wurden kontraproduktiv unterrichtet, Mitarbeiter nicht genug motiviert, Beziehungen mussten unter ganz neuen Gesichtspunkten betrachtet werden. Ralf würde fasziniert sein.

Noch in den Applaus hinein übernahm Paolo mit seinen knappen Gesten unauffällig die Regie für das Programm danach. Er deutete hierhin und dorthin, winkte Menschen zu sich heran, und kaum strömten die Gäste dem Ausgang zu, hatte sich um Paolo schon eine Runde von Männern versammelt, die nur vereinzelt von Frauen begleitet waren. „Wir treffen uns im *Demel* im zweiten Stock, ich habe einen Salon reservieren lassen."

Lilly stieg nicht in eines der Taxis, die er bestellt hatte. Sie zog es vor, zu Fuß zu gehen und schlenderte über den Schwarzenbergplatz an der Oper vorbei durch die Kärntner Straße über den Graben zur berühmten Hofkonditorei. Als sie dort ankam und mit leichtem Bedauern von der sonnigen Straße ins Stiegenhaus trat und die Türe zum ersten Stock öffnete, war der *Demel*-eigene Service schon im vollen Gang. Demelinerinnen, wie das Servierpersonal in den schwarzen Kleidern mit den weißen Schürzchen genannt wurde, eilten mit Silberplatten durch die ehrwürdigen Räume und sprachen die Gäste in der dritten Person an. „Möchten ablegen, gnädige Frau?", sagten sie zu Lilly, die einen leichten Mantel über dem Arm trug, und nahmen ihr das Kleidungsstück beflissen aus der Hand. Es gab Champagner, geräucherten Lachs mit Salat und kleine, köstliche Törtchen aus der hauseigenen Backstube. Die Tischgespräche fielen in die Kategorie „nützlich mit Tauschgeschäftscharakter". Die Männer gaben einander Informationen weiter, versprachen hier und dort Hilfe bei politischen Interventionen und nahmen von den Frauen, die nur eine dekorative Rolle spielten, kaum Notiz.

Lilly fühlte sich unwohl. Und während Paolo in seinem Element war, schien auch Oskar sich zu langweilen. Er saß neben seinem Boss, wie er ihn im Gespräch manchmal nannte, und schloss immer wieder seine Augen, als ob er unauffällig ein kleines Nickerchen machte. Wenn er sie dann wieder öffnete, fiel sein Blick unweigerlich auf Lilly, die ihm direkt gegenüber saß. Dann studierte er so lange ihr Gesicht, bis sie unter seinen Blicken rot wurde.

Nach einer Stunde beschloss sie, unauffällig abzuhauen, und entfernte sich, ohne sich von Paolo und den anderen Gästen zu verabschieden. Sie würden sie nicht vermissen, hier ging es um Networking zwischen Männern, bei den Frauen genügte es, dass sie verschwiegen waren.

Sie nahm ihren Mantel und trat auf den Kohlmarkt hinaus. Es war inzwischen dämmrig geworden, und die meisten Menschen hasteten an ihr vorbei. Die einen, weil sie von der Arbeit kamen, die anderen, weil sie noch rasch etwas einkaufen wollten. Dazwischen flanierten die Touristen mit ihren Reiseführern, machten begeistert Platz und zückten ihre Fotoapparate, wenn ein Fiaker auf dem Weg zur Hofburg vorüber fuhr.

Lilly überlegte kurz, was sie mit dem angebrochenen frühen Abend machen sollte, und entschied sich dafür, zu Fuß in den neunten Bezirk zu spazieren. Sie hatte erst ein paar Meter zurückgelegt, als sie eine Hand auf ihrer Schulter spürte und erschrocken aufschrie. „Tut mir leid, ich wollte Sie nicht überfallen, ich möchte Sie einfach nur ein Stück begleiten.“ Oskar strahlte sie an, und Lilly merkte, dass sie sich freute. Sie fühlte sich mit diesem Fremden seltsam wohl, und als sie durch den Volksgarten an den Rosenbeeten vorbei zum Ausgang Richtung Burgtheater gingen, war klar, dass der Abend zu jung war, um ihn hier zu beenden.

Das *Café Landtmann* lag einen Steinwurf weit entfernt und war brechend voll. Lilly liebte die roten Samtlogen, in denen man sich ungestört unterhalten konnte, und wollte enttäuscht wieder gehen. Oskar hob seine rechte Hand, mit der linken berührte er sie sanft an der Schulter und hinderte sie daran, das Traditionscafé wieder zu verlassen. Der Oberkellner kam sofort auf sie zu und sagte: „Wir haben natürlich einen Platz für Sie, Herr Baldini.“ Er führte sie zu einer der besten Logen direkt am Fenster und nahm das Reserviertschild weg.

Die nächsten Stunden vergingen in einer Mischung aus Informationsflut und Gefühl. Sie waren noch immer beim Sie, aber dieses Sie war nur ein kleiner, köstlicher Zaun, der ihrer nonverbalen Erotik einen prickelnden Rahmen gab. Gleichzeitig war es so, als hätte Lilly Oskar schon viele Jahre gekannt oder vielleicht sogar, als hätte sie schon viele Jahre auf ihn gewartet.

Oskar hatte früher in Salzburg gelebt, wo seine Mutter, die aus Rosenheim kam und Deutsche war, in einem kleinen Haus residierte, das ihm gehörte. Lilly wunderte sich über das Wort „residiert", es klang so, als ob er mindestens über eine Fürstin sprach. In Wien lebte er in seiner Dienstwohnung, einem Zweizimmerappartement, das ihm Paolo zur Verfügung gestellt hatte. Im Augenblick teilte er es mit der Frau eines bekannten Zahnarztes, die von zu Hause ausgezogen war. Die Beziehung war eigentlich schon wieder zu Ende, weil – wie Oskar es nannte – „überhaupt nicht alltagskompatibel". Seine Exfreundin war nur noch da, weil die Gespräche mit ihrem Mann über eine Rückkehr in die gemeinsame Wohnung einige Diplomatie erforderten. Seinen Vater hatte er nur einmal gesehen. Der hatte seine Mutter zwar noch vor der Geburt von Oskar geheiratet, „weil es sich so gehörte", sich dann aber nie mehr um seinen Sohn, der ein „Berghüttenunfall" war, gekümmert. Nach seinem Studium in Maschinenbau hatte Oskar in England und in Amerika gelebt und war seit ein paar Jahren Paolos Mitarbeiter bei dessen Anlagengeschäften. Er konnte fließend Englisch, Französisch, Spanisch und Italienisch und wurde häufig im Ausland eingesetzt. Als Lilly ihn nach seiner Berufsbezeichnung fragte, zögerte er einen Augenblick und sagte dann: „Wohl am ehesten Industrial Consultant."

Es war schon Mitternacht, als sie gemeinsam das Lokal verließen und in der atemberaubenden historischen Kulisse zwischen Burgtheater und Rathaus am Ring standen. Und jetzt?

Oskar sagte nichts und sah sie einfach an. Weder fragte er sie nach ihrer Telefonnummer noch gab er ihr seine. Er hätte sie in den Arm nehmen und küssen können. Lilly hätte sich nicht gewehrt. Für eine Sekunde tauchte Paolo auf. Die beiden Männer waren grundverschieden und doch gab es ein paar frappierende Ähnlichkeiten.

Als ein Taxi vorbeifuhr, hielt Oskar es mit einer eleganten Geste an. Sie stiegen wortlos ein. Der Taxifahrer sah in den Rückspiegel und fragte routiniert: „Wo soll's hingehen?" Oskar schwieg. Lilly schwieg. Der Fahrer räusperte sich und nahm ein

Bonbon aus einer Tüte, die auf dem Nebensitz lag. Er packte es geräuschvoll aus und sah dabei unverwandt in den Rückspiegel. Er trug eine Schirmmütze aus grauem Tuch, schien sich über nichts mehr zu wundern und gab sich auch nicht die Mühe, seine Frage zu wiederholen.

Als die Stille unerträglich wurde, beschloss Lilly, ohne Kommentar wieder auszusteigen und Oskar im Taxi zurückzulassen. Sie hatte gerade die Hand auf die Türklinke gelegt, als er das Schweigen brach: „Wo Sie wohnen, müssen Sie schon selber wissen." Er sagte es zärtlich, und seine Stimme war wie eine Berührung, die sie verzauberte.

Lilly hörte sich zum Taxifahrer sagen: „Servitengasse, gegenüber der Kirche", und die einzige Frage, die sie beschäftigte, war die, ob der Fahrer sauer sein würde, weil die Fahrt nicht viel länger als fünf Minuten dauern würde.

Lilly hatte Mühe, den Schlüssel ins Schloss zu stecken. Ihre Hand zitterte so stark, dass sie nicht merkte, wie auch ihre Knie zitterten. Sie machte Licht, und Oskar pfiff anerkennend, als er vom Vorraum in ihr großzügiges Wohnzimmer trat. Sie hatte ihn nicht gebeten, seine Schuhe auszuziehen, weil es ihr plötzlich peinlich und spießig vorkam. Sie konnte Straßenschuhe in privaten Räumen nicht ausstehen, und Ralf, der das ähnlich sah, pflegte zu sagen: „Wer sich freiwillig Hundescheiße nach Hause einladen möchte, möge sich gern bedienen."

Sie bot Oskar einen Drink an, und obwohl sie eigentlich nichts anderes wollte, als seine Haut auf ihrer Haut zu spüren, hatte Lilly Angst, die Initiative zu ergreifen. Sie wollte diesen Mann nicht verlieren, noch ehe es begonnen hatte.

Sie saßen auf ihrem weißen Sofa und redeten und redeten. Er hatte seine Hand auf ihren Nacken gelegt, mehr nicht. Es war vier Uhr morgens, als Oskar auf die Uhr schaute und sagte: „Ich muss jetzt gehen, Lydia wohnt noch bei mir, sie wird sich sonst Sorgen machen." Lilly spürte, wie sich ihre weit offene Vagina wie eine Auster verschloss. Dann eben nicht ... Sie sagte es nicht, aber ihr verschlossener, misstrauischer Blick aus schmalen Augen brauchte keinen Text.

Sie standen im Vorzimmer, Lilly steif wie ein Brett, als Oskar sie zärtlich in den Arm nahm und ihre verschlossenen Lippen mit den seinen öffnete. Er küsste sie so lange, bis sie ihren Widerstand aufgab, dann hielt er sie ein Stück von sich weg und sagte ernst: „Das ist anders mit dir, ich will kein Spiel. Ich werde meine Beziehung zu Lydia abschließen und dann wiederkommen."

2. Kapitel

Ralf liebte Lilly. Sie war seine Seelenschwester und für ihn war klar, dass er sie schon aus vielen anderen Leben kannte. Er sprach selten über seine Erfahrungen aus längst vergangenen Zeiten. Es passte nicht zum Image des seriösen, kritischen Zeitungsmachers. Lilly wusste davon und nannte seine Reinkarnationstheorien liebevoll eine Spinnerei. Ihr genügte, dass Ralf für sie wie der Bruder war, den sie sich immer gewünscht hatte.

Lilly hatte tatsächlich einen Bruder. Theo. Er war auf seltsame Weise in ihr Leben gekommen. Und auch wenn es damals ein Schock gewesen war, so wurde er nach kurzer Zeit zu „mon petit trésor“, mein kleiner Schatz, wie sie ihn zärtlich nannte, wenn sie ihn alle vierzehn Tage von der Schule abholte und mit ihm den Nachmittag verbrachte.

Zum ersten Mal war sie ihm am Grab ihres Vaters auf dem Wiener Zentralfriedhof begegnet. Die Bilder dieser Szene waren wie ein Film in ihrer inneren Bibliothek gespeichert: Eine Frau und ein Kind blieben, nachdem die geladenen Trauergäste zum Leichenschmaus in eines der traditionellen Gasthäuser auf der Simmeringer Hauptstraße vorausgegangen waren. Sie standen still ein Stück abseits des mit Kränzen überladenen Erdhügels. Die Frau hatte den Arm um den Jungen gelegt, der jetzt, wo er sich offenbar sicherer fühlte ohne die schwarze Menschenmasse, die ihrem Vater die letzte Ehre erwiesen hatte, bitterlich weinte.

Lillys Mutter zögerte einen Augenblick, dann straffte sie die Schultern und ging direkt auf die Frau zu. Die beiden standen einander einfach nur gegenüber und sahen sich an. Eine kleine Ewigkeit. Lilly spürte plötzlich, wie ein hysterisches Kichern in ihr hochstieg, und unterdrückte es. Die Szene erinnerte sie an die beiden Cowboys in dem Film *Spiel mir das Lied vom Tod*. Dann löste sich das Kampfbild auf, und die beiden Frauen umarmten einander. Vorsichtig, so als ob ihre Körper die Geste einem Prüfverfahren auf Echtheit unterziehen müssten. Dann entspannten sie sich, und Lilly bemerkte an ihren zuckenden Schultern, dass sie weinten.

Der kleine Junge, für einen Augenblick von seiner Mutter getrennt, drängte sich, als wieder Frieden herrschte, wie ein ängstliches Tier, das Schutz bei der Herde sucht, zwischen sie. Nach einer Weile löste sich ihre Mutter von der fremden Frau und winkte Lilly mit der schwarz behandschuhten Hand: „Ich möchte dir jemanden vorstellen."

Als sie am späteren Nachmittag mit ihrer Mutter in Vaters Wohnung, in der noch sein ganzes Wesen atmete, endlich alleine war, rollte sie sich in seinem alten Lieblingsledersessel, der nach Tabak und seinem Aftershave roch, wie eine Katze zusammen. Sie fühlte sich so klein und so verraten, und es dauerte eine Weile, bis Lilly aufhören konnte zu weinen. Ihr unantastbarer Papi war tot und hatte sich nicht nur mit einem Herzinfarkt ohne Abschied aus ihrem Leben geschlichen, sondern ihr auch noch eine Zweitfrau und einen Halbbruder hinterlassen.

Sie sah auf das große, gerahmte Bild, das Mutter aus Mellau mitgebracht und auf den Couchtisch gestellt hatte. Vater in einer ungewöhnlichen Aufnahme. Er saß, mit Bergschuhen, roten Strümpfen und einer flaschengrünen Kniehose, aus der nachlässig sein rotgrau kariertes Hemd hing, auf dem Gipfel der Kanisfluh. In einer Hand hielt er sein Fernglas, mit der anderen Asta, die alte Hündin ihrer Großmutter.

Er sah sehr glücklich und schön aus auf diesem Foto. Die Haare dicht, blond-grau meliert, die grauen Augen durch breite, schön geschwungene, helle Augenbrauen betont, die Nase schmal, mit einem leichten Knick, der ihm etwas Verwegenes gab. Die vollen, weichen Lippen zu einem Lächeln nach oben gebogen.

Lilly verstand plötzlich, dass sein Lebenskorsett viel zu eng gewesen war. Niemand hatte ihn gefragt, ob er Schirmfabrikant werden wollte. Es war klar, dass er das Familienunternehmen, das sein Urgroßvater gegründet hatte, übernehmen musste. Er wurde ein Anzugmann – so hatten ihn die Kinder in Mellau genannt – und sie hatte ihn nur selten anders erlebt. Seine Anzüge waren von Frau Bollmann, die auch ihre Kleidchen genäht hatte, aus feinsten englischen Stoffen in unterschiedlichen Grautönen maßgeschneidert worden. Als Lilly noch ein Kind war, hatte sich für sie aus den Schattierungen ein Bewertungssystem erschlossen. Helles Grau bedeutete, dass es ein guter Tag war, um ihm eine Erlaubnis oder einen Schilling abzubetteln. Mittleres Grau hieß, dass sie sich ohne Gefahr auf seinen Schoß setzten durfte und er ihr mit großer Wahrscheinlichkeit zuhören würde. Schwierig waren die fast schwarzen Anzüge. Entweder hatte er dann etwas ganz Wichtiges vor und durfte auf keinen Fall gestört werden, oder er war schlecht gelaunt, und es war besser, ihm aus dem Weg zu gehen.

Lilly spürte ein starkes Mitgefühl, etwas, das ihr im Zusammenhang mit ihrem Vater noch nie in den Sinn gekommen war. Bisher hatte sie sich nur mit dem Unglück ihrer Mutter identifiziert. Aber was war mit ihm? Was hatte er für ein Leben geführt? Seine Tochter hatte sich darüber noch nie Gedanken gemacht. Ein Satz tauchte aus ihrer Erinnerung auf und gewann an Bedeutung: „Ich wäre so gern Journalist geworden, ich habe schon in der Schule immer die besten Aufsätze der Klasse geschrieben." Stattdessen war er in die Schuhe seines Vaters getreten, hatte eine Frau aus einer unüberbrückbaren, fremden Welt geheiratet und sich mit Margot, von deren Existenz sie erst heute erfahren hatte, getröstet.

Mutter seufzte, als könnte sie Lillys Gedanken lesen: „Wir hätten es dir sagen sollen, aber es war so schwer. Zuerst warst du so jung und unbeschwert, und dann hat er sich vor deinem Urteil gefürchtet. Dein Vater hatte Angst, deine Liebe zu verlieren."

„Aber was ist mit dir, Mama? Warum hast du akzeptiert, dass er dich über Jahre hinweg mit einer anderen betrogen hat?"

„Ich habe ihn geliebt, und er war so einsam ohne mich in Wien. Männer sind anders als Frauen. Sie brauchen jemanden. Und nach ein paar Jahren war aus unserer Leidenschaft ein kleines, warmes Feuer geworden. Ich weiß, dass ich seine große

Liebe war. Margot ist eine gute Frau, sie hat mehr gelitten als ich, und sie hat auch auf viel verzichtet." Sie sagte es wie etwas, das sie schon seit langer Zeit gewöhnt war, so zu sehen. Aber ihre Augen waren traurig, und Lilly spürte, dass sie nicht weiterfragen durfte.

Theo war behindert. Sie hatte es schon damals auf dem Friedhof bemerkt. Sein Wesen war so spontan und kindlich und entsprach nicht ganz seinem Alter. Man sah erst auf den zweiten Blick, dass er am Downsyndrom litt. Sein Vater hatte finanziell gut für ihn gesorgt und ihm die beste Förderung ermöglicht.

Lillys Gewohnheit, wichtige Ereignisse in ihrem Leben durch Schreiben zu verarbeiten, half ihr auch jetzt, und sie hatte sich im *Leporello* bei Rotraut alle verfügbare Literatur besorgt, um ihren Halbbruder besser zu verstehen.

Ihr wurde klar, dass die seit ihrer Kindheit nie mehr hinterfragte Idee, dass Menschen mit Downsyndrom ihrem Schicksal ausgeliefert waren, so nicht stimmte. Es hing ursächlich davon ab, ob und wie sie gefördert und in die Gesellschaft integriert wurden. Lilly dachte mit Scham an die grausamen Spiele, die sie Hubsi, dem „Dorftrottel", der einen „Wasserkopf" hatte und das Haus nur mit roten Gummihandschuhen verließ, zugemutet hatten. Singend und tanzend waren sie ihm über die Felder nachgelaufen und hatten im Chor gerufen: „Mello Hubsi, Mello Hubsi, wio machscht denn du dinn Käs? Du tuoschtn in a Kübele und druckschtn mit dm Füdele, drum ischt dar Käs so räß."* Lilly war nie wohl gewesen bei diesen Hänseleien in der Kinderhorde. Sie hatte mitgemacht, weil sie froh war, dass sie in solchen Augenblicken dazugehörte, und sie war stolz darauf, dass sie den schweren Dialekt nach kurzer Zeit schon so gut beherrschte, dass sie mitsingen konnte.

Bei Vaters Testamentseröffnung hatte Lilly Theo und seine Mutter wieder gesehen und sich beim anschließenden Brunch im

---

* Hubert aus Mellau, wie machst du deinen Käse? Du tust ihn in einen Kübel und drückst ihn mit dem Hintern, darum ist er so würzig.

Café Bräunerhof langsam mit der Idee angefreundet, dass dieser kleine Junge und sie verwandt waren.

Die Wende kam, als Margot sie ein halbes Jahr später anrief: „Ich habe mir das Bein gebrochen und kann niemand anderen erreichen. Könnten Sie bitte Theo von der Schule für speziell begabte Kinder abholen und mit ihm spielen, bis ich seine Betreuerin erreiche?"

Lilly wusste nicht, wie man mit einem Kind spielt, das sich in ihrer Wohnung verängstigt in einer Ecke versteckte, weil es seine gewohnten Rituale und seine wichtigste Bezugsperson vermisste. Zuerst versuchte sie, ihn mit Schokolade zu locken, doch als das nichts half, legte sie eine Schallplatte auf und fing an zu tanzen. Sie glaubte sich zu erinnern, dass Menschen mit Behinderungen auf Musik gut reagierten. Es dauerte eine Weile, dann kam Theo zögerlich aus seiner Ecke heraus und fing an, sich sanft im Rhythmus der Musik zu bewegen.

Seit diesem Nachmittag stand Lilly jeden zweiten Mittwoch vor Theos Schule und freute sich, wenn er ihr strahlend entgegenlief und sich in ihre Arme warf. Er wurde für sie zum Lehrmeister in der Kunst, den Augenblick zu genießen, und für bedingungslose Liebe. Er war so zärtlich, so weich und warm und vertraute ihr blind. Wenn er seine kleine Nase an ihrer rieb, glücklich lächelte und den Kopf an ihre Brust lehnte, spürte sie sein großes Herz und lernte, ihres zu öffnen.

Ralf sah Lilly dabei zu, wie sie auf ihrem Bleistift kaute und, die Füße auf ihrem Schreibtisch, vor sich hin brütete. Sie trug eines ihrer Schutzkleider, wie sie es nannte. Er konnte ihre Verfassung nicht nur an ihrem Gesicht, sondern auch an ihrer Garderobe ablesen. Das war schon auf der Uni so gewesen. Sie kümmerte sich nicht besonders darum, was gerade in Mode war, auch wenn sie sich immer sehr stilsicher und individuell kleidete. Lilly war wichtig, ihre zweite Haut ihren Stimmungen anzupassen. Schutzkleider waren immer lang und im Sommer vorzugsweise aus weißem schweren Leinen. Im Winter trug sie dann etwas körpernähere Varianten aus kuscheliger Angorawolle und dicke Strümpfe dazu. Sie erinnerte Ralf heute an einen Vogel, der aus dem Nest gefallen war. Ein bisschen sah sie aus wie damals, als sie versucht hatte, nach dem Tod ihres Vaters die neue Situation zu verkraften.

Lilly sah auf und sagte: „Was hältst du davon, wenn wir wieder einmal eine Geschichte über die Liebe machen. Wenn wir beschreiben, was passiert, wenn zwei Menschen so plötzlich aus dem Nichts von diesem Virus befallen werden?"

Die Geschichte wollte Ralf nicht haben, das war ihm zu banal, das Thema wurde aus seiner Sicht von allen anderen Magazinen bis zum Abwinken abgedeckt. Aber mit Lilly über ihren Ausnahmezustand reden, das wollte er gern. Am besten heute Abend beim Griechen.

Lefti empfing sie wie immer mit einer großen Umarmung und einem Ouzo aufs Haus. Das Lokal war so eingerichtet, wie echte griechische Tavernen auszusehen haben. Einfache Holztische, ziemlich unbequeme, blau lackierte Stühle und jede Menge Urlaubssehnsucht erregende Dekoration.

Lilly aß ihr Souvláki ohne Appetit, ihr Körper hatte anderes zu tun. Er war auf Liebesmodus eingestellt, wie Ralf, der gut aufgehoben in seiner stabilen Beziehung mit Chris lebte, leicht lästern konnte.

„Diesmal ist es nicht nur der Sex. Es ist dieses Gefühl, angekommen zu sein, diese Freude, schon Stunden, noch ehe ich ihn sehe. Und wenn ich mich von ihm verabschiede, dann bleibt er in mir da. So, als ob er ein Teil von mir wäre, den ich schon immer vermisst habe."

„Und was ist das Problem?" Ralf kannte Lilly gut genug, um zu wissen, dass nicht alles paletti war. Er nahm den letzten Bissen von seinem honigsüßen Baklava, legte die Gabel zur Seite und lehnte sich entspannt zurück. Er wusste, dass jetzt eine detaillierte Schilderung kommen würde. So war es der Brauch zwischen ihnen. Sie schrieben nicht nur in Bildern, sie erzählten einander auch in detaillierten Bildern alles, was sie gerade berührte oder bedrückte.

„Oskar kam erst mehr als eine Woche nach unserer ersten Begegnung zurück. Er stand einfach am Abend vor meiner Wohnungstüre und hielt mir einen riesengroßen Strauß roter Rosen vors Gesicht. Ich war sprachlos, ich hatte nicht mehr mit ihm gerechnet. Ich bat ihn wortlos herein, suchte, um Zeit zu gewinnen, lange nach einer Vase und bemühte mich, den Gedanken gut zu finden, dass seine Geste mehr als banal war. Ich wünschte mir, er hätte sich etwas Originelleres ausgedacht. Gleichzeitig war ich berührt, weil mir noch nie ein Mann fünfzig rote Rosen geschenkt hatte, nicht einmal zum Geburtstag. Er stand, geduldig an den Türrahmen zum Wohnzimmer gelehnt, und sah mir aufmerksam dabei zu, während ich die Vase an unterschiedliche Plätze stellte und wieder wegnahm, weil mir das Arrangement nicht gefiel. Du kennst ja meinen Wohnungstick. Jedes Stück verändert alles, Harmonie ist wichtig! Letztendlich habe ich die Blumen auf den Boden vor dem Fenster gestellt und stand plötzlich verlegen mit leeren Händen da. Er schien auf diesen Augenblick gewartet zu haben. Er kam auf mich zugeschlendert, hob mich wortlos auf und trug mich durch die offene Tür ins Schlafzimmer. Für einen Augenblick dachte ich, er ist wie Paolo, ich muss mich vor ihm hüten. Aber es war ganz anders. Wir haben uns geliebt, wir haben geredet und uns wieder geliebt und wieder geredet … Ich habe mich verliebt, Ralf!"

„Und wo ist nun das Problem?"

Ralf rutschte mit seinem griechischen Tavernenstuhl ein Stück zurück, schlug ein Bein über das andere und legte seine rechte Hand aufs Knie. Normalerweise hätte er jetzt etwas Wichtiges von sich gegeben. Aber manchmal machte er seine Lieblingsgeste auch dann, wenn er ungeduldig auf die Essenz einer Geschichte wartete.

„Das Problem ist die Frau, die mich fast jede Nacht anruft."

Ralf verschluckte sich am Retsina, und Lilly musste warten, bis er sich davon erholt hatte: „Du hast mir doch erzählt, dass er sich gerade von der Zahnarztgattin getrennt hat."

Lilly seufzte. „Ja, das stimmt ja auch. Aber plötzlich rief diese Frau mit Schweizer Dialekt an und brüllte ins Telefon, dass sie seine Verlobte sei und dass ich mich zum Teufel scheren soll. Oskar war gerade die zweite Nacht bei mir, als es das erste Mal passierte. Sie war zufällig geschäftlich einen Tag in Wien, hat uns am Graben gesehen und ist mir bis zu meiner Haustüre gefolgt. Dann war es einfach, meine Telefonnummer herauszufinden.

Oskar hat mir alles erklärt. Natalie war fünf Jahre lang seine Freundin gewesen. Er hatte die Verlobung mit der Schweizer Industriellentochter vor Kurzem gelöst, weil er die Dauerspannung in der Beziehung nicht mehr ertragen konnte. ‚Wir haben einander nicht gutgetan', war alles, was er dazu gesagt hat." Jetzt machte sich Ralf ernsthafte Sorgen um Lilly. Dieser Oskar war kein Mann für seine Elfe. Er lehnte sich kämpferisch nach vorne: „Und warum, bitte, hat dieser Idiot dir das nicht erzählt? Warum hat er gewartet, bis du dein Gehirn ausgeschaltet und dich in ihn verliebt hast?"

Lilly hatte, wie alle Liebenden, auch dafür eine Erklärung: „Er wollte es mir nicht sofort sagen, weil er Angst hatte, ich könnte ihn verlassen, bevor es angefangen hat."

Der Abend endete mit einem Misston. Es war klar, dass Ralf Oskar nicht mochte, noch ehe er ihn kennengelernt hatte.

„Bitte, gib ihm eine Chance, er ist ganz anders, als du denkst."

Lilly spürte, dass Ralfs Reserviertheit an ihr nagte, und rief am nächsten Morgen Paolo an. Er nahm sich sofort Zeit und schlug ein spätes Frühstück im *Imperial* vor. Paolo hatte ein Faible für Luxus, und das Hotel, in dem gekrönte Häupter abstiegen, passte zu ihm. Es war neben der Hofkonditorei *Demel* einer der Plätze, an denen er regelmäßig Hof hielt.

Sie war noch zu Hause und zog sich sofort um. Die kleine Bregenzerwälderin, wie Paolo sie immer nannte, wenn er ihre Unsicherheit spürte, brauchte eine gute Schutzhaut, wenn es fein wurde.

Im alten Bauerntisch in Mellau gab es noch immer die Holzfächer vor jedem Platz, in denen früher die Muslöffel aufbewahrt worden waren. Anderes Besteck hatte es bei ihren Ahnen kaum gegeben. Man legte sich den Brotlaib an die Brust und schnitt dicke Scheiben ab, die Wurst kam auf ein Holzbrett. Das prägt. Und so war die Tischkultur im Bregenzerwald einfach und praktisch geblieben. Bei ihren seltenen Ausflügen in den bürgerlichen

Haushalt ihres Vaters hatte ihre Mutter darauf bestanden, in der gemütlichen Wohnküche zu essen. Das feine Speisezimmer war ihr zuwider. Einzig Mémé hatte sich engagiert, ihre Enkelin zu einer feinen Dame zu erziehen, aber sie war zu früh gestorben, um einen nachhaltigen Effekt zu erzielen.

Paolo saß schon in „seiner" Loge mit Blick auf die Ringstraße und stand auf, um sie zu umarmen und sich dann mit ihr gemeinsam am Buffet zu bedienen. Lilly fühlte sich noch immer leicht befangen, wenn sie die vielen kleinen Schälchen und Tellerchen füllte. Eines für die Butter, eines für die Marmelade, ein eigenes für den Lachs, das Gebäck nahm man mit der Zange. Als sie zurück zum Tisch ging, bemühte sie sich um einen würdigen Gang. Die Stuckdecke, die holzgetäfelten Wände, die Seidentapeten, der blau gemusterte Brokat auf den bequemen Sitzbänken waren noch immer nicht ihre Welt.

Sie hatten sich kaum gesetzt, als Lilly, noch ehe der elegante Kellner den Kaffee serviert hatte, mit der Tür ins Haus fiel: „Ich habe mich in Oskar verliebt."

Paolo lächelte freundlich und nahm einen Bissen von seinem weich gekochten Ei, ehe er antwortete: „Ich habe mich schon gefragt, wie lange ich darauf warten muss, bis mir das einer von euch beiden erzählt! Mir war das in der ersten Sekunde klar, als ihr einander im Belvedere angesehen habt."

„Und was ist er für einer?", fragte Lilly und kam sich wie eine Verräterin vor.

„Er braucht eine Frau wie dich", sagte Paolo und lehnte sich zufrieden zurück. „Ich warte schon lange darauf, dass er sesshaft wird. Du wirst dich auf ihn verlassen können, er ist seit vielen Jahren mein Mitarbeiter. Die Frau, mit der er verlobt war, passt nicht zu ihm. Sie wird darüber hinwegkommen und außerdem: Zum Leben und Lieben sollte man sich Frauen wie dich und Kristina wählen."

„Die Frau" hatte sich inzwischen mit der Situation abgefunden, zumindest war das Oskars Version, und Lilly genügte als Beweis, dass sie nachts nicht mehr anrief. Sie war kein Thema mehr zwischen ihnen, aber dass Paolo sie abwertete, war unfair.

Gleichzeitig beruhigte sich ein Teil in ihr, der Natalie bisher als subtile Bedrohung im Untergrund gespürt hatte. Sie lebte in der Schweiz und Oskar sah sie nicht mehr, auch wenn ihn seine Geschäftsreisen in die Nähe von Zürich führten.

Lilly atmete auf. Sie war sehr erleichtert, dass Paolo so warmherzig über Oskar sprach, dass sie das kleine Sätzchen „Er braucht eine Frau wie dich" geflissentlich überhörte. Sie, die so genau mit Sprache umging, nahm nicht wahr, dass hier von ihr eine Leistung erbracht werden musste, damit Oskar dieser Mann sein konnte, den sie sich wünschte. Er war nicht so, er brauchte sie, um es zu werden.

Es war föhnig in Salzburg, als das Paar aus dem Zug stieg und mit dem Taxi in den Ortsteil Aigen fuhr, in dem Clarissa Felderer mit dem Hund ihres Sohnes lebte. Batu war ein großer, schwarzer Mischling, den Oskar in der Hafenstadt Batumi am Schwarzen Meer vor dem Hungertod gerettet hatte. Oskar hatte Lilly vor ihm gewarnt. Zuerst würde er sich aus Angst heiser bellen und dann alles versuchen, um ihr Gesicht abzulecken.

Das zurückhaltend renovierte alte Haus stand inmitten eines kunstvoll verwilderten Gartens. Der Türstock am Eingang war so niedrig, dass Lilly, die Kopfweh hatte und nervös war, sich leicht bücken musste. Oskar war vorausgegangen, rief nach seiner Mutter und versuchte gleichzeitig, Batu zu beruhigen, der sich freute, dass sein „Herrl" endlich wieder da war. Dann kam sie. Es genügte eine einzige Sekunde und Lilly wusste, dass sie ihrer schärfsten Konkurrentin gegenüberstand. Das schlohweiße, kurze, dichte Haar, mit einem strengen Schnitt gebändigt, die stahlblauen Augen, durch eine Seidenbluse in gebrochenem Weiß betont, die schlanke Figur mit einer schmalen, schwarzen Hose und einem zierlichen, cremefarbenen Ledergürtel unterstrichen – kühl, elegant, selbstsicher. Eine kleine Frau, kaum mehr als ein Meter sechzig groß, aber mit der Ausstrahlung eines Generals.

Sie lächelte mit ihrem breiten Mund, den Oskar von ihr geerbt hatte, aber ihre Augen blieben kalt: „Da ist sie ja endlich, die

Frau, von der mein Sohn so oft spricht." Sie hob den Satzteil „mein Sohn" hervor, und Lilly sah förmlich, wie sie die beiden Wörter auf einen kleinen Thron setzte. „Ich muss mich entschuldigen, normalerweise koche ich, wenn mein Ossi nach Hause kommt, aber für Sie sind meine Kochkünste nicht gut genug." Sie warf sich in die Arme ihres Sohnes und küsste ihn zuerst auf die Stirn und dann innig auf beide Wangen. Die enge Beziehung der beiden war unübersehbar, Lilly kam sich wie ein Eindringling vor.

Oskar lächelte sie gequält an, als seine Mutter ihn auch noch mit seinem Kosenamen anredete, und hauchte ihr ein „Sorry" ins Ohr. Doch er legte seinen Arm erst um ihre Schultern, als die Hausherrin sich mit dem Satz „Dann wollen wir die Besichtigung hinter uns bringen" abrupt umdrehte und mit einer künstlich einladenden Geste ins große Wohnzimmer vorausging. Es gab eine Führung durchs Haus, das geschmackvoll und sehr elegant eingerichtet war, es gab ein Mittagessen im Hotel *Österreichischer Hof*, und es gab eine neue Feindschaft.

Oskar hatte bei der Geburt von seinem Vater den schönen Namen Baldini bekommen, mehr nicht. Seine Verwandtschaft wollte nichts mit ihm zu tun haben. Sie waren Champagnerproduzenten im Elsass und hatten kein Interesse an dem „untergeschobenen Balg". Als seine Mutter einen Mann fand, der anständig und bereit war, für sie und ihr Kind zu sorgen, ließ sie sich scheiden und heiratete wieder. Von ihrem zweiten Mann blieb nach seinem Tod nur der Name Felderer und eine Witwenpension. Es gab keine Fotos, keine Erzählungen, kein Bedauern, dass Clarissa nun wieder alleine war. Ihr Sohn war immer schon alles, was sie interessiert hatte.

Im Zug zurück nach Wien trank Lilly im Speisewagen ein Viertel Grünen Veltliner und spülte den bitteren Geschmack des Tages hinunter: „Sie hasst mich", sagte sie nüchtern zu Oskar, und er antwortete: „Sie hasst alle Frauen, für die ich mich interessiere. Ich bin ihr Lebensinhalt."

Lilly schwieg und öffnete ihr virtuelles Zeitungsarchiv, wie sie die vielen Themen und Geschichten nannte, die sie in ihrem Hinterkopf verstaut hatte. „Muttersöhne“ war der Titel der Geschichte, die sie vor einem Jahr geschrieben hatte. Sie beschäftigte sich mit der Erkenntnis, dass Männer, die den Platz von tatsächlich oder emotional abwesenden Partnern einnehmen, als Spätfolge meistens Bindungsschwierigkeiten haben. Auf der einen Seite war der Platz neben ihnen für eine Frau nicht frei, weil er schon von der Mutter besetzt war. Auf der anderen Seite haben sie in ihrem emotionalen Erfahrungsgedächtnis gespeichert, dass eine enge Beziehung gefährlich ist, denn: Wer sich einlässt, wird manipuliert und benützt.

„Wo bist du, meine Elfe“, holte Oskar sie aus ihren Gedanken zurück und nahm zärtlich ihre Hand. „Wie haben eigentlich deine Beziehungen vor mir geendet?“, fragte Lilly beiläufig und gab sich Mühe, ihrer Stimme einen leichten Ton zu geben. Oskar lachte schallend und stach in die Sachertorte mit Schlagobers, die er sich bestellt hatte: „Es gab immer so eine Art Kuchenesser. Der kam nach einer Weile, und wenn er die Liebe aufgegessen hatte, dann war die Beziehung zu Ende.“

Sie konnte nicht mitlachen: „Und warum, glaubst du, wird es bei uns anders sein?“ Jetzt wurde Oskar ganz ernst und sah ihr in die Augen: „Weil du *anders* bist als alle Menschen, die mir bisher begegnet sind, weil *du* die erste Frau bist, die ich heiraten will.“ Sie sah vor ihrem inneren Auge das Weil-du-anders-Bist in Großbuchstaben und beruhigte sich.

Die Hochzeit fand ein halbes Jahr später statt.

Lilly war so sicher, dass sie in Oskar den Mann ihres Lebens gefunden hatte, dass sie keine Zeit mehr vergeuden wollte. Den Rat von Ralf und ihrer Mutter, doch noch zu warten, tat sie als Eifersucht ab. Die beiden wichtigsten Menschen in ihrem Leben mussten sie von nun an teilen. Ihre Mutter hatte Oskar ein einziges Mal gesehen. Er war, nur wenige Wochen vor der Hochzeit, mit ihr gemeinsam in den Bregenzerwald gefahren, um ihre Familie kennenzulernen. Sie waren am Bauerntisch in der Stube mit Blick auf die Kanisfluh gesessen, und als Mama ihre glasklaren blauen Augen auf ihn gerichtet hatte, hatte Lilly ihn zum ersten

Mal verunsichert erlebt: „Und was, wenn meine Tochter fünfzig und du fünfundsechzig bist? Jetzt ist sie noch nicht dreißig und du kaum fünfundvierzig, da spielt der Altersunterschied noch keine Rolle. Aber dann braucht sie etwas anderes vom Leben als du."

„Mama!", rief Lilly peinlich berührt und wurde rot. Und Oskar, der nur kurz irritiert seine linke Augenbraue hochgezogen hatte, lächelte breit: „Dann werde ich ihr eine lange Leine lassen." Lilly war sich vorgekommen wie ein Kind, über das die Erwachsenen redeten. Als ob ich ein Schoßhündchen wäre, dachte sie. Aber ihr war wichtiger, dass Mama ihn mochte, und ihr schien seine Antwort nicht zu missfallen.

Für Lilly war klar, dass Ralf ihr Trauzeuge sein musste. Er hatte zunächst Bedenken und bestand darauf, dass sie ihm mindestens zwei Drinks lang zuhören musste, damit er seine Liste, warum sie sehenden Auges in ihr Unglück rannte, loswerden konnte. Lilly stimmte fröhlich zu und es war klar, dass seine Predigt ein sinnloses Unterfangen war, weil sie auf Durchzug schalten würde. Nach dem Abend im *Gläsernen Elefanten* bestand Ralf darauf, dass sie seine Aufzählungen zusätzlich schriftlich entgegennehmen müsse, und überreichte ihr seine „letzte Mahnung" am nächsten Tag in der Redaktion. Lilly las die Pessimistenprognose, wie sie Ralfs Papier spöttisch nannte, noch einmal durch und schrieb ihre Kommentare darunter, bevor sie sie ins unterste Fach ihres Schreibtischs legte:

Oskar hatte noch nie eine lang andauernde, ernsthafte Beziehung.
Ich auch nicht.
Oskar ist ein Muttersöhnchen, der sich nie von seiner Mutter befreit hat.
Ich bin eine Vatertochter, also sind wir ein ideales Gespann.
Oskar ist in grundlegenden Dingen nicht ehrlich. Er hat dir seine ehemalige Verlobte verschwiegen.
Wer von uns ist schon immer gleich ehrlich? Manchmal ist Schweigen Gold.

Oskar hat keinen anständigen Beruf.
Spießer!
Oskar ist ein Mitarbeiter von Paolo, der undurchsichtige Geschäfte macht.
Wer sagt das? Die Leute sind eifersüchtig auf seinen Erfolg.
Deine Schwiegermutter ist eine exzentrische Königskobra.
Stimmt! Aber ich werde nichts mit ihr zu tun haben.

Die Hochzeit fand auf dem Standesamt am Schlesingerplatz statt. Oskar kam fast zu spät, weil seine Mutter, die er im Hotel abholen musste, nicht fertig war. Sie hatten alle vor der Türe gewartet, und Lilly war irritiert von ihrem triumphierenden Blick, als sie wie die Königinnenmutter aus dem Oldtimer gestiegen war, den ihr Sohn für den Anlass gemietet hatte. Ralf sagte nichts, aber sie sah an seinem Blick, was er von dieser Szene hielt. Als sie vom achten in den ersten Bezirk in die Hofkonditorei *Demel* fuhren, bestand Clarissa darauf, bei dem jungen Paar mitzufahren.

Lilly sah sich auf der Toilette im Spiegel an und kam sich schön und gleichzeitig fremd vor. Ihre wilden Locken waren von Sybille, die beim Österreichischen Fernsehen als Maskenbildnerin arbeitete, in kunstvolle Locken gebändigt worden. Das champagnerfarbene, bodenlange Kleid betonte ihren schmalen Körper. Sie hatte Mutters zarten Knochenbau und Vaters Größe geerbt und bezeichnete sich nur selten, wenn der Himmel tief hing, als dünne Vogelscheuche. Sie bewegte ihre Arme wie Flügel und sah fasziniert zu, wie der spinnwebendünne Stoff der Ärmel sich im Windhauch bewegte. „Elfe", schön und heute so fremd. Aber vielleicht ging es gar nicht um ihr Aussehen. Ihre Hochzeit mit Oskar war ein gelungenes, opulentes Fest, und gleichzeitig fühlte sie sich wie eine Nebenfigur in der von Paolo kunstvoll choreografierten Inszenierung. Die meisten Gäste hatte sie heute zum ersten Mal gesehen, und ihre eigenen Freunde sahen inmitten dieser aufgedonnerten, feinen Gesellschaft wie die armen Verwandten vom Land aus.

Mit einem tiefen Atemzug beschloss Lilly, dass sie nur undankbar war. Sie hatte allen Grund, froh und glücklich zu sein, und stieg wieder in ihre zu engen, cremefarbenen Satinschuhe, die aus dem gleichen Stoff wie das Kleid angefertigt waren. Paolo hatte darauf bestanden, dass sie sich seiner Freundin, „der besten Designerin der Stadt", anvertraute. Es war sein Hochzeitsgeschenk für sie, und Oskar hatte sie überredet, es anzunehmen.

Sie dachte für einen Augenblick an die Kraft des Bregenzerwaldes in ihr, zauberte ein echtes Lächeln auf ihre Lippen und verließ den schützenden Raum. In diesem Augenblick sah sie das Kamerateam, das das großartige Buffet im Foyer der *Demel*-Salons filmte, auf deren Anmietung Paolo als Oskars Trauzeuge bestanden hatte. Das Zentrum war ihre Hochzeitstorte, ein dreistöckiges Kunstwerk aus den Backstuben des Hauses. Wien mit seinen prunkvollen Häusern war in unterschiedlichen Farbschattierungen aus gefärbtem Marzipan dargestellt und dominierte für Lilly in erschreckender Weise das Gegenstück, die kleinen Schieferholzhäuschen des Bregenzerwaldes. Das Brautpaar aus Marzipan, das sich zwischen den beiden Szenerien die Hand reichte, war so dargestellt, wie es sich gehörte: Der Mann war größer als die Frau.

Das Filmteam schien mit dem Material zufrieden zu sein und schaute sich nach neuen Szenen um. Sie hatten die Braut noch nicht entdeckt und Lilly riss in Panik eine Tür zu ihrer Linken auf, die ihr bisher noch nicht aufgefallen war. Sie hatte schon den ganzen Tag unter den zahlreichen Fotografen gelitten und fühlte sich nicht in der Lage, noch mehr von dieser unfreiwilligen Publicity zu ertragen.

Es war wie in einem Märchen, in dem die Prinzessin im Schloss verborgene Schätze entdeckt. Sie stand in einem Raum, der im Dornröschenschlaf lag. Sie kannte solche Küchen nur noch von alten Illustrationen. Ein riesiger Backofen, dessen weiße Fliesen an den Rändern schon vergilbt waren. Sie las die Inschrift: Kaiserlich-Königlicher Hof-Feuerungsmaschinist. Neben dem Ungetüm stand ein großer Herd, auf den man später eine Marmorplatte gelegt hatte. Die Abschlussbordüre an den ebenfalls gefliesten Wänden war altmodisch zart hellblau und dunkelblau gemustert. Lilly setzte sich auf die Marmorplatte und spürte, wie sie sich in der abgeschiedenen Stille beruhigte. Hier waren schon lange keine Menschen mehr gewesen. Dieser Raum ruhte in sich. Sie dachte an Anna Demel, die Frau, in deren Küche sie jetzt wahrscheinlich saß. Wie hatte sie gelebt? War sie schon damals aufgestanden und hatte sich für ihr eigenes Leben eingesetzt oder hatte sie auch vieles einfach über sich ergehen lassen? Sie wusste, dass die drei großzügigen Salons, in denen sie feierten, ihre Privatwohnung gewesen war. Lilly fand ihr ehemaliges Schlafzimmer besonders bemerkenswert. Wie konnte man sich in einem so großen Raum mit einer so schweren Kassettendecke aus dunklem Holz und dunkel getäfelten Wänden wohlfühlen? Sie hätte noch lange über Anna Demel nachdenken können, aber sie musste zu den Gästen zurück.

Am Eingang zu den Salons nahm sie einer der Demelinerinnen, die ihr ein Silbertablett entgegenstreckte, ein Glas Champagner ab und überlegte, was ihre nächste Verpflichtung sein könnte. In diesem Augenblick sah sie die Frau mit den geschlossenen Augen. Ihr Kopf war aus weißem Gips und zierte die Wand über dem Türstock. War sie auch blind? Hätte sie auf ihre Mutter und auf Ralf hören sollen?

Lilly hatte keine Zeit, den Gedanken zu vertiefen. Ein gut aussehender Mann, der seinen Mantel noch in der Hand trug, kam auf sie zu: „Wissen Sie, wer in diesem Affenzirkus die Braut ist? Ich bin gerade erst angekommen." Lilly schaute ihm amüsiert ins Gesicht. Er war braun gebrannt und schien irgendwo zu leben, wo meistens die Sonne schien. „Sie ist im Augenblick nicht im Raum", sagte sie ganz ernst. „Dann lassen Sie uns abhauen, man wird uns nicht vermissen."

Lilly sah einen Augenblick zu Oskar hinüber, der gerade eine Frau mit langen schwarzen Haaren, die er ihr als Bea vorgestellt hatte, über das alte, wunderbar erhaltende Sternenparkett wirbelte. Seine schwarze Smokingjacke war im Rücken schon ganz durchgeschwitzt. Er tanzte ununterbrochen, seit das Personal einen Teil der damastgedeckten Tische zur Seite geräumt hatte. Sie hatten sich gemeinsam durch den ersten Tanz gequält, und nun waren seine Tanzpartnerinnen fast alles Frauen aus seiner Vergangenheit, die er als alte Freundinnen bezeichnete. Man sah, dass sie gut aufeinander eingespielt waren. Oskar war ein guter Tänzer, aber miteinander kamen sie nicht aus. Er tanzte alle Schritte „richtig“ und gleichzeitig so leicht, als hätte er sie gerade selbst erfunden. Lilly war auch eine gute Tänzerin, aber nur, solange sie sich frei bewegen konnte. Mit vorgegebenen Schritten kam sie nicht zurecht. Dann fing sie an zu stolpern und verhedderte sich in der vorgesehenen Abfolge.

Sie überlegte einen Augenblick, ob sie mit dem neuen Gast, der sich inzwischen als enger Freund des Bräutigams vorgestellt hatte, einfach von ihrer eigenen Hochzeit für eine Weile abhauen sollte. Die Stiegen hinunter, flüchten aus dem viel zu feinen Ambiente. Hinaus auf den Graben und dann in eine gemütliche Bar. Die Freunde und Geschäftspartner von Paolo, die hier ihre geschäftlichen und politischen Interessen verfolgten, würden sie nicht vermissen.

In diesem Augenblick machte die Musik eine Pause, und Oskar ließ seine Augen suchend durch den Raum wandern. Er entdeckte seine Frau und kam strahlend auf sie zu: „Mein Lieb, darf ich dir meinen alten Freund Robert Neumann vorstellen? Er baut Pipelines auf der ganzen Welt. Wir waren schon im Sandkasten Freunde und sind zusammen zur Schule gegangen.“

Robert wurde unter seiner Bräune rot und sah sie beschwörend an. Lilly nickte beruhigend. Sie würde das kleine Intermezzo nicht erwähnen. Sie spürte, wie das Glück zurückkam. Oskar legte seinen Arm um ihre Schultern und küsste sie zärtlich auf die Schläfe. Alles war wieder gut. Aus den Augenwinkeln sah sie ihre Mutter und Ralf, die sich mit ernsten Gesichtern unterhielten.

Es war zwei Uhr morgens, als Lilly müde vor den Resten der Hochzeitstorte stand und sich überlegte, ob es sich gehörte, wenn sie um eine Folie bat und sich ein großes Stück einpackte. Essen war in ihrer Familie etwas sehr Wertvolles. Zu lange hatten ihre Ahnen mütterlicherseits gehungert. „Es wird nichts weggeworfen“, war ein Grundsatz, dessen Missachtung im Bregenzerwald als Sünde geahndet wurde. Während sie überlegte, sah sie Oskar, der sich aufgekratzt mit einigen Gästen unterhielt und soeben wieder eine attraktive Frau zum Tanz aufforderte. Sie setzte sich müde auf einen der zierlichen, mit schwarzem Leder überzogenen Stühle und sah den beiden zu. Es war ein Tanz mit vielen kleinen, nervösen Schritten, dessen Namen sie nicht kannte. Wir werden nie gut miteinander tanzen, dachte sie resigniert. In diesem Augenblick schaute er zu ihr her, und sie deutete an, dass sie mit ihm sprechen wolle.

Er kam, atemlos, verschwitzt und sagte begeistert: „Ach, meine Lilly, meine süße, kleine Frau, ist das ein schönes Fest, ich liebe dich so sehr."

Er legte seine Hände auf ihre Hüften und küsste sie. Lilly erwiderte seinen Kuss und löste sich dann rasch wieder von ihm: „Ich bin müde und möchte nach Hause, Oskar."

Er war bestürzt: „Wir können doch unsere Gäste nicht alleine lassen!"

„Dann gehe ich schon voraus, du kannst ja nachkommen."

Lilly hatte nicht erwartet, dass ihr Mann dem zustimmen würde. Die nächsten Minuten waren wie ein Albtraum. Sie schritt an seinem Arm durch die feinen Salons mit den braun getäfelten Wänden, den aufgespannten Seidentapeten und den venezianischen Lustern. Die wenigen Menschen, an denen ihr etwas lag, waren schon gegangen. Es gab niemanden mehr, von dem sie sich hätte verabschieden wollen. Er half ihr in den Mantel aus cremefarbener Ballonseide und brachte sie zu einem Taxi am Michaelerplatz. Er nannte dem Fahrer die Adresse, küsste sie innig, und sie erwiderte seinen Kuss. Als ob es normal wäre, dass eine Frau nach ihrer Hochzeit allein zu sich nach Hause fährt! Als sie dann im Taxi saß, spürte sie, dass ihre Fersen von den zu kleinen Schuhen wund gescheuert waren, und fühlte sich zutiefst erschöpft und leer. Dann stand sie vor der Servitenkirche unter ihrem Baum und lehnte sich für einen Augenblick an den Stamm: „Bitte, hilf mir", flüsterte sie ihm zu.

Lilly hatte ihr gemeinsames Hochzeitsbett mit der feinen Seide überzogen, die Oskars Morgengabe gewesen war. Auf ihrem

Kopfkissen lag ein hauchzartes, champagnerfarbenes Spitzennachthemd, passend zu den Farben ihres Kleides. Bevor sie sich auszog, ging sie noch einmal ins Vorzimmer zurück und sah sich im großen Spiegel an. So ist es also, verheiratet zu sein.

Es gab kein Nachspiel zu ihrer Hochzeitsnacht. Es war schon Tag, als Oskar kam, sich unter die Dusche stellte und sie dann endlich in seinen Armen lag. Bevor er erschöpft einschlief, überdeckte er ihr Gesicht mit vielen kleinen Küssen und sagte zärtlich: „Du bist die großzügigste Frau der Welt."

Ralf war entsetzt über die Hochzeit seiner besten Freundin. Wieso war sie so am Rand gestanden und hatte sich gefallen lassen, dass es ein Fest für „toute Vienne", aber nicht für das Paar war? Oskar hatte sich bewegt, als ob er noch Junggeselle wäre, und Lilly hatte Ralf auch nicht erzählt, dass sie alleine von ihrer Hochzeit nach Hause gefahren war. Er wusste es, weil seine geheimen Informationskanäle gut funktionierten. Er wartete darauf, dass sie ihm sein Herz ausschüttete, aber als vierzehn Tage vergangen waren, war ihm klar, dass sie das Verdrängungsprogramm aufgerufen hatte. Sie war eine Meisterin darin. Alles, was ihrer zarten Seele wehtun würde, packte sie in eine Kiste und versenkte sie irgendwo in ihrem Inneren. Ralf fragte sich manchmal, was mit diesem Abfall passierte und machte sich Sorgen um sie.

Der Alltag ließ auf sich warten im Leben des jungen Ehepaars. Sie verbrachten jede freie Stunde miteinander, aber die Zeit war begrenzt und damit kostbar. Oskar reiste viel und repräsentierte Paolos Anlagenbaufirma im Ausland. Wenn er in Wien war, wohnte er theoretisch noch immer in seinem Studio im ersten Bezirk, das ihm Paolo als Dienstwohnung zur Verfügung gestellt hatte. Lillys Wohnung war ihr Liebesnest, in dem er sich wohlfühlte, aber kaum Spuren hinterließ. Eine Zahnbürste, ein Rasierer und ein Reservehemd im Schrank war alles, womit er sein Revier markierte, wie Ralf, der ihn noch immer nicht ausstehen konnte, es nannte. Sie hatten sich noch nicht entschieden, wie und wo sie leben wollten. Lilly konnte sich mit der Idee, ihre geliebte Wohnung in der Servitengasse für immer zu verlassen, nicht anfreunden. Oskar drängte sie nicht, fand sie aber für zwei Individualisten auf Dauer zu klein.

Die Wohnung hatte Vater noch kurz vor seinem Tod für sie gekauft. „Ich möchte dich in meiner Nähe haben, wir haben so viel Zeit versäumt.“ Sie dachte manchmal schmerzlich daran, wie selten sie ihn in der Aufbauphase von *Psychologie Morgen* in der Porzellangasse, die nur ein paar Minuten entfernt lag, besucht hatte. Er hätte nicht so früh sterben dürfen …

Nach Salzburg, in Oskars Haus, in dem seine Mutter ein lebenslanges Wohnrecht besaß, würde Lilly genau dreimal im Jahr fahren müssen. An Clarissas Geburtstag, an seinem Geburtstag und zu Weihnachten. Oskar war das wichtig: „Ich kann diese Traditionen nicht abschaffen, sie ist ja schon so alt, wer weiß, wie lange wir sie noch haben.“ Die Königskobra dachte auch gar nicht daran, freiwillig auf ihre Privilegien zu verzichten: „Ich habe meinen Sohn ja schließlich geboren, also muss auch ich an diesem Tag gefeiert werden. Und an Weihnachten war er immer bei mir. Ich bin ja schon mein ganzes Leben lang allein.“

Die erste Gelegenheit und ein Vorgeschmack darauf, was sie von nun an erwartete, war Oskars Geburtstag. Er war fünfundzwanzig Minuten nach zwölf Uhr mittags geboren worden und fuhr viel zu schnell auf der Autobahn, damit sie diesen – für seine Mutter so wichtigen Augenblick – nicht verpassten. Als sie dann eine Minute vorher ins Haus stürmten, ihr Sohn mit einer Flasche gekühltem Champagner in der Hand, sah sie auf ihre kleine, kostbare Armbanduhr und sagte bissig: „Das wäre vor deiner Ehe nicht vorgekommen.“

Clarissa trug ein Hörgerät, das aber offenbar schlecht eingestellt war, und beschwerte sich bei Tisch überlaut bei ihrem Ossilein: „Jetzt sprich doch nicht so leise mit ihr, ich verstehe nichts.“ Lilly hielt das für einen Trick, damit die ohnehin geringe Aufmerksamkeit, die für sie noch übrig blieb, zerstückelt wurde.

Als sie sich dann endlich in sein Schlafzimmer mit dem großen französischen Bett zurückziehen konnten, war ihr zärtlich geflüstertes „on fait l’amour?“, auf das Oskar sonst immer reagierte, umsonst. „Ich kann in ihrem Haus nicht.“ Auf dem Rückweg nach Wien sagte Lilly und bemühte sich um einen normalen Ton: „Es ist auch dein Haus, du darfst nicht erlauben, dass sie sich so benimmt.“ Sie kam nicht auf die Idee zu sagen, dass es das letzte Mal war, dass seine Mutter sie so schlecht behandelt hatte. Sie würde von nun an nicht mehr mitkommen, wenn sich das nicht sofort änderte.

Psychologie Morgen litt nicht unter dem neuen Status der Herausgeberin und Journalistin. Wenn Oskar verreist war, und das war öfter, als Lilly lieb war, führten Ralf und sie ihr altes Leben weiter, das der Zeitung und einem intensiven Austausch gewidmet war. Lilly war ausgeglichen und glücklich wie noch nie in ihrem Leben. Die Stunden, Tage und Monate mit Oskar reihten sich wie kostbare Perlen aneinander. Sie hatte alles. Einen Mann, den sie liebte, und einen Beruf, der sie erfüllte.

„Ihr Frauen von heute seid die erste Generation mit diesen vielen Möglichkeiten“, sagte ihre Mutter neidlos. Für sie war Bildung etwas, das sie als Erwachsene nachholen musste. In ihrer Kindheit blieben Mädchen zu Hause und halfen im Haushalt, im Stall und auf der Alm. Niemand wäre auf die Idee gekommen, das magere Familieneinkommen für eine Ausbildung zu verschwenden. Erst als sie dann eine über das Tal hinaus geschätzte Heilkundige wurde, verstand Lillys Mutter, dass das Wissen, das sie von ihrer Mutter und ihrer Großmutter „geerbt“ hatte, ihre spezielle Art von Bildung war, die ihr keine Schule hätte vermitteln können.

Oskar war gerne unterwegs. Und Lilly, die ihre Bregenzerwälder Nomadin bisher nur mit Geschäftsreisen zufriedengestellt hatte, lernte mit ihm andere Kulturen kennen. Sie flogen nach Mexiko, saßen auf dem Dorfplatz von San Cristóbal de las Casas und sahen den bunt gekleideten Einheimischen beim Tauschhandel zu. Sie wanderten auf alten Eselspfaden durch Peru und saßen in der untergehenden Sonne, wenn die meisten Touristen schon wieder in ihre Hotels zurückgekehrt waren, in den Ruinen von Machu Picchu. Sie stiegen in den „Tren de la muerte“, den

Todeszug, und durchquerten die wilde Landschaft von Bolivien. Und als sie in Rio, nach dem obligaten Besuch auf dem Zuckerhut, wieder zum Flughafen fuhren, war Lilly die glücklichste Frau der Welt.

Manchmal überraschte Oskar sie auch mit kleinen Reisen. „Lass uns nach Positano fahren", sagte er zum Beispiel, und sie packte ein paar leichte Sommerkleider ein. Dann chauffierte er sie in seinem silbergrauen Mercedes mit den schwarzen Ledersitzen durch Italien und zeigte ihr sein Lieblingshotel, wo sie vom Bett aus das Meer sehen konnten.

Der Abend, an dem sich für Lilly alles änderte, war einer von vielen. Sie saß in einer Runde mit Paolo und Oskar, und alles schien seinen gewohnten Lauf zu nehmen. Es wurde gegessen, es wurde getrunken, strategisch, klug und manchmal banal geredet, und Oskar drückte unterm Tisch seinen Schenkel an ihr Bein. Es war sein Signal, dass sie zwar noch bleiben mussten, aber er eigentlich schon lieber mit ihr zu Hause wäre, um sie zu lieben. Die Männer sprachen über ein Schiff, und dass die Versicherung sich nun endgültig entschieden habe, nicht zu bezahlen, und einen Strafprozess anstreben wolle.

„Was für ein Schiff?", fragte Lilly.

„Das erkläre ich dir später, die *Esmeralda* ist im Indischen Ozean gesunken, und glaube mir, es ist eine Riesenscheiße, dass sie untergegangen ist!"

Viel später, als die Katastrophe längst ihren Lauf genommen hatte, war dieser Satz Lillys Credo, ihre Hoffnung und der Beweis für seine Unschuld.

Paolo kam immer öfter unangemeldet in der Servitengasse vorbei und verschwand dann mit Oskar, der erst nach Stunden gereizt und schweigsam wiederkam. „Ich will dich nicht hineinziehen. Je weniger du weißt, desto besser für dich." Er hatte ihr inzwischen immerhin erzählt, dass sie am Hafen von Chioggia eine Industrieanlage verladen hatten, die für die Philippinen bestimmt und dort nie angekommen war, weil die *Esmeralda* nach einer Explosion an Bord gesunken war. Nun hatte die Versicherung nach einem langen Zivilprozess über die Auszahlung der

Versicherungssumme einen Strafprozess angestrengt. „Sie werfen uns vor, dass wir das Schiff vorsätzlich gesprengt haben sollen. Das ist doch absurd.“

Ralf hielt sich an Lillys Maulkorberlass. Sie hatten vereinbart, dass er nicht mehr über Oskar lästern durfte. Gleichzeitig bedeutete es für Lilly, dass sie ihm ihre Sorgen aber auch nicht erzählen konnte. Seine Verwunderung über ihr Desinteresse an den Details des „Falls Esmeralda“ behielt er ebenfalls für sich. Wie konnte es sein, dass seine Freundin, die sich in jede Geschichte wie ein Foxterrier verbiss, sich nicht um die Fakten kümmerte? Es ging um einen Skandal, der die Republik erschütterte, und sie lief mit Scheuklappen herum und wollte nichts davon wissen. Er hatte längst heimlich ein spezielles Archiv angelegt, das er in seinem eigenen Büro verwahrte, und sammelte akribisch jede Zeitungsmeldung. Man konnte nie wissen …

Wenn Lilly das Leben in der Stadt zu viel wurde oder sie Abstand brauchte, fuhr sie noch immer in den Bregenzerwald. Dann bezog sie ihr altes Zimmer im oberen Stock des alten Bauernhauses, wechselte ihre Stadtkleider gegen die Landkleider und setzte sich an den Bauerntisch, auf dem schon die Kässpätzle mit gerösteten Zwiebeln dufteten. Jetzt kochte Mama für sie. Das war neu. Früher war ihre geliebte Oma dafür zuständig gewesen. Es schien, als hätte sich ihre Mutter nach deren Tod daran erinnert, dass Lilly ihr Kind war. Es war nicht so, dass sie ihre Liebe nicht schon immer gespürt hatte. Doch ihr Satz „Du bist mein Ein und Alles“ hatte schon früh auf ihren Schultern gelastet und ihr immer das Gefühl gegeben, dass sie für Mamas Glück zuständig war. Gleichzeitig spürte sie eine Innigkeit und Verbundenheit, die manchmal auch erdrückend war. Als Kind hatte sie nach ihrer Rückkehr aus Wien lange bei ihr im Bett geschlafen und war sich jedes Mal wie eine Vertriebene vorgekommen, wenn Vater zu Besuch kam. Die komplizierte Liebesgeschichte der beiden hatte in ihrem Kinderleben so viel Raum eingenommen, dass Lilly sich, wenn sie heute mit Ralf darüber sprach, als Statistin in einem Drama bezeichnete.

Lilly fragte sich manchmal, ob ihre Mutter ihre Rückkehr ins Ländle je bereut hatte. Sie war an der Oberfläche fröhlich, das war sie meistens gewesen, nachdem die Depression, die sie aus Wien mitgebracht hatte, geheilt war. Und dennoch spürte sie, dass etwas in ihr trauerte. Das war schon lange vor Vaters Tod so gewesen, eigentlich, solange sie sich zurückerinnern konnte.

Mutter hatte damals ihre alte Arbeit als Sprechstundenhilfe eines Arztes in Bezau für zwanzig Stunden in der Woche wieder aufgenommen und war jeden Morgen mit dem Bus zur Arbeit und mittags wieder nach Hause gefahren. Am Nachmittag war sie in den Bergen umhergestreift und hatte Kräuter gesammelt. An der Hand Lilly, ihre kleine Tochter, die ihren eigenen, roten Rucksack mit Vogelfedern, Moosstückchen, seltenen Steinen, Beeren und Hölzern gefüllt hatte. Am frühen Abend war das Haus dann voll mit Menschen gewesen, die Mutters Rat gesucht und ihre selbst gemischten Kräutertinkturen und Salben abgeholt hatten. Solange Vater noch lebte, hatte er seine Frau immer für ihren „Wohltätigkeitstick“ kritisiert. „Das hast du doch nicht nötig, wir haben genug Geld, dass du standesgemäß leben kannst.“

Die Mellauer waren stolz darauf, zum Hinteren Bregenzerwald zu gehören. Man mischte sich nicht gern mit den Mittel- und Vorderwäldern. Und schon gar nicht mit dem Rest von Österreich. Sie hatten ihre verlorene Tochter nach ihrer Rückkehr aus Wien nie mehr wirklich aufgenommen. Zu fremd war sie geworden. Zu reich der Ehemann im grauen Anzug, der nur selten vorbeikam. Zu erfolgreich war sie als Heilkundige, von der es hieß, dass sie durch Handauflegen Wunder bewirken konnte. Die Menschen kamen aus dem ganzen Land, und gleichzeitig war sie in ihrem erfüllten, geschäftigen Leben einsam. Sie hatte nach dem Tod ihres Mannes nie mehr einen Mann an ihrer Seite gewollt, obwohl es immer Angebote gegeben hatte: „Das ist vorbei. Ich will frei sein.“ Sie sagte nicht: „Weil ich nie mehr so leiden will“, aber ihre Tochter hörte es.

Lilly hatte „die Gabe“, wie Oma es genannt hatte, nicht geerbt. Sie spürte auch kein Bedürfnis, in diese Welten tiefer einzutauchen. Die komplexe Psyche der Menschen reichte ihr als Forschungsgebiet, und an Naturwesen glaubte sie sowieso schon seit ihrer Kindheit.

Der erste Weg, wenn das Kässpätzleritual mit Mama beendet war, führte Lilly zu ihrer ältesten Freundin Ella in Mellau. Die beiden Frauen wanderten dann aufs Vorsäß, ob Sommer oder Winter, ob Tag oder Nacht. Es war ein Ritual, mit dem sie ihre Welten wieder verbanden. Zuerst erzählte die eine, dann die andere. In vollständiger Offenheit. Es gab keine Geheimnisse, die sie voneinander trennten. Hier, in dieser fast unberührten Natur, hatten sie als Kinder mit Lillys Oma und dem Vieh zur Ferienzeit und am Wochenende gelebt. Wenn ihre Mutter nach der Arbeit zu Fuß zum späten Mittagessen auf den Berg gewandert kam, dann waren ihr die beiden Mädchen oft schon entgegengelaufen. Im August waren sie dann auf die Alm weitergezogen, damit die abgegrasten Weiden auf dem Vorsäß sich erholen konnten. Die Eltern von Ella, die damals noch Elli hieß und in deren Taufschein Aurelia stand, waren froh darüber, dass von ihren sechs Kindern wenigstens eines woanders gut aufgehoben war.

Am schönsten war der Weg aufs Vorsäß, wenn die Dunkelheit schon hereingebrochen war. Sie hatten immer eine Taschenlampe dabei, aber ihre Füße fanden die Wege ihrer Kindheit wie von alleine. Und wenn sie manchmal stehen blieben und in den klaren Sternenhimmel schauten, dann fragte Lilly sich, warum sie nicht hiergeblieben war. „Weil du einen anderen Auftrag hast in diesem Leben“, pflegte Ella dann zu sagen. „Es ist wichtig, dass du schreibst.“ Der Name Aurelia bedeutet „Die Goldene“, und Ella hieß die „schöne, feenhafte Frau“ oder „Gott sei mein Licht“ und entsprach ihrer Bestimmung als Schamanin.

Die beiden hatten sich am ersten Tag in der Volksschule kennengelernt. Ella war die Tochter des Försters und hatte, als Lilly sich schüchtern in die letzte Bank gesetzt hatte, ihren Ranzen neben den ihren gestellt und der „Wianarschmelg“* ihre kleine braune Hand entgegengestreckt. Später hatte sie Pharmakologie studiert und war dann für einige Zeit bei Lillys Mutter in die

* „Wiener Mädchen“

Lehre gegangen und hatte alle Heilkräuter der Berge sammeln und verarbeiten gelernt. Ihr Ruf als wissenschaftlich fundierte Heilkundige ging weit über den „Wald“ hinaus. Ihrer engen Verbindung taten die unterschiedlichen Welten, in denen sie lebten, keinen Abbruch. Wenn Ella sie mit ihrem alten Jeep in Dornbirn am Bahnhof abholte, dann stürmten sie aufeinander zu und lachten und weinten vor Freude. Sie war Lillys Mellauer Schwester.

Doch heute halfen alle gewohnten Rituale nichts. Weder die Kässpätzle noch die Wanderung aufs Vorsäß, das in der Märzsonne lag. Lilly war in den Bregenzerwald geflüchtet, weil sie die Situation mit Oskar so belastete. Er war in eine Sache verstrickt, die ihr Angst machte und auf deren Ausgang sie keinen Einfluss hatte. Sie wollte ihm glauben, wenn er ihr immer wieder versicherte, dass alles gut ausgehen würde. Sie verfolgte die Berichterstattung in den Medien kaum, aber sie sah dabei zu, wie Paolos Stern zu sinken begann. Er, in dessen Nähe sich so viele gedrängt hatten, war plötzlich allein auf weiter Flur. Die Politiker, die er um Hilfe bat, nahmen Abstand und wollten „die Justiz nicht beeinflussen“. Jetzt nannte die Wiener Gesellschaft ihn plötzlich einen Parvenü, der – so wurde gemunkelt – früher ein Schweinehirte gewesen sei. Lilly wusste es besser. Paolo Vicente hieß in Wirklichkeit Pawel, war polnischer Herkunft und hatte nach seinem Jurastudium seinen unaussprechbaren Namen geändert. Sie wusste, dass seine Eltern adelig waren und 1939 bei ihrer Flucht aus der Heimat fast alles verloren hatten. Ein Gutshaus, viel Land und viel Geld. Mit dem, was sie noch retten konnten, hatten sie ihrem einzigen Sohn das Studium finanziert. In Österreich war er ein Neureicher, weil seine polnische Herkunft hier nichts zählte.

„Oskar und ich sind so glücklich miteinander, aber diese Versicherungsgeschichte liegt wie ein dunkler Schatten über uns“, sagte sie unglücklich zu Ella, die aus ihrem Rucksack Landjäger, Brot und Senf herausholte und sich auf die überdachte Hausbank vor dem Vorsäß setzte. „Mach dir keine Sorgen, die große Göttin führt dich nur auf Wege, die du auch verkraften kannst.“ Und dann nach einer kleinen Pause: „Wann wirst du mir eigentlich erzählen, dass du schwanger bist?“

Lilly wollte gerade in ihren Landjäger beißen und hielt erschrocken inne: „Ich bin nicht schwanger, wir haben noch nicht einmal darüber geredet, wann wir Kinder wollen!“ Sie spürte, wie ihr Herz bis zum Hals klopfte. Ein Kind. Mit Oskar. Plötzlich fühlte sie sich ganz leicht und froh. Ihre Regel war seit mehr als einem Monat überfällig, aber das kam öfter vor. Sie hatte sich nicht darüber gewundert.

„Wir gehen jetzt ins Tal und fahren sofort zur Apotheke.“ Wenn Ella diesen bestimmten Ton hatte, wusste Lilly, dass jeder Protest zwecklos war. Beim Abstieg war sie bereits eine andere Frau. In ihr, das wusste sie ganz klar auch ohne Test, wohnte ein neues Wesen. Die Welt sah plötzlich anders aus. Jeden Baum, jeden Strauch, die letzten Schneeglöckchen, den Himmel mit den weißen Wolkentürmen, das Eichhörnchen, das vor ihnen auf einen Baum flüchtete, all das würde sie ihrem Kind zeigen. Sie holten den Test, fuhren beim Bauern vorbei, nahmen ein paar Goaskäsle mit und, während sie auf das Ergebnis warteten, breitete Ella ihre Tarotkarten aus.

Es wurde eine lange Nacht, in der alle Zweifel, ob Lilly ihr Kind dieser unsicheren Welt aussetzen durfte, von Ella zerstreut wurden. „Es hat sich seine Eltern ausgesucht“, sagte sie. „Die Kinder wissen schon, was sie wollen. Sie wählen sich ihr Schicksal ganz bewusst, und wir haben die Aufgabe, sie liebevoll dabei zu begleiten.“ Die dunkle Wolke war verschwunden. Es würde alles gut gehen.

Lilly wollte sofort zu Oskar. Sie dachte an seine braunen Augen mit den goldenen Sprenkeln, an seinen breiten Mund, und liebte dieses Baby, noch ehe es geboren war. Ihr gemeinsames Baby.

Am Bahnhof in Dornbirn kaufte sie ein Magazin, auf dem eine Schwangere abgebildet war, und vertiefte sich im Zug in das Mysterium, plötzlich eine werdende Mutter zu sein.

Oskar stand am Bahnhof, in der Hand einen Rosenstrauß, und hob sie hoch wie eine Feder, obwohl sie einen Kopf größer war als er. „Meine Elfe, ich habe dich so vermisst, lass uns nach Hause gehen, ich habe uns etwas gekocht.“ Wenn Oskar kochte, was selten vorkam, war es jedes Mal ein Fest. Er zelebrierte seine Kunst mit raffinierten Gerichten und hatte darauf bestanden, Lillys kargen Junggesellinnenhaushalt mit edlem Geschirr, Besteck, Gläsern, Kerzenleuchtern und Damasttischwäsche auszustatten. „Das ist meine Morgengabe“, hatte er damals gelächelt und aus den vielen Schachteln und Tüten als Draufgabe noch ein paar Garnituren Seidenbettwäsche hervorgezaubert.

Sie nippte nur am Wein, und als sie später im Bett lagen und einander zärtlich und leidenschaftlich liebten, öffnete Lilly in ihrem Inneren einen Raum, von dem sie bisher nicht einmal gewusst hatte, dass es ihn gab. Es war, als ob sie Oskar erlaubte, noch tiefer in sie einzudringen. Als sie zum ersten Mal zur gleichen Zeit ihre Ekstase herausschrien, dachte Lilly einen kleinen Moment daran, ob das dem Baby nicht zu laut sein könnte.

Später, als sie in seinen Armen lag, flüsterte sie ihm die Neuigkeit ins Ohr. Oskar weinte wie ein Kind vor Freude und überschüttete seine Frau mit Küssen. Später stand er auf, zog Lilly aus dem Bett und tanzte mit ihr durch die Wohnung. „Wir werden eine kleine Elfe haben, wir werden eine kleine Elfe haben“, sang er und bestand darauf, dass sie sich ab sofort schonen sollte. „Kein Alkohol, keine verrauchten Lokale, keine Überstunden in der Redaktion.“ Lilly erinnerte ihn daran, dass es auch ein Sohn werden könnte, und legte ihre Hand auf den Bauch, obwohl es noch nichts zu spüren gab.

Ralf war der Nächste, dem Lilly die Neuigkeiten erzählte. Er nahm es gelassen auf und erklärte sich bereit, Pate zu sein, auch wenn das Baby nicht getauft wurde. „Wenigstens hast du ein wundervolles Kind, falls eure Beziehung schiefgeht.“ Ralf hätte immer gern eigene Kinder gehabt, das war der einzige Wermutstropfen in seiner glücklichen Beziehung zu Chris. Die Vorstellung, sich dafür sexuell mit einer Frau einzulassen, und sei es noch so vorübergehend, war ihm dennoch fremd. Gleichzeitig beneidete er seinen Freund um dessen Phase der Orientierungslosigkeit, in der seine Tochter entstanden war.

Lilly war eine zufriedene Schwangere. Sie war glücklich, dass in ihr ein Wesen heranwuchs, zu dem sie jetzt schon eine innige Beziehung hatte, und litt weder unter Übelkeit noch unter speziellen Gelüsten. Ihre Haut war samtweich, und die neue Fülle verlieh ihrer aparten Erscheinung noch mehr Reiz. Oskar war ein zärtlicher, fürsorglicher Ehemann und Liebhaber und sagte schon im Voraus alle Reisen ab, die rund um den Geburtstermin lagen.

Die Schatten waren zurückgedrängt. Lilly dachte nicht mehr an das versunkene Schiff, und Oskar tat alles, um Probleme von ihr fernzuhalten. Er hatte Paolo gebeten, nicht mehr in der Wohnung vorbeizukommen, und wenn er mit ihm telefonierte, machte er die Zimmertüre zu. Lilly war es recht. Sie wollte ihre kleine Familie, ihre Arbeit und sonst nichts.

Lilly wählte sich einen Gynäkologen, Volker Korbei, der bekannt dafür war, dass er den Geburtsprozess als natürliche Begabung sah, den nur die Hebamme unterstützen sollte. Erst wenn es Probleme gab, war er als Arzt zuständig. Oskar wollte zu ihrer Überraschung dabei sein und begleitete sie sogar zur Geburtsvorbereitung.

Er war inzwischen bei Lilly eingezogen und es war keine Rede mehr davon, dass die großzügige Dreizimmerwohnung zu klein für die beiden Individualisten war. „Wir haben ein Wohnzimmer, ein Schlafzimmer und ein Kinderzimmer. Was brauchen wir mehr? Und später werde ich für unsere kleine Prinzessin ein Haus bauen."

Oskar war so sicher, dass es ein Mädchen würde, dass er das Kinderzimmer vollständig in Rosa ausgestattet hatte. Er kam immer wieder mit Babysachen an und konnte sich über winzige Schuhe, Kleidchen mit Rüschen, kleine Schlafsäcke mit Elefanten bedruckt und Spieluhren mit Kinderliedern wie ein kleiner Junge freuen.

„Nur das Taufkleid", sagte ihre Mutter, „das darf er nicht kaufen. Das bringe ich mit. Es wurde aus meinem Hochzeitskleid geschneidert und du hast es schon getragen."

„Mama, wir wollen das Kind nicht taufen", sagte Lilly am Telefon und hätte den Satz am liebsten gleich wieder verschluckt.

Sie wusste, dass der Glaube eine der Säulen in Mutters Leben war. Unzählige Male war sie als Kind mit ihr nach Bildstein, dem schönsten Wallfahrtsort in Vorarlberg, zur Muttergottes gepilgert und hatte sich den Fußabdruck im Stein zeigen lassen, wo der Teufel ausgerutscht war. Lilly war gläubig, aber auf ihre eigene Weise. Sie war mit zwanzig aus der Kirche ausgetreten, weil sie die Frauenfeindlichkeit der katholischen Kirche und die Doppelmoral unerträglich fand.

Lea war das schönste Baby der Welt. „Das finden alle Mütter, Gott sei Dank", sagte Ralf. „Anders kann man diese kleinen Schreihälse sowieso nicht ertragen." Sie hatte die braungold gesprenkelten Augen ihres Vaters, den Mund ihrer Mutter und die blonden, starken Haare ihres Großvaters geerbt.

Oskar war eine Woche mit Lilly zu Hause geblieben, nachdem sie aus dem Geburtshaus Nussdorf wenige Stunden nach der Entbindung mit einem Plan für die lückenlose Hausbetreuung durch ihre Hebamme entlassen wurde. Dann musste er für drei Wochen nach Hongkong.

Lilly saß oft zu Mittag noch im Nachthemd in der Wohnung und schaffte es kaum, sich ein Brot zu machen und unter die Dusche zu kommen. Sie musste Marlies Abbitte leisten. Als ihre Journalistenkollegin vor zwei Monaten ein Baby bekommen hatte, war sie erstaunt, wie man sich so gehen lassen konnte, nur weil man ein Kind zu versorgen hatte.

In der dritten Woche war sie so weit, dass sie mit Lea in die Redaktion gehen konnte. Ralf wurde zum besten Babysitter der Welt. Er überließ ihr das Kind am liebsten nur, damit sie es stillen konnte. Lea schlief in seinen Armen, wenn er recherchierte, er nahm sie im Tragetuch in die Nationalbibliothek mit und sagte jedem, dem er begegnete, dass Lea seine Nichte sei.

Für Lilly war klar, dass sie im ersten Jahr auf Halbmast arbeiten würde. Lea und Oskar sollten in ihrem Leben Vorrang haben. Für die Zeit danach hatte sie bereits Tilde engagiert. Tilde kam aus Bezau und hatte selber drei Kinder großgezogen. Nach ihrer Scheidung war sie auf der Suche nach einer neuen Aufgabe und bereit, nach Wien zu ziehen. Für sie war es ein neues, aufregendes Leben, das sie sich schon als junges Mädchen gewünscht hatte. Ihre drei Kinder lebten ebenfalls in Wien. Sie waren, wie viele junge Vorarlberger dieser Generation, aus der Heimat geflüchtet, weil es ihnen im „Wald“ zu eng war. Tilde kam auch jetzt schon manchmal vorbei, wenn sie ihre Söhne besuchte, damit Lea sich an sie gewöhnen konnte.

Lilly liebte ihre Tochter, und es war selbstverständlich, dass sie nicht in ihrer Wiege im Kinderzimmer, sondern bei ihr schlief. Wenn Oskar dann von seinen Reisen nach Hause kam, lagen sie zu dritt im Bett, das Baby glücklich grunzend zwischen ihnen. Sex war im Augenblick kein großes Thema. Sie waren eine glückliche, kleine Familie, das war genug.

Die Tage und Wochen wurden von nun an mit den Fortschritten bezeichnet, die Lea machte: das erste Mal durchschlafen, der erste Zahn, der erste Gehversuch ... Die Gespräche zwischen Lilly und Oskar drehten sich die meiste Zeit um ihre Tochter oder um organisatorische Fragen rundherum. Sollte Tilde kommen oder wollte er Lea übernehmen, während Lilly den Kongress in der Hofburg über „Pränatale Psychologie“ besuchte. Würde sie ihn zu seinem Abendessen mit Kunden begleiten oder war es besser, bei ihrem gemeinsamen Kind zu bleiben ... Unmerklich trat das Liebespaar in den Hintergrund und wurde durch liebende Eltern ersetzt.

Als Lea ein Jahr alt war, gab es ein großes Fest für sie. Paolo hatte darauf bestanden. Diesmal wurde das *Lusthaus* im Wiener Prater gemietet und alle, die nur im Entferntesten mit der Familie zu tun hatten, waren dazu eingeladen. Und noch einige dazu, die geschäftlich nützlich waren.

Lillys Mutter verbrachte bei dieser Gelegenheit ein paar unfreiwillige Stunden mit der Mutter von Oskar. Die Frauen waren so unterschiedlich wie Tag und Nacht. Die eine, eine elegante Stadtfrau mit vornehmen Manieren, die andere eine Landfrau, die das „Stadtrepertoire“ durch ihre Ehe mit dem Wiener Kaufmann beherrschte, sich aber nach wie vor nicht dafür interessierte. Die eine sprach nie offen aus, was sie dachte, die andere trat immer wieder durch ihre Ehrlichkeit in Fettnäpfe. Es gab nur eines, was sie einte: die Begeisterung für ihre Enkelin. Oskars Mutter achtete eifersüchtig darauf, dass Lillys Mutter Lea auf keinen Fall öfter auf dem Schoß halten durfte als sie. Lea war das alles egal. Sie schüttelte unwillig ihren Kopf, wenn sie zu lange gefangen war, und brüllte sofort los, wenn ihr etwas nicht passte. Einen Teil des Rummels verschlief sie ohnehin, weil sie von den vielen fremden Gesichtern und den Begeisterungsausbrüchen, wie süß sie sei, nach zwei Stunden total erschöpft war.

„Du solltest nicht erlauben, dass Lea wie ein Zirkuspferd vorgeführt wird", sagte Ralf, als sie gemeinsam für einen Augenblick frische Luft schöpften.

„Du hast recht", antwortete Lilly kläglich und fragte sich, wie sie sich gegen Oskar und Paolo durchsetzen sollte.

Die beiden waren noch immer damit beschäftigt, die Schiffsgeschichte zu regeln, und ließen Gutachten erstellen, suchten Zeugen auf, die bei der Beladung der *Esmeralda* in Chioggia dabei gewesen waren, und Paolo betrieb intensivstes Lobbying. Lilly hatte alle Hände voll zu tun, ihr Leben als Mutter und berufstätige Frau zu organisieren und nahm Oskars Aktivitäten nur am Rande wahr. Sie vermisste ihren Mann manchmal, wenn es um Leas Versorgung ging. Er hatte sich zum Sonntagsvater entwickelt, und es war klar, dass die „gemeinsame Fürsorge" nur in der Theorie stattfand. Sybille, die sich gerade vom nächsten Mann getrennt hatte und von Männern, weil ihr Vater aus ihrer Sicht ein „Patriarch und Diktator" war, sowieso wenig hielt, meinte pragmatisch: „Sei froh, dass er Geld hat und zahlt, etwas anderes kann man von Männern nicht erwarten."

Sybille und Lilly hatten sich wieder eng angefreundet. Sie kannten einander von der Uni in Innsbruck, aber Billi, wie sie sich damals noch genannt hatte, war kurz vor Studienende mit einem Griechen nach Saloniki verschwunden. Als sie dann einige Zeit später nach ihrer gescheiterten Beziehung nach Wien übersiedelt war, hatte sie ihre Freunde gebeten, sie von nun an Sybille zu nennen, und probierte mit großem Geschick einen Beruf nach dem anderen aus. Sie war jedes Mal erfolgreich, aber erst als sie die Chance bekam, als Maskenbildnerin zu arbeiten, hatte sie ihre Bestimmung gefunden.

Anders ging es ihr mit Männern. Ihr Vater war ein Südtiroler Großgrundbesitzer und hatte sein einziges Kind versucht einzusperren und in die vorgesehene Spur als Erbin zu zwingen. Ihre Mutter war abgehauen, als sie 10 Jahre alt war und wurde nie mehr gesehen. Für Sybille war, seit sie aus Italien nach ihrer gescheiterten Ehe zurückgekehrt war, ihre Freundschaft zu Lilly das einzig Stabile in ihrem Leben.

Ralf, der ihre Freundin oberflächlich fand, hatte schon damals, als sie nach ihrem Studium mit Sybille eine Altbauwohnung im dritten Bezirk bezogen hatte, nur den Kopf geschüttelt. Lillys Argument war ganz einfach: „Mit ihr kann ich einfach Spaß haben. Sie hat nicht den Wunsch, die Welt zu verbessern, und ist an tiefschürfenden Gedanken nicht interessiert. Das tut mir gut!"

Als Vater ihr dann die Eigentumswohnung in der Servitengasse gekauft hatte, wollten die beiden Frauen das neue Domizil gemeinsam bewohnen. Aber dann hatte Sybille ihren nächsten „Traummann" kennengelernt und war bei ihm eingezogen.

Wenn Oskar in Wien war, unternahmen sie häufig etwas zu dritt. Ralf, der auch diese Tatsache merkwürdig fand, wurde von Lilly mit Argumenten überschüttet: „Lea ist ein Einzelkind, sie braucht andere Bezugspersonen für ihre soziale Entwicklung. Wir können uns zu dritt abwechseln und es muss nur immer einer von uns aufstehen, um ihr nachzulaufen. Tatsächlich habe ich sogar mehr Zeit mit Oskar, als wenn wir mit Lea alleine unterwegs wären."

Oskar mochte Sybille, er nannte sie seine kleine Schwester, und wenn Lilly zu Kongressen fuhr und er kurzfristig für Lea sorgte, taten sich die beiden meist zusammen. Lilly war froh darüber. „Wir könnten eine wunderbare Großfamilie sein", sagte sie zu Ralf. „Und der Einzige, der immer noch streikt, bist du."

Lillys Mutter hatte vor Leas Geburtstag am Telefon schon angekündigt, dass sie danach gerne einen Tag in Wien bleiben wolle, „weil es Dinge zu regeln gibt". Sie wollte nicht sagen, worum es ging, bat aber ihre Tochter, sich den Vormittag zu reservieren. Lea könne gerne dabei sein.

Am nächsten Tag holte ihre Mutter, die im Hotel um die Ecke nächtigte, sie pünktlich um zehn Uhr morgens ab. Lilly ging zielstrebig in Richtung Auto, das sie ganz in der Nähe geparkt hatte, und war erstaunt, als ihre Mutter darauf bestand, mit der Straßenbahn zu fahren. Sie hatte inzwischen den kleinen hellblauen 2CV an einen Studenten verschenkt, weil Oskar ihr nicht erlauben wollte, mit dem Kind in der uralten Kiste zu fahren. Stattdessen hatte er einen roten Renault 5 für sie gekauft, bei dem ihre Nomadin den freien Himmel vermisste. „Ein Stoffdach ist viel zu gefährlich für das Kind, wenn es zu einem Unfall kommt", hatte er ihren Wunsch nach einem kleinen Cabrio abgelehnt.

„Wieso fahren wir mit der Straßenbahn, Mama?", fragte sie, als sie in Richtung Simmering, einem der Außenbezirke, unterwegs waren. „Ich möchte so wie früher zum Zentralfriedhof fahren, als ich fast täglich dort war." Sie schien in Gedanken versunken, und Lilly fragte nicht weiter. Sie saßen schweigend nebeneinander, während Lea, für die sie einen klappbaren Buggy dabei hatte, in ihrem Arm schlief.

Der Zentralfriedhof ist einer der größten Friedhöfe Europas, ein weitläufiges, riesiges Gelände mit einem parkähnlichen Charakter. Lilly war seit dem Begräbnis ihres Vaters nur selten hier gewesen und hatte die Umgebung bisher kaum wahrgenommen. Jetzt wanderten sie, nachdem sie an seinem Grab eine Kerze angezündet hatten, durch die Stadt der Toten. Lilly war von der Vielfalt der Grabsteine, deren Inschriften oft traurige Geschichten erzählten, begeistert. Sie hatte eine gute Beziehung zu Friedhöfen, auch wenn der Tod sie erschreckte. Ihre Oma hatte sie immer zum Familiengrab in Mellau mitgenommen: „Du musst dich mit der Ahnenkraft verbinden, mein Kind, da kommt unsere Stärke her. Die Gräber sind nur ein Symbol für uns, damit wir uns erinnern. In Wirklichkeit sind die Ahnen überall in unserem Alltag. Wir dürfen sie nicht auf Friedhöfen und in Fotoalben einsperren."

Ihre Mutter ging zielstrebig über die kiesbestreuten Wege und wurde langsamer, als sie in ein Areal kamen, in dem viele kleine

Gräber standen. „Das ist der Babyfriedhof", sagte sie leise und blieb einen Augenblick stehen. „Hier dürfen nur Säuglinge begraben werden, die tot geboren werden. Wir müssen noch ein Stück weiter." Lilly spürte plötzlich einen Druck auf der Brust, und ihre gute Beziehung zu Friedhöfen war vorbei. Es war ihr unvorstellbar, dass ihre süße, kleine, warme Tochter hier liegen könnte. Sie blieb einen Augenblick bei einem der kleinen Gräber stehen. Der weiße Stein trug nur ein Datum und ein buntes Windrad bewegte sich langsam im Wind. Das Leid hatte nicht einmal einen Namen.

Ihre Mutter zog sie am Ärmel: „Lass uns weitergehen, deine Tochter ist gesund und lebt." Dann blieb sie, nach ein paar Minuten, am Ende einer langen Reihe stehen: „Da liegt sie. Elisabeth ist meine Zwillingsschwester, und ich habe bis heute nicht ganz überwunden, dass sie tot ist. Es ist noch immer so, als ob ich niemals vollständig sein könnte ohne sie."

Lilly war so überrascht, dass sie eine Weile einfach nur dastand und nichts sagen konnte. Das Grab war sehr gut gepflegt, Rosen, Lavendel und Efeu waren gute Nachbarn füreinander. Ein großer Schutzengel aus weißem Marmor hielt eine Tafel mit der Inschrift in der Hand: „Hier liegt Elisabeth. Unsere Freude, unser Leben."

Die Erkenntnis traf sie wie ein Schlag: „Mama, sie heißt ja so wie ich!"

„Ja, ich wollte, dass etwas von ihr bleibt, und dein Vater war einverstanden damit. Doch als du geboren warst, wurde ich jedes Mal traurig, wenn ich deinen Namen sagte. Also haben wir dich umbenannt." Lilly hatte bisher immer geglaubt, dass sie ihren Namen ihrer geliebten Bregenzerwälder Oma, die ebenfalls Elisabeth hieß und Else genannt wurde, verdankte.

Mutters Zwillingsschwester war nur sieben Jahre alt geworden. Sie setzten sich auf eine Bank in der Nähe, und Lilly erfuhr die Geschichte ihrer Tante, deren Namen sie trug.

„Wir waren eine arme Familie. Es gab kein Geld und wenig zu essen, weil wir Fleisch, Käse, Eier und Milch an die Städter verkaufen mussten. Meinen ersten eigenen Rock, den noch niemand vor mir getragen hat, habe ich an meinem ersten Schultag bekommen. Im Sommer schliefen wir im Stadel im Heu, weil unser Kinderzimmer an die Fremden, die unser Einkommen verbesserten, vermietet wurde. Eines Tages kam ein kinderloses Ehepaar aus Wien, das an uns einen Narren gefressen hatte. Sie waren auch im nächsten Jahr wieder da und schlugen meinen Eltern vor, dass sie uns mitnehmen wollten, damit wir ein besseres Leben haben sollten. Meine Mutter wollte nicht, aber mein Vater hat sie überredet: ‚Das sind wir den Kindern schuldig. Was soll aus ihnen in diesem armen, gottverlassenen Dorf werden? Und mir hat es auch nicht geschadet.' Mein Vater war ein sogenanntes Schwabenkind gewesen. Er gehörte zu den Tausenden von Kindern, die aus den armen Bergbauerndörfern Tirols, Vorarlbergs, Südtirols und der Schweiz im Frühling, wenn es auf den Bergen noch Schnee gab, zu Fuß unter härtesten Bedingungen ins Schwabenland zur Arbeit geschickt wurden. Er war erst sechs Jahre alt, als er das erste Mal von zu Hause fort musste. Auf den süddeutschen Kindermärkten, mein Vater kam nach Ravensburg, haben schon die reichen Bauern auf sie gewartet, die die Kinder für Kost, Unterkunft und eine Garnitur neuer Kleider als Saisonarbeiter aufgenommen haben.

Ich sehe noch heute den Tag vor mir, als unsere Eltern uns bis nach Bezau begleitet haben. Wir saßen in der Bahnhofswirtschaft und aßen Gulasch. Meine Mutter war schweigsam und schluckte ihre Tränen hinunter. Mein Vater erzählte uns die Geschichte von der „Gulaschmarie", der Vorbesitzerin, die als junges Mädchen nach dem Tod ihrer Eltern so mutig war, den Vorurteilen zu trotzen, und das Wirtshaus weitergeführt hatte. Für uns Kinder war es wie eine Henkersmahlzeit. Wir wollten nicht mit nach Wien, aber Elisabeth war so still und brav, und ich war so wild und ungezähmt. Ich habe, als sie uns zwangen, in den Zug zu steigen, so lange gebrüllt, bis meine Mutter es nicht mehr aushielt, und meine Pflegeeltern mich wieder aus der Wälderbahn, die bis nach Bregenz fuhr, aussteigen ließen. Ich habe Tag und Nacht um meine Zwillingsschwester geweint. Wir waren seit unserer Geburt noch nie auch nur eine Minute getrennt gewesen. Ein Jahr später war sie tot. Ich habe sie nie wiedergesehen. Sie starb an Scharlach, und ihre Pflegeeltern waren untröstlich. Sie hatten sie wie eine eigene Tochter geliebt und wollten sie auch nach ihrem Tod in ihrer Nähe haben. Begräbnisse sind teuer. Meine Eltern haben zugestimmt, und die beiden haben bis zu ihrem eigenen Tod das Grab gepflegt."

Lillys Mutter stand auf, nahm ihr Lea ab, die erwacht war und auf ihrem Schoß saß, und ging mit ihrer Enkeltochter noch einmal zum Grab: „Sie gehört zu uns, Lea, ich möchte, dass du von ihr weißt. Sie soll nicht vergessen werden."

Lilly konnte in der Nacht nicht schlafen. Sie erinnerte sich plötzlich, dass ihre Großmutter ihr auf dem Friedhof in Mellau eines Tages ein Kindergrab gezeigt hatte: „Es gab noch ein Mädchen, das Grab ist leer, es liegt woanders", hatte sie in ihrer kargen Art gesagt und ihr Gesicht verschlossen. Lilly hatte zu ihr aufgeschaut und nichts gesagt. Wenn die Oma ihren Mund schmal machte, waren Fragen nicht erlaubt. Sie trug den Namen ihrer verstorbenen Tante. Vielleicht war sie deswegen so eng mit Mutter verbunden? Hatte sie überhaupt einen eigenen Platz? Sie verdrängte den Gedanken und beschloss, es nicht mit Ralf zu besprechen. Er war durch seine Ausbildung, die er gerade absolvierte, ganz vernarrt in die Welt der Systeme und hatte ihr schon mehrfach zu einer Familienstrukturaufstellung geraten.

Der erste Urlaub mit Lea war eine Auszeit vom Alltag, in der vorübergehend alle Probleme vergessen waren. Es war klar für Lilly, dass Lea dabei sein sollte, auch wenn Ralf ihr ungebeten einen kleinen Vortrag hielt, dass es höchste Zeit wurde, den Unterschied zwischen Paar und Eltern verstehen zu lernen. „Ihr seid nur noch als Eltern unterwegs, wie soll das auf Dauer gut gehen? Das Paar braucht dringend einen Urlaub."

Als sie nach drei Wochen aus Kreta zurück waren, bemerkte Lilly, dass sie wieder schwanger war. Sie hatte mit einer Spirale verhütet, aber ihr zweites Kind hatte diesen Hindernisparcours mühelos überwunden. Sie freuten sich beide, und Oskar kochte zur Feier des Tages eines seiner berühmten kulinarischen Highlights. Die Einzige, die merkwürdig reagierte, war Sybille: „Dass du unter diesen Umständen ein zweites Kind in die Welt setzt?" Lilly nahm keine Notiz davon. Sie war sich sicher, dass die Geschichte mit dem Schiff ein gutes Ende nehmen würde.

Niklas wurde geboren, als Lea zweieinhalb Jahre alt war. Lilly war, so wie bei Lea auch, eine glückliche Schwangere gewesen. Sie liebte ihren dicken Bauch und fühlte sich rundum wohl. Das Einzige, was diesmal anders war: Oskar und sie hatten kaum Sex miteinander. Aber sie war zu beschäftigt, um sich darüber zu wundern. Sie hatte sich als einen der beruflichen Schwerpunkte „Kinder im Krankenhaus" gesetzt und schrieb mit großer Leidenschaft gegen die Brutalität an, dass Kinder plötzlich in fremden Betten lagen, von fremden Menschen betreut wurden und meist, weil sie zu klein waren, um es zu verstehen, nicht wussten, dass ihre Eltern wiederkommen würden.

Lea lag noch immer bei ihren Eltern im Bett. Lilly wusste, dass es falsch war, aber weil Oskar so oft verreist war, hatte sich die schlechte Gewohnheit erhalten. Als Niklas da war, konnten sie ihre Prinzessin, die ihre Eltern jetzt mit ihrem Bruder teilen musste, erst recht nicht in ihr Kinderzimmer verbannen. Und so war es Oskar, der ins Kinderzimmer umzog.

Niklas war ein Jahr alt, als Lilly die beiden sah. Tilde war bei den Kindern und sie nahm die Gelegenheit wahr, in der Redaktion früher Schluss zu machen, um am Naschmarkt einzukaufen. Als Junggesellin war sie oft hier gewesen und hatte in den Tausenden von Düften und Bildern geschwelgt. Obst und Gemüse, getrocknete Früchte, Gewürze aus allen Ländern, seltene Käsesorten, frische Fische, hier gab es alles, was das kulinarische Herz begehrte. Sie wollte Oskar, der gestern von einer Reise zurückgekommen war, am Abend mit einem besonderen Menü überraschen. Sie schlenderte durch die engen Gänge, wo rechts und links die Händler den Kunden Kostproben ihrer Waren anboten, und wollte gerade um die Ecke biegen, als sie in einer der vielen kleinen Imbissstuben Oskar sah. Er hatte den Arm um eine kleine, sehr hübsche junge Frau gelegt, die bewundernd zu ihm aufsah, obwohl sie fast gleich groß waren.

In Lilly wurde es ganz kalt und still, als ob ihr ganzer Körper seinen Betrieb einstellte. Sie hörte fast auf zu atmen und blieb wie angewurzelt stehen. Als Oskar seine Zunge leidenschaftlich in den Mund der Frau drängte, lief sie in Panik weg. Sie rannte den ganzen Naschmarkt entlang bis hinüber zum Resselpark und setzte sich dort wie gelähmt auf eine Bank. Sie saß noch immer dort, als es schon dunkel wurde. Dann schrak sie auf. Sie hatte die Kinder vergessen. Sie rief ein Taxi und fuhr nach Hause. Oskar machte ihr überrascht die Tür auf: „Wo warst du, mein Lieb, Tilde und ich haben uns schon Sorgen um dich gemacht." Er nahm ihr die Taschen ab und räumte sie mit zufriedenem Grunzen in der Küche aus.

„Ich musste noch einmal in die Redaktion zurück", log Lilly und konnte ihrem Mann nicht in die Augen schauen.

Beim Abendessen, das Oskar mit den Leckerbissen vom Naschmarkt gekocht hatte, beobachtete sie ihn. Er war wie immer. Er fütterte seine Kinder, streichelte ihre Hand, erzählte von seinem Tag – ein liebender Familienvater wie aus dem Bilderbuch. Als er die Kinder zu Bett brachte und nicht wiederkam, weil er bei ihnen eingeschlafen war, fiel ihr zum ersten Mal auf, dass sie ihn als Mann vergessen hatte. Und er offensichtlich sie als Frau auch. Lilly spürte, wie die Last des Geheimnisses sie erdrückte. Sie konnte es niemandem erzählen und hoffte, dass Oskar sich vielleicht nur einen kurzen Flirt gegönnt hatte.

Vierzehn Tage später kam Ralf in ihr Büro und sagte: „Wir waren schon so lange nicht mehr bei Lefti, kannst du dir nicht einmal einen Abend freinehmen?"

Am Anfang war es fast wie früher. Sie aßen Souvláki, tranken Retsina und redeten über die Zeitung und Gott und die Welt. Nach seinem obligaten Baklava lehnte sich Ralf zurück, seufzte tief und schlug ein Bein über das andere: „Es fällt mir verdammt schwer, aber ich muss es dir sagen. Ich habe Oskar mehrfach mit einer anderen Frau gesehen. Sie ist klein, blond und hat einen Stockerlarsch." Lilly war schockiert und gleichzeitig erleichtert. Es war kein Geheimnis mehr. Sie brach in Tränen aus und warf sich an Ralfs Brust. Er sagte nichts und hielt sie im Arm wie ein kleines Kind. Für ihn gab es nichts zu sagen. Er hatte dieses Szenario vorhergesehen. Oskar war ein einsamer Wolf. Solche Männer konnte man nicht zähmen. Man ging ihnen aus dem Weg.

Nach dem Abendessen mit Ralf ging Lilly entschlossen nach Hause und wartete auf Oskar. In den letzten Wochen war es oft spät geworden. „Gespräche mit Paolo." Sie hatte von Ralf erfahren, dass die Blonde mit dem Stockerlarsch Rosi hieß, Schauspielerin war und sich mit Gelegenheitsjobs als Kellnerin über Wasser hielt. Ralf hatte, bevor er sie informierte, seine geheimnisvollen Verbindungen genützt und wusste, wann und wo die beiden sich trafen. Er sagte Lilly nicht die ganze Wahrheit. Er hatte ihr sein Wissen erspart, dass sie am Vormittag regelmäßig das *Hotel Orient* aufsuchten.

Als Oskar kam, war er gut gelaunt und leicht angetrunken: „Meine Elfe, wie schön, dass du auf mich gewartet hast."

„Und was sagt deine Rosi dazu?" Lilly hatte alle Strategien, die sie sich zurechtgelegt hatte, vergessen. Sie spuckte den Satz mit schneidender Stimme aus und sah, wie Oskar blass wurde. „Bitte, lüg mich nicht an, Oskar. Ich brauche wenigstens deine Ehrlichkeit." Er schwieg lange, schenkte sich dann einen großen Whisky ein und ließ sich aufs Sofa sinken: „Ich habe mich verliebt."

Lilly wurde zu Stein. Sie hörte sich sagen: „Dann verlass bitte meine Wohnung und komm wieder, wenn du weißt, wo du hingehörst."

Oskar stand schweigend auf, zog seine Schuhe an und ging. Lilly wusste, dass die schneidende Kälte, die nicht zu ihrem Wesen passte, ein Erbe ihres Vaters war. Sie war oft genug dabei gewesen, wenn er zu dieser wirkungsvollen Waffe gegriffen hatte. Doch jetzt konnte sie nicht anders.

Es wurde eine elende Zeit ohne Oskar. Sie sagte den Kindern, dass der Papa verreist war, und bemühte sich, ein normales Leben zu führen. Der Schmerz war wie ein großes Tier in ihr. Sie konnte nicht essen, sie konnte nicht schlafen, sie vermisste seine dunkle Stimme, seine warme Haut, sein warmes Herz.

Er kam nicht zurück. Lilly wollte ihn zurück. Aber ganz.

Vierzehn Tage können so lang sein wie ein ganzes Jahr.

Die Kinder lagen schon im Bett, Lilly saß wie jeden Abend einfach da und starrte vor sich hin, als das Türschloss ging. Sie hörte, wie Oskar im Vorzimmer die Schuhe auszog. Ihr Herz klopfte bis zum Hals.

„Ich kann nicht ohne dich und die Kinder leben, bitte verzeih mir." Er sah mager und unglücklich aus und hatte sich seit Tagen nicht rasiert. Sie lag in seinen Armen und wusste, dass sie alles tun würde, damit er bliebe.

In dieser Nacht liebten sie sich seit langer, langer Zeit wieder. Und wieder spürte sie eine neue Qualität. Eine Mischung aus Schmerz und Süße und eine tiefe Dankbarkeit, dass Oskar wieder da war. Als es Tag wurde, kamen die Zweifel. Wie sollte sie ihm jemals wieder trauen? Wie sollte sie wissen, dass Rosi nicht der Anfang einer nie endenden Kette von Affären war? Wie sollte sie wissen, dass die Beziehung mit dieser Frau wirklich zu Ende war? Oskar bemühte sich, und Lilly bemühte sich. Sie dachte an den Kuchenesser, der alle seine Lieben vor ihr aufgegessen hatte, und wollte nicht, dass er zu ihnen kam.

Auch Lilly hatte keine Erfahrung in länger andauernden Beziehungen. Sie war, so wie er, immer gegangen, noch ehe der Alltag eingekehrt war. Nun war Alltag, und sie stellte fest, dass Erotik harte Arbeit war. Sie fragte sich, wie andere Frauen das schafften. Kinder, Beruf, Liebesleben …

Lilly zwang Oskar, mit ihr über Rosi zu sprechen. „Was hat sie, was ich nicht habe? Was hast du mit ihr unternommen, was du mit mir nicht teilen konntest?"

Als Oskar nach langem Zögern ehrlich antwortete, öffnete sich ihre Wunde wieder, und sie wünschte, sie hätte nicht so genau gefragt.

Der erste Schritt, den Lilly nach seiner Beichte plante, war nach dem Kauf von erotischer Unterwäsche eine Zimmerreservierung im *Hotel Orient*. Und sie überließ nichts dem Zufall. Mit ihrem Schreibblock bewaffnet spazierte sie vom Schwedenplatz zum Tiefen Graben und recherchierte offiziell für eine Geschichte „Die besten Tipps gegen Ehefrust". Sie war noch nie in einem Stundenhotel gewesen und sah sich, ehe sie durch die Tür des berühmten Etablissements trat, auf der Straße um. Es wäre ihr peinlich gewesen, wenn jemand sie dabei beobachtet hätte. Es gab keine Rezeption, sondern nur eine kleine Portiersloge. Die ältere Dame, mit einem seriösen, grauen Haarknoten, die mit einem Zimmermädchen sprach, das mit einem Berg schmutziger Wäsche im Arm vor ihr stand, fragte sie überrascht nach ihren Wünschen. Sie sah an ihrem Blick, dass sie sich wunderte, warum sie alleine war.

„Ich schreibe eine Geschichte und möchte gerne einige der Zimmer sehen." Die Frau war wenig beeindruckt und zeigte auf einen Raum direkt gegenüber: „Wir haben ständig Pressebesichtigungen, das kann ich nicht selbstständig erlauben. Ich muss erst mit dem Besitzer telefonieren, warten Sie bitte in der Bar."

Lilly setzte sich auf die rot gepolsterte Lederbank, die die ganze Längsseite des Raumes einnahm, und legte sich auf einem der kleinen schwarzen Tische, die davor standen, ihr Schreibzeug zurecht. Ihr scharfes Journalistinnenauge machte eine schnelle Bestandsaufnahme: Tapete mit roten Pfingstrosen, Bar aus schwarz lackiertem Holz, hinter dem Tresen kleine, rote Lämpchen, die den Raum in schummriges Licht tauchten. Direkt gegenüber ein großes Gemälde mit einer liegenden Frau, rechts an der Wand ebenfalls ein Bild mit dem Porträt einer Frau.

In diesem Augenblick kam die Empfangsdame und folgte ihrem Blick. „Das ist Katharina Schratt, die Geliebte Kaiser Franz Josephs. Ihr Name wurde in den alten Auftragsbüchern gefunden, eines der beiden Luxuszimmer wurde daher ‚Kaisersuite' genannt. Die Legende erzählt, dass sich die beiden dort geliebt hätten."

Lilly wunderte sich: „Sie sieht so ernst und fast ein bisschen frustriert aus."

„Ja, glauben Sie, dass es lustig war, die Geliebte des Kaisers zu sein?" Sie sagte es im Brustton der Überzeugung, als wäre sie dabei gewesen, und verkündete dann erst die gute Nachricht: „Der Chef ist einverstanden. Die Orientsuite ist besetzt, aber sie können sich in der Kaisersuite umsehen."

Lilly bat Oskar, sich an einem der Nachmittage in dieser Woche freizunehmen, und führte ihn in das alte Hotel, das früher eine Schenke für Schiffer gewesen war, die Waren aus dem Orient gebracht hatten. Die Dame in der Portiersloge erkannte nicht nur sie, sondern offensichtlich auch ihren Mann und zog unmerklich die Augenbrauen hoch. Lilly unterdrückte ihren Impuls, auf dem Absatz kehrtzumachen und Oskar einfach stehen zu lassen. Stattdessen setzten sie sich in die schummrige Bar und tranken ein Glas Champagner. Der Ort hatte sich vollständig verwandelt. Vom Journalistenauge befreit, zeigte er seine Reize und wurde zu einer Oase, zu einer Pufferzone, in der sich schon unzählige Paare ihre Hemmungen weggetrunken hatten. Oskar legte seine Hand auf ihren Oberschenkel und liebkoste mit seiner Zunge ihren Hals. Es gab nur noch sie beide, ihre pulsierenden Lustlippen und sein steifes Glied. Sie nahm ihn an der Hand und führte ihn in die Suite, die sie gebucht hatte. Rote Seidentapeten, ein Bett mit einem roten Samtbaldachin, gegenüber ein großer Spiegel, in dem sie bei ihrem eigenen Liebesspiel zusehen konnten. Ein roter, samtbezogener Lehnsessel und ein Hocker regten Lillys Fantasie an.

Sie glitten wie von selbst in ein Rollenspiel, als Lilly sagte: „Haben Sie eine Hure gebucht?" Oskar war nur eine Sekunde überrascht und nahm dann mühelos die Rolle des geilen Mackers ein: „Ziehen Sie sich aus." Er sah ihr zu, wie sie Stück für Stück ablegte. Zuerst das rote, hautenge Seidenkleid, das sie der großen Gipsbüste von Franz Joseph über den Kopf warf, sie wollte nicht, dass er ihr zusah. Dann öffnete sie langsam ihr Korsett aus schwarzer Seide und stieg mit ihren hohen, schwarzen Stöckelschuhen heraus. Sie stand, vom Champagner angenehm enthemmt, nur noch in Strapsen und Netzstrümpfen vor ihm und genoss seine Erregung.

Oskar sagte mit rauer Stimme im Befehlston: „Niederknien!"

Er öffnete seine Hose, packte Lilly grob an ihrem dichten Haar und steckte ihr seinen erigierten Penis in den Mund. Bevor Oskar so erregt war, dass er sich nicht mehr kontrollieren konnte, stieß er sie weg und befahl ihr, sich mit offenen Beinen so hinzulegen, dass er ihre Vagina im Spiegel sehen konnte. Er rieb ihre Klitoris so lange, bis sie kam, und nahm dann aus dem Etui, das Lilly mitgebracht hatte, einen gläsernen Penis heraus und steckte ihn in ihre Scheide. Seine Augen verfolgten im Spiegel jede seiner eigenen Bewegungen. Er hörte erst auf, als sie um Gnade flehte. In einem stillen Einverständnis verließen sie dann ihr Rollenspiel und liebten sich noch einmal zärtlich. Als sie das Hotel verließen, war Lilly glücklich. Ihr Geliebter war zurückgekehrt.

In den nächsten Tagen versuchte sie, die erotische Stimmung im Alltag zu konservieren. Doch Kinder, Karriere und Küche waren dem nicht besonders förderlich.

Der nächste Schritt war schon schwieriger. Oskar war mit Rosi mehrfach in einem Swingerklub gewesen. Lilly war in dieser Beziehung ein richtiges Landei und wusste nicht genau, was sie sich darunter vorstellen sollte. Als Oskar sie eine Woche später hinführte und noch an der Eingangstür protestierte: „Glaub mir, das ist nichts für dich, meine Elfe", war Lilly immer noch nicht davon abzubringen.

Sie ging zuerst einmal auf die Toilette, weil sie so aufgeregt war. Als sie in dem Vorraum mit den Waschbecken stand, die sich Frauen und Männer teilten, kam ein großer, korpulenter Mittvierziger aus einem der Männerklos, stellte sich hinter sie und knetete, ohne sich vorher die Hände zu waschen, ihren Nacken. Sie sagte scharf: „Lassen Sie das", und erntete eine scharfe Erwiderung: „Was willst du hier, du Zicke, wenn du nicht vögeln willst?"

Oskar kam ihr im Bademantel entgegen, als sie in den Raum zurückging, in dem sich halbnackte Paare Sexvideos ansahen. Sie sah, dass sein Glied steif war, und beschloss, doch nicht zu flüchten. Er nahm sie an der Hand, half ihr, sich auszuziehen, und führte sie zu einer großen, erhöhten und weich gepolsterten Fläche im Nebenraum, auf der sich mehrere Paare in allen nur erdenklichen Stellungen liebten.

Lilly merkte, dass sie der Anblick erregte und flüsterte Oskar ins Ohr: „Treiben sie es mit ihren eigenen Partnern?"

„Nein, die meisten nicht", hauchte er zurück und knabberte an ihrem Ohr. Er nahm sie an der Hand, und sie legten sich an den Rand der Spielwiese, die in rotes, schummriges Licht getaucht war. Lilly trug ein lila Korsett, bei dem die Brustwarzen ausgespart waren, und Oskar kämpfte mit den Häkchen aus Metall, die das Teil, das sie in einem Erotikshop gekauft hatte, unten zusammenhielten. Er öffnete ihre Schenkel und führte seine Zunge sanft durch die ihm so vertrauten Landschaften ihrer Lust. Lilly stöhnte und klappte ihre Beine so weit auseinander, dass sie die Frau neben sich berührte. Sie war in ihrem Alter und nahm es als Aufforderung, bei ihnen mitzuspielen. Lilly verspannte sich sofort, und Oskar nahm die Hand der Frau und legte sie sanft zur Seite. Lilly war erleichtert und erinnerte sich an das Schild am Eingang: „Tauschwillig heißt nicht tauschpflichtig."

Sie war eindeutig nicht tauschwillig. Gleichzeitig erregten sie die anderen Paare, und sie tauchte in den Rhythmus der Wellen von Geilheit ein.

Die Kinder waren in ihre eigenen Betten übersiedelt worden. Das hatte Lilly die ersten Nächte gekostet, weil Lea jedes Mal, wenn sie aufwachte, zu ihnen ins Schlafzimmer kam. Sie hatte sie dann geduldig wieder zurückgetragen und war so lange an ihrem Bettchen gesessen, bis sie wieder eingeschlafen war. Niklas war etwas unkomplizierter. Ihm genügte es meistens, wenn sie ihm den verloren gegangenen Schnuller wieder gab.

Lilly wusste, dass Oskar sie liebte. Daran hatte sie nicht den geringsten Zweifel. Ihr Liebesleben hatte die Phase der vollständigen Agonie überstanden, und auch wenn die Ausflüge ins Stundenhotel und in den Swingerklub einmalige Ereignisse blieben, so war ihre sexuelle Empfänglichkeit wieder geweckt. Was Oskar betraf, war sich Lilly nicht so sicher. Er sagte nie Nein, wenn sie die Initiative ergriff, aber er hatte von sich aus selten den Impuls, mit ihr zu schlafen, und sein Begehren blieb meist verhalten.

Doch sie hatte ohnehin wenig Möglichkeiten, in ihrem Alltag etwas zu vermissen. Die Kinder und die Redaktion unter einen

Hut zu bringen, nahm einen großen Teil ihrer zeitlichen und emotionalen Kapazität in Anspruch.

Kurz bevor das neue Heft von *Psychologie Morgen* in Druck ging, brauchte Lilly immer eine freie Hand. Dann kam entweder Tilde den ganzen Tag oder Oskar war zwischen seinen Reisen in Wien und übernahm die Kinder.

Es war kurz nach zwölf, als Lilly nach einer Pressekonferenz zum Thema Demenz vom *Café Landtmann* Richtung Redaktion ging. Sie war müde und hungrig und ihr Kopf war voll mit Daten und Fakten. Früher hatte man im Bregenzerwald solche Menschen „wîslos“ genannt, und Lilly, die das Wort nie hinterfragt hatte, nahm sich vor zu recherchieren, ob es „wissenslos“ bedeutete. Man steckte die „Wîslosen“ nicht in Heime, sondern sorgte einfach nur dafür, dass sie von Herdplatten ferngehalten wurden, und wenn sie im Nachthemd durchs Dorf liefen, weil sie vergessen hatten, wo sie wohnten, brachte sie jemand ohne große Umstände wieder zurück.

Lilly dachte traurig an die alte Frau im ersten Stock in der Servitengasse. Sie hatte sie manchmal mit offenem, wirrem Haar vor der Kirche eingefangen und wieder in ihre Wohnung zurückgebracht. Jetzt lebte sie in einem Pflegeheim, weil ihr Sohn und ihre Schwiegertochter sich nicht um sie kümmern konnten oder wollten. Man mochte sich über die Enge auf dem Land beschweren, aber der soziale Zusammenhalt war besser als in der Stadt.

In der Redaktion war es still. Sie rief nach Ralf. Keine Antwort. Sie sah in Marions Zimmer, leer. Von Sabine, der einzigen angestellten Journalistin, wusste sie, dass sie ebenfalls zu einer Pressekonferenz gegangen war. Die anderen Beiträge von *Psychologie Morgen* wurden alle von Freiberuflern gestaltet und mussten erst morgen druckfertig vorliegen.

Sie zog ihren Mantel aus und ging in ihr Zimmer. Der Zettel in Ralfs klarer großer Schrift lag auf ihrem Schreibtisch: „Komm sofort nach Hause, Oskar ist verhaftet worden.“

Der Taxifahrer, mit dem sie fuhr, war ein alter Mann, der es nicht mehr eilig hatte in seinem Leben. Er hatte längst aufgehört, sich an Lob zu erfreuen, und nickte emotionslos, als sie ihn anflehte, so schnell wie möglich zu fahren. Jede Ampel, bei der er nicht bei Orange fuhr, war eine körperliche Qual für Lilly. Die Angst pulsierte durch ihren ganzen Körper, und als er bei der Rossauerkaserne einem Autofahrer galant den Vorrang ließ, hätte sie ihn am liebsten geschlagen.

Ralf saß mit Lea und Niklas auf dem weißen Sofa im Wohnzimmer und las ihnen aus ihrem Lieblingsbilderbuch vor. Als sie die Eingangstür hörten, liefen sie ihr entgegen, warfen sich in die Arme ihrer Mutter und fingen bitterlich an zu weinen. Lilly setzte sich einfach, so wie sie hereingekommen war, im Mantel auf den Boden im Vorzimmer und wiegte sie in ihren Armen. Ralf kam dazu und legte seine Arme um alle drei. So saßen sie für ein paar Minuten, und Lilly sang, bis sie sich beruhigt hatten. Dann sagte sie beschwörend: „Der Papa kommt wieder, ich verspreche es euch." Als die beiden später, nach einer Tasse heißem Kakao, vor Erschöpfung eingeschlafen waren, legte Lilly sie vorsichtig in ihre Betten und kam dann zu Ralf ins Wohnzimmer zurück.

Sein Bericht war knapp und klar:

„Es war zehn Uhr, als das Telefon läutete und Oskar am Apparat war. Ich war so überrascht, dass mir fast der Hörer aus der Hand gefallen wäre. Er sagte nur: ‚Um Gottes willen, wo ist Lilly, sie muss sofort nach Hause kommen.' Ich wusste, dass ich dich nicht erreichen konnte und habe nur gesagt: ‚Sie ist nicht da, ich komme.' Oskar saß mit den Kindern und zwei Polizisten in der Wohnung. Sie waren vor der Tür gestanden, als er mit den beiden das Haus verlassen hatte. Sie wollten ihn mitnehmen und die Kinder aufs nächste Polizeikommissariat bringen, wo man sie aufbewahren würde, bis du wieder auftauchst."

Lilly fing an zu weinen, um Oskar, der im Untersuchungsgefängnis war, aber noch mehr um ihre beiden Kinder. Sie hatten mit ansehen müssen, wie ihr Vater in Handschellen abgeführt wurde.

Oskar war blass und nur an der Oberfläche gefasst, als sie ihn besuchen durfte. Lilly sah die Panik in seinem Blick und registrierte nebenbei, dass er seine Kiefer zusammenpresste, um nicht zu weinen. Sie nahm ihn in die Arme und wusste, dass der Beamte, der ihr dabei zusah, den Auftrag hatte, sie keine Sekunde aus den Augen zu lassen. Sie war noch nie in einem Gefängnis gewesen und spürte die Angst und die Hoffnungslosigkeit, mit denen die dicken Mauern getränkt waren. Sie konnte sich gar nicht vorstellen, dass Oskar in dieser trostlosen Umgebung länger als ein paar Stunden bleiben sollte. Sie sprachen leise, aber der Beamte, der am Rand des winzigen Besucherzimmers auf einem Sessel wachte, las jede Silbe von ihren Lippen ab.

„Sie haben Paolo und mich gleichzeitig verhaftet. Ich weiß den genauen Grund noch nicht, ich muss warten, bis Klarian mich besuchen kommt." Dr. Norbert Klarian war einer der Anwälte von Paolo und der Kopf der Verteidigungsstrategie im „Fall Esmeralda". Als Lilly nach zehn Minuten gehen musste, küsste sie Oskar, als der Beamte eine Sekunde abgelenkt war, um den Raum aufzusperren, noch einmal innig auf den Mund.

Lilly rannte. Weg von diesem grauen Haus mit den vergitterten Fenstern. Ihr Kopf war leer, sie zitterte am ganzen Körper, und als sie an einem der vielen kleinen Parks vorbeikam, in denen Wien seine Hundescheiße aufbewahrte, ließ sie sich auf eine der hölzernen Bänke fallen, weil ihre Füße ihr den Dienst versagten. Sie dachte an Oskar, der jetzt in einer Zelle saß, und an Lea und Niklas, denen sie das erklären musste. Sie dachte nicht an sich selbst. Dafür gab es keinen Raum. Weder für den Schmerz noch für den Zorn, dass ihr Mann in Geschäfte verwickelt war, die ihn in Untersuchungshaft brachten.

Nach einer Weile stand sie entschlossen auf, straffte ihre Schultern, so wie sie es bei ihrem Vater oft gesehen hatte, ging Richtung Kärntnerring und betrat, ohne sich anzumelden, die Kanzlei von Klarian. Die Sekretärin hob hilflos die Hand, als sie wortlos an ihr vorüberging und die Tür zu seinem Zimmer aufriss. Sie war nur einmal hier gewesen, als sie Oskar nach einem Meeting abgeholt hatte. „Ich habe Sie schon erwartet", sagte er und bot ihr einen Sessel und einen Cognac an.

„Sie wissen, dass Paolo mit Unterstützung Ihres Mannes eine Uranerzaufbereitungsanlage auf die Philippinen geschickt hat.

Das Schiff wurde in Chioggia bei Venedig beladen und sank im Indischen Ozean, in der Nähe der Malediven. Nur sechs der zwölf Besatzungsmitglieder haben überlebt. Angeblich soll die *Esmeralda* gesprengt worden sein. Wie immer es war, die beiden haben nichts mit der Sprengung zu tun, aber sie hatten keine korrekten Versicherungspapiere. Nun behauptet die Versicherung, dass, anstelle der zweihundertzwölf Millionen teuren Anlage, nur wertloser Schrott an Bord gewesen sei."

Als Klarian geendet hatte, nahm Lilly ihren ganzen Mut zusammen und sagte: „Und was glauben Sie?"

Paolos Anwalt setzte seine professionelle Maske auf und antwortete: „Die Sache ist kompliziert, aber wir werden alles tun, um Paolo und Ihren Mann zu entlasten." Lilly war klar, was diese Reihenfolge bedeutete, als sie zu Fuß den Ring entlang lief. „Ich muss für dich einen eigenen Anwalt finden, der nur deine Interessen vertritt", sagte sie laut. Es schneite. Sie liebte die Stadt, wenn sie im weißen Kleid so unschuldig aussah, aber heute hatte sie keinen Blick dafür. Sie wollte Klarheit. Wieso hatte sie bis jetzt die Augen einfach zugemacht? Sie wusste keine Details über den „Fall Esmeralda", wie die Medien ihn nannten, und fragte sich, wieso sie Oskar nicht gezwungen hatte, ihr die Wahrheit zu erzählen. Ihr Schicksal und das Schicksal der Kinder waren mit dieser Geschichte eng verwoben, ob sie es wollte oder nicht. Als sie in ihrer Wohnung ankam, waren ihre Füße nass und die Schneehaube auf ihrem Kopf schmolz und tropfte auf ihr Gesicht. Ralf war noch da. Er hatte die Kinder mit Hilfe von Tilde, die er angerufen hatte, ins Bett gelegt.

„Ralf, ich brauch' dich jetzt. Ich muss mit jemandem offen reden können. Bitte, kannst du deine Vorbehalte gegen Oskar vergessen und mich unterstützen?" Ralf nahm sie in die Arme, schenkte ihr einen Whisky ein und holte dann einen dicken Stapel Zeitungsberichte aus seiner alten, braunen Ledertasche, mit der er vermutlich sogar ins Bett ging.

„Ich habe alles zusammengetragen, was in den letzten Jahren über die *Esmeralda* geschrieben wurde. Hier hast du die Essenz der gesammelten Berichterstattung. Ich habe schon vor längerer

Zeit ein kleines Archiv angelegt und kann dir eine Zusammenfassung geben: Wenn die Versicherung aufgibt, müssen sie nicht nur die Versicherungssumme, sondern auch die Prozesskosten bezahlen. Sie werden alles tun, um ein schuldhaftes Verhalten von Paolo und Oskar nachzuweisen. Bisher haben einige maßgebliche Politiker des Landes die Hand über die beiden gehalten. Wie lange das noch gut gehen wird, weiß angesichts ihrer Verhaftung im Augenblick niemand. Die Tatsache, dass sie keine korrekten Versicherungspapiere haben, weist meiner Meinung nach darauf hin, dass sie das Schiff sicher nicht in die Luft gesprengt haben. Nur ein Idiot bereitet keine wasserdichten Papiere vor, wenn er so etwas vorhat. Wenn du meine Meinung hören willst, haben sie wahrscheinlich Dreck am Stecken, aber einen anderen. Es könnte sein, dass sie Waffengeschäfte mit anderen Ländern gemacht haben. Es macht Sinn, dass ein Geheimdienst die Ware in die Luft gesprengt hat. Und es gibt immer noch Gerüchte, dass der Verteidigungsminister, der mit Paolo eng befreundet war, sich bei dem Jagdausflug nicht selbst erschossen hat, sondern erschossen wurde. Die Selbstmordtheorie ist mehr als fadenscheinig. Wer schießt sich schon freiwillig in den geschlossenen Mund und hält die Waffe als Rechtshänder in der linken Hand. Der Botschafter von Athen, der einen Waffenskandal aufgedeckt hat, ist ebenfalls tot und möglicherweise auch nicht an Herzversagen gestorben. Es wird gemunkelt, dass auch er umgebracht wurde."

Ralf hatte Freunde in gut informierten Kreisen und war über vieles in diesem Land informiert, was niemals in offizielle Kanäle gelangte.

Lilly spürte, wie die Angst kalt über ihren Rücken kroch. Wenn das stimmte, war Oskar in Lebensgefahr. Hier ging es nicht um ein Scharmützel mit einer gierigen Versicherung, hier ging es um Interessen, bei denen ein Menschenleben nichts wert war.

Sie hatten eine klare Arbeitsteilung in der Redaktion. Lilly, die sich für Politik nur am Rande interessierte, überließ es ihrem Partner, die Morgenzeitungen nach wichtigen Nachrichten zu durchforsten. Sie kümmerte sich dafür intensiv um die sogenannten „Psychoseiten“ und hatte neben den großen ausländischen Zeitungen eine Reihe von Magazinen mit diesem Schwerpunkt abonniert. Sie informierten einander über das Wichtigste, und Ralf hatte bisher bewusst die Schlagzeilen über die *Esmeralda* von ihr ferngehalten, und sie hatte nicht gefragt.

Lilly setzte sich und las zwei Stunden lang, ohne ein Wort zu sagen. Die Medien hatten sich alle gegen Paolo und damit auch gegen Oskar gewendet. Es gab niemanden, der jetzt noch in Zweifel zog, dass sie keine saubere Weste hatten: „Die Justiz schlägt endlich zu. Paolo Vicente und Oskar Baldini wegen Verdunkelungsgefahr in U-Haft.“

Am nächsten Tag blieb Lilly mit den Kindern zu Hause und bestellte Tilde für den Nachmittag, damit sie Oskar wieder besuchen konnte. Als Sybille ohne Ankündigung an der Tür läutete und sie in die Arme nahm, war sie gerührt. Ihre Freunde waren an ihrer Seite. Das tat gut. Später, als sie bei Kaffee und Kuchen im Wohnzimmer saßen und Lea beim Spielen zusahen, zog Sybille einen Brief aus ihrer Handtasche: „Kannst du den Oskar bringen, ich möchte ihn aufmuntern, wenn ich ihn schon nicht besuchen darf.“

Der Brief war zugeklebt, und Lilly, die wusste, dass Post zensiert wurde und nur offen abgegeben werden durfte, machte ihre Freundin darauf aufmerksam. Sybille zögerte nur den Bruchteil einer Sekunde, nahm dann den Brief und riss ihn wieder auf: „Du kannst ihn lesen, dann wirst du sehen, dass nichts Verdächtiges drinsteht.“

Lilly nahm den Brief mit ins Untersuchungsgefängnis, um ihn dem zuständigen Wachebeamten auszuhändigen. Sie hatte nicht vor, ihn zu lesen, das Briefgeheimnis war ihr heilig. Man bat sie, im Besucherzimmer Platz zu nehmen. Sie wartete und wartete. Niemand kam. Auch nicht, um ihr zu sagen, warum es so lange dauerte, bis sie ihren Mann sehen durfte. Sie brauchte Trost. Sie nahm den Brief, den sie in der Hand hielt, aus seinem Umschlag und begann zu lesen:

„Mein liebster Oskar, ich denke Tag und Nacht an dich und bin im Herzen bei dir. Ich kann nicht schlafen, wenn ich daran denke, was für ein Unrecht dir gerade geschieht. Ich glaube an dich und werde dich mit meiner ganzen Kraft unterstützen."

Sie hielt inne und las diese erste Passage noch einmal. Sie hatte nicht gewusst, dass Sybille so sensibel war, dass Oskars Schicksal auch sie um ihren Schlaf brachte. Sie waren wirklich enge Freunde!

Der Rest des Briefes hielt sich mit Schilderungen über den Alltag auf und sollte wohl dazu dienen, den Gefangenen von seinem Kummer abzulenken.

In den nächsten Tagen gab es täglich Besprechungen mit den Anwälten, und Lilly sah zum ersten Mal nach ihrem Ausflug zum Semmering Kristina wieder. Sie war nach außen beherrscht und souverän und so schön wie damals, aber ihre Augen verrieten die Panik, die Lilly in sich selber spürte. Die beiden Frauen umarmten einander als Verbündete, es bedurfte keiner Worte. Es war klar, dass sie die Situation gemeinsam meistern wollten.

Lea und Niklas gingen seit ein paar Monaten in eine Kindergruppe, die Lilly mit ein paar anderen Frauen gegründet hatte. Sie war in einem grünen Hinterhof in der Grünentorgasse untergebracht, einen Steinwurf von der Servitengasse entfernt. Tilde war eine der beiden Betreuerinnen, und für die Kinder hatte sich nur geändert, dass sie nun noch mehr kleine Freunde hatten.

Einige Tage, nachdem ihr Vater verhaftet worden war, kam Lea mit Tilde verstört aus der Kindergruppe nach Hause. Sie wollte zuerst nicht sagen, was sie bedrückte, aber als ihre Mutter nicht locker ließ, heulte sie los: „Der Günter hat gesagt, dass mein Papa nicht mehr kommt, weil er in einem Käfig eingesperrt ist wie die Affen im Zoo Schönbrunn." Lilly nahm ihre Tochter in die Arme und wiegte sie so lange, bis ihre Tränen trockneten: „Er kommt wieder, ich verspreche es dir." Sie sagte es im Brustton der Überzeugung und im Wissen, dass Oskar unschuldig war.

Es dauerte vierzehn Tage, bis sie ihr Versprechen halten konnte. Der Tag der Freilassung der beiden Männer, weil „die Suppe", wie der Staatsanwalt sagte, „zu dünn ist", war einer der glücklichsten Tage in Lillys Leben. Sie stand am Vormittag vor dem

Landesgericht und ließ die Fragen, die von den zahlreichen Journalistenkollegen an sie gerichtet wurden, ohne Kommentar. Als sich die Türen im Blitzlichtgewitter der Fotografen endlich öffneten, zeigte Paolo, der lächelnd herauskam, das Victoryzeichen, und Oskar stürmte sofort auf Lilly zu. Sie dachte sich nichts dabei, als die Fotografen die beiden Männer baten, sie gemeinsam auf die Arme zu nehmen. Sie war einverstanden, dass die Welt wusste, dass sie zu ihrem Mann stand. Kristina war der Haftentlassung ferngeblieben.

Der Abend war erfüllt von Dankbarkeit und Kuscheln mit den Kindern. Endlich wieder vereint. Lilly war nicht zornig, und sie stellte keine Fragen. Sie hätte darauf bestehen sollen, dass Oskar ihr endlich erklärte, was damals geschehen war. Stattdessen verdrängte sie das Ereignis erfolgreich und versenkte es an einem Ort in ihrem Inneren, wo auch die Angst wohnte. Das hatte sie von ihrer Mutter gelernt. „Man muss das Beste daraus machen", war ihr Wahlspruch für alle Lebenslagen. Die Justiz hatte sich geirrt, Oskar war wieder zu Hause, der Albtraum war vorbei.

Am nächsten Tag lagen die Zeitungen schon auf Lillys Schreibtisch, als sie in die Redaktion kam. Sie hatte sich noch keinen Kaffee geholt, als Ralf hereinstürmte, den Zeitungsstoß hochnahm und auf den Tisch knallte: „Was, um Gottes willen, hast du dir dabei gedacht? Muss wirklich die ganze Nation dein Gesicht mit dem ‚Fall Esmeralda' verknüpfen? Wieso warst du nicht so klug wie Kristina, die sich nicht gezeigt hat?"

Lilly setzte sich. Sie war ausgelaugt von der Aufregung der letzten Wochen. Sie blätterte durch den Zeitungsstoß und sah fast überall das gleiche Foto auf der Titelseite: Im Hintergrund das Landesgericht, im Vordergrund Oskar und Paolo. Und quer über den beiden, die sie mit ausgebreiteten Armen hielten, lag sie. Strahlend und stolz, dass ihr Mann wieder frei war.

„Ich stehe zu ihm", sagte sie trotzig.

„Das ist das eine. Dagegen hat niemand etwas. Das andere ist, dass du dir überlegen solltest, ob du das Etikett, die Frau des Angeklagten, wirklich haben willst."

„Er ist kein Angeklagter.“

„Das weißt du. Die Öffentlichkeit macht sich das Bild, das ihr die Medien vorgeben. Mein Gott, Lilly, du bist Journalistin, sei doch nicht so naiv. Und außerdem bist du die Herausgeberin einer Zeitschrift.“

Sie wusste, dass Ralf recht hatte, und beschloss, sich nicht mehr öffentlich zu äußern.

Der Alltag kam zurück, Lilly gelang es, die Erinnerung an die U-Haft zu verdrängen, doch die dunkle Wolke blieb. Zunächst unsichtbar, hinter einem scheinbar blauen Himmel verborgen. Lilly ignorierte, dass sie mit ihrer Familie auf einem Pulverfass lebte, das sie nicht kontrollieren konnte.

3. Kapitel

Lilly konnte Oskar nicht erreichen, er hatte Kinderdienst und ging nicht ans Telefon. Wahrscheinlich war er wieder bei der Gutenachtgeschichte eingeschlafen.

Sie war müde und ärgerte sich, dass sie nicht mit dem Auto nach Linz gefahren war. Dann hätte sie sich jetzt einfach ans Steuer setzen können und wäre in zwei Stunden wieder bei ihrer Familie gewesen. Der berühmte Paartherapeut hatte das Interview mit ihr nach seinem Vortrag abgesagt. Er musste sofort in die Schweiz zurück, und Lilly saß am Bahnhof und wartete auf den nächsten Zug nach Wien. Sein Angebot, am nächsten Tag ein ausführliches Gespräch am Telefon zu führen, hatte sie frustriert angenommen und sich außerdem darüber geärgert, dass sie eine Nacht im Hotel umsonst bezahlt hatte.

Im Zug setzte sie sich in den Speisewagen, aß eine Käseplatte, trank ein Glas Wein und machte sich Notizen zum Vortrag. Es ging um „Krise als Chance“, und Lilly fragte sich, wo die Grenze war. Gab es wirklich so etwas wie ein unfreiwilliges Reinemachen in der Beziehung, bei dem schmerzliche Ereignisse als Katalysator für einen Neuanfang dienten?

Traf das, nach sieben Jahren Ehe und zwei Kindern, auf Oskar und sie zu? Und wie lange waren die glücklichen Zeiten schon vorbei?

Sein Seitensprung war für sie wie ein Weckruf gewesen, aus dem „Mamaland“, wie Ralf es nannte, wieder aufzutauchen. Und gleichzeitig war nichts wirklich gut geworden. Sie sprach häufig mit Sybille darüber, die ihr, während sie ihr die Augenbrauen zupfte, empfahl, Oskars Aufmerksamkeit mehr einzufordern. Aber wie konnte man von einem Mann Sex verlangen, der nicht wirklich interessiert war?

Sybille war in dieser schwierigen Zeit eine große Hilfe für Lilly. Außerdem war sie verliebt und daher bester Laune. Letzte Woche, als sie eine neue, sehr teure Cartier-Uhr am Handgelenk trug, sagte sie: „Die hat mir mein Liebster geschenkt." Einen Namen wollte sie nicht nennen, weil er verheiratet war. Lilly lächelte.

Sie erinnerte sich gern an die Zeiten zurück, als sie mit ihrer Freundin im dritten Bezirk in einem etwas heruntergekommenen Altbau in der Nähe des Rochusmarktes gelebt hatte. Sie hatten ein offenes Haus geführt, es gab ständig Anlässe für eine kleine Party. Der Beginn einer neuen Liebesaffäre oder das Ende einer solchen musste gefeiert, tiefschürfende Erkenntnisse ihrer bunt gemischten Gästeschar bis tief in die Nacht hinein diskutiert werden. Jeder, der zu Besuch kam, konnte ein Glas Wein, eine gute Pasta, Spaß, Mitgefühl oder Trost erwarten.

Es war fast Mitternacht, als Lilly am Westbahnhof ankam. Sie nahm sich ein Taxi in die Servitengasse und freute sich darauf, zu Oskar ins warme Bett zu kriechen.

Als sie die Tür zur Wohnung aufschloss und im Vorzimmer leise ihre Schuhe auszog, wunderte sie sich, dass sie den Atem ihrer Familie nicht spürte. Lilly war sich sicher, dass Räume stark auf die Anwesenheit von Menschen reagierten und es daher wichtig war, sie nicht mit „Müll" zu belasten. Weder faktisch noch gedanklich. Sie ging beunruhigt ins Kinderzimmer: leer!

Sie stürzte ins Schlafzimmer, das Bett war unbenutzt. Sie hatte heute keine Zeitung gelesen. Sie rief Ralf an, und ihre Hände zitterten, als sie seine Nummer wählte. Er klang verschlafen und sagte gähnend: „Nein, es ist nichts passiert, ruf doch Sybille an."

Lilly spürte, wie ihr die Panik den Hals zuschnürte. Der einzige Ort, an dem sie ihre Familie jetzt noch suchen konnte, war bei ihrer Freundin. Im Taxi kamen alle Bilder wieder. Das Untersuchungsgefängnis, Lea und Niklas, die dabei waren, als ihr Vater in Handschellen abgeführt wurde ...

In der schmalen Gasse im zweiten Bezirk stieg Lilly aus und sah Oskars grauen Mercedes mit den schwarzen Ledersitzen vor dem Haus stehen, in dem Sybille wohnte. Für einen Augenblick spürte sie eine Welle der Erleichterung. Dann kam die Kälte. Sie lähmte ihre Beine und stieg bis zu ihrem Herzen hoch. Im Erdgeschoss, direkt neben der Eingangstüre, war ein Modellbaueisenbahngeschäft. Sie blieb vor dem Schaufenster stehen und starrte den schmalen Schienenkreis an, auf dem eine Zuggarnitur stand. Mechanisch las sie die Bezeichnungen, die jemand in schöner Schrift mit schwarzer Tinte auf grüne Kärtchen geschrieben hatte: „Dampflok, Kohlenwaggon, offener Güterwaggon, Kesselwagen." Am Rand der Bahngleise stand eine Baumallee: „Dekorbäume aus Plastik, hell- und dunkelgrün." Lea und Niklas liebten das Geschäft und drückten sich jedes Mal die Nase an der Glasscheibe platt. Lilly hatte schon geplant, ihnen zu Weihnachten eine Modellbaueisenbahn zu kaufen. Sie erschrak, als sich plötzlich die Haustüre öffnete und eine späte Besucherin eilig auf die Straße trat. Lilly machte zwei schnelle Schritte nach links und schaffte es gerade noch rechtzeitig, ihren Fuß in den Türspalt zu setzen. Ihr Herz klopfte bis zum Hals. Sie ging langsam die Treppe hinauf in den dritten Stock, als ob die Verzögerung dem Schicksal die Chance geben sollte, es sich noch einmal anders zu überlegen.

Dann läutete sie zaghaft an der Tür. Sie vermutete, dass auch ihre Kinder hier waren und wollte sie nicht wecken. Nichts rührte sich. Sie nahm ihren Zeigefinger und blieb so lange auf der Klingel, bis Sybille die Tür öffnete. Sie trug einen Tangaslip, der in ihre ausladenden Hüften schnitt, und einen Halbschalenbüstenhalter aus rosa Seide, aus dem ihr üppiger Busen quoll. Ihr langes, glattes, naturblondes Haar hing ihr ins verschlafene Gesicht, und Lilly roch den speziellen Geruch von kaltem Sperma.

Bei ihrem Anblick riss Sybille die Augen weit auf und sah Lilly entsetzt nach, die an ihr vorbei ins Schlafzimmer stürmte. Oskar lag nackt im Bett und zog in Panik ein Laken über seine Blöße, als er seine Frau sah. Lilly schlug ihm ins Gesicht, drehte sich um und ging ins kleine Gästezimmer. Lea und Niklas lagen gemeinsam auf der ausgezogenen Couch. Sie lächelten im Schlaf und Lilly unterdrückte ihren Impuls, sie aus den Betten zu reißen. Sie strich ihren Kindern über die Stirn und ging noch einmal ins Schlafzimmer zurück, wo Oskar sich gerade bemühte, sich möglichst schnell anzuziehen. „Lass die Kinder schlafen, sie können nichts dafür.“ Sie drehte sich auf dem Absatz um und schlug die Tür hinter sich zu.

Lillys Vater war ein Mann gewesen, der kaum jemals die Beherrschung verloren hatte. Von ihm hatte sie gelernt, dass sie, bevor sie eine impulsive Handlung vornahm, die Folgen überlegen sollte. Es glückte ihr meistens nicht, weil sie, wie Ralf es nannte, ein Häferl war, das leicht überging. Doch heute, als sie ihre Kinder so entspannt im Schlaf sah, war ihr klar, dass sie nicht das Recht hatte, sie mitten in der Nacht mit ihrem Drama zu verstören.

Lilly rannte den menschenleeren Gehsteig entlang und bog wie betäubt in die breite Praterstraße Richtung Schwedenplatz ein. Plötzlich hielt sie inne und wechselte die Straßenseite. Sie ging bis zum Haus Nr. 56, in dem Paolo seine persönliche Stadtwohnung, wie er sein Liebesnest nannte, gemietet hatte, und stand unschlüssig davor. Sollte sie einfach läuten und ihn, falls er da war, um Rat bitten? Er kannte Oskar wie kein anderer.

Sie sah zu den dunklen Fenstern im zweiten Stock hoch und erinnerte sich, dass sie damals, als sie mit ihm eine Affäre angefangen hatte, ihr Schicksal eingeladen hatte. Paolo hatte ihr Oskar vorgestellt.

Als sie weiterging, schlug sie sich gegen die Stirn. Wie blöd konnte man doch sein. Sie hatte alle Anzeichen ignoriert. Sybilles Ausruf „Wie kann man in dieser Situation ein zweites Kind bekommen“, als sie mit Niklas schwanger war, nahm plötzlich seine passende Bedeutung an. Der Tag, an dem sie sie als Botin missbraucht hatte, um Oskar einen Liebesbrief in die U-Haft zu schicken, die Vertrautheit zwischen den beiden, die sie als Großfamilienidylle verherrlicht hatte … Lilly spürte, wie ihr Magen revoltierte und versuchte, den Brechreiz unter Kontrolle zu bekommen. Sie stand auf der Schwedenbrücke, die den zweiten mit dem ersten Bezirk verbindet, und starrte auf das Wasser, in dem sich die Straßenlaternen spiegelten.

Sie hatte nur einmal daran gedacht, sich umzubringen. Damals war sie noch fast ein Kind gewesen. Sie war, als Vater sie eine Hure genannt hatte, am nächsten Tag zum Franz-Josefs-Bahnhof gegangen, der nur wenige Minuten von der Porzellangasse entfernt lag. Nicht, um sich vor einen Zug zu werfen. Das hätte sie ihren Eltern nicht angetan. Sie wollte, dass es wie ein Unfall aussah, und war lange an der belebten Kreuzung Ecke Alserbachstraße gestanden. Ein kleiner Schritt, kurz nachdem die Ampel auf Grün schaltete, hätte genügt.

Sie würde sich nicht umbringen, auch wenn das Leben so düster war wie nie zuvor. Lea und Niklas brauchten sie. Sie erbrach, mit dem Oberkörper über das Brückengeländer gebeugt, und kotzte sich den Verrat aus dem Leib. Verraten von ihrem Mann und ihrer Freundin. Am widerlichsten war das Bild, wie sie Sybille im Detail ihre Sorgen anvertraute und sie ihr stolz die Uhr zeigte – die Oskar ihr geschenkt hatte!

Sie ging den ganzen Weg bis in die Servitengasse zu Fuß und legte sich allein ins Bett. Ihre Familie war bei Sybille.

Oskar kam gegen neun Uhr morgens, ohne die Kinder. Er hatte Lea und Niklas schon in die Kindergruppe gebracht. Lilly war dankbar dafür.

Sie saßen am Küchentisch und Lilly sagte: „Wieso, Oskar? Wieso?"

„Ich war so unglücklich damals, als die Geschichte mit Rosi anfing, dass ich Sybille ins Vertrauen zog. Sie war es auch, die mich beriet, als es nicht einfach war, mit dir wieder neu anzufangen. Sie wurde so etwas wie ein Zufluchtsort für mich, und mit der Zeit wurde es dann mehr als das."

Lilly spürte, wie die Übelkeit in ihr hochstieg. Sybille als Eheberaterin für beide!

„Liebst du sie?"

Oskar schwieg so lange, dass das Schweigen Lillys Urteil war. „Ich liebe dich und die Kinder, ihr seid meine Familie. Und gleichzeitig liebe ich Sybille …"

Als sie sich trennten, weil Lilly die Kinder abholen musste und Oskar einen wichtigen Geschäftstermin hatte, war nichts klar, außer dass es jetzt neben der *Esmeralda* eine zweite Wolke in ihrem Leben gab.

Die Grünentorgasse ist eine Quergasse zur Servitengasse, und Lilly sah, als sie an der Kirche vorbeiging und nach links abbog, Sybille Richtung Porzellangasse gehen und wusste, dass sie von ihrer Masseurin kam, zu der sie beide gingen. Sie rannte los, damit sie gleichzeitig mit ihr die Straßenbahnhaltestelle erreichen konnte, und spürte, wie die Rage in ihr jede einzelne ihrer Zellen in einen roten Feuerball verwandelte. Als sie atemlos bei ihrer ehemaligen Freundin ankam, packte sie die Verräterin mit beiden Händen an den Schultern, drückte sie an eines der parkenden Autos und schlug ihr ins Gesicht. Immer wieder. Sie schrie so laut, dass die Fenster über ihnen aufgingen und einige Passanten stehen blieben: „Du Hure, du miese Hure, du miese Hure!"

Ein Mann kam vorbei und riss sie weg. Lilly stellte mit Befriedigung fest, dass Sybilles Nase blutete. Dann merkte sie, dass ihre Beine nachgaben, und nahm dankbar den Arm der alten Frau, die sie in ihre Wohnung im Erdgeschoss des Hauses führte, in dem die Kindergruppe untergebracht war. Sie drückte sie auf einen Stuhl, gab ihr ein Glas Wasser und strich ihr über die Stirn: „Ich habe es auch erlebt, ich weiß, wie weh es tut." Sie reichte ihr ein Taschentuch, und Lilly fing an zu weinen. „Ja, aber das ist Billi, meine gute alte Freundin!" Sie sagte den vertrauten Namen aus Studienzeiten, und plötzlich fühlte sie sich wieder ganz klein und sehnte sich nach ihrer Oma in Mellau, die schon viel zu lange tot war, und nach Ella. Sie sah sich wieder als sechsjähriges kleines Mädchen. Den neuen Ranzen, den ihr Vater in Wien gekauft hatte, stolz auf den Schultern, ihr schönes weißes Kleid mit den roten Punkten, frisch gewaschen und gebügelt. Sie hüpfte neben ihrer Mutter und ihrer Großmutter die kleine Straße entlang, hinter sich ihre geliebte Kanisfluh, die noch im Morgenschatten lag. Sie gingen von der Hinterbündt ins Dorf, an der Kirche vorbei zum neuen Schulhaus. Groß und beeindruckend lag es vor ihr, mit den vielen Fenstern, hinter denen sich mehr Klassenräume befanden, als Mellau schulpflichtige Kinder hatte. Ihre beiden Begleiterinnen verabschiedeten sich vor den Eingangsstufen, und als sie ihre neue Klasse betrat und alle auf ihr Stadtkleidchen und die große Schultüte starrten, die ihr Mémé geschenkt hatte, fühlte sie sich ausgeschlossen. Die Kinder taten sich zu zweit zusammen und setzten sich schnell in ihre Bänke. Auch die, die sie von ihren Spielen am Bach und im Wald schon kannte. Nur Ella war anders. Sie hatte Lilly ihre kleine braune Hand entgegengestreckt und sich mit ihr verbündet. Freundin fürs Leben, dachte sie. Lilly war wieder erwachsen und spürte dankbar, dass der Satz stimmte.

„Disziplin ist eine Königskür." Sie hörte Vaters Worte, nahm noch einen großen Schluck Wasser und sagte: „Danke, ich muss jetzt meine Kinder abholen, sie warten auf mich."

Lea und Niklas. Und was jetzt? Wie würden sie leben, wie sollten sie leben? Sie musste mit Ralf reden.

Die Kinder waren stiller als sonst, so als ob sie unbewusst die drohende Gefahr spürten. Sie verzichtete darauf, zu kochen, kaufte ihnen eine Wurstsemmel, was – mit ihren eigenen Standards gemessen – streng verboten war, und nahm sie mit zum Schwedenplatz. Ralf freute sich und spielte mit ihnen in der Redaktion, bis Tilde kam, die heute eigentlich ihren freien Tag hatte.

Dann ging sie mit ihm in den Prater, und sie wanderten bis zum *Jägerhaus*, einem Gasthaus am Ende der Prater Hauptallee. Ralf verweigerte jede Art von Sport, aber zu einem Spaziergang, der bei einem guten Essen endete, konnte sie ihn manchmal überreden.

„Ich sag' jetzt nicht, dass ich das immer schon gewusst habe."

„Ich weiß, aber ich wollte es nicht sehen."

Sie hatte sich bei Ralf eingehängt, und nachdem sie ihm eine Breitwandschilderung des letzten Dramas gegeben hatte, endete Lilly mit dem Satz: „Ralf, ich habe noch nie jemanden geschlagen. Ich bin fassungslos, wie gewalttätig ich sein kann. Und am liebsten hätte ich sie umgebracht."

Ralf lachte: „Das ist dein Reptiliengehirn, wenn ich dich daran erinnern darf. Es ist die älteste Gehirnregion und erinnert sich bei Gefahr an genau zwei Möglichkeiten: Angriff oder Flucht."

„Und was soll ich jetzt tun?"

„Wenn du mich fragst, sag' ich ganz einfach: Hau das Arschloch endlich hinaus, er ist es nicht wert. Ich ziehe diese Bemerkung aber wieder als unzulässig zurück und ergreife Partei für eure Kinder." Ralf überlegte einen Augenblick. Er wusste, dass er Lilly nur erreichen konnte, wenn er in Bildern sprach.

„Stell dir für einen Augenblick vor, dass es zwei Bilder gibt. In dem einen siehst du Oskar und dich. Als Paar. Ihr seid gemeinsam Wege gegangen, die euch auseinandergebracht haben und das verursacht haben, wo ihr beide heute in eurer Beziehung zueinander steht. Du hast das Recht, dieses Bild zu löschen und Oskar als deinen Partner zu verlassen." Lilly nickte.

„Dann schau jetzt auf das zweite Bild. Hier siehst du wieder Oskar und dich. Ihr habt in einem Abschnitt eures Lebens gemeinsam einen Raum geöffnet, der so einladend war, dass zwei Kinder sich entschieden haben, genau euch beide als Eltern zu wählen. Dieses Bild kannst du nie mehr löschen. Ihr werdet für den Rest eures Lebens Eltern bleiben. Lea und Niklas haben ein Recht darauf. Ihr seid gemeinsam für ihr Wohlbefinden verantwortlich, und sie haben auch ein Recht darauf, dass ihr respektvoll miteinander umgeht. Nimm dir Zeit, dir darüber klar zu werden, was du als Frau willst. Und gib Oskar, wenn du kannst, als Mann die Zeit, sich klar darüber zu werden, was er will. Ob du erträgst, dass er währenddessen bei euch wohnt, wird davon abhängen, wie es dir dabei geht."

Lilly wollte es ertragen. Sie konnte sich nicht vorstellen, dass ihre Kinder beim Erwachen ihren geliebten Papa nicht sehen sollten, dass er nicht da war, um sie ins Bett zu bringen, wenn er Zeit dazu hatte.

Als sie sich von Ralf verabschiedete, nahm er sie in die Arme und hielt sie dann ein Stück von sich weg. Sie wusste genau, was jetzt kam, und schloss die Augen, damit sie seine Worte, die ihr schon so oft in schwierigen Lagen geholfen hatten, mit nach Hause nehmen konnte.

„Das unbeständige Erscheinen von Glück und Leid und ihr Verschwinden im Laufe der Zeit gleichen dem Kommen und

Gehen von Sommer und Winter. Sie entstehen durch Sinneswahrnehmung und man muss lernen, sie zu dulden, ohne sich verwirren zu lassen. Bhagavad Gita 2.14."

Ralf war Hobbybuddhist und interessierte sich außerdem für das Mysterienwissen der vedischen Hochkultur, die viel älter war als der Buddhismus. Er glaubte daher naturgemäß auch an Karma.

„Und außerdem, es wird dich nicht beruhigen, aber die beiden laden sich gerade ein schweres Karma auf."

Lilly lachte zum ersten Mal. Was wäre ihr Leben ohne Ralf? Er war Freund, Schutzengel, Ratgeber und Geschäftspartner in einer Person. Sie wusste, dass sie das auch für ihn war. Damals, als er entdeckt hatte, dass er homosexuell war, hatte sie ihm beigestanden und ihn darin bestärkt, zu seiner sexuellen Orientierung zu stehen. Sie war mit ihm zu seinen Eltern gefahren, und er hatte auf dem Weg nach Hause an ihrer Schulter geweint, weil die Reaktion seiner Eltern so verletzend war. Sein Vater, ein pensionierter Militärattaché, war geschockt, dass sein Sohn, für den er schon kurz nach seiner Geburt eine militärische Laufbahn geplant hatte, nun „eine Schwuchtel" war.

Als Ralfs erster Freund bei einem Motorradunfall starb, hatte sie jede Nacht bei ihm geschlafen und ihn im Arm gehalten, bis der Schmerz erträglich wurde. Und – sie hatte immer schon ein schlechtes Gewissen gehabt, dass Oskar seinen Kosenamen für sie einfach übernommen hatte. Jetzt kam die Gelegenheit, diesen Fehler wiedergutzumachen. Sie würde ihm nie mehr erlauben, dass er sie „meine Elfe" nannte! Gestärkt stieg Lilly am Schwedenplatz in die Straßenbahn und fuhr nach Hause. Sie würde diese Situation zum Wohle ihrer Kinder meistern.

Die Theorie war einfach, die Praxis die Hölle.

Am Wochenende musste Lilly zu einem Kongress über Demenz, der in der Wiener Hofburg stattfand. Sie war erleichtert über die Schonfrist und ging schon früh aus dem Haus. Am Sonntagnachmittag, als sie die Kinder von Oskar übernahm, der mit der Abendmaschine nach Frankfurt fliegen musste, spürte sie Hoffnung, dass alles wieder gut werden konnte. Oskar sah sie so liebevoll und zärtlich an, und als er sie zum Abschied auf den Mund küssen wollte, drehte Lilly nur noch pro forma den Kopf weg.

Sie kochte Spaghetti mit Tomatensoße und ließ sich von den Kindern, die glücklich und müde aussahen, von ihrem Tag erzählen. Es ging um die Tiere im Zoo, um eine Nachspeise mit Vanillepudding und heißen Himbeeren, um ein Kind, das einen Affen mit einem Stock geärgert hatte. „Und dann, stell dir vor, Mama, hat der Elefant seinen Rüssel ganz nahe zu Sybilles Hand gestreckt."

Lilly ließ den Schöpfer fallen und die Tomatensoße spritzte über den ganzen Tisch. Sie waren den ganzen Tag mit Sybille unterwegs gewesen! Er traf sie weiter, als ob nichts vorgefallen wäre. Lilly wartete, bis die Kinder schliefen, dann griff sie zum Hörer und rief Oskar in seinem Hotel an. Er war gerade angekommen und freute sich: „Mein Lieb, wie schön, dass du dich meldest."

„Nenn mich nie mehr mein Lieb, und merk dir eines: Wenn du noch einmal unsere Kinder gemeinsam mit Sybille betreust, dann lasse ich mich sofort scheiden. Die beiden haben ein Recht auf ihre Eltern, aber kein Recht auf eine neue Zweitfamilie."

Sie legte mit zittrigen Händen auf, schenkte sich einen Whisky ein und saß dann lange im Dunkeln auf dem Sofa.

Oskar reiste viel in den nächsten Wochen, und wenn er zurückkam und die Kinder schliefen, stritten sie sich am Küchentisch. Er wollte und konnte Sybille nicht aufgeben und versicherte seiner Frau gleichzeitig, dass er sie liebe und nie verlassen könne.

Nach außen war alles wie immer. Lilly begleitete ihren Mann zu gesellschaftlichen Verpflichtungen, zeigte sich demonstrativ bei Events mit ihm, speziell dann, wenn es eine Chance gab, dass Sybille sie am nächsten Tag in der Zeitung als „Prominente" abgebildet sah, und frühstückte, wenn Oskar in Wien war, mit ihm und den Kindern gemeinsam. Sie lebte zwischen Verzweiflung, Wut und Hoffnung und bemühte sich, trotz ihrer Gefühlsschwankungen eine gute Mutter und gute Journalistin zu sein.

Der „Fall Esmeralda“ war ganz aus ihrem Blickfeld verschwunden, ein kleiner Punkt am Horizont, dem sie sich nicht mehr widmen wollte.

Die Wende kam, als Lilly Volker Korbei besuchte, ihren Gynäkologen, der gleichzeitig ihr Experte zum Thema „Sanfte Geburt“ und Krankenhausreformen war. Ihre gemeinsame Reportage „Das kranke Haus“ hatte für großes Aufsehen gesorgt. Die beiden kannten einander seit Lillys erster Schwangerschaft und waren längst Freunde geworden, auch wenn sie sich nur selten sahen.

„Lilly, du bist viel zu dünn geworden, ich mache mir Sorgen um dich.“ Sie sah an sich herunter und bemerkte, dass ihre Kleider viel zu weit waren. Sie gehörte zu der Gruppe von Menschen, denen der Appetit verging, wenn sie Kummer hatten. Ralf, der fraß, wenn er in Schwierigkeiten geriet, beneidete sie darum. Außerdem hatte sie die zweite Nierenbeckenentzündung innerhalb weniger Wochen hinter sich. „Niere bedeutet Beziehung, hast du Probleme mit Oskar?“

Als Lilly nach zwei Stunden von Volker wegging, war ihr klar, dass die Zeit, in der sie mit ihrem Mann eine Wohnung teilen konnte, vorbei war. Sie ging nach Hause und sagte Tilde, dass sie sie heute nicht mehr brauchen würde. Sie kochte den Kindern eine ihrer Lieblingsspeisen, Polenta mit Tomatensoße, und brachte sie früh ins Bett.

Oskar kam spät und roch nach Wirtshaus. Sie hatte ihn gebeten, mit Sybille Restaurants zu meiden, die sie als „Wohnzimmer“ benützte, und war sich nicht sicher, ob er sich daran hielt. Zu den Tabuzonen gehörten *Oswald & Kalb*, das *Lefteris* und ihre Lieblingsbar, der *Gläserne Elefant*.

Lilly war überrascht, wie leicht sie sich nach all den Wochen der Qual plötzlich fühlte. Die Erkenntnis, dass ihr Zusammenleben zu Ende war, dass der Kuchenesser gewonnen hatte, machte sie fast heiter.

Sie sah ihm zu, wie er die Schuhe auszog. Sie waren dunkelbraun und handgemacht. Er stellte sie ordentlich nebeneinander, sie bildeten einen krassen Gegensatz zum Schuhsalat, den Lilly und die Kinder immer anrichteten. Sie hatten unterschiedliche Vorstellungen von Ordnung, und es gab Inseln, wo das Chaosprinzip immer wieder neu siegte. Sie schickte die leise Wehmut, die wie ein Windhauch kam, gleich wieder weg: „Nie mehr werden seine Schuhe hier stehen."

„Nein, das werden sie nicht", sagte der klare, vernünftige Teil in ihr laut, und Oskar sah sie fragend an.

„Oskar, ich möchte, dass du morgen ausziehst und dass wir es den Kindern gemeinsam sagen."

Sie hatte nicht geplant, ihn im Vorzimmer damit zu überfallen, aber nun war der Satz, der so lange in ihr gewohnt hatte und den sie bisher nicht aussprechen konnte, endlich auf der Welt.

Er war so überrascht und betroffen, dass er den Kleiderbügel fallen ließ, auf den er seinen Mantel hängen wollte. Lilly geriet fast ins Schwanken. Sie sah die Qual in seinem Blick und wog sie für einen Augenblick in ihrer Hand. In der anderen Hand hielt sie ihre eigene Qual und sah in dem Bild, das vor ihren Augen auftauchte, wie ihre Schultern schwer wurden von der Last, die sie trug.

„Es ist genug. Ich kann dieses Leben mit dir nicht mehr ertragen. Du kannst die Kinder sehen, wann immer du willst."

„Lilly, bitte, tu uns das nicht an."

Es war der falsche Satz zur falschen Zeit. „Hast du dir schon ein einziges Mal überlegt, was du uns antust? Du hast mich nie darüber informiert, dass ich einen Mann heirate, der in dubiose Geschäfte verstrickt ist. Du hast mit mir Kinder in die Welt gesetzt, obwohl du mit einem Fuß im Gefängnis stehst. Du vögelst mit meiner Freundin herum und willst gleichzeitig dein Familiennest erhalten! Und jetzt appellierst du an mich, dass ich weiter leiden soll und nicht du? Verschwinde, um Gottes willen!"

Oskar ging stumm ins Schlafzimmer und packte ein paar Sachen zusammen. Lilly saß auf ihrem weißen Sofa. Es war vorbei. Sie fühlte sich leer und zutiefst erschöpft. Es gab nichts mehr zu diskutieren.

Er kam mit einem kleinen Koffer in der Hand zurück. „Ich gehe jetzt." Sie hörte das Fragezeichen und spürte seine Hoffnung, dass sie ihn bitten würde, zu bleiben.

Lilly stand auf und ging ins Schlafzimmer. Bevor sie die Tür hinter sich schloss, sagte sie: „Kannst du bitte in der Früh kommen, damit wir es den Kindern sagen können?"

Lea und Niklas nickten ernst und verständnisvoll, als ihre Eltern ihnen am nächsten Morgen erklärten, dass sie sie ganz lieb hätten und immer für sie da sein würden. Auch wenn sie nicht mehr miteinander leben konnten.

Doch als ihr Vater sie in die Kindergruppe brachte, klammerten sie sich an ihn und wollten nicht, dass er wegging.

Lilly hatte schon alles eingepackt und holte die Kinder zu Mittag wieder ab. Als sie mit ihrem Renault 5 die Stadtgrenze hinter sich gelassen hatten, legte sie ihre Lieblingskassette ein und sang mit, als Sam Brown vor sich hin schnulzte: „All that I've got I have given to you, did you ever worry I could depend on you ..." Die Stelle „you better stop" schrie sie so laut heraus, dass Lea hinter ihr sagte: „Ist alles in Ordnung, Mami?"

In Mellau hing der Himmel selbst dann nicht so tief wie in Wien, wenn es in ihr dunkel war. Sie stieg aus dem Auto aus, atmete die klare Luft ein und schaute zu den Sternen hinauf. Dann trug sie die beiden Kinder, die auf dem Rücksitz eingeschlafen waren, ins Haus. Ihre Mutter fragte nicht viel und nahm Lilly einfach in die Arme. Später kam Ella vorbei, setzte sich zu Lilly an den Bauerntisch, und Mutter brachte getrockneten Speck, Bregenzerwälder Käse, selbst gebackenes Brot und Wein aus der Bodenseeregion. Lilly erzählte den beiden Frauen alles. Auch, wie blöd sie sich vorkam, dass sie so lange nichts gemerkt hatte.

„Das hast du von mir." Der Satz kam so trocken und humorvoll, dass sie alle in Gelächter ausbrachen.

Lillys Mutter schenkte Wein nach: „Dein Vater liebte mich abgöttisch. Aber er liebte das Bild, das er sich von mir gemacht hatte, und ich liebte das Bild, das ich mir von ihm gemacht hatte. Er konnte sich nicht vorstellen, hier in den Bergen zu leben, und so bin ich ihm gefolgt. Es war damals normal, dass Frauen ihr eigenes Leben hergaben, wie ein Kleid, das man auszieht und dafür ein anderes bekommt. Das Stadtkleid hat mir nie gepasst. Als du kamst, hatte ich endlich eine Aufgabe, etwas, was mein verlorenes Herz tröstete. Ich war so vernarrt in dich, dass ich nicht mehr nach rechts und links geschaut habe. Und rechts und links waren die anderen Frauen. Sie säumten deines Vaters Weg und waren Trost und Ablenkung zugleich. Ich wollte es nicht bemerken. Ich habe einfach so getan, als ob alles in Ordnung wäre. Wir hatten dich, und das war meine Garantie für Glück. Bis Margot kam. Sie war nicht schön, sie war nicht reich, aber sie war warmherzig und klug, und vor allem war sie wirklich für Harald da. Er begann ein Doppelleben zu führen, und es brauchte einen Zufall, so wie bei dir, damit ich aus meiner Lüge erwachen konnte."

Lilly stand auf und schaute für eine Weile schweigend auf die Kanisfluh. Dieser Berg, der als tröstender Klotz in ihrem Leben stand, wie eine Konstante, die ihr Sicherheit gab. Er würde immer für sie da sein. Sie erinnerte sich daran, dass in ihrer Kindheit der Schnee oft so hoch war, dass die Zäune zwischen den Grundstücken verschwunden waren. Dann donnerten die Lawinen den steilen Felsen herunter und zerstoben am Bergfuß in den Wäldern. Jetzt war sie unter eine Beziehungslawine geraten, und ihre Mutter hatte es auch nicht besser gemacht.

Ella stellte sich zu Lilly und legte ihrer Freundin die Hand auf die Schulter: „Das hört sich ja fast so an, als hättest du dir mit Oskar doch nicht ganz das Gegenteil von deinem Vater gewählt. Jedenfalls sind sie einander ähnlich, wie sie sich in Krisen zu trösten wussten."

„Nur in Krisen? Kann es sein, dass es Männer und Frauen gibt, die nicht geschaffen sind für eine Beziehung? Die in sich einen Kuchenesser tragen, der die Liebe nach einer Weile auffisst?" Während Lilly das sagte, hoffte sie zugleich, dass ihre Ehe nur in einer vorübergehenden Krise war. Die Sehnsucht nach Oskar war plötzlich so stark, dass sie am liebsten aufgestanden und nach Wien zurückgefahren wäre.

Ella sagte nichts, obwohl klar war, dass sie hinter ihrer Stirn Gedanken hin und her schob. Dann wechselte sie abrupt das Thema: „Katharina, hast du den Namen deiner Tochter absichtlich so abgekürzt, dass sie Lilith so nahe kommt?“

„Damals habe ich nicht daran gedacht, ich wollte einfach nicht mehr an meine Zwillingsschwester Elisabeth erinnert werden. Und weil Else durch meine eigene Mutter besetzt war, schien mir das eine gute Lösung.“

Lilly erschrak. Sie hatte ihren Namen nie mit Lilith in Verbindung gebracht, aber sie wusste, dass das die böse Version von Eva war, ein wildes Weib, das durch die Lüfte flog und mit brüllendem Gelächter jede Beziehung zerstörte. Sie stöhnte: „Um Gottes willen, das hat mir gerade noch gefehlt!“

Ella legte den Arm um ihre Freundin und drückte sie für einen Augenblick: „Es ist ein guter Name. Sie war die erste Frau Adams, von Gott, so wie er, aus Erde erschaffen. Eine starke, unabhängige, schöne Frau, die darauf bestand, mit ihrem Mann auf Augenhöhe zu leben. Sie konnten sich nicht einigen, also breitete Lilith ihre Flügel aus und flog mit wehenden roten Haaren einfach davon. Doch dann geschah das, was in der Geschichte meistens passiert ist, wenn Frauen auf ihre Eigenmächtigkeit bestehen und sich emanzipieren. Sie wurde als dunkle Frau, als Dämon, als Kindermörderin, als Zerstörerin diffamiert. Die neue Frau Adams wurde aus seiner Rippe geformt und war damit sein Geschöpf und ihm nicht gleichgestellt.“

Lilly blieb drei Wochen im Bregenzerwald. Mellau war kein wirklich schöner Ort. Zum einen hatte im 19. Jahrhundert ein Brand fast das ganze Dorf zerstört. Die Kirche, die Schule, das Pfarrhaus und achtzehn weitere Häuser verbrannten an einem schönen warmen Tag, an dem das Heu eingebracht wurde. Zum anderen gab es früher keine wirkliche Bauordnung, und jeder fühlte sich frei, sein Haus in „dBündt“* zu stellen, wie er wollte. Lilly störte das nicht. Sie liebte die Bregenzerwälder Häuser,

* Wiese

deren Außenwände mit kleinen Holzschindeln verkleidet waren, aber vor allem liebte sie die Berge, in denen das Dorf eingebettet war. Und mit den Tagen in der Natur wuchs eine dünne Haut über ihre offenen Wunden. Gleichzeitig sehnte sie sich nach Oskar, je länger sie von ihm getrennt war. Sie hasste Sybille inbrünstig, und auch als Ella einwandte, dass sie ihren Mann schonte, indem sie die ganze Last des Verrats auf ihre ehemalige Freundin legte, war sie innerlich nicht bereit, ihre Haltung zu ändern.

Den Vormittag verbrachte sie meist in ihrem Zimmer, das sie sich als kleines Büro eingerichtet hatte. Ihre Mutter hatte für sie einen schmalen Holztisch aus der Scheune geholt und spielte mit Lea und Niklas. Lilly arbeitete an einem Artikel mit dem Titel „Unser Gehirn, das soziale Wesen“ und war fasziniert von den neuen Forschungsergebnissen. Aus ihrer Schulzeit wusste sie noch aus dem Biologieunterricht, dass das Gehirn ausschließlich zum Denken da ist, im Alter an Abnutzungserscheinungen leidet und sich nicht wesentlich beeinflussen lässt. Und nun stellte sich heraus, dass das alles nicht stimmte. Plötzlich waren wir selbst verantwortlich für den Zustand unseres Gehirns und hatten eine Fürsorgepflicht wie für ein Kind oder einen Hund. Das Gehirn kam mit Begabungen zur Welt, die wir verstärken konnten, und auf der anderen Seite war es uns möglich, die vorprogrammierten Schwächen auszugleichen. Von nun an konnten wir uns nicht mehr auf die Veranlagung herausreden, wenn wir faul, egoistisch oder cholerisch waren. Es gab nur Anfälligkeiten, und was daraus wurde, lag an den jeweiligen Entwicklungsbedingungen und an dem, ob wir ungünstige Verschaltungen, sogenannte Synapsen, bereit waren zu verändern.

Wenn Lilly schrieb, vergaß sie für eine Weile ihre Probleme und fühlte sich wohl. Nach Wien wollte sie im Augenblick nicht zurück. Es hatte seine Unschuld verloren und war zum Platz geworden, an dem das Unglück auf sie wartete.

Ralf war ein großzügiger Partner. Er trug im Augenblick die Hauptlast in der Redaktion, weil Lilly wichtigere Prioritäten hatte, wie er es freundlich auszudrücken pflegte. Früher, als ihre Probleme kleiner und vorübergehender waren, hatte er nach einer Weile meistens gesagt: „Kannst du bitte aus dem Dramaland zurückkommen, ich brauche dich hier."

Nach vierzehn Tagen fragte er vorsichtig an, ob der Text über die Hirnforschung schon fertig sei. Lilly steckte die Geschichte in einen Umschlag, brachte sie zur Post und bat Ralf, ihr noch eine Woche Zeit zu geben.

Sie wusste nicht, wie ihr Leben weitergehen sollte.

Die Wohnung war leer, als sie nach Wien zurückkehrten. Die Kinder, die schon verdrängt hatten, dass ihr Vater nicht mehr bei ihnen lebte, waren enttäuscht. Lilly hatte mit Oskar vereinbart, dass er sie erwarten und in ihrer Abwesenheit seine Sachen wegbringen würde. Der Ärger legte sich über den Schmerz, und sie war froh, dass sie einen Grund hatte, ihm zu grollen.

Er kam mit halbstündiger Verspätung, atemlos und mit schuldbewusstem Gesicht. Lea und Niklas stürmten an die Tür und warfen sich in seine Arme. Lilly stand ein Stück abseits und spürte ihr wehes Herz. In diesem Augenblick stand Oskar, der mit den beiden im Arm am Boden kniete, auf. Sie sahen einander an, und in einem überwältigenden Gefühl von Liebe wollte sich Lilly einfach nur noch in seine Arme werfen. Er kam auf sie zu, und sie spürte, dass er für sie bereit war. Sie schloss die Augen und wartete auf seine Umarmung. Dann roch sie Sybilles Parfum. Sie riss die Augen auf und sagte kalt: „Niemals! So nicht!"

Von nun an holte Oskar nur noch die Kinder ab, um mit ihnen etwas zu unternehmen. Sie gingen in den Zoo, wanderten im Wienerwald, fuhren mit ihrem Vater Rad oder besuchten am Wochenende Clarissa. Ihre Wohnung betrat er nicht mehr. Sie wollte es so. Ihre Kontakte beschränkten sich auf Zeitpläne und Vereinbarungen. Lilly ging in die Redaktion, versorgte Lea und Niklas und fühlte sich wie eine Maschine, die automatisch funktioniert. Am schlimmsten war es am Abend, wenn die Kinder schon im Bett lagen. Dann kam die Stille, die sie eigentlich liebte, und brachte als ungebetenen Gast die Einsamkeit mit. Selbst der

Klodeckel erinnerte sie an ihren Verlust. Es gab plötzlich niemanden mehr, der vergaß, ihn wieder zu schließen.

Ralf machte sich Sorgen um sie: „Du musst wieder leben, Lilly. Du kannst nicht wie ein Gespenst, das man im Schrank einsperrt, darauf warten, ob Oskar sich bald bei Sybille satt gegessen hat. Und falls es dich beruhigt, er hat jetzt neben Sybille bereits wieder eine Nebenfrau. Sie ist zwanzig und die Tochter eines bekannten Fernsehmoderators. Er war früher einmal kurz mit ihrer Mutter zusammen."

Lilly mochte Schadenfreude nicht. Es war ein primitives Gefühl, das sich ein zivilisierter Mensch einfach nicht leisten sollte. Sie wurde rot, und Ralf sagte: „Rache ist süß, und manchmal muss man sich dabei nicht einmal die Finger schmutzig machen."

Tilde war damit einverstanden, zweimal in der Woche am Abend als Babysitter zu kommen, und Lilly ging wieder aus.

Sie streifte, so wie früher, durch die Lokale, aß mit Ralf bei Lefti, stand an der Bar im *Gläsernen Elefanten*, und eines Tages traf sie dort Arthur wieder. Er war ein Enfant terrible der Kulturszene, ein Schriftsteller, der sich nicht mit gesellschaftlichen Zwängen aufhielt. Er trank wie ein Bierkutscher, fluchte wie ein Bierkutscher, liebte eine Muse nach der anderen und hatte ein Herz aus Gold. Sein weiches Herz wohnte in einem weichen Körper, denn Arthur hielt auch nichts vom Fitness- und Schönheitswahn. Er war so groß wie Lilly, aber mindestens dreimal so schwer. Sie hatte ihn bei ihrer Reportage zum Thema „Wie's den Männern mit den Frauen geht" kennengelernt und erinnerte sich sofort an sein Zitat von damals: „Wenn der Schwanz steht, setzt das Hirn aus. Und wenn wir es wieder einschalten, müssen wir den Blödsinn reparieren, den wir angerichtet haben."

Es wurde ein schöner Abend, und als Arthur sie mit einem Blick verabschiedete, auf den ihr Unterleib sehr direkt reagierte, fühlte sie sich zum ersten Mal seit langer Zeit lebendig.

Lilly saß auf seinem Bett, einer großen Matratze, die am Boden lag, und wunderte sich, während Arthur mit seinem Verlag telefonierte, dass ihn das Chaos nicht störte. Sie kam seit einem Monat meistens zweimal in der Woche hierher, immer am Vormittag, wenn Lea und Niklas in der Kindergruppe waren.

Vom Fußboden war kaum etwas zu sehen. Er war mit Manuskripten übersät, dazwischen lagen Socken und zerknitterte Hemden. Es gab einen einfachen Tisch, auf dem schmutzige Gläser standen, zwei Stühle und ein uraltes, gemütliches Sofa. Das einzige prachtvolle Möbelstück war ein großer Wurlitzer, den Arthur bediente, bevor er sie vernaschte. Und Naschen meinte er durchaus wörtlich. Er liebte es, Schokoladenstückchen, Weintrauben oder Erdbeeren in ihre Scheide zu schieben, und erst, wenn er sich satt gegessen hatte, kam Lilly zum Zug. Sie mochte seinen weichen, sanften Körper und massierte ihn mit duftendem Öl, bevor sie sich auf ihn setzte und ihn ritt. Es war ihnen beiden bewusst, dass sie füreinander ein Trostpflaster waren, was ihrem Liebesleben keinen Abbruch tat. Arthur war vor Kurzem von seiner letzten Muse verlassen worden und froh, dass er für seine Gefühle, die er dann in seinen Texten verarbeitete, eine neue Adresse gefunden hatte. Er schrieb Gedichte für Lilly, die sie im Büro in ihre unterste Schublade steckte und die sie manchmal las, wenn der Himmel gerade tief hing.

Lillys Körper wurde unter seinen Händen wieder weich und schön, aber ihre Seele blieb wund.

Sie fand Trost bei den Kindern und stürzte sich in die Arbeit. Der Verlust von Oskar warf die Frage auf, mit wem sie schlafen würde, wenn sie alt war. Was fühlten Frauen jenseits der sechzig? War ihr Körper noch so bedürftig nach Sex? Und würde es dann einen Arthur geben, mit dem sie sich vergnügen konnte? Lilly machte sich Sorgen, wenn sie daran dachte, und begann ihre Recherche. Sie sprach ältere Frauen im Park und nach Vorstellungen im Theater an, ließ sich die Mütter von Bekannten vorstellen und fragte sie nach ihrem Liebesleben.

Die Geschichte wurde ein Hit. Das Heft verkaufte sich doppelt so gut wie alle anderen zuvor. Lilly war über Nacht zur Expertin für „Sex im Alter“ geworden. Der Erfolg war Balsam für ihre verwundete Seele, aber er erreichte sie nur in der obersten Schicht. Unter der Freude lauerte ein großes, schwarzes Loch. Dass es unter diesem Loch einen Krater gab, der größer war als alles, was sie bisher erlebt hatte, spürte sie nicht. Die *Esmeralda* war gemeinsam mit ihrem Ehemann aus ihrem Leben verschwunden.

Während Lilly sich hauptsächlich um ihre Beziehung Sorgen machte und sich in die Arbeit stürzte, wurde „die Suppe, die zu dünn war", immer dicker. Ralf sammelte weiter jede einzelne Zeile, die über die *Esmeralda* geschrieben wurde, und beschaffte sich geheime Informationen aus dem Justizministerium. Hier brodelte es hinter den Kulissen, während Lilly nur daran dachte, dass in drei Monaten Weihnachten war und sie sich davor fürchtete.

Würde sie den Kindern zuliebe mit Oskar vor dem Christbaum singen, und würde er dann gehen und sich zu Sybille ins Bett legen? Sie stellte sich vor, wie er, nachdem die Kerzen am Christbaum gelöscht waren und die Kinder schliefen, sich die Schuhe anzog und sich mit schuldbewusstem Gesicht davonschlich und zu seiner Geliebten fuhr. Das einzig Gute an ihrer neuen Lage war: Sie musste nicht mehr mit Clarissa feiern. Das war vorbei. Dieses grauenvolle Weihnachtsfest mit ihrer Schwiegermutter, die sie mit Blicken erdolchte und eine genaue Berechnung anstellte, ob die Geschenke gerecht verteilt waren, würde ihr erspart bleiben. Ihre Schwiegermutter wusste nichts von ihren Eheproblemen, und sie war sicher, dass ihr Sohn eine elegante Ausrede finden würde, warum sie sich diesmal der heilen Welt unter dem Christbaum entzogen.

Lillys Leben war zäh und grau geworden, wie ein alter Kaugummi, den sie schon lange hätte ausspucken sollen. Doch sie unternahm nichts, weil ihr vor den Folgen graute. Ihre Ehe mit Oskar existierte nur noch auf dem Papier, doch die endgültige Trennung erschien ihr noch viel schlimmer.

Als Paulines Brief kam, war er wie ein Geschenk des Himmels. Sie schrieben einander selten, dann aber dafür sehr ausführlich. Lillys Briefe an die Freundin in Straßburg, die sie bei der Traumafortbildung in Lyon kennengelernt hatte, waren wie eine

Art Tagebuch. Mit ihr konnte sie reflektieren, was sie gerade beschäftigte, und die Tatsache, dass ihr Gegenüber fast achthundert Kilometer entfernt war, machte es sogar leichter. Pauline, die die Leiterin einer Lebensschule für Erwachsene war, antwortete ihr ausführlich auf ihre Schilderung der Probleme mit Oskar. Diesmal hatte sie einen Prospekt beigelegt und geschrieben: „Ich werde an ‚Tod und Auferstehung', einem Seminar von Paul Rebillot, teilnehmen. Komm mit, ich bin sicher, dass es dir hilft, wieder ganz lebendig zu werden."

Lilly war überrascht. Sie hatte sich noch nie wirklich mit dem Tod beschäftigt. Auch nicht, als Vater starb. Sie wollte mit diesem brutalen Einschnitt ins Leben nichts zu tun haben. Tod bedeutete Vernichtung, Weggerissenwerden von den Menschen, die man liebt.

Vor ein paar Tagen hatte sich eine kleine Kohlmeise verirrt. Sie war wohl von dem großen Baum vor der Servitenkirche gekommen und in ihre Fensterscheibe geflogen. Lilly und Lea hatten das dumpfe Geräusch gehört und sahen sie dann regungslos auf der Straße liegen. Niklas schlief gerade, und als sie mit ihrer Tochter auf dem Trottoir stand und hilflos auf den toten Vogel starrte, wäre sie am liebsten weggelaufen. Sie war zutiefst beschämt, als Lea sich bückte und das kleine Tier zärtlich in ihre Hand nahm und streichelte. „Du kommst jetzt in den Himmel", flüsterte Lea. „Dort ist es auch schön."

Paulines Brief und Prospekt in der Hand, rief sie sofort an: „Tu est fou! Du bist verrückt!" Sie sprachen französisch miteinander, und Lilly merkte, wie ihre Heiterkeit zurückkam. Sie liebte diese Sprache. „Wieso soll ich mich in meiner Lage, wo ich den Kopf ohnehin kaum über Wasser halten kann, sechs Tage mit dem Tod beschäftigen?" – „Weil der Gedanke an den Tod das Leben kostbar macht. Weil du dann weißt, was du wirklich willst, wenn du die Illusion aufgibst, dass du ewig Zeit hast, um wieder glücklich zu sein."

Das Seminar startete in einer Woche. Lilly war froh, dass der Redaktionsschluss fürs nächste Heft ihr die Entscheidung abnahm. „Dann komm mich doch danach besuchen!" – „Ja, vielleicht", antwortete Lilly und hörte plötzlich zum ersten Mal das „Leicht" in diesem Wort.

Lilly spürte, wie der Gedanke, für ein paar Tage aus ihrer ungelösten Beziehung auszusteigen, sie erleichterte. Sie lebte wie ein Hamster im Rad, und jedes Mal, wenn Oskar ihr einen Bissen zum Fraß vorwarf, hielt das Rad kurz an, und sie glaubte für einen Augenblick, dass sie aus diesem Kreislauf von Verzweiflung, Wut und Hoffnung aussteigen konnte. So wie gestern. Er hatte die Kinder abgeholt, um mit ihnen in den Zirkus *Roncalli* zu gehen. „Willst du nicht mitkommen, es wäre so schön, wenn wir wieder einmal gemeinsam etwas unternehmen könnten." Nach kurzem Zögern hatte sie eingewilligt. Für ein paar Stunden wieder eine heile Familie sein …

Lea und Niklas waren so rührend glücklich gewesen, als sie zwischen ihren Eltern ganz nah bei der Manege gesessen hatten, dass durch das Strahlen ihrer Kinder die Barriere zwischen ihnen für einen Augenblick zu einem kleinen, höchstens zehn Zentimeter hohen Zaun schrumpfte. In der Pause hatte Oskar Popcorn und gebrannte Mandeln für alle gekauft und den Arm um Lillys Schultern gelegt. Auf dem Weg nach Hause war Niklas im Auto eingeschlafen, und Oskar hatte ihn liebevoll auf seinen Armen ins Bett getragen. Er war ein guter Vater.

Die Trennung hatte seinen Kontakt zu den Kindern intensiviert. Er nahm sich viel mehr Zeit als früher und tat alles, um ihnen die schwierige Zeit zu erleichtern. Er kam, nachdem er die Kinder ins Bett gebracht hatte, ins Wohnzimmer und sagte bedauernd: „Ich kann leider nicht bleiben, danke für den schönen Nachmittag."

Die Enttäuschung überrollte sie wie eine riesige Welle, die das kurze, vermeintliche Glück mit sich riss. Dann kam die Wut. Auf Oskar, der ihr immer wieder Hoffnungen machte, und auf sich selber, weil sie immer wieder erneut darauf hereinfiel. Lilly hatte das Glück, dass sie wenig Alkohol vertrug. Ein kleiner Whisky oder zwei Achtel Wein. Das war die Grenze zur Übelkeit. Sie hätte sich gern sinnlos betrunken, stattdessen machte sie sich eine heiße Milch mit Honig und sehnte ihre Oma herbei.

Am nächsten Tag rief Lilly Oskar an und fragte ihn, ob er bereit wäre, eine Woche mit den Kindern zu leben. Es fiel ihr schwer, aber sie bot ihm an, in der Servitengasse zu wohnen, Tilde würde ihn unterstützen. Es war besser für die Kinder, und sie nahm sich vor, bei ihrer Rückkehr das Ehebett zu entsorgen.

Straßburg empfing sie mit strahlendem Herbstwetter. Sie hatte Pauline gebeten, sie erst am nächsten Morgen vom Hotel abzuholen: „Ich habe einen Tick, ich liebe es, Städte zuerst ganz allein zu erkunden. Ich möchte nicht, dass dein kundiger Blick meinen sofort auf das lenkt, was sehenswürdig ist."

Lilly hatte sich bewusst nicht über Straßburg informiert und sich auch keinen Reiseführer gekauft. Sie wollte sich einfach treiben lassen. Als Kind hatte sie Mémés Wunsch, ihr Lyon systematisch zu erschließen, aus Liebe zu ihrer Großmutter akzeptiert. Jetzt eroberte sie sich fremde Orte auf ihre eigene Art und Weise. Die Stadtführung nach Plan rangierte bei ihr auf dem letzten Platz.

Sie stieg am Bahnhof aus und mochte Straßburg vom ersten Augenblick an. Pauline hatte ihr ein kleines, charmantes Hotel in der Rue du Maroquin, einer der schmalen Seitenstraßen beim berühmten Dom, gebucht, und Lilly war von ihrem kleinen Zimmer unterm Dach mit den schrägen Wänden und den geblümten Tapeten begeistert. Sie mochte große Hotels nicht, sie fühlte sich in der Anonymität der austauschbaren Architektur einsam und litt unter den einstudierten Satzbausteinen des Personals. Hier stand die Besitzerin an der Rezeption, eine freundliche Elsässerin, die sie mit gut gemeinten Informationen überschüttete.

Wenn Lilly Städte bereiste, die sie noch nicht kannte, traf sie fast immer interessante Menschen. Die meisten nur für einen Augenblick, weil sie nach einem gemütlichen Restaurant oder nach einer bestimmten Straße fragte. Dieser kleine, banale Kontakt zu den Einheimischen gehörte für sie zum Atem der Stadt. Das alte Ehepaar, das sie gebeten hatte, ihr eine Spezialität der

Region und das passende Lokal dafür zu empfehlen, machte ein „grand théâtre" daraus.

Lilly genoss die Komödie, in der sich die beiden zunächst spielerisch darüber stritten, was und wo sie essen sollte, und sich anschließend in den Haaren lagen, weil sie sich nicht über den besten Weg dorthin einigen konnten. Sie beobachtete die beiden, die weit über siebzig sein mussten, und wurde traurig.

„Ich will mit dir alt werden, Oskar", flüsterte sie, und plötzlich war die abenteuerlustige Nomadin verschwunden. Sie fühlte sich wie ein nackter, junger Vogel, der aus dem Nest gefallen war. Lilly rief Pauline an und sagte mit einer ganz dünnen, kleinen Stimme: „Kannst du bitte mit mir zu Abend essen? Ich kann fremde Städte im Augenblick nicht verkraften."

Pauline fuhr sicher und zügig durch die Hügel der Vogesen. Lilly hatte sich am letzten der drei Tage mit ihrer Freundin einen Ausflug aufs Land gewünscht.

Sie sah sie von der Seite an. „Du siehst so jung aus, dass man dir dein biologisches Alter einfach nicht glaubt." Sie hatte bis gestern gedacht, dass sie ungefähr im gleichen Alter waren, und staunte noch immer über diese Fünfzigjährige, die so gar nicht dem Bild in ihrem Kopf entsprach, das sie sich von älteren Frauen gemacht hatte. Ihr zierlicher Körper sah aus, als ob sie Ballett tanzte, durchtrainiert und gertenschlank. Ihr Gesicht mit den nussbraunen Augen, das sie ihr jetzt mit einem Lächeln kurz zuwandte, war fast faltenfrei. Das dichte, braune, gelockte Haar war kinnlang geschnitten und mit grauen, attraktiven Strähnen durchsetzt. Natur pur. „Wie machst du das, Pauline?"

„Ich ernähre mich von Naturprodukten, mache täglich eine halbe Stunde Yoga und bin mit meinem Leben in Frieden. Mit allem. Mit dem Leichten und mit dem Schweren." Lilly wusste, dass Pauline mit ihrem Mann ein Haus in einer Ökosiedlung gebaut hatte. Es war noch im Rohbau, als er sie verließ und sie als Single in einer Gemeinschaft von Paaren zurückblieb.

Würde sie ohne Oskar auch so glücklich und ausgeglichen werden können? Wenn Pauline über Beziehung sprach, dann klang alles so nachvollziehbar: „Es ist dein Leben, und wenn du auf seiner Liebe als unverzichtbaren Baustein zu deinem Glück bestehst, dann liegst du wie ein Maikäfer auf dem Rücken und kannst nicht handeln. Höre dir einmal selber zu, wenn du zu Oskar den Satz sagst: ‚Du bist für mein Lebensglück verantwortlich.'"

Pauline hatte leicht reden. Sie war letzte Woche dem Tod begegnet, auch wenn es nur ein virtuelles Sterben gewesen war. Sie hatte sechs Tage nichts anderes getan, als ihr Leben Revue passieren zu lassen, Abschied zu nehmen, sich eine Todesart auszusuchen, ein Testament zu schreiben und sich zu überlegen, wer die Grabrede halten sollte. Und schlussendlich hatte sie sich auf ihr Totenbett gelegt und war am nächsten Tag wieder auferstanden. Es war einfach, sich nach einem solchen Prozess dankbar, frei und glücklich zu fühlen. „Glaube mir", hatte sie schon zur Begrüßung gesagt: „Es ist so nützlich, immer wieder an den Tod zu denken, es relativiert die Probleme des Alltags."

Lilly war fasziniert von den Erzählungen der Inszenierung des amerikanischen Therapeuten und übte, als sie durch die herbstlich gefärbten Hügel der Vogesen wanderten, das Mantra, das Pauline aus ihrem Seminar mitgebracht hatte. Sie merkte, dass sie es nur auf Französisch mochte. Es klang wie eine Melodie, die der Wind spielerisch mitnahm, wenn er ihren Mund verließ. In der für sie ernsten, deutschen Sprache war das Mantra eher eine Bedrohung als eine Erinnerung an die Verpflichtung zu einem guten Leben.

„La mort est certaine, elle arrive sans prévenir, ce corps va devenir un cadaver."*

Sie mochte in der deutschen Version vor allem das Wort Kadaver nicht und ersetzte es durch verwesen, als sie spät am Abend mit Ralf telefonierte.

---

* Der Tod ist uns sicher, er kommt ohne Warnung, dieser Körper wird ein Kadaver sein.

Je länger sie sich an diesem Nachmittag mit dem Tod beschäftigte, desto stärker wurde ihre Dankbarkeit. Für ihre Kinder, für die Menschen, die sie liebte, für den Luxus, in dem sie lebte, für ihren gesunden Körper, für das Land, in dem sie geboren war. Die einzigen wunden Punkte, aber das spürte sie erst am Abend, als sie in ihrem Hotelbett lag, blieben Oskar und Sybille. Es war unmöglich, von den beiden frei zu werden.

Pauline schlug ihr beim Frühstück am nächsten Morgen vor, zwischen sich und ihre ehemalige Freundin eine starke, mentale Grenze zu ziehen: „Du bist nicht mehr meine Freundin, und ich will mit dir in diesem Leben nie mehr etwas zu tun haben. Das ist meine Wahrheit."

Lilly atmete auf, als sie den Satz wiederholte, und war erleichtert, dass diese Klarheit sie entlastete, auch wenn es kein Verzeihen gab. Mit Oskar war es viel schwieriger. Sie spürte noch immer ihre tiefe Liebe, und gleichzeitig stand der Verrat in Großbuchstaben zwischen ihnen.

Pauline hatte sie in Straßburg zum Zug gebracht. Sie fuhr nach Zürich und von dort weiter nach Dornbirn. Sie wollte einen Puffer zwischen den tiefen Gesprächen in den Vogesen und ihrem Alltag schaffen, und das konnte nur der Bregenzerwald sein.

In Basel stürmten plötzlich Massen den Zug. Irgendwo waren Ferien, und die Bahn hatte versäumt, zusätzliche Waggons einzuplanen. Lilly sah zu, wie sich Menschen um Sitzplätze fast prügelten, einander beschimpften und sich mit Koffern anrempelten. Sie lächelte einem älteren Mann zu, der nahe dem Herzinfarkt war, weil jemand ihm den Platz weggeschnappt hatte, den er schon sicher glaubte.

„In Bezug auf den Tod ist das ein sehr vorübergehendes Ereignis", murmelte Lilly. Er starrte sie einen Augenblick an, dann brach er in schallendes Gelächter aus: „Danke, dass Sie mich erinnern." Er setzte sich mitten im Gang auf seinen Koffer, holte eine Dose Bier aus seiner Tasche und prostete ihr zu.

Am Abend gab es Kässpätzle in der Stube und eine neugierige Mutter. Lilly zögerte. Durfte sie die Frage stellen, die ihr auf der Zunge brannte, oder wühlte sie dann in alten Wunden?

„Nun sag schon, ich hör' dich denken."

„Mama, wenn du damals in Wien gewusst hättest, dass du bald sterben müsstest, wärst du dann bei Papa geblieben? Hättest du dann diesen kostbaren, langen Rest deines Lebens mit ihm verbracht?"

Ihre Mutter seufzte, stand auf und drehte ihr den Rücken zu, als sie zum Schrank mit dem Wacholderschnaps ging: „Nein, sicher nicht." Sie kam mit der Flasche und den Gläsern für die „Medizin" zurück, und Lilly sah noch einen kurzen Augenblick, dass in ihren Augen Tränen standen, die sie sofort mit einem Lächeln wieder verdrängte.

Dann begann sie zu erzählen: „Es war eine schlimme Zeit. Dein Vater und ich wussten schon, dass es keine Lösung für uns gab. Die Liebe ist auf Dauer nicht genug, wenn die Welten fremd sind und sich nicht verbinden lassen. Wir hatten schon lange auf ein Kind gewartet, aber es klappte nicht, obwohl ich erst neunundzwanzig war. Ich war so depressiv, dass er sich Sorgen um mich machte. Und dann wurde ich schwanger. Ich saß in unserer Wohnung und brütete vor mich hin. Ich hatte keine echten Freunde, und die Idee, dass ich mit der Straßenbahn in einen Park fahren musste, wenn ich in die Natur wollte, kam mir pervers vor. In den Wienerwald durfte ich nicht allein, das war zu gefährlich, behauptete meine Schwiegermutter. Damals lebte sie kurzfristig bei uns in der Porzellangasse. Sie hatte ihre Wohnung am Schwedenplatz nach dem Tod ihres Mannes vermietet und bereitete ihre Übersiedlung nach Lyon vor. Sie war ganz außer sich vor Freude, dass sie ein Enkelkind bekommen sollte, und blieb in Wien. Sie bewachte mich wie eine kostbare Zuchtstute. Ich musste bestimmte Dinge essen, dieses tun und jenes nicht … Ich habe alles über mich ergehen lassen und mir gleichzeitig große Hoffnungen gemacht, dass mein Leben besser wird, wenn du einmal da bist. Dein Vater, dieser große, starke Mann, stand ebenfalls unter der Kuratel seiner Mutter. Sie war täglich am Schwedenplatz in der Schirmfabrik, saß mit einem taubengrauen Seidenkleid im Kontor und prüfte jede Rechnung. Wenn ich etwas tat, was sie als unpassend empfand, sagte sie ‚typisch Bäuerin'."

Lilly dachte an Mémé, die sie so heiß geliebt hatte, und wunderte sich, dass Menschen so unterschiedliche Gesichter haben konnten.

Das war es also, was sie in Mutters Bauch und später während ihrer Kindheit in Wien erlebt hatte. Sie dachte an die Spiegelneuronen in ihrem Gehirn und war nicht mehr so sicher, dass sie ein glückliches Kind gewesen war. Beim Abschied umarmte ihre Mutter sie noch inniger als sonst: „Ich wünsche dir so sehr, dass du für dich und die Kinder eine gute Entscheidung treffen kannst. Und nimm mich nicht als Vorbild. Das war damals. Heute müssen sich Frauen nicht mehr opfern."

Was war das Opfer? Lilly wusste es nicht. War es schwerer, auf Oskar zu warten oder ihn endgültig zu verlassen?

Er holte sie mit den Kindern am Westbahnhof ab. Sie lachte und weinte zugleich vor Freude, als sie Lea und Niklas endlich in die Arme schließen konnte. Sie überdeckte sie mit Küssen, roch den vertrauten Duft ihrer Haut und wiederholte viele Male: „Ich habe euch so vermisst, ich habe euch so vermisst!" Oskar stand lächelnd da und wartete geduldig. Als Lilly sich endlich aus der Umarmung löste, wusste sie nicht, welche Frau in ihr gewinnen sollte. Die eine, die Oskar einfach umarmen wollte, oder die andere, die eine Trennung verlangte, weil sie genug gelitten hatte.

Letztendlich trafen die Kinder für diesen Augenblick die Entscheidung. Sie schoben ihre Eltern zusammen und drängten sich ganz eng an sie. Für einen Augenblick hoffte sie, dass alles wieder gut war, und entspannte sich in Oskars zärtlicher Umarmung.

Auf dem Parkplatz vor dem Bahnhof kam die Realität als ungebetener Gast vorbei: „Mein Auto ist nicht angesprungen, ich hatte keine andere Wahl", sagte er und hielt seiner Frau die Tür auf, damit sie in Sybilles schwarzen Austin Mini steigen konnte. In der Servitengasse ertrug Lilly ein gemeinsames Abendessen mit den Kindern und bat ihren Mann, bevor sie Lea und Niklas eine Gutenachtgeschichte vorlas, ihre Wohnung zu verlassen.

Der Alltag war eine einzige Herausforderung. Sie liebte ihre Kinder, und gleichzeitig merkte Lilly, wie viel Kraft und Logistik dahintersteckte, Beruf und Familie unter einen Hut zu bringen. In Straßburg hatte sie sich dreimal täglich an einen gedeckten Tisch setzen und sich ausschließlich mit ihrem Innenleben beschäftigen können.

Oskar kam öfter vorbei als früher, als ob er spürte, dass sie sich verändert hatte. Lilly bemühte sich täglich, an ihr Mantra zu denken, aber es kam ihr, wenn sie von einer Verpflichtung zur nächsten hetzte, manchmal absurd vor.

Ihre erotische Oase bei Arthur war auch vorbei. Sie trafen sich im *Café Prückel* und stellten fest, dass die ungebremste Geilheit, wie er es nannte, sich nicht mehr einstellen wollte. Sie sprachen über den Tod und waren sich einig, dass es, wenn sie ans Sterben dachten, in einer Beziehung mehr braucht als „einen guten Fick". Lilly hatte sich längst daran gewöhnt, dass Arthur nicht einmal die Stimme senkte, wenn es verbal zur Sache ging, und lächelte die Dame mit dem Zitronengesicht am Nebentisch, die höchst irritiert war, freundlich an.

Ralf, der sie bei ihrem Ringen um Klarheit still beobachtete, brachte ihr eines Tages Fernando Pessoa mit. Er legte *Das Buch der Unruhe* auf ihren Schreibtisch und sagte beiläufig, bevor er ihr Büro wieder verließ: „Ich habe dir ein Lesezeichen hineingelegt und die Stelle markiert, damit du nicht lange suchen musst."

Ralf liebte es, das, was er sich dachte, durch Zitate aus Büchern zu überbringen, und nannte es „literarische Bildungswerkstatt". Lilly, die aus einem Elternhaus kam, in dem entweder Geschäftspapiere oder der Mondkalender gelesen wurden, genoss diesen zweiten Bildungsweg und hatte durch ihn schon viele wunderbare Autoren entdeckt.

Sie öffnete das Buch, nahm das Lesezeichen heraus und las: „Es gibt eine seelische Niedergeschlagenheit, die weitergehend ist als alle Angst und aller Schmerz; ich glaube, sie ist nur denen bekannt, die Angst und Schmerz meiden und sich selbst gegenüber so diplomatisch sind, ihrem eigenen Überdruss aus dem Weg zu gehen."

Der Text öffnete in ihr eine Tür, vor der sie schon lange gestanden und darauf gewartet hatte, dass sie den Mut hatte, einzutreten. In Gedanken versunken blätterte sie weiter in dem Buch und blieb an einer Stelle hängen, die ihr die Tränen in die Augen trieb:

„Zwei Menschen sagen ‚ich liebe dich' oder denken und fühlen es gegenseitig, und doch verbindet jeder damit eine andere Vorstellung, ein anderes Leben, vielleicht sogar eine andere Farbe, ein anderes Aroma oder einen anderen Duft innerhalb der abstrakten Summe von Eindrücken, die das Seelenleben ausmacht."

Lilly ging zu Ralf, der in seinem Büro auf einer orangefarbenen Matte am Boden lag und Yogaübungen machte. Sie hatte am Anfang über seine Inkonsequenz gelästert, dass jemand, auf dessen Tagesordnung ganz oben „no sports" stand, sich dehnte, streckte und in allen Variationen verrenkte. „Yoga ist kein Sport, es ist eine Lebenshaltung. Es befreit nicht nur den Körper, sondern auch den Geist", hatte er damals gleichmütig gesagt, und Lilly hatte bildlich vor sich gesehen, wie er ihre spitze Bemerkung an sich abperlen ließ.

„Ich bin gleich fertig", sagte er jetzt, ohne außer Atem zu kommen, und beendete den Sonnengruß, der sie fatal an die verhassten Liegestützübungen in ihrer Schulzeit erinnerte.

Er bot ihr eine Tasse Grünen Tee an, setzte sich mit ihr in die Besucherecke und schlug die Beine in seiner unnachahmlichen Weise übereinander: „Du hast dir also überlegt, was du tun willst?"

„Ich bin so wütend, Ralf, Oskar hat alle bunten Farben gepachtet. Er hat zwei Frauen, die ihn lieben, und macht sich ein gutes Leben. Und ich sitze hier in meinem Grau, weil er ein anderes Aroma, einen anderen Duft braucht!"

Ralf, der Oskar noch nie verteidigt hatte, erhob Einspruch: „Jetzt bist du ungerecht, Lilly! Glaubst du wirklich, dass es angenehm ist, zwischen zwei Frauen zu stehen? Glaubst du wirklich, dass er sich und dich freiwillig in so eine Klemme gebracht hat? Die Liebe ist ein unzähmbares Wesen. Sie fragt nicht immer, ob der Platz noch frei ist, auf den sie sich setzt."

„Und was ist mit mir?"

„Du verantwortest deinen Umgang mit der Situation. Dein Warten auf ihn und dein Leid gehören dir, auch wenn es grausam klingt."

Eine Woche später bat Oskar sie, mit ihm zu Abend zu essen. Ihr Herz klopfte bis zum Hals, und im Schlafzimmer lagen auf dem Bett die Kleiderberge, die sie sich immer wieder vom Leib gerissen hatte. Sie schwankte zwischen kühl, sexy, mütterlich und weiblich und fragte letztendlich Tilde, obwohl das vollkommen absurd war. Tildes Garderobe war solide und musste außer einer langen Lebenserwartung wenig andere Kriterien erfüllen. Als sie das Haus verließ, trug sie ein rotes Kleid aus Seide, das ihre Figur betonte, und Ohrringe mit weißen Perlen, die Oskar ihr zur Geburt von Niklas geschenkt hatte.

Er war schon da, als sie den neuen Italiener in der Innenstadt, von dem alle schwärmten, betrat. Lilly wappnete sich gegen seinen Charme und nahm sich vor, auf jeden Fall kühl zu reagieren. Sie sprachen über die Kinder, sie sprachen über die Arbeit, und sie erfuhr einmal mehr, dass er sich bedeckt hielt, sobald sie nach der *Esmeralda* fragte: „Erspar mir die Details, ich möchte dich da nicht hineinziehen. Paolo hat die Lage im Griff."

Als Oskar endlich zur Sache kam, hatte Lilly sich schon wieder an die Vertrautheit zwischen ihnen gewöhnt und überließ ihm ihre Hand, als er die seine mit einer bittenden Geste nach ihrer ausstreckte. Er nahm sie so zärtlich, dass in ihr die Hoffnung wuchs, er könnte sie um Verzeihung bitten und ihr seine Liebe gestehen.

„Lass uns bitte noch einmal über Weihnachten reden. Ich kann meine Mutter nicht alleine lassen, und ich verstehe auch, dass du nicht mit mir nach Salzburg fahren willst. Aber erlaube um der Kinder willen, dass sie zu uns nach Wien kommt. Nur für diesen einen Abend."

Lilly stand auf, rannte auf die Toilette und sah ihr kreidebleiches Gesicht im Spiegel. Es war, als hätte Oskar ihr mitten ins Gesicht geschlagen. Das war alles, was er von ihr wollte? Ein bequemes Arrangement für die Feiertage? Dann dachte sie an

Lea und Niklas. Sie sah sich mit den beiden alleine unterm Baum sitzen, spürte ihre Enttäuschung und Trauer und merkte, wie sie die Kraft verließ. Sie setzte sich auf die Klomuschel, schloss die Tür hinter sich und überließ sich für eine Weile der Agonie. Dann stand sie entschlossen auf. Es gab keine gute Lösung für sie. Aber es gab eine gute Lösung für die beiden Kinder.

Sie kehrte in den Speiseraum zurück. Oskar sah ihr besorgt entgegen. Sie ließ ihm keine Chance, eine Frage zu stellen.

„Ich stimme zu", sagte sie mit kalter Stimme, drehte sich auf dem Absatz um und verließ das Lokal.

Es wurde das grauenvollste Weihnachten ihres Lebens. Zwei Erwachsene erstickten fast an ihrem Bemühen, „normal" zu sein, und zwei Kinder trugen die Last, die verlogene Inszenierung zu ihrem Wohle zu genießen.

Dazwischen benahm sich ihre Schwiegermutter, die die versteckten Spannungen spürte, noch auffälliger als gewöhnlich. Lilly hatte Forellen gekauft, weil Clarissa gewöhnt war, am Heiligen Abend Fisch zu essen, und überhörte die Bemerkung, dass die Forellen vom *Ledererbauer* in Salzburg, der sie aus einem Bergbach fischte, besser waren. Sie ignorierte, dass sie viel zu laut sprach und Lilly ständig aufforderte, mit ihrem Mann nicht so leise zu flüstern. Sie nahm hin, dass ihr strafender Blick nur sie traf, als Lea in die offene Butterdose griff und grinsend ihren kleinen Handabdruck auf der Butter hinterließ. Oskar wurde wie immer geschont. Wenn die Kinder nicht „brav" waren, gehörten sie der Mutter. Erst als Niklas, der bisher ruhig am Tisch gesessen war, seinen kleinen Pimmel aus der Hose holte und Clarissa sagte: „Kannst du deine Kinder nicht erziehen?", platzte ihr der Kragen: „Das kann er nur von seinem Vater haben, und ich bin sicher, dass du müde bist und gehen möchtest."

Am nächsten Tag fuhr Lilly mit den Kindern nach Mellau. Sie brauchte dringend eine Umgebung, in der sie geliebt und geschätzt wurde. Sie kam am späteren Nachmittag an, überließ Niklas seiner Großmutter und nahm Lea mit. Sie setzte sie in ihren Kindersitz schräg hinter sich und fuhr Richtung Damüls.

Sie wollte von einem Bauern, der selber schlachtete und räucherte und dessen Frau das beste Brot im Bregenzerwald buk, für die Tage bis zum Jahresende ein paar Leckerbissen kaufen. Ihre Gedanken waren wie immer bei Oskar. Er würde mit Sybille ins neue Jahr tanzen, da war sie sich sicher. Er hatte nichts gesagt, und sein Schweigen hatte ihre Hoffnung zunichte gemacht, dass er vielleicht nach Mellau zu ihr und den Kindern kommen würde. Wann würde der Gedanke an Oskar endlich nicht mehr wehtun? Wie schafften es andere Frauen, sich einen Mann aus ihrem Herzen zu reißen, den sie noch liebten?

Sie sah das Auto viel zu spät kommen und hatte keine Chance mehr, rechtzeitig zu bremsen. Es raste von der rechten Seite mit hoher Geschwindigkeit aus einer schmalen Straße heraus. Lilly hörte ihren eigenen Schrei, dann ein Krachen, und als alles vorbei war und sie mit Lea im Arm am Straßenrand stand, der Renault 5 ein rauchender Trümmerhaufen, wusste sie, dass so Wunder aussehen. Der junge Mann, der sich wohl aus Liebeskummer betrunken hatte, hatte sie voll gerammt. Er saß am Straßenrand, den Kopf in die Hände gestützt, weinte bitterlich und rief nach einer Waltraud. Niemand war verletzt. Eine Sekunde früher, und sie wären wahrscheinlich tot gewesen.

Am nächsten Morgen folgte sie dem alten Familienritual und machte sich auf, der Muttergottes von Bildstein zu danken. Sie war schon als Kind mit ihrer Mutter und ihrer Oma von Schwarzach zur kleinen Kapelle hinter der großen weißen Basilika, die das Rheintal überschaute, gewandert. Heute schneite es, und sie waren die Ersten, die eine neue Spur auf dem schmalen Weg zogen. Lea und Niklas jubelten, als sie trotzdem die Stelle fanden, an der der Teufel ausgerutscht war, als er die Muttergottes verfolgt hatte, und ihre Großmutter lächelte in sich hinein. Die Legende von dem Stein mit den Abdrücken der Teufelsklaue war von Generation zu Generation weitergegeben worden.

Lilly spürte den Neubeginn in jeder Faser ihres Körpers. Der Unfall und die Nähe zum Tod hatten sie von ihrer unglücklichen Liebe distanziert. Vielleicht noch nicht befreit. Aber es war etwas geschehen, was dem Wunder des Überlebens eine andere

Dimension hinzufügte: Es gab plötzlich einen großen Raum, der Lilly zur Verfügung stand und der ihr alleine gehörte. Sie gab ihm die Überschrift „Mein neues Leben".

Als sie nach einem heißen Tee im Dorfgasthaus mit ihrer Mutter, Lea und Niklas in der kleinen Kapelle kniete, betete sie inbrünstig, obwohl sie längst aus der Kirche ausgetreten war. Für sie war es kein Widerspruch. Sie hatte nur der Institution, die ihren Glauben verwaltete, den Rücken gekehrt. Dann schrieb sie einen langen Bittbrief in das Buch, das auf dem Altar lag. Und plötzlich dachte sie an Oskars Schwierigkeiten mit der *Esmeralda* und fügte ihrem Text einen Nachsatz hinzu: „Heilige Muttergottes, bitte erhalte unseren Kindern ihren Vater. Beschütze ihn auf seinen Wegen und hilf ihm in seiner Not." Endlich schrieb sie die Wörter „unseren Kindern" wieder als Mutter und nicht als tief gekränkte Ehefrau und Geliebte.

Die beiden Frauen hatten für die Wanderung ins Tal zwei Schlitten mitgebracht. Sie zogen die Kinder hinter sich her und setzten sich, wenn der Weg steil genug war, selber drauf und lenkten gekonnt mit ihren Füßen. Lilly sang glücklich „The little drummer boy, parampampampam ..." und spürte zum ersten Mal glasklar den Unterschied zwischen Mutter und Frau.

Nach dem Abendessen fuhr sie zu Ella, die in ihrer Küche saß und Kräuter bündelte.

„Ella, Oskar bleibt für immer der Vater unserer Kinder, aber ich werde mich scheiden lassen. Ich weiß jetzt, wie es ist, wenn der Tod ganz nah kommt, und gehe wieder meinen eigenen Weg. Ich will als Frau nicht mehr an ihn gebunden sein."

Ella sagte ganz ruhig: „Ja, und jetzt kann etwas Neues entstehen."

Dann rief sie Oskar an. Er war zu Hause und freute sich ganz offensichtlich darüber, ihre Stimme zu hören: „Was für eine schöne Überraschung, Lilly." Er hatte sich mühsam abgewöhnt, seine Frau „mein Lieb" oder „meine Elfe" zu nennen, aber der Ton war der gleiche geblieben.

Sie informierte ihn, dass sie am zweiten Tag des neuen Jahres mit den Kindern nach Wien zurückkehren würde, und lud ihn für den 3. Januar zum Frühstück ins *Café Landtmann* ein. Sie wollte dort, wo alles begonnen hatte, auch das Ende setzen.

Es war ein klarer Morgen. Die dichte Nebeldecke, die Wien wochenlang von der Sonne abgeschnitten hatte, war vom Wind weggeblasen worden. Auf der Ringstraße fuhren dick eingepackte Touristen im Fiaker durch den schmutzigen Schnee und zückten ihre Fotoapparate. Lilly bezeichnete sich selbst als Stadtläuferin. Sie hatte nicht die Disziplin, täglich zu joggen, aber dafür ging sie in schnellem Schritt bei jedem Wetter alles zu Fuß, was in Reichweite einer halben Stunde lag. Sie war aufgeregt und seltsamerweise guter Laune.

Das *Landtmann* war wie immer voll, und Lilly wartete einen Augenblick, bis die Dame an der Garderobe ihr den Mantel abnahm. Sie ging achtlos am Tortenbuffet vorbei, durchquerte den ersten, kleineren Raum und sah sich dann im großen Saal um. Ihre Augen suchten Oskar. Er war noch nicht da. Sie war enttäuscht. „Wenigstens zu unserer Trennung könnte er pünktlich kommen", murmelte sie und nahm in der bequem gepolsterten Loge am Fenster Platz, die sie gestern reserviert hatte. Es kam ihr nicht in den Sinn, dass ihr Mann gar nicht wusste, dass sie sich trennen wollte.

Er kam zehn Minuten später mit einem großen Strauß Rosen in der Hand. Sie waren weiß, und Lilly spürte einen kleinen Stich, dass sie nicht rot waren. „Ich musste in zwei Blumengeschäften suchen, bis ich gefunden hatte, was ich wollte." Er küsste sie auf die Wange und ergänzte: „Der ist dafür, dass du so eine wunderbare Mutter bist. Ich danke dir, dass du die Kinder nicht als Waffe gegen mich benützt."

Lilly wartete, bis Oskars Cappuccino kam, und sagte dann, obwohl sie geplant hatte, erst nach dem Frühstück darüber zu reden, mit klarer, sicherer Stimme: „Oskar, ich lasse mich von dir scheiden."

Sein Lächeln verschwand sofort, und der Schock machte aus seinem Gesicht eine weiße, undurchdringliche Wand.

„Bitte, Lilly!"

Er sagte es so flehentlich, dass Lillys Panzer Sprünge bekam.
„Oskar, es ist Zeit für mich, wieder zu leben. Ich will nicht mehr vor deiner Tür sitzen und darauf hoffen, dass der Mann, den ich liebe, zu mir zurückkommt."
„Ich bin zurück, bitte, gib mir eine Chance! Du bist meine große Liebe, die Mutter meiner Kinder, meine Elfe."
„Und was ist mit Sybille?"
„Ich verlasse sie. Sofort."
Lilly glaubte ihm nicht. Ihr Herz hatte sich warm angezogen und war nicht bereit, beim ersten Frühlingslüftchen den Schutz aufzugeben.
„Und warum soll ich dir das glauben?"
„Weil ich mich verrannt habe, weil ich ein Narr war, weil ich erst jetzt verstehe, dass ich nicht ohne dich leben kann ..."
Lilly wollte Sicherheit. Sie verlangte von Oskar ein Gespräch zu dritt. Sie wollte hören, wie er Sybille sagte, dass es zu Ende ist.

Das Duell, wie Ralf es nannte, der erstaunlicherweise Fußball liebte, fand in der Servitengasse „als Heimspiel" statt. Lilly hatte ihre Wohnung bewusst als Ort gewählt. Sie wollte, dass beide für immer gingen oder Oskar für immer blieb.
Er kam ein paar Minuten früher und sie saßen schweigend und angespannt im Wohnzimmer und warteten auf Sybille. „Sie wird nicht kommen, sie wird sich auch aus dieser Verantwortung schleichen", sagte Lilly bitter.
Wenige Minuten später hörte sie Stimmen vor der Wohnungstür und öffnete, noch ehe die Glocke ging. Sybille stand mit ihrem Therapeuten vor der Tür. Lilly kannte ihn, sie hatte einmal eine Stunde bei ihm genommen, als Oskar ihr entglitten war. Er hatte ihr damals empfohlen, jemand anderen zu konsultieren: „Ich bin befangen, es ist besser, nicht zwei Menschen aus einer Wahlfamilie zu begleiten." Damals hatte sie seine Worte nicht hinterfragt. Jetzt flammte kurz Ärger hoch. Auch er war einer von denen, die von der Beziehung der beiden gewusst hatten.

„Ich schaffe das nicht allein", sagte Sybille, die – typisch für sie – ganz unverfroren gut für sich sorgte.

Lilly sah fragend zu Oskar, der mit den Schultern zuckte: „Ich wusste nichts davon."

Der Therapeut überschritt sofort seine Grenzen, indem er sich erbot, in seiner Allparteilichkeit für alle da zu sein. Lilly spürte, wie sich alles in ihr sträubte, und nahm sich vor, Ralf später zu fragen, was er davon hielt. Sie sagte scharf: „Ich dachte, Sie sind Ihrer Klientin verpflichtet, das ist doch sicher keine gute Position für einen Schiedsrichter?" Im nächsten Augenblick fiel ihr ein, dass es Mediator hieß, aber er hatte sie auch so verstanden.

Jedenfalls wurde er rot, und Lilly lud die beiden ein, sich zu setzen.

Oskar sprach zuerst: „Zuerst möchte ich dich, Lilly, zutiefst um Verzeihung bitten. Ich weiß, dass ich dir sehr wehgetan habe." Er saß neben ihr und nahm ihre Hand. „Und auch dich, Sybille, habe ich verletzt. Ihr wart einmal gute Freundinnen, und ich bin in eure Freundschaft eingedrungen und habe euch beiden Schmerz zugefügt. Dir, Lilly, indem ich mich in Sybille verliebt habe, und dir, Sybille, indem ich jetzt erkenne, dass ich meine Frau und unsere Kinder mehr als alles in der Welt liebe."

Sybille, mit der Oskar schon vorher geredet hatte, verlor dennoch die Fassung. Sie brach in Tränen aus und sagte: „Du bist ein Scheißkerl", und dann zu Lilly gewandt: „Und du kannst dir deinen Heiligenschein in den Arsch schieben." Dann lief sie hinaus und schlug die Wohnungstür zu.

Der Therapeut, ein rundlicher älterer Mann, folgte ihr und murmelte irgendetwas Entschuldigendes. Lilly bat Oskar, ebenfalls zu gehen. Sie würden sich am Abend sehen. Sie war erschöpft und musste nachdenken. Wieso war Sybille so aufgebracht gegen sie? Und dann kam plötzlich das Bild zurück. Ein feuchtfröhlicher Abend in ihrer WG im dritten Bezirk. Sie hatten immer wieder „verkannte Genies" mit einem guten Essen und einem offenen Ohr getröstet. Einer von ihnen war Lucki gewesen. Ein begabter Sänger mit leeren Taschen, dem sie den Vorschlag machten, Songs im Wälder Dialekt einzustudieren. Irgendwann war er mit Sybille im Bett gelandet, und irgendwann hatte sie ihn dann satt gehabt. Jedenfalls war das der Text, den sie eines Morgens beim Frühstück von sich gab. Lilly hatte sich nichts dabei gedacht, als sie mit ihm in der gleichen Nacht eine Affäre anfing. Sie hatten nie darüber geredet, aber in ihrer Beziehung war, das dämmerte ihr jetzt, ein feiner Riss entstanden: „Ich habe ihr auch den Mann weggenommen. Zwar nicht heimlich. Aber dennoch rücksichtslos.“ Die Erkenntnis traf sie aus heiterem Himmel. Sie hatte sich wenig gemerkt aus der Bibel. Aber den Spruch „Wer ohne Schuld ist, werfe den ersten Stein“, den kannte sie.

Die Dinge fielen langsam auf ihren passenden Platz, aber die Bitterkeit, dass Oskar und Sybille sie fast zwei Jahre hintergangen hatten, blieb.

Oskar rief gegen Abend an und fragte Lilly, ob sie mit ihm zum Italiener essen gehen könnte. „Nein, nicht in dieses Lokal“, antwortete sie und schob die Erinnerung, wie verzweifelt sie dort auf dem Klodeckel gesessen hatte, weg.

Es war ein Abend auf neutralem Boden, in einem Lokal, das noch keine Geschichte für sie hatte. Lilly spürte ihre Sehnsucht und ihr Misstrauen wie zwei Gegenspieler in jeder Faser ihres Körpers. War das Leben wirklich so einfach? Ein Mann ging weg und kam wieder. Und alles, was dazwischen passiert war, gehörte zu einer Vergangenheit, die man am besten ruhen ließ? So jedenfalls stellte sich Oskar das vor.

4. Kapitel

Wer behauptet, dass die Zeit alle Wunden heilt, der irrt. Jedenfalls war es für Lilly nicht so. Sie war dankbar, dass der große Schmerz vorbei war, sie war froh, dass Oskar wieder da war. Sie war glücklich, die Freude der Kinder zu erleben, und gleichzeitig wollte ein Teil von ihr sich nicht mehr öffnen. Dieser Raum in ihrem Inneren, den bisher nur er betreten hatte, dieser intimste Platz, ganz weit hinten in ihrer Vagina, blieb verschlossen. Sie schlief mit ihrem Mann mit zärtlicher Hingabe, und sie wusste nicht, ob er die Grenze spürte. Aber sie spürte den Unterschied. Es war, als ob ein Teil in ihr misstrauisch blieb, als ob seine Liebesbeteuerungen an ihr abprallten wie Münzen, die geprüft und für nicht echt befunden wurden.

Oskar war täglich in der Servitengasse und übernachtete auch meistens bei seiner Frau und den beiden Kindern, aber Lilly wollte nicht, dass er mit Sack und Pack wieder einzog. „Mein Herz braucht Zeit, um seine Winterkleider wieder auszuziehen“, sagte sie und küsste ihn gleichzeitig zärtlich. „Wir haben ein ganzes Leben vor uns, mein Lieb, meine Elfe“, antwortete er und legte seine Hände auf ihren Hintern. Es war eine vertraute Geste, ein Code für seinen Wunsch, mit ihr zu schlafen, aber die vertraute Berührung hatte ihre Unschuld verloren. Sie war sich sicher, dass es eine der Intimitäten war, die er mit Sybille geteilt hatte.

Die Gespräche über Sybille, die Lilly einforderte, waren wenig ergiebig. Sie verstand nicht, warum man jemanden so lieben kann, dass man seine Familie dafür verlässt und bei der ersten Androhung von Konsequenzen fallen lässt wie eine heiße Kartoffel. „Ich habe dich nie verlassen, meine Elfe. Du warst immer der wichtigste Mensch für mich, auch wenn es unlogisch klingt. Und als ich mit voller Wucht spürte, dass du wirklich gehst, dass ich dich für immer verliere, war es keine Frage mehr, wo ich hingehöre. Und außerdem war meine Leidenschaft für Sybille schon vorbei. Ich habe es mir nur noch nicht eingestanden."

Lilly erinnerte sich daran, dass Ralf ihr von einer anderen Frau erzählt hatte, die es schon länger neben Sybille gegeben hatte, und glaubte ihm. Sie fragte sich, warum sie sich nicht schon viel früher für sich selbst eingesetzt hatte. Aber immerhin hatte sie nicht so lange gewartet wie ihre Mutter, deren Beziehung zu Lillys Vater bis zu dessen Tod ungeklärt geblieben war.

Wenn Lilly später an diese kurze Zeit dachte, an die wenigen Wochen, die ihr mit Oskar noch geblieben waren, spürte sie jedes Mal Bedauern. Warum war sie nachtragend gewesen und hatte ihre innersten Räume vor ihm verschlossen? Warum hatte sie sich geweigert, dieses neu gewonnene Glück zu genießen? Der Begriff „verlorene Zeit" füllte sich zum ersten Mal in ihrem Leben mit schmerzlicher Bedeutung.

Es war in der Nacht vom 6. auf den 7. Februar 1988. Ein Datum, das sich in Lilly für den Rest ihres Lebens einbrennen sollte. Sie konnte nicht schlafen. Oskar war von einer Besprechung mit Paolo noch immer nicht zurück. Er war blass und nervös weggegangen und hatte nur gesagt: „Es ist dringend, ich weiß nicht, was er will."

Als sie um ein Uhr morgens die Tür hörte, zog sie sich ihren Bademantel an und ging ihm ins Vorzimmer entgegen. Oskar war grau im Gesicht, bückte sich schnell und wandte sich ab, als er seine Schuhe auszog. Sie berührte ihn an den Schulterblättern und merkte, dass er zitterte. Als er aufstand, breitete sie instinktiv die Arme aus. Er legte den Kopf an ihre Brust und begann stumm zu weinen. Lilly spürte, wie die Kälte in ihr hochstieg. Oskar hatte erst einmal geweint. Vor Freude, bei ihrer Hochzeit. Er hob den Kopf und sagte tonlos: „In ein paar Stunden wird Paolo Österreich verlassen haben. Kristina bringt ihn gerade zum Flughafen nach München. Er hat über seine geheimen Kanäle erfahren, dass in den nächsten Tagen ein Haftbefehl gegen uns erlassen wird. Ich muss auch weg. Ich gehe nach Italien. Ich will in eurer Nähe bleiben."

Sie lagen im Bett in wortlosem Entsetzen. Noch einmal die Wärme des anderen spüren, noch einmal eins sein. Dann löste sich die Erstarrung und Lilly öffnete den geheimen Raum in ihrem tiefsten Inneren und war bereit, alles zu geben und alles mit Oskar zu teilen.

Um drei Uhr morgens ging sie zu einer Telefonzelle und rief Ralf an. Oskar hatte sie darum gebeten: „Ich weiß nicht, ob du nicht schon abgehört wirst.“ Es klingelte nur ganz kurz, er war sofort am Apparat und wusste, dass das, was er schon lange befürchtet hatte, Realität geworden war. „Bitte, Ralf, leih mir Fridolin.“ Lilly war klar, was sie von ihm verlangte. Fridolin war sein Augenstern, ein luxuriös ausgestatteter VW-Campingbus, der für ihn, wenn er sich schon der Unannehmlichkeit einer Reise aussetzen musste, seine Heimat war. Es war die einzige Urlaubsform, die er akzeptieren konnte. Jeden Sommer, seit vielen Jahren, fuhr er für einen Monat mit Chris durch die Finnische Seenplatte, weil dort weniger Menschen waren.

Ralf zögerte keine Sekunde: „Ich bring' ihn dir vorbei.“ Was sie an ihm besonders schätzte, waren seine klaren Handlungen. Er fragte nicht, warum, er fragte nicht, wann, er sagte nicht, dass es ihm schwerfiel, seinen geliebten Fridolin herzuleihen. Lilly hatte inzwischen Kaffee gekocht. Die beiden Männer umarmten einander, und sie spürte erleichtert, dass jetzt, in der größten Not, endlich Verbindung entstand. „Du kannst auf mich zählen“, sagte Ralf, nachdem er Oskars Geschichte gehört hatte, und Oskar nickte dankbar.

Lea und Niklas wachten kurz auf und schliefen weiter, als ihr Vater sie im Campingbus wieder ins Bett legte. Lilly hatte ein paar Sachen eingepackt und setzte sich auf den Beifahrersitz. Sie fuhren kurz bei seiner Wohnung vorbei, und er holte seinen schon gepackten Koffer. Auf der Südautobahn atmeten sie auf. Niemand hatte sie gesehen. Jetzt fuhr ein harmloses Urlauberauto, ein Mann und eine Frau mit zwei Kindern, in die Karnischen Alpen zum Skiurlaub. Auf dem Weg durch das Land Kärnten, das noch im Dunkeln lag, sprachen sie von ihrer Liebe, von einer Zukunft, in der sie wieder zusammen sein würden, und über die Gefahr: „Sie werden dich verhören, sie werden dich überwachen, sie werden dich verfolgen. Du musst vorsichtig sein."

Lilly kannte Tarvis, den Ort an der österreichisch-italienischen Grenze, von ihren Besuchen auf dem „Fetzenmarkt". Hierher war sie mit ihren Studienfreundinnen aus Innsbruck am Wochenende zum billigen Einkaufen gefahren. Jetzt stand sie mit Oskar und den Kindern am Bahnhof. Lea umklammerte ihren Vater und presste ihren Kopf an seinen Körper, Niklas hatte den Daumen im Mund und saß auf seinem Arm, obwohl er dafür eigentlich schon zu schwer war. Es war noch ruhig, der Zug fuhr erst in einer halben Stunde. Sie hatten sich zunächst in den Warteraum gesetzt. Aber er stank nach ungewaschenen Menschen und altem Rauch. „Ich komme bald zurück, meine Süßen", er küsste seine Kinder immer wieder und wiederholte den Satz mit beschwörender Stimme, als ob er dadurch wahr werden könnte. Lea nickte verständnisvoll, aber Niklas mit seinen viereinhalb Jahren versteckte seinen Kopf im Mantel seines Vaters und weinte leise vor sich hin: „Papa dableiben, Papa dableiben."

Dann kamen plötzlich die Skifahrer. Sie stiegen aus zwei Autobussen und verwandelten den Bahnsteig in eine Materialschlacht. Ski, Stöcke, Rucksäcke, Imbisspakete, Thermoskannen und fröhliches Gelächter. Und plötzlich gab es zwei unterschiedliche Welten. Die eine, in der das Lachen wohnte, und die andere, in der Angst und Verzweiflung zu Hause waren.

Lilly saß auf ihrem weißen Sofa. Lea und Niklas schliefen im Kinderzimmer. Ralf war nach ihrer Rückkehr sofort vorbeigekommen und hatte sie eine Weile einfach im Arm gehalten und ihr zugehört. Jetzt war sie allein und holte das dicke Tagebuch mit dem roten Ledereinband aus seinem Versteck hinter den Reservekopfkissen für Gäste. Ella hatte es ihr zur Hochzeit geschenkt. „Damit du deine vielen glücklichen Stunden festhalten kannst." Lilly schlug es auf und begann zu lesen. Der erste Eintrag war dreieinhalb Jahre alt:

18. Juli 1984
Es ist sieben in der Früh. Ich hole schlaftrunken Niklas aus seinem Bettchen, er spielt mit seinem blauen Affen aus Plüsch und lächelt mich freundlich an. Er ist ein Jahr alt. Ich nehme ihn auf den Arm und gehe mit ihm in die Küche, Zeit für sein Frühstück. Er liebt dieses Morgenritual und kuschelt sich zufrieden an mich. Ich lächle, als ich daran denke, dass meine Mutter ihm den Spitznamen „Herr Baron" gegeben hat, weil er sich noch immer so gern herumtragen lässt.

Es läutet an der Tür. Ich bin sofort alarmiert. Um diese Zeit kommt kein Briefträger. Die drei Herren in Zivil lächeln höflich: „Kriminalpolizei!" Sie zeigen mir ihren Durchsuchungsbefehl. Lea schläft noch. Gott sei Dank.

Ich sehe den Männern dabei zu, wie sie jede einzelne Schublade ausleeren. Sie tragen Handschuhe, aber ich werde sofort, wenn sie gegangen sind, meine Unterwäsche waschen. Unter den Pullovern im Schlafzimmerschrank finden sie Geld. Ich wundere mich, ich habe vergessen, dass ich es vor langer Zeit als eiserne Reserve dahin gelegt hatte. Einer der Polizisten öffnet ein Samtetui, das in meinem Nachttisch liegt, entdeckt den Penis aus Glas und legt ihn kommentarlos wieder zurück. Ich werde rot und will ihnen nicht mehr zusehen. Ein Beamter folgt mir ins Wohnzimmer, als ob er Angst hätte, dass ich etwas verschwinden lassen könnte. Er nimmt jedes einzelne Bild von der Wand und jedes Blatt auf meinem Schreibtisch in die Hand. „Es sind Texte für meine Zeitschrift", sage ich. Aber er nickt nur höflich und sucht weiter. Er darf mir nicht sagen, wonach er sucht. „Wir müssen jetzt ins Kinderzimmer." Der Ton, in dem er das sagt, drückt sein Bedauern aus. Er weiß, dass meine Tochter dort schläft. „Haben Sie Kinder?", frage ich ihn. Er nickt ernst und sagt: „Wir müssen unseren Auftrag trotzdem erfüllen." Leas Gesicht ist ganz weich und entspannt, in ihrem Arm liegt der braune Bär, ohne den sie nie verreist. Sie ist nicht ganz dreieinhalb Jahre alt und im Gegensatz zu Niklas eine Langschläferin. Ich hebe sie aus ihrem Bettchen, wickle sie in eine Decke und trage sie aufs Wohnzimmersofa. Ich möchte, dass sie weiterschläft, aber sie spürt meine

Unruhe und ist sofort hellwach. Ich weiß nicht, wie ich einem Kind erklären kann, dass diese fremden Männer nach etwas suchen, was ihr Vater hier versteckt haben soll. Und Oskar kann nichts dazu sagen, er ist wie so oft verreist.

Als sie wieder gehen, sind sie unzufrieden. „Die Wohnung ist sauber", sagen sie. Wie in einem Kriminalroman.

15. Februar 1985
Oskar ist verhaftet worden. Ich kann die Szene nicht aus meinem Kopf verbannen, obwohl ich nicht dabei war. Sie treten auf die Straße, es ist Vormittag. Lea hat ihre Hand vertrauensvoll in die ihres Vaters gelegt. Sie ist vier Jahre alt. Niklas, mit seinen eineinhalb Jahren, sitzt auf seinem Arm. Die beiden Polizisten in Zivil haben schon auf Oskar gewartet. Vielleicht sind sie auch Väter, und es ist ihnen unangenehm, dass sie ihn vor seinen Kindern verhaften müssen. Aber Pflicht ist Pflicht. Sie wollen ihn mitnehmen und die Kinder aufs Polizeirevier bringen. Die beiden klammern sich weinend an ihn, und die Männer hören auf Oskars Flehen und haben Erbarmen. Zu fünft gehen sie in die Wohnung zurück und warten auf Ralf. In dieser kleinen Ewigkeit, bis ihr Vater abgeführt wird, hält er sie im Arm und erzählt ihnen ihre Lieblingsgeschichten. Und wo war ich? Wieder einmal auf einer Pressekonferenz. Manchmal hasse ich meinen Beruf und möchte einfach nur für die Kinder da sein. Sie keine Sekunde aus den Augen lassen, damit ihnen nichts passiert. Aber ich bin nicht so eine Mutter. Ich brauche, um zufrieden zu sein, auch noch ein eigenes Leben.

Lilly weinte. Sie sah diese Szene wieder und wieder vor ihrem inneren Auge, seit Oskar sie ihr erzählt hatte. Auch hier hatte die Zeit die Wunden nicht geheilt. Der Schmerz kam jedes Mal neu und traf ihr offenes Herz. Was hatte dieses Erlebnis in den kleinen Kinderseelen angerichtet? Lea und Niklas waren bis zur Hausdurchsuchung und der Verhaftung ihres Vaters geschützt und behütet aufgewachsen. Sie kannten Gewalt nicht, sie kannten Schmerz nur von dem Schaufenster eines Spielzeugladens, wenn Lilly ihnen eine Plastikpistole oder ein Matchboxauto verweigerte. Der Gedanke an Leas Ausbrüche erheiterte sie für einen Moment. Sie sah sie vor sich, wie sie sich als Dreijährige vor der Auslage des feinen Geschäfts am Graben wütend auf den Boden warf und die noble Klientel schockierte.

Dann dachte sie an die letzten Jahre, in denen sie den „Fall Esmeralda" erfolgreich verdrängt hatte. Ihr privates Drama mit Oskar war auf der Bestsellerliste der Gedanken an oberster Stelle gestanden. Sie hatte sich nicht eingestanden, dass die Hausdurchsuchung und die Verhaftung schon die Vorboten einer Katastrophe gewesen waren. Spätestens von diesem Augenblick an war dieses verdammte Schiff täglich an ihrem Tisch gesessen. Es war mit ihnen auf Urlaub gefahren, die zahlreichen Anwaltsbesprechungen und Gerichtstermine hatten Oskars karge Freizeit aufgefressen und damit auch seine Zeit für die Familie. Am Tag, als ihr Vater vor ihren Augen verhaftet wurde, hatte Lilly den Kindern nicht gesagt, dass er im Gefängnis sitzt. Sie hatte sie einfach im Arm gehalten und getröstet. Sie war sich sicher, dass er nach ein, zwei oder drei Tagen wieder da sein würde, und wollte ihnen den Schmerz ersparen. Später, als klar war, dass sie den Ernst der Lage unterschätzt hatte, nahm sie Zuflucht zu einer Notlüge: „Der Papa ist für eine Weile verreist, aber er kommt bald wieder." Lea machte ein ernstes Gesicht und verstand schon damals viel. Zu viel. Sie sah fremde Gesichter, Anwälte, die Lilly berieten, sie hörte ihr Flüstern, und in der Nacht, wenn ihre Mutter allein war mit ihren Ängsten, spürte sie ihre Verzweiflung. Und dann erfuhr sie es von anderen: „Dein Papa sitzt im Gefängnis, hinter Gitterstäben, wie die Tiere im Zoo", sagte ein Mädchen in der Kindergruppe zu ihr. Als Lilly seine Mutter zur Rede stellte, verteidigte sie sich: „Ich hab's nicht bös' gemeint, ich wollte ihr nur mit einem einfachen Bild erklären, was passiert ist."

Und jetzt? Die Zeit damals war nur ein kleiner Vorgeschmack gewesen. Jetzt war sie aus ihrem bürgerlichen Rahmen gefallen, wie ein Bild, das seinen gewohnten Halt verloren hat. Und der neue Rahmen, als Frau eines Mannes auf der Flucht vor der Justiz, war ihr noch fremd.

Sie holte sich ein Glas Wein, setzte sich wieder auf ihr weißes Sofa, wickelte sich in die sandfarbene Kaschmirdecke, die Oskar ihr zum letzten Geburtstag geschenkt hatte, und schrieb mit ihrer schrägen, großzügigen Schrift mit lila Tinte weiter.

7. Februar 1988
Am Bahnhof von Tarvis wimmelt es von Skifahrern. Sie wollen alle in den Zug. Niklas schreit auf meinem Arm, ein Ski hat ihn am Kopf getroffen. Tränen rinnen über sein Gesicht. Lea lächelt und winkt tapfer. Im Zug der italienischen Staatsbahnen sitzt ihr Vater und fährt weg. Für immer? Ich höre noch einmal sein „Ich liebe dich", halb verschluckt vom Knall der Türen, die der Schaffner zuschlägt. Wir laufen noch neben dem Zug her und sehen sein Gesicht am Fenster. Er versucht ein trauriges Lächeln, und ich sehe plötzlich, dass sein Haar über Nacht weiß geworden ist. Ich stehe am Bahnsteig wie die Frauen im Krieg und weiß nicht, ob er wiederkommt. Für mich ist jetzt Krieg.

Die Kinder sind ganz still auf der Rückfahrt nach Wien. Ich sehe im Rückspiegel ihre ernsten, tapferen Gesichter und möchte am liebsten weinen. Stattdessen erzähle ich ihnen, dass der Papa eine lange Reise macht, sie nicken nur und scheinen zu verstehen. Dieses Mal lüge ich nicht, aber ich sage auch nicht die ganze Wahrheit. Soll ich sie warnen, dass ich jeden Tag mit einem Haftbefehl rechne, dass die Bombe bald platzen wird? Oskar ist in Italien, weil er Angst hatte, in Österreich verhaftet zu werden. Er vertraut unseren Gerichten nicht: „Wenn die erste Suche nach mir vorbei ist, dann werde ich nach Deutschland fahren und ein Gericht finden, das mich anhört. Sie können mich nicht abweisen, ich bin noch immer deutscher Staatsbürger." Ich halte mich an diesem Satz fest. Er tröstet mich und gibt mir eine Zukunftsperspektive.

Doch nur für einen Augenblick. Ich denke an unsere Kinder, die noch immer still hinter mir im Auto sitzen und die über Nacht ihren Vater verloren haben. Für wie lange? Ich spüre, dass ich meine Tränen kaum zurückhalten kann. Ich reiße die Augen auf und suggeriere mir selber stumm: „Nicht weinen, nicht vor den

Kindern weinen." In diesem Augenblick beugt Lea sich vor und legt mir ihre kleine Hand zwischen die Schulterblätter: „Mama, wein' doch, das wird dir guttun."

Ich drehe mich kurz nach ihr um, und sie sieht mich mit ihrem kleinen, ernsten Gesicht an. Dann lächelt sie zaghaft. Ich weiß, dass sie für mich lächelt. Neben ihr schläft Niklas, seine Tränen haben eine leichte Schmutzspur auf seinen Wangen hinterlassen. Ich kann nicht mehr anders und lasse meinen Schmerz zu. Weil meine Tochter mit sieben Jahren schon erwachsen ist, weil mein viereinhalbjähriger Sohn um seinen Vater weint und weil mein Mann allein im Zug sitzt und in eine ungewisse Zukunft fährt.

Dann erinnere ich mich an den Bregenzerwald. An die Naturwesen, die immer zu mir kommen, wenn ich sie rufe. Ich putze mir die Nase und weiß, dass ich stark sein muss. Ich kann mich nicht an meiner Tochter anlehnen.

Niklas erwacht und Lea nimmt ihn sofort in den Arm. Ich bleibe stehen und verteile Brote und Kakao aus der Thermoskanne. Die beiden sind begeistert, dass Ralfs Auto sogar einen Tisch hat, an dem wir essen können. Es rührt mein Herz, dass sie so kindlich und gleichzeitig so ernst sind. Vor allem Lea. Ich muss ihnen die Wahrheit sagen. Ich erzähle den beiden, dass die Menschen glauben, der Papa habe ein Schiff in die Luft gesprengt, und dass das nicht wahr ist. Dass er sich verstecken wird, bis er alles aufklären kann, und wir darüber froh sein müssen. Die Kinder nicken. Sie glauben mir. Ich bin ihre Mama. Die einzige Sicherheit, die sie jetzt noch haben.

In dieser Nacht ging Lilly in ihr Schlafzimmer, wo jetzt statt Oskar die beiden Kinder lagen, und nahm sie in den Arm, ohne dass sie erwachten. Sie waren wie eine kleine Herde, die sich im Sturm zusammendrängt. Doch gegen Morgen, als sie endlich auch eingeschlafen war, kam der Albtraum: Sie ging mit Lea und Niklas durch eine Stadt, die ihr fremd war. Sie hatten einen schwarzen Hund dabei, der sich plötzlich losriss und auf eine stark befahrene Straße lief. Sie lief hinter ihm her, und als das Auto sie erfasste, wusste sie, dass sie sterben musste. Sie schrie:

„Bitte nicht, bitte nicht, ich muss für meine Kinder sorgen, sie haben niemanden!"

Am Morgen zog Lilly als Erstes entschlossen die Bettwäsche ab. Sie glaubte daran, dass Materie Energie speichern kann, und beschloss, den Traum einfach wegzuwaschen. Doch er blieb.

Beim Frühstück sagte Lea: „Mama, wo gehen wir hin, wenn dir etwas passiert? Können wir dann zur Oma?" Sie nahm ihre Tochter in die Arme und sagte beruhigend: „Mir passiert nichts, aber selbst wenn es so wäre, der Bregenzerwald wird immer ein gutes Zuhause für euch sein."

Im Büro wartete Ralf schon auf sie und brachte ihr Kaffee: „Ralf, ich habe Angst um die Kinder. Wenn mir etwas passiert, müssen sie sofort jemanden haben, der sich um sie kümmert. Meine Mutter ist so weit weg, es vergeht fast ein Tag, bis sie hier sein kann." Ralf nahm sie in die Arme: „Du weißt, dass ich immer für sie da bin. Bleib du besser am Leben!" Lilly nickte dankbar, aber die Sorge blieb. Sie war seit gestern eine alleinerziehende Mutter.

Das Tagebuch wurde von nun an ihr Ventil. Sie hatte Ralf, dem sie alles erzählen konnte. Doch gleichzeitig waren die Abende und Nächte viel zu lang. Wie konnte sie schlafen, wenn Oskar irgendwo da draußen war? Einsam und voller Angst.

15. Februar 1988
Die Leute fangen an, nach Oskar zu fragen. Ich erzähle ihnen von einer Geschäftsreise nach England und habe inzwischen Nachricht aus Italien. Er ist bei Freunden in der Nähe von Rom. Gott sei Dank! Ich kann ihn jeden zweiten Tag anrufen. Von nun an trage ich ganze Säcke mit Kleingeld mit mir herum. Ich habe mich letzte Woche zur Elternvertreterin wählen lassen, es fällt nicht auf, wenn ich für eine Weile im Lehrerzimmer verschwinde. Lea geht seit September in die erste Klasse der Volksschule um die Ecke. Der Direktorin, einer weisen, älteren Frau, fehlen nur noch wenige Jahre bis zu ihrer Pensionierung. Als Oskar vor drei Jahren das erste Mal in U-Haft war, hatte sie mich um ein Gespräch gebeten und die Tür zu ihrem Büro hinter sich abgesperrt:

„Sie können auf mich zählen. Wenn Sie jemals etwas brauchen, und sei es noch so ungewöhnlich, ich helfe Ihnen. Mein Bruder war einige Jahre im Gefängnis, weil er auf die schiefe Bahn geraten ist. Ich weiß, wie man sich in so einer Lage fühlt."

Im Lehrerzimmer gibt es erstaunlicherweise eine Telefonzelle, die ein dankbarer Vater, Beamter bei der Post, installiert hat. Wenn alle Lehrer kurz vor acht Uhr in ihre Klassenzimmer gehen, rufe ich Oskar an. Dann hebt seine italienische Jugendfreundin ab. Es ist Jahrzehnte her, es führt keine Spur zu ihr. Im Augenblick fühlt er sich in dem kleinen Dorf in der Nähe von Rom sicher.

Es gibt noch immer keinen Haftbefehl. Meine Nerven liegen blank. Ich warte darauf und hoffe gleichzeitig, dass das Ganze ein Irrtum war. Ich muss mich unauffällig bewegen, kann nur vorsichtig Kontakt zu den Anwälten halten und versuche mit viel Disziplin, weiterzuarbeiten.

Jeden Morgen, wenn die Kinder in der Schule und in der Kindergruppe sind, sitze ich pünktlich um neun in der Redaktion. Ich muss dringend schreiben, aber die Sätze wollen nicht aus meinem Kopf, ich kann mich nicht konzentrieren. Ich meide Kontakte, so gut es geht. Keine Pressekonferenzen, kein Besuch von Lokalen, keine Spaziergänge durch den ersten Bezirk. Ich möchte nicht, dass mich jemand nach Oskar fragt.

17. Februar 1988
Meine Tage sind leer ohne Oskar. Meine Gedanken sind ständig bei ihm. Hier ist es kalt und grau. Ich hasse den Februar. Es ist der Monat, in dem der Winter schon viel zu lange dauert und der Frühling noch auf sich warten lässt. Ich möchte am liebsten die Kinder nehmen und mit ihnen in den Süden fahren. Oskar abholen und in Sizilien am Meer spazieren gehen. Noch einen Monat bis zu meinem Geburtstag. Ob ich ihn dann sehen kann?

Es ist fünf Uhr morgens. Ich liege noch im Bett und male mir aus, dass wir alle wieder zusammen sind. Es muss so kommen. Ich habe nichts Schlimmes in meinem Leben getan, dass ich so ein hartes Schicksal verdient hätte. Und Lea und Niklas brauchen endlich wieder ihren Vater. Als ich die Eingangstüre höre, bleibt mir fast das Herz stehen. Ralf sagt, dass ich aufpassen soll, ob meine Wohnung verwanzt ist.

Als Oskar an meinem Bett steht, erschöpft und unrasiert, schreie ich auf vor Überraschung und halte mir dann die Hand vor den Mund. Die Kinder erwachen und stürzen in seine Arme: „Ich musste noch einmal zurückkommen, ich habe es ohne euch nicht ausgehalten.“ Er ist verrückt geworden. Weiß er, wie gefährlich das ist? Hat er vergessen, dass wir auf seinen Haftbefehl warten? Lea und Niklas singen vor Freude und hüpfen begeistert auf unserem Bett auf und ab. Ich mache Frühstück für uns alle und war schon lange nicht mehr so glücklich – für diesen kurzen Augenblick.

Oskar besteht darauf, einen „normalen“ Tag zu verbringen. „Ich war so isoliert die ganze Zeit, ich möchte für ein paar Stunden einfach so tun, als ob alles in Ordnung wäre.“ Wir fahren mit meinem Auto zur Zweiradmesse. Oskar besitzt eine alte Moto Guzzi California und hat seine Liebe zu Motorrädern nicht aufgegeben. Ich bin nie mitgefahren. Ich habe Angst. Der Tod von Ralfs Freund, der von einem Auto gerammt wurde, sitzt mir noch immer in den Knochen.

Auf dem Messegelände im Prater wimmelt es vor Menschen. Ich bin nervös, als wir durch die Hallen wandern, und versuche in den Gesichtern zu lesen, ob jemand Oskar erkennt. Gleichzeitig setze ich mich ihm zuliebe auf Motorräder und soll sagen, ob mir diese oder jene Maschine besser gefällt und ob wir uns eine neue Moto Guzzi kaufen sollen. Ich sorge dafür, dass wir so rasch wie möglich von Stand zu Stand gehen, nur keine langen Aufenthalte! Als er mit dem Honda-Verkäufer eine Fachdiskussion über die neue Gold Wing mit einem Sechszylinder-Boxermotor beginnt und viel zu lange stehen bleibt, beobachte ich jeden, der vorübergeht. Und was ist, wenn ein Polizist dabei ist? Er erklärt Lea und Niklas seelenruhig, dass die Musik im eingebauten Radio mit Kassettenrekorder aus Lautsprechern kommt, die im Helm eingebaut sind, und der Verkäufer lässt die beiden einen aufprobieren. Ich begreife ihn nicht. Wie kann er sich in seiner

Lage für Motorräder interessieren? Oder ist es ein Selbstschutz, ein Weglaufen vor der tiefen Verzweiflung? Ich ziehe ihn wütend von dem Stand weg und will mit ihm reden. Aber Oskar verschließt meinen Mund mit einem Kuss: „Bitte, Lilly, ich brauche eine Auszeit!“, und steuert mit seinen Kindern die Halle mit den Kleinmotorrädern an.

Lea stürzt sich auf eine rote Vespa und ruft begeistert: „Papa, kann ich so eine haben, wenn ich größer bin?“ Er hebt sie hoch und lacht glücklich: „Natürlich, meine Süße!“ Ich schnappe böse zurück: „Sicher nicht! Niemals wird eines unserer Kinder auf ein Zweirad steigen!“ Alle sehen mich erschrocken an, und ich entschuldige mich. Sie können nichts dafür, dass Ralfs Freund auf so schreckliche Weise umgekommen ist. Ich denke für einen Augenblick an Paris und an mein rotes Vélosolex, das ich mir buchstäblich vom Mund abgespart hatte. Ich nannte es Rougette und schlängelte mich damit frech durch den Pariser Großstadtverkehr. Als ich endgültig zurück nach Hause fuhr, überließ ich es meinem Studienfreund Laurent. Ich wusste, dass Vater mir nie erlauben würde, mit so etwas Gefährlichem auf den Straßen herumzufahren.

Ich bin erleichtert, als wir endlich wieder im Auto sitzen. Oskar will unbedingt noch zum Naschmarkt fahren und einkaufen. „Ich möchte heute Abend für euch kochen, mit euch in der Küche sitzen und endlich wieder einmal in unserem Bett schlafen“, sagt er sehnsüchtig. Ich bin außer mir vor Sorge und stelle mir vor, dass uns auf der Zweiradmesse jemand erkannt und die Behörden verständigt hat.

Wir holen uns Pizza und übernachten alle bei Ralf. Ich bin dankbar, dass er Oskar keinen Vortrag über seine gnadenlose Dummheit hält, sondern nur lakonisch anmerkt: „Du musst schnell wieder weg, und vorher brauchen wir ein Kommunikationssystem. Sobald der Haftbefehl da ist, kann Lilly nicht mehr in der Schule telefonieren. Das ist zu gefährlich.“ Er schreibt auf einen Zettel die Nummer eines zuverlässigen Freundes, den Oskar anrufen kann, um ihm eine Telefonnummer zu hinterlassen, sobald er Rom verlässt.

19. Februar 1988
Ich muss Oskar wieder über die Grenze bringen. Diesmal mit einem alten, gelben Kleinbus, den er gestern von einem befreundeten Mechaniker samt Nummerntafeln unter der Hand gekauft hat. Das Auto ist auf die Werkstatt angemeldet, er kann mit ihm fahren, solange es noch keinen Haftbefehl gibt. Dann wird er es einfach stehen lassen und die Nummerntafeln zurückschicken.

Lea und Niklas fahren mit ihrer Großmutter, die gekommen war, um sie abzuholen, in den Bregenzerwald. Die Direktorin hat Verständnis, dass ich mein Kind aus der Schule nehme. Sie weiß nichts, und doch weiß sie alles. Ich sehe es an ihrem Blick. Sie wird mich nicht verraten.

Der Abschied von den Kindern findet auf einem Parkplatz an der Südautobahn statt. Meine Mutter bleibt in ihrem Auto, und ich weiß, dass sie jetzt weint. Oskar sitzt auf einer Bank, Lea und Niklas auf seinem Schoß. Zum zweiten Mal innerhalb so kurzer Zeit müssen sie Abschied nehmen. Sie spüren die Gefahr, halten ihn fest und bedecken sein Gesicht mit Küssen. Am liebsten würde ich sie mitnehmen. Aber ich kann ihnen die Strapazen nicht zumuten. Mit dem alten Kübel, der kaum heizt, mit der Angst im Nacken, dass ihr Vater vor ihren Augen verhaftet wird.

Ich beobachte sein Gesicht, während er fährt. Es ist wie in Stein gemeißelt. Keine Regung, keine Träne. Ich lege meine Hand auf seinen Arm. Er sieht mich nicht an und sagt leise: „Bitte nicht, ich ertrage es nicht, ich kann jetzt nicht weinen."

Kurz vor Villach ist es aus. Ein letztes Stottern, Oskar schafft es gerade noch auf den Pannenstreifen. Es ist schon dunkel. Ich stehe zitternd neben ihm, während er den Motor inspiziert. Er versucht vergeblich, den Bus wieder zu starten. Irgendein Autofahrer muss doch stehen bleiben und uns bis zu einer Werkstatt schleppen! Eine halbe Stunde, eine Stunde vergeht. Endlich – ein junger Mann. Nein, er könne uns nicht abschleppen, das ist auf der Autobahn verboten, aber er wird die Gendarmerie verständigen. Er ist selber Gendarm, kein Problem. Der Pannendienst wird dann bald da sein.

Der Filmtitel Angst essen Seele auf *fällt mir ein. Jetzt weiß ich, wie sich das anfühlt. Meine Horrorvisionen lähmen meinen Verstand: „Es kommt nicht der Pannendienst, sondern gleich die Polizei, weil es schon einen Haftbefehl gibt. Oder – es gibt keinen Haftbefehl, aber der Name fällt auf: ‚Was machen Sie hier, wo wollen Sie hin – Fluchtgefahr.'" Ich atme tief durch: „Oskar, wir müssen einen Plan machen. Wir müssen eine Antwort haben, wenn jemand kommt und uns fragt, wohin wir wollen." Wir sitzen im kalten Auto, spielen alle Varianten durch und erfinden die Geschichte unserer Reise. Hinter uns die weiße Moto Guzzi, mit der er weiterfahren will, wenn der Bus zu gefährlich ist. Ein Motorrad kann man leichter in einer Scheune verstecken. Unsere Geschichte, auf die wir uns einigen, ist einfach: Ich bin Journalistin, und wir machen eine Reisegeschichte in Sizilien. Eine gute Story für die Grenze, falls wir noch hinkommen.*

Die Autobahn ist inzwischen fast leer, und die wenigen Fahrzeuge, die jetzt noch vorbeikommen, bleiben nicht stehen. Der Pannendienst, den der Gendarm bestellen wollte, scheint uns vergessen zu haben. Oskar versucht ein letztes Mal zu starten. Ich bete inbrünstig und rufe alle Naturwesen aus dem Bregenzerwald um Hilfe. Das Wunder geschieht: Der gelbe Bus fährt wieder, wir sind gerettet. An der nächsten Tankstelle lassen wir das Auto reparieren. Es dauert die halbe Nacht, die Lichtmaschine ist kaputt. Noch einmal Angst an der Grenze von Tarvis. Gibt es schon einen Haftbefehl? Kein Mensch nimmt Notiz von uns, die Zöllner sind auch schon müde.

20. Februar 1988
Ich soll Oskars italienische Jugendfreundin und ihren Mann besser nicht kennenlernen. Das könnte sie in Gefahr bringen, wenn ich verhört werde. Ich werde nicht mit in den kleinen Ort in der Nähe von Rom kommen. Wir fahren in unser kleines Hotel. Venedig im Winter. Ich war um diese Zeit noch nie hier. Venedig mit Oskar, wie schon oft, aber alles intensiver, alles bewusster, alles viel kostbarer. Ich habe ihn einige Male begleitet, wenn er hier Zeugen getroffen hat, die bei der Verladung der Ware auf

die Esmeralda *in Chioggia dabei gewesen sind. Jetzt geht es nur um uns und um unsere Liebe. Wir schlendern durch schmale Straßen, entlang an vertrauten Kanälen, essen am Abend in kleinen, versteckten Lokalen. Hier habe ich keine Angst, dass ihn jemand erkennt. Nicht im Winter. Jetzt gehört die Stadt den Einheimischen, und der Karneval hat noch nicht begonnen. Ich lerne zum ersten Mal, ganz im Augenblick zu leben. Es gibt nichts anderes. Wenn ich nach vorne schaue, kommt die Angst. Was wird aus uns werden? Wir haben nur zwei Tage, dann muss ich zu den Kindern zurück.*

Manche Begriffe der deutschen Sprache verstand Lilly erst jetzt: „Leben auf einem Pulverfass“ war für sie bisher den Menschen vorbehalten, die in Kriegsgebieten lebten. Jetzt wartete die Explosion täglich auf sie. Wie lange konnte es noch dauern, bis jemandem auffiel, dass Paolo und Oskar das Land längst verlassen hatten? Sie mied noch immer andere Menschen, so gut es ging. Gleichzeitig fühlte sie sich einsam. Die schmale Spur, in der sie lebte, war eng. Kinder versorgen, mit Oskar telefonieren, Redaktion, Kinder versorgen. Am schlimmsten waren die Wochenenden, wenn Ralf zu Chris fuhr. Dann gab es in Wien niemanden mehr, dem sie sich anvertrauen konnte. Früher, als sie mit Mama und Ella reden und jederzeit hinfahren konnte, war der Bregenzerwald ihr Refugium gewesen. Doch Telefonieren war jetzt zu gefährlich, und Lea musste zur Schule. Sie konnte sie nicht ständig entschuldigen, das war zu auffällig.

Dann kam Johanna in ihr Leben. Sie lernten sich beim Elternsprechtag kennen, und Lilly wusste in der ersten Sekunde, dass sie ein „Tier vom selben Stamm“ war. Ralf hätte sie eine Seelenschwester genannt. Für Lilly war das Wort Seele zu katholisch besetzt. Eine Seele hatte eine ungewisse Zukunft. Sie kam in den Himmel, die Hölle oder ins Fegefeuer.

Johannas Sohn Johnny war Leas bester Freund in der Schule. Und dann gab es noch seine Schwester Tilly. Sie war nur einen Monat älter als Niklas. Der Vater der beiden Kinder, ein Amerikaner, hatte Österreich, von Heimweh geplagt, wieder verlassen.

Das Paar führte im Augenblick eine Fernbeziehung. Johanna war Therapeutin mit eigener Praxis und arbeitete halbtags in einer Drogenberatungsstelle der Gemeinde Wien. Lilly dachte einen Augenblick an Sybille, mit der sie früher so viel Zeit verbracht hatte. Sie würde bis zu ihrem Tod nie mehr mit ihr reden! Vielleicht konnte jetzt eine neue Freundschaft entstehen.

3. März 1988
Es gibt immer noch keinen Haftbefehl, und ich habe Sehnsucht. Sie ist größer als meine Angst. Ich werde es wagen, mit den Kindern Oskar zu besuchen.

Werde ich überwacht? Wissen sie, dass Paolo und Oskar geflüchtet sind, und machen es nicht publik, weil sie darauf warten, dass wir Frauen sie auf die richtige Spur führen? Vielleicht habe ich auch nur zu oft Fernsehkrimis gesehen ... Ich weiß nicht mehr, wo ich mir Gefahr einbilde und wo sie echt ist. Ich war immer ein gutgläubiger Mensch, jetzt bin ich misstrauisch.

Der Wurstelprater, Wiens größter Vergnügungspark mit seinen vielen Besuchern, ist ein idealer Platz, um einen möglichen Staatspolizisten abzuhängen. Er kann sich nicht in seinem Fahrzeug verstecken, weil die meisten Bereiche des riesigen Areals autofreie Zone sind.

Johanna und Ralf helfen mir. Es wird ein Großfamilienausflug am frühen Abend. Wir essen Würstel, Langos und mit Zucker überzogene Äpfel. Wir fahren alle mit dem Autodrom, ruinieren uns unseren Gleichgewichtssinn in der Hochschaubahn und irgendwann, jeder Verfolger muss längst müde geworden sein, setzen wir uns noch in die Geisterbahn. Dann kommt das Finale. Das Spiegelkabinett. Wir lachen über unsere hässlich verzerrten Körper und tun so, als ob es uns Spaß macht, Karikaturen unserer selbst zu sein. Dann verschwinden wir alle in den öffentlichen Toiletten in der Nähe und kommen leider nicht mehr heraus. Joschi, der ungarische Freund eines ungarischen Freundes von Ralf, hat die Hintertür zum Waschraum, die normalerweise abgesperrt ist, irrtümlich offen gelassen. Er ist zuständig für die Reinigung. Sie würden ihm keinen Vor-

wurf machen können, er kann seine Gäste nicht ständig kontrollieren. Im Zickzack rennen wir vorbei am erleuchteten Riesenrad zum Praterstern. Ein anonymes Taxi zum Westbahnhof ist das beste. Wir holen unser Gepäck aus dem Schließfach. Ich habe jeden Tag ein oder zwei Stücke mit in die Redaktion genommen, die Ralf in einen Koffer gepackt und hier deponiert hat. Der Schlafwagenschaffner schaut oberflächlich auf unsere Pässe und fragt mürrisch, was wir morgen zum Frühstück trinken wollen. Ich liebe seine Gleichgültigkeit, sie ist die beste Voraussetzung für eine sichere Reise. Er ist schon zu lange im Dienst, um sich freiwillig zusätzliche Gedanken zu machen. Ich bin sicher, dass uns niemand gefolgt ist, und lehne mich erschöpft und entspannt zurück. Die Kinder streiten sich darum, wer im oberen Bett schlafen darf. Ich mag es, wenn sie streiten. Meistens sind sie viel zu rücksichtsvoll und viel zu vernünftig. So als wäre ihnen klar, dass ich eine zusätzliche Belastung nicht verkraften kann. Ich weiß leider, dass es stimmt. Wir müssen zusammenhalten.

4. März 1988
Die Sonne scheint, Lea und Niklas sind aufgeregt und glücklich. Sie bestaunen die Boote, die uns vom Bahnhof zu ihrem Papa bringen werden. Venedig macht mich schwermütig. Die Stadt der Liebenden erinnert mich zu sehr daran, dass unsere Zukunft ungewiss ist. Wird Oskar jemals wieder ein „normaler" Liebender sein? Die weißen Vaporetti und die Postkartenkulisse kommen mir vor wie eine Inszenierung mit dem falschen Bühnenbild. Ich habe Angst.

In dem kleinen Hotel, in dem wir immer wohnen, ist Oskar noch nicht angekommen. Wir stellen uns auf eine der kleinen Brücken in der Nähe, halten unsere Gesichter in die milde Märzsonne und warten. Was, wenn er nicht kommt?

Eine Stunde vergeht.

Die Kinder beginnen zu quengeln und versuchen, auf das Geländer zu klettern. Ich ermahne sie genervt.

Zwei Stunden vergehen.

Ich bin stumm vor Panik. Lea und Niklas spüren meine Angst und drängen sich an mich. Was, wenn wir vergeblich hierher gefahren sind?

Zurück im Hotel fragen wir, ob es inzwischen eine Nachricht gibt, ob Oskar vielleicht angerufen hat. Die Signora schüttelt den Kopf und empfiehlt uns, inzwischen auf den Markusplatz zu gehen. Ich kann nicht weg. Ich habe Angst, dass wir uns verpassen, dass wir uns verlieren.

Wir warten. Diesmal direkt vor der Tür auf kleinen Klappstühlen, die uns die Signora hingestellt hat. Sie hat warme, gute Augen und hinter ihrer mehlbestäubten Schürze einen weichen Bauch, in den ich mich am liebsten vergraben würde. In mir weint es plötzlich. Mama. Mama. Mama. Ich erkenne die Stimme der kleinen Lilly und dränge sie zurück. Ich bin hier die Mama, ich muss für unsere Kinder und für Oskar da sein. Plötzlich fällt mir auf, dass ich ihn im gleichen Atemzug nenne und bin damit einverstanden: Ich werde auch für dich sorgen, das verspreche ich dir, sage ich leise.

Und dann läuft er endlich über die Brücke. Dieser kleine, drahtige, geliebte Kerl. Ich bin glücklich. In unsere Umarmungen und Küsse hinein flüstert Oskar mir ins Ohr: „Am Bahnhof von Rom war eine Polizeirazzia. Sie haben viele Obdachlose verhaftet. Ich musste, um sicher zu sein, den nächsten Zug nehmen."

Wir haben ein großes Zimmer und schlafen in dieser Nacht alle in einem Bett. Ob Menschen, die keine Angst haben müssen, dass sie einander verlieren, jemals so dankbar und glücklich sein können? Wir drängen uns alle an Oskar, als ob unsere warmen Körper die Gefahr vertreiben könnten.

5. März 1988
Wir wollen den Kindern den Campanile zeigen und füttern Tauben am Markusplatz. Für einen Tag sind wir Touristen in der Lagunenstadt. Oskar sieht entspannt und gleichzeitig zutiefst erschöpft aus. Wir zünden Kerzen im Dom an und beten gemeinsam darum, dass unsere kleine Familie gerettet wird.

Der Fotograf fragt uns nicht, als er auf den Auslöser drückt und die Szene festhält. Er zieht wenig später das fertige Bild aus seinem Apparat und hält es uns entgegen. Wir lachen alle auf dem Foto, weil eine Taube sich auf meinen Kopf gesetzt hat. Oskar reißt ihm das Beweisstück über seinen Aufenthaltsort so rasch aus der Hand, dass der Fotograf verblüfft und irritiert schützend die Hand auf seine Kamera legt. Wir bezahlen und fliehen vom Markusplatz in eine der kleinen Nebengassen.

Am Nachmittag der Schock. In einer Parfümerie, in der ich die vergessenen Zahnbürsten für die Kinder kaufe, begegne ich Micki Flox. Micki, der liebenswerte Micki, die Klatschbase. Ich versuche, ihm zu entkommen, es ist zu spät. Er freut sich, mich zu sehen, und umarmt mich begeistert: „Was für ein schöner Zufall, Lilly, lass uns ein Glas Wein trinken!" Wir haben früher in Oswald & Kalb *manchmal miteinander an der Bar gestanden, ich mag ihn. Er besitzt eine Damenboutique-Kette, die seinen Namen trägt, kauft immer in Italien ein und betrügt seine Frau mit wechselnden Damenbekanntschaften, die er auf seine Reisen mitnimmt. Heute ist er leider allein. Ich stammle etwas von Eile, zahle und flüchte aus dem Laden. Micki ist hartnäckig, folgt mir vor die Tür und trifft auf Oskar. Der gibt sich gelassen, wir gehen auf einen Drink, ich bin in Panik. Was, wenn es einen Haftbefehl gibt, was, wenn Micki allen erzählt, dass er uns hier gesehen hat? Ich forsche in seinem Gesicht und versuche herauszufinden, ob er seine Gedanken vor uns versteckt. Er benimmt sich ganz normal, erzählt uns den neuesten Tratsch aus Wien und dass jetzt die einzige Jahreszeit sei, in der man Venedig genießen könne. Wir pflichten ihm erleichtert bei und laden ihn zu einem zweiten Glas Prosecco ein. Es kann keinen Haftbefehl geben! Beim Abendessen betrinke ich mich. Ich will die ständige Angst vergessen, will vergessen, dass es unser letzter Abend ist.*

6. März 1988

Unser letzter Tag in Venedig ist so trüb wie das Wetter. Wir spüren alle das Ticken der Uhr. Noch wenige Stunden, dann sind wir wieder getrennt. Wir fahren mit den Kindern auf die Insel Burano und essen Fisch. Im selben Lokal, in dem ich mit Oskar kurz nach unserer Hochzeit so glücklich war. Es ist lange her und gehört zu einem Leben, das so weit entfernt ist wie ein vergilbtes Foto in einem Album.

Sein Zug fährt eine halbe Stunde vor unserem. Wir haben uns schon im Abteil eingerichtet, Oskar gibt dem Schlafwagenschaffner noch ein großes Trinkgeld, damit er uns gut betreut. Dann warten wir auf seinem Bahnsteig. Roma steht auf dem Schild am Waggon. Roma, dort wartet sein gelbes Auto – und was dann? Er weiß es selbst nicht. Bei seiner Jugendfreundin und ihrem Mann kann er nicht länger bleiben. Die Wohnung ist zu klein, und die beiden haben Angst. Der Schaffner schlägt die Türen zu, wir laufen neben dem Zug her. Schon wieder Abschied, schon wieder sein trauriges Lächeln hinter einem Zugfenster.

Ich nehme Lea und Niklas ganz schnell an der Hand. „Wer ist als Erster bei unserem Abteil?“, rufe ich, und wir rennen alle los.

Sie sitzen in ihren Schlafanzügen auf den Betten, jedes Kind mit seinem Kuscheltier im Arm. „Bitte, bitte, erzähl uns eine Geschichte“, betteln sie, und ich erfinde den Hund mit den roten Ohren, den niemand wollte und der jetzt etwas Besonderes ist. Ein Zirkuskind findet ihn im Wald und rettet ihn vor dem Hungertod. Seither tritt er jeden Abend in der Manege auf und galoppiert den Ponys hinterher. Seine roten Ohren wehen im Wind und bringen alle Kinder zum Lachen. Doch heute hat er ein Problem. Er wird in dem Dorf, in dem der Zirkus zu Gast ist, verdächtigt, beim Fleischer eine Wurst gestohlen zu haben. Mit Schimpf und Schande wird er aus dem Geschäft gejagt, und der Zirkusdirektor droht ihm, ihn zu den Löwen zu sperren. Doch dann klärt sich alles auf. Die Katze des Fleischers war die Täterin. Als Wiedergutmachung bekommt er vom Fleischer einen ganzen Kranz bester Extrawurst und ein neues Halsband. Niklas fragt: „Kaufen wir dem Papa auch einen Kranz Extrawurst, wenn er zurückkommt?“

8. März 1988

Die Telefonzelle in der Schule ist kaputt. Ich liege auf einem fremden Bett, mitten am Vormittag, und warte, dass das Telefon läutet. Ich schmökere in den Büchern von Johanna und kann doch nichts aufnehmen. Ich vertraue ihr. Unsere Freundschaft hat einen sicheren Boden. Sie ist inzwischen meine beste Freundin in Wien. Oskar ruft endlich an. Es ist halb zehn vormittags. Eine halbe Stunde später als vereinbart. Jede Minute, die ich warte, füllt sich mit Angst. Er ist in Frankreich. Regen und Kälte, Einsamkeit und Angst. Das Land der duftenden Kräuter, der guten Weine und des knusprigen Brotes, unser Frankreich, wie wir es lieben, gehört der Vergangenheit an. Er fährt rastlos von Ort zu Ort und weiß nicht, wohin. Ich sehe ihn vor mir, wie er im kalten Bus am Waldrand und auf wenig befahrenen Feldwegen schläft. Ich stelle mir vor, wie er, für den ein gepflegtes Äußeres so wichtig ist, immer mehr verwahrlost, weil er es nicht wagt, ein Hotel zu betreten. Ich weiß, dass er manchmal in öffentliche Schwimmbäder geht, damit er sich endlich wieder waschen kann. Aber es ist gefährlich.

Ich denke an unsere Reise im ersten Jahr nach unserer Hochzeit. An unser Lieblingscafé in Aix-en-Provence und an die Kajakfahrt auf der Ardèche, diesem Fluss, den ich mir für immer merken werde. Dort haben wir, als wir gekentert sind, das erste Mal gestritten und uns richtig angebrüllt. Ich wäre dankbar für jeden Streit, wenn es bedeutete, dass Oskar wieder bei mir ist.

10. März 1988

Ich lüge täglich besser. Immer wieder fragen mich Freunde und Kollegen nach Oskar. Ich erzähle von England und werde immer kühner. Ralf hat einen Freund in London, den er jeden zweiten Tag anruft und nach dem Wetter fragt. Ich kann genaue Auskünfte geben. Aus dem Reiseführer suche ich mir Restaurants aus, die er besucht haben könnte. Ich bin so gut, dass ich es fast selber glaube. „Ja, eine große Maschinenfabrik wird geplant. Oskar führt die Verhandlungen und bringt sein Know-how ein.“ Außer Ralf, Johanna, Mama und Ella kennt niemand die Wahrheit.

Ich treffe mich mit Kristina. Wir reden nicht über unsere Männer, aber unsere Blicke sagen alles. Wir sitzen im Jägerhaus, *am Ende der Prater-Hauptallee, und trinken Tee. Ich sage ihr nicht, wo Oskar sich versteckt, und sie sagt mir nicht, wo Paolo sich aufhält. Ob sie ihn auch besucht? Ich weiß es nicht und frage sie auch nicht. Wir müssen uns davor schützen, einander gegenseitig belasten zu können. Ich möchte sie gerne fragen, warum sie mich damals in ihr Haus am Semmering eingeladen hat. Aber ich weiß, dass jetzt kein guter Augenblick dafür ist. Wir müssen uns auf das konzentrieren, was jetzt wirklich zählt.*

12. März 1988
Oskar ist wieder in Italien. Er könnte hier ziemlich einfach einen falschen Pass bekommen, sagt er. Aber will er einen falschen Pass? Will er dieses Leben für immer verlassen und eine fremde Identität annehmen? Auswandern irgendwohin, neu anfangen in der Hoffnung, dass wir eines Tages nachkommen können? Ich kann ihm die Entscheidung nicht abnehmen. Es ist sein Leben, das auf dem Spiel steht, und ich glaube an seine Unschuld. Ob er eine Chance hat? Die Vorverurteilung in Österreich läuft schon so lange. Aber er ist deutscher Staatsbürger. Kann er dort Gerechtigkeit erlangen?

Er hat inzwischen einen eigenen Anwalt. Ich will nicht mehr, dass er von Paolos Anwälten vertreten wird. Markus Längle ist jung, ehrgeizig und gleichzeitig erfahren. Er ist gebürtiger Vorarlberger, das schafft für mich eine gute Vertrauensbasis. Er lässt Oskar ausrichten, dass er sich entscheiden soll, dass er jetzt sofort nach Deutschland muss, wenn er sich einem deutschen Gericht stellen will. Es kann nur noch wenige Tage dauern, bis die Grenzen dicht sind. Ein Haftbefehl ist nicht mehr zu vermeiden. Inzwischen pfeifen es die Spatzen von den Dächern – Paolo Vicente und Oskar Baldini sollen geflüchtet sein.

16. März 1988
Flughafen Hamburg. Ich spähe durch die Glasscheibe. Lauter Fremde. Wenn er nicht kommt, bin ich verloren. Ich habe keine

Kontaktadresse, wenn etwas schiefgeht. Ich beobachte alle Passagiere, die sich um das Kofferrollband scharen. Die ewig gleiche Angst und die ewig gleiche Frage: Ist mir jemand gefolgt, hat jemand bemerkt, dass ich das Land verlassen habe? Es dauert eine Ewigkeit, bis mein Koffer kommt. Ich denke für einen Augenblick an Lea und Niklas. Es fällt mir jedes Mal schwer, sie zurückzulassen. Meine Mutter kümmert sich um sie.

Oskar steht hinter einer Säule. So klein und verlassen, dass ich ihn kaum sehen kann. Es muss ihm schlecht gegangen sein auf seinen Irrwegen durch Europa. Ich erkenne ihn kaum wieder. Sein dichtes, gelocktes Haar ist zur Tarnung kurz geschoren, eine Sonnenbrille verdeckt seine Augen. Ich laufe auf ihn zu und umarme ihn. Er ist es nicht mehr gewohnt, berührt zu werden, und zuckt für einen Augenblick zurück. Wie ein wildes Tier, das sich zu lange vor Gefangenschaft gefürchtet hat.

17. März 1988
Ich erwache in einem luxuriösen Zimmer und habe Geburtstag. Auf dem Tisch noch die Champagnerflasche der Nacht. Wir sind aufgeblieben bis zu meiner Geburtsstunde. An einem Donnerstag um ein Uhr fünfundzwanzig hat mich meine Mutter im Wiener Rudolfinerhaus zur Welt gebracht. Und jetzt bin ich ihr Sorgenkind. Ihre kleine, gut behütete Prinzessin ist mit einem Mann verheiratet, der sich vor der Polizei verstecken muss. Sie war geschockt, als ich ihr vorgestern erzählt habe, dass ich meinen Geburtstag unbedingt mit Oskar verbringen will. Aber dann hat sie mich in den Arm genommen, und ich habe nach langer Zeit wieder richtig geweint.

Jetzt bin ich einfach nur glücklich. Ich bin neununddreißig Jahre alt und habe in der kurzen Zeit seit Oskars Flucht etwas Kostbares gelernt. Ich kann den Augenblick genießen. Uneingeschränkt. Ohne Gedanken an die Zukunft, ohne Forderung nach Beständigkeit.

Sein gelber, alter Bus steht trotzig zwischen teuren Cadillacs in der Hotelgarage. Wir checken am Mittag aus. Noch einmal Luxus können wir uns nicht leisten, wir müssen sparen.

18. März 1988
Der Geruch von billiger, frischer Farbe kitzelt meine Nase. Mit diesem Geruch bin ich gestern eingeschlafen, und jetzt ist er wieder da und erinnert mich an unsere Herbergssuche. In einer Seitenstraße der Reeperbahn, billig, sauber und scheußlich, haben wir endlich ein kleines Hotel entdeckt. Grüne, frisch gestrichene Wände, ein spartanisches Bett, ein winziges Waschbecken, ein wackeliger Schrank. Ein Haus, in dem niemand nach Pass und Identität fragt. Hierher kommen die Menschen meistens nur stundenweise. Ich denke für einen Augenblick an unseren Ausflug ins Hotel Orient. *Unsere Liebe hat sich verändert. Wir schlafen miteinander. Doch jetzt ist es tiefste Verbundenheit und Trost zur gleichen Zeit. Die Geilheit hat hier keinen Platz. In der Not verliert sie ihren Glanz. Wir wissen nie, ob es ein nächstes Mal geben wird. Das genügt für ein Erlebnis jenseits aller Schranken.*

Ich betrachte meinen schlafenden Mann. Wie müde er aussieht. Tiefe Furchen im Gesicht, die vor einem Monat noch nicht da waren. Wie wird es weitergehen?

Routineanruf bei Markus Längle in Wien. Ich bin sofort hellwach! Seit gestern gibt es einen Haftbefehl! Seit meinem neununddreißigsten Geburtstag bin ich also offiziell die Frau eines polizeilich gesuchten Mannes.

Während ich abgepackte Butterstückchen und rot gefärbte Marmelade aufs Brot schmiere, versuche ich einen kühlen Kopf zu bewahren. Ab sofort kann eine Routinekontrolle in einem Hotel Oskar seine Freiheit kosten. Wo werden wir schlafen, wie wird er von nun an leben? Ich mache mir Sorgen. Gleichzeitig bin ich froh und dankbar, dass ich bei ihm bin. Gerade jetzt!

19. März 1988
Unsere Reise erinnert mich an die Herbergssuche von Maria und Josef. Oskar braucht einen Anwalt in Deutschland und ein Gericht, das ihn anhört. Er klopft an die Tür von Anwälten, die ihre Staatsanwälte und Richter fragen sollen, ob sie ihm ein faires Verfahren zusichern können. Seine Freiheit hängt davon ab. Wir brauchen täglich einen neuen Unterschlupf. Heute sind wir

in Hannover. Freunde von Ralf haben uns aufgenommen. Am Nachmittag sollen wir eine gute Strafverteidigerin kennenlernen.

Die Frau sieht aus wie Simone Signoret und ist mir auf Anhieb sympathisch. Hannover könnte ein guter Platz für ein Gerichtsverfahren sein, glaubt sie. Die Geschichte eines Herrn Klaus, der für Versicherungen linke Geschichten gedreht haben soll, lässt hier jeden glauben, dass die Versicherung in Wien, die den Prozess angestrengt hat, Dreck am Stecken haben könnte.

24. März 1988
Die Polizisten im Blumengeschäft am Bahnhof starren uns an. Jetzt ist es vorbei, sie haben uns erkannt! Ich merke, wie meine Knie weich werden, ein Gefühl der Ohnmacht überschwemmt mich, ich muss mich an der Ladentheke festhalten. Als ich die Augen wieder aufmache, starren sie uns immer noch an, aber nichts geschieht. Wir raffen ein paar Blumen an uns, bezahlen, und im Hinausgehen höre ich einen der Polizisten zur Blumenverkäuferin sagen: „Na endlich, und nun erzählen Sie uns genau, was der Mann, der Sie belästigt hat, zu Ihnen gesagt hat.“

25. März 1988
Für zwei kurze Stunden gibt es für mich so etwas wie Normalität. Wir sind von Hannover nach Köln gefahren, ich verhandle mit einem Verlag über ein Buch zum Thema Sex im Alter. Ich möchte meine Zeitungsserie mit den älteren Frauen verwerten. Das ist mein offizieller Reisegrund, und Ralf kann ihn nennen, ohne zu lügen, falls die Polizei nach mir fragt. Wir wagen uns nicht zum Bahnhof und verzichten lieber auf die neueste Berichterstattung aus der Heimat. Ich habe inzwischen einen Vorgeschmack, wie es ist, mit einem Flüchtling zu leben. Selbst mein unbeschwerter Gang hat sich verändert. Ich mache kleinere, zögerliche Schritte und ziehe die Schultern zusammen. Nur nicht auffallen. Jeder Polizist kann eine Gefahr, jede gewöhnliche Fahrzeugkontrolle das Ende sein.

„Minderheiten, die Vorurteilen ausgesetzt sind, müssen zusammenhalten und vernetzen sich daher besser." Ich denke an Ralfs Satz, als wir bei Fremden in der Kölner Südstadt an der Tür läuten. Das Paar öffnet uns lächelnd, ihnen genügt, dass ein Freund uns empfohlen hat. Günther bringt sofort Tee und Kekse, und Mark macht noch eine kurze Observierungsrunde. „Die Luft ist rein, ihr könnt euch entspannen", sagt er und zeigt uns unser Zimmer. Es ist fantastisch, wie selbstverständlich uns seine Freunde aufnehmen. Es ist unsere einzige Möglichkeit, wenn wir nicht im Bus schlafen wollen.

29. März 1988
Wir sind unterwegs nach Frankfurt. Sehr früh, denn hier gibt es niemanden, bei dem wir wohnen können. Wieder ein Besuch bei einem Anwalt. Er wirkt kompetent und würde den Fall gerne übernehmen. Doch erst nach den Osterferien, bis dahin empfiehlt er uns, sehr vorsichtig zu sein. „Wenn Sie gefasst werden und sich nicht mehr selber stellen können, wäre das eine Katastrophe." Ich gehe auf die Toilette, bevor wir weiterfahren. Die Bordüre der Fliesen löst in mir eine Erinnerung aus. Plötzlich stehe ich wieder in meinem Hochzeitskleid vor dem Spiegel in der Hofkonditorei Demel *und wundere mich über die fremde Frau, die heiratet. Jetzt bin ich wieder eine fremde Frau. Nicht schön und edel geschmückt. Erschöpft, mit Ringen unter den Augen, bewusst in einem Outfit, das mich der grauen Masse auf den Straßen näherbringt. „Bitte, Lilly, pass auf deine Garderobe auf. Keine bunten Sachen, keine extravaganten Schnitte, du bist schon durch deine Größe eine auffallende Frau." Ralf der Umsichtige, Ralf der Kluge hat mich vor meiner Abreise gewarnt. Ich denke plötzlich an meinen Vater. Er war ein stolzer, ehrlicher Mann. Für ihn war schon jeder, der am Sonntag eine Zeitung aus den frei zugänglichen Entnahmestellen stahl, ein Verbrecher. Was würde er dazu sagen, dass seine kleine Prinzessin einem Mann, der in einen Kriminalfall verwickelt ist, bei der Flucht hilft? Aus dem Dialog mit dem Anwalt tauchen die Wörter „gefasst werden" auf. Sie machen sich selbstständig und verwandeln sich in Polizisten, die,*

einen Socken von Oskar in der Hand, mit einer Hundestaffel hinter ihm herjagen. „Lilly, du bist völlig neurotisch", sage ich laut zu meinem Spiegelbild im Klo.

Wir verlassen Frankfurt noch am Nachmittag. Vierspurige Straßen und Hochhäuser. Wird Oskar hier leben und um seine Freiheit kämpfen? Und würde ich dann mit den Kindern hierher ziehen? Der Gedanke lässt mich frösteln.

Der schlechteste Platz für ein Gerichtsverfahren, darin sind sich alle Anwälte einig, ist Süddeutschland. Mit den Worten im Ohr – „und lassen Sie sich um Gottes willen nicht in Bayern erwischen" – fahren wir trotzdem hin. Hier lebt Chris, er kann uns helfen, er hat Freunde, bei denen wir wieder übernachten können.

1. April 1988

Wir schlafen in einem Bastelkeller in einem Vorort von München. Oskar telefoniert viel. Mit Anwälten in Berlin, mit Freunden in Italien, mit Markus Längle in Wien. Ich habe Sehnsucht nach Lea und Niklas. Ich möchte, dass wir Ostern gemeinsam verbringen. Oskar will das nicht. Er hat Angst vor dem neuen Schmerz, vor dem neuen Abschied, davor, dass er noch einmal vor den Augen der Kinder verhaftet werden könnte. Ich behaupte, dass die beiden mehr darunter leiden, ihren Vater nicht zu sehen. Aber wenn ich ganz ehrlich bin, geht es auch um mich. Ich möchte mich nicht zwischen meinem Mann und den Kindern entscheiden müssen. Die Stimmung ist angespannt. Nach langen Diskussionen setze ich mich durch. Wir werden an Ostern endlich wieder eine Familie sein.

Chris hilft mir. Er ist der ideale, seriöse Kunde. Mit seinem kurz geschnittenen, blonden Haar und seinem Markenzeichen, schwarzer Anzug, weißes Hemd, führt er das Gespräch mit dem Angestellten des Wohnmobilparks. „Ja, wir sind zu viert. Meine Frau und ich werden mit den beiden Kindern Ostern auf einem Campingplatz verbringen." Er zahlt die Kaution, er zeigt seinen Personalausweis her. Der Mann hat es eilig. Es warten schon andere Kunden. Das Wohnmobil ist bestens ausgestattet. Wir haben eine Kochzeile, Schlafplätze über dem Fahrerhaus und ein breites Bett im Fond.

Eine Stunde später sind Oskar und ich unterwegs nach Wasserburg am Bodensee. Mama hat die Kinder mit in den Bregenzerwald genommen. Ella wird ihre Übergabe vorbereiten, sie hat bessere Nerven. Sie weiß, dass sie sich etwas einfallen lassen muss, damit ihr niemand folgen kann. Wir sind nicht sicher, ob auch die Kinder überwacht werden, und wollen uns lieber nicht in Lindau, der Grenzstadt, treffen, obwohl es näher ist.

Das Restaurant am Hafen von Wasserburg ist leer. Gott sei Dank. Der Bodensee liegt noch immer im Winterschlaf. Wir bestellen Kaffee und Kuchen. Er schmeckt mir nicht. Ich kann mich erst entspannen, wenn die Kinder da sind. Wir konnten mit Ella nicht über ihren Plan reden, das wäre viel zu gefährlich gewesen. Hoffentlich hat sie eine gute Lösung gefunden! Endlich höre ich ein Auto. Ich laufe hinaus. Fehlanzeige. Ein Fischer steigt aus und lädt sein aufwendiges Angelequipment auf einen kleinen Karren.

Die Vorarlberg *ist ein Schiff, das seinen Namen mit Stolz trägt. Ich war als Halbwüchsige dabei, als Tausende im Hafen von Fußach mit faulen Tomaten nach den aus Wien angereisten Politikern geworfen hatten, weil sie auf den Namen Karl Renner getauft werden sollte. Kein Politiker der „zentralistischen Regierung" sollte auf dem „Stolz der Flotte" verewigt werden. Jetzt fährt sie in den Hafen von Wasserburg ein, und für einen Augenblick kommt meine Heimat zu Besuch. Ich sehne mich plötzlich nach dem Bregenzerwald, ich war schon so lange nicht mehr dort.*

Dann sehe ich Ella mit Lea und Niklas. Sie stehen an der Reling und winken. Was für ein genialer Schachzug, mit dem Schiff zu fahren, ich hatte gedacht, Ella würde mit ihrem alten Jeep anreisen! Sie können uns noch nicht sehen, wir sitzen im Lokal. Ich reiße im Hinauslaufen das Tischtuch herunter, die Kaffeetassen zerbrechen klirrend am Boden. Es ist mir egal. Wir laufen ihnen entgegen, alles ist gut.

Ella bleibt zum Abendessen. Wir haben uns viel zu erzählen. „Ihr könnt auf mich zählen", sagt sie, bevor sie mit dem Bus zurück ins Ländle fährt.

Eine Seitenstraße in Wasserburg ist unser Nachtquartier. Die Kinder turnen im Wohnmobil umher, entdecken Schlupfwinkel und Tische, die zu Betten werden. Sie sind glücklich. Sie haben ihren Papa wieder und ein neues Abenteuer.

Plötzlich leuchtet der Strahl einer Taschenlampe durchs Fenster. Ich sehe Uniformkappen und spüre wieder dieses Ohnmachtsgefühl. Unser Osterurlaub ist vorbei, bevor er angefangen hat. Sie haben uns erwischt! Die Taschenlampe geht aus, die Polizisten setzen ihre Patrouille fort. Wir sind unverdächtig. Es ist gestattet, in einem Wohnmobil eine Nacht am Straßenrand zu verbringen.

Trotzdem ist uns klar: Wir müssen Ostern auf einem Campingplatz verbringen. Die Gefahr einer Fahrzeugkontrolle ist zu groß.

2. April 1988
Der Campingplatz, den wir uns aussuchen, liegt im Schwarzwald und ist prämiert. Er gehört laut ADAC zu den besten in Deutschland. Wir haben ihn gewählt, weil es für die Kinder ein Hallenschwimmbad gibt. Wir fahren nicht sofort zur Anmeldung. Ich mache zuerst einen Rundgang durch das große Gelände. Gibt es Autos aus Österreich? Ich bin froh, dass wir im Gegensatz zu unseren Nachbarn schwarze Nummerntafeln haben, ein Blick genügt für die Unterscheidung. Alles Deutsche und Holländer – Gott sei Dank!

Ich gehe allein zur Anmeldung und ziehe einen imaginären, blauen Schutzmantel aus Licht an. Ella hat es mir in Wasserburg gezeigt. Seit heute haben wir einen neuen Namen. Das heißt, eigentlich nur Oskar. Er wird sich Moosbrugger nennen. Es ist der Name meiner Vorarlberger Großeltern, sie können sich nicht mehr kränken, sie sind beide tot. Und sie hätten nichts dagegen gehabt, uns zu helfen. Ella hat uns den Personalausweis meines Großvaters mitgebracht. Das Foto ist alt, der Ausweis schon lange ungültig. Aber wenn man nicht genau hinschaut, sehen die beiden einander sogar ähnlich. Der Schwarzwald ist weit weg von Österreich, und der Esmeralda-Skandal hat die deutsche Presse bisher nicht interessiert.

Ich war noch nie auf einem Campingplatz und fange an, die anderen Menschen zu beobachten. Viele kennen einander, sie scheinen jedes Jahr zu Ostern hierherzukommen und leben wie zu Hause nach Regeln und Gewohnheiten. Vor dem Frühstück wird geduscht und danach sofort abgewaschen, obwohl ein Gedränge in den öffentlichen Duschen und bei den riesigen Industrie-Waschbecken entsteht. Am Abend hat bei einigen die beliebte Jogginghose frei und die schönen Kleider werden für den Aperitif in der Kantine ausgeführt. Dann gibt es Würste, gegrillte Koteletts, Bier und Wein. Unser Wohnmobil gefällt mir. Es ist geräumig und praktisch. Die Nomadin in mir erwacht und träumt von einem freien Leben. Im Süden in der Wildnis, dort wo es keine Campingplätze, keine Neckermann-Hotels und vor allem keine Polizisten gibt. Werden Oskar und ich jemals wieder gemeinsam eine Grenze überqueren können? Ich muss daran glauben!

3. April 1988
Heute ist Ostersonntag. Lea und Niklas suchen hinter Büschen und unterm Wohnmobil nach ihrem Osternest. Das Leben ist ganz normal. Sie probieren ihre neuen Rollschuhe aus und haben von zu viel Schokoladeneiern Bauchweh. Oskar und ich sitzen auf Campingsesseln in der Sonne und genießen den Augenblick. Am Abend packt er den Holzkohlengrill aus, den Chris uns vorsorglich mitgegeben hat, „damit ihr zur Campingfamilie gehört". Wir sitzen, in warme Decken gehüllt, und essen Würste mit Kartoffelsalat. Ich wollte nie ein banales Leben. Jetzt bin ich dankbar für jeden Augenblick, der dem unserer Nachbarn gleicht.

4. April 1988
Es regnet. Das Wetter passt zu unserer Stimmung. Oskar wird vorläufig bei den bayerischen Freunden von Chris im Keller wohnen bleiben, jedenfalls bis er einen Anwalt in Deutschland gefunden hat. Die Freunde führen ein geselliges Haus, da fällt es nicht auf, wenn einmal ein neues Gesicht auftaucht. Außerdem

lässt er sich einen Bart wachsen und sieht dem früheren Oskar kaum mehr ähnlich. Ich bin beruhigt. Jetzt weiß ich wenigstens, wo er ist.

In Wien war alles anders. Von nun an gab es eine neue Zeitrechnung in Lillys Leben: Vor dem Haftbefehl und nach dem Haftbefehl. Sie war in den letzten vierzehn Tagen, die sie heimlich mit Oskar verbracht hatte, eine Person des öffentlichen Lebens geworden. Ihr Foto lächelte ihr von jedem Kiosk entgegen: „Wo ist seine Frau?", fragten die Kollegen, von denen sie die meisten gut kannte, im Auftrag ihrer Chefredakteure. „Ist sie mit ihm und den Kindern geflüchtet?"

Sie folgte der Vorladung der Polizei, die sie im Briefkasten fand: „Nein, leider, ich weiß nicht, wo mein Mann ist." Es war eine Routinebefragung. Niemand erwartete von ihr, dass sie die Wahrheit sagte.

Als Max sich bei ihr meldete, wunderte sie sich. Sie hatten sich aus den Augen verloren, als er als junger Orthopäde eine Praxis aufgemacht und kurze Zeit später geheiratet hatte. Sie trafen sich im *Salettl*, einem kleinen, kuriosen Kaffeehaus im 18. Bezirk: „Du wirst von der Polizei überwacht, ich wollte dir das unbedingt sagen." Max fuhr sich nervös durchs Haar und sah sich um. Außer zwei alten Damen, die Kaffee tranken, war niemand im Lokal. „Ich fahre einmal im Monat am Wochenende Notdienst bei der Rettung, um meine Finanzen aufzubessern. Gestern gab es einen Unfall in der Servitengasse, und als wir kamen, war die Polizei schon vor Ort. ‚Wieso seid ihr so schnell da gewesen?', habe ich sie gefragt. Man kennt sich, wenn man auf der Straße arbeitet. ‚Wir sind immer da, wir bewachen die Frau vom Baldini.'"

Lilly dankte Max und wunderte sich nicht. Oskar hatte sie schon gewarnt. Von nun an konnte jeder ihrer Schritte ihn in Gefahr bringen.

Ein paar Tage später kam der Gerichtsvollzieher. Lilly war im Bademantel, und die Kinder schliefen noch, als er um sieben Uhr in der Früh an der Tür läutete. Er trug Badesandalen zu schwarzen Socken, was ihm ein absurdes Aussehen gab. „Ich muss Ihre Wertgegenstände pfänden, Herr Baldini hat die Schneiderrechnung für seine letzten Anzüge nicht bezahlt." Sie wollte ihn nicht hereinlassen und versperrte ihm den Durchgang. Er sah sie lüstern an: „Wir könnten die Sache auch anders regeln, wenn Sie mir ein bisschen gefällig sein wollen. Ihr Mann wird ja wohl kaum wiederkommen."

Sie schlug ihm die Tür vor der Nase zu, duschte sich den Ekel weg, holte ihr Tagebuch, das sie inzwischen hinter den Kochbüchern versteckte, heraus und setzte sich zitternd vor Zorn im Wohnzimmer auf ihr weißes Sofa.

10. April 1988
Zurück in Wien. Zum ersten Mal nach dem Haftbefehl, und alles ist anders. Ich bin die Frau des Verbrechers, die Frau des Flüchtigen. Die Journalistin und Zeitungsherausgeberin hat aufgehört zu existieren. Für die meisten bin ich „die Frau vom Baldini", Objekt der Neugierde, des Mitleids, der üblen Nachrede. Und Persona non grata. Die Wochenzeitung, für die ich eine Psycho-Kolumne geschrieben habe, kann plötzlich meine Texte „aus Platzmangel" nicht mehr drucken. Aus dem Kommentar zur Lage des österreichischen Gesundheitswesens, für das mich eine andere Zeitung vor meiner Abreise gewinnen wollte, wird auch nichts: „Mein Gott, mit Ihrem Namen, das geht doch nicht", bedauert der zuständige Ressortchef. Unter einem anderen Namen soll ich schreiben, rät er mir. Bekannte wechseln die Straßenseite, damit sie mich nicht grüßen müssen.

Das Gerücht taucht auf, ich hätte mich endlich von meinem Mann scheiden lassen. Menschen, die noch zu ihm stehen, beschimpfen mich dafür, andere gratulieren. Ich dementiere. Mein Leben sei zerstört, ich hätte Angst, von der Mafia umgebracht zu werden, schreibt eine Monats-Gazette und zeigt ein Foto, auf dem Oskar Lea auf den Schultern trägt. Es ist bei einer Vernissage in „Friedenszeiten" entstanden.

Ich versuche, mir eine dicke Haut zuzulegen.

Alle wollen wissen, wie es einem denn so geht als Frau eines Verbrechers. Das sagt natürlich niemand. Aber die Botschaft kommt klar genug an.

Ich telefoniere mehrmals in der Woche mit Oskar in seinem deutschen Bastelkeller, laufe ständig mit riesigen Rollen Geld herum und gebe ein kleines Vermögen aus. Es gibt so wenig Kartentelefone, und ich wage es kaum, denselben Apparat zweimal zu benützen. Ich schleiche durch Parks und stürze mich plötzlich in eine Telefonzelle, ich fahre in Vororte, in denen ich noch nie war. Tarnen und Täuschen beherrschen mein Leben. Ich kann an nichts anderes mehr denken.

Den Kindern habe ich gesagt, sie dürfen alles von ihrem Osterurlaub erzählen, vom Wohnmobil, vom Campingplatz – alles. Nur eines dürfen sie nicht. Sie dürfen nie sagen, dass ihr Vater dabei war. Niklas bitte ich, das Wort Vater durch Ralf zu ersetzen. Hoffentlich funktioniert es. Ich bin mir darüber im Klaren, dass jeder, der ihn intelligent ausfragt, die Wahrheit erfahren kann.

Ich spreche mit den Kindergruppenbetreuerinnen von Niklas und mit den Lehrerinnen von Lea. Ich bitte sie, auf die Kinder besonders gut aufzupassen und sie vor Diffamierungen zu schützen. Außerdem sage ich ihnen, dass ich nicht wünsche, dass sie mit Fremden sprechen. Vor allem Niklas nicht. Er ist zu klein, um etwas zu verbergen, und Lea ist klug genug, soll aber nicht belastet werden. Niemand weiß, dass Oskar sich in Deutschland aufhält. Es ist zu einfach und zu nah.

Lilly klappte ihr Tagebuch zu, weckte die Kinder, kochte Kakao, schmierte Pausenbrote und war mit ihren Gedanken ganz woanders. Seit gestern gab es eine Anklageschrift in Wien. Markus Längle hatte sie gebeten, Oskar zu besuchen. Er meinte, es wäre klug, wenn Oskar die Vorwürfe im Detail beantworten könnte. „Aber seien Sie um Gottes willen vorsichtig, Ihr Telefon wird abgehört, Ihre Wohnung ist verwanzt, und vor Ihrer Tür steht ein Auto mit einer Zivilstreife."

Ralf war dagegen: „Du darfst dich nicht so stark hineinziehen lassen. Weißt du, was das bedeutet, wenn du inhaltlich in den Fall verwickelt wirst? Es genügt doch schon, dass du deinen Mann emotional versorgst.“ Lilly hörte nicht auf ihn.

15. Mai 1988
Zum ersten Mal, seit es einen Haftbefehl gibt, fahre ich weg. Ich bin mir der Gefahr bewusst, ich weiß, dass ich beobachtet werde. Ich habe Angst, und trotzdem keine Wahl.

Das Gepäck ist seit gestern im Auto. Mein ganzes technisches Equipment hat in einem Pilotenkoffer Platz. Ich bin froh, dass ich mich damals, als die ersten auf den Markt kamen, für einen Laptop entschieden habe, damit ich zu Hause arbeiten kann, wenn eines der Kinder krank wird. Ich hätte nie gedacht, dass ich einmal viel größere Sorgen haben werde als kranke Kinder.

Ich spaziere durch die Innenstadt. Lea und Niklas tollen vor mir her, klettern auf die Pestsäule am Graben und betteln um einen Schilling für den Clown, der auf dem Asphalt Räder schlägt und auf einer Miniaturgitarre spielt. Ich kaufe jedem ein neues Kuscheltier im Spielzeugladen und esse mit ihnen im Café Hawelka *Buchteln. Meine Bewacher sollen verstehen, dass wir uns einfach einen schönen Nachmittag machen. Die Kinder wissen noch nicht, dass wir wieder abreisen werden, ich möchte, dass sie ihre Unbeschwertheit nicht spielen müssen. Wir gehen zum Kohlmarkt, ich zeige ihnen das Haus, in dem der Papa und ich geheiratet haben, und wir trinken im Erdgeschoss eine heiße Schokolade. Auf der Toilette, nachdem ich mich überzeugt habe, dass wir alleine sind, informiere ich sie mit unserer Zeichensprache. Ich habe sie als Kind gemeinsam mit meinem Freund Willi erfunden, damit wir uns heimlich verständigen konnten. Lea und Niklas sind inzwischen auch schon geübt darin. Ich habe sie ihnen an Ostern auf dem deutschen Campingplatz beigebracht. Es dauert nur ein paar Minuten, bis der neue Plan klar ist.*

An jeder Hand ein Kind, steige ich in die U-Bahn am Stephansplatz. Ich spüre, wie ihre Hände ganz fest in meinen liegen, sie wissen genau, was sie zu tun haben. Eine Sekunde vor der Zugabfahrt stürzen wir auf den Bahnsteig zurück. Niemand steigt mit uns wieder aus. Ich bin beruhigt. Wir fahren in die

Gegenrichtung und finden bei der Endstation Reumannplatz auf einem Parkplatz einen VW Passat. Der Zweitschlüssel ist in meiner Tasche. Ralf hat einen Freund, dem er vertraut, gebeten, ihn zu mieten, und hat schon gestern unser Gepäck im Kofferraum verstaut.

Die nächste Hürde ist die Grenze. Ich lächle den Zollbeamten strahlend an und strecke ihm durch das bereits geöffnete Wagenfenster unsere Papiere entgegen. Die deutschen Kinderpässe liegen oben. Der Zollbeamte müsste sie aus der Hülle nehmen, um die Namen zu sehen. Er sieht keinen Anlass, die nette Frau mit den beiden Kindern zu überprüfen. Wir haben es geschafft und stimmen ein Freudengeheul an. Bei der nächsten Autobahnstation machen wir eine Pause. Ich bin erschöpft. Die Kinder nutzen meine gute Laune und betteln mir Geld für Micky-Maus-Hefte ab.

Ich trinke Kaffee und beobachte die spielenden Kinder. Ich erinnere mich daran, wie wütend ich damals war nach der Geburt von Lea. „Ein deutsches Kind", habe ich getobt, „ich will kein deutsches Kind." Damals erhielten Kinder aus sogenannten „gemischten" Ehen automatisch die Staatsbürgerschaft des Vaters. In unserem Fall eines Vaters, der seit seiner Kindheit in Österreich lebt und dessen deutscher Vater nicht einmal seine Enkel kennenlernen möchte. Jahrelang habe ich ihn gequält, er möge endlich die österreichische Staatsbürgerschaft annehmen. Er hat sich immer geweigert. „Ich hasse Ämter", war sein Argument. Wusste er schon damals, dass er in Gefahr ist? Ein deutscher Staatsbürger wird nicht nach Österreich ausgeliefert. Und ein Prozess in Deutschland ist seine einzige Chance. Hier gibt es keine politischen Interessen, keine Interventionen, keine Unterdrückung von entlastenden Daten.

Die Kinder sind nach all den Aufregungen im Auto eingeschlafen. Habe ich das Recht, sie in dieses Leben hineinzuziehen? In dieses Versteckspiel, in das Lügen, das Schweigen-Müssen? Wäre es besser, ihnen ihren Vater vorzuenthalten? Ich werde vielleicht nie erfahren, was richtig ist. Aber ich kann nicht anders handeln, ich muss meinem Herzen folgen.

Oskar hat sich wieder verändert. Nicht nur äußerlich. Mit seinem weißen Bart, den grauen, kurzen Haaren und dem zerfurchten Gesicht ist er ein anderer. Niemand wird ihn erkennen, wenn er sein Fahndungsfoto sieht. Er spricht wenig, ist in sich gekehrt. Das Leben im Bastelkeller fordert seinen Tribut. Ich merke, dass er sich so sehr in sich selbst zurückgezogen hat, dass wir fast eine Last sind. Zu viele Menschen, zu laut, zu präsent, zu fordernd. Und außerdem sollten wir an der Anklageschrift arbeiten. Ich habe Mühe, mich an den Mann zu erinnern, den ich liebe. Die Isolation hat ihn krank gemacht, er ist ein Fremder in seinem offiziellen Heimatland.

Die Kinder spüren unsere Spannungen und sind laut und anhänglich. Wir flüchten uns in die Arbeit und streiten. Er diktiert und kommentiert Seite für Seite der Anklageschrift. Ich bin oft ungeduldig, finde seine Aussagen zu wenig präzise, zu wenig ausführlich oder zu ausführlich. Er behandelt mich wie eine Schreibkraft, der man Befehle erteilt.

In den wenigen Stunden, die uns in der Nacht bleiben, versöhnen wir uns wieder und schenken einander Geborgenheit. Die Seiten füllen sich, wir arbeiten täglich bis spät am Abend. Ich bin empört über diese Anklage. Es gibt eine Unzahl von Widersprüchen und ich kann vor Wut nicht schlafen. Darf man so mit Menschenleben umgehen? Als wir fertig sind, bin ich zufrieden und sicher, dass Oskar eines Tages Gerechtigkeit widerfahren wird. Gleichzeitig frisst mich die Sorge fast auf. Er muss aus diesem Keller heraus, er wird hier verrückt.

23. Mai 1988
Zurück in Wien. Die Kinder wissen nicht, an welchem Ort wir waren, wissen nicht, wie die beiden Männer heißen, die Oskar aufgenommen haben. Sie kennen einen Garten und einen Hund, der Backo heißt. Sie werden ihren Vater nicht verraten können. Nicht einmal, wenn jemand sie ausquetscht.

Aber niemand scheint sie zu belästigen. Lea kommt eines Tages nach Hause und sagt: „Mami, ich habe mir einen Spruch ausgedacht. Wenn jemand was Blödes über den Papa sagt, dann werde ich antworten: ‚Mein Vater ist ein guter Mann, und wo er ist, geht dich nichts an.'" Ich gehe aufs Klo und weine heimlich. Ich bin immer wieder erschüttert von ihrer Klugheit und ihrer Tapferkeit. Plötzlich kommt wieder die Angst in mir hoch. Unser Kontakt ist lebensgefährlich. Ich sollte Oskar nicht mehr besuchen. Ich will nicht die Frau sein, die die Polizei oder die Medien auf seine Fährte bringt. Die drohenden Worte eines Enthüllungsjournalisten, der sich auf den „Fall Esmeralda" spezialisiert hat, fallen mir wieder ein. „Frau Baldini, ich verfolge Ihre Spur bis nach Deutschland." Nur Worte, weil er beleidigt ist, dass ich ihm kein Interview gebe? Oder Wissen? Kann es sein, dass er wirklich meine Spur verfolgt hat?

Später telefoniere ich mit Oskar. Es geht ihm schlecht. Er hat Kopfweh und Schwellungen hinterm Ohr. Der Druck macht ihn krank. Ich muss bald hinfahren, auch wenn es gefährlich ist. Er braucht mich.

Markus Längle warnt mich vor dieser Reise. Er macht sich große Sorgen um meine Überwachung. „Sie wollen ihn jetzt unbedingt finden, sie vermuten, dass er sich in Deutschland stellen will, und wollen ihn vorher verhaften."

Lillys Leben war nur noch von Oskar beherrscht. Er war ihr so nah, dass sie keine Sekunde mehr allein war. Sie wusste nicht mehr, wo ihre eigenen Grenzen aufhörten und wo seine anfingen. Sie erwachte mit ihm, er begleitete sie durch ihre Tage. Es gab nur eine Zeitrechnung: von einem Anruf zum nächsten. Ralf machte sich Sorgen um sie: „Du gibst dich auf für ihn, du kannst dieses Leben nicht mehr lange durchhalten. Und wenn du schon nicht an dich denkst, denk an die Kinder. Sie brauchen dich." Sie wusste, dass er recht hatte, und versteckte den Ausschlag an ihren Händen, der sie seit dem Haftbefehl quälte. Ihre Haut war schon ganz dünn von den vielen Kortisonbehandlungen, und wenn sie zu Hause war, trug sie weiße Baumwollhandschuhe, um ihre Hände zu schonen.

Wenn die Kinder schliefen, schrieb sie meistens in ihr Tagebuch. Ralf wollte, dass sie sich professionelle Hilfe suchte, aber

Lilly wusste, dass es ihr am besten half, wenn sie sich ihr verrücktes Leben von der Seele schrieb. Verrückt. Im wahrsten Sinn des Wortes. Nichts mehr war an seinem Platz. Kein Stein war mehr auf dem anderen geblieben. Doch sie spürte kein Bedauern. Auch darüber nicht, dass sie Oskar damals, als er Sybille liebte, nicht verlassen hatte. Sie hatte eine Wahl getroffen. Und damit hatte sie die Weichen dafür gestellt, dass sie es war, die ihn durch seine schwere Zeit begleitete, und nicht eine andere Frau.

1. Juli 1988
Ich liege auf einem fremden Sofa und warte. Mein Blick streift über die Einrichtung, den Staub auf dem Tischchen, auf dem das Telefon steht, die Zeitungen, die in einem großen Korb liegen. Ich registriere nebenbei, dass die Tür zum Schlafzimmer offen ist und der Besitzer der Wohnung ein Faible für roten Plüsch hat. Ich liebe Wohnungen. Sie erzählen in ausdrucksvollen Bildern die Geschichte der Menschen, denen sie gehören. Doch in meinem neuen Leben bedeutet mir das nichts mehr. Ich bin dem Unbekannten, der mir für eine Stunde einen Schutzraum schenkt, der nicht von der Polizei überwacht wird, dankbar. Er weiß, dass ich in Not bin, aber er kennt mich nicht persönlich. Er gehört zum Netzwerk, das Ralf in seiner „Schwulenkommune" für mich aufgebaut hat. Ich werde auf die Uhr sehen, wenn ich nach Deutschland telefoniere, und dann Geld hierlassen. Genug für die Telefonrechnung und noch ein bisschen mehr.

Früher habe ich in den Wohnungen meiner eigenen Freunde telefoniert. Jedes Mal in einer anderen. Jetzt ist Oskar seit fünf Monaten auf der Flucht, und die Freunde, bei denen ich noch nicht war, sind mir längst ausgegangen. Ich telefoniere inzwischen in den Wohnungen der Freunde der Freunde von Ralf. Einmal in der Woche.

Ich habe noch immer Angst, dass Oskar nicht mehr anruft, weil sie ihn geschnappt haben, weil ihm etwas passiert ist, weil er für immer verschwunden ist ... Ich sehe Horrorszenen vor mir und glaube, wenn die Schatten am längsten sind, dass ich die

Wahrheit als Klartraum erlebe: eine ganz normale Verkehrskontrolle. Der Polizist winkt Oskar zur Seite. Er steigt aus, und ich spüre mit jeder Faser seine Todesangst, seine weichen Knie und seine Verzweiflung. Es ist alles vorbei. Sie werden ihn erkennen. Der Polizist verliert seinen neutralen Gesichtsausdruck, als er in Oskars Personalausweis schaut. Er lässt sich Zeit. Dann sagt er ungerührt: „Ich muss Sie bitten, mitzukommen, wir müssen Ihre Identität überprüfen, Sie sehen Ihrem Foto nicht ähnlich."

Die Szenen verfolgen mich, bis ich das nächste Mal seine Stimme höre und weiß, dass inmitten dieses Albtraums alles gut ist.

Manchmal sind es keine Szenen, die ich erlebe, manchmal träume ich. Es ist ein Traum, der sich immer wiederholt, und wenn ich von meinem eigenen Schreien aufwache, bin ich dankbar, dass ich in meinem Bett liege.

Oskar und ich sind in einer fremden Stadt. Wir haben einen schwarzen Hund und spazieren über Brücken, an wunderschönen Häusern mit Gärten vorbei, von denen jedes eine andere Farbe hat. Ich bin glücklich. Wir halten einander an den Händen, die Frühlingssonne scheint warm auf unsere Gesichter, und die kleine Brise, die vom Meer kommt, verspricht uns für den Nachmittag einen Liegestuhl am Strand und Wellen mit weißen Schaumkronen.

Der Sturm kommt aus heiterem Himmel. Die Palmen biegen ihre Fächer plötzlich bis zum Boden, die Gartenstühle der Cafés fliegen durch die Luft, Markisen flattern hilflos im Wind und verfangen sich, wenn sie sich losgerissen haben, in Bäumen und Balkonen. Wir rennen in Panik durch die Straßen, wir wollen zurück zum Hotel. Mit uns rennen viele. Rücksichtslos und in Todesangst. Oskar hält noch immer meine Hand. Er ist schneller als ich und zieht mich hinter sich her. Aus einer Seitengasse stürmt eine Gruppe Menschen auf uns zu, die Gesichter verzerrt vor Angst. Sie reißen mich von Oskar weg.

Im nächsten Bild des Traumes bin ich allein. Nein, nicht ganz allein. Der schwarze Hund, den ich schon vergessen hatte, ist bei mir. Wir wandern durch die zerstörte Stadt auf der Suche nach Oskar. Niemand kann uns helfen. Es gibt so viele, die jemanden suchen ... Und plötzlich spüre ich mit eiskalter Sicherheit, dass ich ihn nie mehr wiedersehen werde.

Während ich auf die wichtigste Stunde der Woche warte, geht das Leben seinen gewohnten Gang. Ich wecke die Kinder, sie gehen in die Schule und in den Kindergarten, ich schreibe Reportagen, vertiefe mich in neue Themen und bin froh, wenn mein eigenes Leben für Momente in den Hintergrund tritt.

Und dann liege oder sitze ich wieder in einer fremden Wohnung – ich habe aufgehört zu zählen, die wievielte es ist –, und meine Muskeln sind hart vor Anspannung, mein Herz klopft bis zum Hals. Endlich. Das Telefon klingelt. Die Erlösung. Wir haben uns wieder. Auch wenn es nur für eine kleine Weile ist.

Heute weint Oskar. Es bricht mir das Herz. Aber ich darf nicht mitweinen, ich bin seine einzige Stütze, ich muss stark sein. Er vermisst mich, er vermisst die Kinder, er ist einsam. Ich verspreche ihm, entgegen aller Vernunft, dass wir ihn besuchen kommen.

Besuchen?

Wo besucht man einen Mann, der auf der Flucht ist?

Unsere Bilder waren längst auch schon in deutschen Zeitungen. Wir können nicht mehr einfach durch fremde Städte spazieren.

9. Juli 1988

Oskar hat eine Zuflucht gefunden. In Bayern. Er muss verrückt geworden sein, dass er genau in dem Bundesland, von dem ihm alle abgeraten haben, eine Bleibe mietet. „Ich kann nicht so weit weg von euch wohnen, das halte ich nicht aus", sagte er am Telefon.

Die Kinder haben Ferien, wir werden ihn besuchen.

Ralf verzichtet darauf, am Wochenende Chris zu sehen. Er bleibt in Wien und hilft mir bei meiner strategischen Planung. Wir brauchen einen Masterplan, wie ich sicher zu Oskar fahren kann. Unser Gepäck ist schon mit einem seiner Freunde unterwegs nach München. Meine alte Strategie, niemals mit einem Koffer das Haus zu verlassen, hat sich bewährt. Ich muss einen sicheren Weg für mich und die Kinder finden und außerdem die Meerschweinchen unauffällig versorgen. Ich konnte nicht Nein sagen, als die Kinder sie vor ein paar Tagen in einer Tierhandlung entdeckt haben. Ich stelle mir vor, wie der Staatspolizist vor meiner Tür den Alarm auslöst, wenn ich mich verdächtig mache, weil ich die Meerschweinchen wegbringe. Sind diese Beamten überhaupt so klug? Ich darf kein Risiko eingehen.

Unser Wochenende war kreativ, das Drehbuch ist fast fertig: Ich brauche ein schnelles, seriös aussehendes Auto und einen Fahrer dazu, der als Mann zu mir passen könnte, nach dem Motto „Bürgerliche Familie fährt in die Sommerferien". So kommen wir am besten über die Grenze. Viktor fällt mir ein. Er ist Stammgast im Gläsernen Elefanten, *Immobilienmakler und hat mir meine Wohnung verschafft. Ich vertraue ihm und weihe ihn in den Plan ein. Viktor ist ein Querdenker. Seine Vorträge am Tresen gegen das Establishment sind legendär. Ihn freut es, wenn er dem Staat eins auswischen kann. Seine Aufgabe ist klar. Er wird auf der Westautobahn bei der ersten Tankstelle auf mich warten. Aber wie kommen wir dorthin? Das ist der schwierigste Teil, und der ist noch immer ungeklärt.*

Dann wird Lea plötzlich krank, sie hat Fieber. Ich bin entsetzt. Der ganze Plan zerstört. Ich kann sie nicht zurücklassen, das bricht mir das Herz: „Mama", sagt sie, „ich fahre auf jeden Fall mit. Ich kann doch auch beim Papa krank sein."

Das ist der Schlüssel! Mein Plan ist in ein paar Minuten fertig. Jetzt geht es nur noch um die Meerschweinchen.

Lilly betrat das Kinderzimmer und legte ihren Zeigefinger auf den Mund. Das war der Code, den sie sich schon vor langer Zeit ausgemacht hatten. Besprochen hatten sie schon alles. Im Park – gestern um eine Uhrzeit, zu der es leicht war, allein zu sein. In der Dämmerung, wenn die Mütter das Spielzeug aus den Sandkisten einsammelten und sich auf den Nachhauseweg machten, war ihre Zeit für geheime Gespräche.

Sie schrieb mit ihren Fingern in ihrer Geheimsprache das Wort „Probe". Die beiden Kinder nickten. Sie wussten, dass es in der

Wohnung Wanzen gab. Sie hatten längst gelernt, dass hier kein Ort war, an dem sie sicher waren, an dem sie ihre Ängste, Sehnsüchte, Pläne und Geheimnisse besprechen durften.

Lea war mit ihren acht Jahren schon ziemlich schwer. Lilly merkte, wie sie bei der Probe ins Schwitzen kam. Es dauerte eine Weile, bis sie in ihren Armen eine Lage fand, die sie richtig krank aussehen ließ: Das Gesicht an ihre Schulter geschmiegt, den Körper so schlaff, als ob sie keine Kraft hätte, um selber zu gehen.

Niklas kannte seine Rolle. Er würde neben seiner Mutter gehen, während Lea im Pyjama, nur in eine Decke gehüllt, von Lilly zum Taxi getragen würde. Sie würde ihre Augen geschlossen halten, es ging ihr sehr schlecht, das konnte jeder sehen, der sie beobachtete. Vor allem die Männer in Zivil, die in ihrem unauffälligen Pkw in der Quergasse parkten, von der man das Haus gerade noch im Blick hatte.

Am Abend kam Johanna mit Johnny und Tilly. Es gab Spaghetti mit Tomatensoße, glücklich spielende Kinder und banale Frauengespräche. Kein Wort von morgen. Der Feind hörte mit. Beim Abschied wechselten die Meerschweinchen, in Handtücher gewickelt, ihre Besitzer. Vor der Tür, im Treppenhaus. Hier gab es vermutlich keine Wanzen.

Johanna gab ihren Kindern Anweisungen: „So, und jetzt müsst ihr sie ganz nah an euren Körper legen und die Sportjacke darüber anziehen, sie haben Angst, seht, wie sie zittern ..." Lilly hatte einen zweiten Käfig gekauft, den Johanna am Morgen aus der Tierhandlung gemeinsam mit der Streu und dem Futter für vierzehn Tage abgeholt hatte.

In der Nacht schlief Lilly kaum. Sie spürte das flaue Gefühl im Magen als Vorbote für das, was sie am nächsten Tag bewältigen musste. Es war schon so oft gut gegangen, aber sie wusste auch, dass das Risiko jedes Mal größer wurde. Die Planung für diese Reise machte einem Roman von Agatha Christie alle Ehre. Aber was dann? Wie lange konnte sie es noch durchhalten, Wien auf immer andere Weise zu verlassen? Wie lange konnten ihre Kinder dieses Versteckspiel noch aushalten?

11. Juli 1988
Zwölf Uhr – die Aktion beginnt. Ich bin schrecklich nervös. Ich schreie Niklas an, der plötzlich nicht mehr wegfahren will und sich weigert, seine Schuhe anzuziehen.

Mit der kranken Lea auf dem Arm verlassen wir das Haus. Niklas kennt seine Rolle. Er geht brav neben mir und hat seine kleine Pausenbrottasche in der Hand. Ich spüre, dass meine Bewacher mich beobachten, kann aber nichts Verdächtiges entdecken. Das Taxi wartet schon. Der Fahrer ist dick und schaut mich misstrauisch an, als wir einsteigen. Ich merke, dass ich innerlich zu zittern beginne, und versuche, mich zu beruhigen. Er kann nichts wissen, vielleicht mag er einfach Mütter mit kranken Kindern nicht, sie könnten ihm das Auto vollkotzen. Ich höre den Klang meiner eigenen Stimme. Er ist in Ordnung. Ich schaffte es, mütterlich besorgt die Adresse zu nennen: Allgemeines Krankenhaus, Spitalsgasse, Tor 4.

Ich passe genau auf, niemand folgt uns. Aber das hat nichts zu sagen, es genügt, per Funk den anderen Kollegen die Taxinummer zu nennen. Kurz vor dem Krankenhaus fährt ein weißer Mercedes hinter uns, der sich dann auch prompt zum Linksabbiegen hinter uns einreiht. Verfolgt er uns oder ist es ein Zufall?

Wir werden sofort durchgelassen, Taxis haben eine automatische Einfahrerlaubnis. Der Mercedesfahrer wird aufgehalten, ich sehe im Rückspiegel, dass er Auskunft geben muss.

Jetzt kommt eine Szene, die ich zu Hause schon geübt habe. Ich krame hektisch in meiner Handtasche und schreie dann hysterisch: „Scheiße! Nein, nicht auch das noch!“ Der Taxifahrer sagt nichts und mustert mich. Ich höre ihn denken: „Hysterisches Weib, typisch.“ Ich murmle etwas von „Überweisung vom Hausarzt vergessen“ und bitte ihn dann mit ruhiger Stimme, beim nächsten Ausgang wieder aus dem Krankenhaus hinauszufahren. Ich nenne die neue Adresse: Skodagasse 9. Ich drehe mich um, der weiße Mercedes hat unsere Spur verloren. Wien im Verkehrskollaps. Eine Baustelle macht ein Durchkommen fast unmöglich. Straßenbahnen und Autos versperren sich gegenseitig den Weg, das Taxi kommt viel zu langsam voran. Ralf wird schon warten und sich Sorgen machen.

Die Kinder schweigen. Sie schweigen immer bei solchen Gelegenheiten. Wer schweigt, kann sich nicht verplappern. Ich zahle rasch, als wir endlich angekommen sind, und kann nicht verhindern, dass meine Hände zittern. Ich sage „stimmt schon" und lasse viel zu viel Geld zurück, jede Sekunde zählt.

Ich kenne meine Schritte im Schlaf, ich habe sie mir tausendmal überlegt. Der automatische Türöffner gibt ein beruhigendes Summen von sich, er gehört zu einer Zahnarztpraxis. Das Stiegenhaus ist altmodisch und düster und führt in einen Hinterhof.

Wir rennen durch den Hof, Lea nur im Pyjama, die Decke um sich gewickelt, ich reiße die Tür auf der Rückseite des gegenüberliegenden Hauses auf und bete: „Lieber Gott, lass ihn bitte da sein." Im Treppenhaus steht eine alte Frau bei den Postkästen und schüttelt missbilligend den Kopf, als sie Lea im Schlafanzug sieht. Wir rennen an ihr vorbei auf den Vorderausgang zu, und ich höre noch, wie sie mir nachruft: „Sie sollten sich schämen, Ihr Kind mitten am Tag so herumlaufen zu lassen."

Meine Knie werden weich. Ralfs Auto ist nicht da. Eine Sekunde später steigt er aus einem BMW aus. Er lächelt und breitet seine Arme aus: „Das Auto gehört einem Freund, das ist sicherer." Wir steigen rasch ein, Lea zieht auf dem Rücksitz die Kleider an, die schon bereitliegen. Wir schweigen, unsere Nerven sind bis zum Äußersten gespannt. Ralf steuert das Auto vorsichtig durch den Verkehr. Ich bete, dass wir nicht in einen Unfall verwickelt werden.

Viktor wartet an der ersten Autobahntankstelle. Es geht ganz rasch. Aussteigen, umsteigen, weiterfahren. Im Rückspiegel sehe ich Ralf, der uns beruhigt nachwinkt.

Ich weiß nicht, wie lange wir Zeit haben, bis jemand nach uns sucht. Hoffentlich lange genug. Wir müssen noch eine Hürde überwinden: die Grenze Walserberg.

Und wieder sind wir gut vorbereitet. Der Pass von Viktor liegt aufgeschlagen ganz oben, darunter die beiden deutschen Kinderpässe in ihren Hüllen und dann erst meine Dokumente. Wir sind ein glückliches Ehepaar. Ich lege die Hand zärtlich auf Viktors Arm und bete still. Ich habe auch den Kindern gesagt, dass das nützlich sein kann. Es würde also vielleicht auch auf den Zollbeamten wirken, der uns durchwinken soll. Und wenn nicht? Sind die Grenzposten über uns informiert? Werden wir auf der Fahndungsliste aufscheinen, wenn sie uns aus der Reihe herauswinken und kontrollieren?

Der Grenzbeamte erwidert mein sonniges Lächeln. Es ist ein glückliches Urlaubslächeln. Ich weiß, wie man so etwas produziert. Ich wäre als junges Mädchen gern Schauspielerin geworden. Die Kinder lächeln ebenfalls. Das gehört nicht mehr zum Drehbuch, ich will keine gedrillten Affen aus ihnen machen. Sie lächeln, weil der Beamte mit seinem Kollegen ein Gespräch beginnt und sich nicht mehr für uns interessiert.

In München überlässt uns Viktor der nächsten, ungewissen Etappe unserer Reise. „Bist du sicher, dass ich euch nicht hinbringen soll?“, sagt er, und ich spüre seine Sorge.

„Ja, Viktor, ich bin sicher. Der Platz, an dem Oskar jetzt lebt, muss geheim bleiben. Außer mir wird niemand erfahren, wo er sich aufhält. Ich bin seine Frau, ich darf die Aussage verweigern.“

5. Kapitel

11. Juli 1988
Ich werde den Namen des Ortes, an den wir jetzt zum ersten Mal fahren, niemals aussprechen. Ich habe ihn einmal gehört und dann sofort in der Tiefe meines Gedächtnisses versenkt. Lea und Niklas werden vielleicht manchmal ein Ortsschild sehen, an dem wir vorüberfahren, und es hoffentlich gleich wieder vergessen. Oskars Häuschen liegt nicht im Dorf. Es versteckt sich hinter hohen Büschen an einem Teil des Seeufers, der nicht öffentlich zugänglich ist. Auch den Namen des Sees werde ich nicht nennen. Er ist ein Kleinod, und die Bayern sind stolz auf ihn. Aber es gibt vieles, worauf sie stolz sind, das ist kein Kriterium, falls uns jemand sucht. Von nun an werden wir zum Papa an den See fahren, aber der wird namenlos bleiben. Keiner soll unsere Kinder nach ihm fragen können, Oskars Freiheit liegt in meiner Hand.

Die Jagdhütte ist ihm zugefallen, so, als hätte sie jemand für seine Zwecke gebaut. Sie gehört einer alten Frau, die vor vielen Jahren hier ihre Gäste untergebracht hat. Das kleine Haus stand leer, Oskar hat es auf einer seiner verzweifelten Irrfahrten durch Deutschland gefunden. Die Frau, die es ihm um ein Butterbrot vermietet, hat nicht nachgefragt, was dieser Fremde, der zu jung ist, um ein beschauliches Leben ohne Arbeit zu führen, hier will.

Mehr weiß ich nicht.

Lilly seufzte und klappte ihr Tagebuch zu. Sie war mit den Kindern am Münchner Hauptbahnhof in die U-Bahn gestiegen und irgendwohin gefahren, es spielte keine Rolle. Nach zwei Stationen war sie wieder ausgestiegen, hatte ein Taxi genommen und eine Wohnadresse in der Nähe einer anderen U-Bahn-Station genannt. Die Adresse gehörte zu einem anonymen Wohnblock, der nach dem Zweiten Weltkrieg rasch in die Höhe gezogen worden und an Scheußlichkeit kaum zu überbieten war. Lilly klingelte pro forma irgendwo und sah aus den Augenwinkeln, dass das Taxi währenddessen wegfuhr. Chris hatte die Hintergrundlogistik für München vorbereitet. Sie stellte sich vor, dass der Polizist, falls ihnen einer gefolgt war, mit Funk die Kollegen verständigte. Aber wovon verständigte? Dass das observierte Objekt in der Fraunhoferstraße ausgestiegen war? Dieses Versteckspiel hier in München war wahrscheinlich eine unnötige Vorsichtsmaßnahme, aber was war schon unnötig, wenn es um so viel ging! Nun saßen sie in einem kleinen, billigen Restaurant an einem Tisch mit einer blau-weiß karierten Tischdecke aus Papier und warteten auf einen anderen Freund von Ralf und damit auf ihr Gepäck. Mit Chris hatten sie inzwischen keinen persönlichen Kontakt mehr, das war zu gefährlich, er stand Ralf zu nahe. Sie hatte den Unbekannten von einer Telefonzelle angerufen, nachdem sie die letzten zehn Minuten bis in das Lokal zu Fuß gegangen waren.

Lea und Niklas waren in ihre Micky-Maus-Hefte vertieft und aßen einen Schinken-Käse-Toast. Die Küche, deren Tür offen stand, sah nicht so vertrauenswürdig aus, dass Lilly es gewagt hätte, das Angebot des Tages zu bestellen. Für einen Augenblick kehrte Ruhe ein. Sie hatte alles getan, was sie tun konnte. Sie dachte dankbar an das Wort Fügung, das in ihrem Leben seit einiger Zeit eine wichtige Rolle spielte, und stellte es sich bildlich vor. Sie sah eine Fuge vor sich, den leeren Raum zwischen zwei Elementen aus konkreter Materie, und fragte sich, ob Gott oder wie immer die lenkende Qualität da oben hieß, diese Leere nützte, um seine Wunder zu wirken. Oskar hatte endlich ein gutes Versteck, das war das eine. Das zweite Wunder war die neue Liebe von Johanna. Lilly war dabei, als sich die beiden zum ersten Mal begegnet waren.

Ein verregneter Nachmittag in Johannas Wohnung. Die beiden jüngeren Kinder waren unter Decken und Stühlen im Wohnzimmer herumgekrochen und unterhielten sich in ihrem „Haus“. Die beiden älteren tauschten im Kinderzimmer wahrscheinlich

Geheimnisse aus, als es an der Tür läutete: „Es ist der Postler, der meinen Telefonanschluss erneuert. Der alte hat einen Wackelkontakt", sagte Johanna, nachdem sie geöffnet hatte, und verschwand wieder in ihrem Vorzimmer. Der Postler stellte sich als Rudi vor, als er später die Einladung zu einer Tasse Kaffee annahm, und war ein Unikat. Das fing schon bei seiner Optik an. Auf den ersten Blick wirkte er nicht besonders attraktiv, weil es so schien, als hätte die Natur seine Einzelteile etwas sperrig zusammengesetzt. Auf den zweiten Blick hatte er graue, wache Augen, einen Mund, der alles, was er sagte, durch eine spezielle Mimik unterstützte, und eine schmale, hübsche Nase. Er war mittelgroß, schmal gebaut und seine Bewegungen wirkten so, als hätten sich die Arme und die Beine noch nicht auf ein gemeinsames Ballett geeinigt. Er selber bezeichnete sich als Freak für Elektrotechnik und hatte eine Höhere Technische Lehranstalt absolviert. Bei der Post war er durch Zufall gelandet und liebte seine Kundenkontakte als „kostenloses Kino, denn Elektrodrähte sprechen nicht". In seiner Freizeit reparierte er antike Radios und wusste alles über Schallwellen. Und wie es der Zufall wollte, wusste er auch einiges über Abhörtechniken und Wanzen.

Er hatte Johanna beim zweiten Rendezvous von der „ehrenvollen Aufgabe der Post" erzählt, verdächtige Bürger abzuhören, und dass er dagegen war, wie sorglos in seinem Amt mit der Intimsphäre dieser Menschen umgegangen wurde. Sie hatte ihm noch nicht gesagt, dass seine Insider-Informationen dringend benötigt wurden. Noch war sie in der Annäherungsphase und nicht sicher, ob sie ihm trauen konnte. Außerdem hatte sie genug damit zu tun, ihre Gefühle zu sortieren. Sollte sie ihrem Mann sagen, dass sie die Ehe, die aus ihrer Sicht fast nur noch auf dem Papier bestand, beenden wollte? Er wollte schon lange, dass sie mit den Kindern nach Connecticut übersiedeln sollte, wo er inzwischen seine Karriere aufgebaut hatte. Johanna hatte nach langem Überlegen gespürt, dass die Liebe, die noch da war, für diesen großen Schritt nicht reichte. Doch war Rudi tatsächlich der Mann, mit dem eine neue Beziehung möglich war, und würden die Kinder ihn akzeptieren?

Lilly war eine gute Zuhörerin und merkte, dass sie Oskar in seinem Ringen, sich zwischen zwei Frauen zu entscheiden, immer besser verstand. Sie war auch froh darüber, dass jetzt endlich ihre Freundin etwas von ihr brauchte. Johanna war in den letzten Monaten mit Ralf gemeinsam ihre wichtigste Stütze in Wien gewesen.

Sie war so in Gedanken versunken, dass sie erschrak, als der Fremde sie ansprach. Er hatte warme, mitfühlende Augen, und als er ihr den Koffer in die Hand drückte, spürte sie, wie ihr unter seinen aufmerksamen Blicken die Tränen kamen. Er war ein großer, etwas übergewichtiger Mann, und als er sie für einen Augenblick spontan in die Arme nahm, genoss sie seine Weichheit. Er wusste nicht, dass sie in den nächsten Minuten in eine U-Bahn um die Ecke steigen, wieder zum Hauptbahnhof zurückfahren und mit einem Regionalzug zum See fahren würden. Es war nur der Mann, der den Koffer brachte. Sie dachte für einen Augenblick voller Dankbarkeit an Ralf und Chris, die im Hintergrund die Fäden gezogen hatten.

Lilly war nur einmal in Bayern gewesen. Auf der Insel Frauenchiemsee mit Oskar. Sie dachte an den romantischen Abstecher auf einer ihrer Reisen in den Bregenzerwald und spürte, dass sie die Bilder, die hochstiegen, zurückdrängen musste: eine laue Nacht am See. Der kleine Steg vor dem Kloster liegt verlassen da, jetzt legen keine Segelboote, die vom Festland kommen, mehr an. Oskar hat seine Jacke ausgezogen und sie zärtlich um ihre Schultern gelegt. Sie liegt, mehr als sie sitzt, in seine Arme gekuschelt, und er singt ein russisches Wiegenlied für sie, das er von einer seiner vielen Reisen mitgebracht hat. Wenn man sagt, dass einem schöne Erinnerungen niemand wegnehmen kann, so stimmte das auch für Lilly. Aber niemand hatte ihr erzählt, dass sie auch an ihrem wunden Herzen scheuerten.

Eigentlich liebte sie es, Zug zu fahren. Sie mochte es, wenn die Landschaft so schnell vorüberzog und ein Bild dem nächsten die Hand gab. Doch heute hatte sie kein Auge dafür und war genervt von Leas und Niklas' Spiel, mit dem sie sich die Zeit vertrieben: „Ich sehe etwas, was du nicht siehst …" Sie ging im Kopf jedes

Detail ihres Plans durch, der erst aufgegangen war, wenn sie sicher bei Oskar angekommen waren, und rieb ihre Hände aneinander, um das Jucken ihres Ausschlags zu lindern.

Der Bahnhof der Kreisstadt lag am Südende des Sees, und Lilly wusste, dass der kleine Ort, in dem Oskar lebte, eine halbe Stunde südöstlich davon lag. Sie nahm ein Taxi und fuhr zu einer Adresse, ausreichend weit davon entfernt, um keine Spur zu legen. Es war ein ehemaliger Bauernhof, der, durch einen Güterweg erreichbar, zwischen zwei Orten lag. Die Besitzer hatten ihn zu einer zünftigen Wirtschaft mit Biergartenatmosphäre umgebaut. Die letzten Gäste waren schon von der Wiese in den einfachen Gastraum übersiedelt, weil der See feuchte Nachtluft auf ihre Sitzkissen gelegt hatte. Es war gut so. Sie folgte weiter Oskars Anweisungen und ging, als die Rücklichter des Taxis in der Ferne verschwunden waren, den Güterweg zurück bis zur Hauptstraße. Lilly mit ihrem unauffälligen, grauen Koffer und einer Taschenlampe in der Hand, Lea und Niklas dicht neben sich. Sie lächelte einen Augenblick und dachte an Ralfs Entsetzen, als sie bei ihrer ersten Aktion mit ihrer edlen, braunen Wildlederreisetasche, die er heimlich zum Bahnhof bringen sollte, ins Büro gekommen war. Das war immer so. Wenn sie besonders angespannt war, tauchten harmlose, erfreuliche Bilder auf, die sie für einen Augenblick aufheiterten. Als pubertierende Jugendliche hatte ihr Vater immer zu ihr gesagt: „Du verkennst den Ernst der Lage.“ Aber Lilly hatte sich davon nicht beeindrucken lassen. Sie hatte schon als Kind gelernt, dass es manchmal besser war, sich aus der Realität ein Stück zu entfernen.

Und dann war er endlich da. Oskar, den sie nach ihrer Ankunft am See aus einer Telefonzelle angerufen hatte, sprang aus einem alten, rostigen Range Rover, der Letizia, seiner Vermieterin, gehörte, umarmte seine Frau und seine beiden Kinder, und für einen Augenblick war alles wieder gut. Sie waren wieder zusammen und alle Strapazen der Reise waren vergessen.

Das alte Jagdhaus aus Holz hatte grüne Fensterläden mit ausgeschnittenen Herzen. Es war klein, kaum mehr als fünfzig

Quadratmeter groß, aber sehr gemütlich. Letizia, die aus dem Tessin stammte, hatte ihrem Mieter ein paar italienische Lampen geliehen, die bei ihr auf dem Speicher verstaubten, und ein altes Doppelbett aus Birkenholz in die Kammer gestellt, in der Lilly und Oskar schlafen würden. Der Raum war so klein, dass sie nur am Fußende aus dem Bett steigen konnten, aber sie war froh darüber, sie brauchte eine geschützte Höhle.

Den Kindern hatte Oskar, der inzwischen ein beeindruckendes handwerkliches Geschick entwickelt hatte, in einer Nische im Hauptraum, in dem neben einem bemalten Bauernschrank auch ein Herd und ein einfaches Spülbecken standen, Stockbetten gebaut. Das kleine Bad mit Dusche und Toilette roch etwas modrig, aber das war nur für Lilly mit ihrem überfeinen Geruchssinn so. Sie saßen an dem einfachen Holztisch, die Kinder auf dem Schoß ihres Vaters, und er fütterte sie – es war inzwischen schon fast Mitternacht – mit Spaghetti und Tomatensoße: „Ein Löffel für die Lea, ein Löffel für den Niklas." Lea, die so Große, Vernünftige, genoss das Spiel und war endlich wieder Kind. Seit Oskar auf der Flucht war, gab es keine strengen Regeln mehr, wenn sie ihn trafen. Niemand musste ins Bett, weil es spät war, niemand musste sich um jeden Preis die Zähne putzen. Als die beiden in den Armen ihres Vaters mit verschmierten Mündern eingeschlafen waren, dachte Lilly an ihre Abreise heute Mittag. Es war, als ob ihre Fahrt ins Krankenhaus, mit Lea auf dem Arm, schon wieder weit in der Vergangenheit lag. Doch dann blieb ein einzelnes Bild von den vielen, die noch einmal vorüberzogen, stehen und trieb ihr die Tränen in die Augen: Es war kurz, bevor sie die Wohnung verließen. Die Inszenierung sollte beginnen. Es war wichtig, dass alles echt aussah, falls ihnen jemand im Treppenhaus begegnete. Lea lag schon in ihrem Arm und hatte den Kopf vereinbarungsgemäß ermattet an ihre Brust gelegt. Doch dann verließ sie ihre Rolle abrupt und sagte alarmiert: „Mama, hast du unsere Pässe?" In welcher Welt waren sie gelandet? Es gab nur noch ein Kind. Und das war Niklas. Sie sah auf ihre schlafenden Gesichter, die jetzt ganz entspannt waren. Gut, dass es für fast acht Wochen so etwas Ähnliches wie Normalität geben würde. Die schwierige Zeit mit den beiden tapferen Kleinen hatte auch ihre Verschiedenartigkeit zutage gebracht. Bei Lea, die schon als ganz kleines Kind stark und selbstbestimmt gewesen war, hatte sich diese Eigenschaft noch verstärkt. Sie dachte klar und strukturiert, beobachtete umsichtig das Große, Ganze und hatte ständig alles im Auge, was geschah. Im Zweifelsfall stellte sie sich selber zurück. Sie schien keinen Wert darauf zu legen, „Everybody's Darling“ zu sein, und lächelte nur dann, wenn es einen echten Anlass gab oder sie jemanden trösten wollte. Clarissa, ihre Großmutter, bevorzugte aus diesem Grund – doch sicher auch, weil er ein männlicher Erbe war – Niklas und nannte ihn „mein Sunnyboy“. Er hatte wenig Interesse an Perspektiven. Für ihn zählte nur der Augenblick. Wenn man ihn fragte, was er essen wollte, sagte er meistens „weiß nicht“, weil er die Frage erst beantworten konnte, wenn er Hunger hatte. Er zeigte keine besonders ausgeprägten sozialen Züge, war aber so herzenslieb und charmant, dass das auch niemand von ihm erwartete. Er half brav im Haushalt, wenn man es von ihm verlangte, kam aber nicht freiwillig auf die Idee und wollte sich nicht über Probleme unterhalten. Ähnlich wie in ihrem Charakter waren sie auch im Aussehen sehr unterschiedlich. Lea, mit ihrem kurzen Blondschopf, hatte die starken Haare ihrer Großmutter väterlicherseits. Niklas mit seinem glatten Haar, wie sein Großvater mütterlicherseits, hatte die Farbe seines Vaters, ein dunkles Braun, geerbt. Er konnte, weil er Veränderungen jeder Art nicht mochte, nur selten dazu überredet werden, zum Friseur zu gehen. So unterschiedlich sie auch waren, so sehr liebten die beiden einander. Es gab kaum Streit, aber vielleicht hatten sie auch keine Gelegenheit dazu, es gab genug Gefahren von außen.

30. Juli 1988
Es gibt zwei Wahrheiten. Die eine davon mag ich. Wir leben an einem paradiesischen Platz. Vor unserem Haus spielen Lea und Niklas auf einer großen Wiese Federball und Fußball, meistens mit ihrem Vater. Ich liege währenddessen unter der Linde, die mich mit ihrem Duft an den Garten meiner Oma im Bregenzer-

wald erinnert, in einem rot gestreiften Liegestuhl und vergesse die Welt mit Büchern, die Ralf als Schundromane bezeichnen würde. Letizia, mit der ich mich gerne unterhalte, bringt sie mir aus der Bibliothek im Hauptort mit und mischt manchmal unauffällig ein Hildegard-von-Bingen-Buch aus ihren eigenen Beständen dazu. Ich mag die Weisheiten dieser klugen Frau aus dem 12. Jahrhundert. Gleichzeitig genieße ich es, dass der literarische Anspruch meiner „Seelentröster", wie Ralf sie immer nennt, auf einer Skala von null bis zehn bei unter Null liegt und dass es immer um dasselbe geht: Heldin findet nach Irrwegen Held. Das wichtigste daran ist für mich, dass die Geschichte gut ausgeht.

In der Ferne, nicht mehr in Ruf-, aber in Sichtweite, liegt das alte, bayerische Holzhaus mit dem großen Bauerngarten, in dem sich Blumen, Gemüse, Heilpflanzen und Küchenkräuter gegenseitig unterstützen, hilfreich zu sein. Das behauptet jedenfalls Letizia, die ihr Anwesen damals, als sie Hildegard-von-Bingen-Fastenkuren angeboten hat, „Seeruhe" nannte. Der weiße Schriftzug auf dem verwitterten Holz ist fast verblasst. Jetzt ist sie 70 und schenkt ihr Wissen nur noch her.

Letizias schlohweißes Haar ist zu einem Zopf geflochten, den sie am Hinterkopf aufsteckt. Ganz ähnlich geformte Zöpfe bäckt sie jeden Samstag aus selbst gemahlenem Dinkelmehl und bringt sie uns noch warm zum Frühstück. Wenn sie lebendig und mit jugendlichem Elan über die Wiese läuft, dann flattert ihr langer, naturfarbener Leinenrock um ihre Knöchel und ihre Füße stecken in braunen, runden, bequemen Gesundheitsschuhen. Aber am meisten bin ich von ihren unterschiedlichen Oberteilen fasziniert, die sie über einer weißen Bluse mit rundem Spitzenkragen trägt. Sie sind alle ebenfalls aus Leinen und in die Mitte hat Letizia ein rotes Herz oder eine bunte Blume oder einen Stern aus andersfarbenen Leinen genäht. Wenn die Touristen im Hauptort sie fotografieren, wundert sie sich immer. „Ich bin eine gewöhnliche alte Frau, was gefällt denen an mir?"

Am Morgen, wenn ich in unserem Refugium erwache, schlendere ich im Bademantel zu dem kleinen Kieselstrand am See.

Niemand sieht mich. Die öffentliche Badewiese ist weit weg. Ich steige nackt ins Wasser, und etwas in mir erinnert sich daran, dass dieses Leben in der Natur, so wie Gott mich erschaffen hat, ein vertrauter Zustand ist. In Mellau gibt es nur die Bregenzer Ache. Der große See, der in der Vorarlberger Landeshymne besungen wird, war in meiner Kindheit viel zu weit weg. „Meor sand Burô, meor brûchod s Wássôr blos fürs Vëah“, hatte meine Oma gesagt, wenn ich sie als Kind dazu überreden wollte, mit mir an den Bodensee zu fahren. Ich habe erst nach ihrem Tod von meiner Mutter erfahren, dass sie gar nicht schwimmen konnte und nicht einmal einen Badeanzug besaß. Jetzt ist der Neusiedlersee ein beliebtes Ausflugsziel für mich. Aber eben nur ein Ausflugsziel. Hier, an diesem Gewässer, dessen Name ungenannt bleibt, erfahre ich zum ersten Mal, dass es in mir eine tiefe Sehnsucht nach dieser Berührung des Wassers gibt, die jetzt gestillt wird. Es ist wie Samt auf meiner Haut und wäscht alle düsteren Gedanken weg. Meine Gebete werden von den Naturwesen gehört. Sie sind überall. In den kleinen Wellen, die zu mir sprechen, im Rauschen der Bäume, die am Ufer stehen, in den Steinen, die ich zum Haus trage und dort, unter der Linde, zu meinem Hausaltar lege. Mama und Ella waren schon immer so. Sie lebten, seit ich mich zurückerinnern kann, im Einklang mit der Natur. Nach ihrer Rückkehr in den Bregenzerwald hat meine Mutter ihre alten Gewohnheiten, die mein Vater als Hokuspokus bezeichnet hatte, wieder aufgenommen. Für mich war es damals zu spät. Ich wollte meine Loyalität zu meinem Papa nicht durch den spirituellen Unfug, wie er es nannte, gefährden, auch wenn mir das nicht bewusst gewesen war.*

Jetzt trösten mich meine Naturverbundenheit und die Rituale, die ich liebe. Und wenn ich ganz still am Wasser stehe, kommen manchmal Nachrichten für mich. Das erste Mal, als die unsichtbaren Wesen zu mir sprachen, dachte ich, dass ich mir das nur einbilde, und Vaters Satz war da, noch ehe ich etwas dagegen tun konnte: „Du mit deiner blühenden Fantasie!“ Er hatte es immer

* Wir sind Bauern, wir brauchen das Wasser nur fürs Vieh.

spöttisch gesagt, als ob es eine schlechte Eigenschaft wäre, die ich besser loswerden sollte.

Doch inzwischen höre ich auf sie, wenn sie zu mir sprechen. Ich brauche jemanden, der mich stützt. Oskar ist keine Stütze. Er lebt hier mit unseren Kindern wie mein drittes Kind. Er genießt meine Fürsorge und meine Zärtlichkeit, ich verberge alles vor ihm, was ihn belasten könnte. Wenn er wieder alleine ist, muss er der Starke sein, dann muss er mit der Angst, der Einsamkeit und der Ungewissheit zurechtkommen. „Du bist meine Tankstelle", sagt Oskar, und ich weiß, dass es stimmt. Aber wo tanke ich? Ich kann hier, in unserer selbst gewählten Isolation, nicht mit Ralf, Johanna und Ella reden. Die nächste Telefonzelle ist zwanzig Minuten weit entfernt. Sie steht mitten im Ort, direkt neben der Post, und wir dürfen nicht auffallen. Ich schreibe an die drei und an Mama Rundbriefe, die nur an eine einzige sichere Adresse gehen und von dort persönlich verteilt werden. Es dauert lange, bis sie von Wien in den Bregenzerwald kommen, aber alles andere ist zu gefährlich. Diesen Rundbrief wirft Letizia in den Postkasten. Sie weiß nichts davon, dass es mein einziger Kontakt nach außen ist. Oskar hat ihr bis heute nicht gesagt, dass wir uns hier verstecken.

Seit ich die Wesen am Wasser hören kann, suche ich bewusst die Stille. Mir war bisher nicht klar, dass diese Fugen in meinem Leben, die nicht mit Beschäftigung ausgefüllt sind, so wichtig sind. Nur wenn es einen leeren Raum dafür gibt, können die Fügungen aus anderen Ebenen zu uns kommen.

Gestern habe ich eine besonders schöne Nachricht gehört:

„Und wo immer du hingehst, gibt es Schwarz und Weiß.
Und welche Seite du wählst, bestimmst du selbst.
Und wenn du die weiße Seite wählst, dann werden
dich die dunklen Schatten verfolgen.
Aber nur ein wenig."

Der Wind bestätigt mit einem Rauschen in den Bäumen, dass alles gut wird, und kräuselt die Wellen auf dem See. Ich will die

Nachricht so verstehen, dass Oskar nichts passiert. Es geht um ihn und nicht um mich.

Die andere Wahrheit gibt es auch. Ich bin keine glückliche Frau und Mutter auf Urlaub. Ich bin mit meinem Mann auf der Flucht und habe ständig Angst. Angst, dass sich jemand zufällig in unser Refugium verirrt, Angst, dass Oskar bei seinen unvorsichtigen Ausflügen von einer Verkehrskontrolle geschnappt wird. In der ersten Woche verschwand er für ein paar Stunden mit dem Range Rover, und als er zurückkam, hatte er zwei auffällige, rotgelb lackierte Mountainbikes im Auto. Er strahlte wie ein Kind: „Meine Elfe, ab jetzt können wir größere Ausflüge machen." Letizia hatte ihm schon vor unserer Ankunft für die Kinder zwei alte Fahrräder überlassen. Sie stammen von ihren Enkeln, die längst erwachsen sind und in den USA leben.

Unser erster Ausflug mit den Fahrrädern führt uns am See entlang. Brote, Wasserflaschen und Saft in den Packtaschen. Regenmäntel besitzen wir noch keine. Es ist ein strahlender Tag, wir werden sie nicht brauchen. Wir baden in kleinen Buchten, lassen unsere Haut von der Sonne trocknen und teilen unser Picknick mit den Enten und Schwänen.

Wenn das Glück kommt und mein schweres Herz leicht wird, dann will ich, dass es so lange wie möglich bleibt. Eigentlich sollten wir längst umkehren. Aber es ist wie eine Sucht. Das Gefühl von Freiheit, der Fahrtwind im Haar, die glücklichen Kinder, die vor uns fahren, die neue Landschaft, die keiner von uns kennt, treiben uns voran.

Als das Gewitter kommt, sind wir fast drei Stunden von unserem Haus entfernt. Wir stellen uns unter, aber es hört nicht auf. Es verwandelt sich ohne Übergang in Dauerregen. Ich spüre die Redewendung „aus heiterem Himmel" hautnah. Wir müssen zurück. Am Anfang ist es für Lea und Niklas noch ein schönes Spiel. Sie fahren durch jede Pfütze und halten ihre kleinen Gesichter jauchzend in den Regen. Doch bald werden sie müde und frieren. Als Lea ein Schild sieht, auf dem „Gasthaus 200 Meter" steht, tröstet sie ihren Bruder: „Wir können bald rasten, halte noch ein bisschen durch."

Es ist ein kleiner Ort, in dem das typische Holzhaus im ländlichen Baustil steht. Vor der Tür laden eine große Breze und ein Bierkrug aus Plastik zum Verweilen ein. Oskar und ich sehen einander an. Dann schüttle ich den Kopf. Es stehen viele Räder vor der Tür, hier haben sich schon andere ins Trockene geflüchtet. Wir dürfen uns nicht in Gefahr bringen. Ich sehe auf unsere teuren, bunten Räder und wünschte, dass Oskar daran gedacht hätte, dass sie zu auffällig sind. Wir müssen weiter. Niklas beginnt zu weinen und wirft sich auf die Erde. Er will und kann nicht mehr. Sein Vater versteckt sein Fahrrad irgendwo am Weg im Gebüsch, er wird morgen zurückkommen, um es zu holen, und nimmt ihn Huckepack. Wir müssen immer wieder stehen bleiben, weil er sich nicht so lange anklammern kann und abrutscht. Lea schweigt. Sie fährt zäh und tapfer vor sich hin. Ich streichle und lobe sie. Aber ich weiß, dass sie todmüde ist und wir einen Fehler gemacht haben.

Ein Spruch, dessen Urheber ich vergessen habe, taucht auf: „Alle Eltern fügen ihren Kindern Schäden zu. Sie sind wie eine Impfung, die der Lebensertüchtigung dienen." Ich nehme ihn und werfe ihn in meinen virtuellen Mistkübel. Was für ein Schrott! Ich wünschte, ich wäre eine achtsamere Mutter. Manchmal bin ich selber wie ein egoistisches Kind. Ich kann mir nicht verzeihen, dass ich Lea und Niklas diese Strapaze zugemutet habe. Und was ist mit Oskar? Er ist vierzehn Jahre älter als ich. Er könnte doch auch derjenige sein, der vernünftig ist! Ärger flammt in mir hoch. Aber nur für eine Sekunde. Negative Gefühle sind nicht erlaubt, die Zeit ist zu kostbar.

Am nächsten Tag liegen Lea und Niklas im Bett. Ich mache ihnen Zitronentee und Essigsocken. Sie haben sich erkältet und fiebern. Ich bete, dass sie ohne Arzt gesund werden, wir können uns nicht leisten, medizinische Hilfe in Anspruch zu nehmen. Das Wort „ausgestoßen" taucht auf. Ich zerlege es in zwei Teile und sehe vor mir, wie wir, die wir bis vor Kurzem zur sogenannten „guten Wiener Gesellschaft" gehört haben, aus diesem Kreis hinausgestoßen wurden. Oskar, weil er in dubiose Geschäfte verwickelt ist, ich, weil ich seine Frau bin.

Ich denke daran, wie ich in der Zeitung von anderen Frauen gelesen habe, deren Männer eines Verbrechens beschuldigt werden. Ich habe mir keine großen Gedanken über sie gemacht. Ich habe mich nicht gefragt, wie es ihnen und ihren Kindern ergeht in diesem fremdbestimmten Leben. Man kann sich von dem Mann, den man liebt, abwenden oder sich dem alten Sprichwort fügen: „Mitgehangen, mitgefangen."

Letizia kommt immer häufiger zu uns. Sie bringt selbst gebackenen Obstkuchen mit, bleibt zum Kaffee und bittet Oskar manchmal um einen kleinen Gefallen. Gestern war er wieder einmal in ihrem alten Holzhaus. Er musste Siebenschläfer, die sich ein Nest hinterm Kühlschrank gebaut hatten, aus der Küche vertreiben, und Lea und Niklas durften zusehen.

Je öfter sie uns besucht, desto schwieriger wird es, die Wahrheit vor ihr zu verbergen. Und was, wenn sie eines Tages Zeitung liest und unser Foto sieht? Sie hätte allen Grund, uns anzuzeigen oder uns zumindest als Verräter von ihrem Grund zu jagen. Im Augenblick gibt es keinen konkreten Anlass, dass wir in der Zeitung stehen, aber das kann sich täglich ändern.

Einmal in der Woche fahre ich mit ihr zu einem der großen Supermärkte im Niemandsland. Sie freut sich, dass ich sie beim Einkaufen begleite, und bleibt am Weg immer bei einem Bauern stehen und wir kaufen Gemüse, Eier, Käse und geräucherte Würste. Brot brauchen wir keines. Sie bäckt, seit wir bei ihr sind, statt einmal zweimal in der Woche und versorgt uns mit ihrem köstlichen Dinkelbrot nach einem Rezept von Hildegard von Bingen.

In der Nacht schlafe ich mit Oskar. Er ist ausgehungert, und ich gebe ihm, was er braucht. Manchmal spiele ich ihm einen Orgasmus vor. Ich habe die Frauen nie verstanden, die ihren Körper zu einer Lüge zwingen. Jetzt weiß ich, warum wir Frauen das tun. Mein Herz lässt es nicht zu, Nein zu sagen. Ich weiß, dass die Einsamkeit ihn wieder auffressen wird, wenn wir weg sind. Er muss jede einzelne seiner Zellen mit meiner Liebe auffüllen. Jetzt, solange ich noch da bin.

Mir fällt auf, wie unterschiedlich Oskar und ich sind. Nicht nur unsere Persönlichkeiten. Das weibliche Gehirn tickt ganz offensichtlich anders. Meine Libido rauscht in den Keller, wenn ich im Stress bin. Mein Wunsch nach Zärtlichkeit und körperlicher Nähe wird sofort blockiert, wenn dunkle Wolken am Horizont auftauchen. Es sei denn, ich kann in Ausnahmesituationen aus mir heraus und in den Augenblick treten. Doch jetzt ist Alltag. Auch wenn es ein geliehener Alltag ist. Oskar ist viel robuster. Er muss eine dunkle Wolke nicht vertreiben, um geil zu werden. Er kann sie einfach für diese Zeit ignorieren.

Letizia fährt fast täglich in den Hauptort. Dort gibt es einen Bücherladen, in dem sie häufig schmökert. Ich habe sie gebeten, für mich ein Buch zu bestellen: Das Tao der weiblichen Sexualität. Ella hat es mir vor langer Zeit empfohlen. Meine Scheide wird seit Längerem nicht mehr feucht. Ich helfe mit Spucke nach und hoffe, dass Oskar es nicht merkt. Als Letizia mir drei Tage später meine Bestellung vorbeibringt, ziehe ich mich mit einer Decke unterm Arm an den kleinen Strand zurück.

Ich schließe die Augen, bitte um eine Nachricht und öffne das Buch irgendwo. Der Satz springt mir entgegen, und ich weiß, dass ich gemeint bin: „Wenn die unteren Tore nicht verschlossen sind, fließt unverfeinerte Sexualkraft automatisch aus dem Körper in die Erde hinab." Ich lege das Buch zur Seite und strecke mich auf meiner Decke aus. Ich höre den Bäumen und dem Wasser zu und forsche still, ohne mich zu verurteilen. Ich habe meine „unteren Tore" mein Leben lang geöffnet, ohne darüber nachzudenken, was es bedeutet. Ich habe Männer aus unterschiedlichen Gründen in meinen Schoß eingeladen. Weil ich mich ihrer Liebe versichern wollte, weil ich nach Versöhnung gesucht habe, weil ich nicht Nein sagen konnte, weil, weil, weil …

Ich lasse meine Nächte mit Oskar über mich ergehen, anstatt mich darum zu kümmern, dass unsere Sexualität ein bewusstes Kunstwerk wird, das uns beide stärkt. Ich muss mit ihm reden.

Ich setze mich auf und lese weiter: Die Scheide ist das Jadetor, die großen Schamlippen das göttliche Feld, die kleinen

Schamlippen die roten Perlen, die Klitoris die kostbare Perle, die Gebärmutter ist der himmlische Palast. Eine neue, schöne Welt tut sich auf. Wieso haben wir in unserer Kultur aus dem weiblichen Schoß einen schmutzigen Ort gemacht? Ein göttliches Feld, rote Perlen sind unser Eigen. Nicht Lippen, für die wir uns schämen müssen. Ich sage das Wort Schamlippen ein letztes Mal. Manchmal habe ich sie aus Protest auch Lustlippen genannt, aber jetzt wird mir klar, dass es um viel mehr geht. Ich kenne meinen Unterleib kaum, ich wusste nicht, dass er ein kostbarer Tempel ist und ich seine Hüterin. Meine Sexualität war bisher wie ein Besitz gewesen, den ich nach Gutdünken verteilt habe. Aber was ist mit mir? Was wollte mein Körper in all den Jahren? Ich habe ihn mit großer Selbstverständlichkeit benützt und mir diese Frage noch nie gestellt. Ein paar Seiten später lese ich als Überschrift „Gefesselte Gefühle und alte Wunden" und weiß, auch ohne den Text zu lesen, dass ich Angst vor Kontrollverlust habe.

Das Thema „erfüllte Sexualität" ist viel umfassender, als ich dachte.

Lillys Rolle als Frau, Mutter und Beschützerin ihres Mannes fiel ihr nicht schwer. Sie war ihr auf den Leib geschrieben. Sie hatte schon als Kind gelernt, die Gefühle anderer wichtiger zu nehmen als ihre eigenen, und war eine Meisterin im Aufspüren und Ausgleichen von Stimmungen. Und sie sprach doch nicht mit Oskar über ihre Sexualität. Er war so glücklich und entspannt, und Lilly beschloss, ihr Problem mit sich selber auszumachen. Außerdem merkte sie, dass es ihr nicht leichtfiel, über sexuelle Probleme zu reden. Es war ihr peinlich. Auch im Bregenzerwald war das kein Thema, das man bei Tisch besprach.

Stattdessen bat sie Letizia, ihr einen kleinen Handspiegel zu besorgen, und ging von nun an nach dem Frühstück häufig alleine an den kleinen Strand und lernte ihren Körper kennen. Oskar, der keine Ahnung von ihrem Forschungsprojekt hatte, respektierte, dass sie Zeit für sich selber brauchte, und ließ sie ungestört.

Am Anfang war es nicht einfach. Sie las und wünschte, Ella wäre hier, damit sie mit ihr reden könnte. Doch dann begann sie vorsichtig, die vorgeschlagenen Übungen auszuprobieren.

In der Nacht öffnete sie bewusst ihre „unteren Tore“ und hieß Oskar willkommen. Es war ein Geschenk an sie beide, und die Spannungsschmerzen in ihrem Unterleib hörten sofort auf. Außerdem fand sie neue Wege, ihr Feuer anzufachen. Sie bat Letizia, ihr aus einem Geschäft für Pflegebedarf einen Plastiküberzug für eine Matratze mitzubringen. Sie begründete es mit ihrer Sorge, dass eines der Kinder vielleicht einmal ins Bett machen könnte, weil es schlecht träumte. Sie hatte ein Duftöl aus Wien mitgebracht, und wenn sie sich jetzt in der Nacht gegenseitig massierten und ihre glitschigen Körper aneinander rieben, war es fast wie früher.

Auf eine gewisse Weise lebte die ganze Familie in einer Fantasiewelt. Es gab keine anderen Menschen, nur Letizia, die manchmal vorbeikam. Es gab keine Zeitungen, keine Hiobsbotschaften, keine Aggressionen, keine schlechte Laune und keinen Streit. Jeder von ihnen, auch Lea und Niklas, war sich bewusst, dass die Zeit, die ihnen zur Verfügung stand, ein Ablaufdatum hatte wie eine Konservendose. Sie sah das Wort „konservieren“ vor sich und bemerkte, dass es auch für ihre Situation stimmte: Jetzt mussten sie kostbare Gegenwart anhäufen, damit sie später, wenn der Alltag ohne Oskar wieder einkehrte, von den Erinnerungen zehren konnten. Sie dachte daran, dass Österreich die „Insel der Seligen“ genannt wurde. Man muss vieles ausblenden, damit dieser Satz Wahrheit wurde.

Einige Tage vor ihrer Abreise kam Letizia vorbei und lud sie zu einem Abendessen in ihr Haus ein. Lilly wollte Lea und Niklas nicht alleine in der Hütte lassen und diskutierte mit Oskar, der das übertrieben fand: „Wir sind doch nur einen Steinwurf weit weg.“ Sie sagte ihm nicht, dass sie etwas wiedergutzumachen hatte, dass sie ihre Kinder schon einmal im Stich gelassen hatte. Damals hatte sie sich geschworen, dass das nie mehr vorkommen durfte. Sie ließ Oskar, der sie mit unterdrückter Gereiztheit aufforderte, ihren Muttertrieb nicht zu übertreiben, einfach stehen und ging mit ihrem Tagebuch an den See und blätterte zurück.

*Ich liege mit unseren Kindern in einem Zelt. Es ist groß genug für vier. Wir warten auf Oskar. Das Picknick, das ich vorbereitet habe, haben wir ohne ihn gegessen. Die Situation ist absurd. Neben uns, ein paar hundert Meter weiter, liegt der Tennisklub, in dem wir manchmal spielen. Mein Vater hat mir, als ich vier Jahre alt war, einen Tennisschläger gekauft und mich trainiert. Er war begeistert von meinem Talent. Aber im Bregenzerwald gab es kein Verständnis für diesen „Firlefanz". „Meor bruchôd kan Sport, meor wedod vom Veahhüotô mûod."**

Oskar ist ein begeisterter Tennisspieler, und als er in mein Leben kam, kehrte auch das Spiel auf dem roten Sand zurück. Am Anfang, als ich noch hoffte, dass die Beziehung zu Sybille ein kalter Windhauch ist, der vorüberzieht, haben wir unsere wöchentliche Tennisstunde aufrechterhalten. Meistens war das meine einzige Gelegenheit, um ihm, ohne dass die Kinder zuhören konnten, Vorwürfe zu machen. Seit ich im Zorn meinen Schläger nach ihm übers Netz geworfen habe, spielt er nicht mehr mit mir.

Die große Wiese am Strand der Alten Donau, auf der wir unser Zelt aufgeschlagen haben, gehört zum Badestrand des Klubs. Unsere Wohnung ist mit dem Auto eine Viertelstunde weit entfernt. Lea und Niklas haben sich ein Campingabenteuer mit uns gewünscht. Oskar und ich können nicht miteinander verreisen, weil er Sybille liebt. Wenn er Zeit hat wegzufahren, dann mit ihr. Es ist meine Idee gewesen, dass wir den Kindern zuliebe eine gemeinsame Nacht hier verbringen sollen. Ich missbrauche sie, aber es ist mir nicht bewusst. Ich hoffe, dass die Nähe im Zelt, dass dieses gemeinsame Erlebnis ihn daran erinnert, was er verliert, wenn er sich nicht besinnt. Ich bin eine Idiotin. Das wusste ich nur viel zu lange nicht.

---

* Wir brauchen keinen Sport, wir werden vom Viehhüten müde.

Die Kinder schlafen. Oskar ist immer noch nicht da. Ich stehe auf und schleiche leise aus dem Zelt. Sie haben einen guten Schlaf. Ich werde nicht lang weg sein. In der Sauna schwitze ich mir meinen Ärger und meinen Frust heraus. Sie liegt im ersten Stock des Tennisklubs, und wenn ich auf die Terrasse trete, sehe ich unser Zelt in der Ferne.

Als Lea im Pyjama weinend in die Sauna kommt, überlege ich mir gerade, ob ich noch einen Aufguss machen soll: „Wo bist du, Mama? Der Niklas ist aufgewacht und hat aus Angst ins Zelt gekackt."

Lilly atmete tief durch. Es war gut, dass sie die Geschichte aufgeschrieben hatte. Sie nahm den Zorn, der in ihr aufgestiegen war, hob einen Stein auf, warf ihn ins Wasser und schickte den alten Groll mit. Das war Vergangenheit. Endgültig.

Als sie zurückkam, hatte Oskar schon eine Lösung gefunden. Er schlug vor, dass Lea und Niklas nicht in den Stockbetten im Wohnzimmer schlafen sollten, sondern in ihrem Ehebett, und dass sie gemeinsam mit Letizia kochten.

Es gab eine köstliche Fischpastete als Vorspeise, ein Spezialrezept aus dem handgeschriebenen Kochbuch von Mémé, das Lilly geerbt hatte, und einen hervorragenden Coq au vin aus glücklichen Hühnern vom Bauern in der Nähe, den ihre Vermieterin fertig gekocht mitgebracht hatte. Lilly liebte diese Frau, die so gut zu ihnen war, inzwischen fast so wie ihre Oma im Bregenzerwald.

Als Letizia zum Nachtisch einen selbst gebackenen Schokoladenkuchen auspackte und ihren hausgemachten Likör dazu servierte, nickte Lilly Oskar zu. Es wurde Zeit, die Wahrheit zu sagen.

Er sah der alten Frau gerade in die Augen und erzählte ihr die Geschichte der *Esmeralda*. Es wurde ein langer Abend, und als Lilly am nächsten Tag erwachte, fühlte sie sich leichter. Sie hatte eine mütterliche Freundin gewonnen, der sie von nun an das Herz ausschütten konnte.

Der August ging mit strahlendem Wetter zu Ende und damit auch die Sommerferien. Lilly und Oskar hatten eine Entscheidung getroffen, die nicht nur ihr Leben, sondern auch das Leben ihrer Kinder stark veränderte.

30. August 1988
Ich sehe die beiden am Ende des Weges stehen. Sie winken, und ich registriere ihr Lächeln. Niklas hat den breiten Mund seines Vaters und seine leichten O-Beine geerbt. Sie stehen da, der kleine Kerl eine gelungene Kopie des großen. Oskar hat seinen Arm um seinen Sohn gelegt, als ob er Angst hätte, dass er ihm in letzter Sekunde wegläuft.

Ich winke zurück und drehe mich ein letztes Mal um, blind vor Tränen. Warum lächeln sie? Wollen sie es uns leicht machen? Oder ist ihnen nicht klar, was dieser Abschied bedeutet? Niklas hat ein Jubelgeheul angestimmt, als wir ihn gefragt haben, ob er bei seinem Papa bleiben will. Er ist noch nicht schulpflichtig.

Ich fahre in dem Leihauto, das Letizia auf ihren Namen für mich gemietet hat, ohne meinen Sohn nach Hause und Lea ohne ihren Bruder. Es ist das erste Mal, dass wir länger getrennt sein werden. Lea lächelt nicht. Sie spürt meine Hand, die ihre umkrampft, und als ich sie loslasse, weil ich beide Hände am Lenkrad brauche, tut mir mein Herz weh. Hinter mir sitzt eine tapfere, kleine Erwachsene.

Ich fahre automatisch. Die Straße am Ufer entlang, rechts Tannen, links Tannen, dann durch den Ort und Richtung Autobahn. Meine Gedanken sind bei Niklas.

War es richtig, ihn bei seinem Vater zu lassen? Bei einem Mann auf der Flucht, der in einer kleinen Blockhütte lebt und täglich Angst hat, dass ihn jemand entdeckt? Einem Mann, der mit einem falschen Namen seine Schuhe zum Schuster bringt und dessen Herz fast still steht, wenn er einen Polizisten sieht?

Ich sehe Lea im Rückspiegel. Sie hat die Augen geschlossen. Es war ein langer, kostbarer Tag gewesen, den wir alle bis zur Neige ausgekostet haben. Der Satz „das letzte Mal zu viert, für lange Zeit“ hatte sich wie eine kaputte Schallplatte, die stecken geblieben ist, in mir festgesetzt. Und jedes Mal, wenn es mir gestern mühsam gelungen war, einen glücklichen Moment zu produzieren, hatte dieser hässliche Satz ihn sofort wieder zunichte gemacht. Ich schaue kurz in den Rückspiegel, ob Lea schon schläft, und lasse die Wochen mit Oskar noch einmal Revue passieren. Diese Zeit in einem „seltsamen sozialen Biotop", wie Ralf es nennen würde. Ich vermisse meinen besten Freund. Nicht nur seine Wärme und seine Klugheit, sondern auch seine spitze Zunge. Wenn jemand mich erreicht, ohne dass ich mich kritisiert fühle, dann er. Er wird nicht einverstanden sein, wenn ich ihm erzähle, wie sehr ich mich in diesem Sommer selber zurückgestellt habe. Aber ich habe mich trotzdem erholt. Mein Ausschlag ist weg. Er ist mein Barometer. Wenn meine Hände zu jucken beginnen, weiß ich, dass ich meine Grenzen überschritten habe.

Ich denke wieder an Oskar, an die Umarmungen, die kleine Sperre der Fremdheit in den ersten Stunden nach unserer Ankunft. An den tapferen Einsiedler, der in seiner Einsiedelei plötzlich von Gefühlen überwältigt wurde. An unseren Versuch, so etwas wie Alltag zu leben. Eine ganz normale Familie zu sein. Gestern waren wir zum ersten Mal in der Kreisstadt in der Konditorei am See gewesen. Oskar wollte zum Abschied etwas „Normales" unternehmen. „Es wird nicht auffallen, es sind so viele Touristen hier im Sommer ..." Die Kinder lieben den Zwetschkendatschi, den es dort gibt. Letizia hatte ihn uns manchmal mitgebracht. Wir tranken zur Feier des Tages ein Glas Sekt. Welche Feier? Weil wir wieder nach Wien zurückfahren und unsere Familie auseinandergerissen wird?

Wir standen an einem der Stehtische, als die Bedienung durch den Raum eilte und laut rief: „Herr Moosbrugger, bitte!" Oskar sagte automatisch: „Ja, bitte?" Ich wurde rot und erstarrte. Moosbrugger, er hatte auf unseren Bregenzerwälder Familiennamen reagiert, so vertraut war er ihm schon geworden. Oskar sagte schnell zur Bedienung: „Sorry, ich habe Sie falsch verstanden." Ein dicker Mann, der offensichtlich der ans Telefon gerufene Träger des Namens war, sah uns irritiert an, als er sich an uns vorbeizwängte. Niklas und Lea hatten nichts gesagt. Sie kannten den Namen. Sie hatten gelernt, dass sie ihre Zeichnungen für den Papa mit Moosbrugger unterschreiben mussten. Die

Zeichnungen hingen in der kleinen Jagdhütte überall an den Wänden. Die Vorsichtsmaßnahme war ursprünglich für Letizia gedacht, Oskar hatte sich bei ihr mit seinem ausgeliehenen Namen vorgestellt.

Im Rückspiegel sehe ich, dass Lea die Augen wieder geöffnet hat. Jeder in dieser Familie schützt sich auf seine Weise. Ich weiß, dass sie manchmal, wenn sie nicht will, dass ich ihre Gefühle mitbekomme, so tut, als ob sie schläft. Sie sitzt so ernst und blass hinter mir, dass ich einen hilflosen Versuch mache, sie zu trösten: „Lass uns etwas singen“, schlage ich mit munterer Stimme vor. Lea sagt ganz leise: „Ich vermisse den Papa und Niklas, ich mag nicht singen.“

Ich fahre weiter, und meine Tränen tropfen auf meinen Pullover. Es dauert eine Weile, bis ich sagen kann: „Ich auch, Lea.“ Sie gibt keinen Laut von sich, und ich weiß, dass sie ihr Schluchzen unterdrückt, um mich zu schonen.

Die Autobahn ist fast leer. Ich halte bei der nächsten Rastmöglichkeit an. Es gibt keine anderen Autos. Ich hole Lea vom Rücksitz und trage sie wie ein Baby zu einer der beiden Bänke, die am Waldrand stehen. Ich halte sie im Arm, und dann weinen wir beide. Wir haben noch nie gemeinsam geweint.

Ich fühle mich so trostlos und verzweifelt wie schon lange nicht mehr. „Du bist ein Leuchtturm in dieser Welt, genährt vom göttlichen Licht.“ Ich höre den Satz und weiß, dass die Naturwesen ihn geschickt haben. Lea braucht eine starke Mutter.

Lilly richtete sich auf. Sie spürte, wie die Energie ihre Wirbelsäule stärkte und putzte sich entschlossen die Nase. Dann lächelte sie ihre Tochter zärtlich an: „Wir kehren jetzt um und fahren nicht nach Wien, wir fahren zur Oma.“ Lea lächelte unter Tränen zurück, sie liebte ihre Oma über alles.

Eigentlich sollte das Auto am Abend in Wien zurückgegeben werden, Ralf wartete in der Redaktion auf sie, und ihre Tochter sollte sich zu Hause noch einleben können, ehe die Schule begann. Das war der Plan gewesen. Sehr logisch, aber im Augenblick nicht durchführbar. Sie brauchten jetzt keine leere Wohnung, voll von Erinnerungen an Oskar und Niklas. Sie brauchten Trost, und den gab es im Bregenzerwald.

Es wurde eine lange Nacht in den Bergen. Lillys Mutter und Ella warteten schon auf sie, als sie am späteren Nachmittag in Bregenz ankamen, wo sie das Auto zurückgab. Dann fuhren sie mit Ellas Jeep aufs Vorsäß. Nicht weit von dort hatte sie ihren Schwitzhüttenplatz mit einer Feuerstelle. Es war ihre Idee gewesen: „First Nations“, das war der Name, mit dem die Indianer angesprochen werden wollten, „erzählen ihre Geschichten immer am Feuer. Außerdem kann uns dort niemand abhören.“

Lea schlief, in eine warme Decke gehüllt, im Arm ihrer Großmutter, und Lilly, mit dem Geruch des Heiligen Salbeis in der Nase, den Ella verbrannte, vertraute wieder darauf, dass alles gut wird. In dieser gewaltigen Natur, in der ihr Leben wie ein kleiner Funke war, nahmen die Dramen, die sie erlebte, einen anderen Platz ein. Einen, der ihnen zukam im großen Gefüge.

Wer das Meer liebt, liebt auch den Bodensee. An manchen Tagen, wenn der Dunst den Horizont verschleiert, entsteht die Illusion einer nie enden wollenden Weite. Die drei Frauen und das Kind saßen am nächsten Tag an seinem Ufer. Nicht an dem wilden Platz am Rohrspitz, den Lilly so liebte und den sie erst als Erwachsene kennengelernt hatte. Nein, sie saßen im Bregenzer Strandbad. Mit seinem gepflegten Rasen, den geschnittenen Hecken und der Badeordnung, an die sich alle halten sollten.

Lilly liebte Naturstrände, aber darum ging es heute nicht. Sie musste Lea Erlebnisse an einem See mitgeben, sie hatten fast zwei Monate am Wasser gelebt, und sie sollte in der Schule etwas erzählen können. Jetzt spielte sie mit der Tochter von Annemarie. Annemarie war eine Mellauerin und auf dem Gymnasium ihre Freundin gewesen. Sie hatten sich, nachdem sie vor ein paar Jahren einen Bregenzer Hotelbesitzer geheiratet hatte, aus den Augen verloren. „Komm doch mit Lea ein paar Tage zu uns. Für mich wär’s schön, wenn du Steffi am Nachmittag mit ins Schwimmbad nehmen könntest.“

Lilly fand ihren Stammplatz im Strandbad unter einer der beiden alten, riesigen Trauerweiden, deren Zweige bis ins Wasser reichten. Sie sammelte mit ihren Augen Bilder ein, die Lea in der Schule erzählen konnte: Den täglichen Spaziergang zum Kiosk, wo sie und Steffi ihr Eis kauften, das sie von den Fußballspielern, die in der Sonne lagen und zu bequem waren, sich ihr Bier selber zu holen, als Lohn bekamen. Das Erlebnis mit dem riesigen Fisch, den der Sohn des Bademeisters gefangen hatte und der bitterlich weinte, als seine Mutter sich weigerte, ihn zum Abendessen zu braten. Die Geschichte von dem kleinen Jungen mit dem Sonnenhut aus Stroh, den Lea gefunden hatte. Er war mit seinen eineinhalb Jahren allein durchs Schwimmbad gewackelt, weil seine Mutter nicht bemerkt hatte, dass er aus seinem Kinderwagen ausgestiegen war.

Lilly schaffte es, auch ein Leben jenseits von Oskar zu leben. Zumindest für diese kurze Zeit. Doch es gab kein Leben jenseits von Niklas. Sie vermisste ihn mit jeder Faser ihres Herzens und war froh, dass Lea durch ihre Spiele mit Steffi abgelenkt war.

Annemarie hatte viel zu tun, das Hotel war noch immer voll, obwohl die Festspielgäste, die jedes Jahr zu Tausenden zum Spiel an den See kamen, schon abgereist waren. Es gab nicht viele Gelegenheiten des Austausches für die beiden Freundinnen aus früherer Zeit. Doch am späteren Abend, wenn die meisten Gäste schon gegangen waren und Lea bei Steffi im Kinderzimmer im obersten Stock des Hotels schlief, fanden sie zu ihrer alten Vertrautheit zurück.

Es war an ihrem letzten gemeinsamen Abend. Annemarie hatte sich am späteren Nachmittag freigenommen und war mit Lilly zu Fuß auf die Fluh, einem kleinen Ort, der nur aus ein paar Häusern und einer Kirche bestand, gewandert. Sie wusste inzwischen, dass Lilly immer wieder mit den Kindern heimlich Oskar besuchte. Als sie nach einem guten Essen im *Gasthaus Adler* bei einem Glas Weißwein saßen, sagte Annemarie: „Wenn du jemals in Vorarlberg jemanden brauchst, der dir dabei hilft, dann bin ich für dich da.“ Sie sagte nicht „bei der Flucht“, sie hatte schon gelernt, dass Worte verdächtig sind. Lilly sah ihr ernst in die Augen und antwortete: „Du weißt, worauf du dich da einlässt?“ Und als Annemarie nickte, reifte Lillys nächster Plan.

Sie kannte inzwischen das Hotel und seine Abläufe gut. Die Erforschung von möglichen Fluchtwegen war für sie so selbstverständlich geworden wie Zähneputzen. Sie hatte beobachtet, dass fast täglich ein Wäschereiwagen kam, der ganz nah an einen der Seitenausgänge heranfuhr und die großen Säcke Schmutzwäsche einlud. Annemarie hatte erwähnt, dass der Besitzer der Wäscherei ihr Schwager war.

Am Vormittag ihrer Abreise traf sie Markus Längle, ihren Anwalt. Er machte Urlaub in seiner Heimat, und Lilly erzählte ihm, dass sie Oskar und Niklas versprochen hatte, an Weihnachten mit Lea wiederzukommen. Er warnte sie dringend davor: „Bist du verrückt? Weihnachten ist die gefährlichste Zeit! Die Ermittler wissen genau, dass hier die meisten Emotionen im Spiel sind, und verstärken ihre Bemühungen. Wenn du Oskar schützen willst, dann musst du darauf verzichten!" Entnervt erwiderte Lilly: „Und was ist mit Niklas? Soll er ohne mich und seine Schwester Weihnachten feiern?" Markus schoss zurück: „Wenn du schon nicht an Oskar denkst, dann denk an deine Kinder. Ein Vater im Gefängnis ist schlimmer, als an Weihnachten getrennt zu sein."

Im Zug nach Wien fragte Lea nach ihrer Oma. „Wieso steigen wir nicht in Salzburg aus? Sie ist doch auch ganz allein, seit der Papa sie nicht mehr besuchen kann." Lilly schämte sich. Ihre Abneigung gegen ihre Schwiegermutter hatte die Krise überdauert.

In Salzburg regnete es. Wie schon so oft. Sie rief ihre Schwiegermutter an, die sich sofort beschwerte, dass sie sich nicht rechtzeitig angekündigt hatten. Lilly sah von der Telefonzelle aus auf die Anzeigentafel und hoffte, dass sie in einen der Züge, die regelmäßig aus Deutschland kamen, gleich wieder einsteigen konnte: „Dann besuchen wir dich eben nicht", dachte sie, obwohl die nächsten drei Stunden kein Zug fuhr, und änderte ihre Meinung, als sie Leas Gesicht sah.

Das Treffen im *Österreichischen Hof*, in dem Lilly anschließend die Rechnung bezahlte, war deprimierend. Clarissa war wütend auf Oskar, der ihr nicht erlaubte, sie zu besuchen, und wütend auf Lilly, die ihr nicht sagte, wo er sich versteckt hielt. Sie wandte sich mit verzerrtem Gesicht an Lea und sagte: „Und wieso weiß dieses Kind etwas, was man mir verheimlicht?“ Lilly hätte gern gesagt: „Weil dieses Kind hundert Mal emotional kompetenter ist als du“, aber sie schluckte die Beleidigung hinunter. Lea warf ihrer Mutter einen kurzen Blick zu und antwortete: „Omi, es dauert nicht mehr lange, du musst nur noch ein bisschen Geduld haben. Der Papa wird bald ein Gericht finden, das ihm zuhört, dann können wir ihn gemeinsam besuchen.“

Der Satz, dass man in der Not zusammenhalten muss, war keiner, den die beiden Frauen, die denselben Mann liebten, beherzigen konnten. Die Kluft war schon zu tief. Und so blieb es dabei, dass die Kinder ihre einzige Verbindung waren.

15. September 1988
In Wien ist alles schwierig, ich habe Mühe, mich wieder einzuleben. Mein Bett ist ein einsamer Ort, Oskars warmer Körper fehlt mir. Und es tut weh, ohne Niklas am Tisch zu sitzen. Sein leerer Platz ist wie eine Wunde, die sich nicht schließen will. Meine Entscheidung nagt an mir. Ich weiß, dass sein Vater ihn braucht. Er lindert seine Einsamkeit und lenkt ihn von der Trostlosigkeit seiner Lage ab. Niklas ist auch sein Schutzschild. Wer wird schon hinter einem freundlichen Mann, der mit seinem Kind am See entlang radelt, einen gesuchten Verbrecher vermuten? Aber braucht sein Sohn ihn? Oder wird ihm eine Last auferlegt, die seine kleine Seele nicht verkraften kann?

Gestern habe ich mit Oskar telefoniert. Er war noch ganz schockiert darüber, dass er mit Niklas bei seinem wöchentlichen Einkauf im Supermarkt in eine Verkehrskontrolle geraten ist. Sie haben die beiden durchgewinkt, und Niklas hat anschließend seinen Vater gezeichnet, der in einem kleinen roten Auto einem blauen Mann mit Schirmmütze davonfährt.

Gleichzeitig denke ich an Lea, die mir am Tisch gegenübersitzt, und bin froh, dass sie jetzt endlich den Raum bekommt, den ein Kind braucht. Sie war Niklas' Beschützerin, und jetzt ist ihr kleiner Bruder für eine Weile nicht mehr da. Ich weiß, dass ich an ihrer Rolle schuld bin und dass alles viel früher angefangen hat. Ich liebe meine Kinder und gleichzeitig war mir meine Zeitschrift sehr wichtig. Wie oft hatte Lea Niklas an der Hand und fühlte sich für ihn verantwortlich, wenn sie gemeinsam in die Kindergruppe gingen?

Ich spüre meine Trauer, dass es die Wahrheit ist, und meine Erleichterung, dass ich es jetzt ein Stück wiedergutmachen kann.

Ich weiß nicht genau, wie es Lea geht. Sie ist wieder fröhlich und genießt, dass ich mehr Zeit für sie habe. Aber wie sieht es in ihrem Inneren aus? Wenn ich sie frage, sagt sie: „Ich bin sicher, dass es dem Niklas gut geht beim Papa."

Lea muss lügen. Ich muss lügen. Wir erzählen allen, dass Niklas bei seiner Großmutter im Bregenzerwald ist, und ich hoffe, dass das niemand überprüft.

Ich wundere mich, dass ich nicht verhört werde. Sie wissen, dass ich zwei Monate verschwunden war. Wieso fragen sie mich nicht? Ralf hat eine Antwort: „Es ist sinnlos, dich zu verhören. Als Oskars Frau darfst du die Aussage verweigern. Es ist besser, wenn sie dich engmaschig überwachen und du möglichst wenig Verdacht schöpfst."

Ich schöpfe Verdacht.

Johanna und Rudi sind inzwischen ein Paar. Er wird mir alles über Abhörtechniken erzählen. Ich werde meine Bewacher weiter an der Nase herumführen, und inzwischen macht es mir sogar manchmal Spaß. „Ma moß das Bescht drus macho", Mutters Leitsatz kommt mir wieder einmal zugute.*

In der Redaktion war der Berg der Berichterstattung über das Verschwinden von Paolo Vicente und Oskar Baldini so gewachsen, dass Ralf inzwischen mehrere Ordner mit unterschiedlichen Inhalten angelegt hatte. Lilly nahm sich zuerst den mit dem Titel „Oskar und der Fall" vor und las nach, was die Medien den Sommer über geschrieben hatten. Es hatte sich inzwischen, wie bei fast allen interessanten Themen, eine Gruppe von Spezialisten

* Man muss das Beste daraus machen.

gebildet. Zwei von ihnen hatten sich ganz besonders in den Skandal verbissen.

Lilly merkte, wie ihr Ausschlag, den sie fast schon vergessen hatte, wieder anfing zu jucken, während sie las. Ralf kam herein und sagte, als er sah, dass sie sich an ihren Händen kratzte: „Erspar dir den Müll, lies lieber, was sie über dich schreiben."

Er gab ihr den Ordner, auf dem „Lilly und der Fall" stand, und wies nicht darauf hin, als er das Zimmer wieder verließ, dass sie mindestens zehnmal das Foto wiedersehen würde, auf dem sie sich glückstrahlend vor dem Landesgericht auf den Armen von Paolo und Oskar zeigte. Es war eines der Lieblingsbilder der Fotoredaktionen, wenn es um Lilly ging, und die Berichterstattung teilte sich in zwei Lager. Die einen verurteilten sie, dass sie einem gesuchten Kriminellen die Stange hielt, die anderen lobten sie dafür, dass sie zu ihrem Mann stand. Auch wenn es für die meisten keinen Zweifel gab, dass an den Vorwürfen etwas dran war. Sie las mehrfach die Überschrift „Wo ist Frau Baldini?" und „Polizei versagt, Oskar Baldini mit seiner Frau auf der Flucht".

Es gab erfundene Herzschmerz-Geschichten, als ob die Gazetten dabei gewesen wären, als sie sich in die Arme gefallen waren. Lilly war eine Persönlichkeit des öffentlichen Lebens geworden, auch wenn die Umstände wenig schmeichelhaft waren. Sie saß verloren an ihrem Schreibtisch, der ihr seltsam fremd vorkam, und merkte, dass die zwei Stunden, die sie mit „dem Fall" verbracht hatte, ihr den Boden unter den Füßen weggezogen hatten. Es war fast noch einfacher, mit Oskar auf der Flucht zu sein, als sich den Vorverurteilungen und der Häme auszusetzen, die ihr hier begegnete. Wo würde das alles hinführen? Während sie mit ihrer Familie an den unterschiedlichen Fluchtorten Alltag spielte, wurde in Österreich neues Belastungsmaterial produziert. Sie glaubte Oskar, dass er kein Schiff in die Luft gesprengt hatte. Aber was war stattdessen passiert? Er musste sie endlich ins Vertrauen ziehen. Die Ungewissheit war grausamer als jede Wahrheit.

Als Marion, die Redaktionsassistentin, hereinkam und sie fragte, ob sie schon eine Entscheidung getroffen hatte, was sie schreiben wollte, kehrte sie mit ihren Gedanken „vom Fall“ zu ihrer Zeitschrift zurück. Das letzte Heft war vollständig ohne sie über die Bühne gegangen, nun stand bereits die Produktion des nächsten an. Sie nahm die Liste der Themen, die in der Konferenz vorgeschlagen worden waren, in die Hand. Lilly merkte, dass sie sich für nichts wirklich interessierte. Sie stand auf und ging zu Ralf hinüber, der sich mit heißem Wasser aus seinem eigenen Kocher gerade eine Tasse Tee machte. Er war zu bequem, jedes Mal die Küche aufzusuchen, und hatte in seinem Zimmer eine luxuriöse Tee-Ecke etabliert. Es gab feine Tässchen aus Chinaporzellan oder robuste Becher, und seine Gäste konnten zwischen mehr als zehn Sorten Tee wählen, die in schwarzen Blechdosen mit bunten Blumenmustern luftdicht verschlossen wurden.

„Soll ich dir einen Kaffee holen?“, fragte er, als er ihr Gesicht sah. Lilly nickte. Ralf hatte ihr schon viele Vorträge darüber gehalten, wie ungesund ihr Lieblingsgetränk sei, ihr geschildert, wie es ihren armen Körper übersäuerte. Es hatte sie bisher nicht beeindruckt. Sie war sich sicher, dass Kaffee ihren viel zu niedrigen Blutdruck regulierte, und versorgte sich eher nach dem Lust- als nach dem Gesundheitsprinzip. Seit Lillys Leben seine Leichtigkeit verloren hatte, war auch das Geplänkel zwischen ihnen eine Seltenheit geworden. Als er die Tasse vor ihr abstellte, läutete der altmodische Wecker, der von seinem Großvater stammte und auf seinem Schreibtisch stand. Sie stand auf und wollte wieder gehen. Doch Ralf hielt sie zurück: „Bleib, ich kann meine Achtsamkeitsübung später machen.“

Lilly bewunderte seine Gewohnheit, alle vier Stunden zu überprüfen, ob die Qualität der Zeit, die er verbrachte, zu ihm passte. Er fragte sich täglich mehrmals, ob er noch auf seiner Spur war, ob seine Tätigkeit ihm in diesem Augenblick entsprach und gleichzeitig seinen höheren Zielen diente.

„Du kannst dir mit etwas Achtsamkeit viel Müll in deinem Leben ersparen“, hatte er zu Lilly gesagt, wenn sie wieder einmal, wie er es nannte, „gesprungen war, bevor sie nachgedacht hatte“. Eine Weile hatte sie dann versucht, ihr Leben auf seine

Weise zu regulieren. Mit dem Effekt, dass sie sich kontrolliert und eingesperrt vorgekommen war. Seit sie in den Fall verwickelt war, hatte sich ihre Spontaneität gelegt. Sie konnte sich nicht mehr leisten, in den Tag hineinzuleben. Es gab viel zu viel, was sie bedenken musste.

„Ralf, ich muss zuerst, bevor ich die nächste Geschichte starte, mein Leben organisieren. Ich muss alles darüber wissen, wie ich abgehört werde." Ralf nickte: „Warum schreibst du nicht eine Geschichte über die verwanzte Stadt? Wenn wir berücksichtigen, was es für die Psyche der Menschen bedeutet, wenn sie in ständiger Unsicherheit und Psychoterror leben, könnte das ein gutes Thema für uns sein."

Lillys Lethargie war mit einem Schlag weg. Sie hatte wieder etwas, in das sie sich verbeißen konnte. Sie freute sich auf das Gespräch mit Rudi. Er würde einer ihrer Informanten sein, auch wenn sie ihn selbstverständlich schützen würde.

Johanna hatte gekocht. Sie saßen zu dritt in ihrer gemütlichen Wohnküche in der Berggasse, die von Lillys Wohnung zu Fuß eine Viertelstunde entfernt lag, und aßen einen köstlichen Tafelspitz mit Blattspinat und Kartoffelrösti. Rudi hatte vor dem Essen überprüft, ob es Wanzen gab, und kam mit einem breiten Grinsen zurück: „Sie sind nicht listig genug. Ich verstehe nicht, warum sie dich nicht auch abhören." Rudi liebte das Wort listig. Er verwendete es selten widmungsgemäß, und Lilly hatte inzwischen verstanden, dass „listig" so ziemlich alles bedeuten konnte. Dass etwas interessant war, dass er sich wunderte, dass jemand besonders geschickt war.

Beim Essen erzählte Lilly von ihrer Zeit am See und nannte auch vor ihren Freunden seinen Namen nicht. Sie wollte, dass er in ihrer eigenen Erinnerung so verblasste, dass sie ihn selbst im Schlaf nicht wusste.

Dann ging Rudi auf den Balkon, rauchte eine Zigarette und kam, wie zu einem neuen Auftritt, in seiner Rolle als Beamter der Post zurück. Es störte ihn nicht, dass er Betriebsgeheimnisse ausplauderte. „Man muss wissen, wo man hingehört", hatte er gesagt, als Lilly ihn gefragt hatte, ob er es sich leisten konnte, mit ihr befreundet zu sein. Dann spitzte er seinen Mund auf eine ganz bestimmte Weise, so wie andere ihren Bleistift spitzen, bevor sie etwas Wichtiges schreiben wollen, und sagte langsam und bedächtig: „Es beginnt so: Jemand vom Gericht ruft bei uns an und erteilt einen Auftrag zur Telefonüberwachung. Weil das meistens schnell gehen muss, kommt die schriftliche Anweisung erst später. Hier ist übrigens schon die erste Stelle, wo die Bürger viel zu wenig vor illegalen Übergriffen geschützt werden. Von dem Moment an wird in der Post alles aufgezeichnet, was von diesem Anschluss aus gesprochen wird. Dazu brauchen wir nicht einmal das Haus zu verlassen. Das funktioniert alles intern."

Rudis Arme und Hände hatten vor Begeisterung vergessen, dass sie normalerweise nicht so recht wussten, wie sie sich gut koordinieren konnten, und bewegten sich sicher und präzise, als sie den Wählersaal, einen Raum, häufig in doppelter Turnsaalgröße, und die Gestellreihen mit den Wählern darstellten. „Ein Wähler ist ein technisches Gerät, das einem Telefonanschluss zugeordnet ist, und jedes Wählamt hat etwa dreißigtausend solcher Anschlüsse zu betreuen. Wir beheben Störungen, und wenn jemand abgehört werden soll, dann schließen wir einfach an die betreffende Telefonnummer ein Tonbandgerät an. So weit, so gut. Das Problem ist, dass wir jedes Mal, wenn von diesem Anschluss telefoniert wird, hinstürzen müssen, um das Tonband einzuschalten. Am Tag ist es noch leichter, da leuchtet nur ein Alarmlicht auf. In der Nacht gibt es zusätzlich den Alarmton, und dann wird der arme Postler aus dem Schlaf gerissen und rennt durch die Gestellreihen, um den Anschluss zu finden. Wenn wir vier oder fünf Zielpersonen zu überwachen haben, was häufig vorkommt, dann rennen wir wie die Blöden ständig durch den Saal. Technisch könnten wir das viel listiger lösen. Aber nachdem die Post Steinzeitmethoden bevorzugt und der Eingriff in dienstlich zugewiesene Gerätschaften verboten ist, spielen wir noch immer ‚lauf, Postler, lauf'. Das verschafft dir einen Vorteil. Du kannst davon ausgehen, dass du sechzig Sekunden Zeit hast, bis der Beamte das Tonband eingeschaltet hat.

Das merkst du daran, dass es knackt. Von diesem Moment an darfst du nur noch Belanglosigkeiten reden, und wenn du nicht willst, dass deine Anrufer identifiziert werden können, dann telefoniere niemals mit deinem abgehörten Telefon, weil meistens zusätzlich eine Rückverfolgung der Gespräche angeordnet wird. Das dauert je nach Betriebssystem im Amt zwischen zwei und fünf Minuten."

Rudi war so in Fahrt, dass er vergaß, dass hier keine Expertinnen vor ihm saßen, und erklärte im Detail den Unterschied zwischen einem 48er-Wählsystem und dem moderneren OHS. „Wir in Floridsdorf arbeiten noch mit dem altmodischen 48er, ich werde einen Kollegen in deinem Wählamt anrufen, dann wissen wir, wie viel Zeit du hast, bis ein Gespräch rückverfolgt werden kann."

Und er war nicht aufzuhalten. „Das mit den Wanzen ist komplizierter. Dazu müssen sie in deine Wohnung hinein. Das ist aber auch kein Problem. Das Haus wird observiert, um deine Gewohnheiten kennenzulernen. Dann kommt ein Spezialist, öffnet dein Schloss, und schon bist du verwanzt. Wir werden später zu dir hinübergehen und deine Räume untersuchen. Es gibt ein paar Lieblingsplätze für die kleinen Tierchen."

Die Nachspeise gab es aus strategischen Gründen bei Lilly. Sie aßen Mousse au Chocolat nach einem alten Rezept von Mémé, dann legten sie eine CD von Tanita Tikaram ein, und die beiden Frauen sangen und tanzten laut und ausgelassen. Bei der Stelle „different thoughts are good for me" brüllten sie besonders laut mit, der Satz war für die Abhörer gedacht. Währenddessen untersuchte Rudi in aller Ruhe die Wohnung. Lilly beobachtete ihn, während sie sich zur Musik bewegte, und war beeindruckt, wie seine sonst etwas ungelenken Bewegungen vollständig verschwunden waren. Sein ganzer Körper war geballte, gut koordinierte Konzentration. Wenn er eine Wanze fand, machte er ihnen begeistert mit dem Daumen das Okay-Zeichen. Niemand sprach. Es war ein absurdes Bild. Ein Mann stand auf einer Leiter und starrte auf die Deckenbeleuchtung, während zwei Frauen ihn in einem wilden Tanz umrundeten.

Alle drei Kinder waren heute bei Tilde. Sie hatte eigentlich zu wenig Platz für die Rasselbande, aber das improvisierte Matratzenlager mit Pizzaservice war ein Abenteuer, zu dem sie nicht Nein sagen konnte. Sie war nicht in die Details von Lillys Plänen eingeweiht, aber wenn ihre Augen sich begegneten, tauschten sie Botschaften aus.

Die Wanzen blieben, wo sie waren. Es genügte Lilly, dass sie den feindlichen Posten, wie Rudi es nannte, enttarnt hatte. Außerdem konnten sie von nun an gezielt falsche Meldungen verbreiten. Das Badezimmer war der Besprechungsraum, hier gab es keine Wanze. Rudi empfahl ihr, immer zur Sicherheit gleichzeitig die Dusche anzustellen.

Als Johanna und Rudi gegangen waren, setzte sich Lilly aufs weiße Sofa und öffnete den ersten Brief von Oskar. Rudi hatte in Floridsdorf ein Postfach eingerichtet, und Letizia hatte sich bereit erklärt, seine Briefe mit nach München zu nehmen, damit, falls die Finte aufflog, der Poststempel die Fahnder nicht an den See führte.

Mein Lieb,
es gibt keinen Tag, wo ich nicht tausendmal an Dich denke und Dich vermisse. Der Moment, als Du mit Lea im Auto weggefahren bist, hat mir fast das Herz gebrochen. Auch für Niklas war es eine Zeit lang schwer. Vor allem am Abend. „Ich will zur Mama“, hat er gesagt, „ich will, dass sie mir eine Gutenachtgeschichte erzählt.“ Ich kam mir so egoistisch vor, dass ich ihn bei mir behalten habe! Gleichzeitig bin ich sicher, dass er in einem Alter ist, wo er den Kontakt zu mir braucht und auch genießen kann. Inzwischen sind wir ein Herz und eine Seele und leben wie zwei Trapper in der Wildnis. Das Wetter ist hier für Ende Oktober noch sehr schön, und wir fahren fast täglich mit dem Kajak auf den See, fangen Fische und braten sie am Abend vor der Hütte am Lagerfeuer. Die meisten Nahrungsmittel holen wir uns mit den Rädern von den Bauern aus der Umgebung, und am Abend kochen wir Marmelade von dem Obst ein, das wir von den

Apfel- und Birnbäumen in Letizias Garten pflücken. Niklas ist auch ein sehr geschickter Handwerker geworden. Wir reparieren bei uns und bei Letizia alles selber. Vom Wasserhahn bis zur Schublade, die klemmt.
Gestern haben wir begonnen, Krippen zu bauen. Letizia will sie für uns auf den Weihnachtsmarkt der Pfarre bringen, das kommt einem guten Zweck zugute.
Manchmal tue ich mir schwer, Niklas zu erziehen. Er ist ziemlich eigenwillig, und wenn er etwas nicht machen will, habe ich keine Chance. Wie hast Du das geschafft? Aber vielleicht geht es gar nicht darum, ihn zu erziehen. Wenn ich nicht an ihm ziehe und ihn einfach sein lasse, ist er das bravste Kind. Ich bin Dir sehr dankbar, dass ich mit unserem Sohn leben darf. Mir geht es viel besser, seit ich diese wunderbare Aufgabe habe. Und ich vermisse Lea sehr.
Nächste Woche machen Niklas und ich eine Reise nach Kiel, es liegt nördlich von Hamburg am Meer. Dort gibt es einen Anwalt, den ich besuchen will. Er ist ein berühmter Strafverteidiger und an unserem Fall interessiert. Ich weiß, dass es riskant ist, das ganze Land zu durchqueren. Aber ich habe keine andere Wahl. Wir werden vorsichtig sein. Letizia wird ein kleines Wohnmobil für uns mieten, dann sind wir relativ sicher. Kannst Du etwas über Paolo erfahren? Ich frage mich, was aus ihm geworden ist.
Ich hoffe, dass ihr es schafft, an Weihnachten zu kommen. Ich kann mir nicht vorstellen, mit Niklas ohne Euch vor dem Christbaum zu stehen. Ich zähle die Tage, bis ich Dich wieder in die Arme schließen kann, und umhülle Dich und Lea mit meiner Liebe,
Dein Mann für immer.
Oskar

Lilly faltete die Zeichnung auseinander, die Niklas für sie und Lea dazugelegt hatte. Eine vierköpfige Familie stand vor einem kleinen Haus. Die Blumen an den Seiten waren fast so groß wie die Menschen, und die Sonne beugte sich tief vom Himmel herunter, sodass ihre Strahlen die Köpfe berührten. In seiner großen, runden Schrift hatte ihr Sohn „Niklas Moosbrugger" an den rechten unteren Rand geschrieben.

Es war seine Unterschrift, die Lilly endgültig aus der Fassung brachte. Sie war alleine und konnte es sich leisten, einfach aus sich herauszubrüllen: „Ich halte es nicht mehr aus! Ich will mein Kind zurück, ich will, dass der Albtraum aufhört, ich will mich nicht mehr fürchten, ich will mich nicht mehr verstecken!"

An diesem Abend beschloss Lilly, dass sie Kristina treffen wollte. Sie brauchte jemanden, der in einer ähnlichen Lage war wie sie.

Kristina freute sich über ihren Anruf. Lilly hörte es an ihrer Stimme. Sie war am Semmering und lud die ehemalige Geliebte ihres Mannes ein, zu kommen. Oder hatte sie damals vielleicht doch nichts gewusst?

Der erste Teil ihrer Fahrt war wie aus dem Film *Und täglich grüßt das Murmeltier*, in dem sich die Szenen immer wiederholen. Sie fuhr nervös die vielen Serpentinen auf den Semmering. Das Haus überraschte sie wieder, weil es zur Landschaft, aber nicht zu Paolo passte.

Kristina erwartete sie in der Haustür, ihr weißblondes Haar war zu einem losen Knoten hochgesteckt, ihr feines, blasses, fast altersloses Gesicht mit den hellblauen Augen strahlte eine Güte aus, die Lilly wieder die Schamröte ins Gesicht trieb. „Wie konnte er diese Frau mit mir betrügen, unfassbar!", dachte sie. Als hätte sie ihre Worte gehört und wollte sie beruhigen, breitete Kristina die Arme aus und sagte mit einer tiefen, warmen Stimme: „Willkommen, wie schön, dass Sie da sind!"

Damit war der alte Film zu Ende, weil Paolo fehlte. Es war seltsam, dass er nicht hinter ihr auftauchte und den Biedermann spielte. Als ob Kristina wieder mitgehört hätte, sagte sie: „Ich vermisse ihn, es ist so leer hier ohne ihn."

Sie saßen am Kamin am offenen Feuer und sprachen über alles, aber nicht über ihre Männer. Nach dem einfachen Abendessen, das sie gemeinsam zubereitet hatten, nahmen sie ihre dicken Jacken und gingen hinaus in die Natur. Sie wussten beide, dass es das Signal war, über Paolo und Oskar zu reden. Keine wäre auf die Idee gekommen, im Haus einen wahren Satz zu sagen.

Sie gingen eine Weile schweigend und warteten so lange, bis sie sicher waren, dass nur noch die Natur ihnen zuhörte. Dann sagte Kristina: „Ich weiß, wo Paolo ist, und ich rede manchmal mit ihm. Es ist hart für ihn, so weit weg zu sein, aber er ist in Sicherheit." Lilly sagte das Gleiche. Sie wussten, dass sie einander keine Details erzählen konnten. Sie schwiegen lange.

Als Kristina wieder sprach, verfiel sie auf ganz natürliche Weise ins Du: „Ich weiß, dass Paolo mit dir eine – für ihn sehr lange – Affäre hatte. Er geht offen damit um, das ist ein Grundprinzip unserer Beziehung. Früher, wenn ich von den anderen Frauen hörte, habe ich darunter gelitten wie ein verwundetes Tier. Aber das ist lange her. Inzwischen sind so viele an mir vorbeigezogen, dass es nicht mehr wehtut. Ich habe akzeptiert, dass wir sehr unterschiedlich sind. Ich brauche Sex nicht. Das hat mit meiner Kindheit zu tun. Ich habe etwas erlebt, was meinen Wunsch nach körperlicher Vereinigung für immer abgetötet hat. Paolo braucht Sex wie einen Bissen Brot. Ständig. Wir hatten die Wahl, uns zu trennen oder einen Weg zu finden, der unserer Liebe Beständigkeit verlieh. Ich weiß, dass er bei mir bleiben wird. Ich bin seine Mutter, seine Gefährtin, seine Muse, seine beste Freundin und seine Frau."

Lilly wunderte sich nicht, dass sie „Mutter" an erster Stelle nannte. „Und warum wolltest du mich kennenlernen?" Sie verstand nicht, warum eine Frau freiwillig die Geliebte ihres Mannes besichtigen wollte. Kristina antwortete gelassen: „Du bist anders und passt nicht in sein Beuteschema. Er sprach von dir auf eine Weise, die mich nicht bedrohte, aber neugierig machte. Und als du da warst, habe ich in dir eine mögliche Version von mir gesehen. Eine erotische Frau, die ich hätte sein können, wenn mein Onkel mich nicht missbraucht hätte. In dieser Nacht haben Paolo und ich seit vielen Jahren das erste Mal wieder miteinander geschlafen."

Als Lilly spät in der Nacht ihr Auto startete und wieder nach Hause fuhr, dachte sie für einen Augenblick daran, wie sie damals aus dem Haus geflüchtet war, weil Paolo und Kristinas Liebesspiel sie verletzt hatte. Jetzt hatte sie eine neue Freundin, auch wenn klar war, dass sie nicht vieles gemeinsam hatten, was sie im Alltag verband.

Während Lilly an ihrer Geschichte „Die verwanzte Stadt" arbeitete und gerade Interviews mit abgehörten Umweltaktivisten auswertete, kam Ralf mit einem Packen Papier und warf ihn auf den Tisch: „Du bist eine miserable Autofahrerin, ich habe es dir immer schon gesagt. Hier ist der Beweis."

Es waren Überwachungsprotokolle, und Lilly las die Stelle, die Ralf mit einem gelben Marker hervorgehoben hatte: „Frau Baldini wechselt ohne zu blinken die Spur, dann überfährt sie eine Sperrlinie und biegt hundert Meter weiter bei einem Geradeauspfeil nach links ab. Anschließend fährt sie mit überhöhter Geschwindigkeit geradeaus und überquert die nächste Kreuzung bei Gelb." Lilly brach in schallendes Gelächter aus und konnte gar nicht mehr aufhören. Wie naiv waren ihre Überwacher eigentlich? Glaubten sie wirklich, dass sie Oskar mit ihrem eigenen Auto besuchen würde? Gleichzeitig war sie überrascht, wie viele Verkehrsübertretungen ihr innerhalb weniger Minuten gelungen waren. Vielleicht sollte sie sich doch disziplinieren.

„Woher hast du diese Protokolle?"

„Ich habe mit der Wühlmaus Mittag gegessen. Er wollte mir einen Deal vorschlagen. Information gegen Information. Ich überrede dich, dass du ihn über Oskar informierst, im Gegenzug gibt er uns alles, was er aus der Justiz erfährt." Die Wühlmaus war der Spitzname für den Kollegen, der sich in den „Fall Esmeralda" verbissen hatte. Lilly mochte ihn nicht. Er hatte sie schon einmal damit bedroht, dass er ihre Spur bis nach Deutschland verfolgen würde, und ihr später einen Deal vorgeschlagen. Jetzt wollte er sie über Ralf, mit dem er vor Jahren für dasselbe Magazin gearbeitet hatte, umstimmen.

Das Lachen hatte gutgetan. Aber nur einen Augenblick lang. Lilly war verstimmt. Diese ganze Bespitzelung hing ihr zum Hals heraus. Sie wollte endlich wieder einfach nur eine Journalistin sein. Kollegin unter Kollegen. Es gab keine normalen Gespräche mehr. Jeder wollte mit ihr über den Fall reden. Die Redakteurinnen der Frauenzeitungen wollten ein Porträt über ihre Tapferkeit schreiben, die anderen hofften auf ein Interview zu Oskars Lage. Das war der Preis dafür, dass sie wieder ein „normales Leben" führte.

Ralf hatte sich dafür eingesetzt: „Du kannst so nicht weitermachen. Du musst wieder hinaus, Pressekonferenzen wahrnehmen, durch die Innenstadt spazieren, mit mir Lokale besuchen, du kannst dich nicht auch noch in Wien verstecken."

In der Nacht nahm sie ihr Tagebuch zur Hand und schrieb über ihren Spießrutenlauf.

Ich spüre ihre Blicke. Sie sind überall. Wenn ich Blumen kaufe, sieht mich die Verkäuferin mitleidig und lüstern zugleich an. Sie wird ihrem Mann heute beim Abendessen erzählen, dass die „Frau des Verbrechers, der geflüchtet ist" heute hier war. Wenn ich über den Markt schlendere, erkennen mich die Standler von meinem Bild in den Zeitungen wieder. Früher war ich die nette junge Frau, die sie mochten, weil sie meistens lächelte, wenn sie ihr Wechselgeld entgegennahm, und sie schenkten mir einen Pfirsich. Sie schenken mir noch immer einen Pfirsich, aber jetzt sehe ich das Mitleid in ihrem Blick. Ich muss mich daran gewöhnen, dass sie hinter mir tuscheln, sobald ich ihnen den Rücken kehre. Doch es gibt Schlimmeres als das Mitleid und die Sensationsgier. Manchmal, wenn ich das Haus verlasse, steht einer der Fotografen vor meiner Tür und drückt einfach ab. Ich kenne sie fast alle. Doch sie fragen mich nicht, weil sie wissen, dass ich Nein sagen werde. Sie brauchen neue Bilder, und ich bin eine öffentliche Person. Und wenn ich meine alten Lokale besuche, in denen mich jeder kennt, werde ich angestarrt, als ob mir über den Sommer ein Buckel gewachsen wäre.

Doch es gibt auch Gutes. Alte Freunde, die im Strom der Zeit verloren gegangen sind, melden sich wieder und bieten ihre Hilfe an. Kolleginnen und Kollegen solidarisieren sich mit mir und garantieren eine faire Berichterstattung, falls ich mich äußern möchte, und gestern kam ein großer Auftrag einer deutschen Zeitung. Sie wollen meine Geschichte zum Thema „Sex im Alter" als Serie bringen und damit mein Buch promoten, das in zwei Wochen erscheint.

Und plötzlich, als ob das Leben mir eine kleine Verschnaufpause in diesem schrecklichen Kriminalroman gönnen möchte, bin ich zum ersten Mal als Gast in einer Talkshow eingeladen. Es soll um ältere Frauen gehen, die jüngere Männer lieben. Ich bereite mich innerlich darauf vor und übe meine Brandrede, dass Frauen auch hier benachteiligt sind: „Wer hat sich je darüber gewundert, wenn ein alter Mann sich in eine jüngere Frau verliebt? Im Gegenteil. Er wird für seine Potenz gelobt und die Zwanzig- oder Dreißigjährige an seiner Seite gilt als Statussymbol. Der schöne Greis wird in der Literatur besungen, die schöne Greisin kommt nicht vor. Sie wird ihres Unterleibes beraubt und ins Reich der Dürre abgeschoben …"

Da kam Ralf herein und setzte sich mit einer Pobacke auf meinen Schreibtisch: „Lilly, du willst doch nicht im Ernst in dieser Talkshow auftreten? Weißt du, was das bedeutet, wenn Millionen dein Gesicht auf dem Bildschirm sehen? Und ein paar Wochen später möchtest du dich wieder an eurem See verstecken? Und wer garantiert dir, dass der Moderator dich nicht auf dein persönliches Schicksal anspricht? Es ist eine Livesendung, du kannst es nicht verhindern."

Kurz war die Tür zu meinem engen Käfig offen. Jetzt hat Ralf sie wieder geschlossen. Er hat recht. Mitgefangen, mitgehangen. Für mich gibt es kein normales Leben mehr. Ich fürchte mich schon vor meiner Buchpräsentation.

Es war ein Abend, der hätte glanzvoll sein können. Lilly, mit ihrem Gespür für gute Inszenierungen, hatte einen riesengroßen, altmodischen Kosmetiksalon in der Innenstadt für das Event ausgewählt. Sie kannte ihn, weil sie seit Jahren hier die drei einzigen Dinge, die sie in ihre Schönheit investierte, erledigte: Augenbrauen zupfen, Wimpern färben, Beine enthaaren. Zeit genug, um in den Nebenkabinen die Geständnisse der reifen Damen mitzuhören und in ihrem Notizbuch unter Wahrung der Anonymität eine der kleinen Geschichten zu verarbeiten.

Die fast hundert Gäste aßen, tranken und hörten den Worten des Verlegers und ihrer Lesung zu. Sie fühlte sich wohl wie schon lange nicht. Dann kamen die Interviews. Die Kollegen stellten sich für ein Gespräch mit ihr bei der Pressedame des Verlages an, das Interesse war groß.

Als das Ereignis zu Ende war und Lilly erschöpft mit Ralf im *Gläsernen Elefanten* einen Absacker trank, war sie zutiefst deprimiert: „Sie meinen nicht mich und mein Buch. Sie wollen alle mit mir über Oskar reden." Ralf legte den Arm um sie: „Die Umstände sind, wie sie sind. Du kannst nur mit dem Fluss fließen ..."

Lilly seufzte und sprach mit Ralf über Weihnachten.

6. Kapitel

10. November 1988
Das Wort Weihnachtsvorbereitungen hat eine neue Bedeutung bekommen. Bisher war es für mich mit hektischen Menschen im Kaufwahn, dem Duft von selbst gebackenen Keksen und mit Erinnerungen an meine Oma im Bregenzerwald verbunden. Mit ihr ging ich immer am 23. Dezember in den Wald, um Moos zu suchen, damit „das Jesulein und die Tiere im Stall weich liegen können". Ich kannte auch den Ort, an dem das Christkind seine Geschenke aufbewahrte. Es war ein Spielzeugladen in der Bregenzer Kaiserstraße. Sie nahm mich eines Tages mit, und die Seniorchefin, eine Wälderin aus Bezau, führte uns durchs Haus, in dem sich Hunderte von Paketen, in weißem Papier mit goldenen Sternen verpackt, bis zur Decke stapelten. Das Treppenhaus war voll davon, und sogar im Kinderzimmer, in dem ihre Enkel schliefen, war die Tapete mit den kleinen Hunden und den bunten Sonnenschirmen fast verschwunden, weil nummerierte Schachteln die Wände zudeckten. Ich beneidete die Kinder, die hier mitten im Spielzeugparadies lebten, auch wenn die Geschenke dem Christkind gehörten, das sie am 24. abholen und verteilen würde.

Meine Weihnachtsvorbereitungen waren bisher bescheiden. Sie bestanden aus raffinierten Plänen, wie wir Oskar und Niklas am See besuchen könnten. Gestern hat Ralf mich endgültig davon überzeugt, dass das Risiko zu hoch ist. Wir müssen darauf verzichten, uns an Weihnachten zu sehen. Ich habe Angst davor, mit Lea ohne die beiden vor dem Christbaum zu stehen. Wir werden singen und meine Stimme wird zittern, weil mir Oskars warmer Bariton und Niklas' Kichern mitten in „Stille Nacht, Heilige Nacht" fehlen werden. Ich liege jede Nacht wach und überlege mir, ob es nicht doch einen Ausweg gibt. Doch jedes

Mal, wenn ich an Fluchtpläne denke, krampft sich mein Magen zusammen. Die Polizei wartet wahrscheinlich nur darauf, dass ich den emotionalen Druck nicht aushalte und sie auf seine Spur führe. Es ist wie beim Tempelhüpfen. Ich springe zwischen Verstand und Gefühl hin und her. Heute Morgen habe ich mich endgültig entschieden.

Ich rufe Mama an: „Kann ich mit Lea an Weihnachten zu dir kommen?" Meine Stimme klingt normal. Zu normal. Ich bin wie meine Tochter, ich möchte meine Mutter nicht mit meiner Verzweiflung belasten.

Mama antwortet fröhlich. Ich weiß, dass sie sich ihre Fröhlichkeit aufgesetzt hat wie einen Hut, der nicht ganz passt. „Wie schön", jubelt sie. „Ihr wart schon jahrelang nicht bei mir an Weihnachten." Ich denke, ja, Mama, und jetzt komme ich in den Bregenzerwald, weil mein Mann als angeblicher Verbrecher in ganz Europa gesucht wird. Und sage laut: „Wir werden am 22. Dezember ankommen und über das Neue Jahr in Mellau bleiben."

In der Redaktion war Lilly den ganzen nächsten Tag so bedrückt, dass sie es kaum schaffte, die letzten Korrekturen von „Verwanztes Wien" zu schreiben. Sie schleppte ihre Entscheidung mit sich herum wie eine Eisenkugel, die ihr ans Bein gekettet war. Gefangene ihrer eigenen Gedanken. Ralf, der, wie immer, ihre Stimmung gut spürte, schlug vor, den Abend endlich wieder einmal bei Lefti zu verbringen. Lilly sagte apathisch zu, weil Lea heute ohnehin bei Johanna schlief.

Das Lokal war voll und Lefti kam ihnen strahlend entgegen: „Ihr habt Glück, ich wollte gerade euren Tisch vergeben!" Zwei Musiker in griechischen Trachten stimmten in einer Ecke des Lokals ihre Instrumente. Lefti folgte ihrem Blick: „Das sind Eftychis und Nektarios. Sie fahren mit Thomas, einem der besten Tanzlehrer Europas, zu einer großen Veranstaltung nach Deutschland." Er zeigte auf einen attraktiven, dunkelhaarigen, jungen Mann, der sich angeregt mit einem Paar auf Griechisch unterhielt. „Ich kenne ihn gut, er wird heute Abend mit uns tanzen." Und wie durch ein Wunder bekam das Leben für Lilly plötzlich einen anderen Geruch. Es duftete nach Nektarinen und sie merkte, wie sich ihr Körper langsam entspannte. Sie packte ihre Verzweiflung in eine Kiste und sperrte sie für den heutigen Abend gut zu. Leftis Lokal war eine griechische Insel und sie war hier für ein paar Stunden auf Urlaub. Irgendwann stand Thomas auf, rief den Musikern „Parakalo Hassapiko" zu und begann sich dann im Takt der Musik in einer bestimmten Schrittfolge zu bewegen. „Pame", los geht's, rief er den Gästen zu, und nach ein paar Minuten tanzten fast alle Griechen im Lokal mit einer Leidenschaft, Schönheit und Hingabe, dass Lilly sich danach sehnte, zu den Tänzern zu gehören. Thomas, so als ob er sie gehört hätte, holte nach und nach alle, die sich von ihm anlocken ließen, in seinen offenen Kreis. Dann bat er die Musiker, für einen Augenblick ihr Spiel zu unterbrechen, und zeigte langsam die Schritte des Hassapikos vor, der die Grundlage für den Tanz in dem Film *Alexis Sorbas* gewesen war. Ralf stand auf und zog seine Freundin mit sich ans Ende der Reihe. Es dauerte nur ein paar Minuten, und alle Neuankömmlinge hatten die Schrittfolge verstanden. Außer Lilly. Als sie später den Abend bei Lefti auf ihrem weißen Sofa reflektierte, kam die umgeprügelte Linkshänderin zu Besuch.

In den nächsten Wochen vergaß Lilly Weihnachten für eine Weile. Sie lebte auf der *Insel der Linkshänder*. Ralf hatte ihr als begleitende Lektüre zu ihren Recherchen diesen Roman von Alexandre Jardin auf den Schreibtisch gelegt. Sie fühlte sich plötzlich einer neuen Gemeinschaft zugehörig. Es war die Geschichte von Menschen, die auszogen, um mit Gleichgesinnten ein Land zu finden, in dem sie nicht diffamiert wurden und zu den Außenseitern gehörten. Ein Land, in dem Linkshänder passende Kartoffelschäler und Scheren, aber vor allem Wertschätzung für ihr Anderssein fanden. Parallel dazu beschrieb sie in einer großen Reportage, was im Gehirn von Kindern angerichtet wird, die ihre natürliche Orientierung zwangsweise aufgeben müssen.

Es war am 22. Dezember, als Lilly ihr Auto demonstrativ vor der Tür in der Servitengasse vollpackte. Sie beobachtete aus den Augenwinkeln die umstehenden Autos. Sie wusste, dass ein Polizist in Zivil ihr dabei zusah. Wie lange konnte sich ein Staat eigentlich leisten, für eine einzelne Frau rund um die Uhr Personal abzustellen? Sie musste Rudi fragen. Es war ein gutes Gefühl, dass sie ausnahmsweise nichts Verbotenes vorhatte. Sie würden in den Bregenzerwald fahren, Oskars Sicherheit hatte höchste Priorität. Es war ihr inzwischen geglückt, sich damit abzufinden, und Lea freute sich auf ihre Großmutter und den Schnee. Letzte Woche hatte es im Westen so viel geschneit, dass der Arlberg tagelang gesperrt war. Für Wien hatte es nicht gereicht. Es trug seine Nebeldecke wie einen schmutzigen Wintermantel.

Mit Oskar hatte sie schon seit zwei Wochen nicht mehr telefoniert. Es wurde immer schwieriger, weil ihr die sicheren Wohnungen ausgegangen waren. Gestern beim Abschiedsessen in Johannas Wohnung hatte Rudi eine neue Idee mitgebracht: „Du kannst doch ab jetzt in Hotels telefonieren. Es gibt so viele davon, und bis die Post es schafft, sich einzuklinken, bist du schon lange wieder weg." Aber das war teuer, und Lilly machte sich Gedanken um ihre finanzielle Zukunft. Oskar hatte kein Einkommen und keine Ersparnisse, sein Geld war in dem Haus in Salzburg, in dem Clarissa wohnte, und ihres in der Servitengasse und in *Psychologie Morgen* gebunden. Die Wohnung, in der Vater in der Porzellangasse gelebt hatte, war gemietet gewesen, und er hatte sein Vermögen in ein marodes Unternehmen investiert und wurde von seinem Geschäftspartner betrogen.

Sie fuhr zügig auf der Westautobahn und kümmerte sich nicht darum, ob ihr jemand folgte. Sie würden in Tirol Rast machen, und dass sie dort einen Priester besuchen würde, war normal für eine Frau in ihrer Lage. Er wusste nichts davon, aber Lilly war sich sicher, dass er sie nicht abweisen würde.

Der kleine Ort, in dem der Priester mit seiner Frau, die es offiziell nicht sein durfte, lebte, hatte keine eigene Autobahnabfahrt. Sie fuhr ab Innsbruck auf kleinen Nebenstraßen und war erleichtert, als die kleine, weiße Kirche mit dem grauen

Zwiebelturm auftauchte. Die Haushälterin öffnete ihr die Tür, als sie beim Pfarramt läutete, und bat sie erfreut und überrascht herein. Lilly hatte die beiden vor längerer Zeit anonym zum Thema „Gottes Stellvertreter und ihre Frauen“ interviewt.

Die beiden saßen gerade bei Kaffee und Apfelstrudel und wunderten sich nicht, als Lilly mit der Tür ins Haus fiel: „Ich brauche einen sicheren Ort, an dem ich mit meinem Mann telefonieren kann.“ Jeder im Land kannte die Geschichte aus den Medien, sie musste nichts erklären. Der Pfarrer nickte und stand auf: „Es ist besser, wenn wir zu ihm hinübergehen.“ Mit „ihm“ meinte er Gott, mit dem er, im Gegensatz zur katholischen Kirche, ein gutes Verhältnis hatte. Die Frau hielt ihn zurück: „Das hat Zeit. Das Kind braucht einen Kakao und Frau Baldini einen Kaffee.“

In der Kirche war es angenehm ruhig. Die Dorfbewohner waren mit Weihnachtsvorbereitungen beschäftigt, die Chorprobe für die Mette würde erst am Abend stattfinden. Lea war begeistert von den lebensgroßen Krippenfiguren aus Holz, die vor einem Nebenaltar standen. In der Sakristei, vor der der Priester jetzt Wache hielt, roch es nach Weihrauch und Kerzenwachs. Lilly hatte ausnahmsweise Letizia gebeten, Oskar ans Telefon zu holen. Sie hatten beschlossen, sie so wenig wie möglich zu belasten. Aber manchmal gab es keine andere Möglichkeit. Jetzt hörte sie Lea zu, wie sie ruhig und ernst mit ihrem Vater sprach. Sie versicherte ihm, dass es ihr gutging und dass sie sich auf Weihnachten freute. Als sie ihrer Mutter den Hörer weiterreichte, war ihr Gesicht verschlossen und traurig. Niklas war nicht mitgekommen. Er wollte nicht mit ihr und seiner Mutter reden. Lilly hätte Lea gerne in den Arm genommen. Aber am anderen Ende der Leitung wartete Oskar darauf, dass sie ihn tröstete. Sie spürte wieder einmal ihre Zerrissenheit. Doch nur für einen Augenblick. Es war das zweite Mal, dass Oskar am Telefon weinte: „Ich sehne mich so nach euch, Lilly!“ Sie war froh, dass Niklas sich geweigert hatte, ihn zu begleiten.

Im Auto war es die ersten zehn Minuten eisig, als sie weiterfuhren, und die fröhliche Stimmung, die bis zum Telefonat mit

Oskar angehalten hatte, war vorbei. Erst als das Bödele, die Pforte zum Bregenzerwald, ihr einen Panoramablick auf tief verschneite Berge schenkte, kehrte ein kleiner Funken Zuversicht zurück. Weihnachten in Mellau. Früher war ihre Mutter immer nach Wien gekommen. Bis Clarissa in ihr Leben getreten war. Von da an blieb sie im Bregenzerwald.

Seit ihr Schwiegersohn auf der Flucht war, fühlte sie sich der besten Freundin ihrer Tochter noch mehr verbunden. Leander, Ellas Mann, hielt sich aus der Geschichte heraus. Er urteilte nicht, aber er wollte auch nichts von den „Fluchthelferinnen" wissen. „Wenn ihr etwas von mir braucht, bin ich da", war alles, was er bisher gesagt hatte. Der Tag, an dem die Zeitungen auf der ersten Seite die Schlagzeile „Fangt die Verbrecher" druckten, war für Lillys Mutter und Ella, die beide sowieso nie richtig dazugehört hatten im Dorf, nicht leicht. Es gab immer wieder Getuschel, dass sie nackt ums Feuer tanzten und einer religiösen Sekte angehörten, weil die Dörfler ihre Schwitzhüttenrituale nicht verstanden.

Als Ella Lilly zum ersten Mal betroffen von den Gerüchten erzählt hatte, war ihre Reaktion spontan: „Was für ein schöner indianischer Ehrenname. Du bist von nun an ‚die, die nackt ums Feuer tanzt.'" Gleichzeitig verstand sie ihren Schmerz. Es war hart, ausgeschlossen zu sein. Für ihre Steinzeitahninnen hatte es den Tod bedeutet. Sie konnten nur in der Gemeinschaft überleben. Und nun gab es auch noch einen „Verbrecher" in der Familie. In einem kleinen Dorf wird hart geurteilt und viel geredet. Das ist überall so.

Am Abend schmückte Lilly mit ihrer Mutter den Weihnachtsbaum. Lea durfte nicht aufbleiben, weil sie noch ans Christkind glauben sollte. Sie hatte schon vor Wochen ihren Wunschzettel geschrieben und ihn ihrer Mutter lächelnd in die Hand gedrückt: „Den braucht die Omi, sie glaubt noch dran."

Lilly durfte ihrer Mutter nur helfen. Das hatte Tradition. Und als sie jetzt die alte Krippe auspackte und ihr die Figuren reichte, fühlte sie sich für einen Moment glücklich und geborgen. Sie hörte ihr zu, wie sie ihnen ihre angestammten Plätze zuwies.

Und als Lilly ungeduldig wurde und ein Lamm links neben die Krippe stellte, sagte ihre Mutter: „Nein, nein, du musst nicht hier stehen, das weiß sie nur nicht. Du hast deinen Platz rechts neben dem Jesuskind, genau vor dem Ochsen. Das hat schon meine Oma so gemacht."

23. Dezember 1988
Gestern war ein guter Abend. Heute fühle ich mich elend, sperre mich in meinem Zimmer ein und heule. Morgen ist Weihnachten, und ich will nicht hier sein. Meine Sehnsucht nach Oskar und Niklas wühlt in meinen Eingeweiden wie ein wildes Tier.

Am späteren Nachmittag lasse ich Lea bei ihrer Großmutter und laufe durch den frisch gefallenen Schnee zu Ella. Ich brauche jemanden, der mich für einen Augenblick hält. Mama kann das nicht. Sie ist so betroffen, wenn es mir schlecht geht, dass ich sie trösten muss.

Ella öffnet mir die Tür, sieht mein Gesicht und breitet ihre Arme aus. Meine Einsamkeit perlt an mir herunter wie Eis, das schmilzt. Sie rinnt aus meinen Augen, sie macht meine Knie weich, und als Ella mich wortlos auf ihr Sofa bettet und mich wie ein kleines Kind in den Armen wiegt, weiß ich, dass ich mich schon seit Monaten danach sehne. Einfach gehalten werden. Ralf kann das auch. Aber am weichen Busen von Ella zu liegen, ist noch einmal etwas anderes.

Meine Augen sind geschwollen vom Weinen, und ich trinke das zweite Glas Weißwein, als der Mut zu mir kommt, der vielleicht besser Übermut heißen sollte.

„Wir müssen zu Oskar und Niklas, bitte, hilf mir dabei. Ich habe schon einen Plan." Ella nickt. Sie kennt mich gut, sie weiß, dass ich zu allem entschlossen bin.

24. Dezember 1988
Der Heilige Abend mit Mama, Lea, Ella und Leander war so leicht und schön wie die Engel mit den weißen Flügeln aus Federn, die am Christbaum hängen. Die Rituale haben sich seit meiner Kindheit nicht geändert. Zuerst muss vor dem Weih-

nachtsbaum eine bestimmte Anzahl von Liedern gesungen werden, dann gibt es die Geschenke und später ein kaltes Buffet mit einem Gemüsemayonnaisesalat, wie ihn nur meine Mutter machen kann.

Mein Herz ist froh, ich teile mit meiner Freundin ein Geheimnis, und Lea, damit sie nicht traurig ist, weiß einen Teil davon: „Wir fahren morgen zum Papa, das verspreche ich dir." Meine Mutter weihe ich nicht ein, sie würde umkommen vor Sorge. Ich denke an meinen Schwur. Ralf hat ihn mir abverlangt: „Versprich mir beim Leben deiner Kinder, dass du am Heiligen Abend nicht zu Oskar fährst." Ich habe mein Versprechen gehalten.

25. Dezember 1988
Es ist Heiliger Tag. Ich sitze mit Lea auf einer Kiste in einem weißen Lieferwagen ohne Fenster und versuche, mich irgendwie festzuhalten. Ich höre die Mittagsglocken der Pfarrkirche von Bregenz läuten und schicke ein Gebet zum Himmel. Es riecht nach Küche und schmutziger Wäsche. Der Mann, der uns fährt, ist der Schwager von Annemarie. Wir sind, nur mit einem Hotelbademantel bekleidet, aus der Sauna in den großzügigen Freiluftbereich hinausgetreten und von dort durch eine schüttere Hecke auf den Parkplatz des Hotels geschlüpft. Man kann ihn vom Eingang nicht sehen. Der Lieferwagen stand, die Tür schon für uns geöffnet, ganz nahe an der Hecke, und unsere Kleider lagen ordentlich gefaltet oben auf einer Wäschekiste. Wir nehmen uns nicht die Zeit, sie jetzt anzuziehen. Das hat Zeit bis später.

Es hat Minusgrade und das Auto ist ungeheizt. Wir zittern vor Angst und Kälte und ziehen uns endlich Hosen und dicke Pullis an. Ich kenne den Weg. Jede Kurve, jede Ampel, an der wir anhalten, ist mir vertraut. Ich bin diese Strecke im Sommer mehrfach probeweise gefahren. Es wird nicht lange dauern, dann sind wir in Sicherheit.

Lindau liegt nur ein paar Kilometer von Bregenz entfernt. Zwei Perlen am Bodenseeufer, die es nicht nötig haben, in Konkurrenz zu treten. Im Sommer gibt es genug Gäste für alle und im Winter ist hier wie dort wenig los. Die Lindauer bezeichnen den Pfänder, dessen Rücken sie verbindet, ebenfalls als ihren Hausberg, auch wenn die Bregenzer der Meinung sind, dass er ihnen gehört. Einmal in hundert Jahren friert der See zu. Dann hebt die Natur die Staatsgrenzen auf, die die Menschen erschaffen haben.

Der weiße Wäschereiwagen fuhr zügig am Ufer entlang. Inzwischen saß Annemarie am Steuer. Ihr Schwager hatte beim Milchpilz, einem kleinen Kiosk am Seeufer, angehalten und war mit gerunzelter Stirn in Annemaries Auto weggefahren. Er hatte immer gewusst, dass die Frau seines Bruders eine Verrückte war, und gleichzeitig bewunderte er ihren Mut. Vielleicht lag es an den wilden Ahninnen. Er wusste aus dem Geschichtsunterricht, dass während der Schwedenkriege, als alle Männer an der Front waren, der Bregenzerwald aus dem Hinterhalt angegriffen wurde. Damals hatten die Frauen ihre weißen Trachten, die Juppen, angezogen und waren den Feinden mit Mistgabeln und Sensen entgegengestürmt. Die Schweden glaubten an ein Geisterheer und traten entsetzt die Flucht an.

Und jetzt half diese verrückte Wälderin einer Freundin aus der Schulzeit bei der Flucht vor den Polizisten, die wahrscheinlich in Zivil in der Hotelhalle gesessen oder vor der Türe im Auto gewartet hatten. Er hatte ihr auch noch versprechen müssen, es seinem Bruder nicht zu sagen. Auf der anderen Seite schuldete er ihr einen Gefallen. Sie hatte ihn mit seiner Geliebten in einem kleinen Gasthof in Weiler erwischt, als sie nach einer Wanderung zum Wasserfall in der Kesselschlucht dort eingekehrt waren. Der Schock war so groß, dass er die Affäre sofort beendet hatte. Er liebte seine Frau.

Der Grenzbeamte nahm keine Notiz vom weißen Lieferwagen mit der Wäschereiaufschrift. Er erwiderte das strahlende Lächeln der Frau am Steuer nicht und winkte sie einfach durch. Wahrscheinlich war er frustriert, dass er am ersten Weihnachtstag seine Weihnachtsgans nicht in Ruhe zu Hause auf dem Sofa verdauen konnte.

Annemarie klopfte an die Wand hinter sich. Das war das Zeichen, dass es vorbei war. Sie hatten es geschafft. Sie waren in

Lindau am Bodensee, einer Stadt in Deutschland, die Lilly nie mehr vergessen würde.

Ella wartete mit ihrem Jeep am Bahnhofsparkplatz. Sie umarmte Annemarie und wartete ungeduldig auf Lilly und Lea, die sich im Lieferwagen fertig anzogen.

25. Dezember 1988
Manchmal schreibe ich schon in Gedanken in mein Tagebuch, auch wenn ich sie erst später zu Papier bringen kann. Ich schwöre mir, dass es das letzte Mal ist, dass wir flüchten. Ich ertrage es nicht mehr. Die Anspannung, die Angst, die Unsicherheit. Es muss ein Ende haben! Später, in ein paar Jahren, wenn Lea erwachsen sein wird, werde ich sie fragen, was das Schlimmste war in der Zeit, als ihr Papa sich verstecken musste. Sie wird mir antworten, dass es Aktionen waren wie diese hier. Ich bin mir bewusst, dass es für ein Kind unzumutbar ist, was wir erleben.

Die Fahrt in dem Lieferwagen ohne Fenster hat jede einzelne meiner Zellen in Aufruhr gebracht. Ich sitze nun zutiefst erschöpft hinter Ella, die schlafende Lea im Arm. Wir fahren auf deutschen Landstraßen, irgendwann werden sie in die Autobahn Richtung München münden. Ella wird uns direkt zu Oskar und Niklas bringen. Sie wird die Erste sein, die sein Versteck kennenlernt.

Das kleine Häuschen trägt eine dicke Haube aus Schnee. An den Fenstern kleben silberne Sterne, wahrscheinlich hat Niklas sie ausgeschnitten. Vor der Tür steht ein großer Schneemann. Er trägt eine schwarze Wollhaube, die ich als Oskars erkenne, und eine Gelbe Rübe als Nase. Seine Augen und sein Mund sind liebevoll aus kleinen Kohlestückchen geformt.

Wir stellen uns leise ans Fenster und schauen den beiden einen Augenblick zu. Oskar liest Zeitung, Niklas hält einen Buntstift in der Hand und schaut nachdenklich auf ein Blatt Papier. Auf einem kleinen Tisch steht ein bunt geschmückter Weihnachtsbaum, darunter eine selbst gebaute Krippe. Lea hält es nicht mehr aus und stürmt einfach ins Haus.

Ella drückt meine Hand: „Ich schau' mir zuerst einmal die Gegend an, schön ist es hier", und verschwindet Richtung See.

Wie schon oft, seit Oskar geflüchtet ist, weine ich gleichzeitig aus Schmerz und Freude. Ich halte Niklas im Arm und meine Tränen fallen auf seinen Kopf. Vier Monate ohne meinen Sohn. Eine Ewigkeit! Wie habe ich das ertragen? Und wie war das für ihn? Ich halte ihn einen Augenblick von mir weg. Er ist gewachsen und hat die gesunde Farbe eines Kindes, das in der Natur lebt. Seine Augen strahlen und sein breiter Mund lächelt. Ich bin erleichtert. Ich spüre, dass die Zeit mit seinem Vater ihm gutgetan hat. Ich will es so spüren. Alles andere könnte ich mir nie verzeihen.

Oskar hält Lea im Arm. Jetzt darf sie weinen. Die Anspannung der letzten Stunden bekommt endlich ein Ventil.

Als die Kinder sich von uns lösen und einander in die Arme fallen, gehört der Raum uns. Doch wer hält wen? Wir sind beide bedürftig. Die Frage stellt sich nur für eine Sekunde. Dann nehme ich Oskar in den Arm. Sein Körper hat sich verändert. Er war immer sportlich. Aber jetzt ist er ein Naturmensch geworden und ich spüre seine harten Muskeln. Sie stehen ihm gut.

Ella kommt zurück. Wir sitzen am Tisch, es gibt selbst gebackene Weihnachtskekse und Kaffee. Die Kekse sind gesund und schmecken gewöhnungsbedürftig. Oskar bemerkt, dass ich mein Gesicht verziehe: „Wir haben unsere Ernährung umgestellt und mahlen in Letizias Küche unser Mehl selber." Ich lächle ihn zärtlich an. Der Begriff „Heiliger Tag" für diesen ersten Weihnachtstag bekommt eine neue Bedeutung.

Oskar war beeindruckt von Lillys Fluchtchoreografie: „Du solltest Kriminalromane schreiben." Doch dann wurde seine Stimme wieder ernst: „Ich weiß, was du und Lea alles auf euch genommen habt, um bei uns zu sein, und es gibt so viele Menschen, die uns unterstützen. Ich freue mich jetzt schon, wenn ich sie eines Tages an einen Tisch einladen und mich bedanken kann."

Ella setzte ihren kühnen Blick auf, den Lilly so gut kannte, und sagte: „Und warum nicht an Silvester? Ich kenne am Pfänderrücken, noch auf der deutschen Seite, aber ganz nah an der österreichischen Grenze, ein Gasthaus, in dem eine alte, fast blinde Frau nichts anderes als Kässpätzle kocht. Sie ist in der ganzen Gegend berühmt dafür. Die Bauern in den umliegenden Höfen vermieten Zimmer an ihre Gäste. Sie fragen nicht nach Daten und Namen und können das kleine Zubrot gut gebrauchen. Ich kann das für uns organisieren.“

Als Ella spät am Abend allein wieder abfuhr, war der Abschied leicht. Nur ein paar Tage, dann würden sie einander wiedersehen.

Lilly stapfte zornig durch den Schnee. Es war früher Morgen, aber noch dunkel. Der Schnee fiel in dicken, herrlichen Flocken auf den Weg, der zum See führte, und legte sich wie eine weiße Kuchenglasur auf die Bäume. Für einen Augenblick erinnerte sie sich an das Lebkuchenhaus, das ihre Oma immer in der Woche vor Weihnachten gebacken hatte. Sie durfte ihr dabei helfen und mit einem dicken Pinsel das Dach und die Tannen mit Zuckerschnee anstreichen. Sie liebte Schnee, aber jetzt war sie in ihrem Kopf gefangen, und ihre Gedanken und Gefühle schossen wie giftige Pfeile umher, die in ihrem Körper bekannte Schmerzen auslösten. Sie wusste, dass sie sich gerade eine ungünstige Realität erschaffte und kannte den Verlauf aus ihrer Vergangenheit mit Oskar nur zu gut: Wut, Verzweiflung, Trauer, Rückenschmerzen, Angst, Bedauern, Frieden, Neubeginn. Das war die explosive Mischung, in die sie sich immer wieder verwickelte. Früher, als es um andere Frauen ging, gehörte dieser Zustand zum Standard. Jetzt war er eine Ausnahme, und dennoch nicht weniger schmerzlich. Lilly fühlte sich von ihrer Liebe zu Oskar abgeschnitten und war in ihrem Zorn gefangen. Sie hätte ihren Zustand am liebsten ausgezogen wie einen alten Mantel, der längst nicht mehr passte, aber es glückte ihr nicht. Eigentlich hatte sie geglaubt, dass sie durch die gemeinsame Not gereift waren, dass dieser große Transformationsprozess ihre Beziehung für immer geläutert hatte.

Sie hatte das Wasser erreicht. Der See lag wie ein alter, vertrauter Freund in der Stille dieses frühen Morgens vor ihr. Sie atmete tief durch und ließ die Zeit seit ihrer Ankunft noch einmal Revue passieren.

Der erste gemeinsame Tag hatte der Familie gehört. Lea saß die meiste Zeit auf dem Schoß ihres Vaters und Niklas lag in Lillys Armen auf dem Sofa. Zwischendurch kochten und aßen sie gemeinsam und lachten über die junge Katze, die einem Knäuel aus Wollfäden nachlief. Sie hieß Filou, Niklas hatte sie angelockt. Ihre Mutter war die Grand Dame, die das Haus von Letizia regierte und dafür sorgte, dass ihr Sohn am Abend immer wieder nach Hause kam. Am Nachmittag hatten sie gemeinsam dem Schneemann, damit er nicht einsam war, eine Frau an die Seite gestellt. Sie trug eine rote Faschingsperücke und ausladende Brüste aus Schnee, denen Oskar seine ganze Aufmerksamkeit gewidmet hatte. Der Umstieg von der Familie zum Paar war ihnen dann am Abend, als die Kinder schliefen, nicht leicht gefallen. Sie saßen einander gegenüber und spürten beide, dass das unkomplizierte Miteinander verloren gegangen war. Vielleicht waren sie auch befangen, weil Lillys Scheide in der Nacht nicht feucht geworden war, und Oskar nach einem kurzen Versuch seine Leidenschaft sichtbar und spürbar verloren hatte. Es nützte wenig, dass sie wussten, dass Männer und Frauen auf Stress unterschiedlich reagierten. Sie wollten einander geben, was sie so lange vermisst hatten, und Lilly war enttäuscht, dass ihr Körper so ehrlich war. Früher hatte sie keine Probleme gehabt, diesen Moment des Widerstands zu übergehen.

Sie schwiegen lange und als Lilly sagte: „Ich werde Niklas wieder mitnehmen", wusste sie, dass es der falsche Satz zur falschen Zeit war. Von da an bekriegten sie sich mit Wortgefechten, schrien sich mit unterdrückter Stimme, damit die Kinder, die in ihren Stockbetten schliefen, nicht aufwachten, an, und Blicke aus hartem Stahl schossen über den Tisch. Als sie um Mitternacht in ihrem winzigen Schlafzimmer im Bett lagen, hatten sie den Ausgang aus ihren heftigen Gefühlen noch immer nicht gefunden. Keiner von ihnen. Lilly wusste, dass es nicht nur um Niklas, sondern auch um alte Kindheitsverletzungen ging, die sie gemeinsam durch ein Wort, durch eine Handlung oder Nicht-Handlung bei solchen Gelegenheiten auf die Bühne riefen. Es war nichts Neues, es war eine alte Spur, die sie schon lange bewusst verlassen hatten. Aber wenn der Moment kam, versagten alle Weiterentwicklungen der letzten Jahre. Dann kehrten sie beide zurück in ihr Beziehungs-Neandertal und vergaßen alles, auch ihre gute Erziehung. Es schien immer wieder, als ob der Krach wie ein notwendiger Reinigungsprozess funktionierte. Als ob die Frustrationen, über die sie nicht redeten, weil sie klein und lächerlich waren, sich nach einer Weile gebündelt einen eigenen Weg suchten.

Lilly wusste das alles, es war früher fast schon ein gewohntes Ritual gewesen. Aber jedes Mal, wenn es geschah, war sie neu verzweifelt und spürte den endgültigen Untergang ihrer Beziehung. Gleichzeitig war ihr klar, dass niemand sie dazu gezwungen hatte, sich in die alte Gefühlskiste zu setzen. Es war ihre Wahl gewesen, Oskar mit ihrem Vater zu verwechseln. Es war nicht gerecht, dass sie ihm vorgeworfen hatte, dass er ihr immer über den Mund fuhr und ihre Meinung unterdrückte. Sie hatte ihn mit ihrem Wunsch, Niklas wieder mitzunehmen, überfallen, und er hatte sich dagegen gewehrt.

Oskar und die Kinder schliefen noch. Sie würde nicht sofort zurück zum Haus gehen. Das kleine Gefühl von Sehnsucht brauchte noch Zeit, um zu wachsen. Sie war mit einem Seelenkater mitten in der Nacht erwacht und grollte sich selber. Wie oft würde sie sich das Leben noch schwer machen und sich mit Szenen wie gestern Abend kostbare Lebenszeit verderben? Sie hatte eine Nacht in Oskars Armen verloren und vielleicht auch noch diesen Tag, falls er ihr noch immer böse war.

Lilly überlegte, ob sie nicht doch einfach zurückgehen und sich zu ihm ins enge Bett kuscheln sollte. Aber vielleicht brauchte auch Oskar Zeit, bis er beginnen konnte, sie zu vermissen. Außerdem konnte sie ihn kaum ertragen, wenn er distanziert war. Sie wusste natürlich, dass es ein Schutz war, dass es seine Strategie war, den vorübergehenden Fall aus der Liebe zu ihr besser zu verkraften. In ihr löste seine Kälte ein Gefühl von absichtlichem Bestraftwerden aus und erinnerte sie fatal an Szenen aus ihrer Kindheit. Damals hatte sie sich einfach tot gestellt. Nichts spüren, nichts denken, innerlich so weit weggehen, bis sie sich selber kaum mehr finden konnte.

Lilly stand noch immer am Seeufer. Ihre gefütterten Lederstiefel und die lange Lammfelljacke hielten die Kälte ab. Aber sie trug keine Mütze und ihr Gesicht war kalt. Doch langsam erinnerte sie sich daran, dass sie sich in jeder Sekunde neu für ein gutes Leben entscheiden konnte. Ihr Rücken schmerzte noch, als sie zurück zum Jagdhaus ging, weil ihr Körper langsamer als ihr Geist auf die entspannte Lage reagierte.

Sie roch den Duft von Kaffee, frischer Seife und Aftershave, als sie die Tür öffnete. Oskar hatte den Frühstückstisch schon gedeckt und breitete seine Arme aus. Lilly lief auf ihn zu, küsste ihn zärtlich und war dankbar, dass die Fremdheit, die durch die Trennung entstanden war, vom Feuer des Streites verbrannt worden war. Ein klares, tiefes Gefühl wuchs in ihr, und sie wusste, dass sie in der nächsten Nacht ihre innersten Räume wieder öffnen konnte.

Das Thema mit Niklas wurde vertagt. Lilly beobachtete ihren Sohn in den nächsten Tagen und wurde sich immer mehr bewusst, dass es ihr Wunsch war, ihn mitzunehmen, weil sie es nicht ertragen konnte, ihn bei seinem Vater zu lassen. Doch Niklas war auch hier zu Hause. Sie durfte nicht egoistisch sein.

Es war der 31. Dezember, als sich aus unterschiedlichen Ländern einige Menschen aufmachten, um gemeinsam auf der deutschen Seite des Pfänders Silvester zu feiern. Ralf hatte am Telefon getobt, weil er die Aktion gefährlich fand, war aber dann einverstanden, gemeinsam mit Chris Clarissa in Salzburg abzuholen. Johanna nahm John und Nelly mit und Rudi freute sich besonders, dass eine „subversive Tätigkeit im Gang war". Ella hatte Leander informiert, der in der Silvesternacht als Bandmitglied der „Wäldermusi" bei einem Ball aufspielte. Annemarie wagte es nicht, zu kommen. Sie hätte es ihrem Mann sagen müssen und war sich sicher, dass er, als braver Bregenzer Bürger, in Ohnmacht gefallen wäre.

Tresi, die Wirtin, die eigentlich Theresa hieß, stand in ihrer Küche und schnitt Berge von Zwiebeln, als Lilly und Oskar mit Lea und Niklas am Nachmittag als Erste ankamen. Letizia hatte sie chauffiert. Ihr Sohn kam mit ihren Enkelkindern nur alle paar Jahre nach Europa zurück und verbrachte seinen Weihnachtsurlaub in diesem Jahr in den USA.

Die fast blinde Frau, der man nachsagte, dass sie nicht nur kochte, sondern auch hellsichtig und heilkundig war, hielt inne und sah die Ankömmlinge aufmerksam an. Dann kam sie näher und sagte: „Wir werden miteinander feiern, darf ich euch kennenlernen?“ Es war nicht ganz klar, ob sie das Nicken sah oder spürte. Jedenfalls nahm sie ihre Hände und berührte sanft Lillys Gesicht. Sie tastete es vorsichtig ab und wandte sich dann Oskar zu. Als sie ihre Hände hob, zuckte er zurück. Sie lächelte und sagte: „Ich tue dir nichts. Ich spüre, dass du in Schwierigkeiten bist. Ich bin eine alte Frau, ich habe so viel erlebt, dass mich nichts mehr wundert.“ Oskar entspannte sich und ließ zu, dass sie sein Gesicht erforschte. Lilly sah ihr dabei zu und versuchte, in ihrem zu lesen. Wusste diese Frau, was auf ihre Familie zukam? Doch die Züge der alten Frau blieben leer und still wie ein Gefäß, in das sich jeder hineindenken konnte, was er wollte. Erst als sie die Gesichter der Kinder, eins nach dem anderen, mit ihren Händen hielt, lächelte sie sanft und wurde dann sofort wieder ernst: „So tapfer, viel zu tapfer“, murmelte sie und strich den beiden zärtlich übers Haar.

Sie tranken gerade Tee, den Tresi aus selbst gesammelten Kräutern gebraut hatte, als Lillys Mutter mit Ella ankam und ihr Vorwürfe machte: „Wieso hast du mir nicht gesagt, dass du nur als Tarnung in die Sauna gehst und in Wirklichkeit Oskar besuchst?“ Lilly sah sie liebevoll an: „Weil du keine gute Komplizin bist, Mama. Man sieht dir an der Nasenspitze an, dass du etwas verbirgst. Deine Nervosität hätte uns verraten können.“

Als Johanna und Rudi mit den beiden Kindern die rustikale Gaststube betraten, ging Oskar sofort mit Tränen in den Augen auf sie zu: „Endlich lerne ich euch kennen. Ihr seid, so wie alle anderen hier auf diesem Fest, Engel auf Erden.“

Lilly, die in der Nähe stand, sagte halblaut: „Ja, alle bis auf Clarissa.“ Ihre Schwiegermutter, die mit Ralf und Chris erwartet wurde, würde endlich ihr geliebtes Ossilein wiederhaben. Es war klar, dass sie nicht mit an den See gedurft hätte. Das wäre zu gefährlich gewesen. Aber hier, an diesem Ort, an dem sie sich nur einmal treffen würden, sollte Oskar endlich seine Mutter wiedersehen.

Ralf neigte nicht zur Pünktlichkeit. Die Kässpätzle waren schon fertig und warteten in großen Schüsseln im riesigen alten Backrohr, als die Tür aufging und Clarissa hereinstürmte. Sie flog auf ihren Sohn zu, sprang mit dem Schlachtruf „mein Ossilein, mein Ossilein“ an ihm hoch, umklammerte ihn mit ihren Beinen und schlang ihre Arme um seinen Hals. Es war eine Geste, die einem kleinen Kind oder einer Geliebten zustand. Johanna und Rudi, die sie nicht kannten, rissen die Augen vor Erstaunen auf, und Lilly wusste, dass dieser Abend mit Oskar gelaufen war. Sie nahm es mit Gelassenheit. Es war so lange her, dass sie mit Freunden Silvester gefeiert hatte. Es fiel ihr nicht schwer, dieser alten, einsamen Frau den Platz an seiner Seite zu überlassen.

Es war kurz vor Mitternacht, als sie mit ihren Sektgläsern vor der Tür standen und das neue Jahr erwarteten. Ralf und Chris hatten sich Clarissa geschnappt und sie in ihre Mitte genommen. Sie strahlte zwischen den beiden Männern, und ihre Augen blitzten wie die eines jungen Mädchens. Lilly warf ihnen einen dankbaren Blick zu. Oskar hatte seinen Arm um sie gelegt und Lea und Niklas standen eng an ihre Eltern gekuschelt: „Möge Gott uns schützen, mein Lieb. Mögen wir noch viele Jahre miteinander glücklich sein.“ Lilly spürte eine tiefe Dankbarkeit. In diesem Augenblick, mitten in diesem Kriminalroman, in dem sie lebte, hatte sie das Glück gefunden und wollte es behalten.

1. Januar 1989
Ich sehe Oskar und Niklas zu. Sie steigen in Letizias Auto. Ich möchte hinlaufen und ihm das Kind wegnehmen. Man kann es nicht noch einmal von mir trennen. Kinder gehören zu ihrer Mutter. Lea steht mit hängenden Schultern neben mir. Die Entscheidung ist gefallen. Schon vor ein paar Tagen. Oskar will Niklas nicht hergeben, und er will bei seinem Vater bleiben. „Wir haben es so gut miteinander. Lass uns diese kostbare Zeit, bis er

in die Schule muss. Ein Sohn braucht seinen Vater." Es ist alles logisch, aber es bricht mir das Herz. Und Lea auch.

Wir haben in Privatquartieren übernachtet. Ella hatte die Schlüssel dabei. Unsere Gastgeber schliefen schon, als wir um drei Uhr morgens in unsere Betten krochen. Jetzt ist es Mittag. Wir haben gemeinsam bei Tresi gefrühstückt, jeder hat etwas mitgebracht.

Vergangene Nacht war ich glücklich. Jetzt sehe ich meinen Sohn wegfahren und weiß, dass erneut ein immer unerträglicherer Alltag beginnt. Ohne Oskar und ohne Niklas. Wir stehen auf dieser Wiese auf dem Rücken des Pfänders und winken, bis das Auto auf der langen Schotterstraße ins Tal hinter einer Biegung verschwindet. Ich lege meinen Arm um Lea und gehe mit ihr zu Rudis Auto. Die anderen sind schon eingestiegen und ich weiß, dass sie unsere Abschiedsszene beobachtet haben. Ich sitze mit den drei Kindern im Fond und bin einfach nur still.

Rudi fährt einen alten, grünen Militärjeep, obwohl er Pazifist ist. Er hat auf beiden Seiten mit Großbuchstaben in weißer Farbe „Make Love Not War" auf das Auto geschrieben und betrachtet das als seinen Beitrag zur Friedensbewegung. Jetzt stellt er das Radio an und ich bin ihm dankbar. Er ist ein Mann, der seine Gefühle nicht zeigen kann, aber die der anderen spürt und im richtigen Augenblick das Richtige tut. Ich sage in die Musik hinein: „Wie lange wird die Staatspolizei diesen hohen Aufwand noch betreiben, um mich zu überwachen?" Rudi dreht sich nicht zu mir um, aber lächelt mich im Rückspiegel an: „Solange die Medien und die Politiker Interesse an dem Fall haben. Für einen gewöhnlichen Mord würde niemand so viel Geld ausgeben. Aber hier liegt der Fall ganz anders. Es ist peinlich, dass sie nicht listig genug sind, Oskar zu erwischen. Sie werden den Druck eher verstärken als lockern."

Lilly hatte längst aufgehört, die Tage zu zählen, seit Oskar geflüchtet war. Sie reihten sich inzwischen aneinander wie eine graue Masse, aus der die Besuche bei ihm herausragten. Bei ihm und Niklas. Sie würde vielleicht nie wissen, ob es für ihren Sohn gut war, bei seinem Vater zu leben. Er machte einen glücklichen Eindruck. Aber war das nicht seit seiner Geburt so gewesen? Er schien schon als Baby die Welt aus Augen zu betrachten, die nur sahen, was sie sehen wollten. Lilly hatte nie gewusst, was ihn in seinem Inneren wirklich bewegte. Und es war auch seine Entscheidung gewesen, bei Oskar bleiben zu wollen. Konnte ein Kind seines Alters das wirklich beurteilen? Und was davon war Mitgefühl mit seinem Vater, der sich wie ein gejagtes Tier verstecken musste?

Lilly hatte auch längst vergessen, wie es war, in der Nacht durchzuschlafen. Seit Oskars Flucht war sie immer um vier Uhr morgens aufgewacht, weil auf ihrer Brust dunkle Schatten lagen, die ihr die Luft nahmen. Dann stand sie meistens auf und schrieb in ihr Tagebuch oder feilte an einer Reportage.

Seit ihrer Rückkehr nach Wien hatte sie den letzten Rest von Lebensfreude verloren und bemühte sich nur noch für Lea, fröhlich zu sein. Der Ausschlag an ihren Händen war schlimmer geworden und hatte sich über den ganzen Körper ausgebreitet. Sie trug seither Rollkragenpullis, damit Ralf ihn nicht sehen konnte. In der Redaktion schrieb sie im Augenblick nur kleine Geschichten und redigierte die Reportagen der freien Mitarbeiter. Es war, als ob sich ihre Leidenschaft für ihren Beruf mit der grauen Masse ihres problematischen Privatlebens vermischt hätte und darin untergegangen wäre.

Lilly telefonierte nicht mehr mit Oskar. Sie wollte ihm nicht erzählen, wie es ihr ging, und hatte nicht die Kraft, es vor ihm zu verbergen.

Ralf und Johanna machten sich Sorgen. Sie sahen, dass Lilly knapp davor war, zusammenzubrechen und trafen sich heimlich, um Strategien für ihre Entlastung zu besprechen. Ralf, der sie so gut wie kein anderer kannte, machte sich wenig Hoffnungen.

„Sie ist in ihrem chinesischen Horoskop ein doppelter Büffel. Wenn sie nicht will, hast du keine Chance." Johanna nickte. Sie kannte diese konsequente Art, die manchmal an Sturheit grenzte, von Kevin, ihrem Mann. Er war immer unbeirrbar seinen Weg gegangen und hatte manchmal auch einen hohen Preis dafür bezahlt. Jetzt lebte er wieder in den Staaten. Er hatte damals, als Johanna sich in Rudi verliebte, einer Trennung zugestimmt, weil er seine Arbeitskollegin Patricia mehr als sympathisch fand, und schon seit geraumer Weile mit ihr das Bett teilte. Nun war wieder alles anders. Die Beziehung war zu Ende und Kevin wollte zu seiner Familie zurück. Sie hatte schon mit Ralf darüber geredet, der inzwischen auch ihr Vertrauter geworden war. Lilly wollte sie nicht damit belasten.

Doch es war schon zu spät: „Johanna, wann willst du mir endlich erzählen, was mit dir los ist?“, fragte Lilly, als ihre Freundin wieder einmal einen Anlauf nahm und sie darum bat, endlich leiser zu treten. Sie sah sie mit ihren grauen, aufmerksamen Augen ernst an. Es gab kaum jemanden, den sie kannte, dem sein Unglück so ungeschminkt ins Gesicht geschrieben stand.

Johanna war nicht vordergründig schön. Sie war „eine Blume, an der man im ersten Moment vorbeigeht, um dann innezuhalten, weil die zart gefächerten Blüten und der wunderbare Duft einen betören“. Rudi, dieser pragmatische Tüftler, hatte diesen erstaunlichen Satz gesagt und Lilly einmal mehr überrascht. Er holte aus seinen Tiefen immer wieder neue Wesenszüge hervor, und so eckig wie seine Bewegungen war auch sein Persönlichkeitsbild. Nichts passte auf den ersten Blick zusammen. Und dennoch ergab es ein sinnvolles Ganzes. Johannas Augen waren braun-grau gesprenkelt und sie sagte von sich selber, dass sie eine Knollennase habe. Für Lilly war es eine Stupsnase, die sich nicht so ganz entscheiden konnte, ob sie an manchen Tagen lieber ein Knöllchen zeigte.

Und so ein Tag war heute. Johanna hatte ihren Knollentag, wie ihre Kinder es nannten, und ihren kleinen, wohlgeformten Mund nach unten gezogen. Ihre Hände lagen schützend auf dem kleinen Speckbäuchlein, das sie sich aus Kummer angegessen hatte und das jeweils wieder von alleine verschwand, wenn alles wieder gut war. Sie war einen Kopf kleiner als Lilly und als sie nach einem inneren Ringen jetzt ihren Kopf an Lillys Brust legte und losheulte, war ihr Weinen so inbrünstig wie ihr Lachen.

„Ich bin zerrissen zwischen dem Wunsch, meine Familie zu erhalten, und meiner Sehnsucht, endlich mit Rudi zusammenzuziehen. Kevin hat seinen Flug schon gebucht, er kommt nächste Woche nach Österreich zurück und möchte, dass wir es noch einmal probieren. Er weiß, dass ich Rudi nicht aufgeben will, aber er glaubt, dass die Zeit und die Kinder für ihn arbeiten. ‚Du kannst John und Nelly keine endgültige Trennung antun', hat er gestern am Telefon gesagt."

Lilly fragte: „Liebst du ihn noch?", und wusste, dass es das Einzige war, was zählte. Johanna konnte ihr Familienleben nicht darauf aufbauen, dass sie auf Rudi verzichtete, damit John und Nelly in einer heilen Welt, die keine war, leben konnten.

„Ja, ich liebe ihn als wunderbaren Menschen und als Vater unserer Kinder. Ich würde mich um ihn kümmern, wenn er etwas braucht. Ich bin mit ihm durch eine lange Geschichte verbunden. Aber es ist keine Liebe mehr zwischen Mann und Frau."

Lilly dachte an ihre Eltern. An ihre Kindheit, die so verwirrend für sie gewesen war. An die Unklarheit des Paares, das sich nie für oder gegen die Beziehung entschieden hatte. Sie erinnerte sich an das Gefühl, dass mit ihr selber etwas nicht stimmte, weil sie etwas spürte, wo Bild und Text nicht übereinstimmten.

„Du darfst das deinen Kindern nicht antun, dass du dich für sie opferst. Der Preis ist für dich, aber auch für sie zu hoch. Ihr könnt Eltern bleiben. Kevin kann sich in eurer Nähe eine Wohnung mieten, wenn er in Europa bleiben will, und sich als Mann neu orientieren."

„Das hat mir Ralf auch schon gesagt. Aber wenn ich John und Nelly sehe, die sich schon auf ihren Vater freuen, bricht mir das Herz. Und gleichzeitig weiß ich, dass ich Rudi liebe und ihn nicht gehen lassen kann."

Es war an einem grauen Vormittag Ende Januar, als Volker Korbei, Lillys Gynäkologe und Freund, Ralf in der Redaktion anrief: „Ich habe Lilly ins Krankenhaus gebracht. Sie hatte einen Kreislaufkollaps und konnte sich noch zum Telefon schleppen, um mich anzurufen."

Ralf nahm sich ein Taxi und fuhr ins Allgemeine Krankenhaus. Er hasste den Geruch dieser deprimierenden langen Gänge mit den Plastikböden und wäre am liebsten wieder geflüchtet. Das letzte Mal war er hier auf der Intensivstation gewesen, als sie versucht hatten, die Überreste seines mit dem Motorrad verunglückten Freundes zusammenzuflicken.

Ralf fühlte sich schuldig. Er hatte Lillys Zusammenbruch kommen sehen und nichts dagegen getan. Er hätte sie zwingen müssen, irgendwohin auf Urlaub zu fahren, wo es warm war. Sie brauchte dringend Licht und Sonne.

Sie lag allein in einem Zimmer und Ralf dankte ihrem verstorbenen Vater, der auf einer Zusatzkrankenversicherung bestanden hatte. „Ich werde nie krank sein und ich brauche keine Privilegien", hatte seine Tochter damals gesagt. Jetzt lag sie wie ein Häufchen Elend von Kopf bis Fuß in Kortisonbandagen eingewickelt da und fragte als Erstes nach Lea.

„Sie ist bei Johanna und wird mit ihr heute Abend vorbeikommen." Lilly schloss erleichtert die Augen, und als Ralf ihr sanft übers Gesicht strich, fing sie still an zu weinen.

„Ich kann nicht mehr, es ist mir alles zu viel. Gestern haben zwei Kollegen angerufen, sie wollen eine Geschichte mit dem Titel ‚Die Erotik der Frau Baldini' schreiben, weil ich mich auf die Sexualität von alten Frauen spezialisiert habe. Ich habe sie angefleht, die Geschichte zu verschieben, bis Oskar aus dem Gröbsten heraus ist. Jetzt wollen sie stattdessen eine Geschichte über ihn." Ralf notierte sich die Namen der beiden und versprach, die Sache zu regeln.

„Lilly, du musst endlich Urlaub machen. Und zwar allein. Du brauchst Zeit für dich, Zeit, in der du für niemanden verantwortlich bist."

„Und was ist mit Lea? Ich kann sie nicht alleine lassen, sie braucht mich jetzt mehr denn je!"

„Sie braucht eine gesunde Mama und kein Wrack, das so tut, als ob es ihm gut ginge. Deine Mutter kann kommen und sich um Lea kümmern."

2. Februar 1989
Ich habe Angst. Angst, hierzubleiben und in ein immer tieferes Loch zu fallen. Angst, wegzufahren und mit mir alleine zu sein. Bisher ist mir mein Körper über seine Grenzen hinaus gefolgt. Er hat erlaubt, dass ich mich selbst vergesse, dass ich aufgehe in der Sorge um Oskar und die Kinder. Jetzt liege ich in einem Haus, in dem das Leid täglich zu Gast ist. Hier sterben Menschen und werden in Särgen weggetragen. Manchmal spüre ich, dass Sterben auch eine Alternative wäre. Ich bin so müde ... Aber dann denke ich an meine Familie und weiß, dass ich durchhalten muss. Ralf hat recht. Aber vorher muss ich den beiden Kollegen ein Interview mit Oskar vermitteln. Markus Längle befürwortet die Idee. Er glaubt, dass eine eigene Darstellung in den Medien nützlich sein könnte.

Manchmal hasse ich meinen Beruf. Wir haben eine Macht, die uns nicht zusteht. Wir können Menschen fördern oder vernichten, Trends stärken oder umbringen, Dinge als wahr darstellen oder als Lüge diffamieren. Und wenn uns ein Fehler passiert, dann gibt es eine kleine Berichtigung. Dass hinter solchen Berichtigungen manchmal zerstörte Menschenleben stehen, interessiert niemanden. Jetzt gehöre ich zu den Menschen, die auf der anderen Seite leben.

Es war ein Treffen, das Ralf arrangiert hatte, kurz nachdem Lilly aus dem Krankenhaus entlassen worden war. Sie kannten die beiden Kollegen seit vielen Jahren. Wenn Anstand in ihrem Geschäft einen Namen hatte, dann konnte er durchaus mit den beiden besetzt werden. Sie waren kein Paar, aber arbeiteten seit ihrem Studium zusammen und waren in der Branche für ihre gut recherchierten Reportagen bekannt. Im Extrazimmer des *Gläsernen Elefanten*, in dem man ungestört reden konnte, steckten Ralf und Lilly die Bedingungen für die beiden ab. Es würde einen Treffpunkt in der Nähe von München geben. Weit genug weg vom See. Oskar, mit dem Lilly schon telefoniert hatte, würde ein Interview geben, das zunächst Ralf und Lilly vorgelegt werden musste und erst mit dem Okay des Anwalts gedruckt werden durfte. Sie würde die beiden nicht zu ihrem Mann begleiten, das wäre zu gefährlich.

Lilly sehnte sich nach Oskar und Niklas. Und gleichzeitig hatte sie keine Kraft mehr für Undergroundaktionen, wie Rudi es nannte. Wann würde Oskar endlich ein deutsches Gericht finden, das bereit war, seinen Fall zu verhandeln? Bisher hatten ihn alle abgewiesen: „Wir werden Ihren Mandanten verhaften, sobald er sich stellt“, war eine Drohung gewesen, die das Versteckspiel immer weiter in die Länge zog.

Lilly belauerte täglich ihre Haut. Sie hatte Angst, dass der Ausschlag, der durch die Behandlung mit Kortison unterdrückt worden war, wieder aufflammen könnte. Sie versprach ihrem Körper, dass sie demnächst ans Meer und in die Stille der Wüste fahren würde. Sie wusste auch schon, wohin.

Es war vor zwei Jahren gewesen. Ein Beratungsunternehmen hatte unter dem Titel „Großstadtnomaden in der Wüste“ eine Reise in die Stille für gestresste Manager angeboten. Damals hatte Lilly Dahab und im Hinterland des kleinen Ortes die Wüste Sinai kennengelernt. Sie war mit acht Männern und einem Tross von Kamelen und Führern fast eine Woche durch Steinfelder und Dünen gewandert und hatte sich gewundert, wie panisch manche Menschen auf die Stille reagieren.

Nach kurzer Zeit hatten sich zwei Gruppen gebildet. Die einen, die dafür eintraten, dass am Abend am Lagerfeuer das Schweigen den Raum öffnen sollte für die Ereignisse des Tages. Die anderen, die sich Witze und Geschichten erzählen und dabei ein paar Bier trinken wollten. Die beiden Reiseleiter, eine Frau und ein Mann, vermochten die Gruppe mit ihren unterschiedlichen Bedürfnissen nicht zu vereinen und schlugen vor, am Abend getrennte Lager aufzuschlagen.

Lilly war von einem Platz zum anderen gewandert und hatte Interviews geführt, auch wenn die stille Truppe ihr deutlich lieber gewesen wäre. In den wenigen Momenten, in denen sie nicht mit ihrer Reportage beschäftigt war, hatte die Wüste ihr Inneres berührt. Sie sah das Bild vor sich, wie sie am letzten Tag, bevor sie in den Jeep gestiegen war, sich kurz verneigt, den Sand aus ihren Schuhen geschüttelt und leise gesagt hatte: „Ich komme zurück."

Der Flug war für nächste Woche gebucht, Lilly wollte kein Hotel reservieren. Ralf fühlte sich nicht wohl bei dem Gedanken, dass sie einfach drauflos fuhr. „Und wo finde ich dich?" Lilly lächelte ihrer Nomadin innerlich zu und antwortete: „Am Meer und unter den Sternen in der Wüste."

Drei Tage vor ihrem Abflug kamen die beiden Journalisten mit Material aus Deutschland zurück und legten das Interview vor. Lilly war erstaunt, wie Oskar sich darstellte. Als kleines Licht, als Laufbursche von Paolo, als jemand, der auf der Ebene der Sekretärinnen agierte und aus dem Raum geschickt wurde, wenn es um Geheimnisse ging. Am meisten wunderte sie, dass unter seinem alten Foto – er durfte aus Sicherheitsgründen nicht fotografiert werden – der Satz stand: „Herr Vicente? Ich war immer sein Untergebener. Ohne seine Einwilligung durfte ich nicht einmal sein Büro betreten. Er war der Chef und ich ein kleiner Maschinenverkäufer." War das die Wahrheit über die Beziehung der beiden? Oder versuchte Oskar, sich von Paolo zu distanzieren?

Sie suchte in ihrer Erinnerung nach Bildern zu seinem Text. Paolo war ein Mann, der sich seiner Macht bewusst war und sie ausübte. Lilly erinnerte sich daran, wie verärgert er war, als sie sich geweigert hatte, einen Werbespot für eine Wahlempfehlung zu drehen. Zuerst hatte er Oskar dazu überredet, auf sie einzuwirken, und als das nichts half, war sie monatelang Persona non grata und wurde zu den wichtigen Events nicht mehr eingeladen. Vielleicht hatten die beiden ein deutlicheres Hierarchieverhältnis, als Lilly von außen wahrgenommen hatte. Vielleicht war sie auch zu gefangen gewesen vom Bild Oskars, das sie sich gemacht hatte: Vielleicht war er doch kein souveräner, selbstbestimmter, charismatischer Mann?

Es gab aber noch eine andere Passage, die Lilly beunruhigte. Oskar sprach darüber, dass er selber nur Teile der Ladung des Schiffes mit eigenen Augen gesehen hatte. Er beteuerte seine eigene Unschuld, nannte einen Minister beim Namen und ließ die Vermutung im Raum stehen, dass es noch um ganz andere Interessen gegangen sein könnte. Lilly spürte, wie eine Welle von Angst sie überflutete und dass ihre Hände wieder zu jucken begannen.

Sie ging in Ralfs Büro: „Kannst du den Text bitte überprüfen, es macht mir Angst, was ich lese." Ralf nahm sie wortlos in die Arme: „Fahr du nach Ägypten und erhol dich, ich mach' das schon." Er sagte nicht, dass alles gut wird, er glaubte es auch nicht mehr.

7. Kapitel

Lillys Nomadin vertrug sich nicht mit dem Muttertier in ihr. Die beiden standen in einem ständigen Widerstreit, und wenn die eine gewann, war die andere unzufrieden.

Die Nomadin saß um halb fünf Uhr morgens an einem kalten Februartag im Taxi, jede einzelne Zelle in angenehmem Aufruhr: Endlich keine Alltagsverpflichtungen, endlich wieder von einer Sekunde zur anderen leben. Ein Flugticket nach Ägypten, ein Transport nach Dahab, das war alles. Mehr brauchte sie nicht, um glücklich zu sein. Keine Pläne, keine Buchungen, keine Termine. Es war genug Beschränkung, dass sie in vierzehn Tagen zwei Stunden vor Abflug wieder am Flughafen von Sharm el Sheikh sein musste. Die wilde Freude, die in ihr aufstieg, erinnerte Lilly an die Erzählungen von Lilith, der freien Frau, die sich nicht fügen wollte und die durch die Lüfte davongeflogen war, als Adam sie zähmen wollte.

Dieser Glücksmoment war zu Ende, als sie am Abfluggate eine Mutter mit ihren beiden Kindern beobachtete. Das ältere war ein Junge und schien noch nicht schulpflichtig zu sein. Für eine Weile war Lilly durch das Verhalten der Mutter von ihren eigenen Gefühlen abgelenkt. Der Junge saß mit angespannten Kiefermuskeln brav da und wippte nervös mit dem rechten Fuß, während das kleine Mädchen, das vielleicht drei Jahre jünger war als er, die ganze Aufmerksamkeit forderte. Es wurde geküsst, gekämmt, gestreichelt, beachtet, während er, vollständig ignoriert, stumm vor sich hin starrte. Lilly hätte die Mutter am liebsten geschüttelt, so zornig war sie über den Ausschluss des Sohnes, an den seine Erziehungsberechtigte – was für ein schrecklicher Name – während der Wartezeit nur einen einzigen Satz richtete: „Sei doch vernünftig“, sagte sie, als er seine jüngere Schwester, die ihn an den Haaren zog, wegstieß. Sie sah dem Jungen zu, der sich bemühte, seinen Schmerz nicht zu zeigen, und plötzlich war Niklas ganz nah. Sie hatte sich noch immer nicht daran gewöhnt, dass er mit Oskar lebte. Das Muttertier sprang in die Lücke, die sich bot, und öffnete den großen Raum, in dem der Schmerz wohnte. Am liebsten wäre Lilly aufgestanden und wieder nach Hause gefahren. Sie würde zu Lea ins Kinderzimmer gehen, ohne ihre Mutter zu wecken, die aus dem Bregenzerwald angereist war, und bei ihrer schlafenden Tochter sitzen. Dann würden sie gemeinsam am Morgen zu Oskar und Niklas fahren. Sie fühlte sich plötzlich wie eine Verräterin, dass sie einfach abhaute.

Ralf war ganz anderer Meinung: „Es ist fünf vor zwölf. Wenn du für deine Familie sorgen willst, dann musst du deine leere Batterie aufladen. Und komm mir ja nicht wieder, bevor die vierzehn Tage um sind."

Als Lilly endlich im Flugzeug saß, war sie so erschöpft von ihrer inneren und äußeren Anspannung, dass sie die Augen schloss. Die Stille tat ihr gut. Sie hatte sich aus ihrer Kindheit die Fähigkeit bewahrt, sich so abzukapseln, dass sie ihre Umgebung nicht wahrnahm, und nur ganz in der Ferne hörte, wie die Flugbegleiterin die Sicherheitsbestimmungen in zwei Sprachen herunterleierte.

Kurz nach dem Start, die „Fasten-seatbelt"-Zeichen waren gerade erst erloschen, war die Stille zu Ende: „Noch immer so attraktiv wie früher", sagte eine männliche Stimme, die viel zu laut war. Sie öffnete die Augen und brauchte einen Augenblick, um das stark gealterte Gesicht, das sich über sie beugte, einem Geschäftspartner von Paolo zuzuordnen. Paul hatte damals gerade eine viel jüngere Frau geheiratet und war, wie er ihr jetzt ungefragt berichtete, „gezeichnet von seiner gescheiterten Ehe". Lilly sagte in einer Mischung aus echtem Mitgefühl und leichter Schadenfreude: „Ja, Generationssprünge sind meistens nicht so einfach." Er sah sie verblüfft an: „Ja, hätte ich vielleicht eine Gleichaltrige nehmen sollen?" Er sagte das Wort „gleichaltrig", als ob es einen schlechten Geruch hätte, der ihm nicht zuzumuten wäre. Lilly wunderte sich nicht. An den Preis für diese „Mischehen" dachten die Beteiligten meist erst, wenn es zu spät war. Am Anfang schoben die alten Väter noch begeistert Kinderwagen durch die Gegend, in denen Babys lagen, die ihre Enkel sein könnten. Doch später, wenn der Lack der jungen Liebe abgeblättert war, wurde das Leben meistens mühsam. Sie hatte schon einige Männer erlebt, die mit siebzig von ihren fünfzigjährigen Frauen verlassen worden waren, weil die Lebensentwürfe nicht mehr zusammenpassten. Als Paul wieder zu seinem Sitzplatz zurückging, nachdem er sein Unglück bei Lilly abgeladen hatte, blieb Paolo vor ihrem inneren Auge zurück.

Ihr Schicksal hatte in einem Flugzeug mit einem Ring, den er ihr an den Finger gesteckt hatte, begonnen. Und jetzt war sie, zehn Jahre später, in einem Leben gelandet, das sie zu einer anderen Frau gemacht hatte. Eine weitschichtige Verwandte im Bregenzerwald fiel ihr ein, die an Weihnachten bissig zu ihr gesagt hatte: „Gib zu, dass du die Publicity genießt, dein Gesicht ständig in der Zeitung zu sehen." Ella, die Lillys Betroffenheit bemerkt hatte, biss zurück: „Manche Menschen sind so dumm, dass man ihnen das Maul verbieten sollte …" Lilly dachte an ein Foto der letzten Woche, dessen Bildtext ihr unter die Haut gegangen war: „Baldinis Frau Komplizin der Verbrecher? Wo hält sie die beiden Männer versteckt?" Ralf wollte sie trösten: „Ich kenne den Journalisten, er hat ein Gehirn, das nicht größer ist als eine Briefmarke, lass dich von so jemandem nicht verletzen."

Dahab empfing Lilly mit bedecktem Himmel bei mehr als zwanzig Grad und einem Kulturschock. Sie wollte diesmal in Assalah, einem weniger touristischen Teil, wohnen und fühlte sich vom Bauschutt an den Straßenrändern, den halb fertigen Häusern und dem Müll, der sorglos herumlag, abgeschreckt. Sie besichtigte drei Appartements, die trotz der vernachlässigten Umgebung alle gut ausgestattet und sauber waren, und jedes Mal sprang ihr die Einsamkeit entgegen. Sie sah sich allein mit ihrem Beduinentee in den geschützten Innenhöfen sitzen und sehnte sich nach der Weite des Meeres und den Menschen, die am Ufer spazieren gingen. Sie zog ihren Rollkoffer über staubige Wege auf der Suche nach einem passenden Quartier und verfluchte ihre Spontaneität. Sie dachte an die Zwischenlandung in Marsa Alam, einem Touristenzentrum, und beneidete für einen Augenblick die Menschen, die braun gebrannt nach ihrem All-inclusive-Urlaub an Bord gegangen waren, um zurück nach Wien zu fliegen. Die meisten trugen noch ihre Plastikbänder am Handgelenk, die sie als Zugehörige der gut versorgten Urlauberherde in einem Club kennzeichneten.

Lilly hatte sich längst verlaufen und wusste nicht mehr, in welcher Richtung das Meer lag. In diesem Augenblick kam eine Frau, ganz offensichtlich Europäerin, aus einem gepflegten Haus mit einem säulengeschmückten Eingang, und wollte in einen weißen Jeep steigen. Sie zögerte, als sie die ratlose Fremde mit ihrem Koffer sah, und sagte mit einer tiefen, angenehmen Stimme: „Can I help you?" Sie trug kurzes, gelocktes, silbergraues Haar, um das sie lässig ein Tuch geschlungen hatte. In ihren warmen grauen Augen blitzte der Schalk. Tjalle, die Dänin war und seit vielen Jahren acht Monate lang in Dahab lebte, weil ihre Tochter einen Stadtbeduinen geheiratet hatte, machte Lillys Odyssee ein Ende. Sie brachte sie zu einem nahen Hotel am Strand, das mit seinem großen Beduinenzelt am Meer und den bequemen Sofas mit bunten Kissen genau den Wünschen der Nomadin entsprach. Sie dachte an Ralf und freute sich jetzt schon auf sein Gesicht, wenn sie an ihre Erzählungen nach ihrer Rückkehr dachte. Er war immer wieder neu fasziniert von ihrer Begabung, an jedem Ort der Welt sofort neuen Herzensmenschen zu begegnen: „Dich könnte man in der Wüste aussetzen und du würdest mit einem ganzen Beduinenstamm nach Hause kommen."

Als Tjalle sich nach einem Drink in den weichen Kissen des Beduinenzelts verabschiedete, hatten sie einander die Eckdaten ihrer Leben abwechselnd auf Deutsch, Englisch und Französisch erzählt. Es war Lilly, die immer wieder den Sprachkanal wechselte, nachdem ihre neue Bekanntschaft erzählt hatte, dass sie sich bei Tisch manchmal fünfsprachig unterhielten, wenn ihr Schwiegersohn und Gäste aus Europa da waren.

Lilly stellte sich vor, wie es wäre, wenn sie Ella und ihr Bregenzerwälderisch hierher mitbrachte. Es fühlte sich passend an.

Beim Abschied sagte Tjalle: „Morgen fahre ich zu einer Freundin, die dir gefallen wird. Wenn du magst, kannst du mitkommen, sie ist hellsichtig.“ Lilly überhörte das Wort „hellsichtig“ und nickte dankbar. Es war gut, dass sie nicht gleich allein sein musste. Sie hatte sich nach Erholung und Stille gesehnt und nun merkte sie, dass sie Angst davor hatte. Was würde passieren, wenn die Alltagsprobleme ihren Kopf nicht mehr bis zum Bersten füllten? Welche Untiefen würden sie erwarten, wenn sie nur noch an sich selber denken musste?

Ägypten, 7. Februar 1989
Ich liebe das Meer. Es wird mich in den Schlaf singen, wenn ich die Türen zu meinem Balkon offen lasse. Es ist mein Freund und tröstet mich mit seinem Gesang. Ich liege auf meinem Doppelbett, das für mich alleine zu breit ist, und vermisse sie alle. Oskar, Lea, Niklas, Ralf, Johanna, Ella ... Dahab ist ein magischer Platz. Die roten Berge des Sinai schützen im Hintergrund diesen gesegneten Streifen Land, der sich zur unendlichen Weite des Wassers öffnet. Ich mag diese Mischung aus Tourismus und Beduinenkultur. Gleichzeitig habe ich Angst vor der Zeit hier. Ich bin ohne Ziel. Keine Reportage, keine Manager, die ich beobachten und beschreiben kann und die mich in der Einsamkeit der Wüste in ihre geheimsten Gedanken einweihen, solange sie nicht in meiner Geschichte vorkommen. Niemand, der mich von mir selber ablenkt.

Wer bin ich? Ich weiß, wer ich war. Das ist einfach. Eine begabte, etwas oberflächliche, hübsche Journalistin, die sich eine glückliche Kindheit zurechtgeträumt hat. Natürlich nicht bewusst. Ich kannte nichts anderes, als zwischen meinen Eltern, die so sehr mit sich selbst beschäftigt waren, einsam zu sein.

Wer bin ich jetzt? Ich stehe auf und gehe nackt in mein grünweiß gefliestes Badezimmer. Ich bewundere die schmale Fliesenbordüre aus kleinen Rosenknospen und grünen Blättern auf weißem Hintergrund. Sie verbindet auf halber Raumhöhe die weißen mit den grünen Fliesen und ist mir bis jetzt nicht aufgefallen. Ein charmanter Stilbruch in dem orientalischen Ambiente, als ob hier kurzfristig eine Französin mit Geschmack ihren Charme ausgelebt hätte und dann wieder abgereist wäre. Als ich meine Hände am kleinen Waschbecken wasche, entdecke ich, dass der Wasserhahn die Form eines Delfins hat. Seine grünen Augen passen zur Farbe der Rosenblätter. Dieses Bad kann nur eine Frau ausgestattet haben. Ich fühle mich wohl, obwohl das Hotel schon bessere Zeiten gesehen hat.

Mein Spiegelbild überrascht mich. Es ist lange her, dass ich mir selber aufmerksam ins Gesicht geschaut habe. Der Druck und der Stress der letzten Jahre scheinen fast spurlos an mir vorübergegangen zu sein. Meine Augen haben etwas von ihrem Strahlen verloren, doch meine Haut und meine Haare sind die einer jungen, glücklichen Frau. Als ob mein erschöpfter Körper sich bemühte, um jeden Preis den Schein zu wahren. Ich bin zu dünn, aber das ist gerade modern und spricht eher für mich, auch wenn ich nichts dafür tue. Außen bin ich offensichtlich fast dieselbe geblieben.

Im Inneren habe ich mit der Lilly, die in Paris-Orly in den Abendflug nach Wien gestiegen ist, nur noch wenig zu tun. Ich spüre eine Tiefe, von der ich noch nicht weiß, ob ich sie mag. Es hat mich viel gekostet, die zu sein, die ich jetzt bin. Ich putze mir die Zähne und lege mich ins Bett, obwohl es nach mitteleuropäischer Zeit erst acht Uhr abends ist. Als die Erschöpfung kommt, lasse ich das Meeresrauschen darüberrollen. Aufgeben, abgeben, einfach wieder einmal schlafen …

Ich erwache, weil der Sturm an meiner Balkontür rüttelt, kuschle mich in meine Decken und genieße das Tosen der Wellen. Wenn das Meer zu mir spricht, fühle ich mich nicht einsam, auch wenn ich meine Familie vermisse. Seit meiner Zeit an dem See, an dem Oskar sich versteckt, hat Wasser eine neue Bedeutung für mich. Es ist, als ob es mich an meine Essenz erinnert, an den Ort in mir, an dem ich wirklich zu Hause bin. Ich greife nach meiner Uhr. Es ist erst sieben. Bis um zehn gibt es Frühstück. Ich sinke erleichtert in meine Kissen zurück. Es ist lange her, dass ich meinen Körper gespürt habe. Er liegt zwischen den weißen Laken und ist mir unendlich dankbar, dass ich nicht sofort aus dem Bett springe.

Das Meer ist immer noch stürmisch, der Wind treibt den Sand über die Uferpromenade, und der Himmel ist bedeckt. Es stört mich nicht. Von meiner Mutter und meiner Großmutter habe ich einen starken Impuls „ussë, d'Sunnô schinnt" geerbt und bin froh, dass meine Auszeit so langsam beginnt.*

Tjalle bittet mich in ihr Haus, als ich pünktlich um elf Uhr bei ihr ankomme. Ihre beiden Enkeltöchter, die mit ihren Eltern in Sharm el Sheikh leben, sind da, weil sie Ferien haben, und sprechen mit ihrer Großmutter eine Mischung aus Dänisch und Arabisch. Es klingt ganz natürlich und ich wünschte, dass die allgemeine Völkerverständigung auch so einfach wäre.

Es gibt manchmal Plätze, in die ich sofort, ohne etwas zu ändern, einziehen könnte. Das hier ist einer. Die Mischung aus Orient und Europa ist umwerfend. Die bequemen Beduinensofas gehen eine mühelose Allianz mit den eleganten weißen Möbeln ein. Alles ist einfach und edel. Tjalle, die in Dänemark, der Schweiz und Frankreich gelebt hat, serviert Tee, und ich frage mich, wie alt sie ist. Ihre Bewegungen und ihre Mimik sind jung, gleichzeitig tragen ihr Gesicht und ihr Körper Spuren von Leben, das schon einige Jahrzehnte dauern muss. Sie spürt meine Frage und sagt: „Ich bin fünfundsiebzig Jahre alt und lebe seit fünfzehn Jahren in Dahab." Als ich sie mit offenem Mund anstarre, weil ich mich um mehr als ein Jahrzehnt verschätzt habe, lacht sie: „Hier wird man als Europäerin vorzeitig alt oder man bleibt sehr jung. Ganz, wie man will."

Der weiße Jeep ist sehr gepflegt, aber der Sitzgurt klemmt, und ich kann mich nicht anschnallen. Tjalle lacht: „Er ist auch schon alt, aber wir nehmen es hier nicht so genau, ich fahre sowieso langsam, weil die Straßen schlecht sind."

Die roten Berge des Sinai, die mich gestern bei meiner Ankunft mit ihrer kargen Nacktheit deprimiert haben, leuchten heute wieder genauso magisch wie damals, als ich noch eine andere war. Es erleichtert mich.

---

* Hinaus, die Sonne scheint.

Das Haus, das Rita mit ihrem Mann Ibrahim, einem Beduinen, erbaut hat, steht ein paar Hundert Meter vom Beduinencamp entfernt, trägt zwei kleine und eine große Kuppel und fügt sich harmonisch in die Landschaft ein. Rita empfängt uns mit einer Herzlichkeit, die kaum einen Unterschied macht zwischen ihrer Freundin und mir. Sie schaut mir in die Augen, so als ob sie nach Erkennungszeichen sucht, dann umarmt sie auch mich innig und bittet uns herein.

Unter der ersten kleinen Kuppel gibt es eine einfache Küche, in der sie uns Kaffee kocht, zu dem sie Datteln serviert, die Ibrahim in Honig getränkt und mit Mandeln gefüllt hat. Gleich daneben findet sich unter der zweiten Kuppel ein modernes, praktisches Badezimmer. Rita sagt fast verlegen: „Ich brauche diesen Luxus, und warum sollten wir nicht einige Errungenschaften der modernen Zivilisation nützen?" Der Raum unter der großen Kuppel ist traditionell mit bunten Teppichen und Beduinenkissen ausgestattet. Wir ziehen unsere Schuhe aus und setzen uns rund um ein Kohlebecken, das uns an diesem kühlen Tag wärmt.

„Dieser Platz soll ein Entwicklungszentrum sein und wächst langsam und damit organisch", sagt Rita, und ich sehe in ein junges, fast faltenfreies Gesicht mit bernsteinfarbenen Augen. Sie trägt ihre grauen, gelockten Haare zu einem Pferdeschwanz zusammengebunden, der bis zu ihren Schultern reicht. Ihr langes Beduinenkleid, unter dem sie gegen die Kälte einige Schichten trägt, hat die Farbe von verblichenem Lachsrosa. „Manchmal macht mich dieses langsame Wachstum des Zentrums ungeduldig, aber nur für einen Moment. Ich weiß, dass jeder, der hierherkommt, gerufen wird und etwas lernen will, was immer es ist. Es ist kein Touristenort und wird es auch nie werden." Unter dem forschenden Blick fühle ich mich plötzlich als jemand, der hierhergekommen ist, um etwas zu lernen.

Unser Besuch dauert nicht lange, Tjalle muss zu ihren Enkelkindern zurück und Rita sagt: „Wenn du willst, kannst du jederzeit wiederkommen. Hier ist ein guter Platz für Menschen, die sich selber finden wollen." Woher weiß sie, dass ich mich selber finden will?

Der Sturm und der bedeckte Himmel blieben den ganzen Tag zu Gast. Lilly spazierte von ihrem Ortsteil in den anderen und registrierte, wo die Grenze lag. Niemand musste ihr sagen, wo die Touristenmeile begann. Sie ergab sich durch eine plötzliche Verdichtung der Restaurants, vor denen die Besitzer ihre Sonderangebote anpriesen, und durch eine Reizüberflutung von aneinandergereihten Geschäften, in denen es vom Beduinenteppich bis zur Taucherbrille alles gab. Sie kaufte sich Tee und Badeschuhe, weil das Riff, das den Strand begrenzte, für nackte Füße gefährlich war, und ließ sich durch den Tag treiben. Es war windig und zu kalt zum Schwimmen, und so saß sie am Nachmittag in einem der vielen Coffeeshops auf Beduinenkissen und schmökerte in den Büchern, die Ralf ihr mitgegeben hatte. Sie sah ihn vor sich, wie er ihr am Vortag vor der Abreise die Bücher wie zufällig über den Tisch geschoben hatte: „Falls du im Urlaub etwas für deine Seele und dein Selbstmanagement tun willst …“

Lilly lächelte. Er hatte recht. Es war höchste Zeit, dass sie ihre Managerinnenqualitäten ihrem eigenen Selbst widmete. Sie schlug das erste Buch auf, weil es das Porträt eines jungen, buddhistischen Mönches trug, der ihr gefiel. Sie glaubte daran, dass die ersten Sätze als Richtungsweiser für die gesamte Zeit galten. Das Kapitel hieß „Die Tugend des Loslassens“.

„Schauen wir uns Hoffnung und Furcht genauer an, so finden wir unterhalb von allem das Anhaften. Wir wollen die Dinge auf eine gewisse Weise haben und drängen in diese Richtung. Der Buddha sagt: ‚Die Welt ist fließend, nicht fest. Dich auf das zu fixieren, was du haben willst, das ist es, was wehtut. Hör also auf, zu sehr an den Dingen festzuhalten.‘“

Sie klappte das Buch zu und las, dass der Mann auf dem Titelbild Sakyong Mipham hieß. Sie stellte sich vor, wie es wäre, wenn sie ihre Ängste und Erwartungen aufgeben könnte. Es fühlte sich gut an, so als ob eine riesige Last von ihren Schultern fiel. Vielleicht konnte es ihr hier, in Dahab, gelingen, diese Haltung zu üben. Es war alles so fremd hier, dass ihre Sorgen kurzfristig in einem angenehmen Nebel verschwanden.

Es war seltsam, so zu leben. Sie hatte Zeit, sich zu überlegen, was sie im Augenblick wollte, und konnte sich nicht daran erinnern, dass das jemals über einen längeren Zeitraum so gewesen war. Als Kind hatte sie sich bemüht, ihren Eltern gerecht zu werden, dann war die Schule als schwierige Herausforderung in ihr Linkshänderleben gekommen, und nach dem Studium hatte sie schon bald mit Ralf *Psychologie Morgen* gegründet. In ihrer Freizeit war sie meistens mit Männern zusammen gewesen, deren Wohlbefinden ihr wichtiger war als das eigene. Sie dachte an den Film, dessen Namen sie vergessen hatte, in dem eine Frau nicht wusste, wie sie die Eier zum Frühstück mochte, weil sie sich ihr Leben lang der Vorliebe ihrer Partner angepasst hatte. Das war ihr schon damals vertraut vorgekommen. Sie war Mountainbike im steilen Gelände gefahren, obwohl sie sich davor fürchtete, hatte regelmäßig Opern besucht, obwohl sie sich langweilte, und war mit einem Anthropologen zu staubigen Ausgrabungsfeldern gereist, obwohl die alten Knochen sie nicht interessiert hatten.

Jetzt konnte sie einfach nach ihrem Kaffeehausbesuch ungestört im Bett liegen, dem Meer zuhören und in die Luft schauen. Wenn Lilly Hunger hatte, fragte sie niemand anderen, was er essen wollte, um sich danach zu richten. Sie spazierte einfach den Strand entlang, in entgegengesetzter Richtung zur Touristenmeile, und fand nach kurzer Zeit ein kleines Lokal, das ihr gefiel. Im Beduinenzelt am Strand war es zu windig, aber im Restaurant, von dem sie in die offene Küche sehen konnte, gab es eine geschützte Ecke mit Blick aufs Meer. Als Lilly es sich auf den Beduinenkissen, in ihren Mantel eingehüllt, bequem gemacht hatte, bemerkte sie, dass das Lokal in der Mitte offen war. Mitten in diesem Karree stand eine große Palme und wuchs ungestört in den Sternenhimmel. Es fühlte sich alles so richtig an. Es war, als ob die Wesen aus dem Bregenzerwald mitgekommen wären, um sie zu führen. Sie spürte, was „All eins sein“ bedeutet, und das Meer hörte ihr zu, als sie es laut aussprach.

Lilly wachte am nächsten Morgen gerädert und unausgeschlafen auf. Sie hatte Angst um Oskar, Angst um ihre Kinder und Angst um ihre eigene Zukunft. Lilly wusste nicht, was sie falsch gemacht hatte. In den vielen schlaflosen Stunden waren die lauten Wellen quälend durch ihr Hirn gerollt und hatten, gemeinsam mit dem Wind, der an Fenster und Türen rüttelte, ihren Schlaf gestohlen. Der Tag gestern, den sie so genossen hatte, erschien ihr heute wie ein frivoler Ausflug mitten im Krieg, der ihr nicht zugestanden war. Sie stand auf und zog die Vorhänge zurück. Draußen war der Himmel noch immer grau und der Wind jagte die Wellen vor sich her, die sich tosend am Riff brachen.

Lilly zog sich an, ohne sich zu duschen, und ging an die Rezeption. „Ich muss dringend telefonieren", sagte sie zu Ahmet, der sie besorgt ansah. Sie wusste, dass sie heute wie eine andere Frau aussah, und bemühte sich, ihn anzulächeln. Er konnte nichts dafür, dass sie im falschen Land erwacht war.

Ralf hob sofort den Hörer ab: „Du musst mir helfen, ich will wieder nach Hause. Bitte organisiere mir so rasch wie möglich einen Flug." Er hatte, wie in fast allen Bereichen, auch bei einigen Fluglinien Freunde, die der homosexuellen Gemeinde angehörten. Das Schweigen am anderen Ende der Leitung dauerte etwas zu lange, und sie wusste, was es bedeutete. „Guten Morgen!", erwiderte er, und Lilly erinnerte sich beschämt daran, dass sie wieder einmal mit der Tür ins Haus gefallen war. Sie kannte diese Schwäche von ihr. Seit es in der Redaktion Computer gab, schrieb sie einfach drauflos und fügte am Ende die Einleitung hinzu. Früher musste sie diese Textstücke mühsam oben dazukleben.

„Ich werde dir nicht helfen", sagte ihr bester Freund mit sanfter Stimme, „weil du die ersten Tage durchstehen musst, weil es normal ist, dass du Anpassungsschwierigkeiten hast nach dem Wahnsinn der letzten Monate. Erinnere dich daran, dass der dritte Tag, wenn du Ski läufst, auch immer der härteste ist." Jetzt musste Lilly lächeln. Dass Ralf, der Sport hasste, für sie dieses Bild herholte, war die höchste Kunst von Anpassung an sein Gegenüber. „Ich verspreche dir, dass ich alle meine Verbindungen einsetzen werde, wenn es dir in drei Tagen noch nicht besser geht."

Lilly kannte diesen Ton. Sie wusste, dass es keinen Sinn hatte, mit ihm zu diskutieren. Drei Tage konnte sie überleben. Sie brauchte nicht einmal ihre Finger dazu, um sie abzuzählen. Sie war froh, Ralfs vertraute Stimme zu hören, und ließ sich alle noch so kleinen Neuigkeiten erzählen, auch wenn sie die Redaktion schon lange nicht mehr wirklich interessierte. Am Abend würde sie mit ihrer Mutter und mit Lea telefonieren, sie hatten ausgemacht, dass sie nur jeden dritten Tag anrufen würde, damit das Kind in einen Alltag mit seiner Großmutter finden konnte.

Der Tag ging schlecht weiter, alles lief schief. Das Wasser in der Dusche schwankte zwischen kalt und heiß, sie sah die gesprungenen Fliesen am Fußboden und die schmutzigen Fugen hinter dem Waschbecken. Sie spürte, als sie nackt aus dem Bad kam, den Luftzug, der von der undichten Balkontür ungehindert ihr Zimmer betrat und sich durch die Eingangstür wieder verabschiedete. Beim Frühstück schmeckten die braunen Bohnen, auf die sie sich gefreut hatte, zu sauer, und die Spiegeleier waren nicht genug durchgebraten. Der Toast war pappig, der Fruchtsalat schon leicht braun gefärbt und der Kaffee schmeckte, wie eben Nescafé schmeckt, wenn er nicht durch gute Laune verklärt wird. Lilly musste zugeben, dass das alles, bis auf die Bohnen, die sie erst heute gekostet hatte, schon gestern so gewesen war. Aber gestern hatte es sie nicht gestört. Sie wusste im Kopf, dass das Leben, das sie sich erschuf, hauptsächlich eine Konstruktion ihrer Sichtweise war und dass sie jederzeit die Möglichkeit hatte, es zu verändern. Aber im Augenblick nützte ihr das nichts.

Sie bestellte sich einen starken Beduinenkaffee und überlegte gerade, wie sie dem Tag noch etwas abgewinnen könnte, als Ahmet von der Rezeption in den Frühstücksraum kam. „Telefon für Sie!“ Er hatte sich ein paar Brocken Deutsch gemerkt, strahlte sie an und bekam das erwartete Lob dafür. Es war Rita, die sie für den nächsten Tag einlud, in ihr Camp zu kommen. Lilly hätte sich nie selber gemeldet. Eine ihrer wenig nützlichen Angewohnheiten war es, sich zu verkriechen, wenn es ihr schlecht ging. Sie wollte sich in ihrer Verfassung niemandem zumuten und bat kaum jemals um Hilfe. Wer ihre Not erkennen wollte, musste ihr Gesicht und ihre Körpersprache gut lesen können, so wie Ralf, Ella und Johanna. In ihrer Kindheit war das manchmal ihre Bregenzerwälder Oma gewesen. Aber sie hatte alle Hände voll mit der Landwirtschaft zu tun und wenig Kapazität frei, um ihre Enkelin genauer zu beobachten. Und so war Lilly im Leben der Erwachsenen, die sie großzogen, meistens nur mitgelaufen und hatte sich bemüht, sich in alle Richtungen möglichst pflegeleicht zu zeigen. Irgendwann war ihr dieses Verhalten so vertraut, dass sie es nicht mehr hinterfragte.

Lilly beschloss, ihren Grübeleien ein Ende zu machen, und zog sich winddicht für einen langen Strandspaziergang an. Sie wanderte wieder in die entgegengesetzte Richtung zur Touristenmeile, vorbei an dem charmanten Restaurant von gestern, und gelangte wieder an eine Grenze. Die asphaltierte Uferpromenade hörte abrupt auf, der Strand wurde immer schmutziger, überall lagen Plastikflaschen, Autoreifen und vieles andere, was Menschen achtlos weggeworfen hatten. Die Häuser am Ufer befanden sich in unterschiedlichsten Zuständen. Manche zerfielen schon, andere waren nicht fertig gebaut worden, weil offenbar das Geld ausgegangen war, und ragten als graue Ruinen in den Himmel. Einige trotzten dem deprimierenden Zustand und sahen aus wie reiche Verwandte, die sich in ein Armenviertel verirrt hatten. Kinder spielten mitten im Müll auf leeren Grundstücken, die wie Zahnlücken dazwischen aussahen. Ein kleiner Junge, der kaum älter als drei Jahre war, spazierte mit Plastiksandalen allein ganz nahe am Wasser entlang. Er ging an einer Touristin vorbei, die hingebungsvoll ihren surfenden Freund auf dem Meer filmte und wohl kaum bemerkt hätte, wenn der Junge ertrunken wäre. Lilly setzte sich entmutigt auf einen alten, löchrigen Bootsrumpf und beschloss, sich wenigstens als Babysitter nützlich zu machen, auch wenn sie weit und breit keine Eltern sehen konnte, die sie darum bitten könnten. Sie dachte an Lea und Niklas und fühlte sich so elend wie schon lange nicht. Es war gar nicht so einfach, sich ein gutes Leben zu erschaffen. Sollte sie vierzehn Tage über Müllhalden spazieren? Sie tat dem Tourismus Abbitte. Er war oft nicht angemessen und zerstörte ganze Landstriche, aber zumindest hatte er den Effekt, dass es saubere Häuser und Straßen gab. Der kleine Junge hatte sich inzwischen zu ihr gesetzt und sie spielte mit ihm mit Kieselsteinen. Nach einer Ewigkeit kam ein junger blonder Mann mit einem verschlossenen Gesicht aus einem der zerfallenen Häuser und rief nach dem Kind. Noch ehe der kleine Junge loslief, war der Mann schon wieder verschwunden. Er trug einen Surfanzug und schien sich nicht besonders für den Jungen zu interessieren.

Lilly spazierte weiter am vermüllten Strand entlang und bemerkte, wie sie insgeheim Noten verteilte: „Was für ein Land, was für ein Dreck …“ In diesem Augenblick sah sie die Muscheln. Sie waren riesengroß, ausgefallen geformt und lagen einfach vor ihr. Als ob das Meer ihr ein Geschenk machen und sie daran erinnern wollte, dass seine überwältigende Schönheit allen galt, auch jenen, die bisher noch keine Chance gehabt hatten, ihr Bewusstsein dem Umweltschutz zu öffnen. Sie schämte sich, hob die Muscheln auf und beschloss, sie Oskar und den Kindern mitzubringen. Niemals hätte sie an einem Touristenstrand so seltene Kleinode gefunden.

Als Lilly später auf der Touristenmeile einen sehr guten Salat aß, spielte der ägyptische Kellner, der ganz wenig Englisch sprach, „Silent night, holy night“, und Lilly sang automatisch mit: „alles schläft, einsam wacht“. Als sie den Reflex bemerkte, lachte sie laut. Nein, in dieser Nacht wollte sie nicht wachen und sagte dem jungen Mann, dass er sich mit seinem Lied in der Jahreszeit geirrt hatte.

Lea klang am Abend gut am Telefon. Sie war mit ihrer Oma im Zirkus gewesen und hatte so lange gebettelt, bis sie auf einem Kamel reiten durfte. „So wie du, Mama. Du reitest doch auf Kamelen durch die Wüste, das hat mir Ralf erzählt. Und morgen gehen wir mit Johanna, John und Nelly ins Hallenbad. Dort kann man ins Freie schwimmen und im warmen Wasser den kalten Atem sehen.“ Es war schön zu wissen, dass Lea bei ihrer Großfamilie gut aufgehoben war. Oskar konnte sie nicht erreichen. Er war mit Niklas nach Kiel gefahren und sie musste darauf vertrauen, dass es ihnen dort gut ging. Der Anwalt, für den er sich nach seiner langen Odyssee entschieden hatte, klang sehr zuversichtlich: „Wir werden es schaffen, dass die Kieler Staatsanwaltschaft Sie anhört", hatte er zu seinem Mandanten gesagt.

Das Meer war in dieser dritten Nacht gütig zu Lilly gewesen. Es hatte sie in den Schlaf gewiegt, und auch der Wind blies so sanft, dass sich nur die Vorhänge leise bewegten und die Tür, durch die er wehte, stumm blieb.

Als sie am Morgen unter der Dusche stand, ging das Licht im Bad aus, und das Wasser rann nur noch in einem dünnen, letzten Strahl über ihr Haar, das sie gewaschen hatte. Lilly bedankte sich, dass sie gerade fertig geduscht hatte, und fand das Frühstück wunderbar. Vor allem, weil zum ersten Mal, seit sie in Dahab angekommen war, die Sonne schien.

Rita empfing sie mit der kleinen Ziege, die nur drei Beine hatte. Sie lag in ihrem Arm und trank Milch aus einer Babyflasche. Sie hatte sie ihr schon beim letzten Mal vorgestellt, da war sie am Morgen zur Welt gekommen, und Rita sagte: „Ich muss mich um sie kümmern, sie ist mit ihren drei Beinchen nicht schnell genug, um bei ihrer Mutter zu trinken. Die anderen Babys stoßen sie weg. Ich war mit ihr beim Tierarzt, er sagt, er kann das vierte Bein, das am Rumpf angewachsen ist, nicht lösen." Besorgt fragte Lilly, die das kleine Tier sofort ins Herz geschlossen hatte: „Und, wird sie überleben?" – „So etwas frage ich nicht", meinte Rita. „Es gibt einen Plan, dem wird sie folgen. Jetzt lebt sie und ich unterstütze sie dabei. Sie ist sehr stark. Heute Nacht sind in dieser – für den Sinai ungewöhnlichen Kälte – zwei der kleinen Ziegen erfroren. Sie war nicht dabei. Ich werde sie von nun an immer wieder mit ins Haus nehmen, sie braucht mehr Zuwendung als die anderen." Sie stellte die kleine Ziege auf die Füße und umarmte Lilly. Dann sagte sie: „Schau ihr zu, sie hat einen Weg gefunden, auf ihren drei Beinen zu gehen. Sie hüpft so lange in Spiralen im Kreis, bis sie dort ist, wo sie hin will. Wer will behaupten, dass ein Leben in Spiralen nicht gut sein soll?" Sie lachte unbeschwert: „Es ist etwas Seltsames passiert. Der Tierarzt hat mich gefragt, ob sie einen Namen hat. Ich wollte eigentlich verneinen, aber dann sagte ich zu meiner Überraschung: ‚Sie heißt Lilly.' In dem Moment war mir nicht klar, dass es dein Name ist. Aber er passt zu dir und zu ihr. Ihr seid beide wie die wilden Lilien. Stark und zart zugleich."

Lilly war überrascht. Sie hatte ihren Namen nie mit der Blume in Verbindung gebracht, aber die Idee gefiel ihr. Und dass eine dreibeinige Ziege im Sinai ihren Namen trug, passte auch. Sie lächelte Rita an und sprach nicht aus, was sie dachte: Ich stehe auch auf drei Beinen in der Welt. Auf der einen Seite muss ich für so viele Menschen sorgen, dass ich mehr als zwei Beine brauchen kann, auf der anderen Seite bin ich für die Gesellschaft nicht mehr vollständig, seit ich in ihren Augen die Frau eines gesuchten Kriminellen bin. Ich habe mein viertes Bein, das man „gesellschaftlichen Status" nennt, verloren. Lilly beobachtete Rita, die die kleine Ziege, als sie zu jammern anfing, weil sie ihr Fläschchen vermisste, wieder auf den Arm nahm und weiter fütterte. Es gab so viele Menschen, die sie unterstützten, seit sie eine „Ausgeschlossene" war, und sie spürte, dass diese Frau, die so selbstverständlich das kleine Tier versorgte, dazugehörte.

Ibrahim, ihr Mann, kam und brachte eine bunte Beduinendecke, Tee und drei Gläser. Sie setzten sich direkt neben den Ziegenstall, der in der Mitte zwischen dem Beduinencamp und dem Zentrum lag. Hier war alles so einfach. Man trug keine Möbel hin und her, man ließ sich einfach nieder, wo man gerade sein wollte.

„Lass uns ins Wadi gehen, es ist ein Platz, der mir und vielen anderen Menschen auf ihrer Reise zu sich selbst geholfen hat."

Die kleine Schlucht begann direkt hinter dem Zentrum, als ob Rita und Ibrahim hier als Wächter wohnten. Die beiden Frauen wanderten schweigend den bequemen Pfad entlang und Lilly wunderte sich, dass eine der roten, kargen Steinformationen, auf die sie zugingen, aussah wie eine Miniatur der Mittagsspitze im Bregenzerwald. Sie wurde plötzlich ganz ruhig. Es gab eine Verbindung zwischen den Wesen dort und hier.

Rita blieb stehen, als sie bei der Quelle angelangt waren. „Wasser ist hier unendlich kostbar. Es fließt nicht, es sickert aus der

Erde, und wir haben es in diesem Brunnen gefasst. Später werden wir es vielleicht reinigen und trinken können, jetzt überleben unsere Pflanzen damit. Wir experimentieren im Augenblick mit unterschiedlichen Gemüsesorten und Grünfutter für die Ziegen und hoffen, dass das unser Budget verbessert."

Ein Stück oberhalb der Quelle lag eine blaue Wolldecke. „Lass uns einen Augenblick hier sitzen", sagte Rita und zeigte neben sich.

Ägypten, 10. Februar 1989
Ich spüre, dass der Platz mir guttut. Es ist so still. Rita sitzt neben mir und schweigt. Nach einer langen Zeit, die niemand gemessen hat, sehe ich einen durchsichtigen, weißen Plastiksack, der wie ein Vogel zwischen den roten Felsen durch den blauen Himmel schwebt: „So frei können auch wir Menschen sein", sagt Rita, und ich höre kein Urteil, dass in diesem Land der Müll sogar durch die Luft fliegt und auf Plätzen landet, die liebevoll gepflegt werden.

Als sie weiterspricht, kann ich meine Tränen nicht mehr zurückhalten. „Ich spüre einen großen Schmerz rund um dich. Er kommt aus deinem Inneren, und du bist hierhergekommen, um zu verstehen, dass er dein Lehrmeister ist. Wir Menschen glauben immer, dass wir uns entwickeln können, ohne durch diesen Schmerz zu gehen. Das ist ein Irrtum. Alles, was wir tun müssen, ist, ihn willkommen zu heißen. Wenn wir uns dagegen wehren, wird unser Leben hart und bitter, aber wenn wir ihn als etwas sehen, was zu unserer Geschichte gehört, weil wir auf einer anderen Ebene Ja dazu gesagt haben, dann bekommt er seinen Sinn. Dann wissen wir, dass er unserer Entwicklung dient, dass jeder Augenblick, in dem wir leben, perfekt ist, so wie er ist."

Ein Windstoß kommt und weht mir meine langen Haare ins Gesicht, als ob sie meine Tränen trocknen sollten. Ich bin noch nicht bereit dafür, aber es ist gut, dass sie mein Gesicht verbergen. Lea und Niklas sind jetzt ganz nah. Ich sehe ihre kleinen, unschuldigen Gesichter und merke, dass ein Teil meiner Tränen ihnen gilt: „Und was ist mit meinen Kindern? Das Schicksal ihres Vaters hat ihnen ihre Kindheit gestohlen. Was ist mit ihrem

Leid?" Rita lächelt mich an und ich habe plötzlich keine Angst mehr vor ihrer Hellsichtigkeit. „Mach dir keine Sorgen um sie. Auch sie haben auf anderen Ebenen Ja gesagt zu ihrer eigenen Geschichte. Es wird sie mitfühlend, weise und stark machen. Ich spüre, dass sie ganz besondere, alte Seelen sind. Und es gibt noch einen Trost: Die Generationen nach uns leiden nicht mehr so stark wie wir. Sie können vieles einfach durchziehen lassen, was uns noch an unsere Grenzen bringt. Es kommt ein Zeitalter auf uns zu, in dem Transformation leichter und schneller geht. Ich werde in diesem Jahr fünfzig und bin viele Jahre umhergeirrt, bis ich hier meinen Platz gefunden habe. Ich habe lange gebraucht, um zu verstehen, dass es immer nur um das Jetzt, um die Akzeptanz des Augenblicks geht. Leben ist eigentlich sehr einfach. Wir haben nur unsere Spur verloren. Ich füttere und melke jeden Morgen meine Ziegen und am Nachmittag kommen Menschen zu mir, die meine Hilfe brauchen. Und alles ist gleichwertig." Rita steht auf: „Ich gehe jetzt und lasse dich allein. Ein Zyklus deines Lebens endet hier und ein neuer beginnt. Was du daraus machst, bestimmst du selbst. Fühl dich frei, du kannst bis zum Ende des Wadis gehen. Es ist nicht gefährlich."

Dahab ist weit weg. Es gehört zu einer anderen Welt, obwohl es nur zwanzig Minuten weit entfernt liegt. Die roten Berge umschließen diesen Platz, der wie eine Perle im sicheren Bauch von Mutter Erde geborgen liegt. Für einen kurzen Augenblick schickt mir die Zivilisation noch einmal einen kleinen Gruß, als ein schwarzer Müllsack wie ein Vogel durch die Luft fliegt. Dann bin ich allein in dieser unglaublichen Stille, die nur die Wüste kennt. Der Pfad lenkt mich in Mäandern durch die kleine Schlucht, und als ich fast am Ende angelangt bin, stehe ich vor einer Vagina. Es berührt mich tief, dass hier mein Ebenbild von der Natur in Stein geformt wurde. Doch der Weg geht noch ein Stück weiter. Ich lande bei einem glatten Felsen, der aussieht wie der Kopf eines Kamels. An der Seite lehnt eine wackelige Leiter, die auf ein Plateau führt. Ich steige nicht hinauf. Ich trage eines meiner langen weißen Leinenkleider und weiß, dass ich ein anderes Mal wiederkommen muss. Ist das der männliche Platz?

Die Felsenvagina hat einen Vorplatz aus feinem Sand, sie lädt mich ein, mich hinzulegen. Ich habe die blaue Decke mitgebracht und es erscheint mir ganz natürlich, dass ich mich ausziehe. Ich weiß, dass ich hier in einer Kultur lebe, in der Frauen ihre Haut und ihr Haar bedeckt halten. Aber niemand kann mich sehen. Und Gott hat diese Regeln nicht geschaffen. Er hat nicht verlangt, dass wir unseren Körper verbergen. Die Sonne streichelt mich. Nackt, wie die Göttin mich erschaffen hat, liege ich eine kleine Ewigkeit einfach nur da und spüre, dass mein Hunger nach Licht und Wärme gestillt wird.

Wie spät ist es? Ich muss es nicht wissen. Rita hat mir gesagt: „Fühl dich frei, hier gibt es keine Zeit. Du kannst im Wadi bleiben, so lange du willst. Niemand wird kommen und dich stören."

Das Wort Urlaub taucht vor mir auf. Es war mein ganzes Leben lang ein Begriff, der mit Stress verbunden war. Es bedeutete Planung, Anpassung und Erwartungen und in den letzten Monaten zusätzlich eine aufwendige Logistik und die Verpflichtung, in dieser kostbaren Zeit auch noch glücklich zu sein.

In dieser Schlucht in der Wüste bekommt das Wort einen neuen Sinn: Ich bin in meinem Ur-Zustand und erlaube mir, ganz ich zu sein.

Mein Körper, der nie ganz weiß wird, auch nicht im Winter, saugt die erste Sonne in diesem Jahr dankbar ein. Ich muss nicht denken, nicht handeln und nichts verstehen. Die Fliegen sind meine einzigen Beobachter. Sie setzen sich auf meine Lippen und ich lächle ihnen zu: „Ihr habt recht, es ist absurd, in der Wüste mit einem Lippenstift zu erscheinen. Wenn er euch schmeckt, könnt ihr ihn gerne haben." Als sich eine vorwitzige Fliege auf meinen Oberschenkel ganz nahe zu meiner Vagina setzt, verjage ich sie nicht. Es ist, als ob sie mich daran erinnert, wie lange ich mich selber nicht mehr berührt habe, dort, wo ich ursprünglich bin.

Ich denke für einen Augenblick an Oskar. Wir schlafen miteinander, aber unsere Begegnungen haben nichts mit meiner Urkraft zu tun. Es ist, als ob zwei Ertrinkende sich an einem Strohhalm festhalten, weil es keinen sicheren Balken gibt. Wir trösten einander, wir wärmen einander, wie Tiere, die sich vor der Kälte schützen.

Hinter mir steht schützend die Vagina aus Stein, als ich ganz sanft meinen Körper erforsche, der mir in den letzten Monaten fremd geworden ist. Ich möchte für immer hierbleiben. Ich bin ein Teil der Wüste. Leer und frei. Bis mir kalt wird.

Rita steht am Herd in ihrer Küche unter der Kuppel, als ich aus dem Wadi zurückkomme. Sie rührt hingebungsvoll in einem Topf, aus dem es nach orientalischen Gewürzen duftet: „Ich bin Griechin aus Zypern, ich liebe es, köstliche Speisen zuzubereiten." Ich bin überrascht: „Ich dachte, du bist Engländerin?" Sie spuckt den nächsten Satz aus wie eine verdorbene Speise, die sie irrtümlich gekostet hat: „Ich hasse England. I hate England." Sie sagt es mit einem Akzent, der sie als echte Britin ausweist, auch wenn sie es nicht sein will. „Meine Eltern sind aus Zypern ausgewandert, deshalb wurde ich in England geboren. Als ich ein Jahr alt war, haben sie mich zu meinen Großeltern in ein kleines Dorf zwischen zwei Wasserfällen geschickt. Dort bin ich geblieben, bis ich sechs war, sie haben mich nie besucht. Ich lebte als Griechin unter Griechen, und eines Tages kamen sie vorbei und haben mich einfach wieder mitgenommen. Ich wusste nicht, wer diese Fremden waren, die mich in ein kaltes Land verschleppten, dessen Sprache ich nicht verstand. Es war wie ein Weltuntergang und es fiel mir schwer, zu glauben, dass ich in dieser Familie willkommen bin. Ich war so anders als meine beiden älteren Geschwister, die sie bei sich behalten haben. Ich konnte mich an die englische Kultur nie gewöhnen und wurde eine unglückliche junge Frau. Vielleicht bin ich deswegen hier so glücklich."

Rita stellt das fertige Essen zur Seite: „Lass uns nach Lilly sehen, sie braucht ihre Milch."

In der Wüste wird es schnell kalt und dunkel. Als wir zurückkommen, hat Ibrahim das Kohlenfeuer im Haus angezündet und Rita wärmt das Essen auf. Der Augenblick, den wir bei den Ziegen verbringen wollten, hat mehr als eine Stunde gedauert. Niemand schaut auf die Uhr, wann Essenszeit ist. Ich denke an den Haushalt meines Vaters und daran, dass das Mittagessen um

Punkt zwölf, wenn er aus dem Geschäft kam, fertig sein musste. Im Bregenzerwald war es leichter. Da richtete sich das Leben nach dem Vieh. Ich merke, dass ich es gewöhnt bin, zwischen zwei Welten hin- und herzuwandern und fühle mich bei den Beduinen ganz zu Hause.

Als mein Taxifahrer, den ich am Vormittag gebeten habe, mich am Abend wieder abzuholen, vor der Tür steht, bringt er die andere Welt mit, in die ich ungern zurückkehre. Rita und Ibrahim haben kein Auto. Sie reiten auf dem Kamel in den Ort. „Du sollst morgen wiederkommen", sagt Ibrahim. Rita nickt. Sie weiß, dass meine Zeit im Camp noch nicht zu Ende ist, und ich weiß es auch.

Im Hotel lächelt Ahmet mich freundlich an und sagt: „Heute Abend ist Beduinendinner, Sie müssen unbedingt kommen, dann lernen Sie die Kultur der Wüstenstämme kennen."

Ich kenne die Beduinenabende in Hotels. Die Manager, mit denen ich damals gereist bin, waren begeistert davon. Die Hotelangestellten ziehen sich ihre traditionellen Beduinenkleider an und die Köche bringen aus der Hotelküche das Beduinendinner.

Lilly schlief unruhig. Diesmal nicht, weil die Sorgen sie besuchten. Diesmal kam die Wüste in ihre Träume und eine Ahnung, dass sich vieles in ihr änderte, ohne dass sie genau wusste, was. Sie lag, als die Sonne durch einen Spalt ihrer dicken Vorhänge schien, im Bett, hörte den Wellen zu und dachte an Oskar. Er würde nicht verstehen, dass sie sich in einem primitiven Wüstencamp wohlgefühlt hatte, bei einer verrückten Europäerin, die dieses Leben liebte und einer Vision gefolgt war. Er würde sich Sorgen machen, wenn er wüsste, dass sie wieder hinfahren wollte. Sie wünschte, Ralf wäre jetzt hier, er würde sie verstehen. Oskar würde sich nie auf so etwas einlassen. Er könnte sich auch nie in einem Beduinencamp einen ganzen Tag lang auf den Boden „in den Dreck setzen" und zog, wenn sie reisten, feine Hotels der Berührung mit dem „Lokalkolorit" vor. Doch das spielte jetzt alles keine Rolle. Oskar war weit weg, und Lilly spürte, dass sie gerade dabei war, sich selber neu zu entdecken. Die Frau, die sich ihr Leben lang nach anderen gerichtet hatte, begann ihren Abschied zu nehmen.

Sie saß beim Frühstück und wusste nicht so recht, wie die neue Lilly den Tag verbringen wollte. Also startete sie mit etwas Vertrautem, was sich immer schon bewährt hatte, sie bewegte sich in der Natur. Sie wanderte wieder den Strand entlang und wunderte sich, dass er heute deutlich sauberer war. Jemand hatte begonnen, ihn aufzuräumen. Der Müll war zwar noch da, aber er lag in großen Haufen am Ufer und wartete darauf, weggebracht zu werden. Die Hauptsaison begann in vierzehn Tagen, vielleicht hatte sie vorgestern nur die Vortourismusvariante erlebt.

Ohne darüber nachzudenken, sammelte sie Muscheln ein, die am Weg lagen, und beschloss, sie Rita mitzubringen. Sie liebte das Meer und würde der Wüste einen Gruß überbringen. Irgendwann waren es so viele, dass sie sie mit beiden Händen nicht mehr tragen konnte. Sie zog einen Plastiksack aus dem Wasser, füllte ihre Muscheln hinein und merkte, dass ihre Sammelleidenschaft inzwischen zur Sucht geworden war. Lilly hatte aus einem kleinen Spiel eine neue Aufgabe, eine Pflicht gemacht, der sie nun nachkommen musste. Als sie nach einer Stunde zu einer kleinen Hotelanlage kam, trank sie einen frisch gepressten Zitronensaft und ließ sich von einem Ehepaar, das am Strand lag, ihr Zimmer zeigen. Man konnte nie wissen, vielleicht wollte sie nächstes Jahr hierherkommen. Als sie mit ihrem schweren Sack den Rückweg antrat, sagte der Mann: „Sind Sie sicher, dass Sie das alles schleppen wollen?“ Und Lilly antwortete: „Ich bin eine gute Lastenträgerin, es macht mir nichts aus.“ Der Satz kam ihr absurd vor, als sie erschöpft auf einem großen Stein am Ufer Rast machte. Sie lief getrieben durch die Gegend, besichtigte Hotelzimmer, obwohl sie keines brauchte, und schleppte Lasten. Sie sah unschlüssig auf den Sack voller Muscheln. Sollte sie ihn einfach zurücklassen? Die Arbeit von fast zwei Stunden wäre umsonst gewesen. Das Muschelbild, das sie vor der Steinvagina in der Schlucht schon vor sich sah, würde keine Realität werden. Lilly wusste, dass sie keine Wahl hatte. Noch nicht. Sie hatte ihr ganzes Leben lang trainiert, gut zu funktionieren, und dazu gehörte, dass man Dinge, die man anfing, auch beendete. Sie nahm ihren schweren Sack wieder auf und ging weiter. Es kam ihr vor wie eine Metapher für ihr Leben zu Hause.

Erschöpft, mit schmerzenden schweren Armen, kam sie im Hotel an und dachte an Kaiserin Elisabeth. Sie war immer schon fasziniert gewesen von dieser neurotischen Frau, die sich durch exzessive Bewegung von ihrem Innersten fernhielt. Hatte sie heute versucht, sich selber zu entkommen? Lilly war verwirrt. Die alte Lilly wollte sie nicht mehr sein und eine neue gab es noch nicht.

13. Februar 1989
Heute ist Sonntag. Ruhetag. Es ist absurd, dass es für mich auch im Urlaub einen Unterschied macht. In meiner Kindheit war es der einzige Tag in der Woche, an dem es keine Pflichten gab. Ich muss kein schlechtes Gewissen haben, wenn ich einfach nur am Strand liege, ausgestattet mit einem Buch und meiner Sonnencreme. Einer der drei Ahmets, die es im Hotel gibt, wird mir einen frisch gepressten Saft bringen. Seit ich im Wüstencamp die Langsamkeit entdeckt habe, merke ich, dass ich ein Mensch bin, der immer etwas tun muss. Ich kenne das Gefühl nicht, einfach nur so zu sein. Außer am Sonntag. Da darf es zumindest in Erwägung gezogen werden, auch wenn in meiner Kindheit dieser Tag den Ausflügen gewidmet war. Wann bin ich jemals ein paar Stunden still gesessen oder gelegen? Nur, wenn ich krank war. Ich mochte es als Kind, krank zu sein. Aber es geschah sehr selten. Dann durfte ich den ganzen Tag im Bett liegen, und Mama brachte mir eine Wurstsemmel mit Essiggurken. Das war sonst streng verpönt.

Welche Vorbilder gab es in meinem Leben für dieses pure Sein? Meine Mutter ist und war immer ständig beschäftigt. Sie setzt sich nur zum Essen und am Abend hin. Und mein Vater lebte nach dem Leitspruch: „Wer rastet, der rostet.“ Seine Rast fing erst an, als er tot umgefallen war. Und wenn ich als Kind auch nur ansatzweise den Eindruck erweckte, als wollte ich gerade faulenzen, erinnerte er mich an vernachlässigte Pflichten mit dem Satz: „Was du heute kannst besorgen, das verschiebe nicht auf morgen." Ich habe bisher das Stillsein nicht vermisst. Es war in meiner Natur nicht angelegt. Oder ist es in jedem Menschen zu Hause und wird einfach nur durch unsere Erziehung vertrieben?

Ritas Leben ist eine Anhäufung von purem Sein. Sie strahlt es aus, und jede einzelne ihrer Bewegungen ist davon durchdrungen. Sie war, ohne ihre Zeit zu messen, mit mir stundenlang in der Wüste gesessen und hatte sich keine Gedanken gemacht, ob sie etwas versäumte. Als sie die kleine Lilly-Ziege fütterte, war sie genauso im Sein, obwohl das Abendessen wartete.

Ich möchte auch sein. Doch während ich es sage, fällt mir mein kompliziertes Leben ein, und mein Wunsch kommt mir absurd vor. Wo soll diese Qualität ihren Platz haben? Meine Sehnsucht wirft mehr Fragen auf, als sie mir Antworten gibt.

Ich rufe Rita an: „Ich möchte wiederkommen." Sie lacht am Telefon dieses erfrischende Lachen, das mich an ihre Antwort erinnert, als ich sie gestern bewunderte, weil sie so jung aussieht.

„Das Alter ist nicht wichtig. Wir legen viel zu viel Wert darauf, uns an diesen Zahlen zu orientieren. Sie halten uns in einer Realität fest, die ohne Bedeutung ist. Wichtig ist, dass du deinen Geist lebendig hältst. Dann wird dein Körper ihm folgen. Und selbst wenn er es nicht tut, sind wir immer beweglich. Die Menschen wissen nicht, was sie sich für Beschränkungen auferlegen, wenn sie ständig über das Alter jammern."

Das Meer ist heute zum ersten Mal ruhig. Die Luft ist warm, wie bei uns im Hochsommer. Ich denke zu viel. Ich sollte es wie die Katzen und Hunde machen, die sich immer wieder auf den Liegebetten am Strand niederlassen und sich nicht davon abschrecken lassen, dass sie vom Personal wieder verjagt werden. Sie kennen diese Ansprüche nicht, die wir Menschen an uns selber und an andere haben. Von ihnen kann ich lernen, was Sein bedeutet.

Ich döse vor mich hin, und wenn unter der Entspannung die Sehnsucht nach Oskar und den Kindern auftaucht, dann nehme ich schnell meinen Kriminalroman und scheuche sie weg. Ich habe genug von meinen eigenen Problemen. Ich kann sie nicht mehr hören und will sie schon gar nicht mehr fühlen.

Ich bin inzwischen einverstanden, hier zu sein, und habe mich an mich gewöhnt. An das Mit-mir-Sein, mit allen seinen Auf und Abs. Es glückt mir noch nicht, mich selber ganz in Ruhe zu lassen. Aber ich bin auf dem besten Weg dazu. Und einer davon ist, meine Grübeleien einzustellen.

Es ist Abend geworden, ein Sonntagabend, der mir nach meinem Tag am Strand plötzlich sinnlos vorkommt. Was tue ich hier, in diesem Land, nachdem mein Inneres schon begonnen hat, neue Spuren zu legen? Meine Erschöpfung hat mit dem Widerstand gegen die Umstände meines Lebens zu tun. Ich leiste keinen Widerstand mehr. Der Fluss fließt in die richtige Richtung. Ich trete auf meinen Balkon, das Meer liegt wie eine Postkartenlandschaft vor mir. Ich nehme sie mit meinen Augen auf, und gleichzeitig sagt mir mein Herz, dass es Zeit wird, diese Postkartenlandschaft zu verlassen. Ich spüre, dass ich nach Hause fahren werde. Meine Zeit ist um, auch wenn mein Flugticket etwas anderes sagt. „So ein Blödsinn!" Ich sage es laut und ziehe mich für den Abend um.

Dahab im Februar bedeutet kühle Nächte. Eine warme Hose und besser auch noch ein Mantel. Ich schließe die Tür und verlasse mein Zimmer, dessen Eingang auf der Rückseite des Hotels liegt. Es befindet sich im ersten Stock und ist, wie bei vielen Häusern hier, über eine Außentreppe erreichbar. Vor mir liegen still die roten Berge des Sinai, magische Zeugen einer Natur, die uns mit ihrem schützenden Mantel umhüllt. Unter mir die staubige Straße, in der Tjalle wohnt. Heute hat die Tochter ihre Enkel abgeholt, wir sind um sechs Uhr abends verabredet. Ich registriere am Rand meines Gesichtsfeldes, dass kleine Haufen von Bauschutt am Straßenrand liegen, aufgereiht wie Perlen an einem Hals, der sich nicht so viele Gedanken darüber macht, ob er sauber ist. Macht Tjalle sich Gedanken?

Sie ist in einem Land aufgewachsen, in dem selbst die Kühe immer frisch geschrubbt aussehen. Ich verlasse mein Hotel, gehe den Weg entlang, es gibt keine Hausnummern, aber ihr weißer Jeep steht vor der Tür und ich erkenne die Säulen wieder. Sie öffnet mir auf mein Klopfen und ich betrete wieder die Räume, die ihre Handschrift tragen. Wir trinken Wein, und ich sehe Details, die mir das letzte Mal nicht aufgefallen sind. Ja, es gibt niedrige Beduinensofas, aber sie sind mit Seide überzogen und in Farben gehalten, die es hier in der Natur gibt. Warme Wüstentöne, von creme- bis sandfarben. Die weißen, schmalen Bücherschränke haben Türen, die den Sandstaub abhalten, und sind auf einer Seite des Raums raffiniert verspiegelt. Sie werden von einer dunklen Balkendecke kontrastiert, deren Holz sich in den schmalen Torbögen wiederholt, die von einem Raum zum anderen führen. „Was ist das für ein Einrichtungsstil?", frage ich sie. Sie sieht mich überrascht an: „Es ist Tjalles Stil, obwohl ich hier nicht ganz zu Hause bin. Ich bin nirgends mehr zu Hause. Auch in Dänemark nicht." Sie lacht, als sie mein bestürztes Gesicht sieht: „Das ist nur dann schwierig, wenn wir erwarten, dass unser Glück von außen kommt. Wenn du mit deinem inneren Reichtum lebst, wenn du in deinem Inneren ein Zuhause hast, dann kannst du überall glücklich sein. Ich habe eines gelernt: Wir müssen uns nicht umdrehen, in die Vergangenheit schauen und Dinge hinterfragen, die längst geschehen sind. Viele Menschen glauben, sie müssen tief graben und alles verstehen. Es ist genauso gut, wenn du zu einem Baum gehst, ihn um Erlaubnis fragst und ihm alles übergibst. Bäume sind wunderbare Heiler! Doch eines ist noch wichtig: Sprich nie mehr davon. Never!" Sie sagt es laut und begleitet das Wort, das auf Englisch für mich viel entschlossener klingt, mit einer abschließenden Geste. „Je öfter du deine Opfergeschichte erzählst, desto länger bleibt sie in dir. Ich habe meinen Mann, mit dem ich sehr glücklich und sehr unglücklich war, erst verlassen, als ich ihn wirklich ohne Bedingung lieben konnte. Ohne etwas zu fordern. Und wenn ich jetzt an ihn denke, geht mir das Herz auf. Dann fließt diese freigesetzte Liebe überall hin."

Ich denke an die Zeit, als meine Liebe zu Oskar voller Groll und Forderungen an ihn war, und frage mich, wie viele Jahre der Weisheit notwendig sind, um dahin zu gelangen, wo diese weise Frau jetzt steht. Tjalle schenkt Wein nach, holt Brot, Käse und

Nüsse. Ohne Worte ist klar, dass das Restaurant am Meer, in dem es gute Shrimps gibt und das sie mir zeigen wollte, zu der Welt, die wir gerade betreten, nicht passt. Sie zündet sich eine neue Zigarette an und entschuldigt sich dafür: „Es gibt Abende, da will ich reden, rauchen und trinken. Und wenn die Gesellschaft passt, ist das wunderbar. Ich bin schon lange nicht mehr an Small Talk interessiert und ich bin gern mit mir allein. Doch manchmal“, sie öffnet beide Hände nach oben, „gibt es Verbindungen mit Menschen, die gefügt werden. Ich rede nicht mit jeder verirrten Touristin, die hier herumläuft. Es sind so viele ...“ Tjalle schweigt eine Weile und fragt mich dann: „Und was ist deine Geschichte?“

„Ich mag sie jetzt nicht erzählen“, sage ich. „Ich möchte, dass du weiter erzählst.“ Sie schaut mich sehr direkt an, mit Augen, die vieles sehen, was nicht gesagt werden muss. „Weißt du, wir haben immer eine Wahl. Wir können täglich neu beginnen. Ich habe einmal bei einem alten Schamanen in Spanien gelernt. Er arbeitete mit einem Mann, der zerstört zu ihm kam, weil seine Frau ihn verlassen hatte. Er sagte zu ihm: ‚Zieh deine Kleider aus.‘ Und als er nackt vor ihm stand: ‚Du bist nicht der, der du glaubst zu sein. Das ist nicht deine Wahrheit. Du bist nicht diese arme, getretene Kreatur. Du bist ein starker Eroberer, der sich aufmacht, fremde Länder zu erforschen. Erfinde deine Geschichte neu und bleib nicht an der alten hängen. Zieh neue Kleider an und gehe hinaus in die Welt.‘“

„Was bist du von Beruf, Tjalle?“, frage ich sie. „Ich war Therapeutin. Aber ich mag diesen Begriff nicht mehr. Er trägt eine starke Hierarchie in sich. Ich würde heute sagen, wenn ich etwas bin, dann so etwas wie ‚Facilitator‘.“ Sie lacht und spricht auf Deutsch weiter: „Ermöglicherin, weil jeder Mensch genau weiß, was er wirklich braucht. Und das tue ich mit Rebirthing und Reinkarnationssitzungen.“

Hier ist es wieder, dieses Reizwort, mit dem Ralf mich seit Jahren beschäftigt.

„Ich möchte gerne eine Sitzung“, sage ich. „Ich möchte wissen, warum ich mich schon mein ganzes Leben lang nicht vollständig fühle.“ Mein Wunsch überrascht mich und gleichzeitig spüre ich

eine innere Zustimmung zu diesem Satz. Tjalle lächelt mich an und nickt: „Ja, das ist deine Frage.“

Am nächsten Morgen steht Tjalle schon in der offenen Tür ihres Hauses, als ich ankomme. Rund um sich ein Rudel schmutziger, kleiner Kinder, die um die Bonbons kämpfen, die sie ihnen aus einem Korb anbietet. Wir gehen ins Haus, und bevor wir starten, sagt sie: „Es ist mir wichtig, dass du diese Sitzung bezahlst, damit unsere Freundschaft davon nicht berührt wird.“ Es erleichtert mich.

Mein Bewusstsein erweitert sich. Es geschieht durch gezieltes Atmen und durch ihre Stimme, die mich in einen anderen Zustand begleitet. Ich spüre, dass sich die Zeitstränge vermischen, als ob Gegenwart und Vergangenheit gleichzeitig da wären. Tjalles Stimme leitet mich von Bild zu Bild. Sie stellt mir Fragen und ich sehe Bilder, die ich beschreiben kann.

Ich liege in einem großen Raum aufgebahrt. Es ist still und ich bin allein. Eine alte Frau, sehr alt und sehr würdig. Ich spüre, dass die Kleider auf meinem Körper kostbar sind. Ich nehme es ganz in der Ferne wahr, ich bin eigentlich schon tot. Aber ein Teil von mir will nicht gehen. Ich will jemanden umarmen, aber meine Arme sind mit Bandagen am Körper festgebunden. Ich weiß, dass das Teil der Kultur ist, in der ich lebe. So werden Tote bestattet. Ein kleiner Funke von mir ist noch da und wartet. Ich sehne mich nach jemandem, aber niemand kommt. Die Türen zur Halle, in der ich aufgebahrt bin, bleiben geschlossen. Ich ergebe mich meinem Schicksal.

Ich höre in der Ferne Tjalles Stimme: „Schau zurück, was vor deinem Tod geschah.“

Ich bin ein junges Mädchen und trage ein weißes, langes Kleid. Neben mir, an meiner rechten Seite, sitzt meine Zwillingsschwester. Auch sie trägt ein weißes Kleid. Wir sind eins. Vollständig.

Dann kommt der Mann. Er trägt einen schwarzen Umhang und reißt mich von ihr weg. Ich schreie, aber niemand hilft mir. Er bringt mich in eine Lehmhütte. Von nun an trage ich schwarze Kleider und rühre in einem Topf, der auf dem Feuer steht. Dann werde ich eines Tages befreit. Ich bekomme ein neues Le-

ben. Jemand hat mich als Tochter adoptiert. Meine Zieheltern sind mächtig und angesehen. Aber das Leben ist falsch. Ich gehöre irgendwohin, wo meine Schwester auf mich wartet. Mein letzter Gedanke ist: „Im nächsten Leben werde ich sie finden."

Ich fliege durch Welten und Zeiten und weiß, dass ich auf der Suche nach dem richtigen Leben bin, wo ich ihr wieder begegne. Tjalle leitet mich weiter: „Und jetzt, in diesem Leben, was spürst du hier? Wie ist es im Bauch deiner Mutter?"

Es ist warm und gut. Neben mir liegt meine Schwester in einem eigenen, kleinen Beutel. Ich kann sie spüren. Nur sie. Meine Mutter ist weit weg, sie scheint mit anderen Dingen beschäftigt zu sein. Es spielt keine Rolle. Amata ist da. Ich erinnere mich, dass das Mädchen im weißen Kleid so hieß. Wir haben uns wiedergefunden.

Mein Glück dauert nur kurz. Dann wird mir plötzlich kalt. Ich will mich an Amata wärmen, aber sie ist nicht mehr da. Der kleine Beutel, in dem sie gewohnt hat, ist leer. Sie hat ihn aufgemacht wie den Reißverschluss zu einem Kleid, das sie doch nicht tragen will. Meine Zwillingsschwester ist gegangen. Ich weine bitterlich und höre Tjalles Stimme: „Schau dich um, vielleicht ist sie auf andere Weise bei dir geblieben?"

Ich spüre, dass ich ganz leicht werde und in Dimensionen reise, in denen es keinen Körper gibt. Amata ist da und sagt: „Ich war immer da und ich bleibe. Ich bin ein Teil von dir."

Lilly wollte nach Hause. Das Gefühl, dass sie hier alles gefunden hatte, was zu finden war, blieb und hatte sich verstärkt. Sie rief die Agentur an, bei der sie ihren Flug gebucht hatte. „Nein, nach Wien können Sie nicht fliegen, da haben wir kein Kontingent mehr. Aber wenn Sie wollen, können wir versuchen, Sie nach München mitzunehmen."

Lillys Herz machte einen Riesensprung. Oskar! Sie könnte ihn und Niklas am See treffen, falls sie schon von Kiel zurück waren. Letizia war sofort am Apparat, als sie sie vom Hotel aus anrief. Oskar ist noch nicht zurück. Aber er wird am Mittwochvormittag kommen.

„Wenn wir uns verabschieden, wissen wir nicht, ob wir uns jemals wiedersehen werden“, dachte Lilly, als sie die Nummer von Rita wählte. Morgen war Dienstag und sie war mit ihrer neuen Freundin verabredet gewesen. Sie dachte einen Augenblick an Lilly, die dreibeinige Ziege. Sie hatte Rita Geld für einen großen Sack Futter zurückgelassen, als ob ein Teil von ihr schon gewusst hätte, dass sie nicht mehr zurückkommen würde. Sie packte den Tee, den sie gekauft hatte, und die Muscheln, die sie für den Platz der Vagina gesammelt hatte, in einen Sack. Sie würde Tjalle bitten, ihn bei ihrem nächsten Besuch im Wüstencamp mitzunehmen.

14. Februar 1989
In der Nacht kommen die Zweifel. Sie rollen mit den Wellen des Meeres durch meinen Körper und verursachen mir Übelkeit. Es könnte natürlich auch der Fisch gewesen sein, den ich zum Abschied gegessen habe.

Ich werde, nachdem ich einen einzigen Tag in einem Liegestuhl am Meer verbracht habe, in die klirrende Kälte von Bayern fliegen und hoffen, dass Oskar rechtzeitig aus Kiel zurück ist.

Der Zweifel ist ein hässliches schwarzes Tier mit scharfen Zähnen und nagt an allem, was bis gestern noch schön und kostbar war. Die magischen Stunden mit Tjalle und Rita verwandeln sich zu etwas Fragwürdigem, was kluge Menschen, wenn sie wieder vernünftig werden, als irrationale Handlung verbuchen.

Früher, als ich noch einen unbeschwerten Alltag hatte, in dem hauptsächlich gute Freunde, guter Sex und eine gute Reportage zählten, habe ich wenig von meinen Zweifeln gewusst. Aber sie müssen schon irgendwo in mir gewohnt haben. Wahrscheinlich haben sie sich in dem Raum versteckt, in dem auch die vielen Tränen wohnen.

Ich gehe wieder auf meinem Schwebebalken hin und her. Manchmal wundert es mich, dass genau dieses Bild vor mir auftaucht. Ich habe in der Schule den Schwebebalken immer gehasst. Dieses schmale Stück Holz, auf dem ich balancieren musste. Und weil ich einen Kopf größer als andere Kinder war, erschien mir der Abstand zum Boden bedrohlich. Aber er ist wieder da und ich nehme die Herausforderung an: Auf der einen Seite des Schwebebalkens ist die Welt zu Hause, die ich gut kenne. Es ist die Welt, in der mein Vater wohnte, als er noch lebte. Realistisch, sachlich, berechenbar. Auf der anderen Seite gibt es die Heilerinnen, die aus der Tradition meiner weiblichen Linie kommen, und die unsichtbaren Wesen, die manchmal auch durch Menschen zu mir sprechen. Zum Beispiel durch Tjalle und Rita.

Das Meer hat sich beruhigt, es rollt jetzt mit seinen sanften Wellen durch meinen Körper und nimmt die Übelkeit mit. Ein vertrauter Satz taucht auf: „Und wo immer du hingehst, gibt es Schwarz und Weiß. Und welche Seite du wählst, bestimmst du selbst. Und wenn du die weiße Seite wählst, dann werden dich die Schatten verfolgen. Aber nur ein wenig."

Es ist ein strahlender Morgen in Dahab. Ich packe meinen Koffer und schlage, bevor ich das Buch verstaue, noch einmal „Die vier buddhistischen Königswege" mit dem Titel „Den Alltag erleuchten" auf. Sakyong Mipham soll mir seine Weisheit mit auf die Reise geben: „Der Pfad des Tigers hat uns gezeigt, dass Unterscheidungsvermögen und Einsatzfreude Frieden hervorbringen. Durch unsere Disziplin brauchen wir die niedrigen Bereiche der Negativität nicht mehr zu betreten. Wir sind hochherzig und fröhlich in allem, was wir tun, und unsere Handlungen sind hervorragend ausgeführt."

Es trifft mich wie ein elektrischer Schlag. Ich habe eine Handlung nicht hervorragend ausgeführt! Ich werfe meine Unterwäsche und mein Waschzeug in den Koffer und stürze zur Rezeption hinunter. „Bitte, rufen Sie Aid an, ich brauche sofort ein Taxi." Aid kommt nach ein paar Minuten. Er ist der junge Beduine, den Rita mir bei meinem zweiten Besuch geschickt hat.

Auf dem Weg ins Wüstencamp sagt eine innere Stimme zu mir: „Du musst deine Schuhe hierlassen, damit ich sicher sein kann, dass wir wiederkommen." Ich sehe auf meine geflochtenen, leichten Treter hinunter. Ich liebe sie und sie waren sehr teuer. Ich gebe keinen Kommentar ab.

Rita erwartet mich mit Lilly im Arm: „Heute Morgen bin ich erwacht und wusste, dass du wiederkommen wirst." Sie legt mir die kleine Ziege in den Arm, sie ist noch nicht größer als eine Katze. Ich streichle Lilly, ihr Fell ist weich und schwarz-weiß gefleckt. Ich weiß, dass ich ihre Patin bin. Wir müssen nicht darüber reden. Sie sieht mich aus ihren sanften Augen vertrauensvoll an. Auch ihretwegen musste ich zurückkommen. Ich kann nicht ohne Abschied gehen.

Eine kostbare Stunde kann ich mit Rita im Wadi verbringen. „Ich habe dir Muscheln mitgebracht, ich möchte das Meer mit der Wüste verbinden." Sie nickt und antwortet: „Wir beten täglich um Wasser, es ist in der Wüste heilig."

Ich bin zurück an meinem Vaginaplatz. Rita setzt sich auf einen Stein, raucht eine selbst gedrehte Zigarette und beobachtet mich. Ich lege die Muscheln in den Sand und versuche das Bild zu finden, das in meinem Inneren schon existiert. Es fehlt etwas. Rita lächelt mich wissend an, und ich frage sie: „Kannst du das Bild mit mir gemeinsam legen?" Sie setzt sich zu mir in den Sand, schaut auf die Muscheln und stellt plötzlich die größte Muschel aufrecht in den Sand: „Es ist eine Lilie, kannst du das sehen?" Das Meer hat mir eine Blume geschenkt und ich habe sie im wahrsten Sinn des Wortes liegen gelassen, obwohl sie stehen kann. Mit ihren kleinen zarten Händen ändert sie die Anordnung meines Muschelkreises und spricht wie zu sich selber: „Außen sollen neun Muscheln liegen. Neun ist die Zahl der Vollendung. Ein Zyklus wird jetzt abgeschlossen und etwas Neues beginnt. Dann kommen sechs Muscheln, das ist die Zahl der Herzensenergie. Und im innersten Kreis sind es fünf. Es bedeutet, dass der Wille der Seele geschieht." Sie zählt die Muscheln und sagt zufrieden: „Einundzwanzig, und damit sind es wieder drei. Die heilige Zahl der Dreieinigkeit. Und in der Mitte steht die Lilie. Kannst du spüren, wie stark sie pulsiert? Alle Frauen sind Lilien. Wir sind zart und stark zugleich. Es ist ein Missbrauch unserer Urkraft, wenn wir uns als das ‚schwache Geschlecht' bezeichnen lassen. In uns wächst Leben. Wir sind durch unsere Weiblichkeit direkt mit unseren tiefsten Wurzeln mit Mutter Erde verbunden.

Und wenn du wieder in Europa bist, kannst du dich immer mit diesem Platz verbinden. Dein Energiefeld kennt die Frequenz."

Aid wartet schon im Taxi, als wir aus dem Wadi kommen. Ich ziehe meine geflochtenen Schuhe aus, in München soll es schneien. Als ich sie in meinen Koffer packen will, sagt die Stimme wieder, dass ich sie hierlassen soll, damit ich wiederkomme. Rita lacht schallend, als ich ihr mein Anliegen unterbreite: „Du bist wie ich, ich lasse an Plätzen, an die ich unbedingt zurückkehren möchte, immer ein Paar Schuhe."

Es war schon dunkel. Draußen vor den Glasscheiben der Ankunftshalle schneite es in großen Flocken. „Mehr als sechzig Flüge konnten heute in München nicht landen", sagte ein Mann zu seiner Frau und hob zufrieden einen Riesenkoffer vom Band. „Unser Flug war nicht dabei", dachte Lilly erleichtert. Wieso nicht? Gehörte das zu den Wundern? Als einige Fluggäste auf die Uhr schauten und dann begannen zu rennen, lief sie einfach mit. So musste es sein, wenn Lemminge in den Untergang gingen. Einer fing an damit und alle anderen folgten ihm. Sie schaffte es gerade noch, in die S-Bahn Richtung Innenstadt zu kommen, bevor sich die Türen schlossen. Am Hauptbahnhof stieg sie um und saß endlich in dem Regionalzug, der Richtung See fuhr. Doch schon tauchte das nächste Problem auf. Sie wusste nicht, ob Oskar den Schlüssel unter den Stein hinter dem Haus gelegt hatte. Es gab nur einen Schlüssel. Das Haus würde eisig sein, er war vor mehr als einer Woche nach Kiel gefahren. Sie dachte an das wunderschöne Hotel am See, das sie auf ihren Kajakfahrten vom Wasser aus immer bewundert hatte. Es lag mit seinen alten Holzbalkonen geschützt in einer kleinen Bucht. An den Holzstegen vor dem großen Gastgarten waren im Sommer die Segelboote vertäut, deren Besitzer zu einer Kaffeepause oder zum Abendessen anlegten. Von der Landseite aus kannte sie es nicht, obwohl es von der kleinen Hütte nur zwanzig Minuten entfernt lag. Lilly stand wieder auf ihrem Schwebebalken und ging hin und her. Ihre Vaterseite zögerte keinen Augenblick. Sie war müde, sie kam aus dem warmen Ägypten und war in Schneechaos und Kälte gelandet. Sie würde in das Hotel fahren und am nächsten Tag ihren Koffer dort lassen und zu Fuß zum Haus spazieren. Die andere Seite in ihr, die vom Bregenzerwald geprägt war, in dem die Eltern ihre Kinder zur Fron ins Allgäu schicken mussten, damit sie nicht verhungerten, fand das eine frevelhafte Verschwendung. Sie konnte einheizen, einen heißen Tee kochen und sich unter vielen Decken vor der Kälte verkriechen.

Der Zug fuhr in den Ort ein, von dem sie weiterfahren musste. Sie stieg in das einzige Taxi, und als die Fahrerin sie nach ihren Wünschen fragte, wusste Lilly noch immer nicht, wer von ihren beiden Teilen gewinnen sollte: „Fahren Sie bitte am See entlang, ich lotse sie dann." Die Frau sorgte für Unterhaltung. Im Hintergrund lief eine CD mit einem Roman und im Vordergrund erfuhr Lilly, dass sie heute der letzte Gast war und dass die Taxifahrerin sich schon auf das Kaminfeuer freute, das ihr Mann, der auf sie wartete, angezündet hatte. Das war die Entscheidung.

Das Hotel empfing sie mit seiner behaglichen, bayerischen Gemütlichkeit. Die Suppe, die Beerengrütze und das Glas Wein, das sie dazu trank, kosteten doppelt so viel wie das Gemüse mit Shrimps im Ofen gebacken und der Beduinentee in ihrem Lieblingslokal in Dahab. Es spielte keine Rolle. Lilly war einfach nur erleichtert, dass sie in einem warmen gemütlichen Restaurant an einem weiß gedeckten Tisch saß, und dankte innerlich ihrem Vater für die Möglichkeit, diesen Luxus zu genießen.

Am Morgen erwachte sie nach einem traumlosen Schlaf in einer Welt, die unterschiedlicher nicht hätte sein können. Sie zog die Vorhänge auf, statt Palmen kahle Bäume, anstelle des blauen Meeres lag der stille graue See vor ihr, auf dem kleine Eisschollen trieben. Dann fiel ihr auf, dass sie in Zimmer 21 wohnte. Das Mandala in der Wüste bestand aus 21 Muscheln. Die Welten waren verbunden.

Das Frühstück wurde auf feinem Porzellan serviert, es gab Stoffservietten und Kaffee, der nach guten Bohnen schmeckte. Sie sah einer Frau und einem Mann zu, die schweigend aßen und dabei Zeitung lasen. Sie trugen beide Businesskleidung und hatten ernste Gesichter. Dann kam kurz der Bregenzerwald zu Besuch. Sie wartete, bis ihr niemand zusah, und packte verstohlen ein mit Wurst und Käse dick belegtes Brot in eine Serviette und steckte es ein. Man konnte nie wissen, wann es das nächste Mal etwas zu essen gab …

Lilly stapfte durch den Schnee. Das Brot beulte beruhigend ihre Manteltasche aus. Sie trug dünne, weiße Müllsäcke über ihren feinen Lederstiefeletten. Für Ägypten hatte ihr Outfit gepasst, jetzt war sie froh darüber, dass zu ihren Talenten Improvisation gehörte. Das Hotel hatte ihr einen Schirm geliehen, mit dem sie versuchte, sich gegen den Wind zu schützen, der mit Schneeflocken vermischt vom See herwehte. Sie wandte sich nach links und überquerte die „Bannmeile“, wie Oskar es nannte. Im Sommer, wenn der Biergarten mit seinen weißen Sonnenschirmen Sonnenhungrige aus München anlockte, war die Gefahr besonders groß, dass jemand sie erkannte. Jetzt war sie allein. Ein paar Hundebesitzer hatten sich schon früher am Tag zu einer Morgenrunde aufgerafft und hinterließen für Lilly Spuren, in denen sie besser gehen konnte. Als sie nach zwanzig Minuten den Uferstreifen erreichte, der ganz nah bei Oskars Versteck lag, läuteten die Kirchenglocken im Ort. Sie nahm es als gutes Zeichen. Ich bin erwünscht, ich werde hier erwartet. Ihr Mann und ihr Sohn hatten den Nachtzug ab Hamburg genommen und würden schon da sein. Das wusste sie von Letizia. Sie hatte ihr nicht gesagt, dass sie kommen würde, weil sie beim Abflug auf der Warteliste stand. Außerdem liebte sie Überraschungen. Sie freute sich auf den Jubel, die leuchtenden Augen und auf Niklas, der an ihr hinaufspringen würde wie ein übermütiger, junger Hund.

Das kleine Holzhaus lag so versteckt hinter Bäumen, dass es auch für Lillys Augen erst im letzten Moment sichtbar wurde. Ihr Herz schlug schneller und sie spürte, wie die freudige Erwartung warm durch ihren Körper pulsierte. Nur noch eine Minute, dann würde sie um die Ecke biegen und bei ihrer Familie sein.

Der Schnee vor der Tür war unberührt. Kein Zeichen von Leben, kein Licht, kein Rauch aus dem Kamin. Vor dem Iglu, das die beiden gebaut hatten, sah sie Spuren. Sie stammten von einem größeren Vogel, wahrscheinlich von einer Krähe. Oskar und Niklas waren nicht da. Sie fühlte nichts, als sie es registrierte. Sie wusste, dass es nur ein Irrtum sein konnte, der sich aufklären würde, und stapfte über die Wiese zu Letizia. Ihr alter Range Rover stand vor der Tür und trug eine dicke Schneehaube. Sie war heute noch nicht in den Ort gefahren, „Alhamdulillah!" Lilly lächelte, als sie es laut sagte, und dachte an Tjalle, die ihr das Gott sei Dank auf Arabisch beigebracht hatte.

Sie läutete an der Tür. Nichts rührte sich. Sie ging links am Haus entlang, sah Licht im Badezimmer hinter der Milchglasscheibe und wartete eine Weile in der Kälte. Dann läutete sie wieder. Stille. Sie umrundete das alte Holzhaus und schaute durch die kleinen Fenster ins Wohnzimmer mit dem gemütlichen, blassgrünen Kachelofen. Quer über den Raum waren Schnüre gespannt, an denen getrocknete Kräuterbündel hingen. Von Letizia keine Spur. Sie richtete ihr Leben nach den Jahreszeiten aus und so wie ihre Pflanzen eine Ruhezeit einlegten, saß sie in der stillen Jahreszeit häufig in ihrem alten, bequemen Lehnsessel und las. Lilly klopfte überall, sie rief, sie schrie laut. Stille. Vielleicht war Letizia in den Wald gegangen und sammelte Holz, weil der Winter in diesem Jahr besonders kalt war. Sie wartete noch eine Weile und sah das alte Haus zum ersten Mal mit Augen, die nichts anderes zu tun hatten. Die grünen Fensterläden waren frisch gestrichen, Oskar hatte seiner Vermieterin aus Dankbarkeit im Herbst dabei geholfen, und der Schutzanstrich für die alten, braunen Balken war auch erneuert worden. Sie lebten längst wie eine Familie und Letizia war die Sippenälteste, die verehrt, geliebt und geachtet wurde.

Lilly ließ das Anwesen, das eine ganz besondere Energie ausstrahlte, hinter sich und ging zu Oskars Hütte, dem ehemaligen Gästehaus, zurück. Es war, als ob dieser Ort, der für sie Sicherheit und Schutz bedeutete, sich zum ersten Mal als eigenes Wesen präsentierte. Bisher gab es immer Oskar und dann Niklas, die dort warteten. Sie standen im Vordergrund des Bildes und die Kulisse spielte keine Rolle mehr. Jetzt war plötzlich das kleine

Häuschen das einzig Vertraute. Ihre Verbindung zu ihrer Familie, ihr Lichtblick, ihre Hoffnung. Sie sah mit neuer Zärtlichkeit Details, die ihr bisher nicht aufgefallen waren. Wie harmonisch die Querbalken aus ganzen Holzstämmen aufeinandergesetzt waren und sich mit denen der Schmalseite trafen. Es sah so aus, als hätte der Zimmermann keinen einzigen Nagel gebraucht. Der Dachgiebel war ein Kunstwerk. Auch hier waren die Balken schräg aneinandergefügt und millimetergenau zugeschnitten worden. Das große Fenster an der Südseite, unter dem die Hausbank stand, war durch feine Holzsprossen unterteilt. Ein kleiner Schlitten stand vor der Tür, den Niklas vergessen hatte zu verräumen. Lillys Kräuterbeet, für dessen Einfassung Oskar ihr einen Baumstamm in gleichmäßige Stücke zersägt hatte, schlief unter dem dicken Schneebett.

Sie fand den Schlüssel unter dem Stein und betrat das Haus. Es sah so klein aus, ohne die Menschen, die es bewohnten, obwohl sie wusste, dass das eigentlich absurd war. Aber wahrscheinlich war sie so sehr auf ihre Familie fixiert, dass ihr die räumliche Enge bisher noch nicht aufgefallen war. Oskar hatte im Sommer die braunen Holzwände weiß gestrichen und den Überzug auf dem Sofa mit einem hellen Leinenstoff erneuert, der früher dunkel war. Das machte den Raum ein bisschen größer. Im ersten Augenblick war es warm und fast gemütlich, als sie aus der Kälte kam. Aber nur für einen Augenblick. Sie musste sich bewegen, bis Oskar und Niklas kamen, legte ein paar Holzscheite in den Ofen, sperrte die Türe wieder zu und ging zum See.

Auf dem Weg dorthin traf sie zwei Landschaftsgärtner mit orangefarbenen Schutzwesten. Sie standen vor einem Gerüst auf Rädern und fachsimpelten über eine Birke, die offenbar geschnitten werden musste, weil sie bei Sturm eine Gefahr darstellte. Lilly fühlte sich einsam und fragte die beiden nach dem Namen der anderen Bäume, die hier im Landschaftsschutzgebiet wuchsen. Die beiden schienen sich über ihr Interesse zu freuen und zählten abwechselnd die ganze Vielfalt auf: Eichen, Erlen, Pappeln, Schwarzkiefern, Eschen, Ahorn, Kastanien, Linden und Wildkirschen. Lilly schaute mit ihnen gemeinsam in den Himmel auf die

Zweige, die bei den meisten Bäumen kahl waren, und hatte keine Ahnung, welcher nun welcher war. Sie nahm sich vor, im Frühling, wenn sie wieder Blätter trugen, das Pflanzenbestimmungsbuch, das ihr Ella zu Weihnachten geschenkt hatte, mitzubringen.

Der kleine Strand, an dem sie schon so viele Stunden verbracht hatte, strahlte eine Ruhe aus, die Lillys Einsamkeit von ihr nahm wie eine Krankheit. Sie sah auf die vertrauten, vielfarbigen Kieselsteine und folgte mit den Augen ihren Bewegungen, wenn das Wasser mit ihnen spielte. Alles war gut. Sie hatte ihren Schirm beim Haus gelassen und ließ zu, dass der Schnee ihr eine Kappe auf den Kopf setzte, die schmolz und in winzigen Rinnsalen von ihrer Kopfhaut über ihr Gesicht rann.

Lange stand sie da und merkte nicht, dass inzwischen auch ihr Mantel, der für Ägypten zu warm gewesen und für hier zu kalt war, sich mit Wasser vollsaugte. Lilly hatte Angst, zurückzugehen. Was, wenn die beiden Häuser sie immer noch aus schwarzen Fensterhöhlen anstarrten?

Die Kirchenglocken läuteten wieder. Es war eine Stunde vergangen. Sie gab sich einen Ruck und verließ den magischen Platz. Plötzlich verstand sie, warum Menschen einfach irgendwo erfroren. Es war so schön, in der Natur zu sein und alles hinter sich zurückzulassen. Niemand war da. Weder Oskar noch Niklas. Auch Letizia nicht.

15. Februar 1989
Ich kann nicht in unserem kleinen Haus bleiben. Ich lasse für Oskar eine Botschaft auf dem Küchentisch und gehe den Weg zum Hotel zurück. Die weißen Müllsäcke sind längst zerfetzt und hängen an meinen durchweichten Schuhen. Ich müsste den Gummi lösen, der sie an meinen Knöcheln hält, aber ich habe nicht die Kraft dazu. Ich friere. Die Kälte ist in meinem Inneren. Wenn ich weinen könnte, wäre mir vielleicht wärmer. Meine dünnen Lederschuhe sind vollständig nass und ich weiß, dass ich unbedingt warme Füße brauche und einen heißen Tee. In mir weint es. Mama, Mama, Mama. Aber meine Mutter ist vor langer Zeit weggegangen, lange ehe ich geboren war.

Als das Haus des Fischers an meinem Weg auftaucht, erinnere ich mich daran, dass ich erwachsen bin und für mich selber sorgen muss. Der Fischer öffnet mir sofort die Tür, als ich klopfe. Ich bin nicht sicher, ob er mich als die fröhliche, braun gebrannte Frau wiedererkennt, die im Sommer bei ihm manchmal geräucherte Forellen gekauft hat. Seine Haare sind grau, seine Hände haben Schwielen. Ich habe keine Angst, dass er mich aus der Zeitung erkennt und uns verrät. Er gibt mir neue Plastiksäcke und findet die Idee originell. Als ich wieder ins Schneetreiben hinaustrete, diesmal mit gelben Plastiksäcken an den Füßen, bin ich wieder stark.

Ich bin Lilly, die eine kleine Ziege in Ägypten kennt, die ihren Namen trägt. Ich bin Lilly, die sich mit einem Muschelmandala in der Wüste verbindet, und ich bin Lilly, die ihre Zwillingsseele gefunden hat.

Ich leiste keinen Widerstand mehr gegen mein Schicksal. Ich nehme es an und merke, dass es gut ist, dass ich allein geblieben bin, dass ich gezwungen werde, Zeit für mich zu haben. Ich spaziere am See entlang und bitte die Wesen, mir zu helfen, meine neue Identität zu begrüßen.

Der Platz neben mir füllt sich. Ich spüre, dass das große Loch, das ich versucht habe, mit der Zuneigung anderer Menschen zu stopfen, langsam heilt. Oskar ist plötzlich kein Teil mehr von mir. Ich sehe ihn als einen Mann, der vielleicht seinen Zug verpasst hat, oder den sein Anwalt gebeten hat, zu bleiben. Unser Kind ist bei ihm gut aufgehoben und ich bin bei mir.

Ich sitze alleine in der Gaststube des Hotels, meine Schuhe trocknen neben der Heizung. Ich trinke Tee, esse eine Suppe und schaue auf den See. Es ist friedlich in mir.

Vollständig. Das Wort bedeutet, dass ich ständig voll bin. Gefüllt von mir selber und getragen von der großen Mutter, der wir den Namen Erde gegeben haben. Ich denke mit tiefer Dankbarkeit an Tjalle und Rita und verbeuge mich vor dem Land, das mir diese Begegnungen ermöglicht hat.

Die zurückgestutzten Weiden vor dem Fenster sehen jetzt aus wie alte, weise Frauen, und die Stühle, die ihre Lehnen als Schutz gegen den Schnee zu den Biergartentischen neigen, scheinen miteinander zu tuscheln: „Das hat sie gut gemacht!"

Ein Zyklus endet. Ich sehe den Stein mit dem weißen Kreis vor mir, den mir Rita geschenkt hat, gehe an die Rezeption und rufe Letizia an, die mir erzählt, dass sie eine ganze Hucke voll Holz gesammelt hat. Sie sagt mir, dass Oskar in Kiel geblieben ist, weil sein Anwalt neues Material aus Wien bekommen hat. Ich lege auf und sage zu der jungen Frau, der ich Zimmer 21 verdanke: „Bitte suchen Sie mir eine Zugverbindung nach Wien heraus, ich will nach Hause."

8. Kapitel

Ralf war entsetzt, als Lilly eine Woche früher als geplant in der Redaktion auftauchte. Er hielt ihr einen Vortrag, dass das Leben als verrücktes Huhn gefährlich sei und sie solle sich einmal auf dem Land ansehen, wie viele im wahrsten Sinn des Wortes unter die Räder kämen. Er sagte ihr, dass sie völlig erschöpft aussähe, und brüllte sie an, sie solle endlich Verantwortung für sich selbst übernehmen: „Du kümmerst dich um Gott und die Welt, aber wann wirst du dich um dich selbst kümmern?“ Er war richtig zornig auf sie und Lilly war nach ihrem ersten Widerstand gerührt, dass Ralf sich solche Sorgen um sie machte. Auch wenn sie unbegründet waren.

Sie fühlte sich gestärkt und wohl und hatte das Gefühl, als seien ihr Flügel gewachsen. Ralf gab auch dazu einen Kommentar ab: „Du verwechselst spirituelles Wachstum mit körperlicher Erholung und weißt nicht, was Selbstfürsorge ist“, sagte er und war erst etwas versöhnlicher gestimmt, als sie ihm von ihrem fehlenden Teil erzählte, den sie wiedergefunden hatte: „Ich hoffe, dass du dann langsam vernünftiger wirst.“

Lilly dachte an die Schuhe, die sie in Dahab zurückgelassen hatte, und bezweifelte, dass sie vernünftiger geworden war. Sie war dankbar für die Rückführung, gleichzeitig spürte sie, dass ihr der Blick in frühere Leben unheimlich war. Außerdem hatte sie genug in ihrer Gegenwart zu tun.

Das Thema war aber ohnehin bald wieder vom Tisch, weil Lilly sofort mit Elan in eine neue Geschichte einsteigen wollte. Es war ihr schon immer ein Dorn im Auge gewesen, dass Randgruppen, wenn sie nicht ins Bild der sogenannten „gesunden“ Gesellschaft passten, abgesondert wurden. Wieso mussten Alte, Blinde, Behinderte und psychisch Kranke in speziellen Einrichtungen aufbewahrt werden? Warum konnten sie nicht besser in die Gesellschaft integriert werden? Sie dachte an die alte Frau, die in der Servitengasse im Nachthemd herumgeirrt war. Sie lebte jetzt in einem Pflegeheim und siechte vor sich hin. Man hatte ihr jeden sinnvollen Inhalt genommen.

„Ich möchte", sagte sie zu Ralf, nachdem er sich beruhigt hatte, „eine Serie mit dem Titel ‚Die Ausgeschlossenen' machen und mit den Blinden anfangen." Eine Studie aus Lappland, in der psychisch Kranke, von einem Interventionsteam begleitet, zu Hause versorgt wurden, verschob sie auf später, weil sie sich erst das Material beschaffen musste. Ihre Kontakte zu einer Betreuerin in einem Blindenheim konnte sie sofort nützen.

Es war Montag. Der Himmel war grau und es nieselte. In Ägypten schien die Sonne und es hatte fünfundzwanzig Grad. Lilly saß in der Redaktion. Sie hatte ihr Wochenende mit Lea verbracht. Reden, spielen, mit dem Schlitten von der Sofienalpe zum Schwarzenbergpark fahren … Sie war müde.

Als sie sich an den Computer setzte und das Interview mit Hedi, der Betreuerin im Blindenheim, schreiben wollte, das sie am Freitag geführt hatte, merkte sie, dass ihre Hände zitterten und ihr Kopf eine Spange aus Eisen trug, die sie drückte. „Verdammte Scheiße, was ist mit mir los", sagte sie laut und ungeduldig. Lilly sprach mit sich selber selten liebevoll, das war nicht ihr Stil. Sie hatte von ihrem Vater den Spruch „Was mich nicht umbringt, macht mich härter" geerbt und sparte ihre sensible Seite für andere auf. Doch es half nichts. Die Vibration in ihrem Körper wollte nicht aufhören und sie dachte daran, dass sie heute Morgen verwundert war über ihren schleppenden Gang, als sie zu Fuß am Donaukanal entlang in die Redaktion spaziert war. Oskar nannte sie manchmal „meine Gazelle", weil sie mit weit ausholenden, federnden, leichten Schritten ging. Heute Morgen hatte sie ihre Beine hinter sich hergezogen, als ob sie gegen einen Sumpf ankämpfen musste, in denen sie steckten. Sie hatte es als normale Reisemüdigkeit abgetan und sich nicht weiter darum gekümmert. Das war meistens so. Wenn Lilly etwas fehlte, nahm sie es erst ernst, wenn ihr Körper vollkommen streikte. Bis dahin scheuchte sie Beschwerden zur Seite wie lästige Fliegen und ging davon aus, dass sie von selber wieder verschwanden. Meistens war das auch so. Gleichzeitig spürte sie, dass es heute anders war. Ihre Hand verkrampfte sich, als sie sich zum Schreiben zwingen wollte, und ihre Augen begannen zu brennen. Sie hörte Ritas erstaunte Stimme am Telefon, als sie ihr gesagt hatte, dass sie abreisen wollte: „Das wundert mich, ich dachte, dass du für ein paar Tage in die Stille der Wüste kommen wirst, um dich zu erholen." Und Ibrahim, der mit stillen, tiefen Beduinenaugen mehr beobachtete als sprach, hatte ihr den Hörer aus der Hand genommen: „Du solltest für eine Weile hierbleiben. Hier findest du deine Kraft und deine Kreativität wieder."

17. Februar 1989
Es ist zu spät, ich habe es schon getan. Ich bin mir gefolgt. Der alten Lilly in mir, die sich, getrieben von der Gewohnheit, gut zu funktionieren, durch die intensiven Erfahrungen in Ägypten gejagt hat. Ein Tag am Strand war mir schon zu viel und weiter geht's. Wohin? Bis zum Herzinfarkt?

Ich bin erschöpft, mein Körper fühlt sich an wie eine leere Hülle. Ich habe Erkenntnis mit Erholung verwechselt. Ralf hatte recht mit seinem Zorn auf mich. Ich muss endlich Verantwortung für mich selber übernehmen.

Ich sitze in meinem Büro und sollte stattdessen in Dahab am Strand liegen oder bei Rita in der Wüste auf einem Stein sitzen und einfach nur in die Luft schauen. Meine Rückkehr hatte nichts mit der Seins-Qualität zu tun, nach der ich mich so sehne und die ich bei Tjalle und Rita gespürt habe.

Lilly hörte Ralf, der von einer Pressekonferenz zurückkam. Er öffnete vorsichtig ihre Bürotür und setzte sich mit einem schuldbewussten Gesicht auf ihre Schreibtischkante: „Du weißt, dass es nicht meine Art ist, zu brüllen. Und dafür entschuldige ich mich. Aber ich mache mir ernsthafte Sorgen um dich ..." Lilly war froh, dass sein Ärger verflogen war: „Ralf, du hast in allen Punkten recht. Ich möchte mir für ein paar Wochen eine Auszeit nehmen. Ich kann mich nicht mehr gleichzeitig um Oskar, die Kinder und die Arbeit kümmern. Das letzte Jahr hat mich alle meine Reserven gekostet."

Ralf war erleichtert. Für *Psychologie Morgen* war es ein Verlust, wenn Lilly eine Zeit lang nicht mehr schrieb. Ihr eigenwilliger Stil war unersetzlich und sie hatte eine große Fangemeinde. Aber was bedeutete schon der Erfolg einer Zeitschrift, wenn es um die Gesundheit seiner besten Freundin ging?

Lilly versorgte Lea und spielte mit ihr, telefonierte manchmal von einem Hotelanschluss mit Oskar und Niklas und lag stundenlang auf ihrem weißen Sofa und dachte ausführlich über das Wort „Selbstfürsorge" nach. Ralf hatte ihr letzte Woche im Büro in seinem Zorn an den Kopf geworfen, dass sie keine Ahnung hätte, was das ist.

21. Februar 1989
Es stimmt. Ich weiß nicht, was es bedeutet. Ich kenne das Wort „Selbstversorgung". Es ist mir vertraut. Es klingt nach Selbstversorgerhütte und nach Überleben. Das kann ich gut. Aber Selbstfürsorge? War ich jemals fürsorglich zu mir selber? Sicher nicht. Ich kritisiere mich scharf, ich beute mich aus, ich stelle das Wohlbefinden von allen anderen vor meines. Das hat meine Mutter ihr Leben lang gemacht. Kann man es lernen, gut zu sich selber zu sein? Ralf hat es gelernt. Nicht ganz freiwillig. Nach seiner Krebsdiagnose vor mehr als zehn Jahren hat er sein ganzes Leben umgekrempelt. Macht täglich Yoga, meditiert, reinigt seinen Körper und seinen Geist immer wieder und sorgt dafür, dass seine Beziehung zu Chris in Balance ist.

Aber wie soll ich zu mir selber fürsorglich sein, wenn Oskar und die Kinder mich brauchen? Ich nehme das Wort „Selbstfürsorge", packe es in eine schöne Schachtel und lege es ganz hinten in meinem Gedächtnis ab. Eines Tages, verspreche ich mir, werde ich mich darum kümmern. Eines Tages, wenn unser Leben wieder normal ist.

In dieser Nacht träume ich. Ich sehe ein kleines Mädchen. Es hat ein schmales, ernstes Gesicht und läuft über eine Wiese. Es ist vielleicht fünf Jahre alt und trägt ein hübsches, weißes Kleid mit Blumenmuster. Es fällt hin und ich beobachte, dass es mit schmerzverzerrtem Gesicht liegen bleibt. Ich kenne es nicht und ich habe keine Zeit, es aufzuheben. Ich stehe noch immer am Rand der Wiese und warte, dass seine Eltern kommen. Sein Kleidchen ist aus teurem Stoff, es kann nicht verwahrlost sein. Es sieht mich aus flehenden Augen an. Niemand kommt. Ich gehe hin, hebe es auf und setze es auf meinen Schoß. Und plötzlich spüre ich, dass es mir gehört. Es hat auf mich gewartet.

Ich hole die Schachtel mit dem Wort „Selbstfürsorge" wieder aus der hintersten Ecke hervor. Ich kann nicht warten, bis Oskars Probleme gelöst sind. Ich muss mich um das kleine Mädchen in mir kümmern. Aber wie?

Lilly hielt es nicht lange auf dem weißen Sofa aus. Ostern nahte und damit die Planung für ein Wiedersehen mit Oskar und Niklas. Sie war mit dem Wort „tun" und nicht mit dem Wort „sein" aufgewachsen und war froh, dass sich wieder eine Möglichkeit bot, aktiv zu werden.

Lech am Arlberg ist eines der schneesichersten Skigebiete Österreichs. Sie wusste, dass sie hier im März gut Skilaufen konnten. Lilly hatte sich zu Weihnachten, als sie mit Lea im Wäschereiwagen über die Grenze gefahren war, geschworen, keine gefährlichen Aktionen mehr zu unternehmen. Aber das war lange her, und ihre Reise in die Wüste hatte sie sicher gemacht, dass nichts passieren würde, was nicht dem Gesamten diente. Rudi, der inzwischen ein vollwertiges Mitglied des „Unterstützungskomitees" war, warnte sie: „Sie erwarten, dass du an Ostern versuchen wirst, Oskar zu besuchen, und wissen natürlich auch, dass du kurz vorher Geburtstag hast. Zwei Daten, an denen du dich im letzten Jahr abgesetzt hast, und so listig sind sie, dass sie sich ihre Niederlagen ein Jahr lang merken können."

Lilly fand das Wort „abgesetzt" interessant. Sie stellte sich vor, wie sie ohne Erlaubnis ihrer Bewacher aufstand und sich einfach woanders wieder niedersetzte. Nach ihren eigenen Wünschen und ihrem eigenen Willen. Es fühlte sich gut an. Sie erinnerte sich an die Qualen der Volksschule, wo die schlimmen Schüler, damit sie besser unter Beobachtung waren, ganz vorne in der „Eselsbank“ sitzen mussten. Sie war gemeinsam mit Emil, der Tintenfässer austrank, die Einzige gewesen, die fast ständig dorthin zitiert wurde. Ihre „böse Hand“ wollte nicht mitmachen bei der Umschulung, die sie heute als Vergewaltigung sah.

Johanna und Rudi hatten darauf bestanden, nach Lech mitzukommen: „Du brauchst Hilfe“, hatten sie in ihrer üblichen Übereinstimmung verfügt, wobei meistens sie sprach und er dazu auf seine bedächtige, ruhige Art mit dem Kopf nickte: „Du bist immer noch erschöpft und kannst nicht die ganze Last der Vorbereitung und dann der Beobachtung vor Ort tragen.“ Lilly war erleichtert und nahm an einer Planungssitzung teil, die sie in einer Sauna abhielten, in der man stundenweise Kabinen mieten konnte. Rudi war, wie immer, der Pragmatiker und hatte schon im Vorfeld der „Operation Ostern“ seine Fähigkeiten als Tüftler eingesetzt. Er hatte Landkarten und Prospekte mit allen Skiliften und Abfahrten aus der Gegend besorgt und einen Masterplan entwickelt, bei dem nichts schiefgehen konnte.

Der Arlberg empfing sie in strahlendem Sonnenschein. Das Hotel lag direkt an der Piste in Oberlech. Ella hatte es ausgesucht, sie kannte sich in der Gegend aus: „Am Abend fahren die Tagestouristen ins Tal, dann bleiben nur die Hotelgäste auf der Anhöhe, das hilft euch, die Lage leichter zu überblicken.“ Sie lebten sich rasch ein und fuhren nach dem Frühstück, so wie die meisten Gäste, im gleißenden Schnee über weite Hänge, die von den Pistenraupen in der Nacht wieder präpariert wurden. Wenn der Schnee zu matschig wurde, saßen sie in Liegestühlen auf der Terrasse und lasen oder spielten mit Lea Karten. Ihre Großmutter hatte ihr die Vorarlberger Spezialität „Jassen“ beigebracht und sie war stolz darauf, dass sie die Erwachsenen schlagen konnte. Das Kind wusste nicht, dass es hinter dieser erholsamen Idylle ein anderes Ziel gab.

Lilly konnte es nicht mehr ertragen, sie zu belasten, und bemühte sich, so normal wie möglich zu sein und wirklich auszuspannen. Sie mochte dieses Wort. Sie stellte sich vor, wie sie die Pferde ausspannte und ihren Wagen zur Erholung auf einer Skiwiese abstellte. Es war auch leicht. Rudi hatte die Observierung übernommen, das beruhigte sie. Er beobachtete die anderen Gäste, nahm jeden Skiläufer aufs Korn, der eine Pause machte und sich in ihre Nähe setzte, und bat regelmäßig zu einer Lagebesprechung auf der Piste, wenn niemand in der Nähe war und Lea mit einem anderen Kind, das ebenfalls im Hotel wohnte, spielte. Er stellte immer wieder Vermutungen an, wer von den anderen Gästen „die Laus" sein konnte. Das war sein Codewort für den Beamten, der zur Tarnung durchaus auch mit Frau angereist sein könnte. Aber Beweise gab es keine. Es sprach immer etwas für oder gegen seine jeweilige Theorie. Er hatte in einer versteckten Tasche seines Skianzugs eine kleine Liste, die er regelmäßig mit einem winzigen Bleistift, der in seinen große Händen wie ein Spielzeug aussah, ergänzte. Wenn jemand abreiste, radierte er die Zeile wieder aus. Johanna, deren Kinder vorgezogene Osterferien in den USA bei ihrem Vater verbrachten, genoss das Detektivspiel und ihr ungestörtes Liebesleben mit Rudi: „Ich bin in meinem ganzen Leben noch nicht mit dem Gesetz in Konflikt geraten und werde bei jeder Lüge sofort rot. Ich bin fassungslos, was ich für kriminelle Energien an mir entdecke." Nebenbei lernte sie mit Tourenski zu gehen und die anderen drei, die längst fit darin waren, schlossen sich an, wenn sie mit ihrem Skilehrer übte.

Nach einigen Tagen sagte Rudi, der „die Laus" noch immer nicht identifiziert hatte: „Wir müssen überprüfen, ob der Bursche überhaupt Ski läuft." Und Johanna fragte skeptisch: „Wer sagt, dass es ein Mann ist, der uns beobachtet?" Rudis Antwort kam postwendend: „Weil es gar keine weiblichen Staatspolizistinnen gibt. Frauen wird so ein Job gar nicht erst zugetraut."

Es war kurz vor vier Uhr, als Lilly und Rudi die letzte Auffahrt zum Madloch nahmen. Das Madloch eignete sich am besten für eine Observierung, weil es eine der längsten Abfahrten war, die in Zug, einem kleinen Ort in der Nähe von Lech, endete. Sie blieben oben an der Bergstation eine Weile stehen und schauten ins Tal. Es war schon kühl, und sie wussten, dass schwierige Bedingungen auf sie warteten. Die meisten Skiläufer hatten heute schon zu Mittag aufgehört, weil sie Angst vor dem schweren Schnee hatten. Die beiden waren exzellente Skifahrer. Rudi hatte seinen Militärdienst bei den Gebirgsjägern absolviert und Lilly im Bregenzerwald Skilaufen gelernt, noch ehe sie lesen konnte. Johanna, die sich vom anstrengenden Tourengehen erholen wollte, war bei Lea geblieben.

Sie fuhren konzentriert durch tiefe „Badewannen" mit harten Rändern, schwangen über steile Hänge, die von Skikanten so abgeschabt worden waren, dass das Gras hervorschaute, nahmen Abkürzungen durch harschigen Schnee und blieben immer wieder stehen. Sie waren die Einzigen auf der Piste. Niemand war hinter ihnen vom Lift gestiegen, niemand war ihnen gefolgt. Lilly fühlte sich sicher, die Berge waren ihre Welt. Als sie verschwitzt und mit geröteten Gesichtern im Tal ihre Ski abschnallten, sagte Rudi zufrieden: „Sie unterschätzen dich, sie trauen dir nicht zu, dass du auf Skiern abhaust. Viel Aufregung um nichts. Kein Polizist weit und breit." Johanna und Lea warteten schon im Gasthaus *Rote Wand* auf sie. Es gab die berühmten Kässpätzle und die Gewissheit, dass ihr Plan durchführbar war.

Nichts wies darauf hin, dass es ein ungewöhnlicher Tag werden sollte. Lilly stand inmitten der kleinen Gruppe, die sie ihre Großfamilie nannte. Es war neun Uhr und alle hatten ihre Tourenski dabei. Sonst nichts. Selbst der Rucksack mit Broten, der sonst zu Johannas Grundausstattung gehörte, „weil man nie wissen kann, was passiert", war heute im Hotel geblieben. „Wir dürfen unserem Polizisten, der wahrscheinlich ein Dauerabo auf einem der Liegestühle vor unserem Hotel hat, keinen Grund zum Nachdenken geben", hatte Rudi bestimmt. Er war der Kommandant der Operation und kannte die Strecke wie seine Westentasche. Er hatte sie schon zu Hause auf seinen Karten markiert und war sie in den letzten Tagen gefahren. Sein fotografisches Gedächtnis hatte jede Abzweigung gespeichert.

Ihr Ziel war das Hotel am Körbersee im Hochtannberggebiet, das zum Bregenzerwald gehörte. Sie fuhren den Weibermahd-Lift hinauf und über die Auenfelder, an der Mohnenfluh und der Juppenspitze vorbei durch atemberaubende Landschaften, die Lilly von Wanderungen mit ihrer Mutter und Ella gut kannte. Die weißen Gipfel schauten wie Wächter auf sie herunter, und gleichzeitig fühlte sie sich so klein. Ein Staubkorn im Universum dieser mächtigen Berge. Johanna kämpfte sich wacker und am Ende schon mit zittrigen Knien durch das Abenteuer. Lea fuhr Tourenski wie ein Nachwuchstalent. Sie tauchte durch die tiefsten Schneemulden, und wenn sie stürzte, stand sie in der nächsten Sekunde wieder auf. Die letzte Etappe ging bergauf bis zu dem Hotel, das einzigartig an einem kleinen See lag, der jetzt zugefroren war. Für Johanna war dieser letzte Teil eine schwere Prüfung und sie verfluchte Rudi, der ihr feixend zusah, wie sie keuchte: „Wenigstens etwas, das ich besser kann als du. Und außerdem brauchen wir die Sicherheit, dass uns niemand folgt."

Als Lilly ihre Tourenski abschnallte, spürte sie, dass ihre Knie zum ersten Mal an diesem Tag weich wurden und die Angst ihren Magen wie mit einer Faust zudrückte. Hoffentlich war Ella da. Sie musste vom Parkplatz am Hochtannberg vierzig Minuten zu Fuß gehen, weil das Hotel mitten im Naturschutzgebiet lag. In der Gaststube empfingen sie Stimmengewirr und der Geruch von nahrhaftem Essen. Sie erfasste mit einem einzigen Blick, dass ihre Befürchtung stimmte. Was jetzt? Wen sollte sie fragen, wo ihre Freundin geblieben war? Ihr Plan hatte eine schwerwiegende Kommunikationslücke. Sie hatten Leander und ihre Mutter nicht eingeweiht, weil die beiden schon seit Langem dagegen waren, dass Lilly unter so großen Gefahren Oskar besuchte und Ella sich mitschuldig machte. Die wiederum hatte ihnen erzählt, dass sie eine Heilerinnenkonferenz in München besuchte, und konnte sogar einen Prospekt und eine Eintrittskarte vorweisen.

Im Gasthaus gab es eine dicke Erbsensuppe und zum Nachtisch einen flaumigen Kaiserschmarren. Niemand konnte sich darüber freuen. Auch Lea nicht. Sie spürte, dass etwas nicht stimmte, und kuschelte sich schweigend in die Arme ihrer Mutter. „Wir werden zum Papa fahren“, flüsterte ihr Lilly ins Ohr. „Ella wird gleich da sein und uns nach München bringen.“ Sie beobachtete misstrauisch die anderen Gäste, aber niemand nahm von der kleinen, bedrückten Gruppe Notiz. Es wurde gescherzt, hausgemachte Germ- und Speckknödel gegessen und so mancher Obstler getrunken.

Sie waren schon eine Stunde hier, als Ella atemlos und mit schmutzigen Händen auftauchte: „Ich hatte eine Reifenpanne, ich muss auf der Baustelle neben unserem Haus auf einen Nagel gefahren sein, und als ich schon fast auf dem Pass war, ging mir buchstäblich die Luft aus. Mitten im Niemandsland und weit und breit keine Telefonzelle.“ Sie war eine gute Mechanikerin und hatte mit einem ihrer Brüder als Jugendliche einen Wettstreit gewonnen, wer schneller Reifen wechseln konnte.

Es war ein inniger Abschied auf dem Parkplatz des Hochtannbergpasses. Rudi und Johanna nahmen die drei Reisenden noch einmal in die Arme. Lilly etwas länger, weil sie noch immer ganz blass war. Rudi, der fand, dass man Rituale aus anderen Berufsgruppen, wenn sie einem gut gefielen, adoptieren sollte, spuckte ihnen dreimal über die Schulter. „Toi, toi, toi“, sagte er und Johanna verzog das Gesicht, weil er vor ihr mit einer Schauspielerin liiert gewesen war, die ihn mit einem Kollegen betrogen hatte. Rudi hatte trotzdem gute Erinnerungen an die Exgeliebte, denn immerhin verdankte er diesem Umstand, dass er Johanna gefunden hatte. Die beiden wollten heiraten, sobald die Scheidung von Kevin rechtskräftig war.

Rudi schnallte Lillys und Leas Tourenski auf Ellas Dachständer: „Kein Zöllner kontrolliert ein Auto, das nach einem Skiurlaub aus Österreich über die deutsche Grenze fährt.“ Die Koffer, die Ella mitgebracht hatte, waren neu. Sie hatte sie beim *Lederwaren Hofmann* in der Bregenzer Kaiserstraße gekauft, dort war sie nicht bekannt und niemand hatte sie gefragt, wohin sie verreisen wollte. Den Inhalt hatte Lilly wie immer in kleinen Raten in den Bregenzerwald gebracht oder jemandem aus der großen Vorarlberggemeinde in Wien, als Geschenk getarnt, mitgegeben. Vieles gab es inzwischen ohnehin doppelt, weil es zu mühsam war, alles hin und her zu schleppen. Sie hatte sich an die erstaunten Gesichter der Verkäuferinnen gewöhnt, wenn sie zwei Paar gleicher Schuhe kaufte.

15. März 1989
München Hauptbahnhof. Wir warten auf den Nachtzug nach Hamburg. Nicht am Bahnhof, dort gibt es zu viel Polizei. Wir sitzen bei einem guten Italiener in einer der Seitenstraßen, den Chris uns empfohlen hat, und ich genieße, dass Ella noch da ist. Wir haben vom Restauranttelefon Rudi und Johanna im Hotel in Lech angerufen. Niemand hat sie belästigt: „Das ist auch nicht üblich. Wieso sollten sie eine Operation, die schiefgegangen ist, auch noch auffällig kommentieren. Eines ist klar, von nun an sind Johanna und ich auch offiziell verdächtig. Aber das waren wir vorher wahrscheinlich auch schon." Rudi klingt ganz vergnügt. Er hat richtig Spaß an seiner subversiven Tätigkeit: „Das ist mein Wiedergutmachungsprogramm, dafür, dass ich so viele Jahre zum Teil unschuldige Bürger abhören musste, die den Mut zum zivilen Ungehorsam hatten." Heute demonstriert Rudi mit. Er würde sich von niemandem mehr seinen „aufrechten Gang" verbieten lassen.

Als Chris kommt und uns empfiehlt, unbedingt schwarze Spaghetti, die mit Tintenfisch gemacht werden, zu bestellen, sitze ich still da und genieße, dass Ella und Chris sich angeregt unterhalten. Ich bin müde von diesem aufregenden Tag und bade in der leichten Konversation der beiden, die in meinem Leben so selten geworden ist. Chris schenkt mir noch ein Glas Soave ein, obwohl ich protestiere. „Damit du im Zug besser schlafen kannst." Er hasst Züge und findet sie so schmuddelig, dass er einen Ausschlag davon bekommt. Das ist auch der Grund, warum Ralf den VW-Bus gekauft hat. Chris wird unsere Tourenski mitnehmen, damit Ella nicht in Verdacht gerät, falls jemand auf die Idee kommt, sie zu kontrollieren. Er lehnt mit gespielter Entrüstung die Karte zum Heilerinnenkongress ab, die sie ihm schenken will:

„Ich leide schon genug darunter, dass Ralf mir ständig von unserer karmischen Verbindung erzählt und mich zum Buddhismus bekehren möchte."

Oskar und Niklas sind in Kiel. Noch eine Nacht, dann sind wir wieder zusammen. Wir werden in der Stadt am Meer Ostern feiern. Sein Anwalt hat ihm dringend empfohlen, in den nächsten Wochen dort zu leben: „Wir können es uns nicht leisten, dass Sie in letzter Sekunde in Bayern geschnappt werden. Wenn es in Kiel passiert, kann ich wenigstens argumentieren, dass Sie kurz davor waren, sich zu stellen." Kein Gericht in Deutschland war bisher bereit, die „heiße Kiste" anzunehmen, wie er es nennt. „So wie es aussieht, werden wir sie zwingen müssen, indem wir uns stellen." Ich weiß nicht, ob das Wir, von dem er spricht, mich beruhigen oder irritieren soll. Wenn es darum geht, wer ins Gefängnis muss, wenn der Plan schiefgeht, gibt es kein Wir mehr.

Ich bin überdreht nach diesem langen Tag und dem Abschied von unseren Freunden und liege noch lange wach. Ich mag Nachtzüge nicht. Sie haben alle den gleichen Geruch. Eine Mischung aus Metall und Toiletten, die von zu vielen Menschen benützt werden. Lea ist zu mir ins Bett gekrabbelt und tritt mich im Schlaf. Ich bringe es nicht übers Herz, sie in ihr eigenes Bett zu tragen, sie braucht meine Wärme. Ich kann es kaum glauben, dass es das letzte Mal sein soll, dass wir uns verstecken müssen. Spätestens im Mai, sagt der Anwalt, der auch schon bekannte Politiker verteidigt hat, werden wir ein Gericht haben, das Oskar anhört. Ich spüre meine grundsätzliche Müdigkeit wieder. Es wird Zeit, dass mein anstrengendes Leben leichter wird.

Am Morgen spritze ich mir im Waschraum viel kaltes Wasser ins Gesicht. Oskar soll nicht sofort sehen, wie erschöpft ich bin. Ich habe ihm nichts von meinem Zusammenbruch erzählt.

Endlich in Kiel. Mein schöner Mann mit grauer Stoppelglatze kommt auf uns zu. Die Fotos auf den Fahndungsbildern zeigen ihn mit seinem gelockten längeren Haar, das damals noch braun war. Er könnte wahrscheinlich unerkannt durch die Wiener Innenstadt spazieren. Lea jubelt, reißt sich von meiner Hand los und rennt auf ihn zu. Endlich wieder der Papa. Niklas stürmt in meine Arme, ich halte ihn so lange fest, dass er sich ungeduldig aus meinen Armen windet, um seine Schwester zu begrüßen.

Kiel im Sonntagskleid. Die Sonne glitzert auf dem Wasser, es ist kalt, aber die Luft riecht gut. Das Taxi fährt an der Förde entlang und ich versuche, so viel wie möglich aufzunehmen. Hier ist Oskars neuer Zufluchtsort. Der Platz, an dem er viel Zeit verbringen wird, bis sein Fall geklärt ist.

Die Anwältin, die den berühmten Verteidiger unterstützen wird, hat uns im Olympiadorf ein Quartier besorgt: „Dort sind sie am besten geschützt, es gibt keine Nachbarn, die Sie beobachten werden, hier kommen nur Touristen auf Urlaub her." Das künstliche Dorf ist eine dieser typischen Scheußlichkeiten, wie sie Olympische Spiele hinterlassen. Beton, so weit das Auge reicht. Trotzdem hat es seinen Reiz. Vor der Tür Boote, Strand, Menschen in Freizeitkleidung. Unser neues Heim sieht aus wie alle Ferienappartements. Terrasse, Bad, praktische Teppichböden, die den Schmutz gezielt in gedeckten Tönen verbergen, banale Möbel aus billigem Holz, eine praktische Kochnische.

Ich bleibe lange auf der kleinen Terrasse stehen. Ich liebe das Meer, den Geruch von Salz und Fischen, die Schiffe, die durch die Förde aufs offene Wasser fahren, den Sand, den Wind …

Wie glückliche junge Hunde laufen unsere Kinder am Strand entlang. Ihr Vater hat ihnen Drachen gekauft, die eigentlich der Osterhase hätte bringen sollen. Wir sehen ihnen zu, Oskar hat den Arm um mich gelegt. Ich spüre ihn fast ein bisschen zu schwer auf meinen Schultern. Ich wäre gerne einmal ganz ohne Last. Dieses Gefühl habe ich mir bisher nie erlaubt. Aber ich sage nichts, ich bin froh, dass er da ist. Ich entdecke „mein" Stück Strand. Hier wird mein Gebetsplatz sein. In dieser geschützten Bucht, die gerade weit genug weg ist vom Olympiadorf, dass es kaum noch Spuren im Sand gibt. Den meisten Urlaubern ist das zu weit entfernt von den Restaurants.

Am Nachmittag liege ich in der Sauna, die zur Anlage gehört. Mein Bild war nie in den Zeitungen, der Fall ist hier uninteressant. Noch. Die drei Männer und Frauen, mit denen ich schwitze, weisen sich durch ihre Sprache als Touristen aus. Die Kieler sprechen anders. Ich höre ihnen zu, wie sie über „die blöden Neger in Kapstadt“ schimpfen, und dass man Angst haben muss, dass sie dieses schöne Land zerstören. Abschließende Worte der ausführlichen Diskussion: „Da mach dir mal keine Sorgen, die Nigger bringen sich gegenseitig um, da müssen wir Weiße gar nichts unternehmen.“ Ich beiße mir auf die Fingerknöchel. Ich darf nichts sagen, ich will nichts sagen, wir müssen uns bedeckt halten, wie Oskar es immer nennt. Mit einer Decke über dem Kopf leben und den Mund halten. Ich entdecke einen neuen Aspekt des Versteckspiels: Ich muss schweigen, obwohl ich mich einmischen möchte. Ich muss meine menschliche und politische Haltung verleugnen.

17. März 1989
Ich bin vierzig Jahre alt. Im letzten Jahr bin ich an meinem Geburtstag in einem Hotel auf der Reeperbahn in Hamburg erwacht und habe zum Frühstück den Haftbefehl serviert bekommen.

Oskar geht weg, die Kinder flüstern etwas von einer Überraschung, von der sie mir nichts erzählen sollen, und betteln so lange, bis er sie mitnimmt. Ich schlendere alleine am Meer entlang. Endlich. Ich liebe meine Familie. Aber manchmal komme ich mir vor wie eine Zirkusdompteurin, die ständig alle im Auge haben muss. Ich setze mich für eine Weile auf einen Stein und spüre die Anstrengung in meinem Körper.

Als ich vom Strand zurückkomme, ist Oskar mit einer großen Torte zurück, und Lea überreicht mir ein selbst gemachtes Bild. Es ist eine Collage, auf der neben Einzelporträts von uns allen das Foto, das uns gemeinsam in Venedig auf dem Markusplatz zeigt, klebt. Sie hat es mir in Wien vor unserer Abreise abgebettelt. Darunter steht in ihrer bemühten schönen Kinderschrift: „Liebe Mama, wir sind so froh, dass du für uns alle da bist und wir immer auf dich fallen können.“ Ich bin gerührt, und Oskar sagt später, als wir allein sind: „Was für ein kluges Mädchen. Sie hat verstanden, dass wir uns alle auf dich stützen. Lass uns hoffen, dass dieses Versteckspiel bald zu Ende ist." Niklas schenkt mir das Micky-Maus-Oster-Sonderheft von seinem Taschengeld, und ich bewundere Lupo mit einem großen Eierkorb auf dem Rücken. Später werden wir es gemeinsam lesen.

25. März 1989
Es ist Karsamstag. Ich sitze im berühmten Café Fidler *in Kiel, eine normale Touristin auf Sightseeingtour. Der Cappuccino ist gut. Die Stadt ist arm an Sehenswürdigkeiten, weil der Krieg fast alles zerstört hat. Aber ich mag sie. Sie ist so beruhigend unspektakulär. Ein nachlässiger Routineblick durch das gut besuchte Kaffeehaus. Niemand kommt mir bekannt vor, niemand sieht „österreichisch" aus. Rund um mich nur norddeutsche Klänge. Ich bade in dieser Sprache, die mir die Sicherheit von beruhigender Fremdheit gibt, und weiß, dass ich Zeit brauchen werde, um sie zu lernen. Oskar sagt schon gekonnt „dafür nicht", eine Übersetzung für „keine Ursache", wenn man sich bei jemandem bedankt. Wir bemühen uns, so gut wir können, unsere österreichische Färbung zu verstecken – die Kinder tun ohnehin nur das, was sie immer tun: Sie fangen an, wie ihre Spielgefährten aus der Gegend zu plappern.*

Jetzt laufen sie in der Fußgängerzone herum, ich sehe sie von meinem Fensterplatz im ersten Stock, Oskar macht die letzten Einkäufe für unseren traditionellen Ostersonntagsbrunch. „Ohne Beinschinken geht das gar nicht", hat er gesagt, als ob es darauf ankäme. Ich wäre auch mit trockenem Brot zufrieden, solange wir zusammen sind. Am Nachmittag bemalen wir in unserem Appartement Ostereier. Draußen pfeift der Wind – wie immer. Gibt es hier auch Tage ohne Wind?

Es ist acht Uhr abends. Der Schock kommt und rennt offene Türen ein, die nicht verschlossen sind, weil wir uns so sicher und entspannt fühlen. Oskar hat in Wien angerufen und kommt blass vom Telefon zurück: „Es gibt eine Riesengeschichte über mich in einer Zeitung, in der steht, dass ich in Kiel wohne." Ich versuche Details zu erfahren, rufe alle Freunde an, niemand hebt ab. Ralf ist bei Chris und die beiden ziehen meistens den Stecker aus dem

Telefon, wenn sie sich länger nicht gesehen haben. Schließlich fällt mir Annemarie in Bregenz ein. Sie muss im Hotel sein, es ist Hochsaison, und Zeitungen gibt es dort auch. Wir warten nervös, bis sie uns zurückruft. Die Kinder sind außer Rand und Band, wie immer, wenn sie unsere Spannungen ertragen müssen. Ich bitte sie gereizt, ihre Schlafanzüge anzuziehen, was zur Folge hat, dass sie zwar meinen Auftrag erfüllen, aber dafür eine lautstarke Kissenschlacht beginnen.

Die Nachricht stimmt. Oskar Baldini liefert die Schlagzeilen des Tages: „Paolo Vicentes Mitarbeiter kündigt der Justiz an, er werde sich nach Ostern den deutschen Behörden stellen." Und weiter: „Baldini lebt nach eigenen Angaben in der Hafenstadt Kiel."

Unser Osterbummel heute Vormittag in der Kieler Innenstadt, der Besuch im bekanntesten Café weit und breit bekommt plötzlich einen Schuss Wahnsinn. Sind wir verrückt, uns so normal zu bewegen? Sollten wir nicht immer mit solchen Überraschungen rechnen?

Wir müssen umziehen! Das Olympiadorf ist gefährlich geworden. Wenn die deutschen Medien die Meldung übernehmen, dann werden der Wohnungsvermieter und unsere netten Nachbarn aus dem Ruhrpott, mit deren Kindern Lea und Niklas seit Tagen spielen, Oskars Gesicht in der Zeitung erkennen.

Lilly glaubte an Fügungen. Schon lange. Ohne diese kleinen Lücken, die das Schicksal frei ließ, damit sich Wunder ereignen durften, hätten sie bisher nicht überlebt.

Die Frau hatte ein herbes, interessantes Gesicht, mit einer Adlernase, die zu ihrem kühnen Blick aus dunkelbraunen Augen passte. Sie öffnete erstaunt die Tür, als Oskar und Lilly am Ostersonntag um zehn Uhr am Vormittag an ihr Haus in einem kleinen Vorort von Kiel, direkt am Meer, klopften. Es gab keine Klingel. Ein zarter Junge, der in Niklas' Alter sein musste, kam aus dem Wohnzimmer und versteckte sich, als er die Fremden sah, scheu hinter seiner Mutter. Sie hatte Mehl an den Händen und duftete nach Gewürzen, die nicht zur norddeutschen Küche gehörten.

Erstaunt schaute sie in die Gesichter der beiden, die die Spuren einer schlaflosen Nacht trugen, und sagte einfach nur: „Kommt doch herein.“ Der Satz war wie ein warmer Wind und Lilly spürte, wie er ihr die Tränen in die Augen trieb.

Oskar hatte Anke auf einem seiner langen Spaziergänge kennengelernt. Sie nahm jeden Tag denselben Weg am Strand mit Frisou, ihrem zottigen weißen Hund, der wie ein Schaf aussah, und sie jetzt schwanzwedelnd begrüßte. Von Oskar wusste Lilly, dass sie mit Lars, ihrem Sohn, und ihrem zweiten Mann lebte.

Das Haus war groß genug für zwei Familien und Anke fragte nicht nach, was sie bewogen hatte, um Unterkunft zu bitten. „Ich bin vor zwei Jahren einer Frau begegnet, die mich gelehrt hat, ohne Urteil zu lieben. Sie reist durch die Welt, umarmt Menschen, ohne zu fragen, ob sie gut oder schlecht sind, und hilft den Armen. Nicht nur durch Spenden, sondern auch durch einen sinnvollen Aufbau von Infrastruktur, damit sie sich selber helfen können. Ich war in ihrem Ashram in Indien. Ich weiß, dass es meine Aufgabe ist, dieser Liebe zu folgen, so gut ich kann. Das ist mein Beitrag.“ Die Bilder der Inderin mit den warmen Augen, die sie Amma nannte, hingen überall. In der Küche, im Wohnzimmer, und als sie durch die offene Tür ins Schlafzimmer sah, lächelte sie ihr in einem großen Rahmen auf einem Hausaltar mit Kerzen entgegen. Anke folgte Lillys Blick: „Ich mag die tägliche Erinnerung an sie. Die Bilder sind von Amma gesegnet und tragen ihre Energie.“

Das wenige Gepäck war schnell geholt. Und kurze Zeit später liefen die drei Kinder durch den Garten und suchten Osternester, die von den Erwachsenen für sie versteckt worden waren. Zwei Familien, die bis vor ein paar Stunden ihre eigenen Handlungsstränge verfolgt hatten, wurden durch Ereignisse, die ganz woanders, in einer österreichischen Zeitungsredaktion, stattgefunden hatten, an einen gemeinsamen Tisch geführt. Sie hatten in der Küche alle ihre Vorräte für das Osterfest auf Platten dekoriert und staunten über die neue Fülle. Sie aßen von buntem Geschirr aus selbst getöpfertem Ton inmitten des verwilderten Gartens und hörten die Ostsee rauschen. Anke hatte den Sitzplatz mit einem dichten Bretterzaun vor fremden Blicken geschützt, hier würde Oskar sicher sein. Lilly beobachtete die Frau mit dem freien Blick und den natürlichen Bewegungen und spürte für einen Augenblick ihr altes Misstrauen. War er an ihr als Frau interessiert? Sie packte den hässlichen Gedanken sofort wieder ein und schämte sich dafür. Seine Engel auf Erden waren eben überwiegend weiblich.

Niklas fühlte sich sofort wohl in diesem Haus, in dem es ein riesengroßes Kinderzimmer gab und einen Garten, in dem er auf Bäume klettern konnte. Es war klar, dass er bis zum Herbst bei seinem Vater bleiben durfte. Dann würde auch er in Wien zur Schule gehen müssen. Das war jedenfalls Lillys Wunsch, doch sie wusste nicht, ob Oskar und ihr Sohn ihn teilten. Sie hatten bisher vermieden, darüber zu sprechen, weil es ein wunder Punkt in ihrer Beziehung war. Lilly wollte das Kind zurück, und Oskar konnte sich nicht mehr vorstellen, ohne Niklas zu leben. Ihr Sohn nahm die Dinge so, wie sie waren. Er lebte im Augenblick und freute sich auf seinen Spielgefährten, der einen Montessori-Kindergarten besuchte. „Kann ich mitgehen?", fragte er neugierig. Er hatte längst vergessen, dass auch er sich verstecken musste. „Noch nicht", sagte sein Vater, „aber bald." Niemand wusste genau, wann bald war.

Der Anwalt hatte bei der Kieler Staatsanwaltschaft angekündigt, dass sich sein Mandant stellen werde, und jetzt wurden im Hintergrund politische Fäden gezogen, auf die Oskar keinen Einfluss hatte. Die deutschen Behörden überlegten, wie sie den Fall abwehren konnten, und waren in Kontakt mit der österreichischen Justiz.

Es war ein Abschied, der Lilly wieder an den Schwebebalken erinnerte, auf dem sie balancierte. Auf der einen Seite hatte sie Angst, dass die Kieler Behörden Oskar sofort in U-Haft nehmen könnten, auf der anderen Seite vertraute sie. In wenigen Wochen würde ein neues, gutes Leben beginnen. Ein Leben, in dem das Versteckspiel zu Ende war. Oskar würde wieder ein ehrenwerter Mann sein, für den die Unschuldsvermutung gilt.

Ralf, mit dem Lilly ihren ersten Abend in Wien in der Servitengasse verbrachte, war weniger optimistisch: „Du bist eine Träumerin, Lilly. Sein Ruf ist ruiniert, und das wird sich nicht ändern, solange er nicht freigesprochen wird." Er sagte nicht dazu, dass er an einen Freispruch nicht mehr glaubte. Es gab viele Indizien, dass das Schiff tatsächlich gesprengt worden war, und jemand musste dafür den Kopf hinhalten, auch wenn es vielleicht der falsche war.

Der Frühling kam am Semmering immer etwas später als in Wien. Die Schneeglöckchen hatten noch kurze Hälse und drückten ihre Köpfe mühsam durch den Rest des nicht mehr ganz weißen Schneeteppichs, der noch immer in Katharinas Garten lag. Lilly saß in eine Decke gehüllt mit ihr in der Sonne und genoss das Zwitschern der Vögel. Die beiden Frauen sprachen nicht und ließen zu, dass die Dankbarkeit den Raum zwischen ihnen ausfüllte.

Lilly war überglücklich, weil ein einziger kleiner Satz ihr Leben verändert hatte: „Der Bundesgerichtshof legt per Beschluss die Zuständigkeit des Landesgerichts Kiel fest." Oskar hatte sie heute angerufen. Einfach so zu Hause in Wien, ohne Versteckspiel. Er war kein „herrenloser Hund" mehr, „der durch Deutschland auf der Suche nach einer Hundehütte streunt", wie eine der Zeitungen sehr bildlich berichtet hatte.

„Ich bin auf freiem Fuß", hatte er gesagt. Lilly war zutiefst erleichtert. Doch es stimmte nicht, sein Fuß war nicht wirklich frei. Der Staatsanwalt hatte ihm Fesseln angelegt und konnte ihm die geliehene Freiheit jederzeit wieder entziehen. Er hatte die Auflage, das Land nicht zu verlassen, und musste jede Woche seinen Aufenthaltsort bekannt geben. Aber alles war besser als das unwürdige Versteckspiel. Seit heute lebte sie wieder in einer Welt, in der sie sichtbar sein durfte.

Katharina war ebenfalls dankbar. Oskar war nicht verhaftet worden. Das machte ihr Hoffnung für Paolo. Vielleicht konnte auch er zurückkommen?

Nicht sofort. Österreich war nicht Deutschland. Hier gab es viel zu viele Begehrlichkeiten der Politik. Ob eine Suppe zu dünn oder dick genug war, bestimmte nicht nur der Staatsanwalt. Aber zumindest konnte Oskar in Deutschland ein faires Verfahren erwarten, von dem Paolo profitieren würde. Als zwei Steinadler über den Bergen kreisten, sagte Lilly, die an Symbole glaubte: „Sie werden beide frei sein." Katharina legte ihre Hand auf die Hand der jüngeren Frau und sagte: „Gut, dass du so optimistisch bist, das kann ich von dir lernen."

„Und ich lerne von dir, wie man in jeder Lebenslage Haltung bewahrt", antwortete Lilly und hatte plötzlich wieder ein schlechtes Gewissen, weil sie mit Paolo über Monate geschlafen hatte. Sie zögerte einen Augenblick und entschied sich dann für die Wahrheit: „Ich schäme mich heute, dass ich keine Sekunde daran gedacht habe, wie es dir geht, wenn ich mit deinem Mann eine Affäre habe. Ich war so gedankenlos, so egoistisch …" Katharina lächelte: „Wenn nicht du, dann wäre es eine andere gewesen. Ich mache mir darüber keine Illusion. Und wo immer Paolo jetzt ist, eines weiß ich mit Sicherheit: Er hat dort längst eine andere Frau. Vorübergehend."

„Und woher weißt du, dass er zu dir zurückkommt?"

„Weil es immer so war. Weil er ein kleiner Junge ist, der sich im Dunkeln fürchtet. Du kennst den starken Mann, der alle Fäden zieht. Bei mir darf er verletzlich und weich sein und seinen Kopf in meinen Schoß legen."

Als Lilly spät am Abend vom Semmering zurück nach Wien fuhr, lag eine neue Zeit vor ihr und sie sagte fast trotzig: „Alles wird gut. Ich weiß es." Als sie in der Servitengasse ankam, schickte sie Tilde nach Hause und saß noch lange am Bett ihrer Tochter.

7. Mai 1989
Ich werde endlich wieder ein normales Leben führen. Oskar kann nicht mit uns in Österreich leben, aber wir mit ihm in Deutschland. Jedenfalls manchmal. Lea muss zur Schule und ich kann Ralf mit der Zeitschrift nicht länger im Stich lassen. Aber es gibt viele Wochenenden und eine tolerante Direktorin an der Schule.

Ich bitte sie zu einem Abendessen zu uns. Wir werden reden, wenn Lea im Bett ist. Eigentlich darf sie das nicht. Sie soll keine Handlungen setzen, die Eltern von Kindern bevorzugen. Aber es spielt keine Rolle mehr, sie hat uns sowieso schon viel mehr geholfen als jedem anderen an dieser Schule.

Ich bemerke, dass sie älter geworden ist. Ihre Haare sind grau und sie hinkt ein bisschen, weil ihr bei Wetterumschwüngen die Hüften wehtun. Aber ihre Augen sind jung und lebendig: „Ich habe immer alles gewusst und ich bewundere Sie dafür, wie Sie Ihre Kinder durch diese Zeit begleitet haben." Sie kannte auch Niklas, mit dem sie nach der Kindergruppe häufig Lea abgeholt hatte. „Wissen Sie, das ist nicht selbstverständlich. Ich habe in meinem Leben schon so oft gesehen, dass sich Mütter wegen viel kleineren Anschuldigungen von ihren Männern abwenden und ihnen die Kinder entziehen. Lea und Niklas sind stark geworden durch diese Zeit, sie wurden nicht gebrochen." Mir kommen die Tränen und die Direktorin nimmt mich in den Arm: „Ich könnte Ihre Mutter sein, weinen Sie ruhig, das wird Ihnen guttun."

Ich habe ihr so viele gefälschte Krankmeldungen von Lea gebracht, die letzte vor Ostern, dass ich jetzt auch noch aus Dankbarkeit weiter weine. Die Direktorin weiß, dass Lea bei ihrem Vater war, wenn sie nicht in der Schule erschienen ist. Wir haben uns darüber nur mit Blickkontakt ausgetauscht. „Ich wollte Sie nicht zur offiziellen Mitwisserin machen", murmle ich jetzt in ihre raue Tweedjacke hinein und höre, wie sie ganz nah an meinem Ohr sanft flüstert: „Ich weiß, und ich bin Ihnen dankbar dafür, dass Sie es mir so einfach gemacht haben, verschwiegen zu sein."

„Morgen nehme ich sie wieder aus der Schule", sage ich laut. „Wir feiern unser neues Leben, ich will zu meinem Mann."

Es ist das erste Mal seit langer Zeit, dass ich mich nicht mehr beobachtet fühle, als wir auf die Straße treten und zu meinem Auto gehen. Die Beamten bewachen jetzt jemand anderen. Wir sind frei. Frei, unsere Wege zu gehen, frei, ganz offiziell mit unserem Gepäck zu verreisen.

Wir singen im Auto. Ausgelassen und laut, und Lea besteht darauf, dass sie die Pässe herzeigen möchte, als wir nach drei Stunden an die Grenze kommen. Sie macht das Fenster im Fond auf und strahlt den Beamten an: „Ich habe einen deutschen Pass, wollen Sie ihn sehen?“

Unser Haus am See in Oberbayern. Es ist winzig, und gleichzeitig sind wir jetzt offiziell hier zu Hause. Es ist wie ein Rausch von Freiheit. Einkaufen zu gehen ohne Angst vor Entdeckung. Bei unseren Radtouren einkehren, wo es uns gefällt, mit unserem eigenen Namen geräucherte Forellen bestellen und abholen. Im Kopierladen steht auf dem Abholschein der Name Baldini. Wir nehmen ein Vollbad im „Normalsein“. Hier im Dorf scheint uns niemand zu erkennen.

Im Hintergrund arbeitet die Kieler Staatsanwaltschaft an der Anklageschrift. Aber ich ziehe einen Vorhang aus Glück vor diese Tatsache und achte darauf, dass kein Spalt offen bleibt.

Und es gibt noch etwas, was mich froh macht: Niklas kommt mit uns nach Hause. Die Anwälte haben Oskar dringend empfohlen, „einer geregelten Tätigkeit“ nachzugehen. Er wird nächste Woche in einer Gärtnerei anfangen. Nicht, weil er etwas davon versteht, sondern weil Chris den Besitzer kennt, der ihn einschulen wird.

Wenn das Leben eine Fieberkurve mit Zacken ist, dann gab es von nun an die meiste Zeit Normaltemperatur. Ein Alltag in Wien, zu dem gehörte, dass Niklas noch eine Weile in die Kindergruppe und dann im Herbst zur Schule ging. Er fügte sich ohne große Anpassungsschwierigkeiten wieder ein, als ob er nie weg gewesen wäre. Das Einzige, worüber sich die Betreuerinnen in der Kindergruppe beschwerten, war die Tatsache, dass er kaum mit den anderen Kindern spielte, sondern die meiste Zeit auf Bäumen saß, wenn sie in den Türkenschanzpark fuhren. Er war es nicht mehr gewöhnt, in größeren Gruppen zu leben. Lea hatte ihre Leidenschaft für die Pfadfinder entdeckt und wollte ihre Mutter, die das ablehnte, dazu überreden, mit den anderen Eltern bei einem Ausflug ein Matratzenlager zu teilen.

Lilly war wieder mehr für *Psychologie Morgen* da und setzte ihre Serie über „Die Ausgeschlossenen" fort.

Als Ralf sie vor ein paar Jahren dazu gezwungen hatte, in der Redaktion einer Umstellung auf Computer zuzustimmen, war sie wochenlang auf ihn sauer gewesen. Sie hatte getrotzt, ihn täglich mehrmals geholt, weil sie nicht verstand, warum ein Text plötzlich wieder verschwunden war. Sie wollte dieses neumodische Zeug nicht und war vor allem davon genervt, dass diese Dinger so „laut schnauften". Er hatte einiges mit ihr durchgemacht, aber heute war sie ihm dankbar.

Sie würde mit dem Computer am See arbeiten können und fertige Texte mitbringen, die dann nur noch gedruckt werden mussten. Die Arbeit des Setzers war überflüssig geworden und sparte Zeit. Wenn es Entwürfe gab, würden sie mit Fax übermittelt werden können. Auch dagegen war sie zunächst gewesen, wie gegen alles, was ihr „umgeschultes Linkshändergehirn" als Gegner empfand.

Die Fahrten zu Oskar wurden zur angenehmen Routine. Nicht jedes Wochenende, denn er fuhr neben seiner Arbeit in der Baumschule, die ihm Spaß machte, immer wieder nach Kiel, wo seine Verteidiger ihm tausend Fragen stellten. Wenn er von der Ostsee zurückkam, war er meistens schweigsam. Er wollte Lilly keine Details erzählen, und sie wollte es auch nicht wissen. Manchmal wunderte sie sich über sich selbst. Eine Journalistin, die keine Fragen stellte ... Sie hörte ihm lieber zu, wenn er von den Gärten seiner Kunden erzählte, in denen er Bäume pflanzte und Beete anlegte. Es war so schön, dass es wieder normalen Gesprächsstoff gab.

Manchmal machte die Fieberkurve eine große Zacke nach oben, zum Beispiel an Weihnachten. Aber das ist in anderen Familien auch so.

22. Dezember 1989
Das kleine Blockhaus am bayerischen See ist wieder weihnachtlich beleuchtet. Lea, Niklas und ich sind ganz leise, wir wollen Oskar überraschen. Durch die Scheiben sehen wir ihn am Tisch

sitzen. Er hat einen großen Batzen Teig vor sich, den er zu dünnen Würsten ausrollt, die er zu Vanillekipferln biegt und auf ein gefettetes Blech legt. In einer Ecke steht schon der geschmückte Baum. Ich möchte am liebsten noch eine Weile zusehen, einfach nur glücklich sein, dass er so entspannt wirkt. Niklas zupft mich am Ärmel. Er wird ungeduldig. Ich nicke und nehme unsere Reisetasche wieder in die Hand. Doch als wir um die Hausecke biegen und auf die Eingangstür zugehen, höre ich plötzlich ihre Stimme. Sie ist schwerhörig und schreit, ohne es zu merken: „Wann kommt nun endlich deine Frau, ich möchte schlafen gehen!" Ich sehe sie durchs Fenster. Clarissa kommt aus dem Badezimmer und hat bereits ihren Pyjama an. Sie ist fünfundachtzig Jahre alt und sieht mit ihrem weißen, kurz geschnittenen Haar, obwohl sie klein und zart ist, selbst im Schlafanzug beeindruckend aus.

Meine Freude ist mit einem Schlag weg. Warum hat Oskar mir nicht gesagt, dass seine Mutter schon heute kommt? Ich wollte wenigstens noch einen Tag mit ihm und den Kindern alleine sein. Clarissa mag mich noch immer nicht. Es ist nichts Persönliches. Das weiß ich inzwischen. Sie hat alle Frauen in Oskars Leben gehasst, solange sie mit ihm zusammen waren, und sieht mich als Konkurrentin um seine kostbare Zeit.

Die Nacht mit Oskar gehört mir. Nicht ganz, denn im unteren Stockbett schlafen die Kinder. Clarissa besetzt unser kleines Schlafzimmer, man kann ihr nicht zumuten, in Gesellschaft zu ruhen, sie ist zu empfindlich.

Der Morgen ist klar und schön, Oskar und ich machen alleine einen großen Spaziergang, Clarissa spielt mit den Kindern. Sie liebt ihre Enkel und wird selber wieder zum Kind, wenn sie im Skianzug mit ihnen im Iglu sitzt, das Lea und Niklas bei ihrem letzten Besuch am See gebaut haben. Ich mag ihr weiches, zärtliches Gesicht, wenn sie vergisst, dass sie um ihren Sohn kämpfen muss.

Am Abend sitzen wir am Tisch, Oskar hat für uns gekocht, und Clarissa hat ihre Zählmaschine eingeschaltet. Sie scheint eine innere Buchhaltung zu haben und weiß genau, wie viele Wörter ihr Sohn mit ihr gewechselt hat und wie viel mit mir: „Oskar, du sprichst ständig nur mit deiner Frau", rügt sie ihn, und er lächelt gequält. Es entspricht nicht seinem Charakter, klare Standpunkte zu beziehen.

Die Stimmung ist angespannt. Alle bemühen sich redlich, aber ich grolle Oskar, dass er seiner Mutter erlaubt hat, schon vor dem Fest anzureisen. Sie grollt mir, dass es mich überhaupt gibt, und Oskar bemüht sich, den „Spagat zwischen seinen beiden Frauen" möglichst elegant zu machen. Ich mag sein Bild nicht. Clarissa ist nicht seine Frau. Sie ist seine Mutter, auch wenn sie sich nicht so benimmt. Die Kinder gehen mit den Spannungen auf ihre eigene Weise um. Lea wirft das Weinglas ihrer Großmutter um, die das mit einem bissigen „typisch Moosbrugger" quittiert, und Niklas steht sofort nach dem Essen vom Tisch auf und spielt Betthüpfen. Sie sieht mich an und runzelt unwillig die Stirn. Alles, was ihr nicht gefällt an ihren Enkeln, wird mir zugeordnet.

Am nächsten Tag erinnert sich Clarissa offenbar daran, dass es „Heiliger Abend" heißt. Sie macht die besten Forellen der Welt und ist als Herrscherin über das traditionelle Weihnachtsmenü zunächst etwas umgänglicher. Ich schäle Kartoffeln, lächle Oskar zu, der neben mir Vorspeisen auf einem Teller anrichtet, und unsere Augen sagen alles, was wir uns nicht sagen können, weil seine Mutter jedes unserer Worte eifersüchtig auf die Goldwaage legt.

Dann ziehen wir uns um, Clarissa läutet ein silbernes Glöckchen, das sie jedes Jahr mitbringt, und wir singen. Ich habe die Gewohnheit, vor dem Baum zu singen, aus meinem Elternhaus mitgebracht, und Oskar, mit seiner wunderschönen Stimme, ist mir, wie bei vielen Ritualen, gerne gefolgt. Clarissa singt nicht mit. Mir ist es recht. Ihre harte Stimme tut mir weh. Beim anschließenden Abendessen sagt sie bissig: „Hat dir eigentlich schon einmal jemand gesagt, dass du mit dem ganzen Kopf zitterst, wenn du singst?" Sie findet immer wieder neue Wege, um mich zu kritisieren. Als Lea als Frühchen geboren wurde und die Krankenschwestern mir kleine Handschuhe aus Baumwolle geschenkt haben, damit sie sich nicht kratzen kann, hat sie mich beschul-

digt, ich hätte die Fäustlinge im Krankenhaus gestohlen. Oskar tut so, als ob er ihre Bemerkung nicht gehört hätte, steht auf und holt eine neue Flasche Wein. Er geht an mir vorbei und berührt mich nicht. Ich spüre seinen Loyalitätskonflikt und fühle mich allein gelassen.

Der unausgesprochene Groll von vielen Jahren, die Enge in dem kleinen Blockhaus und meine Entschlossenheit, mir von meiner Schwiegermutter nichts mehr gefallen zu lassen, werden plötzlich übermächtig. Ich spüre, wie rote Wagenräder vor meinen Augen kreisen, und ein unbändiger Hass in mir hochsteigt. Ich möchte sie am liebsten schlagen. Ich schaffe es gerade noch, meine Hand unterm Tisch festzuhalten und die Zähne zusammenzubeißen. Ich kann es kaum erwarten, bis die Kinder im Bett sind, und sie auch endlich schlafen geht. Sie tut mir den Gefallen nicht, und als ich demonstrativ ins Badezimmer gehe, bleibt sie mit ihrem Sohn sitzen.

Als er endlich, vom Wein fröhlich gestimmt, zu mir ins Bett kriecht, bin ich nur noch wütend: „Oskar, du musst dich entscheiden. Ich werde morgen abreisen oder deine Mutter reist ab." Ich merke plötzlich, dass er mich all die Jahre nie vor ihr geschützt hat, und mein Zorn richtet sich gegen beide. Er schüttelt unwillig den Kopf: „Können wir das bitte morgen besprechen, es ist schon spät." Ich stehe auf und lege mich zu den Kindern ins untere Stockbett. Sie rutschen bereitwillig zur Seite und schlafen weiter. Ich höre ihren Atem und werde ganz ruhig. Ich bin Mutter, das genügt für diese Tage. Die Frau wird sich ihren Platz wieder nehmen, aber nicht jetzt. Ich werde ihre Großmutter nicht aus dem Haus jagen und auch nicht mit ihnen abreisen. Wir hatten es lange genug schwer. Das Glück soll bleiben.

Am nächsten Tag ist an der Oberfläche wieder alles wunderbar. Wir machen einen langen Spaziergang und enden in einem der urigen Wirtshäuser am See. Clarissa, die spürt, dass sie den Bogen überspannt hat, packt ihre süße Seite aus, die ich sonst nur kenne, wenn Gäste da sind. Sie lädt uns alle zu einem frühen Abendessen ein und ich genieße es, dass es mir egal sein kann, wer am Nebentisch sitzt.

Ich kehre wieder in Oskars Bett zurück. Und dennoch: Mein Glück mit ihm hat durch die Rivalität mit seiner Mutter einen Riss bekommen, aus dem in der Nacht alte Geschichten als ungebetene Gäste quellen: Ein Lokal in Salzburg. Wir sind bei Clarissa zu Besuch und ich möchte mich an einem anonymen Ort mit Oskar von ihr erholen. Leise Barmusik, fröhliche Menschen, Schwarzbrot mit köstlichen Aufstrichen, im Ofen überbacken, und volle Bierkrüge werden durch den Schankraum getragen. Der Ehering an meinem Finger ist noch ganz neu und ich lege meine Hand auf den Tisch, damit ich ihn bewundern kann. Eine Frau betritt das Lokal und setzt sich ungefragt zu uns. Oskar macht eine abwehrende Geste und lässt dann resigniert seine Hand sinken: „Lilly, das ist Natalie, sie lebt in der Schweiz und ist geschäftlich hier. Ihr habt euch noch nicht kennengelernt." Ich werde rot. Ich habe diese Frau verdrängt, seit die nächtlichen Anrufe aufgehört haben. Sie gehört nicht mehr zu Oskars Leben, man darf eine Verlobung auch lösen, wenn die Liebe zu Ende ist. Ich registriere, dass ihr blondes, dichtes Haar glatt auf ihre Schultern fällt und ihre blauen Augen sich im Zorn verengen: „Wie geht's der jungen Ehefrau? Ist er nicht ein wunderbarer Liebhaber?" Oskar sagt hilflos: „Bitte, Natalie!" Er sagt es mit einer Stimme, in der ich Stärke und Konsequenz vermisse. Sie ignoriert ihn und zischt den nächsten Satz so wütend heraus, dass ihre Spucke wie ein Sprühregen kurz vor meinem Gesicht endet und auf den blank gescheuerten Wirtshaustisch fällt: „Stört es dich eigentlich nicht, dass er bis zu eurer Hochzeit noch immer mit mir gevögelt hat und kurz danach mit mir nach San Francisco geflogen ist?" Meine Antwort macht mich selbst sprachlos. Es ist, als ob eine Fremde in mir, der ich bisher noch nicht begegnet bin, antwortet und zurückzischt: „Solange er häufig genug mit mir vögelt und mit mir reist, ist mir eine Schlampe wie du egal." Ich bin so über mich selbst schockiert, dass ich in Panik aus dem Lokal wegrenne. Oskar holt mich ein, als ich mich am Giselakai auf eine Bank setze und verzweifelt in die Salzach starre. „Bitte, Lilly, es ist alles anders, als du denkst." Meine Stimme ist aus Stahl, als ich ihn frage: „Warst du mit ihr in San Francisco nach unserer Hochzeit?" – „Ja, sie hat es sich zum Abschied gewünscht." Er bestreitet, dass er mit ihr geschlafen hat, und ich will es glauben, weil ich ihn liebe. Oskar lächelt. Er hat das hinreißendste Lächeln der Welt. Ich lächle nicht zurück: „Und warum hast du mir dann die Story vom Meeting mit den amerikanischen Geschäftspartnern von Paolo erzählt?" Oskar ist zerknirscht und stottert Entschuldigungen. Ich höre einzelne Wortfetzen durch meinen Nebel im Kopf und will vertrauen, dass Natalie ihm leidgetan hat, dass es nie mehr vorkommen wird, dass ich die einzige Frau in seinem Leben bin und immer bleiben werde.

Doch eine Frage bleibt offen: Warum ist Oskar eine Woche nach unserer Hochzeit mit einer anderen weggefahren? Als Antwort sagt eine böse kleine Stimme in mir: „Du hättest damals gehen können, stattdessen hast du mit ihm eine Familie mit zwei Kindern gegründet." Ich denke an Lea und Niklas, die unter uns in ihrem Stockbett schlafen. Es gab nie und wird nie eine Sekunde geben, in der ich bedauern werde, dass es sie gibt.

Ich atme tief durch. Oskar ist heute ein anderer. Ich muss die Vergangenheit endlich ruhen lassen. Ich bin nicht das Opfer, und Oskar ist nicht der Täter. In der Choreografie unseres Liebeslebens tauchen plötzlich Bilder auf, die ich bisher gut unter Verschluss gehalten habe:

Oskar und ich bei einem Meeting mit Geschäftspartnern von Paolo. Es geht um viel Geld und Oskar hat mich gebeten, mir ein neues Kleid zu kaufen. Er sagt nicht dazu, dass ich erotisch aussehen soll, aber ich weiß es. Das Kleid ist rot und hauteng mit einem Seitenschlitz. Seine Gesprächspartner ziehen mich mit Blicken aus, und ich genieße es. Ich habe ein Faible für Italiener, und als der Wichtigste unter ihnen mir die Hand küsst und Oskar fragt, ob er mich kurz an die Bar entführen darf, nickt Oskar, und ich merke, dass ich zwischen den Beinen feucht werde.

Der Fremde und ich brauchen nicht viele Worte. Wir wissen beide, dass nur die gesellschaftlichen Regeln und die Angst vor den Folgen uns davon abhalten, übereinander herzufallen. Er sagt mir, dass er sehr bedauert, dass er mir nicht schon früher begegnet ist, und steckt mir unauffällig seine Visitenkarte zu: „Denken Sie an mich, falls Sie jemals frei sein sollten." Ich sitze mit dem Rücken zu meinem Mann und verrate ihn. Mit meinen Blicken, mit meinen Gefühlen, mit der Hitze, die dieser Fremde in mir auslöst. Es ist lange her, dass ich dieses köstliche Gefühl von Geilheit, das meinen Unterleib zum Pulsieren bringt, mit Oskar gespürt habe.

Für das nächste Bild habe ich mindestens die kleine Entschuldigung, dass ich schon wusste, dass Oskar mich mit Rosi betrogen hatte. Und dennoch, es war nicht Rache, die mich in die Arme von Malcolm getrieben hat. Es war ein tiefes Gefühl, als Frau wieder angekommen zu sein.

Flughafen Wien. Ich stehe mitten unter den Taxifahrern, die Schilder mit Namen vor der Brust tragen, und warte auf einen der Verfechter der Sanften Geburt. Morgen wird er in Wien auf einem Kongress sprechen, heute ist der Arzt mein Interviewpartner. Inzwischen kommen nur noch ein paar Nachzügler durch die automatischen Türen des Flughafens. Ich gehe auf jeden Mann mit Anzug und Krawatte zu, aber keiner reagiert. Als alle gegangen sind, bleibt nur ein großer schlaksiger Mann mit grünen Augen, wilden grauen Locken und einem Seesack über der Schulter übrig, der seltsam deplatziert auf den polierten Marmorfliesen der Ankunftshalle steht. Wir starren einander an, und ich sage ungläubig: „Malcolm?" Und er antwortet nicht weniger überrascht: „Lilly?" Ich hatte mir den Chef einer der größten Geburtshilfekliniken Amerikas anders vorgestellt.

Das Interview findet in einem kleinen Konferenzraum seines Hotels statt. Während ich mein Tonband aktiviere, sieht Malcolm mir auf eine Weise zu, die alle meine Hirnfunktionen durcheinander bringt. Ich weiß nicht einmal mehr, wo die Starttaste ist, und hoffe, dass er nicht bemerkt, dass meine feuchten Hände verräterische Spuren auf der glatten Oberfläche des Geräts hinterlassen. Er hält ein Plädoyer dafür, dass die Frauen mehr Macht über ihr Geburtserlebnis haben sollten, dass der weibliche Körper in seiner Weisheit den Geburtsprozess unterstützt, wenn er dabei nicht gestört wird. Nach zwei Stunden ist alles gesagt. Es gibt einen offiziellen Text und einen inoffiziellen Text zwischen uns. Ich packe mein Tonbandgerät ein. Der Reißverschluss meiner Aktentasche macht ein endgültiges Geräusch und ich spüre, dass der Schutz, Journalistin interviewt berühmten Geburtshelfer, in dieser Sekunde endet.

Malcolm sieht mich an, ohne mich zu berühren: „Shall we make love?" Und als ich nicke, sperrt er die Tür zum Konferenzraum ab und wir reißen einander die Kleider vom Leib.

Ich schließe meine Erinnerungskiste. Ich möchte Oskar wecken und mit ihm meine Lust ausleben. Gleichzeitig habe ich ein schlechtes Gewissen, dass das Prickeln in meinem Körper aus der Erinnerung an Malcolm entstanden ist.

Ich lasse ihn schlafen, und als am Morgen die Kinder erwachen, sind wir wieder eine heile Familie während der Weihnachtsfeiertage. Selbst Clarissa fügt sich ins Bild und schenkt mir einen Ring, den sie schon von ihrer Mutter bekommen hat. Das geliehene Glück, von dem niemand weiß, wie lange es noch dauert, ist wieder zurück und muss wie eine zerbrechliche Porzellanfigur zart behandelt werden.

9. Kapitel

Lilly spürte das Moos unter ihrem Körper. Der Wald roch nach Harz und frischem Grün und saugte die Wärme auf, die der ungewöhnlich warme März als frühes Geschenk mitgebracht hatte. Über ihr, in dem Ausschnitt, den die hohen Tannen auf der kleinen Lichtung freigaben, hatte der Himmel die Farbe, die sie von heißen Sommertagen in ihrer Kindheit auf dem Vorsäß kannte. Ein helles Blau, wie die Möbel in ihrer Puppenstube. Sie rekelte sich auf dem weichen Waldboden und schloss die Augen wieder. Sie liebte diese besonderen Frühlingstage, wenn die Sonne Versprechungen machte, die sie dann im April nicht halten konnte. Neben sich spürte sie Ella. Sie hatte so wie sie die nackten Arme und Beine weit ausgebreitet und die beiden Frauen genossen die wortlose Verbundenheit. Mit der Natur und miteinander. Lilly mochte das Wort Glück nicht. Es war zerredet, erschöpft und vergiftet von den vielen Forderungen, die an ihm klebten. Gleichzeitig hatte sie noch kein anderes Wort für den Zustand gefunden, der in solchen Momenten jede einzelne ihrer Zellen belebte und sie mit ihrem tiefsten Wesen verband.

Morgen würde sie zu Oskar nach Kiel fahren. Allein und als Frau. Das hatte sie sich gewünscht, bevor sie die Osterfeiertage mit der ganzen Familie – Clarissa eingeschlossen – im kleinen Haus am See feiern würden. Lea und Niklas waren bei ihrer Großmutter im Bregenzerwald gut aufgehoben. Sie würde mit ihnen den Stoff dieser Woche lernen, den die beiden Klassenlehrerinnen den Kindern mitgegeben hatten. Ihre Mutter liebte die beiden Enkel mit einer Innigkeit und Hingabe, die Lilly rührte. Es schien, als versuchte sie an ihnen wiedergutzumachen, was sie bei ihrer Tochter unbewusst versäumt hatte.

Ella und Lilly waren heute auf den Spuren der Waldfrauen oder Beginen unterwegs. Sie hatten sich im 15. Jahrhundert auf dem Hirschberg bei Bregenz angesiedelt und wurden während der Inquisition gezwungen, ihren freien Glauben aufzugeben und in den Klöstern der Umgebung zu leben. Ihre Behausungen waren vom Blitz längst zerstört worden und die kleine, katholische Kapelle unter dem Gipfelkreuz erinnerte nicht an die Frauen, die sich unfreiwillig unter den Schutz der katholischen Kirche begeben hatten.

Einer der schönsten Wege auf den Hirschberg führt über den Kamm des Pfänders mit seiner Postkartenaussicht auf den Bodensee. Von dort tauchten sie in die Tannenwälder ein, die den Grashügel wie einen schützenden Kranz umgaben. Die beiden Frauen mieden den bequemen Pfad, der für die Touristen im Wanderführer bezeichnet war. Sie folgten schmalen, unmarkierten Wegen, streiften durchs Gehölz und fanden immer wieder „Feenplätze", wie Ella es nannte.

Lilly seufzte, als sie spürte, wie die Feuchtigkeit langsam in ihre Kleider kroch. Vor einer Woche war hier noch Schnee gelegen und der Waldboden hatte sich nur oberflächlich erwärmt. Sie stand auf und holte Ella aus ihrer tiefen Versunkenheit.

„Wir waren Waldfrauen damals", sagte ihre Freundin mit diesem Blick, den Lilly kannte, wenn sie in anderen Welten wanderte. Sie mochte den Gedanken, dass ihre Freundschaft zu Ella vielleicht schon Jahrhunderte alt war.

Auf dem Gipfel war es windig. In der Ferne standen als verlässliche Größen die vertrauten Gipfel des Bregenzerwaldes, allen voran die Kanisfluh, diese mächtige Wächterin über Mellau. Die beiden Frauen blieben nicht lange. Sie aßen ihre Brote, tranken Tee aus der Thermosflasche und folgten dann wieder den geheimen Wegen der Waldwesen, die sie ins Tal führten.

Am Abend gab es glückliche Kinder, die mit ihrer Großmutter die ersten Schneeglöckchen gepflückt hatten, und eine Überraschung für Lilly.

„Ich habe ein Geburtstagsgeschenk für dich, das ich dir jetzt schon geben möchte", sagte ihre Mutter geheimnisvoll, und Lea und Niklas sprangen sofort vom Tisch auf und rannten voraus zur Scheune, die Lilly seit Jahren nicht mehr betreten hatte.

Früher hatte sie hier mit Ella gespielt, wenn ihre „Waldwohnung“ im Regen zu ungemütlich war. Die beiden Kinder standen vor dem geschlossenen Scheunentor und schienen auf ein Kommando ihrer Großmutter zu warten.

„Ich wollte es dir schon lange schenken und jetzt, wo du öfter nach Kiel fährst, ist es höchste Zeit dafür.“

Ella, die neben den Kindern stand und ebenfalls eingeweiht schien, half ihnen, die schweren Tore zu öffnen, und da stand es. Das weiße Cabrio mit den roten Ledersitzen. Frisch geputzt und wie neu. Ihre Mutter hatte es ein paar Monate nach dem Tod ihres Vaters gekauft. Es war eine Protestaktion, ein Befreiungsschlag, ein Versuch, ihre eigenen Werte zu finden, auch wenn es nur ein Schritt gegen seine Werte gewesen war. Aber das wurde ihr erst später bewusst. Sein Satz „Nur Angeber fahren teure Autos“ hatte dazu geführt, dass er zwar maßgeschneiderte Anzüge und handgemachte Schuhe trug, aber darauf bestanden hatte, ein „bürgerliches“ Auto zu fahren.

Lilly war sprachlos. Sie hatte das Symbol der Freiheit ihrer Mutter immer geliebt, aber sie hätte nie gewagt, darum zu bitten. Es gehörte laut Ella zu den „sakralen Gegenständen“, und sie machte sich manchmal darüber lustig, dass eine „Bergfrau“ in ihrer Scheune ein „Stadtauto“ aufbewahrte. Tatsächlich war ihre Mutter genau eine Woche lang mit dem Cabrio gefahren. Und zwar in die Toskana. Nach dieser Landschaft hatte sie sich immer gesehnt und sich mit ihrer Reise einen alten Traum erfüllt. Als sie zurück war, hatte sie das Auto abgestellt und nur einen einzigen Satz dazu gesagt: „Das ist nichts für mich, ich will keinen Stofffetzen über meinem Kopf, und der Wind macht mich nervös, wenn ich offen fahre.“

Der nächste Morgen war wieder wolkenlos. Die Kanisfluh lag im Schatten, als Lilly am frühen Morgen Mellau verließ und noch tiefer in den Bregenzerwald hineinfuhr. Es war ein unsinniger Umweg und gleichzeitig von einer tiefen inneren Stimmigkeit. Der direkte Weg nach Kiel führte über Bregenz nach Memmingen auf die A7, die Deutschland von Süden nach Norden verband. Das war immer die Wahl ihres Vaters gewesen. Er mochte keine Umwege und Lilly erinnerte sich daran, dass er, wenn Mutter über den Hochtannberg durchs Lechtal nach Wien fahren wollte, kein Verständnis für diesen Firlefanz hatte: „Wir fahren direkt von A nach B, das ist sicherer und schneller."

Lilly liebte die schmalen Straßen des Hinteren Bregenzerwaldes. Rechts und links stürzten von den Felsen schon die Schmelzwasserbäche ins Tal und vor ihr standen die weißen Bergriesen wie eine Erinnerung an ihre Vergänglichkeit und an ihr kleines Menschsein. Der Schnee trotzte der Sonne noch meterhoch am Straßenrand, und als sie durch Warth kam, standen auf den Terrassen der Hotels schon die Liegestühle bereit, auf denen die Skifahrer am Nachmittag kurzärmelig ihre ersten Drinks bestellen würden. Am Hochtannbergpass dachte sie kurz an ihre letzte Flucht zum Körbersee und seufzte erleichtert. Nie mehr verstecken, nie mehr flüchten. Diese Zeit war endgültig vorbei.

An das, was vielleicht noch vor ihr lag, dachte Lilly nicht. Sie war eine Meisterin der Verdrängung oder vielleicht, wenn man es positiv sehen wollte, hatte sie gelernt, im Augenblick zu leben und jede Minute, in der das Leben unkompliziert war, zu genießen. Die Fakten waren alles andere als rosig. Paolo, der sich einige Jahre im Ausland versteckt hatte, war verhaftet worden. Niemand wusste, was ihn dazu bewogen hatte, wieder nach Österreich zurückzukehren. Seither saß er in U-Haft, und der Prozess gegen ihn lief. Das Urteil wurde demnächst erwartet.

Lilly fühlte sich unbeschwert wie ein Kind, das in die Sommerfrische fuhr. Das Cabriolet war ihr neues Spielzeug und die Dörfer am Lech entlang, deren Namen sie schon als kleines Mädchen fasziniert hatten, weckten alte Erinnerungen. Wenn sie mit ihrer Mutter allein nach Wien unterwegs gewesen war, hatten sie immer den Umweg genommen. Sie lächelte, als sie das Ortsschild von Hinterellenbogen las. Sie hatte sich damals gewundert, wie ein ganzes Dorf auf einem Ellenbogen Platz haben sollte und wollte in jedem einzelnen der vielen Straßenorte stehen bleiben und die geschnitzten Figuren vor den Häusern bewundern. In Elbigenalp gab es eine berühmte Holzschnitzereischule. Sie blieb an einer Stelle stehen, wo der Lech nahe an der

Straße fließt, setzte sich für einen Augenblick ans Ufer und zog sich die Schuhe aus. Sie hatte keinen Plan. Oskar erwartete sie erst morgen. Sie war nur ein einziges Mal die mehr als tausend Kilometer nach Kiel an einem Tag gefahren, und als sie spät am Abend angekommen war, hatte sie am ganzen Körper vor Anstrengung gezittert und den ganzen nächsten Tag gebraucht, um ihre „Seele nachzuholen“, wie Ella es nannte.

In Reutte in Tirol fuhr Lilly Richtung Füssen und überlegte, ob sie nicht noch bei den Königsschlössern Halt machen sollte. Aber als sie die Autobahnauffahrt sah, kam plötzlich ihre andere Seite durch. Sie fuhr kurz an den Straßenrand, schlang ein Tuch um ihre Haare, und dann hörte sie ihren Vater. Er hatte diese grauen, effizienten Bänder aus Beton geliebt: „Sie verbinden uns so schnell mit der Welt“, hatte er immer gesagt. Seiner Welt. Mutters Wünsche nach Verbindung waren anderer Natur. Sie tankte, trank Kaffee, aß ein Brötchen im Stehen, ging auf die Toilette und fuhr und fuhr. Schnell und wie besessen.

Jetzt ging es ums Ankommen und nicht mehr ums Verweilen. Bis sie nach fast fünf Stunden das Schild „Kassel“ sah. Sie erinnerte sich an die unangenehme Steigung, auf der die Lastwagen im Schneckentempo fuhren, blieb bei der nächsten Raststätte stehen und kaufte sich eine Deutschlandkarte. Die Nomadin, die die Natur liebte, hatte plötzlich genug von grauen Bändern, die Lebensqualität fraßen und dafür Zeit ausspuckten. Sie sah auf der Straßenkarte ein dünnes, blaues Band, das sich in Mäandern weit genug weg von der Autobahn durchs Land bis hinauf nach Bremen schlängelte. Die Weser. Lilly wusste nichts von diesem Fluss, falls er wichtig war, hatte sie es im Erdkundeunterricht verpasst. Es genügte ihr, dass die Straßen schmal und die Orte an seinem Ufer klein aussahen. Hier würde sie irgendwo übernachten. In einem Dorf, das ihr zuwinken würde, so wie das immer war, wenn die Nomadin endlich wieder Raum hatte. Sie dachte weder an Oskar noch an die Kinder, sie war eins mit sich und ihrem weißen Auto mit den roten Ledersitzen. Irgendwann sah sie am Ufer der Weser ein Schild: „Höxter Erholungsgelände“, und beobachtete ein Wohnmobil, das an dieser Stelle abbog. Sie folgte ihm neugierig. Menschen, die ihr Bett mit sich herumfuhren, parkten meistens an idyllischen Plätzen.

Der kleine See, der eingerahmt von Wiesen und Baumgruppen in der Abendsonne lag, war ein unerwartetes Geschenk. Lilly stellte sich auf einen der markierten Parkplätze, zog sich ungeniert bis auf die Unterhose aus und sprang ins Wasser. Es hatte nicht mehr als zwölf Grad, aber das störte sie nicht. Sie war die eisige Bregenzer Ache gewohnt und liebte das Prickeln auf ihrer Haut, die sich von der Kälte rötete.

Plötzlich waren Lea und Niklas wieder präsent. Hier würde sie von nun an mit ihnen Rast machen, wenn sie ihren Vater im Sommer in Kiel besuchten. Sie sah den beiden grauhaarigen Wohnmobilisten zu, wie sie einen Campingtisch am Seeufer aufstellten und ihn mit Plastiktellern und Gläsern deckten, die von der Weite wie Porzellan aussahen. Sie winkten ihr zu und luden sie zu einem Glas Wein ein. Als sie weiterfuhr, las sie auf der Rückseite des Autos das Schild: „Zum Arbeiten zu alt, zum Sterben zu jung, fürs Reisen topfit."

Es war nicht zu übersehen, dass das weitläufige Anwesen am Flussufer, in dem Lilly wenig später ein großes Zimmer mit Blick auf die Weser bezog, ein Geheimtipp für Motorradfahrer war. Ein alter Wehrturm, ein Kuh- und ein Pferdestall waren liebevoll zu einem kleinen Hotel mit Restaurant umgebaut worden. Im großen Hof saß eine Gruppe junger Leute in schwarzen Lederhosen in der Abendsonne und trank Bier. Der Besitzer, selber ein passionierter Biker, hatte dieses Paradies geschaffen. Auf der Toilette traf sie eine Frau aus der Gruppe in ihrem Alter, die die insektenverklebte Scheibe ihres Helms wusch.

„Sie können sich gern zu uns setzen, wir essen gleich gemeinsam."

Es wurde ein feuchtfröhlicher Abend im ehemaligen Kuhstall, in dem das Restaurant untergebracht war. Sie trank italienischen Wein, flirtete mit einem der Biker, der gebürtiger Franzose war, und fühlte sich in ihrem neuen, hautengen, pinkfarbenen Kleid, das sie für ihr Treffen mit Oskar gekauft hatte, nach Langem wieder wie eine schöne, begehrenswerte Frau.

Später, als sich der Wirt zu ihnen gesellte, erzählte er die Geschichte des Platzes.

„Den Wehrturm haben die Mönche des Klosters Corvey, das heute ein Schloss ist, gebaut.“ Er wandte sich seinem neuen Gast zu: „Und in Ihrem Appartement im Erdgeschoss wurden die Gefangenen verwahrt. Ihr Schlafzimmer war der größere und Ihr Bad der kleinere Kerker.“ Lilly wurde blass und sprang auf: „Ich muss sofort telefonieren.“

Das Hoteltelefon für Gäste stand hinter der Bar im Gastraum. Der Wirt schaltete den Zähler ein und Lilly rief in Kiel bei Frau Petersen an. Oskar hatte ihr gestern gesagt, dass er den Abend bei einem Meeting mit den Anwälten verbringen wird, aber er musste jetzt schon wieder zu Hause sein. Seine Zimmerwirtin meldete sich nach langem Läuten, sie hatte wohl schon geschlafen.

„Ihr Mann ist leider nicht da, am besten rufen Sie die Anwältin an.“ Ihre sonst sanfte, weiche Stimme klang brüchig. Die fröhliche Nomadin war mit einem Schlag verschwunden. Lillys Hand zitterte so stark, dass sie die Nummer kaum wählen konnte. „Sie hören den Anrufbeantworter …“, sagte die feste Stimme von Frau Hansen, und als Lilly auflegte, hatte die Panik schon ihr Hirn erreicht. Sie konnte sich kaum an Ralfs Nummer erinnern und betete, dass er zu Hause war. Er hob nach dem ersten Läuten ab. „Gott sei Dank, ich warte schon den ganzen Tag auf deinen Anruf! Oskar ist heute Vormittag verhaftet worden. Du kannst ihn morgen um vierzehn Uhr besuchen. Seine Anwältin lässt dir ausrichten, dass sie dich anschließend sprechen möchte. In ein paar Stunden wird es in allen Zeitungen stehen.“ – „Und die Kinder?“ Lilly taumelte und ließ sich auf einen der antiken Barhocker fallen. Ralfs Stimme klang ruhig, und gleichzeitig spürte Lilly, dass er nervös war. „Ich habe Ella schon verständigt. Sie sagt es deiner Mutter und bringt die Kinder mit ihr aufs Vorsäß, damit sie vor dem Gerede der Nachbarn geschützt sind. Und bitte Lilly, tu jetzt nichts Unüberlegtes! Es macht keinen Sinn, dass du mitten in der Nacht über die Autobahn rast, du kannst Oskar heute nicht mehr helfen.“

Ralfs Stimme hatte ruhig geklungen, weil er Oskars Verhaftung längst erwartet hatte. Für ihn war es eher eine Überraschung gewesen, dass die Kieler Behörden ihn nicht sofort, als Paolo Vicente verhaftet worden war, ebenfalls eingesperrt hatten. Er sah Lilly schon lange dabei zu, wie sie mit Scheuklappen durch die Gegend lief und wie eine Löwin ihre drei Jungen verteidigte. Dass eines davon erwachsen war und möglicherweise nicht ganz unschuldig, wollte sie nicht wissen.

Der Stapel mit der ausführlichen Berichterstattung zum „Fall Esmeralda" wurde immer höher. Die Ordner mit Material, das Ralf gesammelt hatte, teilweise auf illegalen Wegen, füllten inzwischen schon ein ganzes Regal. Er kannte die Wahrheit auch nicht. Aber für ihn war klar: Die beiden Männer waren in dubiose Geschäfte verwickelt. Und eines ihrer Geschäfte war gründlich schiefgegangen. Aus Ralfs Sicht gab es „Oskar, das arme Opfer der Justiz" so nicht. Aber wenn er versuchte, mit Lilly darüber zu reden, blockte sie ab. Sie sprach nicht darüber, doch ihr bester Freund wusste, was sie sagen würde: „Ich brauche die Sicherheit, dass er unschuldig ist. Alles andere könnte ich nicht ertragen."

Lilly lag in ihrem Kerkerzimmer im Bett und wartete, bis es Morgen wurde. Der Wirt, der sich wunderte, warum sein fröhlicher Gast plötzlich so verstört war, hatte ihr einen altmodischen Wecker geliehen, den sie nicht brauchte. Es war mitten in der Nacht, als sie wieder aufstand und sich an den kleinen Schreibtisch setzte. Sie schob die Prospekte von Wander- und Kajaktouren zur Seite und schrieb.

12. März 1991
Etwas in mir hat es immer gewusst. Ich habe diese Stimme, die so leise war, dass ich sie im Getriebe meines lauten Lebens ignorieren konnte, gehasst. Sie hat mir Angst gemacht, weil das Wasser, in das ich sehe, wenn ich ihr zuhöre, tief und dunkel ist. Manchmal war die Stimme so stark, dass meine Haut reagiert hat und mich an meine eigenen Grenzen erinnern wollte. Ich habe sie längst verlassen. Ich spüre Oskars Haft, die ein Teil von mir schon lange erwartet hat, in jeder einzelnen meiner Zellen, so als

ob ich mit ihm hinter Gittern säße. Während ich diesen Satz schreibe, merke ich, dass das Wort Zelle plötzlich eine doppelte Bedeutung für mich hat. Das Entsetzen lebt in mir und ernährt sich von meinen schrecklichen Gedanken. Ich werde alles für ihn tun, was ein Mensch für einen anderen tun kann. Aber was ist das schon? Ich kann mit den Anwälten reden, ich kann ihn besuchen und ihm seine Kinder ins Gefängnis bringen.

Meine Tränen verwischen die Tinte der Füllfeder, die mir mein Vater zum Schulabschluss geschenkt hat. Die Tinte ist dunkelrot. Ich liebe diese Farbe, aber jetzt, in diesem ehemaligen Kerker, sieht sie aus wie Blut. Lea und Niklas. Ich habe ihnen immer gesagt, dass ihr Vater unschuldig ist. Dieser Glaube ist wichtig für mich und ich bin nicht bereit, auf ihn zu verzichten. Ich kann mit dem Gedanken, dass ihr Vater ein Betrüger oder vielleicht sogar noch etwas Schlimmeres sein könnte, nicht leben.

Ich weiß, dass er nicht getan hat, was ihm vorgeworfen wird. Und dennoch ist das Ungeheuerliche geschehen: Paolo ist dafür verurteilt worden. Ich möchte dieses Urteil vernichten, in alle Stücke zerlegen und mit einem Heer von Anwälten beweisen, dass die Vorwürfe nicht stimmen. Ich kenne ihn, er ist ein Verrückter, aber er ist niemand, der sechs Menschen kaltblütig um die Ecke bringt. Und Oskar kann keiner Fliege etwas zuleide tun. Ich sehe ihn vor mir. So wie er damals war, in der Zeit unserer ersten Liebe. Mein Schenkel ganz nah an seinem, in diesem Restaurant, in dem er mir sagt: „Und glaube mir, es ist die größte Scheiße, dass dieses Schiff gesunken ist."

Der Satz ist mein Stern, dem ich folge. Und wenn er nicht stimmt? Die Stimme gehört meinem Vater. Ich bin dankbar, dass er „diese Schande", wie er es nennen würde, nicht mehr miterleben muss. Er liebte die Gesetze und die Gerechtigkeit und glaubte daran. Ihn würde dieses Urteil darin bestärken, dass ich auf einen „Windhund" hereingefallen bin, der zusätzlich auch noch ein Verbrecher ist. Ich bin froh, dass ihm das erspart bleibt, und gleichzeitig möchte ich nichts anderes, als dass er das kleine Mädchen, das ich einmal vor langer Zeit war, einfach in den Arm nimmt.

Ralf und vielleicht Rudi, auf seine eigene sperrige Art und Weise, werden von nun an die einzigen Männer sein, an deren Schulter ich mich anlehnen kann. Ich sehne mich nach Oskar. Und gleichzeitig kommt diese kleine, unangenehme Stimme wieder, die mir sagt: „Du konntest dich nie an ihn anlehnen, er hat dich nie getragen." Ich verjage die Stimme. Sie macht mich wütend. Ich kann keine Kritik an ihm brauchen. Ich bin seine Hoffnung, sein Schutz, seine Quelle der Kraft.

Ich spüre die Verantwortung und zwinge mich, ruhiger zu werden. Der Fluss ist dunkel und weiß viele Geheimnisse. Er kennt die Gedanken der Menschen, die hier in diesem Kerker, der jetzt mein Schlafzimmer ist, saßen. Schuldig oder unschuldig. Ich werde mich an sein Ufer setzen und warten, bis der Morgen kommt. Am Wasser finde ich die Wesen. Sie leben in der Natur und hüllen mich ein in meiner Verzweiflung.

Im Morgengrauen war Lilly nach einer Fahrt quer durchs Land wieder auf die A7 zurückgekehrt. Es war dasselbe graue Band, doch die Lilly von gestern gab es nicht mehr. Die Nomadin, die in jeder Zelle ihre Abenteuerlust spürte und in den Tag hineinlebte, hatte sich in die Frau des Häftlings verwandelt. Sie machte sich Vorwürfe, dass sie am Abend mit dem Franzosen geflirtet hatte, während Oskar schon im Gefängnis saß, und trat das Gaspedal bis zum Anschlag durch. Das Auto hatte nur 90 PS, aber es reichte, um einige Geschwindigkeitsbegrenzungen zu übertreten.

Sie durfte erst um vierzehn Uhr zu Oskar, aber daran dachte sie nicht. Sie war eine Maschine, die automatisch, wie ferngesteuert, funktionierte. Sie aß nicht, sie trank nicht, sie spürte nichts. Als sie aufschrak, weil das laute Pfeifgeräusch eines Lastwagens, dem sie zu nahe gekommen war, sie aus ihrem Sekundenschlaf gerissen hatte, erwachte sie aus ihrer Trance. Sie durfte nicht sterben, auch wenn das vielleicht eine Lösung gewesen wäre.

Lilly lenkte ihren weißen Sportwagen mit den roten Ledersitzen, der so gar nicht mehr in ihr neues Leben passte, auf den nächsten Parkplatz und holte die geblümte Decke aus dem Kofferraum, die Ella ihr mitgegeben hatte. Sie hörte ihre Stimme: „Und vergiss nicht, dass du dich immer wieder auf eine Wiese legen sollst, das wird dir helfen.“ Sie hatte nicht verstanden, wobei das helfen sollte. Aber sie hatte nicht nachgefragt, und Ella hätte ihr wohl auch keine Antwort gegeben. Sie wusste, wann sie die Bilder, die sie sah, bei sich behalten musste.

Lilly ignorierte die interessierten Blicke der Lastwagenfahrer auf dem Parkplatz, legte sich auf ein winziges Stück Rasen unter den einzigen Baum und schlief sofort ein, den Autoschlüssel fest in der Hand. Als sie nach einer Stunde erwachte, fühlte sie sich erfrischt und fuhr weiter. Sie kaufte sich an der nächsten Tankstelle eine Flasche Wasser, trank einen Kaffee, aß ein Brötchen und tankte.

Ihr war klar, dass sie demnächst das Gefängnis finden musste und dass ihr ohnehin schlechter Orientierungssinn vollständig versagte, wenn sie nervös war. Als sie ihren Tank füllte, sah sie einen Mann, der gerade in sein Auto mit Kieler Kennzeichen stieg. Er nickte, als sie ihn nach der Faeschstraße fragte. „Das ist ganz einfach, fahren sie einfach hinter mir her. Ich muss zum Schützenwall, das ist gleich um die Ecke.“ Es beruhigte Lilly, dass der Fremde die Führung übernahm, doch als er an einer Stelle rechts blinkte, hupte und freundlich winkend weiterfuhr, fühlte sie sich plötzlich verlassen. So, als ob sie einen wichtigen Beschützer verloren hätte. Sie bog ab und fuhr nach ein paar Metern rechts in die Faeschstraße ein.

Plötzlich rumorte es in ihrem Bauch, Angst machte sich breit, und sie brauchte unbedingt eine Toilette. Auf der rechten Straßenseite sah sie die Justizanstalt aus rotem Backstein. Auf der linken Seite stand als hässliches Gegenstück ein großer Supermarkt mit einem halb leeren Parkplatz. Weit und breit kein Café. Bei dem Schild „Nur für Kunden“ parkte sie und rannte durch die gläserne, breite Eingangstür. Sie suchte verzweifelt nach einer Toilette. Vergeblich. Lilly spürte Panik in sich aufsteigen und bat eine Kassierin um Hilfe, die ihr ausnahmsweise mit ihrem Schlüssel die Personaltoilette öffnete.

Erleichtert kehrte sie in die Verkaufsräume zurück und irrte zwischen den Regalen umher. Sollte sie Oskar etwas mitbringen? Sie entschied sich für seine Lieblingsschokolade, Nuss mit Krokant, und stellte sich an der Kasse an. Jede Sekunde, die sie von dem ablenkte, was sie erwartete, war ihr recht. Es war ein Uhr mittags, sie hatte seit dem Brötchen auf der Autobahn nichts gegessen, aber ihr Magen revoltierte schon beim Gedanken an Nahrung.

Dann stand sie endlich unschlüssig vor dem großen Gebäude aus rotem Backstein. Es hatte Würde und Stil und hätte ebenso ein edles Regierungsgebäude sein können. Wenn nicht überall diese hässlichen Gitter wären. Sogar die ovalen Dachfenster waren weiß gestreift. Am Rand des Gehsteigs, gegenüber der Justizvollzugsanstalt, lagen zwei Holzpaletten aufeinander, die jemand hier liegen gelassen hatte. Lilly setzte sich und starrte wie betäubt das Gebäude an, in dem Oskar irgendwo in einer Zelle saß. Sie fühlte sich leer, gleichzeitig nahm sie jedes Detail ihrer neuen Umgebung in sich auf. Als müsste sie ihr Gehirn mit unwichtigen Informationen füttern, damit die bedrohlichen Gedanken keinen Platz hatten.

Sie registrierte den gemütlichen, halbrunden, turmartigen Vorbau mit dem Blechdach und dem Wappen in der Mitte des Hauses. Die weiße Möwe, die einsam über das Haus flog und nach einer Weile mit einer zweiten Möwe wiederkam. Lilly nahm es als Zeichen, dass Oskar und sie bald wieder vereint sein würden. Und je länger sie dasaß, umso sympathischer wurde ihr das rote Backsteingebäude: Du siehst aus wie eine gemütliche Großmutter mit einer Brosche, dachte Lilly und fragte sich, ob das ovale Wappen unterm Dachgiebel aus Stein gemeißelt war.

Sie stand auf und spürte, wie durch ihre gute Verbindung zu diesem ehrwürdigen Haus ein kleiner Funken Zuversicht in ihr wuchs. „Alles wird gut“, sagte sie laut zu sich selber und ging ein paar Schritte nach links. Und dann sah sie ihn. Den doppelten Stacheldraht, der auf den Mauern des großen Hofes saß. Von den Rollen standen spitze Metallstäbe weg. Es erinnerte sie an die

Berliner Mauer, an der so viele Menschen für ihre Freiheit gestorben waren.

Hier würde niemand flüchten. Zwei Bewacher saßen in einem Glaskäfig, der an den alten Backsteinmauern in luftiger Höhe wie ein großes Vogelnest nachträglich festgemacht worden war, und verfolgten jede Bewegung im Hof.

Lilly sah auf ihre Uhr. 13.30. Sie konnte die Wartezeit kaum mehr ertragen. Noch eine halbe Stunde, bis sie Oskar sehen durfte. Sie sah an sich herunter. Was trug eine Frau, wenn sie ihren Mann im Gefängnis besuchte? Die schmale, dunkelblaue Röhrenjeans mit passender Jacke, ein rotes, enges Top, ziemlich tief ausgeschnitten, und die roten Ballerinas waren für Oskar, den Geliebten, gedacht. Aber das pinkfarbene Kleid wäre definitiv noch unpassender gewesen. Würde sie sich jetzt eine körperferne Garderobe zulegen, damit ihre Reize nicht so sichtbar wären? Ein paar unauffällige Klamotten besaß sie noch aus der Fluchtzeit.

Während sie überlegte, hypnotisierte sie gleichzeitig die graue Metalltür, an der „Besucher" stand, als ob sie sich früher öffnen würde, wenn sie sich nur darauf konzentrierte. Als ihre Augen müde wurden, erweiterte sie ihr Bild, und sie sah zum ersten Mal den unteren Teil des Hauses, den sie bisher ausgeblendet hatte. Die zwei großen, abweisenden Stahltore waren wohl auch erst nachträglich eingebaut worden und wie auf Kommando öffnete sich eines davon und ein vergittertes Auto fuhr heraus. Sie sah durch die Glasscheibe in das graue Gesicht eines Gefangenen und spürte seine Angst. Oder war es ihre Angst?

Kurz danach verließ eine elegante Frau mit blondem, hochgestecktem Haar und einer schwarzen Aktentasche in der Hand die Justizvollzugsanstalt. Sie sah entspannt und souverän aus. Der Mann, der weggebracht wurde, konnte nicht mit ihr verwandt sein. Als sie an Lilly vorbeiging, warf sie ihr einen neugierigen, freundlichen Blick zu. Es waren ihre karamellfarbenen Augen, die den Satz möglich machten, der eigentlich gegenüber einer Fremden unpassend war: „Arbeiten Sie hier oder haben Sie jemanden besucht?"

Die Frau blieb überrascht stehen und erklärte sich: „Nein, ich bin Anwältin, der Mann, der wegfuhr, wird in seine Heimat überstellt. Und was machen Sie hier?“ Die Frage kam so direkt, dass Lilly die Fassung verlor und anfing zu weinen. Die Anwältin schien weinende Menschen gewöhnt zu sein. Sie legte ihr die Hand auf den Arm und sagte einfach nur: „Erzählen Sie!“

Es wurde ein Gespräch zwischen gleichaltrigen Frauen, von der jede ihr Schicksal zu bewältigen hatte. Nachdem Lilly ihre Geschichte beendet hatte, fing Saskia an zu erzählen. Von einem Mann, dem sie aus ihrer schwedischen Heimat nach Kiel gefolgt war und der sie nach ein paar Jahren für eine andere verlassen hatte.

Für einen Augenblick tauchte Sybille auf und Lilly versuchte sie gleich wieder wegzuschicken. Sie wollte nicht an diesen Verrat denken. Oskar war jetzt wieder ihr Mann. Die hässliche Stimme in ihrem Kopf meldete sich wieder: „Wenn du dich damals von ihm getrennt hättest, dann stünde jetzt Sybille hier und hätte diese Probleme.“ Lilly verjagte die Stimme und wandte sich wieder Saskia zu, die sie zum Abschied umarmte und ihr ein Bett für die Nacht anbot. „Meine Wohnung ist viel zu groß für mich, seit mein Mann weg ist. Wenn Sie mögen, kommen Sie vorbei.“

Ein Beamter öffnete die Tür, als Lilly um Punkt vierzehn Uhr läutete. Er erkannte sie sofort.

„Warten Sie einen Augenblick.“ Dann rief er in den Hintergrund: „Frau Baldini steht an der Pforte.“ Lilly wunderte sich nicht. Das berühmte Foto, das vor dem Gefängnis in Wien aufgenommen worden war, war auch in den Kieler Zeitungen aufgetaucht.

Den Rest des Rituals erlebte sie wie in Watte gepackt. Sie gab ihren Pass ab, wurde von einer Beamtin nach gefährlichen Gegenständen durchsucht und in einen Raum geführt, in dem schon andere Frauen warteten. Sie sperrte ihre Handtasche vorschriftsmäßig in eines der Schließfächer ein und behielt nur eine Packung Tempotaschentücher und die Tafel Schokolade bei sich.

Die Handschellen klickten, der Wachvollzugsbeamte führte Oskar aus dem Besprechungszimmer, in dem Lilly eine halbe Stunde zugebracht hatte. Sie folgte ihm auf den schmalen Gang und schaute ihm nach, bis er hinter einer weißen Gittertür verschwand. Bevor er um die Ecke bog, drehte er sich noch einmal um und winkte ihr zaghaft zu.

Lilly spürte, wie die Beine ihr versagten und ließ sich wieder auf den einfachen Holzstuhl fallen. Das mühsam aufrechterhaltene Lächeln, mit dem sie ihrem Mann Mut machen wollte, zerbrach wie eine Maske aus Ton, die unter zu viel Spannung litt.

Sie starrte stumm auf den Heizkörper, dessen Lack an einer Stelle abgeschlagen war, als hätte jemand verzweifelt dagegen getreten, und spürte die Starre, die verhinderte, dass sie ihre eigenen Gefühle wahrnehmen musste. Als sie den Blick hob, sah sie zum ersten Mal den grauen, kleinen Hof, den ein Gefangener gerade kehrte. In der Ecke standen die Mülltonnen und unter den vielen vergitterten Fenstern, die den Himmel in Streifen schnitten, standen auf der Mauer in weißer Farbe große Zahlen. Vielleicht die Nummern der Zellen.

Dann hörte sie die Stimme des Beamten im Gang, die einem Kollegen in norddeutschem Dialekt zurief: „Du kannst Frau Baldini wieder abholen."

Lilly spürte die Blicke der Frauen auf sich, als sie im Warteraum ihre Tasche aus dem Schließfach holte. Es waren andere Frauen als vorher. Sie redeten nicht und starrten bedrückt vor sich hin. Als sie den beiden Kindern, die sich stumm an ihre Mutter ankuschelten, ihre Tafel Schokolade schenkte, die sie Oskar nicht hatte geben dürfen, spürte sie zum ersten Mal ihr Herz. Wund und erschüttert. Lea und Niklas. Bald würden sie hier mit ihr sitzen.

Bevor ihr die Tränen kamen, war der Beamte wieder da. Vorbei an der Pforte, wo zwei andere Beamte sie höflich grüßten und versuchten, ihre Neugierde zu verbergen. Da ging die Frau des Mannes, der angeblich den Tod von mehreren Seeleuten mitverursacht hatte. Groß und schlank, mit einem weißen, blanken Gesicht, in dem sie nichts lesen konnten. Sie war etwas Besonderes. Das spürte sie. In diesem Gefängnis wurden meistens Diebe und andere „Kleinverbrecher“ verwahrt. Angesehene Bürger der Oberschicht, die in einen spektakulären Fall verwickelt waren, sah man hier selten.

Vor dem Tor aus Eisen, das sich hinter ihr schloss, schien die Sonne, als ob im Himmel und auf der Erde alles in Ordnung wäre. Lilly stand wieder vor dem Haus aus rotem Backstein. Allein. Sie sah noch einmal auf die kleinen, vergitterten Fenster. Hinter einem dieser Gucklöcher lebte jetzt Oskar. Sie ging wie eine alte Frau, mit schleppenden Schritten, den Schützenwall entlang Richtung Sophienhöfe.

Frau Hansen, die Anwältin, war entsetzt, als sie Lilly sah. Ihr Gesicht war weiß wie eine Wand und sie sah völlig erschöpft aus. „Um Gottes willen, kommen Sie sofort mit, Sie müssen jetzt erst einmal was essen!“ Sie nahm ihren Mantel, packte die Frau ihres Mandanten am Arm und führte sie in ein Restaurant, in dem es einen Steaktoast auf Salat gab. Sie war eine empathische und gleichzeitig sehr energische Frau, nur ein paar Jahre älter als Lilly, und kam, nachdem sie ihr zugehört hatte, ohne Umschweife zur Sache.

„Die Optik ist furchtbar. Die österreichischen Gerichte haben im wahrsten Sinn des Wortes einen kurzen Prozess gemacht. Paolo Vicente ist verurteilt worden, kein Gericht der Welt wird sich jetzt trauen, Ihren Mann so einfach aus der U-Haft zu entlassen. Die deutschen Behörden haben von ihren Kollegen in Wien Tonnen von belastendem Material übernommen.“

Lilly hatte längst auf Durchzug geschaltet und ihre bewährte Schutzmauer hochgezogen. Sie kehrte erst zurück, als Frau Hansen mit Paolos und Oskars angeblichem Sündenregister fertig war, und sagte: „Wir werden alles tun, um ihm zu helfen. Aber wir brauchen Zeit. Sie müssen sich auf eine längere Haft einrichten.“ Lilly fragte nicht, was „länger“ bedeutete, bedankte sich bei der engagierten Anwältin und ging. Wie betäubt lief sie die Straßen entlang, die von nun an zu ihrem Alltag gehören würden, zu Fuß zurück zur Justizvollzugsanstalt. Dann saß sie eine Stunde lang einfach still in ihrem Auto und war dankbar für den Geruch der roten Ledersitze. Es war im Augenblick das einzig Vertraute in ihrem Leben. Auf der kurzen Strecke zum Kronshagener Weg, wo Frau Petersen, bei der Oskar ein Zimmer gemietet hatte, wohnte, verfuhr sie sich dreimal und läutete dann erschöpft an der Tür.

Wasserblaue, fast kindliche Augen, umrahmt von sorgfältig frisierten grauen Locken, sahen sie mitfühlend und gleichzeitig fragend an. Lilly spürte die Sorge der alten Dame, die auf die achtzig zugehen musste. Ihre Starre löste sich in einer Tränenflut auf und sie weinte in den Armen dieser Großmutter, die ihre eigene hätte sein können, und die ihr hilflos den Rücken tätschelte.

Heide Petersen war praktisch veranlagt. Sie kochte ihr einen starken Kaffee und zwang ihr ein Stück selbst gebackenen Streuselkuchen auf. Dann bot sie ihr das Du an und fragte mit leiser Stimme, wie es Oskar ging. „Beschissen", hätte Lilly antworten müssen. Aber sie sah die Angst um ihn in den Augen der alten Frau und sagte: „Den Umständen entsprechend gut."

Heide Petersen nickte erleichtert. Sie hatte ihren Untermieter, diesen Mann, der durch eine Zeitungsannonce in ihr Leben geschneit war, in ihrer eigenen Einsamkeit adoptiert. Jetzt adoptierte sie Lilly und bot ihr freizügig ihr Telefon an.

Ella hob sofort ab. Es tat gut, ihre vertraute Stimme zu hören, und als Lilly wieder auflegte, wusste sie, was sie zu tun hatte. Heide zeigte ihr das Zimmer und schloss diskret die Tür hinter sich. Es roch nach Oskar. Nach seinem Aftershave und so, wie er eben roch. Unverwechselbar. Seine Anzüge und eine braune Lederjacke hingen im Schrank und in den Regalen lagen fein säuberlich nach Farben sortiert seine Hemden und Pullover. Lilly nahm seinen Pyjama, der auf dem Bett lag, und verbarg für einen Augenblick ihr Gesicht darin. Dann ging sie entschlossen ins Wohnzimmer zurück.

„Ich kann hier heute nicht schlafen, ich muss in die Natur." Ella hatte recht. Wenn sie jetzt irgendwo gut aufgehoben war, dann am Meer. Eine Stunde später stand Lilly an der Steilküste der Kieler Außenförde. Es war immer noch überraschend warm für einen Tag im März. Sie hatte ihr Auto in Laboe, dem kleinen

Ostseebad, vor einem unauffälligen Hotel am Ortsrand abgestellt, ein Zimmer genommen und, ohne ihr Gepäck auszuladen, nur den Zimmerschlüssel, ihre Handtasche und die geblümte Decke mitgenommen.

Sie sah den letzten schmalen Sonnenstreifen zwischen Schilksee und Strande auf der anderen Seite der Förde versinken und ging oben auf den Klippen den schmalen Pfad weiter nach Stein. Sie kannte die Gegend. Hier war sie mit Oskar und den Kindern manchmal mit dem Rad hergefahren. Damals hatten sie immer in den Sanddünen Rast gemacht.

Lilly fand die Stelle wieder und breitete ihre geblümte Decke aus. Sie legte sich mit einem tiefen Seufzer hin und spürte zum ersten Mal an diesem Tag ihren geschundenen Körper. Fünfhundert Kilometer Autobahn, emotionaler Super-GAU, wenig Essen. Sie streckte sich bewusst, dachte an das Moosbeet, in dem sie mit Ella auf dem Weg zum Hirschberg vorgestern noch so unbeschwert gewesen war, breitete ihre Arme und Beine aus und hörte den Wellen zu. Sie erzählten ihr, dass dieser Augenblick nur ein kleiner Tropfen im Ozean war. Vergänglich.

Es war schon dunkel, als sie wieder in Laboe ankam und sich in das einzige noch geöffnete Lokal in der Nähe des Hotels setzte. Sie bestellte ein Glas Wein, Tortellini mit Pilzfüllung und holte ihr Tagebuch heraus. Sie war der einzige Gast und der Kellner, der gerade ankam, um sie zu unterhalten, zog sich wieder hinter die Bar zurück.

Kiel, 12. März 1991
Ich werde morgen im Gefängnis nicht weinen. Ich erlaube, dass ein Panzer um mein Herz wächst, und ich bin dankbar dafür. Ich sehe das Bild des Roboters aus Metall vor mir, den Niklas von seiner Großmutter zu Weihnachten bekommen hat. Man kann ihn aufziehen und er läuft.

Ich spüre noch jetzt diesen Moment, als ich an der Pforte der Justizvollzugsanstalt läute. Die Welt, in der Kinder ihr erstes Eis essen, Paare auf Parkbänken in der Sonne sitzen, Hosenbeine beim Radfahren hochgekrempelt werden, Menschen mit Akten-

taschen zum Mittagessen gehen oder vor dem Supermarkt parken, um ihre Einkäufe zu erledigen, endet hier.

Ich sperre meine Tasche in eines der Schließfächer und sitze mit der Schokolade für Oskar in der Hand einfach nur still da. Mein Kopf ist leer. Ich darf nicht daran denken, was es bedeutet, dass ich hier warte.

Ich versuche, zu beten. Ich brauche die Unterstützung der Wesen, wenn ich Oskar begegne. Aber es ist schwer. Mein Schutzpanzer schließt alles aus, auch die Hilfe von oben.

Dann kommt endlich der Beamte und holt mich ab. Er sieht die Tafel Schokolade in meiner Hand und sagt freundlich: „Die dürfen Sie leider nicht mitnehmen, das geht nur mit richterlicher Bewilligung." Er zeigt auf einen Automaten: „Hier können Sie sich aus einem der Fächer Süßigkeiten ziehen." Ich starre auf Schokoriegel und Nussschnitten und begreife kaum, dass von nun an neue Regeln gelten.

Oskar wartet schon in dem kleinen Raum. Ich sehe, dass sein Kiefer so angespannt ist, als hätte er eine Staumauer aus Beton errichtet, damit seine Mimik nicht entgleist. Auch er will nicht weinen. Nicht vor diesem Beamten, der jede Bewegung mit seinen wachsamen Augen aufzeichnet. Wir sitzen einander gegenüber. Der kleine Tisch aus Holz ist nicht die Barriere, die uns trennt. Es ist unsere Furcht, dass wir zerbrechen, wenn wir unsere Verzweiflung zulassen. Nach einer Weile hebe ich vorsichtig meine Hand und berühre Oskars Gesicht. Der macht eine kleine Bewegung nach hinten, entzieht sich mir und sagt leise: „Bitte nicht."

Lilly erwachte aus einem tiefen Erschöpfungsschlaf und wusste im ersten Augenblick nicht, wo sie war. Erst als ihr Körper sie daran erinnerte, dass ein schwerer Druck auf ihr lastete, kamen mit einem Schlag alle Bilder zurück. Oskar im Gefängnis. Seine Verzweiflung und ihre Verzweiflung, die sich verbanden und als dunkle Schicht über ihrer Begegnung lagen. Kein Kontakt. Sie nahm das Wort in die Hand und zerlegte es – Kon-Takt, im Takt. Ihr Leben war völlig aus dem Takt geraten.

Als Lilly am Morgen das Hotel verließ, lag eine dichte Wolkendecke über der Kieler Förde. Das passte besser zu ihrer Stimmung als dieser blanke, blaue Himmel, der seit Tagen über ganz Europa gestrahlt hatte. Sie fuhr in ihrem Cabrio am Meer entlang und hatte doch keinen Blick für die weißen Ozeandampfer, die die Stadt wie Wahrzeichen schmückten, weil der Krieg wenig interessante Gebäude übrig gelassen hatte.

In wenigen Minuten würde sie vor der Justizvollzugsanstalt aussteigen müssen. Wie sollte sie Oskar gegenübertreten? Es war ein Privileg, dass ihr ein zweiter Besuch gewährt wurde, weil sie mehr als tausend Kilometer angereist war, aber es war gleichzeitig auch eine Last. Sie sehnte sich nach Ella, Ralf und Johanna und spürte ihre Einsamkeit, die in dem Hohlraum in ihrem Magen saß.

Sie wollte mit aller Gewalt frühstücken, aber als sie vor dem kleinen Buffet stand, war der Brechreiz aus Nervosität stärker als ihre Disziplin. Wenn Lilly ganz verzweifelt war, sprach sie laut mit sich selber, als ob sie sich an ihrer eigenen Stimme festhalten könnte: „Ihr Wesen, bitte helft mir, ich brauche jemanden, der mich unterstützt, ich schaffe das hier nicht allein."

Plötzlich sah sie Hilde Klar vor sich. Sie hatte sich ihren Nachnamen bei dem Traumaseminar in Frankreich sofort gemerkt, weil sie es witzig fand, dass eine Bewusstseinstrainerin die Klarheit in ihrem Namen trug. Hilde war die zweite Frau, mit der sie in Lyon die Adresse getauscht hatte. Aber das Leben war schnell und Kiel für ein Wiedersehen zu weit weg. Sie hatten noch ein- oder zweimal miteinander telefoniert und dann war der Kontakt eingeschlafen.

Lilly fuhr bei der nächsten Telefonzelle rechts heran und holte ihr kleines, ledernes Telefonbuch aus der Handtasche. Als sie die helle Stimme hörte, war jede höfliche Floskel überflüssig. „Ich bin Lilly aus Wien, und ich bin in Not, kann ich heute Nachmittag vorbeikommen?"

Oskar saß wieder in dem kleinen Raum mit den vergitterten Fenstern. Es war ein anderer Beamter da, der Lilly neugierig musterte und sich gleichzeitig bemühte, dezent wegzuschauen. Lilly fragte sich, ob sie sich je daran gewöhnen konnte, dass jemand sie beobachtete, während sie sich bemühte, ihr Herz zu öffnen. Konnte man es wirklich erreichen, dass die Augen der Bewacher hinter einer imaginären Wand verschwanden? Sie wünschte sich, sie hätte von Ella mehr über Magie gelernt. Sie spürte die Energie des Beamten, dem das Eindringen in ihre Intimität unangenehm war, und hielt sich an Oskars Gesicht fest, als ob es ihr helfen könnte, das zweite Gesicht im Raum auszublenden.

Jetzt erst bemerkte sie, dass die Furchen in seinem Gesicht noch tiefer als früher waren und seine Augen ihren Glanz verloren hatten. Seine Stimme klang gepresst, und wenn er schwieg, sah sie, wie sich sein Kiefer unter der Spannung bewegte. Sie durften einander umarmen, das war erlaubt. Aber auch heute spürte Lilly die gegenseitige Schutzmauer, die sie vor dem Zusammenbruch schützte. Sie rettete sich in praktische Details und sprach mit ihm über das Konto, das sie für ihn in der Zahlstelle eröffnen würde, damit er sich im Gefängnis Dinge des Alltags kaufen konnte. Als sie ging, war ihr Zettel voll mit Aufträgen, die Gott sei Dank einige Zeit in Anspruch nehmen würden: Joggingschuhe für den Hofgang, ein Wasserkocher, ein Pyjama, ein bestimmtes Rasierwasser, Kerzen, Kräutertee.

Eine Stunde später saß Lilly wieder in ihrem Auto und versuchte das Zittern ihrer Hände in den Griff zu bekommen. Dann holte sie den Stadtplan von Kiel, den sie im Hotel bekommen hatte, aus dem Handschuhfach und suchte die Straße, in der Hilde Klar lebte. Es war eine Fügung, dass der Hasseldieksdammer Weg nur wenige Häuserblocks vom Gefängnis entfernt lag.

Als sie eingeparkt hatte und vor der Haustür stand, sah sie links einen Blumenladen. Sie stand vor den vielen Töpfen, in denen schon die ersten Tulpen, Narzissen und Himmelschlüssel auf hungrige Gärten warteten, und konnte sich nicht entscheiden. Sie dachte an Hilde. Sie hatte blonde, sorgfältig frisierte, fast kinnlange Haare und blaue Augen, die jeden, der ihr begegnete, freundlich, aber ungeniert musterten. Sie war so groß wie sie, was ungewöhnlich war, und kleidete sich in einer Mischung aus sportlich und elegant.

Plötzlich kamen ihr Zweifel. Sie sehnte sich nach Hilfe, und gleichzeitig war ihre Haut so dünn, dass sie Angst davor hatte. Lilly stellte den Topf mit den Schneeglöckchen wieder auf den Boden zu den anderen. Doch dann hörte sie plötzlich eine innere Stimme. Sie war sanft, aber bestimmt: „Du sollst ihr Blumen bringen." Lilly betrat den kleinen Blumenladen erneut und schaute sich um. Sie spürte, dass es ein ganz bestimmter Strauß sein musste, und versuchte sich ganz leer zu machen, damit ihre Hand der Fügung folgen konnte. Sie vertraute diesen Fugen inzwischen, die Raum schafften für eine höhere Ordnung. Es dauerte eine Weile, aber dann war es ganz klar. Sie griff nach gelben Tulpen. Das passte zu Hilde.

Sie öffnete die Wohnungstüre, und ihr Lachen perlte durchs Stiegenhaus, sodass jemand einen Stock tiefer neugierig die Tür öffnete.

„Wie unglaublich, dass du mir genau gelbe Tulpen bringst. Ich habe mir gerade überlegt, ob ich es noch schaffe, welche zu holen, bevor du kommst." Hilde winkte Lilly herein, führte sie in die Küche und öffnete die kleine Mülltonne unter dem Abwasch: „Ich habe die alten Blumen soeben entsorgt, und jetzt lass dich umarmen."

Lillys Körper entspannte sich. „Richtig gelandet", sagte die Stimme in ihr, und sie nickte dankbar. Hilde kam ohne Umschweife zur Sache und deutete auf ihr Sofa. „Jetzt trinken wir erst mal eine schöne Tasse Kaffee, und dann erzählst du mir, was dich nach Kiel geführt hat."

Bis sie ihren Kaffee ausgetrunken hatte, schaffte es Lilly noch, ihre Gefühle zu unterdrücken, und erzählte in knappen Worten ihr Schicksal. Doch je mitfühlender Hilde zuhörte, desto mehr bröckelte ihre Fassade, und irgendwann fing sie bitterlich an zu weinen. Da nahm sie Hilde in den Arm und Lilly wusste, dass sie eine mütterliche Freundin gewonnen hatte, auch wenn sie nur ein paar Jahre älter war als sie.

Später lag sie auf dem Sofa. Die Stimme, die zu ihr sprach, war fremd und gleichzeitig vertraut. Lilly kannte dieses Tor, das sich zu anderen Welten öffnete, von Ralfs spiritueller Lehrerin in Wien. Irgendwann hatte sie ihren Widerstand aufgegeben und war in den Außenbezirk gefahren, wo Irene lebte. Diese wunderbare Frau, die sie gestärkt und immer wieder getragen hatte, wenn die Bürde zu groß wurde. Sie verdankte ihr einen Großteil ihrer Stabilität. Und bevor sie die Augen schloss, schickte sie ihr einen innigen Gruß.

Es waren klare Worte, die Hilde mit veränderter Stimme sprach. Lilly hörte, dass sie auf einer anderen Ebene, noch ehe sie geboren war, zugestimmt hatte, ihr Schicksal auf diese Weise mit Oskar zu verknüpfen. „Es ist alles im Plan. Dein Mann hat die Chance, im Gefängnis seine Persönlichkeit zu transformieren, und du, die du ihn dabei begleitest, wirst stark und gleichzeitig frei werden. Noch bist du abhängig von ihm, fast wie ein Hund, der seinem Herrn gehorcht."

Der Weg von Laboe zu dem kleinen Ort, der heute ihr Ziel war, führt immer am Wasser entlang. Lilly hatte sich am Nachmittag ein Rad gemietet und fuhr zu Anke. Sie hatte Oskar, Lilly und die Kinder vor zwei Jahren, ohne nach dem Grund zu fragen, aufgenommen. Das war damals, als sie an Ostern aus dem Appartement in Schilksee flüchten mussten, weil die Medien erfahren hatten, dass er sich in Kiel versteckt hielt. Oskar und Niklas waren geblieben, und erst als die Termine mit den Anwälten immer dichter wurden und sein Sohn nach Wien zurückkehrte, hatte er in der Nähe der Innenstadt bei Frau Petersen ein Zimmer gemietet. Jetzt öffnete Anke die Türe und trug eines ihrer naturfarbenen Leinenkleider, unter denen sie je nach Jahreszeit nichts oder dünne Wollpullis trug. Im Wohnzimmer mit Blick in den verwilderten Garten fragte Lilly und nahm einen großen Schluck Tee aus der geblümten Tasse.

„Wie haben Oskar und Niklas hier gelebt?" Anke sah sie mit einem prüfenden Blick aus ihren grauen Augen an, als ob sie sicher sein wollte, wie viel Wahrheit Lilly verkraften konnte. Dann antwortete sie. „Oskar war wie ein Mönch. Er trug meistens schwarze, einfache Hosen und T-Shirts aus Baumwolle. Sein Zimmer war karg eingerichtet und er kochte einfache, bescheidene Gerichte für sich und Niklas. Wenn er dann aus dem Haus ging, war er ein anderer. Als ob er dann seine zweite Persönlichkeit mit dem Anzug aus dem Schrank holte und sich in eine Scheinwelt begab, in der er seine Rolle spielte. Souverän, ein großer Mann von Welt."

„Und wie war Niklas?", fragte Lilly.

„Er war viel zu erwachsen für sein Alter. Er fühlte sich für seinen Vater zuständig, und ich hatte das Gefühl, dass hier die Rollen vertauscht waren, obwohl er in dem Jahr, als er hier lebte, erst sieben wurde. Sein Vater war oft weg und ließ ihn bei mir. Wenn er dann allein einschlafen musste, kaute er an seinem Kissenzipfel, bis er durchgebissen war."

Lilly hörte zu und schämte sich nicht, dass ihr die Tränen übers Gesicht liefen. Anke hielt inne. „Ich sollte dir das nicht erzählen, du bist ohnehin so belastet." – „Bitte, sprich weiter", antwortete Lilly und spürte, dass es Zeit war, auch diese Illusion zu beenden. Nicht nur Lea war belastet. Es gab keine glücklichen Kinder in dieser Inszenierung, auch wenn es bei ihrem Sohn manchmal so aussah.

„Oskar spielte viel mit Niklas. Aber es war auch so eine Art Überlebenstraining. Er brachte ihm bei, ganz schnell auf Bäume zu klettern, und der Junge trug immer einen Zettel mit deiner und Ralfs Telefonnummer bei sich. Sein Vater hatte ihm eingeschärft, dass er sich sofort, falls die Polizei an der Tür läutete, verstecken und dann einen von euch anrufen sollte. Er liebte Bäume. Es machte ihm richtig Spaß, bis in die Kronen zu klettern. Er war wie ein kleiner Affe und ich hatte schon Angst beim Zusehen."

Lilly verstand plötzlich vieles. Die Kindergärtnerinnen hatten sich nach Niklas' Rückkehr darüber beschwert, dass er immer nur in den Bäumen saß und nicht herunterkommen wollte, um mit anderen Kindern zu spielen.

Lilly putzte sich die Nase und sagte leise: „Ich wusste das alles nicht." Anke sagte sanft: „Du wolltest es nicht wissen. Wir haben einmal miteinander telefoniert und ich habe dir gesagt, dass Niklas zu klein ist, um so ein Leben zu führen. Damals hast du mir geantwortet, dass Oskar seinen Sohn und sein Sohn ihn brauche." Lilly wusste, dass sie recht hatte, und nickte stumm.

Es war längst dunkel, als sie, viel zu dünn angezogen, auf ihrem Leihfahrrad zurück nach Laboe fuhr. Die Kälte und die Einsamkeit krochen in ihren Körper und ihr Herz und sie sehnte sich verzweifelt nach ihren Kindern. Das Meer schickte ihr den Klang der Wellen als Trost und trug ein paar beleuchtete Schiffe wie glitzernde Schmuckstücke. Aber Lilly hatte die Verbindung zu ihm verloren und fühlte sich auf ihrem dunklen Weg entlang des Ufers bedroht. Hatte sie ihre Kinder verraten, um Oskar das Leben leichter zu machen? Sie mitgeschleppt auf seinen Fluchtwegen, ihren Sohn bei ihm gelassen, damit die Einsamkeit ihn nicht auffraß? Die Wesen schwiegen.

Am nächsten Tag war alles getan, was sie tun konnte. Oskar hatte ein Konto im Gefängnis, die Dinge des Alltags waren vom Richter bewilligt worden und schon in seiner Zelle, die Anwälte hatten ihr die nächsten Schritte erklärt. Ihr Mann würde bis zum Prozess in U-Haft bleiben müssen und wie lange das dauerte, wagten sie nicht einmal zu schätzen. Lilly lag wach im Nachtzug nach Wien. Ihr Auto fuhr auf einem Güterwaggon mit ihr und morgen Abend würde sie ihre Kinder im Arm halten. Ihre Mutter hatte sich bereit erklärt, sie nach Wien zu bringen.

Das Rattern des Zuges mischte sich mit ihren Gedanken, die immer nur um eines kreisten: Oskar und die Kinder. Mitten in der Nacht setzte sie sich auf und holte ihr Tagebuch heraus.

14. März 1991
Die Ungewissheit ist das Schlimmste. Ich weiß nicht, ob er nur ein paar Monate in diesem roten Backsteinhaus in einer Zelle auf seine Freiheit warten wird oder ein paar Jahre. Wie viele Jahre? Ein ganzes Leben lang?

Heute haben wir uns das erste Mal umarmt. Wie Hänsel und Gretel im dunklen Wald. Ich bereue jede Minute, in der ich Os-

kar in diesen drei Tagen nicht berührt, nicht geküsst habe. So viel vergeudete Zeit. Als unser Panzer bricht, ist uns der Beamte plötzlich egal. Unsere Hände zittern, als wir einander streicheln und Worte stammeln, die wir schon lange nicht mehr ausgesprochen haben. Ist es normal, dass ich meine Liebe am meisten spüre, wenn sie wehtut?

Die Zeit zwischen den Besuchen nütze ich für Einkäufe. Hilde schleppt mich durch die Sophienhöfe wie ein kleines Kind, das man an der Hand nehmen muss. Wasserkocher grün oder weiß? Pyjama aus Baumwolle oder mit Kunstfaser gemischt? Joggingschuhe blau oder schwarz? Ich sage mit Watte im Kopf Ja und Nein und bin froh, dass alles, wozu ich keine sichere Meinung habe, von ihr entschieden wird. Ihr herzliches Lachen ist mein einziger Trost, und als sie sagt: „Ich muss wohl in einem früheren Leben deine Mutter gewesen sein", und ihren Arm um meine Schultern legt, fühle ich mich nach langer Zeit wieder für einen Moment geborgen.

Dann kommt der Besuch beim Richter. Ich bereite mich vor und ziehe meinen Panzer und ein schwarzes, elegantes Kostüm an, das ich mit Hilde im Sophienhof gekauft habe. Es wird mich daran erinnern, dass wir geschäftlich reden. Sein Geschäft sind die Gefangenen in der Untersuchungshaft. Er kann ihnen das Leben leicht oder schwer machen, ganz wie er will, im Rahmen der Gesetze.

Am Anfang ist er streng. Er sagt mir, dass viele Gefangene ihre Familien öfter sehen wollen, dass zwei Stunden im Monat die Regel sind, dass Ausnahmen zur Unruhe im Gefängnisalltag führen. Seine Stimme klingt abwehrend unter seiner Sachlichkeit. Ich verstehe, dass er längst immun ist gegen das Leid der Angehörigen, sonst könnte er seine Arbeit nicht ertragen. Ich habe mir vorgenommen, nicht zu weinen und meine wohlgesetzten Worte mit Hilde trainiert. Aber dann sage ich die Namen meiner Kinder und ein Sturzbach rinnt aus meinen Augen: „Sie müssen Lea und Niklas öfter zu ihrem Vater lassen. Ich kann es nicht ertragen, dass ihre Seelen noch mehr Schaden nehmen, als sie ohnehin schon zu verkraften haben. Wissen Sie, was es bedeutet, wenn ich mit ihnen zwölfhundert Kilometer fahre, damit sie ihn sehen können?" Ich fühle mich schwach und stark zugleich. Wie eine verwundete Löwin, die um das Leben ihrer Jungen kämpft. Meine Entschlossenheit ist so stark, ich würde sofort vor dem Gefängnis in Hungerstreik treten, damit er nachgibt.

Wir dürften Oskar in den Sommerferien jeden zweiten Tag besuchen, sagt der Richter plötzlich mit gütiger Stimme und ich muss mich zurückhalten, damit ich ihm nicht vor Erleichterung um den Hals falle, als er mich zur Tür begleitet.

Lea und Niklas. Ich sehne mich danach, sie im Arm zu halten, und gleichzeitig habe ich Angst davor. Sie waren glücklich auf dem Vorsäß mit ihrer Großmutter und Ella. Sie wissen nicht, dass ihr Vater verhaftet wurde. Heute Abend muss ich ihnen die Wahrheit sagen.

Der Zug mit den Kindern aus Bregenz hatte Verspätung. Lilly tigerte am Bahnsteig auf und ab wie ein gereiztes Tier im Käfig. Sie übte Sätze ein und verwarf sie wieder. Wie sagt man Kindern, dass ihr Vater im Gefängnis sitzt und niemand weiß, wann er wieder frei sein wird? Die Angst, dass die deutsche Gerichtsbarkeit sich der österreichischen anschließen könnte, lebte in ihr wie ein ungebetener Gast, der sich weigerte, das Haus wieder zu verlassen.

Sie holte sich eine Tasse Kaffee am Buffet, und dann sah sie den Galeriebesitzer, der so gern Gast bei Paolos Festen gewesen war. Er kam mit einem großen Koffer auf sie zu und Lilly war so froh, jemanden Vertrauten zu sehen, dass sie schon von Weitem winkte. Er runzelte die Stirn, änderte die Richtung und steckte sein Gesicht ganz tief in die Auslage des Zeitungskiosks. Für einen Augenblick erlaubte sie sich den Gedanken, dass er ihr nur zufällig ausgewichen war. In diesem Augenblick hob er seinen Kopf, ihre Augen trafen sich für eine Sekunde, und dann schaute er wieder weg.

Das war es also, was sie jetzt erwartete. Noch mehr als vorher. Paolos Stern war endgültig untergegangen – und mit ihm Oskars. Die Freunde von damals trafen eine neue Wahl: mit dem Strom der Verurteilung oder gegen den Strom. Bleiben Freunde nicht Freunde?

Als der Zug aus Bregenz einfuhr, steckte Lilly alle düsteren Gedanken weg und stand am Bahnsteig, die Arme weit ausgebreitet. Lea und Niklas liefen auf sie zu, die kleinen Rucksäcke wippten auf ihrem Rücken, in der Hand hielten sie ein buntes Windrad und riefen: „Mami, Mami, Mami!"

Im Hintergrund sah sie, als sie ihre Kinder umarmte, aus den Augenwinkeln ihre Mutter. Mit einem ernsten, sorgenvollen Gesicht. Sie hatte offensichtlich für einen Augenblick vergessen, dass sie sich verstellen wollte.

„Ich kann von ihr nichts erwarten", murmelte Lilly. „Sie muss ich nun auch trösten."

15. März 1991
Sie schlafen. Niklas mit dem Kissenzipfel im Mund, wie es Anke mir erzählt hat. Ich kenne ihn so nicht. Leas Gesicht ist selbst im Schlaf nicht entspannt. Sie hat, als ich mit ihnen auf dem weißen Sofa sitze und ihnen die Wahrheit sage, sofort nach der Hand ihres Bruders gegriffen, als ob sie es wäre, die ihn schützen muss. Sie haben beide nicht geweint. Sie wissen, dass es für mich schlimm ist, ihre Tränen zu sehen. Ich wünschte, sie könnten ihr Entsetzen zeigen, und gleichzeitig weiß ich, dass es mir das Herz brechen würde. Wir spielen einander alle etwas vor. Auch meine Mutter. Sie ist tapfer und verständnisvoll und versucht mich zu umarmen, als die Kinder im Bett sind. Ich empfinde ihre Berührung als Last, als etwas, was mich noch mehr Kraft kostet. Ich sehne mich nach meinen Freunden.

Es läutet an der Tür. Ralf ist da. Endlich. Ich lege mich in seinen Arm wie ein verlassenes Kind. Meine Mutter ist eifersüchtig: „Dann kann ich ja ins Bett gehen, wenn du mich nicht mehr brauchst." Ich weiß, dass es ungerecht ist, sie tut ihr Bestes. Aber ich bin froh, als sich die Tür hinter ihr schließt.

„Du hast es immer gewusst", sage ich in seine weiche Brust hinein und weine sein Hemd nass. „Ja." Er sagt es so, dass das kleine Wort die ganze Geschichte der letzten Jahre erzählt. Ich

frage ihn nicht, ob er Oskar für unschuldig hält. Ich will seine Wahrheit nicht wissen. Es genügt mir, dass er mich liebt und zu mir hält.

17. März 1991

Ich feiere meinen Geburtstag nicht. Es gibt nichts zu feiern. Am liebsten würde ich im Bett liegen bleiben und einfach nie mehr aufstehen. Ob man das Depression nennt? Ich tappe in meiner inneren Dunkelheit herum und finde den Ausgang nicht.

Dann geht plötzlich die Tür auf. Lea und Niklas, beide im Pyjama, tragen gemeinsam eine Geburtstagstorte herein, auf der ein buntes Haus aus Karton steht, dessen Grundmauern schon etwas fettig von der Schokoladenglasur sind. Vor dem Haus stehen in einer Blumenwiese aus grünem Marzipan vier Menschen aus Pappmaschee. Und damit kein Irrtum aufkommt, wer sie sind, hat Lea in ihrer schönen, akkuraten Schreibschrift kleine Zettelchen auf Zahnstochern aufgespießt, auf denen Mama, Papa, Lea und Niklas steht. Das Einzige, was nicht der Realität entspricht: Es gibt auch einen Hund. Er ist schwarz, mit einem weißen Fleck auf der Brust und heißt Bimba.

Während sie „Happy Birthday" singen, stellen sie ihre Torte auf meinen Nachttisch und springen ins Bett. Als hinter ihnen meine Mutter ins Zimmer kommt und mit ihrer dunklen, schönen Stimme „Viel Glück und viel Segen auf all deinen Wegen" anstimmt, singen Lea und Niklas inbrünstig mit.

Das Licht ist wieder da. Ich werde alles dafür tun, damit diese Kinder ein gutes Leben haben.

29. März 1991

Karfreitag. Wer jemals die Frau eines Beschuldigten war, weiß, was das im Alltag bedeutet. Die anderen, die sich in ihrer Unschuld sonnen, können nicht mitreden. Sie wissen nicht, wie es ist, mitschuldig zu sein. Das Schiff lag schon auf dem Grund des Ozeans, als ich Oskar kennenlernte. Aber das spielt keine Rolle. Das Flüstern, die Diffamierungen, das Konto beim Lebensmittelhändler, das jetzt gesperrt ist, die Eltern der Kinder, die nicht mehr wollen, dass meine Kinder mit ihnen spielen, das Flüstern im Gläsernen Elefanten, *wenn ich den Raum betrete. All das ist jetzt mein Alltag. Oskar darf schreiben. Der Richter liest seine Post, und wenn ich antworte, liest er meine. Ich schreibe trotzdem: „Ich liebe Dich und stehe zu Dir.“ Aber es kommt mir so vor, als ob es auf dem Postweg seine Kraft verliert, weil es durch zu viele Hände geht.*

Heute ist Jesus am Kreuz gestorben vor Tausenden von Jahren. Bespuckt und diffamiert. Und obwohl er wieder auferstanden ist, hat die katholische Kirche das Symbol des Kreuzes als Markenzeichen für diesen Glauben gewählt. Wieso nicht die Auferstehung? Wieso nicht das göttliche Licht, das seinen Sarg ausgefüllt hat, als er sich unversehrt über das Leid erhob? Mein Glaube ist mir Trost und Hilfe. Aber es ist der Glaube an die Wesen, die es immer gab. An die vielen Schutzengel, die an unserer Seite stehen. Ich besuche jetzt einmal in der Woche Irene. Ich brauche diese Anbindung an mein göttliches Wesen. Nur so kann ich das Leben, das ich führe, ertragen. Mein gesellschaftliches Kleid gibt es nicht mehr. Vor Lilly Baldini, der angesehenen Journalistin, die kritische Reportagen schreibt, steht Lilly Baldini, die Frau des Häftlings, und deckt die andere zu. Vollständig. Ich kann kein Interview mehr führen, ohne dass die Frage auftaucht, wie es meinem Mann geht. Ich kann kein Glas Wein bei Oswald & Kalb *trinken, ohne dass Kollegen mich fragen, ob ich ihnen ein Interview geben will und wie es der Frau des Angeklagten geht. Fernsehkameras und Fotografen streifen auf Pressekonferenzen wie zufällig mein Gesicht. Man kann nie wissen, wann man es für die Schlagzeile „Baldini in Kiel verurteilt“ braucht.*

Ich fürchte mich vor den Osterfeiertagen. Alles, was mit Ritualen verbunden ist, weckt Erinnerungen in mir, die ich schlecht ertragen kann. Oskar sitzt immer bei uns am Tisch. Ich engagiere mich, so gut ich kann. Aber es gibt kein Lachen mehr, das bis in die tiefste Schicht echt ist. Über unserem Leben liegt das Entsetzen, dass wir nicht wissen, ob er jemals wiederkommt.

Die Redaktion ist mein Trost. Wenn ich arbeite, vergesse ich für einen Moment, wer ich in meinem Privatleben bin. Dann tauche ich ein in die Geschichten anderer. Ich interviewe Menschen, die in Gletscherspalten gefallen sind und überlebt haben, ich frage Extrembergsteiger, ob man sich Gott auf dem Gipfel näher fühlt, und warte auf Weltumsegler an ihrem Zielhafen. Fremde Emotionen sind mir lieber als meine eigenen.

Ralf beobachtete Lilly und machte sich Sorgen um sie. Sie hatte sich in die Serie „Extreme Gefühle“ so stark hineinfallen lassen, als ob es nichts Wichtigeres auf der Welt gäbe. Außer Oskar und die Kinder natürlich. Sie arbeitete an allen Fronten bis zur Erschöpfung, und wenn er sie darauf hinwies, sagte sie nur: „Ich muss mich ablenken. Ich ertrage dieses Leben sonst nicht.“

Einmal im Monat besuchte sie Oskar. Er begann, sich im Gefängnis einzuleben, und erzählte ihr von seinem neuen Freund, dem Philosophen, der im Supermarkt betrunken eine Flasche Gin gestohlen hatte. Der würde auch einige Zeit im Knast bleiben. Er hatte ein Taschenmesser bei sich gehabt und die Tat wurde daher als Raub gewertet, weil er bewaffnet war.

Wenn Oskar von seinem Alltag sprach, dem Sport im Hof, wo er seine Runden joggte, dem Feierabend um siebzehn Uhr, wo alle wieder in ihren Zellen saßen und mit ihren Gedanken alleine waren, dann klang es so, als ob er als Gast in einem Kurhotel den Ablauf beobachtete, dem er sich für eine Weile unterordnete. „Manche Menschen gehen in Klöster, um die Stille zu finden. Ich habe mir eben ein Gefängnis ausgesucht“, sagte er, und Lilly wollte es glauben.

Wenn sie das Gefängnis verließ, ging sie zu Hilde und fuhr anschließend an die Kieler Außenförde. Auch sie hatte ihren Alltag in Kiel gefunden und bereitete schon die Sommerferien mit den Kindern vor.

10. Kapitel

Das Wohnmobil war zehn Jahre alt und roch leicht nach Chemietoilette. Lilly sah den Kindern zu, wie sie aufgeregt ihre Sachen in den verschließbaren Regalen über dem hinteren Bett verstauten, und überlegte, ob sie alles eingepackt hatte für ihre große Reise nach Kiel. Auf dem Tisch gegenüber der kleinen Küche stapelten sich Spaghettipackungen, Tomatendosen, Butter, robuste Käsesorten, Kekse mit und ohne Schokoladenüberzug, Essig, Olivenöl, Salz, Pfeffer, abgepacktes Brot, Apfelsaft und Kakao für die Kinder, Kaffee und Weißwein für sie. Die Nomadin war zufrieden. Sie konnten an jedem Waldrand stehen bleiben und waren gut ausgerüstet.

Das Wohnmobil hatte Johannas Eltern gehört. Ihr Vater hatte sich nach seiner Pensionierung den lang gehegten Traum erfüllt, und ihre Mutter, von der man nicht so genau wusste, was sie mehr ablehnte, das Leben „in der kleinen Schachtel", wie sie es nannte, oder die Dauernähe zu ihrem Mann, war nur einmal mitgefahren. Ans Nordkap und zurück. Das hatte ihr für den Rest ihres Lebens gereicht. Seither war Bärli, so hatten Lea und Niklas den behäbigen, cremefarbenen 3,2-Tonner getauft, in einer Gartenecke unter einer Plane gestanden. Er durfte nur noch jeden Sommer vierzehn Tage auf die Reise, wenn Johannas Vater mit seiner Skatrunde auf Urlaub fuhr. Nachdem die Herren nicht kochten auf ihren Gourmettouren durch Frankreich, sah Bärli aus wie neu. Und wenn man davon absah, dass die hellbraun gemusterten Sitzbezüge gnadenlos spießig aussahen, war ihr neues Zuhause richtig gemütlich. Lilly hatte mit Johannas Hilfe, die nähen konnte, die braunen Vorhänge durch pinkfarbene ersetzt, und wenn man genau hinsah, fand sich das kräftige Rosa als kleine Pünktchen in den braunen Überzügen.

Bärli war jetzt ein Mitglied der Familie Baldini. Johannas Eltern hatten ihn günstig verkauft. Sie wären auch bereit gewesen, ihn herzuleihen. Aber der Gedanke an ausgeschüttete Limonade auf dem Sofa, Kratzer auf dem makellosen Boden oder auf der Karosserie hatten Lilly nach Rücksprache mit Oskar zu diesem Schritt bewegt. Von nun an würde Bärli zwar von niemanden mehr ständig innen und außen geputzt, aber dafür gab es eine neue, dankbare Familie und ein neues Leben.

In den ersten Wochen nach dem Kauf hatte Lilly das Auto im 9. Bezirk auf immer neue Parkplätze gefahren, weil es verboten war, ein Wohnmobil länger auf der Straße zu parken. Das hatte zwar den Vorteil, dass sie mit dem Riesending einparken gelernt hatte, war aber auf Dauer zu mühsam. Nach ihrer Reise würde sie Bärli am See beim kleinen Häuschen lassen. Dort konnte er auf seinen nächsten Einsatz warten.

7. Juli 1991
Draußen hinter den dünnen Wänden von Bärli atmet ein Dorf. Seinen Namen habe ich schon wieder vergessen. Es besteht nur aus ein paar Häusern, deren Hausnummern offenbar in der Reihenfolge ihrer Entstehung vergeben wurden. Ein ganz neues, das sich mit seinen Marmorsäulen und den venezianischen Balustraden in dieser Gegend zu groß macht, trägt die Nummer 75. Ich höre Hunde bellen und drei Betrunkene redselig nach Hause gehen. Meinen Plan, an dem Platz am See in der Nähe der Weser Station zu machen, habe ich wieder aufgegeben. Es ist anstrengend, mit Bärli zu fahren. Ich bin es nicht gewöhnt, einen 3,2-Tonner zu lenken, und jeder Umweg ist mir im Augenblick zu viel. Das Dorf liegt nur eine Viertelstunde von der A7 entfernt und verdankt seine Auswahl als Schlafplatz einer besonderen Attraktion: Das einzige Wirtshaus im Ort nennt sich Schnitzelparadies und der volle Parkplatz versprach gute Qualität oder besonders große Portionen. Das zweite war der Fall.

Ich höre Lea und Niklas leise atmen und meine Sorge liegt gemeinsam mit dem Schnitzel wie ein schweres Paket in meinem Magen. Morgen wird unsere Reise in Kiel auf einem Camping-

platz an der Außenförde enden, und dann trennen uns nur noch ein paar Kilometer von ihrem Vater. Ich werde mit ihnen in das Haus gehen, in dem er als Gefangener lebt, und seinen überwältigenden Schmerz spüren, dass er von seinen Kindern so lange getrennt war. Er wird seine Kieferknochen anspannen, um nicht zu weinen, und sie werden versuchen, fröhlich zu sein. In seiner Zelle sind die Wände voll mit Bildern, die sie in den letzten Monaten für ihn gemalt haben. Es sind Zeichnungen, auf denen wir eine glückliche Familie sind. Auf der letzten, die wir ihm geschickt haben, stehen wir zu viert vor unserem Wohnmobil, und der Gartenzwerg, den uns Ella geschenkt hat, ist auf ihrem Gemeinschaftsbild genauso groß wie sie selbst.

Ich habe mich in den letzten Monaten bemüht, Lea und Niklas so etwas wie ein normales Leben zu bieten. Wir haben viel gelacht, jedes Wochenende Ausflüge gemacht und unsere Großfamilie noch mehr gepflegt. Ralf, Johanna und ihre Kinder mit Rudi sowie Ella und meine Mutter haben uns dabei unterstützt, die Lücke, die Oskar hinterlässt, nicht noch stärker zu spüren. Früher, als das Leben auch nicht einfach war, konnten wir ihn an seinen Fluchtorten besuchen und für kurze Zeit so tun, als ob wir eine normale Familie wären.

Ein Campingplatz mit Dauercampern ist ein eigenes Universum und die Bewohner haben ihre festen Plätze und Gewohnheiten. Sie leben monatelang hier und lassen sich von Wind, Wetter und Kälte nicht davon abhalten, ihr Sommerquartier zu beziehen. Sie sind mit Heizungen, Vorzelten mit fest eingebauter Küche, kleinen Gärten mit ganzen Gartenzwergfamilien samt Verwandtschaft und eigenen Wasseranschlüssen ausgestattet. Wenn dann viel später die Touristen für zwei oder drei Wochen auf Urlaub kommen, werden sie auf der einen Seite als unnötige Belästigung und auf der anderen Seite als willkommene Abwechslung mit hohem Unterhaltungswert gehandelt.

Lilly sorgte in ihren ersten Minuten auf Ellernbrook für Letzteres. Es regnete, wie es hier im Norden schon die letzten Tage geregnet hatte. Der Weg zu ihrem Platz mit Blick auf die Kieler

Förde, den sie schon im März gebucht hatte, war matschig. Als die Räder von Bärli durchdrehten und im Schlamm stecken blieben, versammelte sich die gesamte Campinggemeinde und versorgte sie mit Spott und guten Ratschlägen. Ein junger Mann, der sich als Gori vorstellte, zog sie schließlich mit dem Trecker aus dem Schlammloch. Von da an gehörten Lilly und ihre Kinder dazu und erfuhren auch noch die Namen von mindestens zehn weiteren Dorfbewohnern.

Zwei davon lernte Lilly schon am nächsten Tag näher kennen. Als alles ausgepackt war und die Zeit näher rückte, mit dem Bus nach Kiel zu ihrem Vater zu fahren, versteckte sich Niklas auf dem Hochbett über dem Fahrerhaus und wollte nicht mit. Kein Flehen, kein Schimpfen, keine Versprechungen, nachher einen Spielzeugladen zu plündern, konnten seine Meinung ändern. Lilly kannte das von ihm. Er umging schwierige Gefühle, so gut er konnte, und weigerte sich konsequent an etwas teilzunehmen, was ihn dorthin bringen könnte.

Die Wände sind dünn in einem Wohnmobil und die Nachbarn nahe. Lilly war schweißgebadet und spürte, dass sie kurz davor war, in Tränen auszubrechen, als es an die Tür klopfte. Ricki, ihre Nachbarin aus der nächsten Reihe, stand da, mit einem Teller in der Hand: „So, mein Junge“, sagte sie zu dem verblüfften Niklas, der sofort aufhörte zu weinen. „Du kommst jetzt da runter, isst bei mir einen süßen Grießbrei, und wenn deine Mama es erlaubt, kannst du mit Ludwig zum Bolzplatz gehen.“ Ludwig war ihr Mann und stand ebenfalls schon in der Tür.

Dann nahm diese fremde Frau, die einen Kopf kleiner war als sie, Lilly einfach in den Arm und sagte mit ruhiger Stimme: „Fahren Sie mal ruhig ohne den Jungen, ich pass’ schon auf ihn auf.“

Lea war eine Erwachsene im Körper eines Kindes. Lilly spürte ihre kleine Hand in ihrer großen warm und ruhig, als sie an der Haltestelle vor dem Campingplatz auf den Bus nach Kiel warteten. Vielleicht war es gut, wenn Oskar seine Tochter und seinen Sohn nacheinander sehen konnte. Der Gedanke war noch kaum zu Ende gedacht, als sie sich dessen bewusst wurde, dass sie immer zuerst an Oskar dachte. Und was war mit Lea? War es gut für sie, dass sich die ganze Wucht der Begegnung nach so vielen Monaten auf sie alleine konzentrierte? Der rote Autobus, der um diese Zeit fast leer war und genau vor ihren Füßen stehen blieb, enthob sie einer Antwort.

8. Juli 1991
Lea klammert sich an meine Hand, als sie das rote Backsteingebäude mit den vergitterten Fenstern sieht. Jetzt bin ich Mutter und sie ganz Kind. Ich bete zu den Wesen, dass sie mein kleines Mädchen in einen Schutzmantel hüllen sollen, und spüre, dass mein Gebet auch mich stärkt. Sie kennt die Rituale, die uns erwarten, ich habe ihr vorher alles genau erzählt. Pässe abgeben, Tasche ins Schließfach sperren, mit anderen Frauen und Kindern warten. Lea hält das Geld, mit dem sie ihrem Papa aus dem Automaten Süßigkeiten kaufen wird, wie einen Talisman fest umklammert.

Neben ihr sitzt ein Mädchen in ihrem Alter. „Wie lange muss dein Papa hierbleiben?", fragt es und bekommt von seiner Mutter eine Rüge dafür. Lea schaut mich hilflos an, und ich antworte für sie: „Das wissen wir noch nicht genau." Das Mädchen nickt altklug. „Ja, das war bei uns am Anfang auch so. Aber jetzt habe ich einen Kalender zu Hause, da kann ich die Tage zählen. Es sind nur noch 621."

Ich bin froh, dass unser Besuch im großen Saal stattfindet. Er heißt Allzweckraum, und wenn wir weg sind, spielen die Häftlinge hier Tischtennis, und am Sonntag wird eine Messe gelesen. Wir setzen uns an einen der kleinen Tische und schauen uns die anderen Besucher an, während wir auf „unseren Gefangenen" warten. Männer in Jogginghosen, die Oberarme meist nackt, viele von ihnen mit beeindruckenden Tätowierungen. Frauennamen, Schiffe, Ornamente, rote Herzen. In einer Ecke spielen Kinder, denen man ansieht, dass sie diesen Alltag gewöhnt sind. Frauen, die ihre ferne oder nahe Beziehung durch Körperhaltung und Gesichtsausdruck sichtbar machen, werfen uns verständnisvolle Blicke zu. Ich bin zum ersten Mal hier und spüre meine

Erleichterung. Es ist so, als ob die anderen Menschen uns ein Stück mittragen. Wir sind eine Gemeinschaft, die ein besonderes Schicksal teilt.

An einem Tisch an der Stirnseite des Raumes sitzen drei Beamte und beobachten das Geschehen. Dann öffnet sich endlich die Tür an ihrer linken Seite. Oskar, mit einer Stofftasche in der Hand, tritt heraus und sieht sich suchend um. Lea springt auf und ruft laut: „Papa, Papa, Papa!“ Dann läuft sie durch den großen Raum auf ihn zu und fliegt in seine Arme. Ich bleibe sitzen und spüre mehr, als ich es sehe, das Beben in Oskars Körper. Ich weiß, dass er jetzt weint und dass Lea versucht, ihre Tränen zu schlucken.

Es war einfach, auf Ellernbrook glücklich zu sein. Das Leben bestand aus einer Aneinanderreihung von kleinen Pflichten und Ereignissen, die sich zu einem Tag fügten, dem der Besuch von Gemeinschaftsduschen und Gemeinschaftsabwaschplätzen eine gewisse Struktur gab. Man frühstückte, wenn es rundum laut wurde und die „Moin, Moin, Moin!“ nicht mehr zu ignorieren waren, man aß zu Mittag, wenn es überall nach Essen duftete, man trank Kaffee mit Blick aufs Meer, wenn die Colorline gegen sechzehn Uhr vorüberfuhr. So wie alle.

Es war eine beruhigende Normalität und Lilly genoss die Einfachheit ihres Lebens. Lea und Niklas waren ständig am Strand und auf dem Fußballplatz, der hier Bolzplatz hieß, und hatten wie alle Kinder auf dem Campingplatz Drachen, die sie um die Wette steigen ließen. Wenn Langeweile aufkam, radelten sie in einen der nahen Küstenorte und legten sich zu den anderen Touristen an einen „fremden“ Strand. Am Abend gab es Strohballensingen in Stein, dem nächsten Ort an der Steilküste. Da wurden Seemannslieder gesungen und in großen Trögen Brotteig bereitgestellt, den die Kinder an Stäben über dem Lagerfeuer brieten.

Nach einer Woche kam Ella zu Besuch und war hingerissen von den Gartenzwergkolonien und der Aussicht auf die Kieler Förde. Urlaub pur.

Dieses Leben fand jeden zweiten Tag statt.

An den Tagen dazwischen vertauschte Lilly ihre Shorts und ihr T-Shirt gegen seriöse Stadtkleidung und fuhr mit oder ohne Kinder in die Justizvollzugsanstalt. Niklas hatte sich inzwischen ohne großen Kommentar damit abgefunden, dass sein Papa immer wieder hinter Gitterstäben verschwand, und kam nicht jedes Mal, aber doch immer wieder mit. Lea fühlte sich am Anfang noch verpflichtet, ihre Mutter zu begleiten, aber nach vierzehn Tagen war auch bei ihr die Routine eingekehrt, und sie blieb an besonders schönen Tagen zu Hause.

Oskar genoss den engen Kontakt zu seiner Familie und lebte auf. Er wurde bei jedem Besuch entspannter und hielt die täglich neue Trennung sichtlich immer besser aus. Hilde blieb weiter Lillys Stütze. Sie kam oft zum Campingplatz, lieh ihr das Auto, wenn sie es nicht brauchte, und versuchte manchmal, die Kinder zu erziehen, was nur mäßig gut glückte. Lea und Niklas waren so unbeschwert wie schon lange nicht mehr und hielten sich gerade noch an die Regeln ihrer Mutter: „Ihr dürft alles tun, was nicht gefährlich ist oder mir furchtbar auf die Nerven geht."

Dann kam der Tag, an dem das Familienleben auf Raten wieder zu Ende war. Lilly verschenkte ein paar Lebensmittel, die sie auf der Reise nicht mehr brauchte, und packte die Sachen ein. Sie versprach ihren neuen Campingplatzfreunden, im nächsten Jahr wiederzukommen, buchte ihren Platz in der ersten Reihe und fuhr mit den Kindern und Bärli vor die Justizvollzugsanstalt. Der Stein im Magen war wieder da. Abschied. Niklas hatte sich vorsorglich schon im Hochbett versteckt und Lilly machte gar keinen Versuch, ihm einzureden, dass er mitkommen sollte. Es war besser für ihn und seinen Vater. Lea setzte wie immer ihr tapferes Gesicht auf. Es war eine Mischung aus ernster Miene und bemühtem Lächeln, und als sie ein letztes Mal in dem Warteraum saßen, diesmal allein, weil sie außerhalb der vorgegebenen Besuchszeit kommen durften, sagte sie: „Mama, bist du sicher, dass der Papa hier wieder herausdarf?"

Lilly schluckte und sagte mit sicherer Stimme, obwohl ihr Inneres vor Unsicherheit bebte: „Natürlich, Lea.“

Oskar sah gut aus. Er trug eine schwarze, elegante Hose und ein weißes Hemd und hatte sich die Haare frisch gewaschen. In seiner Stofftasche, die so wie früher seine Aktentasche zu ihm gehörte, brachte er Kuchen, den er selber gebacken hatte, und kleine Geschenke mit. Lea steckte den Schlüsselanhänger mit dem Delfin, den Lilly in den letzten Tagen besorgt hatte, vorsichtig ein. Er war ein Kleinod. Etwas, was sie jetzt von ihrem Papa mit nach Hause nehmen konnte.

Niemand berührte das Thema Abschied. Oskar, weil er es sich nicht vorstellen wollte, und Lilly, weil sie darunter litt, dass sie in ein Leben zurückging, in dem es einen freien Himmel und offene Türen gab, während ihr Mann hierbleiben musste.

Aus diesem ersten Besuch wurden mit den Jahren viele. Es gab ein Leben in Wien und ein Leben in Kiel, in dem die Zeit sich verdichtete und zwei Monate Begegnung für ein ganzes Jahr reichen musste. Zumindest für die Kinder. Lilly nahm sie zu Kurzbesuchen nach wie vor nicht mit. Es war zu teuer und vor allem für Oskar emotional zu belastend.

Auf dem Campingplatz wusste offiziell niemand Bescheid über Lillys Doppelleben. Jedenfalls sprachen sie mit ihr nicht darüber. Sie war durch ihre häufigen Besuche fast schon ein Mitglied der Dauercampergemeinde geworden und wurde jedes Jahr aufs Neue mit großem Hallo empfangen. Niemand fragte sie nach einem Mann. Es gab so viele alleinerziehende Mütter, man rührte nicht in Wunden, von denen man nicht wusste, ob sie schon verheilt waren.

Bis zu dem Tag, als ein Fernsehsender Wind davon bekommen hatte, dass die „Frau des Angeklagten“ sich hier versteckte. Sie fuhren mit ihrem großen Sendewagen bis zu der Schranke, die Herr Klint, der Besitzer der Anlage, nicht bereit war zu öffnen, ohne Lilly zu fragen.

Er kam mit seinen ruhigen, langsamen Bewegungen auf Lilly zu, die gerade in der Sonne saß und Zeitung las: „Da steht ein

Fernsehteam am Eingang und will zu Ihnen. Soll ich die reinlassen?“

Lilly sprang so heftig auf, dass ihr Campingstuhl umkippte, und schrie: „Nein, um Gottes willen, halten Sie mir die Leute vom Hals. Ich erkläre es Ihnen später!“

Dann setzte sie sich mit den Kindern auf ihre Fahrräder und fuhr nach Marina Wendtorf. Das war weit genug weg.

21. August 1995
Unser Platz hat seine Unschuld verloren. Sie haben uns entdeckt und jetzt wissen zumindest alle Dauercamper, wer wir sind. Herr Klint ist diskret, aber ein Fernsehwagen vor der Tür ist wie ein Elefant im Porzellanladen. Selbst wenn man ihn aufhalten kann, fällt er auf.

Wir sind vor dem Fernsehteam geflüchtet, aber ich bin Journalistin. Ich weiß, dass es nicht vorbei ist. Am nächsten Tag streunt eine junge Frau durch den Campingplatz. Sie trägt ein viel zu schönes Sommerkleid, zur Tarnung eine Badetasche in der Hand und benimmt sich so unauffällig, dass sie auffällt. Hier hat jeder, der über den Platz geht, etwas zu tun. Töpfe schrubben, aufs Klo gehen, Wasser holen, die Nachbarn zum Kaffee besuchen. Wer einfach so herumschlendert, macht sich verdächtig. Es dauert nicht lange, bis sie mich findet. Ich will nicht mehr flüchten, ich will mich mit der Kollegin auseinandersetzen.

„Haben Sie Kinder?“, frage ich sie. Als sie den Kopf schüttelt, sage ich: „Wissen Sie, wie das ist, wenn das eigene Kind am Abend in Millionen Wohnzimmern zu Besuch ist? Wenn es plötzlich keine Spielkameraden mehr hat, weil alle wissen, dass sein Vater im Gefängnis sitzt? Wenn hinter seinem Rücken getuschelt wird und seine Kinderseele verletzt wird, weil es Ablehnung für etwas erfährt, wofür es nichts kann? Ich habe mich daran gewöhnt. Ich kann mich davor schützen. Aber meine Kinder nicht.“

Ich greife mit einer schnellen Bewegung in ihre Badetasche und ziehe die Kamera heraus, die darin versteckt ist. „Ich erlaube Ihnen nicht, dass Sie uns fotografieren und Bilder in Ihrem Fernsehbericht zeigen. Bitte gehen Sie.“

Ich zittere am ganzen Körper. Wir, die wir die Zeitungen und die Bildschirme füllen müssen, dringen ständig in fremde Menschenleben ein. Mit und ohne Erlaubnis.

Das Gerichtsverfahren läuft längst und ich kann es nicht verhindern, dass vor dem Gericht die Fotografen auf mich warten. Im Gerichtssaal darf nicht fotografiert werden. Es spielt keine Rolle. Eine Tageszeitung hat einen Zeichner engagiert, der gestochen scharfe Bilder der Verhandlung abliefert. Jede Geste, jeder kleine und größere Skandal, weil ein Zeuge ungehalten ist, wird den Lesern gezeigt. Sie haben das Recht, dabei zu sein.

Am Abend wasche ich mir den Schmutz, den ich höre, im Meer ab. Es gibt nichts, was ich durch meinen Filter sickern lasse. Oskar wird frei sein. Alles andere interessiert mich nicht. Ich klammere mich an jede Zeugenaussage, die ihn entlastet, und radiere aus meinem Gedächtnis alle anderen aus.

Wenn man sich in einer Katastrophe gut einrichtet, kann das Leben richtig schön sein. Es gab eine Welt, in der Oskar mit ungewissem Ausgang im Gefängnis saß, und eine andere, in der Lilly mit ihren gemeinsamen Kindern versuchte, das Beste daraus zu machen.

Die Jahre und die Bilder unterschieden sich nur noch wenig. Die Erinnerung an ihren Vater wurde für Lea und Niklas mit großem Engagement wachgehalten. Dafür sorgte Lilly durch ihre jährlichen Besuche auf dem Campingplatz. Es wurden immer mehr Abenteuerreisen daraus, die sie an einsame Seen in Mecklenburg, in kleine Dörfer in Ostdeutschland, an schöne Flüsse irgendwo brachten. Es gab Lagerfeuer, gebratene Würste und Kartoffeln in Folie, Besuche von Ella und Johanna, samt Kindern, die dann mitreisten.

„Mama“, sagte Lea in einer sternenklaren Nacht, als sie an einem Weiher Halt gemacht hatten und in Decken gehüllt zu dritt um ihr kleines Feuer saßen. „Die anderen Kinder haben so etwas nicht. Die müssen ihre Ferien ganz normal verbringen.“

Dann kuschelte sie sich glücklich an ihre Mutter und machte diesen speziellen Mund, den sie als Baby schon hatte, wenn sie sehr zufrieden war.

Niklas sah es pragmatischer: „Und weißt du, Lea, dass die anderen Kinder alle nicht so oft Schule schwänzen dürfen wie wir?"

Lilly wusste, dass er von einem Ohr zum anderen grinste, auch wenn sie es nicht sehen konnte. Es war alles gut. Selbst wenn vieles nicht gut war. Lilly hatte sich in ihrem paradoxen Leben eingerichtet, und wenn man sie gefragt hätte, ob sie glücklich war, hätte sie mit Ja geantwortet. Oder doch nicht. Weil es niemand verstanden hätte.

Alles fing mit den beiden Gartenzwergen an. Sie waren ein Paar und nur zehn Zentimeter hoch. Sie lachten Lilly in dem kleinen Geschenkladen in Mellau an, in dem sie für ihre Mutter, bei der Lea und Niklas die letzten Tage der Sommerferien verbrachten, ein kleines Mitbringsel kaufen wollte. Sie war einen Tag früher aus Wien weggefahren und wollte ihre Familie überraschen. Sie stellte sich die drei vor, wie sie sich freuten und einen vierten Teller auf den Tisch stellten.

Und dann kam alles anders. Sie hielt die beiden Zwerge in der Hand und sah plötzlich ein anderes Paar: Oskar und Lilly. Sie bezahlte die Zwerge, obwohl sie noch immer kein Geschenk für ihre Mutter hatte. Dann verließ sie wie in Trance das Geschäft, setzte sich ins Auto und fuhr weiter. Sie musste allein sein und über ihre Beziehung nachdenken.

Lilly verließ Mellau und folgte der Bregenzer Ache, die sie in immer wildere Landschaften begleitete. Sie kannte ihr Ziel. Es gab zwischen Au und Damüls auf der rechten Seite eine Forststraße, die auf die Hinterseite der Kanisfluh führte. Aus Sicht der Mellauer. Die Kanisfluh gehörte vielen und für die Bewohner von Au war es die Vorderseite. Der Weg, der sie in immer unberührteres Gelände führte, war so schmal, dass sie Angst hatte, einem Einheimischen im obligaten Jeep zu begegnen. Sie fuhren, so wie Ella, sicher und gleichzeitig so schnell, dass Lilly bei jeder

Kurve ihre Schutzengel bemühte. Ihre Sorge war unbegründet. Es war schon Abend, die Jäger und Bergsteiger waren Frühaufsteher und heute nicht mehr unterwegs. Im Tal gingen die ersten Lichter an und sie schaute von ihrem Lieblingsaussichtspunkt in einer der vielen Kurven noch einmal auf die gezähmte Landschaft mit den adretten Häusern und der asphaltierten Straße hinunter.

Der *Berggasthof Edelweiß* stand da wie immer. Inmitten dieser verzauberten Landschaft aus sattgrünen Wiesen, in denen moosbewachsene Felsbrocken lagen und deren Erscheinungsbild die Kühe und die Geißen bestimmten. Sie fraßen, wie sie wollten, und ließen hier ein paar Gräser stehen und dort ein paar Pflanzen weiterwuchern. Als ob sie sich freuten, dass Lilly wieder einmal hier war, bimmelten sie ihr ein Willkommen entgegen, und die Geißen überquerten genau in dem Augenblick die Straße, als sie vorbeifahren wollte. Hier war sie oft als Kind gewesen und hatte nach dem Abstieg von der Kanisfluh als Belohnung ein Glas Limonade und ein Brot mit Geißkäse bekommen. Wenn sie jetzt, als Erwachsene, mit Ella hierherkam, tranken sie hier nur Kaffee. Sie liebten ihr Picknick an einer geschützten Stelle ein paar Meter rechts vom Gipfelkreuz und fütterten lieber mit den Resten die Bergdohlen, die knapp über ihren Köpfen segelten.

Lilly parkte ihr Auto und sah, dass drei Männer in weißen Schürzen sie aus der Küche, die auf den Parkplatz hinausging, anstarrten. Sie lachte, schaute an sich hinunter auf ihr kleines Stadtkostümchen und ihre Ballerinas, und zuckte mit den Schultern. Hier trug man Kniehosen, Wanderschuhe und Wollstrümpfe.

Ein Zimmer gaben sie ihr trotzdem, auch wenn die Wirtin sich über ihren Aufzug wunderte. Im Auto hatte Lilly alles, was sie für die Berge brauchte. Aber das kam später. Jetzt wollte sie einfach nur unter dem vorspringenden Dach an einem der langen Holztische sitzen, ein Glas Wein trinken und zu sich kommen. Die anderen Gäste saßen schon in der Stube und waren beim Dessert. Sie konnte sie im Vorübergehen sehen. Satt und zufrieden gönnten sie sich nach ihren Wanderungen die wohlverdiente

Entspannung. Eine junge Frau lief einem kleinen Kind nach, das auf den Gang herausgewackelt kam und sie anstrahlte. Lilly bückte sich zu ihm hinunter. Es war wohl kaum mehr als ein Jahr alt und trug kleine Filzpantoffeln, die sie an ihre eigene Kindheit erinnerten. Ihre Oma hatte ihr jedes Jahr zum Geburtstag ein neues Paar geschenkt und sie dafür gelobt, dass ihre Füße so schön wuchsen. Sie bückte sich und streckte dem Mädchen mit dem blonden Haarflaum und den blauen Augen die Hand hin.

„Sie heißt Lilly", sagte die Mutter freundlich, und plötzlich kamen der erwachsenen Lilly die Tränen.

Sie war noch nie, mit Ausnahme der Ziege in Ägypten, einer anderen Lilly begegnet und spürte Trauer über das, was aus ihr geworden war in den vielen Jahren seit ihrer eigenen Kindheit.

Es dauerte eine Weile, bis es in ihr ruhig wurde. Sie saß vor dem Haus und sah dem Nebel zu, der sich langsam über die Wiesen senkte und den Kühen signalisierte, dass es Zeit war, zu Bett zu gehen. Sie hörten auf zu grasen und legten sich mit einem letzten Abschiedsbimmeln auf die Wiese in der Nähe des Gasthofes.

Als es feucht wurde auf der Bank an der Hauswand, übersiedelte Lilly in die Gaststube. An einem der Tische saßen wettergegerbte Jäger. Wortfetzen in breitem Bregenzerwälderisch wehten herüber: „D Bärohöhle ue, be do felso dumma, a Gôß gschosso."* Noch hatte sie eine Schonfrist. Sie musste nicht sofort über ihre Beziehung nachdenken. Sie würde zuerst eine Käsesuppe essen und sich dann noch mit einem Zirbenschnaps Mut antrinken. Die Jäger luden sie an ihren Tisch ein. Sie waren es gewöhnt, zu Touristen freundlich zu sein. Lilly lehnte dankend ab und ging nach dem Essen auf die dunkle Terrasse hinaus.

Oskar war seit mehr als sechs Jahren in Haft und seit Juni diesen Jahres rechtskräftig zu einer Strafe von insgesamt vierzehn Jahren verurteilt worden. Ralf hatte ihr das vollständige Urteil, hundertsiebenundsiebzig Seiten, das er sich, weiß Gott wo, beschafft hatte, gestern auf den Tisch in der Redaktion ge-

---

* Die Bärenhöhle hinauf, bei den Felsen oben eine Geiß geschossen.

legt. Dann hatte er sich gesetzt und mit seiner unnachahmlichen Geste ein Bein über das andere geschlagen. Ein sicheres Zeichen dafür, dass er den Plan hatte, etwas Wichtiges zu sagen.

„Es wird Zeit, dass du dir Klarheit verschaffst, Lilly. Du kannst nicht ewig in deiner Welt leben. Mach die Augen auf und überleg dir, was du für ein Leben willst. Es dauert noch viele Jahre, bis Oskar frei sein wird."

Das Urteil lag noch immer in einem dicken Ordner in ihrem Kofferraum. Lilly war oft genug im Gerichtssaal in Kiel gewesen und hatte vieles davon gehört. Aber sie hatte ihren Spezialfilter, der ihr erlaubte, eigene Kategorien zu erschaffen: Die Zeugen waren unglaubwürdig, der Staatsanwalt polemisch, der Richter ungerecht und die Schöffen von den Medien unzulässig beeinflusst. Oskar war das Opfer einer riesengroßen Verschwörung und saß zu Unrecht im Gefängnis. Das glaubten auch ihre Kinder, und es war bisher gut so für Lilly gewesen. Es war ihre gewohnte Spur. Seit vielen Jahren. Aber war es wirklich noch immer ihre Spur?

Sie ging auf ihr gemütliches Zimmer, setzte sich, noch immer bekleidet, auf ihr Bett, lehnte sich mit dem Rücken an der Holztäfelung an und holte ihr Tagebuch heraus.

3. September 1997
Ich bin die routinierte Frau eines Verurteilten. Das Gefängnis ist ein Ort geworden wie das Café um die Ecke. Ich kann hingehen, ohne dass sich mein Magen verkrampft, und begegne entspannt Oskar, der dort als „king of knast" lebt, wie Ralf es nennt. Geachtet, geschätzt, von seinen Bewachern immer wieder für Zusatzaufgaben eingesetzt. Er hat sich voll eingelebt, arbeitet als Übersetzer, wenn Häftlinge eingeliefert werden, die nicht Deutsch sprechen, ändert geschickt in der Schneiderei, in der er unter anderem arbeitet, die Lederjacken der Beamten, die zu dick geworden sind, hilft in der Bibliothek aus, tröstet die Verzweifelten und hält sich mit Joggen im Hof fit.

Und was ist aus unserer Liebe geworden? Ich funktioniere und stelle nichts infrage. Weder seine Unschuld noch meine Abwesen-

heit als Frau. Meine Leidenschaft für ihn ist eingetrocknet wie ein Brunnen, um den sich niemand kümmert. Das, was Leiden schafft, hat sich mit den Jahren über alles gelegt, was ich früher empfunden habe. Liebe ich Oskar noch? Ich habe mir diese Frage jahrelang nicht mehr gestellt. Sie ist nicht zulässig, wenn dein Mann im Gefängnis sitzt.

Was ich sicher weiß: Es ist lange her, dass ich mit ihm glücklich war. Und was davon war echtes Glück und was davon war Unglück, das uns zusammengeschmiedet hat? Ich bin nicht mehr die Lilly, die naiv in eine Hochzeit gestolpert ist, mit einem Mann, der für mich, ohne dass ich es wusste, ein besserer Vater hätte sein sollen und stattdessen ein untreuer Ehemann wurde. Ich bin achtundvierzig Jahre alt und wahrscheinlich ist mindestens die Hälfte meines Lebens vorbei. Angefüllt mit Dramen, Einsamkeit und Überlastung.

Und wofür? Für Oskar, der, wenn er wegen guter Führung früher entlassen wird, in ein paar Jahren wieder nach Hause kommt. Und dann? Dann würde ich verlangen, dass ich es für den Rest meines Lebens gut mit ihm hätte. Dann würde ich fordern, dass er mein leeres Liebeskonto wieder füllt. Und er? Er wird einen Nachholbedarf von vielen Jahren haben. Er wird sein Leben genießen wollen und endlich zärtlich umsorgt werden. Von wem? Von mir?

Ich stelle mir diese Fragen zum ersten Mal. Und weil Oskar weit weg hinter dicken Mauern sitzt und sich gegen meine Gedanken nicht wehren kann, habe ich sofort ein schlechtes Gewissen. Ich bin seine Frau und ich habe ihm versprochen, in guten und in schlechten Zeiten an seiner Seite zu sein. Und er? Wann war er an meiner Seite? Die Waage neigt sich auf meine Seite. Ich habe so viel in diese Beziehung investiert, dass ich jetzt leer bin.

Ist das der Kuchenesser, der sich leise über diese Jahre der Entbehrungen angeschlichen und meinen Liebeskuchen aufgegessen hat?

Ich stehe noch einmal auf und gehe in die dunkle Nacht hinaus. Es gibt keine Sterne, die mir den Weg zeigen, der Hochnebel schluckt alles, was sich ihm in den Weg stellt.

Der dicke Ordner in meinem Kofferraum ist ganz kalt von der Bergluft. Ich nehme ihn in die Hand, er wiegt schwer. So viele Jahre meines Lebens hat dieser Fall Esmeralda aufgefressen.

Als Lilly in ihr Zimmer zurückkam, legte sie den Ordner auf das Nachtkästchen aus Holz und setzte sich wieder ins Bett. Sie hatte vor Jahren eine Geschichte über *Die Glücksfalle* geschrieben. Der Autor des gleichnamigen Buches, Russ Harris, schlug im Kapitel „Folge deinem Herzen“ vor, dass wir uns immer wieder selbst fragen sollten, wo wir stehen und was wir wollen. Sie holte ein Blatt Papier und schrieb die Punkte von damals sinngemäß auf. Es war nicht schwer, sich zu erinnern, sie hatte eine Weile lang mindestens einmal im Jahr diese Überprüfung für sich gemacht. Aber das war vor Oskars Zeit.

Was ist tief in deinem Inneren wichtig für dich?

„Die Kinder“, schrieb Lilly und wunderte sich, dass Oskar nicht dabei war.

Was möchtest du für ein Leben führen?

„Keine Ahnung“, dachte Lilly spontan und erschrak so, dass sie es nicht wagte, den Satz aufzuschreiben.

Was für eine Art von Person möchtest du sein?

„Ich weiß nicht einmal mehr, wer ich jetzt bin“, schrieb sie auf das Blatt und spürte zutiefst, dass er der Wahrheit entsprach.

Welche Art von Beziehungen möchtest du aufbauen?

Auch darüber hatte Lilly schon Jahre nicht mehr nachgedacht. Sie hatte sich ausschließlich um Oskar und die Kinder gekümmert und war Gott sei Dank von einem Sternenkranz von guten Freunden umgeben. Sie machte ein Fragezeichen und ging zum nächsten Punkt.

Wenn du keine Probleme und Ängste mehr hättest, wofür würdest du deine Energie und deine Zeit verwenden?

Lilly sah eine große, leere Fläche vor sich. „Ich weiß es nicht“, schrieb sie auf ihr Blatt und wusste in dieser Sekunde, dass Ralf recht hatte. Ihr Leben konnte so nicht weitergehen.

Sie ging in die Wirtsstube zurück, in der noch immer die Jäger saßen, inzwischen mit einem jungen Mann, der sich als Bauer vorstellte, dem die Kühe vor der Tür gehörten.

„Was macht eine Frau wie Sie in diesem geistig engen Tal?“, fragte er, ermutigt durch eine neue Runde Zirbenschnaps, die der Wirt gerade gebracht hatte.

„Ich denke über mein Leben nach, und dafür sind diese weiten Berge wunderbar.“

Er nickte bedächtig und schien sich nicht zu wundern.

Lilly sprach leise, als sie mit ihrer Freundin am Telefon, das in der Gaststube stand, redete: „Bitte, kannst du mit mir morgen auf die Kanisfluh gehen, ich muss mein Leben sortieren.“

Ella sagte sofort zu. Es war ein altes Ritual zwischen ihnen. Wenn die Themen, die sie zu besprechen hatten, leicht waren, gingen sie aufs Vorsäß. In schweren Fällen half nur die Kanisfluh. Diese heilige Wächterin, die sich von den Dramen der kleinen, vergänglichen Leben nicht beeindrucken ließ.

Zurück im Zimmer schlüpfte Lilly in ihr Seidennachthemd, putzte sich die Zähne und setzte sich wieder ins Bett.

Sie nahm den dicken Ordner zur Hand und begann zu lesen. Nicht chronologisch. Einfach so, querbeet. Es war, als ob sie einen Vorhang zurückzog und sich etwas zeigte, was schon immer da gewesen war.

Oskar war ein Betrüger. Mindestens.

Er hatte gemeinsam mit Paolo, dessen Mitarbeiter er war, eine angebliche Uranerzaufbereitungsanlage, die in Wirklichkeit keine war, auf ein Schiff geladen.

Das Ziel der Aktion war, so urteilte das Gericht, ein groß angelegter Versicherungsbetrug, für den über Jahre Papiere gefälscht, falsche Zeugenaussagen gemacht, fingierte Käufer erfunden wurden. Was auch immer die Wahrheit dahinter sein mochte. Das Ende der Geschichte war bitter und eine Realität. Das Schiff explodierte im Indischen Ozean, sechs Seeleute starben, und Paolo wurde wegen Mordes zu einer lebenslangen Haftstrafe verurteilt und Oskar wegen Beihilfe zum Mord, weil er laut Gericht die Morde zumindest in Kauf genommen hatte.

Lilly spürte, wie Übelkeit in ihr hochkam. Wieso hatte ihr Mann nie mit ihr geredet? Wieso hatte er ihr Drängen, als sie die Wahrheit wissen wollte, ignoriert? Und warum war sie nicht drangeblieben? Sie schämte sich. Sie hatte sich wie eine Idiotin benommen. Alle Fakten ignoriert.

3. September 1997, nachts
Noch immer derselbe Tag hier auf der Kanisfluh. Aber ein paar Stunden später stehe ich an einer anderen Stelle. Ich akzeptiere jetzt zum ersten Mal, dass Oskar nicht unschuldig ist. Er ist als Mitarbeiter von Paolo zum Betrüger geworden. Und auch zum Mörder? Ich weiß, und dafür lege ich nach wie vor meine Hand ins Feuer, dass Oskar nie in der Lage wäre, einen kaltblütigen Mord zu planen. Er kann dazu niemals Ja gesagt haben. Er ist ein guter Mensch. Das Gericht nimmt an, dass eine Panne passiert sein könnte. Das Schiff, das ursprünglich die Ladung aufnehmen sollte, hatte eine Havarie und war plötzlich nicht mehr einsetzbar. Das Ersatzschiff, die Esmeralda, *war kleiner und die neue Besatzung war in den Betrug nicht eingeweiht. War die Sprengladung, die für ein anderes Schiff berechnet worden war, zu stark? Oder sollten alle absichtlich sterben? Nicht mit einem Ja von Oskar. Und auch nicht mit einem Ja von Paolo, so wie ich ihn kennengelernt habe. Doch der bittere Geschmack in meinem Mund bleibt. Mein Ehrenmann hat eine schmutzige Weste und ich habe die Augen davor zugemacht.*

Plötzlich tauchen die Menschen vor mir auf, die auf der Esmeralda *verletzt wurden oder gestorben sind. Ich war so mit meinem eigenen Schicksal beschäftigt, dass ich nie an sie gedacht habe. Ertrunken oder stundenlang mit blutenden Wunden auf See ausgesetzt. Ich lese die Zeugenaussagen der Überlebenden.*

Ein Bild rückt sich zurecht, ich verlasse meine Selbstgerechtigkeit und finde mein Mitgefühl. Für alle, die an diesem Unglück beteiligt waren. Gleichzeitig bin ich fassungslos, was ich all die Jahre verdrängt habe, und frage mich, wie ich so lange blind sein konnte. Blind, damit ich mich und unsere Kinder schone.

Es war eine schlaflose Nacht, in der ihre neue Erkenntnis schwer wog. Lilly hörte jede Kuh, die den Kopf bewegte und dabei mit ihrer Glocke läutete, sie konnte mitzählen, wie oft die anderen Gäste auf die Toilette gingen, und als die kleine Lilly, die mit ihren Eltern im Nebenzimmer wohnte, kurz weinte, dachte sie an ihre eigenen Kinder. Lea war inzwischen über sechzehn und Niklas hatte im Juni seinen vierzehnten Geburtstag gefeiert. Wie sollte sie ihnen jetzt plötzlich klarmachen, dass der jahrelange Text vom unschuldigen Vater wahrscheinlich falsch gewesen war? Und würden die Tatsachen sie überhaupt interessieren? Musste sie es überhaupt interessieren?

Als es endlich hell wurde, zog sie sich an, setzte sich mit einem Kaffee auf die Terrasse und wartete auf Ella.

Das Ritual der beiden Frauen begann wie immer. Auf der ersten Strecke bis zum Drehkreuz, das die Eingangspforte in das magische Kanisfluhland war, sprachen sie über Kleinigkeiten des Alltags. Im nächsten Abschnitt, der bis zu einem kurzen steilen Stück dauerte, wo ein Seil an einem Baum Aufstiegshilfe leistete, ging es schon um echte Themen. Und dann, als die Almen unter ihnen immer kleiner wurden und sie sich immer mehr den großen, ewigen Felsen näherten, destillierten sich die Gespräche zu ihrer Essenz. Es war ein langsamer Aufstieg mit vielen Pausen, weil sie meistens stehen blieben und einander ansahen, wenn eine Aussage besonders bewegend war, oder wenn das Licht, die Wolken, der Wind oder die Tiere der Berge ihnen eine Nachricht schickten.

Die Kanisfluh ist ein beliebter Berg. An sonnigen Tagen steigen ganze Karawanen von Wanderern den schmalen Weg hinauf. Doch heute hatte der Wind, der sich ständig überlegte, ob er auch den Regen einladen sollte, für unbeständiges Wetter gesorgt, und damit für Ella und Lilly Raum geschaffen. Niemand war zu sehen. Sogar die Steinböcke, die am Morgen noch rund um den Gipfel geäst hatten, waren weg. In diesem heiligen Raum erholte sich Lilly von dem Schmutz, mit dem sie sich in der Nacht selbst beworfen hatte, und wurde langsam still.

„Es geht um unsere Urkraft", sagte Ella. „Darum, dass wir alle Beschränkungen aufheben, die uns davon trennen. Die Urmutter wartet darauf, dass wir endlich unseren Platz einnehmen."

An der Stelle, an der die Nachricht in Lilly ankam, lag ein Stein, der aussah wie die Felsen der Kanisfluh. Sie hob ihn auf, gemeinsam mit einer weißen, kleinen Feder, und ging schweigend bis auf den Gipfel weiter. Ella, die verstand, dass sie allein sein wollte, nahm vorübergehend einen anderen Weg und sammelte Kräuter. Lilly trug den Stein vor sich her und spürte, wie ihre Arme schwer davon wurden. Aber jedes Mal, wenn sie ihn am Wegrand deponieren wollte, gab es keine innere Erlaubnis für die Erleichterung. Als sie ihn endlich am Gipfel ablegte, war sie schweißüberströmt und erschöpft. Das große Metallkreuz bedeutete für Lilly nur, dass sie angekommen war. Als christliches Symbol mochte sie es nicht, weil es das Leid betonte. Als Rückenlehne war es wunderbar. Sie setzte sich und holte ihr Tagebuch heraus.

4. September 1997, auf dem Gipfel der Kanisfluh
Mein Haar hängt mir ins Gesicht. Ich kann kaum etwas sehen und keuche die letzte Viertelstunde unsicher über Geröll und Wurzeln. Ich habe mir in den letzten Jahren viel zu wenig Zeit für mich genommen und bin völlig untrainiert. Und plötzlich verstehe ich es: Das ist mein Leben. Blind, mit einer schweren Bürde, die ich mir selber aufgeladen habe, taumle ich durch mein Leben. Das Einzige, was leicht ist, ist die kleine, weiße Feder.

Hinter mir in meinem Rücken liegt der Nebel. Er hüllt Mellau mit allem, was dazugehört, ein. Meine Kindheit ist auch dabei. Mein Bemühen, es allen recht zu machen, meine Anstrengung, dazuzugehören. Vor mir, auf der Seite des Berges, die Au zugewandt ist, hat der Wind den Nebel vertrieben, weite Almen breiten sich im Sonnenschein aus, und links von mir ist der Sonnenkopf in Licht getaucht. Das ist es, was ich will. Ein lichtvolles, leichtes Leben. Und plötzlich verstehe ich, dass die Entscheidung ganz bei mir liegt.

Ich sehe Ella den Weg heraufkommen. Sie trägt in der Hand Kräuter und Wurzeln mit halb verwelkten Blättern und schaut mich einfach nur still an, als ob sie auf etwas wartet.

Die klare, reine Luft der Kanisfluh hilft mir zu meiner eigenen Klarsicht.

„Ella, ich werde Oskar verlassen", sagt es aus mir heraus, und ich spüre, dass es wahr und richtig ist. „Ich gehe nicht, weil ich noch so viele Jahre auf ihn warten müsste. Auch nicht, weil er vielleicht Dinge getan hat, die schlimm waren. Ich gehe, weil ich meine Urkraft in mir spüre, und für diese Frau, die in mir Raum will, ist er nicht mehr der richtige Mann. Ich habe mich in all diesen Jahren zu einer anderen entwickelt. Ich bin ein Edelstein und Oskar hat mir durch sein Schicksal, an dem ich teilhaben durfte, dabei geholfen, ihn zu schleifen. Es gibt keinen Groll und kein Bedauern. Unsere Wege haben sich für viele Jahre verbunden. Weil es so war und weil es so sein sollte. Und weil nur durch uns beide diese wunderbaren Kinder in die Welt kommen konnten. Mein Weg ist ab heute ein anderer."

Ella nickt, als ob sie es immer schon gewusst hätte. Sie deutet auf ein paar Wanderer, die auf den Gipfel zukommen.

„Lass uns zu unserem geschützten Platz weitergehen."

Dann sitzen wir still auf unseren Rucksäcken. Es gibt nichts zu sagen. Als wir wieder aufstehen, bläst der Wind die letzten Nebelreste weg und Mellau liegt im strahlenden Sonnenlicht. Dort unten im Tal warten Oskars und meine Kinder auf mich.

Erstaunlicherweise hatte sich Lilly in all den Jahren die Naivität bewahrt, zu glauben, dass alles, was sie fühlte, nachhaltig war. Speziell, wenn es sich um erhebende Momente handelte. Sie war sicher, dass diese Qualität, die sie auf dem Gipfel der Kanisfluh gespürt hatte, ihr Flügel verleihen würde. Obwohl die weiße Feder, die sie gefunden hatte, klein und zart war. Als sie mit ihrem Auto ins Tal fuhr, Ella mit ihrem breiten Jeep schützend vor ihr, spürte sie noch in jeder einzelnen Zelle die Nachricht aus ihrem Inneren. Doch je näher sie Mellau kamen, desto kleiner wurde das erhabene Gefühl, und als die bodenständigen Bregenzerwälder Häuser auftauchten, hatte die Sorge über die Konsequenzen ihrer Entscheidung schon ein Zimmer bei ihr bezogen.

Die erste Prüfung war ihre Familie. Sie fühlte sich befangen und in einer Mischung aus Aufbruchstimmung und schlechtem Gewissen ihren Kindern gegenüber wusste sie nicht, was und ob sie etwas sagen sollte. Sie saß mit ihnen bei ihrer Mutter am Tisch und sah sie zum ersten Mal seit Jahren mit anderen Augen. Lea war auf dem Weg zu einer erwachsenen Frau und stand vom Tisch auf, noch ehe der Nachtisch kam – Apfelküchle, von der Oma selbst gebacken. Sie hatte es eilig, weil sie zu einer Party nach Bezau wollte, die ihre beste Bregenzerwälder Freundin gab. Niklas ließ die „Alten" ebenfalls zurück und zog es vor, dem Nachbarn dabei zu helfen, sein Moped zu reparieren.

Es war, als ob der Schleier, der sich hob, auch ihre unmittelbare Umgebung in einem neuen Licht zeigte. So viele Jahre waren die Kinder und sie eine Einheit gewesen. Zusammengeschweißt durch ein schweres Schicksal. Es hatte ein starkes Wir gegeben, das jetzt auf ganz natürliche Weise auseinanderbröckelte. Lilly würde der Fels in der Brandung für Lea und Niklas bleiben. Für sie da sein, wenn sie gebraucht wurde. Und gleichzeitig lösten sich die engen Bande auf fast erschreckende Weise einfach auf.

Lilly ging in die Küche, machte den Abwasch und dachte weiter über ihr Leben nach. Dann trocknete sie sich die Hände ab, wünschte ihrer Mutter eine gute Nacht und zog sich in ihr Zimmer zurück.

4. September 1997
Noch immer dieser eine Tag. Ich wusste nicht, dass so viel in so wenigen Stunden Platz haben kann. Es wird Zeit, dass ich zu mir selber und zu meinem Tagebuch ehrlich bin.

Ich schlafe seit zwei Jahren mit einem anderen Mann. Er ist verheiratet, so wie ich, und lange Zeit war klar, dass wir einfach unsere Defizite auffüllen. Nach Zärtlichkeit, nach Gesprächen, die nichts mit Alltag zu tun haben.

Ich weiß, dass ich Oskar nicht verlasse, weil es den anderen gibt. Ich würde auch gehen, wenn ich allein wäre. Das ist mir wichtig. Niemand anderer außer ich selbst soll etwas mit meiner Entscheidung zu tun haben.

Ich muss frei sein. Und aus meiner Freiheit heraus ist vieles möglich. Verbundensein, Getrenntsein.

Oskar weiß nichts von ihm. Aber ich weiß, dass er es ahnt. Wie sagt man einem Mann, dass man ihn verlässt, während er im Gefängnis sitzt, und dass es dennoch nichts mit einem anderen Mann zu tun hat? Oder doch. Aber auf andere Weise. Und ist es überhaupt möglich, jemanden in so einer Situation zurückzulassen?

Ich stelle mich vor den Spiegel und übe den Satz: „Oskar, ich werde dir immer verbunden bleiben, ich danke dir für die wunderbaren Kinder, aber ich liebe dich nicht mehr und bitte dich um die Scheidung."

Der Satz ist wahr, ich kann ihn gut sagen, aber er passt nicht in das Umfeld. Ich sehe mich, wie ich anschließend vom Tisch im Besucherraum aufstehe und Oskar von einem Beamten zurück in die Zelle geführt wird. Dort wird er allein sein und niemanden haben, der ihn tröstet und an den er denken kann.

Es geht nicht.

Aber was dann?

Soll ich die nächsten Jahre so tun, als ob nichts wäre?

Ihn besuchen und jedes Mal mit einer Lüge den Raum verlassen?

„Ich liebe dich", habe ich zum Abschied immer gesagt. Wenn ich dieses Bekenntnis in Zukunft weglasse, werden alle Alarmglocken bei ihm klingeln.

Wer immer den Satz erfunden hat: „Die Wahrheit macht frei", hat sicher nicht an all jene gedacht, deren persönliche Freiheit durch Gitterstäbe beschränkt ist. Die nicht, so wie wir draußen, für eine Weile ihre Wunden lecken können und sich dann neu orientieren.

Der Alltag deckte alles zu. Das Gute und das Schwierige. Nun ging es um vollständig ausgerüstete Schultaschen, neue Kleider, weil die Kinder aus den alten herausgewachsen waren, Schwierigkeiten in der Redaktion, weil eine Mitarbeiterin gekündigt hatte, und um eine neue Geschichte, deren Recherche sich kompliziert gestaltete. Gott sei Dank. Auf diese Weise schloss sich der Entscheidungsabgrund wie von selbst und Lilly konnte zur Tagesordnung übergehen.

Aber nicht lange. Ihr nächster Besuch bei Oskar war für Mitte September geplant.

Am 14. September, einen Tag vor der Abreise, wurde sie krank. Nicht sehr schwer, aber krank genug, um die Reise nicht antreten zu müssen. Das Fieberthermometer kletterte auf neununddreißig Grad und rechtfertigte es, im Bett zu bleiben.

Als sie Ralf anrief, um sich zu entschuldigen, sagte er nur mitfühlend: „Ist es so schlimm?"

Und beide wussten, dass er nicht die Gliederschmerzen und das Fieber meinte. Es war nicht neu für Lilly, dass sich ihr Körper einschaltete, um ihr aus der Patsche zu helfen. Er hatte ihr schon mehrfach geholfen, mit Ausschlägen und Burn-out aus ihrer Überlastung herauszukommen. Aber dass er für sie da war, wenn sie sich drücken wollte, das war neu. Sie rief Hilde in Kiel an, mit der sie verabredet war, und bat sie um Rat.

„Fürchte dich nicht", sagte sie am Telefon mit einer Stimme, die klarmachte, dass ihr Rat aus einer anderen Ebene kam: „Du hast alles getan, was du tun konntest. Deine Aufgabe ist erfüllt. Eure Wege dürfen und müssen sich trennen. Zögere nicht, die Wahrheit zu sagen. Es wird für dich, aber auch für ihn eine Chance sein. Wenn du bleibst, wird das Wasser in deinem Teich trüb, aber auch in seinem. Du hast ihn getragen und es hat dich viel gekostet. Jetzt muss er selber gehen. Diesen Schritt kannst du ihm nicht ersparen."

20. September 1997
Die Möwen schreien und vermissen die Touristen, von denen sie den ganzen Sommer gefüttert wurden. Ich sitze wieder am Strand der Kieler Außenförde und weiß, dass ich auch von hier Abschied nehme. So viele Jahre hat das Meer mich mit seinem Gesang begleitet.

Ich muss die Bilder aufschreiben, damit sie mich nicht in meinen Träumen besuchen. Sie brauchen einen guten Platz.

Ich stehe ein letztes Mal vor der Justizvollzugsanstalt. Dieses Haus, das mich vor ein paar Jahren wie eine würdige, alte Dame empfangen hat. Ich habe mich an die weißen Gitterstäbe gewöhnt, sie sind ein Symbol für unsere Gesellschaft. Hier werden Menschen, die vom Weg abgekommen sind, verwahrt. Ich denke an die Mutter des jungen Mannes, die eines Tages vor der Tür stand und weinte: „Er ist ein anständiger Junge, der auf die schiefe Bahn gekommen ist. Aber jetzt werden sie ihn endgültig verderben. Und wenn er wieder frei kommt, weiß er alles. Wie man ein Dieb wird und ein Betrüger."

Ich werde hier nie mehr herkommen. Das weiß ich. Nicht, weil ich es nicht will. Ich könnte Oskar auch besuchen, wenn wir geschieden sind. Er wird es nicht wollen. Er ist ein stolzer Mann, der seine Gefühle nicht gern zeigt. Ich würde ihn an etwas erinnern, was für immer verloren ist.

Ich sitze ein letztes Mal im Besucherzimmer, und während ich warte, lasse ich die letzten Jahre Revue passieren. Die Bilder kommen und gehen, und mir rinnen die Tränen herunter.

Oskars erstes Weihnachtsfest im Gefängnis. Ich bitte den Richter, dass er mir erlaubt, im Supermarkt gegenüber mit einem Beamten Delikatessen einzukaufen. Oskar will den Jungs in seiner Abteilung zeigen, wie schön dieses Fest sein kann.

Ich sehe mich, wie ich mit dem vollen Einkaufswagen an der Pforte stehe und mich mit wehem Herzen, weil er ohne mich und die Kinder feiern muss, für seine „Knackis" freue. Er zeigt mir die Menükarten, die er für sie geschrieben hat, bittet mich um Tischdekoration und erzählt mir, dass er mit seinen Kumpels schon Weihnachtslieder übt. Als ich mit einem kleinen Baum aus Holz mit echten, roten Kerzen komme, fällt er mir mit Tränen in den Augen um den Hals. Ich tue alles, damit dieses Weihnachtsfest für ihn so leicht wie möglich wird.

Sommer nach zwei oder drei Jahren Haft. Oskar darf wegen guter Führung einen Ausgang machen. Ein Beamter begleitet ihn zum Campingplatz, auf dem wir wohnen. Seine Bewacher tragen

Shorts und leichte Hemden und sehen aus wie nette Onkel der Kinder. Wir sitzen alle an unserem Campingtisch, trinken Kaffee und essen den guten Kuchen aus der Konditorei Fidler. *Ein idyllischer Urlaubstag am Meer.*

„Jetzt spielen Sie mal mit ihnen", sagt einer der beiden Beamten nach einer Weile zu Oskar. „Aber laufen Sie nicht weg, sonst kommen wir in Schwierigkeiten." Lea und Niklas holen sofort ihren Ball und stürmen an den Strand, Oskar zögert einen Augenblick, dann zieht er sein Hemd aus und läuft ihnen nach. Er dreht sich noch einmal nach mir um und winkt mir zu. Ich registriere seinen weißen Oberkörper, der so lange keine Sonne gesehen hat, und verdränge meine Trauer, als ich das Loch sehe. Sein Brustkorb ist eingefallen, weil sein Herz so verhungert ist.

Die Justizvollzugsbeamten meinen es gut: „Sie können ruhig mitgehen, wir brauchen Sie nicht als Pfand." Dann spielen wir zu viert Ball am Strand. Wie eine glückliche Familie. Die Kinder machen das besser als ich. Sie leben einfach diesen Moment und kosten ihn aus. Papa, Papa, Papa ... Im Sand, im Wasser, im Augenblick.

Wieder eine neue Szene: Oskar vor Gericht. Er trägt sein verschlossenes Gesicht wie eine Maske vor sich her. Nur manchmal, wenn er zu mir herüberschaut, werden seine Augen warm. Sein Kiefer bleibt steif. Er muss sich vieles anhören, was furchtbar klingt, und ich leide mit ihm.

Wenn die Verhandlung zu Ende ist, führen sie ihn hinaus. In seinem schwarzen Anzug mit dem weißen Hemd sieht er noch immer aus wie damals, als wir verliebt waren. Aber sein Haar ist weiß geworden, und ich spüre seine Angst und die Demütigung.

Meine inneren Bilder werden unterbrochen. Der Beamte kommt und holt mich und die anderen Frauen ab. Sie haben mich einfach weinen lassen und mir ein Taschentuch zugesteckt. Man kennt mich hier. Es gibt nur wenige, die so viele Jahre zu Besuch kommen müssen.

Ich habe um einen Einzelbesuch gebeten. Oskar ist reserviert. Wir sind allein. Es besteht keine Verdunkelungsgefahr mehr, das Urteil ist gesprochen.

Jetzt soll ich mein Urteil sprechen.

Mein Mann, der es bald nicht mehr sein wird, macht es mir leicht: „Sag es mir, Lilly, es steht dir ins Gesicht geschrieben. Du warst immer schon eine schlechte Lügnerin. Und weil du so schlecht lügst, weiß ich schon lange, worum es geht."

Sein Kiefer ist hart wie Beton.

Ich kann nicht sagen, dass ich ihn nicht mehr liebe. Weil es nicht stimmt. Es gibt unsere Liebe. Es gibt auch eine Verbundenheit. Von Wesen zu Wesen, aber nicht mehr von Frau zu Mann.

„Oskar, ich verlasse dich."

Der Satz knallt aus meinem Mund heraus, ganz ohne die mildernden Worte, in die ich ihn verpacken wollte. Der Schock, dass ich ihm diese Wahrheit zumute, geht wie eine Welle durch meinen Körper und macht dann der Erleichterung Platz. Das Unsägliche ist gesagt. „Palabras concientes", bewusste Worte, das ist meine Aufgabe in diesem Leben, hat eine brasilianische Schamanin mir gesagt. Jetzt ist es so weit.

Oskar nickt, und als ich sein Gesicht berühren will, weil es gleichzeitig wahr ist, dass es eine Ebene gibt, auf der ich ihn immer lieben werde, zuckt er zurück.

Ein letztes Mal sehe ich ihm nach, als der Beamte ihn durch den langen, schmalen Gang zurück in seine Zelle führt.

Wenn er dieses Gefängnis verlassen wird, werden seine Kinder erwachsen und ich nicht mehr seine Frau sein.

Epilog

Während ich noch überlegte, ob es ein autobiografischer Roman werden soll und welche Zeitstruktur für dieses Projekt notwendig ist, kam Lilly zu mir.

Sie stellte sich mit ihrem Namen vor und begann einfach zu erzählen. Sie kümmerte sich nicht um die Grenzen zwischen Wahrheit und Fiktion und nahm sich aus meiner Geschichte, was ihr gefiel. Sie führte von der ersten Sekunde an ein Eigenleben, begleitete mich durch meinen Tag, weckte mich meistens in der Nacht und sprang in jede Lücke, die ihr mein enger Terminkalender bot. Meine Versuche, sie zu „zivilisieren", nahm sie mit einem Lächeln zur Kenntnis und hielt sich selten daran. Sie erzählte, wo sie wollte, wann sie wollte, nahm Ereignisse aus der Gegenwart und holte sich vieles aus der Vergangenheit. Der Rest kam von irgendwo im Universum. Ich hatte ständig das Gefühl, dass sie vor mir herlief und ich ihr hinterherjagte. Sie bestand darauf, dass sie in einer Zeit geboren war, in der Frauen noch viel weniger Rechte und Möglichkeiten hatten als heute. Gleichzeitig griff sie, ohne sich dafür entschuldigen zu wollen, auf Wissen zu, das damals noch in der Zukunft lag. Wenn ich mich beschwerte, dass das meine LeserInnen irritieren könnte, meinte sie lachend: „Dann sag ihnen, dass Zeit eine Illusion ist und dass alles auf Parallelebenen ohne eure beschränkte Zeitstruktur geschieht."

Ihre Biografie versetzte mich in Erstaunen. Weder bin ich im Bregenzerwald aufgewachsen, auch wenn ich eine „Viertelwälderin" bin, noch kommt mein Vater aus Wien. Ich habe keine französische Großmutter und auch keinen Freund Ralf, der mir immer zur Seite steht.

Es gibt aber auch einen wahren Teil der Geschichte. Er hat mir den Rahmen für meinen Roman gegeben und mich inspiriert, meine eigenen Erfahrungen als „Frau eines Angeklagten" zu verarbeiten. Die *Esmeralda* ist ein Schiff, das in meiner Realität *Lucona* hieß und tatsächlich gesunken ist, auch wenn die Personen rundherum erfunden sind.

Als die *Lucona* am 23. Januar 1977 im Indischen Ozean durch eine Explosion an Bord sank, kannte ich Peter Daimler, der damals Mitarbeiter von Udo Proksch war, noch nicht. Sechs Seeleute kamen ums Leben, sechs weitere wurden zum Teil schwer verletzt.

Im Rechtsstreit mit der österreichischen Bundesländerversicherung um die Auszahlung der Versicherungssumme stellte sich heraus, dass die für die Auszahlung angeforderten Papiere zumindest teilweise gefälscht waren und Packlisten, Rechnungen, Lieferscheine etc. erst nach dem Untergang hergestellt worden waren. Außerdem, urteilte das Gericht, waren Teile einer gebrauchten Kohlenförderanlage und andere unbekannte Güter verschifft worden.

Das sind die Fakten nach Ansicht der Justiz.

Die Wahrheit dahinter konnte nie schlüssig geklärt werden. Warum gibt es, wenn jemand eine Versicherung betrügen will, keine wasserdichten Papiere? Wie wurde die Sprengung bewerkstelligt? Eine Fernsprengung auf diese Distanz ist nicht möglich.

Und warum hatten Spitzenpolitiker der österreichischen Regierung ein Interesse daran, Udo Proksch zu schützen?

Es wurde von Waffengeschäften des neutralen Landes Österreich gemunkelt, von Geheimdiensten, die das Schiff in die Luft gesprengt hätten, vom als Selbstmord deklarierten angeblichen Mord an Verteidigungsminister Lütgendorf und vom Militär, das angeblich Fahrzeuge des Bundesheeres für den Transport des Schrottgutes zur Verfügung gestellt hätte. Es kam zu einem der größten Politskandale des Landes, Köpfe rollten und Schuldige wurden gesucht und gefunden. Bei Wikipedia heißt es: „Sechzehn Politiker, Juristen und Spitzenbeamte wurden von ihren Posten entfernt, angeklagt oder verurteilt; der österreichische Verteidigungsminister Karl Lütgendorf beging vermutlich Selbstmord."

Udo Proksch wurde am 11. März 1991 in Wien wegen Mordes an sechs Seeleuten zu einer lebenslangen Haftstrafe verurteilt. Am 28. Juni 2001 starb „Österreichs Paradehäftling“, wie ihn *Der Spiegel* nannte, nach einer missglückten Herztransplantation in der Strafanstalt Karlau in der Steiermark.

Peter Daimler wurde am 11. Juni 1997 nach sechs Jahren Untersuchungshaft, dreihundertacht Verhandlungstagen und nach der Befragung von 120 Zeugen in Kiel zu 14 Jahren Haft wegen Beihilfe zum Mord verurteilt.

Nach neun Jahren wurde er wegen guter Führung entlassen und lebt mit seiner zweiten Frau in Wien.

Unsere gemeinsamen Kinder sind wunderbare Erwachsene geworden, die einen guten Kontakt zu ihrem Vater und seiner zweiten Frau haben. Carl, mein Lebensmensch, mit dem ich heute verheiratet bin, war in diesen schweren Jahren an unserer Seite.

Der gewaltige Transformationsprozess dieser Zeit hat mich zu der Frau gemacht, die ich heute bin.

Renate E. Daimler

Lillys Epilog

Mich gibt es schon lange. Ich habe jahrelang an ihre Tür geklopft, aber sie wollte mich nicht hören. Sie sagte, dass man einen Roman nicht so nebenbei schreibt. Sie müsse sich dann mindestens ein halbes Jahr freinehmen von allen anderen beruflichen Verpflichtungen. Ich hörte ihr zu und wusste, dass sie nicht die Wahrheit sprach. Sie wollte nicht schreiben. Sie hatte Angst vor ihrer Vergangenheit, Angst, dass die Bilder von damals sie in einen Abgrund stürzen könnten.

Wenn sie mir schon viel früher erlaubt hätte, in ihr Leben zu kommen, dann wäre alles viel einfacher gewesen. Dann hätte sie verstanden, dass ihre Furcht unbegründet war. Es ist nicht nur ihre Geschichte, die ich erzählt habe. Es ist auch meine, selbst wenn ich mir an vielen Stellen Ereignisse aus dem spannenden Krimi, in dem sie so lange lebte, ausgeliehen habe.

Meine Eigenständigkeit ist mir wichtig. Ich wollte sagen, was ich zu sagen habe, und weil ich so lange darauf warten musste, trieb ich sie zur Geschwindigkeit an. Ich weckte sie, wenn sie mir am Tag nicht lange genug zugehört hatte, mitten in der Nacht, und war eine aufmerksame Beobachterin ihres Lebens. Ich nahm jedes Detail ihres Alltags in die Hand und prüfte, ob es in meine eigene Geschichte passt. Ich bemühte mich, dabei leise zu sein, doch es gelang mir nicht. Sie ist sensibel und spürte und hörte mich die ganze Zeit.

Manchmal versuchte sie, meinen Redefluss zu zähmen. Ich soll, sagte sie, mich an ihre Zeitstruktur halten und nur dann kommen, wenn sie mich einlädt. Ich mag ihre naiven Vorstellungen. Aber zu glauben, dass ein Wesen wie ich sich davon beeinflussen lässt, ist absurd!

Ich fand es immer wieder schade, dass sie mich nicht sehen konnte. Besonders dann, wenn ihr beim Schreiben die Tränen übers Gesicht liefen. Meistens geschah es, wenn sie über Lea und Niklas schrieb. Dann hätte ich sie gerne in den Arm genommen und ihr gesagt, dass ihren eigenen Kindern nichts passiert ist. Ich kann in dieser Dimension, in der ich zu Hause bin, sehen, dass sie in dieser schweren Zeit von einer ganzen Heerschar von Engeln umgeben waren, die sie in Watte gepackt haben.

Und wenn die Menschen sie später fragen werden: „Was ist das für ein Text?" Dann wird sie sagen: „Er hat keinen Namen, es ist das, was Lilly mir erzählt hat." Und wenn sie fragen werden, was von dieser Geschichte wahr und was Erfindung ist, dann wird sie antworten: „Alles ist wahr, weil Lilly lebt."

Lilly Baldini

Danke

Denen, die damals für mich da waren, im Himmel und auf Erden, als mein Leben in manchen Aspekten sehr dem Lillys ähnelte, kann ich nie genug danken. Meiner Familie, meinen treuen Freunden und auch solchen, die durch mein Schicksal erst meine Freunde wurden, wie Irene und Hilde.

All jene, die mich durch diesen Roman begleitet haben, die meine „VorleserInnen" waren, und Lilly von Kapitel zu Kapitel gefolgt sind, haben mich inspiriert, der rasanten, eigenwilligen Erzählweise meiner Hauptfigur zu folgen.*

Sandra Barbara, einer echten Wälderin, und ihrer Familie verdanke ich mein Wissen über den Bregenzerwald. Sie haben mich an ihrem Alltag teilhaben lassen und mich gelehrt, ihren Dialekt zu verstehen.

Ulrike Buergel-Goodwin und Christina Kindl sind Lillys Lektorinnen. Sie verstehen ihr Wesen und haben mit ihrer Begeisterung den Weg für den besten Verlag geebnet.

Mein größter Dank gilt meinen wunderbaren Kindern, Anna und Antonio. Ihre Tapferkeit, ihre Größe und ihr Mut berühren mich nach so vielen Jahren noch immer. Carl, mein Mann, kam vom Himmel geschickt und hat unsere Geschichte jahrelang mitgetragen.

Peter, meinem ehemaligen Mann, verdanke ich nicht nur unsere großartigen Kinder, sondern auch eine tiefe, lebensverändernde Erfahrung, die ich mir bewusst nicht ausgesucht hätte.

Renate E. Daimler

---

* Elke, Maria und Otto, Sandra Barbara, Marietta, Michele, Hilde, Nicole, Sabine, Elisabeth, Franziska, Gertrud, Ingrid, Peter.